Die Blüte der Linden auf dem Balkan

GORDANA KUIĆ

DIE BLÜTE DER LINDEN AUF DEM BALKAN

Aus dem Serbischen von Mirjana und Klaus Wittmann

HOLLITZER

Lektorat: Teresa Profanter
Satz: Daniela Seiler
Hergestellt in der EU

Umschlaggestaltung: Nikola Stevanović, Belgrad
unter Verwendung von privaten Fotografien

Gordana Kuić: Die Blüte der Linden auf dem Balkan
Aus dem Serbischen von Mirjana und Klaus Wittmann

Titel der Originalausgabe: Cvat lipe na Balkanu
© Vulkan izdavaštvo, Beograd 2013

Alle Rechte vorbehalten
© HOLLITZER Verlag, Wien 2018
www.hollitzer.at

ISBN 978-3-99012-458-1

Für meinen Vater Metodije Kuić

PROLOG

20. MAI 1945

Der dreizehnjährige Aleksandar Saša Poljanski der Jüngere, Sohn des Doktors der Rechtswissenschaften und Kaufmanns Aleksandar Poljanski des Älteren und der schönen Grete Bauer, der ehemaligen Opernsängerin und späteren Schauspielerin am Zagreber Nationaltheater, unternahm mit seiner Schulklasse einen Ausflug, zuerst zum Berg Topčider und danach zur Residenz von Fürst Miloš.

Im Jahre 1941 waren Sašas Eltern vor den Ustascha aus seiner Geburtsstadt Zagreb geflohen, und zwar aus zwei Gründen: Aleksandar der Ältere war Serbe und Greta Bauer Jüdin. In Belgrad wurde Saša im Zweiten Jungengymnasium eingeschrieben. Während der Besatzungszeit besuchte er, wenn es ging, die Schule und legte Prüfungen ab, dort, wo die Lehrer sich versammelten – im Pfarrhaus in Torlak oder irgendwo in Kumodraž. Als im Februar 1945 die „richtige" Schule mit täglichem Unterricht eröffnet wurde, war das für den kleinen Saša ein fröhliches Ereignis. Er schrieb sich sofort im Gymnasium in der Krunska-Straße ein, die etwas später in die Straße der Proletarierbrigaden umbenannt wurde.

Obwohl er schon seit vier Jahren in Belgrad lebte, verlor Saša nicht seine Zagreber Aussprache, weswegen die Schulkameraden ihn oft hänselten. Das war nicht böse gemeint, doch Saša heulte manchmal insgeheim, weil er seinen Akzent nicht loswerden konnte.

Ein sanfter und freundlicher Maimorgen empfing die Jungen mit einer Brise unter den frischen Blättern einer riesigen, weit ausladenden Platane vor dem kleinen Schloss des Fürsten Miloš, wo sie frühstücken wollten.

Aleksandar der Jüngere, sauber, mit gebügelter und gestärkter Kleidung – ein „Kind aus gutem Hause", Sprössling eines Vorkriegsbourgeois – war an diesem Morgen, vielleicht wegen der stillen und sanften Jahreszeit oder wegen des Gesangs der Vögel in den dichten Baumkronen, nicht Zielscheibe der „progressiven" Kräfte seiner Schulklasse. Deshalb erleichtert, aß er in Ruhe sein dünnes Butterbrot. Aber nicht lange, denn ein älterer Junge, Anführer der Kampagne gegen Saša, rief plötzlich aus: „Hört euch das hier an!"

Er hielt inne, vertiefte sich in eine Zeitung, blätterte darin und rief, mit dem Finger auf Saša weisend, der erstarrte und zu kauen aufhörte, noch lauter aus: „Hört mal zu, was in der heutigen ‚Politika' steht! Ich habe ja schon immer behauptet, dass dieser Junge eine Ausgeburt der schmutzigen kapitalistischen Gesellschaft ist und dass man mit ihm keine Freundschaft pflegen soll! Also, unter dem Titel ‚Förderung des Hotelgewerbes im Dienste der Besatzung' steht Folgendes: ‚Aufgrund von Dokumenten aus dem beschlagnahmten Archiv des Feindes sowie anderer Beweisstücke stellte die Kommission mehrere Tatsachen fest: Erstens, die Besatzung verfügte einerseits die Schließung einer großen Anzahl bestehender Unternehmen, deren Tätigkeit ihr nicht passte, andererseits konnten neue Unternehmen nur mit ihrer Genehmigung gegründet werden. Zweitens, während der Besatzungszeit wurde am 21.1.1942 mit einer solchen Genehmigung eine Aktiengesellschaft zur Betreibung von Hotels in Belgrad gegründet. Drittens, diese Gesellschaft pachtete von den Besatzern das Hotel Moskva (damals ‚Srbija'), um es für die Aufnahme von 60 hohen deutschen Militärs, die sich auf Durchreise in Belgrad aufhalten sollten, vorzubereiten. Viertens, die Gesellschaft teilte dem Bank... fer... ajn'" – las er mühsam das Wort ‚Bankverein' – „‚mit, dass ihr der Bevollmächtigte für die Wirtschaft Serbiens für die Verpflegung der deutschen Gäste einen Waggon Kondensmilch zur Verfügung gestellt habe ...'"

„Was soll dieses langweilige Zeug!", unterbrach ihn einer der Jungs und stand auf. „Was haben wir damit zu tun?"

„Halt den Mund, setz dich und höre zu, während ich den Feind entlarve!", erwiderte der Vorleser so heftig, dass der Junge eingeschüchtert zu seinem Platz zurückkehrte. „Na gut, ich mache es kurz", setzte der andere fort und räusperte sich bedeutungsvoll. „‚Aus all dem geht hervor', steht hier weiter, ‚dass die Gesellschaft die Aufgabe übernommen hat, das obengenannte, rein deutsche Hotel und das Café für die Besatzung herzurichten und dass sie des Profits wegen nicht davor zurückschreckte, jede Hilfe der Besatzungsmacht in Anspruch zu nehmen. Aufgrund dessen, was hier dargelegt wurde, erklärt die Staatskommission die Vertreter der Aktiengesellschaft für das Belgrader Hotelgewerbe zu Kriegsverbrechern'" – hier machte er eine dramatische Pause – „‚zu wirtschaftlichen Helfershelfern des Feindes und zu Ausbeutern der unterjochten Arbeitskräfte des Volkes, und zwar namentlich den Leiter Andrej Savić, seinen Stellvertreter Ivan Rogoz und andere Mitglieder wie Marko Korać ...' und jetzt kommt der Gipfel: ‚und Aleksandar Poljanski' ... Was sagt ihr nun?", tönte er siegessicher und fuhr fort: „Die Kommission ist der Ansicht, dass die Obengenannten für ihre Taten bestraft werden müssen.'"

Es herrschte Stille. Saša saß weiterhin starr und mit vollem Mund, seine Schulkameraden schauten ihn ungläubig und angewidert an.

„Das ist nicht wahr!", murmelte er schließlich.

„Was ist nicht wahr, du Lügner!", herrschte ihn der politisch bewusste Rädelsführer an. „Willst du behaupten, dass unsere Zeitung lügt?"

„Nieder mit dem Kriegsverbrecher! Nieder mit dem Blutsauger! Niiieder!", rief er aus, und die anderen stimmten ein. Einige von ihnen sprangen auf und schrien: „Tod dem Faschismus! Tod den Verrätern!"

Ein Junge, der neben Saša saß, brüllte: „Es lebe die Arbeiterklasse!" und schlug ihm auf den Mund, aus dem ein halbgekauter Bissen fiel.

Obwohl erschüttert, saß Saša weiterhin aufrecht und bedeckte mit der Hand die blutenden Lippen.

„Mein Vater ist kein Verräter ... er ist kein ..."

Das Gejohle der anderen übertönte Sašas Murmeln.

In dem Augenblick erschien die Genossin Lehrerin.

I

FEIERTAGE UNTER BEOBACHTUNG

„Mama, wo ist Papa? Heute ist er nicht da, gestern war er nicht da ... schon lange ist er nicht da!", fragte mit Tränen in den Augen die kleine Vera ihre Mutter an einem heißen Sonntag wie übrigens seit einem Monat jeden Morgen. „Nicht da, nicht da!", quengelte sie und schüttelte dabei ihren hellen Lockenkopf. „Ich will meinen Papi ... Wann kommt er?"

„*Prestu, prestu, linda mia*, bald, bald, meine Schöne. Du hast doch mich. Liebst du deine *Mámile* nicht? Papa ist in Bor ..."

„Was ist Bor?"

„Das ist ein Bergwerk, wo man nach Kupfer gräbt, dort geht es ihm ganz gut. Bald besuche ich ihn, dann kann ich dir davon erzählen. Dein Papa, meine Kleine, ist gesund und munter, fest und zäh!"

„Ich bin auch fest und zäh!", bestätigte Vera automatisch und hob den Arm, um ihre Muskeln zu zeigen. Das brachte sie jedoch nicht von ihrem Thema ab, denn sie verlangte weinerlich, die Mutter solle ihr den Brief des Vaters vorlesen.

„Ja, mein Herz, sofort!", beeilte sich Branka und holte den ersten Brief Markos aus dem Borer Lager „Süd" mit dem Stempel der Militärzensur.

„,Meine geliebte Branka, mein liebes Kind und liebe Riki'", las sie vor. „,Man erlaubt uns, euch zwei Mal im Monat zu schreiben und zwei Antwortbriefe zu empfangen. Bald werden auch Besuche erlaubt sein. Pakete bis zwei Kilo könnt ihr mit der Post schicken (jedem ist eine Liste mit der Inhaltsangabe beizulegen). Damit hat es aber keine Eile. Hier ist alles bestens. Die Gegend erinnert mich an Sarajevo. Die Höhe 378 Meter, warme Tage und kühle Nächte. (Branka, schick mir bitte meinen Pullover.) Hier hat man mich untersucht, und es sieht so aus, als würde ich eine Arbeit im Freien bekommen, nicht unter Tage. Zucker fand man bei mir nur spurenweise im Blut, bei der hiesigen Kost verschwindet er vielleicht völlig. Hoffentlich verschwinde mit dem Zucker nicht auch ich (ich mache

Spaß!). Bald werde ich an der frischen Luft arbeiten, müde werden und wie ein Murmeltier schlafen. Macht euch um mich keine Sorgen. Ich kann nicht erwarten, von euch zu hören, was nach meinem Weggehen passiert ist. Hier ist es viel besser als im Gefängnis in Banjica, und Banjica war schon besser als die Zeit, in der wir vor den Bomben flüchteten. Wie geht es meinem Herzchen, meiner lieben Tochter?'" – Vera klatschte in ihre kleinen Hände – „‚Hört sie auf dich? Sie ist das bravste Mädchen auf der Welt ...'" Branka übersprang die Worte „hoffentlich muss unser Kind keinen Hunger leiden" und las weiter: „‚Sucht sie mich, fragt sie nach mir?'"

„Sag ihm, ja!"

„Das sage ich ihm natürlich, sobald ich ihn sehe", erwiderte Branka und verstummte, denn in Markos Brief stand weiter: ‚Tue alles, damit das Kind mich nicht vermisst, verwöhne es, wenn möglich noch mehr als bisher. Hauptsache, sie ist gesund und frohgemut. Von Dir, mein Sonnenschein, will ich erst gar nicht sprechen. Ich kann mir vorstellen, wie Dir zumute ist, aber denk an Dein Versprechen, tapfer zu sein. Alles geht einmal vorbei, und wir werden wieder vereint und glücklich sein.'

„Weiter!"

„Küsse meine kleine Gaunerin drei Mal", erfand Branka, „einmal auf die Wange, einmal auf die Nase und einmal aufs Ohr!"

„Aber warum kommt er nicht und küsst mich selbst?"

„Das geht nicht, er kann seine Stelle nicht verlassen, wann er will."

„Und was, wenn er nie mehr kommt?"

„*Il Dio no mi dé, querida! Comu puedis dizir estu?* Gott bewahre uns davor, Liebes, wie kannst du so etwas sagen? Papa kommt in ein paar Tagen zurück und ... und bringt seinem Töchterchen eine schöne Puppe."

„Was ist eine Puppe?"

Branka biss sich auf die Lippen.

„Deutschland hat kapituliert, die Welt ist wegen Triest in Aufruhr geraten, in der befreiten Hauptstadt veranstaltet man eine Parade zum Ersten Mai, Belgrad leckt seine Wunden, es entstehen die ersten Giganten des Fünfjahresplans und das Kind weiß nicht, was eine Puppe ist" – mischte sich Riki ein, die bislang dem Gespräch schweigend zugehört hat. Ach, *querida mia hermaniquia*, mein geliebtes Schwesterherz, das ist wirklich traurig!" Sie wandte sich zu ihrer Nichte: „Die Puppe, *linda mia*, meine Schöne, ist ein Spielzeug. Es ist ein kleines Mädchen, mit dem du spielen kannst und das dir

Gesellschaft leistet, wenn Mama und ich beschäftigt sind und keine Zeit für dich haben. Und ich schwöre, du wirst die Puppe bekommen, koste es, was es wolle!"

„Fein, Tante!", rief Vera und begann herumzuhüpfen.

„Riki, mache ihr keine Versprechungen, du weißt doch ..."

„*No sé nada i no queru saver*, ich weiß nichts und will auch nichts wissen!", entgegnete Riki aufgebracht. Damit Vera sie nicht verstand, sprach sie weiter auf Ladino, der Sprache der sephardischen Juden: „Ich nähe ihr eine Puppe aus meinem alten Kleid ..."

„Das ist doch dein Einziges ..."

„Egal. Wir haben noch Watte, damit stopfe ich die Puppe aus ... so kann die Kleine nach Herzenslust mit ihr spielen. Sie wird ihr gefallen, sie kennt ja keine andere."

Vera sprang fröhlich im Zimmer herum, hielt aber still, als es an der Tür klingelte.

„Ich mache auf", sagte Riki.

Bald waren begeisterte Rufe zu hören: „Dragu! Vladetaaaa Dragutiiiinović! Wo hast du gesteckt, mein alter Freund, mein liebster und bester! Und wie siehst du aus, jetzt nach dem Krieg? Besser als früher, und ob!"

Die Diele hallte von Rikis Jauchzern und von Dragus klangvollem und samtigem Bariton, mit dem er jahrzehntelang die Belgrader Theaterliebhaber begeisterte.

„Riki! Rikica! Püppchen! Da bist du ja, bist zurück. Du hast dich denen doch nicht ergeben! Hast deine Spur verwischt, du kleine Tänzerin! Ich wusste es doch!"

Die Begegnung war so stürmisch und laut, dass die Nachbarn aus ihren Wohnungen herauskamen, um nachzusehen, was bei den Koraćs los war.

Schließlich trug Dragu Riki auf den Armen in die Wohnung, dann löste er die Umarmung, rückte von ihr weg, betrachtete sie eine Weile und sagte: „Lass mich die junge Sálom sehen: Da sind sie, die glänzenden Augen, die roten Wangen, die kleine Nase, die vollen Lippen, voller denn je ..."

„Da sind aber auch einige graue Haare und Schmerzen in der Hüfte ...", warf Riki ein.

„Aber", unterbrach sie Dragu, „auch die schönsten Beine der Welt!"

Die kleine Vera wohnte der Szene mit ernstem Erstaunen bei, und als sich die Aufregung gelegt hatte und Dragu endlich das Zimmer betrat und sie ansah, lächelte sie ihn ganz ungehemmt an und machte einen Knicks, wie Tante Riki ihr das beigebracht hatte.

„Du bist aber ein schönes und süßes Mädchen! Wie heißt du?"

„Inda." Branka und Riki sahen einander verwundert an. „Und du?", fuhr sie freimütig fort, gewöhnt, mit Erwachsenen zu reden. Außer Adrijana hatte sie keine Freundin in ihrem Alter.

„Ich bin Onkel Dragu."

„Dragu"

„Onkel Dragu"

„Nur richtige Verwandte sind Onkel und Tanten, nicht irgendwelche anderen ...", sagte Vera und sah hilfesuchend Riki an.

„Das hat sie von mir. Ich und nicht irgendeine Nachbarin bin für sie die Tante", erläuterte Riki.

„Du bist wirklich klug und sprichst wie eine Erwachsene. Wie war noch dein Name?"

„Inda".

„Inda? Ein interessanter Name ..."

„Es bedeutet *die Schöne* ... Ich heiße auch Vera, aber Inda gefällt mir besser!"

„Ach, jetzt verstehe ich", mischte sich Branka ein. „Ich sage immer wieder *linda mia*, meine Schöne, zu ihr ... Niemand außer mir nennt sie so."

Seit diesem Moment nannten alle sie Inda, und sie erläuterte ihren Kosenamen gern jedem, der es wissen wollte.

„Also, Inda, du weißt wirklich viel", fuhr Dragu fort.

„Ich kann auch Ballett tanzen und singen", sagte sie stolz und sah dabei Riki an.

„Los, sing uns etwas, *querida*."

Inda legte gleich los: „Blanka, du kommst zu uns aus Salamanca, heißblütig wie eine Zigeunerin bist du, schlank und feurig dazu!"

„Bravo! Das Lied ist deiner Mama Branka ja geradezu auf den Leib geschneidert!", sagte Dragu. Er nahm etwas aus seiner Jackentasche, ging vor Vera in die Hocke und übergab ihr ein Päckchen.

„Danke!", sagte sie und sah Tante Rikica an. Diese machte ihr ein Zeichen, es zu öffnen, und fragte Dragu: „Wo hast du die Schokolade her?"

„Aus dem Koffer einer Schweizer Dame landete sie wie durch ein Wunder direkt bei mir", erwiderte Dragu und lächelte lausbübisch.

„Ja, ich verstehe", seufzte Riki.

„Was ist das?", fragte Inda, vorsichtig die braune, etwas klebrige Tafel betastend.

„Das ist Schokolade. Schmeckt gut und Kinder haben sie sehr gern. Probiere sie", sagte Dragu.

Inda brach ein Stück ab, beäugte es misstrauisch und stopfte es nach einigem Zögern in den Mund. Als sie darauf zu kauen begann, erhellte sich ihr Gesicht: „Mhmm, das schmeckt wunderbar!", murmelte sie, sich die Lippen leckend, und lief schnell in die Küche, um ihrer Mutter zu zeigen, was sie geschenkt bekommen hatte und ihr zu versichern, dass Dragu ihr liebster Gast sei.

So wurde der Liebhaber auf den Brettern des Nationaltheaters vor dem Krieg und Rikis enger Freund ein gern gesehener Gast im Hause Korać-Sálom. Er kam oft vorbei und brachte jedes Mal neue Nachrichten aus der Stadt. Damit machte er sowohl Rikica, die wegen ihrer Schmerzen selten ausging, als auch Branka, die die Wohnung nur zum Einkaufen verließ, eine Freude.

Dragu schilderte ihnen die aktuellen Ereignisse auf seine eigene spritzige und geistreiche Art. Er erzählte ihnen von seiner Inszenierung des Stücks „Das einfache Mädchen" des sowjetischen Autors Schkwarkin im Belgrader Rayontheater im Stadtteil Vračar und meinte, den Eintrittspreis von 80 bis 200 Dinar für die Premiere sollte man um ein Vielfaches erhöhen, weil sie für den 6. April angesetzt sei und jeder glücklich sein müsse, selbst bei der schlechtesten Aufführung an jenem Tag im Theater zu sitzen, an dem er vor nur vier Jahren vor den Bomben flüchten musste. Er ließ sich über die ungewöhnlichen Aufführungen von „La Bohème", „Tosca" und „Hajduk Stanko" aus sowie über das noch ungewöhnlichere Publikum im Nationaltheater, wobei er die Vertreter jeder charakteristischen Gruppe imitierte. Oder er stürmte außer Atem ins Haus und ahmte die Belgrader Industriellen, Luka und Mihajlo Mišić sowie Milutin Krivokapić, nach, die wegen Wirtschaftskollaboration mit der Besatzungsmacht verurteilt wurden.

„Traurig, traurig", pflegte er zu sagen, „aber wenn wir nicht über alles lachen, werden wir verrückt!"

Branka flüsterte er zu, als verrate er ein Staatsgeheimnis, dass das Ministerium für Handel und Versorgung bestimmte Mengen Zucker zum Preis von 15 Dinar das Kilo sowie Petroleum, Streichhölzer und Salz zum Verkauf freigibt. Oft ließ er auf dem Küchentisch eine Tüte Maismehl liegen mit den Worten: „Ich weiß nicht, was mit mir los ist! Jedes Mal vergesse ich, Blumen mitzubringen!"

Er imitierte die Delegierten der historischen Konferenz in Triest und rief aus: „Es lebe das autonome Triest im Demokratischen

Föderativen Jugoslawien!" Er spielte einen Garibaldiner und danach die gesamte jugoslawische Vierte Armee. Jedes turbulente oder traurige Ereignis in der erst kürzlich befreiten Hauptstadt schilderte er mit Humor, der für Riki und Branka in jenen bedrückenden Tagen von unschätzbarem Wert war. Sie waren überzeugt, dass sich in der erschöpften, ausgehungerten und bedrückten Bevölkerung nur die jungen Leute gegen die Traurigkeit mit Gesang wehren konnten. Die Jugend hatte nicht viel, woran sie sich erinnern konnte, und freute sich über alles. Dragu war kein Jüngling mehr, aber jung in seinem Herzen. Und während Belgrad zerbombt an den Ufern seiner Flüsse darniederlag und wie ein Sterbender erlaubte, dass man alles mit ihm tat, scherzte Dragu: „Punkt, Punkt, Pünktchen, Marke, Marke, Märkchen, dann Bon, Bönchen, ein Bonbon ... aus dem Diplomatenmagazin, dieser fortschrittlichsten Erfindung der Nachkriegszeit! Dieser neuen Art der Verteilung von Grundnahrungsmitteln! Jetzt haben wir saubere Mensen und volle Magazine anstelle von schmutzigen Gaststätten und kapitalistischen Läden. Das einzige klitzekleine Problem ist, dass die Gaststätten und Läden allen zugänglich waren, während jetzt die Mensen und die Magazine nur für Privilegierte da sind."

„Unsere Stadt sieht aus wie eine Geburtstagstorte, über die ein hungriger Kater gelaufen ist", sagte er und begann Partisanenlieder zu singen, die auf den Straßen erklangen, während Jungaktivisten die Trümmer wegräumten. Am lautesten sang er, wenn er die um den Bahnhof herum imitierte, die am zahlreichsten waren, weil der Bahnhof möglichst schnell wieder in Betrieb genommen werden sollte.

Ganz besonders gern parodierte er Situationen, in denen der Zusammenprall des Neuen und des Alten zum Ausdruck kam. Als erfahrener Schauspieler schlüpfte er in die Rolle einer feinen Belgrader Dame, die mit ihrem Hündchen einen Spaziergang durch die befreite Stadt machen wollte und dabei von einer Baustelle mit Kalk überschüttet wurde.

„Schämen sollten Sie sich!", kreischte Dragu mit schriller Stimme, während er den unsichtbaren Staub vom imaginären Hut klopfte.

„Entschuldige, Genossin, es war keine böse Absicht!", schrie er, als riefe er vom Gerüst herunter. Dann aber fiel er mit Leichtigkeit in den tiefsten Tonfall eines Montenegriners: „Verschwinde, du Frauenzimmer, hier sind Aktivisten am Werk! *Der Wiederaufbau kennt keine Pause!*", rief er triumphierend.

Inda genoss seine Schauspielerei. Oft dachte er sich Geschichten aus, die nur für sie bestimmt waren, und gab Rikica augenzwinkernd zu verstehen, dass die folgende Szene nicht echt sei, obwohl in jener Zeit auch das Verrückteste möglich war.

Manchmal hatten die wahren Geschichten einen unglaublichen und zugleich tragikomischen Beiklang, so wie die von einer Oma, die auf dem Platz vor dem Nationaltheater, wo russische Soldaten bei der Befreiung Belgrads gefallen waren, Kerzen aufstellte. Als Milizmänner sie fragten, was sie da tue, antwortete sie wie selbstverständlich, ohne zu bedenken, dass die Religion im neuen Staat verpönt war: „Das ist für ihr Seelenheil" und bekreuzigte sich.

★

An dem besagten Sonntagvormittag, während die Asphaltbürgersteige in der Sommerhitze schmolzen, gelang es Branka endlich, ihre Tochter von den Gedanken an den abwesenden Vater abzulenken. Das war vor allem Rikis Freunden zu verdanken.

Sie kamen immer um die Mittagszeit zusammen. Es schien logisch, dass Überlebende, vorwiegend aus Theaterkreisen, sich bei Rikica versammelten, die vor dem Krieg in der Belgrader Gesellschaft so beliebt gewesen war. Sonntag für Sonntag wuchs ihre Zahl. Sie kehrten nach Belgrad zurück aus der Gefangenschaft, aus dem Krieg oder aus ihren Verstecken.

Abgesehen von wenigen Ausnahmen bildeten sie eine traurige Gruppe ausgemergelter, heruntergekommener, verstörter Menschen. Der Krieg hatte sie krank gemacht, hatte sie misstrauisch und ängstlich werden lassen, hatte die Welt, zu der sie gehörten, weggeblasen. Und doch, bei allem Bangen und Zweifeln gab es in ihnen eine Spur von Zufriedenheit oder vielleicht sogar Trotz. Es war der Funke des Triumphs, ausgelöst durch die Rückkehr in ihre Geburtsstadt, die, jetzt grün vom Laub und nicht mehr von deutschen Uniformen, zwar ihrer Schönheit beraubt, aber frei von unheilverkündenden Bekanntmachungen und Hakenkreuzen war. Jetzt allerdings fürchteten viele den roten Stern.

Sie kamen zusammen, um zu jammern, um dem Verlorenen, Geraubten, Verbotenen nachzutrauern. Sie waren des Lebens müde, spürten jedoch den Urwunsch, es weiterzuführen, selbst wenn es sich nur auf Erinnerungen gründen sollte. Sie erzählten sich alte Witze, von den Ungerechtigkeiten der neuen Obrigkeit, leugneten ...ichkeit eines Fortschritts, an den die meisten von ihnen doch ..., und wollten dabei alle dasselbe: sich an der Quelle von Rikis nie... siegendem Optimismus und Selbstvertrauen laben. Sie wünschten, von ihrem Trotz und ihrem Kampfgeist beseelt, von ihrem breiten Lächeln angesteckt, vom gesunden Stachel ihrer Scherze gestochen zu werden, um so erfrischt durch den unsicheren Alltag unter dem Zeichen von Hammer und Sichel weitermarschieren zu können.

Vor langer Zeit hatte Riki mit ihren schwungvollen Ballettschritten das Publikum des Nationaltheaters beglückt. Später, nach ihrem schlimmen Sturz und dem Bruch des Hüftknochens, beschenkte sie mit ihren geistreichen Bemerkungen die Kunden ihres stets vollen Modesalons in der Knez-Mihailova-Straße. Und jetzt, nach den überstandenen Kriegsgräueln, half sie den um sie versammelten Freunden, wenigstens für einen Augenblick zu der in den vergangenen vier Jahren verlorenen Heiterkeit zurückzufinden, obwohl sie selbst vor und während des Krieges vielleicht mehr als die meisten dieser Heimkehrer Schmerzen, Leid und Verlust erlitten hatte.

Die Leute kamen auch wegen Branka. Sie liebten ihren sanften Blick und ihr wunderbares Lächeln und bewunderten ihr stilles Sichabfinden mit dem Leben und ihr großes Verständnis für menschliche Schwächen.

„Sie ist wie das Werk eines großen Künstlers, von allen bewundert und unsterblich", sagte Dragu zu Riki, nachdem Branka ihnen den von ihm mitgebrachten Kaffee aufgebrüht hatte.

Als Riki das später ihrer Schwester erzählte, winkte diese errötend ab. Im vierten Lebensjahrzehnt wurde sie immer noch rot wie ein kleines Mädchen, denn sie hatte ihre jugendliche Naivität und Schamhaftigkeit bewahrt. Statt darauf zu antworten, murmelte sie nur besorgt: „Wenn ich doch nur meinen Ring gegen zwei Hähnchen eintauschen könnte."

Grauhaarig, hager und knorrig wie ein trockener Zweig fragte der ehemalige Theaterkritiker der „Pravda", Duško Zlatić, leise und mit gewählten Worten: „Haben Sie, bitteschön, die Debatte im Parlament gehört?"

„Welche?", wollte Riki wissen.

„Die jüngste zum Gesetz über die Verbrechen gegen Volk und Staat."

„Was heißt gehört", lachte Riki, „durch und durch analysiert. Sie war in der ‚Politika' abgedruckt."

„Freilich", antwortete ernst Herr Pavlović, vor dem Krieg Konsul in Ottawa. „Es ist ein großes Vergnügen, den Gedanken Milan Grols zu folgen. Kristallklar hat er die versteckte Absicht dieses Gesetzes offengelegt, dessen Name, wie er sagte, schon vier Mal geändert wurde!"

Auf Duškos sonst unbeweglichem Gesicht mit trockener Haut und wässrigen Augen zeigte sich ein leichtes Lächeln: „Ich genoss sehr seine Ausführungen über den Unterschied zwischen einer gewählten und einer nichtgewählten Regierung. Den Verstoß gegen eine gewählte Regierung setzt Grol mit einem Verstoß gegen das Vaterland gleich und fügt hinzu, dass der Verstoß gegen ein undemokratisches Regime schwerlich als ein Verbrechen bezeichnet werden könne. Begreift ihr, was Grol damit eigentlich gesagt hat?"

„Aber natürlich, mein lieber Freund", warf der Theaterschauspieler Krasić ein, der trotz der Hitze einen strengen grauen Anzug trug. „Ich stimme ganz und gar seinen Beobachtungen zu, vor allem wenn er sich auf die Gestaltung unseres künftigen Lebens bezieht. Darüber herrschen verschiedene, sehr widersprüchliche Ansichten."

„Stimmt", ergriff Duško Zlatić wieder das Wort. „Um die Ansichten über die wesentlichen Dinge anzugleichen, müssen die Gefühle für das, was im allgemeinen Interesse der Nation, das heißt für das Vaterland, ist miteinander in Einklang gebracht werden, und man muss begreifen, was vaterländisch ist. Denn, wie Grol sagt, der Staat ist ein juristischer, das Vaterland hingegen ein moralischer Begriff ..."

„Aber, meine armen Freunde, wer achtet jetzt noch darauf", unterbrach ihn der Maler Mika Adamov, traurig den Kopf schüttelnd.

„Sagen Sie das nicht", sagte Zlatić ärgerlich. „Alles hängt eng mit den Gesetzen zusammen, und niemand darf sich über sie hinwegsetzen! Wie Grol sagte, die Gesetze des Staates unterschreibt der Gesetzgeber, die Gesetze des Vaterlandes hingegen trägt das Volk in seinem Herzen. Das Wichtigste ist, dass die politischen Gegner nicht zu Verrätern und Feinden des Vaterlands abgestempelt werden. Die Demokratie gründet sich nämlich auf der Auseinandersetzung zwischen unterschiedlichen politischen Meinungen."

„Unser serbisches Volk ist sehr guuuut, es hat nichts mit der Demokratie am Huuuut", summte Dragu vor sich hin, aber außer Riki hörte es niemand.

„Sie lassen den alten Fuchs reden", sagte Riki seufzend, „damit das Volk den Eindruck hat, ..."

„... dass unterschiedliche Meinungen toleriert werden", beendete Dragu ihren Gedanken.

„Richtig! Und ihr werdet sehen, bald ist er weg vom Fenster", schloss Riki.

„Der wichtigste Teil seiner Rede", mischte sich Pavlović wieder ein, „ist der, in dem er darauf hinweist, dass dieser Gesetzentwurf willkürliche Interpretationen zulässt und sowohl rückwärtsgewandte als auch beunruhigende Züge trägt, wobei beides gefährlich ist in der heutigen Zeit, in der man sich bemühen sollte, die Geister zu beruhigen und die Ordnung wieder herzustellen ..."

„Und weiter sagte er", machte Dragu Grol nach, „,dieses Gesetz stiftet Verwirrung!' ,Bei wem?', fragte Vidmar. ,Ich werde es Ihnen sagen, Herr Vidmar: Bei all denen, die noch keine Lösung für alle Probleme haben. Bei all denen, die glauben, man solle nach weiteren Lösungen suchen!'" Dragu ließ sich auf den Sessel fallen und nahm die Pose eines Denkers ein, dann wechselte er das Thema: „Statt zu philosophieren und Grols Reden wiederzukäuen, sollten wir etwas Konkretes tun ..."

„Zum Beispiel?", fragte Riki.

„Zum Beispiel überlegen, wie wir Mirko Momčilović helfen könnten, der, wie wahrscheinlich alle wissen, in Ungnade gefallen ist."

„Und zwar wegen ,Die Sonne, das Meer und die Frauen!'", warf Riki dramatisch ein.

„Genau! Wegen dieses Stücks, das während der Okkupation im Nationaltheater gespielt wurde", ergänzte Krasić ernst, „was ihm jetzt zur Last gelegt wird. Dabei vergisst man seine Verdienste um die Entwicklung der Theaterkunst in dieser Stadt ... Die erste Schauspielschule mit gutem Renommee, die begabte Mimen wie Nevenka Urbanova, Pavle Bogatinčević und Dara Milošević hervorgebracht hat, zahlreiche Theaterstücke ... all das ist unwichtig!"

„Ich kenne einige Männer in hoher Stellung", sagte die Mathematiklehrerin, Frau Obradović, die bis dahin geschwiegen hatte. „Man sollte es versuchen ... Wir alle sollten uns darum bemühen ..." Sie stieß einen tiefen Seufzer aus.

Eine düstere Stille setzte ein.

„Erinnerst du dich, Rikčić," unterbrach Dragu das unangenehme Schweigen, „wie dir der junge aufstrebende Schriftsteller Stančulović einmal sagte, er würde, weil du dich mit Interviews schwertast, eines mit einer schockierenden Frage beginnen?"

„Ja, hochverehrter Herr Schriftsteller", erwiderte prompt Riki, die sich mit Leichtigkeit in die Zeit dieses Gesprächs versetzte. „Und wie würde diese höchst verwirrende Frage lauten?"

„Also", übernahm Dragu die Rolle des Schriftstellers, seine nasale Stimme nachahmend, „ich würde Sie zum Beispiel fragen, wann Sie Ihre Unschuld verloren haben."

„Wissen Sie, mein lieber, stümperhafter Literat, was ich Ihnen darauf antworten würde?"

„Nein!", Dragu schüttelte theatralisch den Kopf.

„Das verrate ich Ihnen, wenn Sie mir zuvor sagen, wann Sie zum ersten Mal einen Tripper hatten."

Sie hatten vergessen, dass Inda noch im Zimmer war. Riki streichelte ihr übers Haar und schickte sie zu ihrer Mutter in die Küche.

Branka war dabei, ein Essen aus den spärlichen Lebensmitteln zuzubereiten, die sie am Tag davor von einer Bäuerin im Tausch gegen ein kleines Silbertablett bekommen hatte. Sonst hellhäutig, jetzt aber blass, sonst mit glänzendem Blick, jetzt mit vom Zwiebelschneiden verweinten Augen, legte sie das Messer beiseite, hob Inda auf und hielt sie fest in den Armen. „*Fijiquia mia linda*, mein schönes Töchterchen", murmelte sie und küsste sie so innig, als stünde sie vor einer langen Reise.

„Mama, was macht Dragu?", fragte Inda, ein Stück Schokolade kauend, die sie wieder von ihm bekommen hatte.

„Er ist Schauspieler."

„Was ist das?"

„Er betritt die Bühne im Theater und spielt dann jemanden anderen aus einer Erzählung."

„Warum ist Papa kein Schauspieler? Er könnte mir dann auch immer Schokolade bringen ..."

„Meine Kleine, wenn er nur könnte, würde Papa sie dir jeden Tag bringen. Früher, kurz bevor du geboren wurdest, hätte Papa dir alles kaufen können, was du dir vorstellst."

„Schade, dass ich nicht früher geboren wurde", sagte sie und machte einen Schmollmund. „Aber was ist Papa, wenn er kein Schauspieler ist?"

„*Ah, querida, il prisioneru*, Gefangener", flüsterte Branka und fuhr laut fort: „Wie ich dir schon früher erzählte, Papa war ein reicher Mann, ein Geschäftsmann. Er hatte ein großes Unternehmen in Sarajevo, eine Zeitung, Kinos, eine Druckerei, eine Speditionsfirma, mehrere Autos ... und jetzt", da stockte Branka, „jetzt hat er nichts mehr außer dem Wichtigsten: außer dir, mir und unserer großen Liebe ... Heute ist dein Papa ... er ist ... ein anständiger Mann. Ja, das ist sein heutiger Beruf."

Inda nickte und verließ fröhlich die Küche, Branka brach in Tränen aus.

Sie erinnerte sich an den Tag, als sie endlich den Abzug der Deutschen erlebte, den Tag der Befreiung! Keine Angst mehr, kein nächtliches Bangen, kein Lauschen auf Schritte im Treppenhaus, kein ewiges Fragen: „Kommen sie mich, kommen sie uns abholen?" Verschwunden war die Angst vor den Besatzern, die auf die Angst vor den Ustascha gefolgt war. Sie erinnerte sich an ihre überwältigende Freude im herrlichen Oktober, als der Anblick der Belgrader Straßen trotz der Trümmer das Auge nicht beleidigte: Im leichten Nebel des verträumten Frühherbstes glänzte die geplagte, zerstörte, geflickte und getretene Stadt sonnenbeschienen im Leuchten der wenigen goldgelben Blätter, die von den Bomben und dem Wind verschont geblieben waren. Jene Woche verbrachte sie in Ekstase, die mit keinem bis dahin gekannten Gefühl zu vergleichen war und die ihr erlaubte, zu vergessen, dass der Friede nach einem Krieg wie diesem kein Freudenfest sein konnte. Erst etwas später erkannte sie die Schattenseiten dieses Glücks: geborstene Häuser, Trümmer, aus denen Betten und Wiegen herausragten, das Abzählen der noch lebenden Freunde und die Frage, wer von diesen Überlebenden abgeführt, eingesperrt, wegen einer neueingeführten und neubenannten Untat verschwunden war.

Alles war kaputt, alles erschüttert, alles stand Kopf. Zu den Trümmerhäusern kamen die Trümmermenschen.

In den Trümmern Belgrads fand sich manches geduckte, stillgewordene Haus: Wie verschämt, weil es unbehelligt das Ende des Krieges erlebt hatte, versteckte es sich zwischen seinen halbzerstörten Artgenossen. Eins davon war ihr Haus. Sie hatten Glück, dachte Branka, nicht nur waren sie am Leben geblieben, sondern hatten auch ein Dach über dem Kopf. Deshalb fürchtete sie, sie würde mit ihrem Lächeln die Toten beleidigen. Nein, sie konnte sich nicht freuen, ihr war, als würde sie mit ihrer Heiterkeit die Erinnerung an jeden Getöteten oder Gefolterten verletzen. Die Deutschen waren zwar aus Belgrad abgezogen, aber die Befreier, die im Reigen mitten auf dem Terazije-Platz Partisanentänze aufführten, die lauten Gebirgsgesänge, die beim Aufräumen der Trümmer erschallten, die Eröffnung der Belgrader Oper, die Herausgabe der Tageszeitung

„Politika" – all das lief merkwürdigerweise an ihr vorbei, blieb ihr fremd, schenkte ihr nur einen kurzen Augenblick der Freude, nach dem die altbekannte Last des mühevollen Alltags wieder auf ihre Schultern drückte, in dem es an allem, jetzt sogar erstmals auch an Zukunftsträumen mangelte.

Der Krieg war vorbei, der Hunger blieb. Und für Marko auch die Ungerechtigkeit. War es gerecht, Marko ins Gefängnis zu stecken und dann noch nach Bor zur Zwangsarbeit zu schicken? Sie wusste, dass er zurückkommen würde. Das stumpfe Gefühl der Hoffnungslosigkeit hatte nicht ihren Glauben daran erschüttert, dass sie ihn am Hauseingang in der Njegoševa-Straße Nummer 17 begrüßen würde. Indes schien ihr oft, dass die Kriegszeiten mehr Gelegenheiten zu Hoffnung geboten hatten: Darauf, dass die Patrouillen an ihrer Wohnung vorbeiziehen, dass die Bomben ihr Haus verpassen und, was am Wichtigsten war, dass Freiheit und Friede kommen würden. Alles hatte den Stempel des Vorläufigen getragen. Es bestand nun keine unmittelbare Lebensgefahr mehr, aber jetzt machten sich viele unlösbare Sorgen mit dem bedrückenden Beigeschmack der Dauerhaftigkeit breit. Vielleicht hatte sie während der vier Besatzungsjahre Übung darin bekommen, mit der Todesangst zu leben. Davon war sie nun erlöst, doch jetzt musste sie etwas Neues lernen: Wie sich in Frieden und Freiheit mit der ungewissen Zukunft abfinden? War das der Friede? War das die Freiheit?

Mit jedem Tag empfand sie deutlicher, dass sie, Marko und Riki nicht zu den Kolo-Tänzern auf dem Terazije-Platz und ihrer euphorischen Freude gehörten. Diese Menschen jubelten. Sie hatten ja auch Grund dazu: Ihre Zeit war gekommen. Doch Marko, dem die Ustascha das ganze Vermögen genommen, ihn eingesperrt und fast getötet hatten, weil er ein angesehener Serbe in Sarajevo war und weil seine Tageszeitung hartnäckig gegen den Ustascha-Führer Ante Pavelić gewettert hatte, und sie, die als Jüdin jederzeit von den Deutschen in ein Vernichtungslager geschickt werden konnte, gehörten jetzt zur Welt der „Gestrigen", sie wurden zu einer „negativen Erscheinung", zu „Speichelleckern des Feindes". Nicht nur dass sie als eine Störung empfunden wurden, man wollte sie vielmehr möglichst schnell beseitigen, damit sie nicht „die übermenschlichen Anstrengungen und den aufopferungsvollen Kampf um den Aufbau des Landes und der neuen sozialistischen Gesellschaft" behinderten. Sie wurden von der schwungvollen, rücksichtslosen Kraft der Menge überrannt, die den gleichen Atem, den gleichen Geist, den gleichen Glauben und sogar die gleiche Sprache hatte. Mit der neuen Zeit kam auch eine neue Sprache: Die Genossen unter den „Titovke", den Partisanenmützen, benutzten nicht mehr dieselben Worte wie sie.

Und wo waren jetzt die Menschen wie die Koraćs verblieben, fragte sie sich ständig, wo fanden sie Platz in diesen Menschenmassen, die wilden Gebirgsbächen gleich nach Belgrad strömten und eine neue Hast, eine Flut sinnentleerter Parolen, schlechtes Benehmen und verzerrte Ansichten über das Familienleben und die Gesellschaft mit sich brachten und wie jedes wilde Gewässer eine Menge Unrat mit sich führten?

Überfüllte Opern- und Theatersäle kamen ihr jetzt vor wie die unwirklichen Bilder Macksennettischer Komödien des Ernstes: Vorkriegstoiletten, die nach Mottenpulver rochen oder bereits von Motten zerfressen waren, mischten sich unter Partisanenuniformen und Soldatenstiefeln. Weder passte der schwarze Taft zur neuen Zeit noch das grobe Tuch zum Theater.

„Wir beide sind weder für den Taft noch für die Soldatenstiefel gemacht", sagte ihr Riki einmal, „wir hängen irgendwo dazwischen ... zwischen Hammer und Amboss ... weder gestrig noch heutig. Gestrig nicht, weil wir nicht reich und müßig waren, sondern immer arbeiteten, und heutig nicht, weil wir nicht zu dieser Masse gehören. Aber keine Sorge, Schwesterherz, dieser Hammer kriegt uns nicht kaputt!"

„Uns beide vielleicht nicht, aber Marko?" In den ersten Nachkriegstagen schien er nicht die zerstörerische Kraft der Veränderungen zu spüren. Als hoffte er, die durch den Krieg durcheinandergeratenen Mosaiksteinchen würden wieder an ihren alten Platz zurückfinden. Jetzt, da er im Gefängnis war, konnte sie nicht mit ihm darüber sprechen.

Sie stellte sich ihren ersten Besuch im Lager „Süd" vor: Er würde sie fragen, ob sie genug zu essen hätten, sie würde zustimmend nicken und sein eingefallenes Gesicht betrachten. Ihr Mann würde befürchten, dass sie sich das Essen vom Mund absparten, um es ihm zukommen zu lassen. Denn Schweineschmalz, Gries, Milch, Maismehl bekam man auf Lebensmittelmarken, die für Bürger, Arbeiter, Kinder, Kranke ausgestellt wurden, aber Marko gehörte zu keiner dieser Gruppen, für solche wie ihn waren keine vorgesehen. Er war kein Arbeiter, er war ein zu zwei Jahren „leichter Zwangsarbeit" Verurteilter.

Jeden Tag vor Sonnenaufgang standen Menschen in langen, sich windenden Schlangen an und richteten ihre hungrigen Blicke auf den Eingang der städtischen Lebensmittelverteilungsstellen GRANAP. Sie wünschte so sehr, sich mit einem Hocker zu ihnen gesellen zu dürfen. Einige Lebensmittel konnte man zwar auf Wochenmärkten erstehen, die gleich nach der Befreiung eingerichtet wurden, aber sie hatte kein Geld, um sie zu kaufen, und kaum noch Sachen, die sie zum Tausch anbieten konnte.

Nein, auf keinen Fall würde sie ihm sagen, dass sie hungerten, stattdessen würde sie ihm fröhlich antworten, Riki sei eine Künstlerin nicht nur im Tanzen und Nähen, sondern auch im Aufspüren von Lebensmitteln. Sie würde lügen, gern und glaubwürdig lügen, um Marko die „leichte" Zwangsarbeit zu erleichtern, die seiner angeschlagenen Gesundheit abträglich war. Und doch fühlte sie wie damals, als die Ustascha ihn in Sarajevo ins Gefängnis steckten, dass er ihretwegen und wegen ihrer Tochter überleben, dass er das aushalten würde. Nein, stellte sie an diesem warmen Mittag in der Küche fest, noch drohte ihrem Leben zu zweit, jetzt auch zu dritt, kein Ende. Dessen war sie sich sicher.

Womit sie indes nicht zurechtkam, waren ihre Zweifel an der Gerechtigkeit, an den Gesetzen, an der Obrigkeit und an den Menschen, an allem und jedem in dieser neuen Welt, das auf die Entwicklung ihres gemeinsamen Kindes Einfluss nehmen könnte.

Das natürliche Bedürfnis der Eltern, ihr Kind zu beschützen, wurde in ihrem Fall durch die Vertreibung im Krieg und die Ausgrenzung nach dem Krieg verstärkt. Sie würden ihre Tochter vor den Schlägen der Wirklichkeit bewahren müssen und sie gleichzeitig auf das Leben vorbereiten; sie mit Liebe und Zärtlichkeit umgeben, aber auch gegen menschliche Grobheit wappnen; ihr gutes Benehmen beibringen und in ihr die Liebe zum Schönen und Künstlerischen wecken, sie aber ebenfalls dazu erziehen, hart und resolut zu sein; ihr vor allem die Bedeutung von Redlichkeit und Güte erklären, die Marko vor langer Zeit in dem Satz zusammenfasste: „Tagsüber handle ich so, dass ich nachts ruhig schlafen kann."

War eine solche Erziehung möglich? fragte sich Branka. Stellte sie nicht zu hohe Ansprüche an sich und an ihr Kind? Nein! Denn in den Jahrzehnten, die nötig sein werden, um das vom Krieg Zerstörte wieder aufzubauen, werden die Kinder zu einer widerstandsfähigen und zähen Generation heranwachsen. So auch ihre Inda. Das war bei den allumfassenden Zweifeln an der Zukunft ihre einzige Hoffnung. Eine andere hatte sie nicht.

„Zweifel hegen ist eine gute Sache" lautete eine von Markos goldenen Regeln. Menschen hatten es schwer, sein Vertrauen zu gewinnen. In ihr hingegen, die leichtgläubig war, hatte erst die Befreiung große Zweifel aufkommen lassen. Während des Krieges wusste sie, vor wem man fliehen, wen man meiden, vor wem man sich verstecken musste. Jetzt, zumal nach Markos durchgepeitschtem Gerichtsprozess und der Inhaftierung, verstand sie die Welt nicht mehr.

„Ich habe Hunger", sagte Inda, die in die Küche gekommen war.

„Gleich, *fijiquia mia linda,* mein schönes Töchterchen, gibt dir Mama etwas Leckeres!"

Sie bestrich eine Scheibe Brot mit Schweineschmalz und streute Salz und Paprikapulver darauf. Inda nahm das Brot und ging spielen.

Aus dem Wohnzimmer drangen die Stimmen von Rikis Freunden zu ihr. Was haben sie sich so viel zu erzählen, fragte sie sich, und wie kann Inda ohne Spielzeug spielen? Die Armut bedrückte sie mehr denn je. Obwohl sie nie Gelegenheit gehabt hatte, sich an Luxus zu gewöhnen, wünschte sie jetzt, im Überfluss zu leben. Müde saß sie auf dem Küchenhocker und stellte zum ersten Mal in ihrem Leben fest, dass sie nicht mehr genügend Kraft haben würde, die Armut zu ertragen.

Aber alles wird besser, wenn Marko zurückkommt, wenn sie am frühen Morgen seine leichten Schritte auf dem knisternden, durch die Luftangriffe gelockerten Parkett hört. Dass er immer um vier Uhr nachts aufwachte, war eine Folge der Angst während der Besatzungszeit. Ihr aufmerksamer, zurückhaltender Mann stand dann auf und ging leise, um sie und Inda nicht zu wecken, in seine kleine Kammer zwischen dem Schlafzimmer und dem Bad, die einst ein Umkleideraum war. Den hatte sie für seine morgendlichen Wachstunden eingerichtet, einen kleinen Tisch hineingestellt mit dem alten Rundfunkgerät, das sie während des Krieges versteckt hatten, mit Stiften, Papier und Zigaretten ausgestattet, auch mit Tabak, den er oft in Zeitungspapier wickelte und als leidenschaftlicher Raucher genüsslich daran zog. Dort befand sich auch die Schachtel mit seinen Spritzen, die er jeden Morgen auf einer kleinen elektrischen Platte auskochte, um sich Insulin zu injizieren.

Die Gäste brachen endlich auf. Branka begleitete sie zur Tür.

„Und, worüber habt ihr so lange debattiert?", fragte sie danach Rikica.

„Also", begann Riki ernst, „wir sind zu einer Feststellung gekommen, die von eminenter Bedeutung für unsere Wirklichkeit ist, nämlich dass es vor dem Krieg genauso viele primitive und unerzogene Menschen, Banausen und Hochstapler gab, nur dass sie besser verteilt waren!" Sie lachte vergnügt.

Branka deckte den Tisch und stellte Kartoffelsuppe, eine Gurke für Inda und etwas Maisbrot hin.

„Das waren unsere letzten Vorräte. Den Rest bringe ich Marko, wenn ich ihn nächste Woche besuche!"

Sie würde ihn besuchen, obwohl sie von ihm noch einen Brief – diesmal durch einen Freund und nicht über die zensierte Gefängnispost – bekommen hatte, in dem er ihr mitteilte, dass „eine Strafe über das ganze Lager verhängt wurde und deshalb Besuche und auch Briefe nicht erlaubt waren. Also", schrieb er noch, „komm bitte auf keinen Fall. Die Reise ist anstrengend, es gibt keine Übernachtungsmöglichkeit und sehen könntest Du mich nur am Morgen und am Mittag, wenn ich in der Kolonne zur Arbeit gehe." Obwohl er weiter behauptete: „Meine Gesundheit ist besser denn je, unsere Unterkunft ist sauber, die Arbeit war nur anfangs schwer, aber jetzt, nachdem ich kräftiger geworden bin, ist sie ganz leicht", wollte sie sich selbst davon überzeugen. Außerdem würde sie ihm etwas zu essen bringen, obwohl er ihr das ausdrücklich verboten hatte. Sie musste lachen, als sie am Ende von Markos Brief las: „Mach dir keine Sorgen. Alles hier gestaltet sich lustig und gut. Die Gesellschaft ist groß und wunderbar. Du kannst Dir nicht vorstellen, wer alles hier ist! Die Creme Belgrads. Dennoch bin ich wie immer wählerisch nach dem Motto: ‚Fürchte nicht das Gefängnis, sondern die Gefangenen.'"

„*Blanki, t'arrogu*", unterbrach Riki ihre Gedanken, „*no ti spantis*, Blanki, ich bitte dich, habe keine Angst. Mach dir keine Sorgen. Wir verkaufen weiter! Ich finde noch ein paar Sachen, die auf dem Markt gefragt sind. Wir verkaufen alles und Schluss! Lass mich das machen, ich verspreche dir, ich werde etwas zu essen auftreiben, selbst wenn wir nachher auf dem Boden schlafen müssen."

„Und was, wenn wir wirklich auf dem Boden schlafen müssen?"

„Dann finde ich einen dicken Liebhaber, auf dem ich liege, du wirst mit dem Geld, das ich von ebendiesem bekomme, Marko ordentlich sattfüttern, er wird zunehmen, weich werden wie ein Kissen ... und das Problem ist gelöst!" Sie lachte sorglos und laut, aber Branka nickte nur abwesend.

„Soll ich Marko fragen, ob wir die restlichen Möbel verkaufen sollen?"

„Auf keinen Fall!", entgegnete Riki ernst. „Er würde sich nur unnötig Sorgen machen, und helfen kann er uns doch nicht. Jetzt geht es zunächst darum, dass er und Inda keine Not leiden, wir beide aber werden Diät halten und uns zu zwei schlanken, eleganten Damen mausern."

Branka sagte nichts. Wie scharfe Pfeile schossen die Erinnerungen an jedes Wort der Aufforderung Nummer 517 durch ihren Kopf, laut der Marko zu Hause bleiben musste „zwecks der Beschlagnahme des untengenannten Vermögens des Verurteilten aufgrund des Urteils des Militärgerichts vom 3.VI.1945. Das Volksgericht für den Dritten Rayon Belgrads wird einen Gerichtsvollzieher schicken, der die Beschlagnahme sämtlicher beweglicher und unbeweglicher Güter von Korać Marko, wohnhaft in ... am ... um 11 Uhr durchführen wird."

Die Beschlagnahme sah vor, dass man den Familienmitgliedern nur die unentbehrlichsten Dinge ließ, und das waren nach Ansicht und gemäß der Liste des Gerichts: „ein Bett" – für sie, als käme Marko nie mehr zurück –, „ein Schrank, zwei Sessel, drei Stühle" – für sie, Marko und Inda oder Rikica oder einen Gast?, fragte sie sich –, „ein fünfarmiger Deckenleuchter, ein Kinderbett" – geht die Schuld auch auf die Nachkommen über? –, „ein weißer Schrank, ein Küchentisch, eine Kredenz, drei Hocker, ein Herd, ein Eisschrank, eine Kochplatte, eine Kiste für Mehl, das nötige Küchengeschirr, einige Familienfotos, eine Ikone und ein Ikonenlicht" – wohl wegen der garantierten Glaubensfreiheit –, „ein Zimmerofen, eine Kinderbadewanne, ein Kinderstuhl und ein Schemel." Das war also alles, was sie nach dem Befinden der Justizorgane benötigten. Aber, dachte Branka, „Essen" haben sie nicht auf die Liste gesetzt.

Ihre Sachen wurden weggeschafft, Marko kam ins Gefängnis. Und doch erlaubte der kämpferische Geist der Sáloms den Schwestern nicht, sich so schnell zu ergeben. Sie führten einen erbitterten Kampf, um zu beweisen, dass das türkische Zimmer Rikicas Eigentum war und dass das Schlafzimmer und das Esszimmer zu Brankas Mitgift gehörten, erworben mit „sauberem Arbeitergeld" (denn Branka hatte volle zwanzig Jahre gearbeitet) und nicht mit „schmutzigen kapitalistischen Moneten". Aber nicht einmal das wäre ihnen geblieben, hätte Riki nicht bei der aufmerksamen Lektüre der „Politika", für die Branka keine Zeit hatte, einen Artikel mit dem Titel „Aus Wirtschaftskreisen Dalmatiens: Über die Durchführung der Beschlagnahme" entdeckt, in dem es hieß: „Manche Behörden nehmen fälschlicherweise an, die Beschlagnahme des gesamten Vermögens hieße, alles bis zum letzten Nagel wegzunehmen, wodurch dann die engere unversorgte Familie dem Volk zu Last fällt. Das ist eine verkehrte Auslegung des Gesetzes, für die es keine Rechtfertigung gibt."

Branka suchte sofort einen Freund Markos, den Rechtsanwalt Martinović, auf und las ihm den kostbaren Artikel vor: „Nicht selten gibt es Fälle, in denen bei der Beschlagnahme des Vermögens eines Verurteilten das Eigentumsrecht anderer Personen außer Acht gelassen wird. Aus Artikel 1, 2 und 5 des Gesetzes geht eindeutig hervor, dass sich die Beschlagnahme *nur auf das persönliche Vermögen des Verurteilten* bezieht. Da die Verantwortung individuell ist, muss die Beschlagnahme personenbezogen sein."

Martinović unternahm die nötigen Schritte, Riki und Branka machten Zeugen ausfindig. Es gibt doch gute Menschen, stellte Branka fest und bestätigte damit einmal mehr ihre Lebenseinstellung.

Bald fällte das Gericht für den Dritten Rayon Belgrads das Urteil, laut dem *im Namen des Volkes* „das Eigentumsrecht der Klägerin Riki Sálom aus Belgrad an folgenden Dingen festgestellt wird: 1 Sofa, 2 kleine Tische, 3 Stühle, 2 Blumenständer und 1 Teppich. Diese Gegenstände sind folglich von der Liste des beschlagnahmten Vermögens von Korać Marko zu streichen. Die Verwaltung des Volksvermögens Serbiens wird angewiesen, diese Gegenstände binnen 15 Tagen der Klägerin zur freien Verfügung zu stellen."

Auf dieselbe Weise gelang es Branka Folgendes zurückzubekommen: „1 runden Tisch mit Filzdecke, 4 Beistelltischchen, 1 bosnischen Kelim, 2 Blumenvasen, 2 Deckenleuchter, 2 Bettvorleger, 1 Küchenkredenz, 5 Korbsessel, 3 Gobelins, 1 elektrischen Herd, 1 gepolsterten Sessel und 1 komplette Schlafzimmereinrichtung (Bett, Schrank und Nachttisch) für eine Person."

Sie erinnerte sich daran, wie kaltblütig sie die Unwahrheit unterschrieben hatte, als sie alle genannten Gegenstände als ihr Eigentum angab: „Das Esszimmer erwarb ich bei der Firma ‚Taubman' in Sarajevo für Dinar 18.000, den Herd bei der Firma ‚Neretva AG' für Dinar 5.000 und für alle übrigen Sachen zusammen bezahlte ich Dinar 6.000. Unterschrift: Branka Korać, geborene Sálom."

Sie schämte sich dieser Lüge nicht. Im Gegenteil, sie triumphierte. Wenn die Behörden ihrem Mann alles wegnehmen und in der Liste unter anderem 12 Herrenhemden, 4 Hosen, 2 Anzüge, 1 Wintermantel und 1 Trenchcoat aufführen konnten, war sie bereit, für jedes Stück wie eine Löwin zu kämpfen. Sie wusste ja am besten, dass sie beide das dafür ausgegebene Geld ehrlich verdient und sich nichts vorzuwerfen hatten.

„Im Namen des Volkes! Im Namen des Volkes?", murrte Riki. „Dabei wird alles in enteignete Villen und Wohnungen geschleppt. Aber sei's drum! Immer schon wurde geraubt, wenn auch nicht so maßlos. Früher war es auch nicht viel besser, aber dieses ‚Im Namen des Volkes', diese Heuchelei, diese Scheinheiligkeit macht mich fertig!"

Das ging noch eine Weile weiter: Listen und Urteile, Klagen und Beschlüsse ohne Ende. Währenddessen zählten Branka und Riki die Gegenstände, gaben die beschlagnahmten her und empfingen die zurückerstatteten, als seien sie Angestellte eines Pfandhauses.

„Blanki, *querida*, Liebste, wo bist du wieder mit deinen Gedanken? In letzter Zeit bist du oft abwesend, das bereitet mir Sorgen."

„*Hermaniquia*, Schwesterherz, meine Gedanken fliegen ... Du weißt, dass Marko und die Familie der Anfang und das Ende meiner Welt waren. *Agora mi pareci qui todu es perdidu*, jetzt scheint mir alles verloren zu sein. Uns fehlt eine Stütze, ein Halt, so jung sind wir nicht mehr, um von null anzufangen .... und sogar die Gesundheit lässt uns im Stich."

„*Querida, todu va a ser buenu*, Liebste, alles wird wieder gut", erwiderte Riki ruhig, „alles kommt wieder in Ordnung, du wirst sehen! Lass uns jetzt unsere Lage analysieren: Erstens, so alt sind wir doch nicht, du etwa vierzig, Marko etwas drüber, ich etwas drunter; zweitens, du bist Gott sei Dank gesund wie ein Fisch im Wasser, ich habe zwar etwas Last mit dem Bein und Marko muss sich ein bisschen spritzen, aber das lässt sich alles aushalten! Weiter: Ich bekomme Arbeit. Ich rechne damit, Hüte für das Nationaltheater fertigen zu dürfen. Die dort müssen nur kapieren, dass man keine Oper und kein Ballett ohne Kopfbedeckung aufführen kann. Barhäuptig in der Oper, das ist wie nacktarschig auf der Straße. Marko wird aus dem Gefängnis entlassen, und in diesen Tagen werden auch die Tölpel vom Volksbefreiungsausschuss unseres Rayons, diese genialen Köpfe, die für Wohnungsfragen zuständig sind, auf unser Angebot antworten, ein Zimmer zu vermieten. Auch damit werden wir etwas verdienen. Es gibt einen Ausweg, den gibt es immer, solange man lebt, und wenn ich das richtig sehe, strampeln wir noch recht munter! Das hast du mir damals gesagt, als ich praktisch über Nacht ohne Arbeit, ohne meine Karriere, ohne den geliebten Mann geblieben war. Vergiss nicht, dass wir jetzt deine Heiterkeit brauchen. Denk daran, wie oft du Marko aufgerichtet hast, wenn er strauchelte. Du kannst deinen Optimismus nicht verlieren, weil er wie bei jeder echten sephardischen Frau und Mutter zu deinem Wesen gehört. Da ich weder Ehefrau noch Mutter bin, kann ich es mir erlauben, widerspenstig und heftig zu sein, aber bei dir gehören Sanftmut und Wärme sozusagen zum Beruf."

„Ein schöner Beruf", lächelte Branka zum ersten Mal nach langer Zeit, „aber wenn es wirklich so ist, darf ich mich nicht ändern. Einmal wird es wohl aufwärts gehen ..."

„Es muss, Schwesterherz!"

Riki hielt ihr Versprechen: Sie ging immer wieder auf die Straße und bot Dinge zum Verkauf an. Es gab vieles, das man verkaufen oder gegen Lebensmittel tauschen konnte. Riki hatte noch verschiedene Sachen aus ihrem Modesalon, und so verscherbelte sie neben Betttüchern, silbernen Tellern und Aschenbechern, Tintenfässern und Spiegeln, die Anton Preger ihnen noch während des Krieges aus Sarajevo geschickt hatte, auch ihre Hutformen, Schleier, Spangen, Spitzen und anderen Zierrat. Im Haus hatte sich herumgesprochen, dass es bei Riki etwas zu kaufen gab, und besserstehende Leute kamen, um sich zu erkundigen. Das erleichterte ihr die Arbeit, weil sie mit ihrer Ware nicht mehr auf die Straße oder in die Kommissionsgeschäfte gehen musste.

Kurz und gut, die Schwestern boten nach der Befreiung alles zum Verkauf an. Riki fragte sich manchmal, ob sie sich nicht auch selbst verkauften, Stück für Stück, zusammen mit den Gegenständen und den an ihnen haftenden Erinnerungen. Mit dem Hergeben jedes Objekts schien ihr, dessen Eigentümer blieben immer dünner und blasser zurück, ohne Vergangenheit, ohne Wurzeln, ohne frühere Erlebnisse. Der Erinnerungen beraubt, näherten sie sich dem Tod, denn was anderes war der Tod als das Ausbleiben des Erinnerns? Sie verscheuchte solche Gedanken, wann immer sie die Kraft dazu fand, und redete sich ein, all das würde durch schönere Dinge ersetzt, später mal, irgendwann, vielleicht aber auch nie. Na und? Hauptsache, sie überlebten. Aber für wen? Jetzt war wenigstens das klar: für Inda, in deren Gedächtnis diese Zeiten, falls sie nicht zu lange dauerten, nicht hängenbleiben würden. Aus Selbstschutz oder in dem Wunsch, nur das Schöne in Erinnerung zu behalten, lehnt der menschliche Geist es oft ab, das Hässliche zu registrieren. Und dennoch, stellte sie fest, „die Spuren bleiben irgendwo tief in uns. Daher wundern wir uns manchmal über eine unerklärliche Handlung, deren Wurzel in der fernen, vermeintlich vergessenen Vergangenheit liegt. Die Folgen des Erlebten finden Risse, durch die sie schlüpfen und nach Jahrzehnten auftauchen." Sie war überzeugt, dass für jede Handlung ein Grund in der Vergangenheit liegt.

Einen Grund gab es für alles außer für das, was sie „Schicksal" nannte, und ihr Schicksal waren auch Schmerzen. Alles schmerzte. Das Leben schmerzte. Jene Rikica, die sowohl auf der Bühne als auch im Leben geflattert und gehüpft war, bewegte sich jetzt langsam und schwer, als verkörpere sie die Zeit, in der sie lebten. Rikica, der Miloš einst geschrieben hatte: „... wenn der große Mond am Belgrader Himmel erscheint, dann bist du auf ihm, fröhlich und anmutig tanzend und deine Arme zu mir ausbreitend, zu mir, der ich fern auf dem Scheideweg meines verwunschenen Lebens festgenagelt bin, während du, meine Kleine, unschuldig in den Wolken schwebst" – diese Rikica gab es nicht mehr. Aber es gab jene, die ihrer Schwester helfen konnte, und darin lag der Sinn ihres jetzigen Daseins. Dank Rikicas Mühe strahlte Blanki wieder wie ein Stern am dunklen Himmel des befreiten Belgrads. Dank Rikicas kaufmännischer Fertigkeit schaffte Blanki es endlich, ihr Kind satt zu kriegen und etwas für ihren Mann beiseite zu tun, für Gegenstände hatte sie ohnehin nicht viel übrig. Wieder hörte man sie leise in der Küche singen. Das war die größte Belohnung für Rikicas Anstrengung in ihrem neuen Gewerbe.

★

Branka war auf dem Weg nach Bor zu Marko. Während sie auf einem klapprigen Lastwagen durchgeschüttelt wurde, klang in ihren Ohren die gefasste Stimme Markos, nachdem er die Anklageschrift des „Gerichts für die Aburteilung der Verbrechen und Vergehen gegen die nationale serbische Ehre" erhalten hatte.

„Hab keine Angst, meine Kleine, mein Gewissen ist rein. Schon deshalb kann mir nichts passieren. So wie den Krieg werden wir auch diese Befreiung überleben."

„Aber wie?", entfuhr es ihr. „Sie werden dir alles nehmen, alles, von dem wir hofften, dass man es dir nach dem Krieg zurückgeben würde ... Und, wer weiß, vielleicht sogar das Wenige, was wir noch besitzen ..."

„Jetzt besitzen wir nichts. Und vielleicht kommt es so, wie du meinst, vielleicht auch nicht. Aber wenn es dazu kommt, denk daran: Alles, was wir hatten, ist jetzt Vergangenheit, wir wollen nicht träumen wie die russischen Emigranten, die man nach der Revolution aufgedonnert und zu nichts fähig in Belgrad sehen konnte. Wir können arbeiten und verdienen. Das haben wir immer getan. Wir leben jetzt, im Heute! Das schulden wir unserem Kind und unserer Selbstachtung, die wir bewahren, die wir, verstehst du, bewahren müssen. Jetzt besitzen wir nichts und reden nicht darüber, was gewesen ist. Das lasse ich nicht zu. Ich war reich, jetzt nicht mehr. Ich war gesund, jetzt nicht mehr. Ich war jung, jetzt nicht mehr. Immer das gleiche. Verstehst du das?"

Damals nickte sie, sie nickte auch jetzt, teils weil der Lastwagen holperte, teils weil sie Marko zustimmte. Sie wusste, dass er recht hatte und dass alles für immer verloren war. Das begriff sie an dem Tag, als der Beschluss des Gerichts für den Zweiten und Vierten Rayon Sarajevos eintraf, laut dem „aufgrund des rechtskräftigen Urteils des Belgrader Gerichts für die Aburteilung der Verbrechen und Vergehen gegen die nationale serbische Ehre, nach einem ordnungsgemäßen Verfahren und nach der Durchsicht des Protokolls des Gerichtsgesandten sowie im Sinne des Artikels 22 des Gesetzes über die Beschlagnahme" Marko Korać unter anderem „zur Konfiszierung seines gesamten Vermögens verurteilt wird."

Damals verlor Marko alles, und das war genau im Gerichtsbescheid aufgelistet, den er ihr ruhig, als ginge es um jemand anderen, vorlas:

„,Immobilien: 1. Eintragung des Eigentumsrechts an 1/1 Immobilien aus den Grundbüchern, Nummer' so und so viel und so weiter, ,in Pale mit einer Gesamtfläche von 1.152 Quadratmetern', mein Eigentum ... ,zu Gunsten der Staatskasse der Föderativen Volksrepublik Jugoslawien; 2. Eigentum an der ›Neretva AG‹' ... und so weiter ... zu Gunsten.... derselben ... Gesamtfläche 1.479 Quadratmeter, laut dem Protokoll des Gerichtsgesandten auf 1.497.000 Dinar geschätzt'. Dazu gehörten auch ›Kinema‹, die Druckerei, die ›Jugoslawische Stimme‹ und alles andere", erläuterte er ihr, als wüsste sie es nicht. „,Übertragung in das Staatsvermögen aller beschlagnahmten Aktien und anderer Wertpapiere sowie der Summe von 110.335 Dinar, die am Tag der Beschlagnahme von ›Neretva‹ in der Kasse vorgefunden wurde' ... und dann unter zwei: ,Bewegliche Güter, angeführt im Protokoll des Gerichtsgesandten unter den Ziffern: 3. das Büro der ›Neretva‹, 4. das Nebenbüro und die Magazine der ›Neretva‹, 5. die Möbel der Druckerei und 6. das Lagerhaus auf der Willsonpromenade. Und dann unter drei die Übertragung der Druckerei mit sämtlichem Druckmaterial und den Möbeln ...'"

Während sie sich auf dem klapprigen Lastwagen an dieses quälende Vorlesen erinnerte, sah sie ihre gemeinsame letzte Reise nach Dubrovnik kurz vor dem Ausbruch des Krieges vor sich. Sie hatte ihn damals gewarnt, es sei keine Zeit für den Erwerb einer neuen millionenschweren Druckerei, er aber versicherte ihr, gerade jetzt sei der richtige Zeitpunkt, weil man die bosnische Öffentlichkeit über den Stand der Dinge in Europa informieren müsse, insbesondere über die Irrwege, auf die man aus Unkenntnis geraten könne.

Noch immer hörte sie Markos Stimme. Sie erinnerte sich, wie sie wie verzaubert seine kräftige Hand beobachtete, die einen Aschenbecher immer fester umklammerte, während er ihr die eiskalten Worte des Urteils vorlas:

„,... die Übertragung von ›Kinema‹ mit allen dazugehörigen Aktien, mit dem in der Kasse vorgefundenen Bargeld in Höhe von 12.735 Dinar und 87 Pare, einschließlich der Blocks mit nicht verkauften Eintrittskarten.'" Da hatte er Branka angesehen und mit einem ironischen Lächeln bemerkt, die Leute vom Unabhängigen Staat Kroatien hätten von den Geschäften nicht gerade viel Ahnung gehabt. Weiter las er: „,Zwei Tonapparaturen mit allen dazugehörigen elektrischen Geräten und Teilen in den Kinos ›Tesla‹, ›Drina‹, ›Apollo‹ und ›Slavija‹ sowie ein Stromumwandler im Kino ›Dubrovnik‹ ... im Gesamtwert von 1.847.666 Dinar... Ein Klavier der Marke ›Reisshauer‹ im Wert von 10.000 Dinar, eine kaputte Uhr ...' Seltsam, als ich 1941 wegging, lief die Uhr noch. ,Ein Autoradio Marke ›Filko‹ und ein großer Reisekoffer ...' Ja, ja ... aber kein einziges Auto ... Die Autos haben die Ustascha mitgenommen, als sie die Flucht ergriffen. Hätten die sie nicht genommen, hätten jetzt diese sie sich unter den Nagel gerissen", sagte Marko am Ende der Aufzählung und hob den Aschenbecher, als wolle er ihn zertrümmern, aber stattdessen stellte er ihn nur langsam auf den Tisch, überflog noch einmal die restlichen Seiten und sagte: „Und so weiter ... und so weiter ... ich will dich nicht länger damit quälen."

Auch heute, nachdem sie oft darüber nachgedacht hatte, kam sie wieder zu dem Schluss, dass sie ihren Mann verstand und dass er im Recht war: *Er muss* Selbstdisziplin und seine starke Persönlichkeit zeigen, um die Achtung vor sich selbst zu bewahren, und *sie muss* ihm dabei helfen. Sie bewunderte ihn und seine Haltung. Während ihres ganzen gemeinsamen Lebens und auch davor, seit jenem sonnigen Sonntagmittag, als sie ihn am Kai in Sarajevo kennengelernt hatte,

hatte sie nicht aufgehört, ihn zu bewundern. Das war nicht schwer, als er jung und erfolgreich, später auch noch reich war, aber ihn zu bewundern, während der Flucht, des Versteckens, der Gefangenschaft und jetzt verarmt und zerknirscht, war etwas anderes. Sein Rücken war zwar gebeugt, aber er ging erhobenen Hauptes. Alles durfte er verlieren, nur nicht sich selbst. Darin bestand im Wesentlichen sein Überlebenskampf. Und diesen Kampf, das verstand sie, musste sie ihm erleichtern, sie musste ihm helfen, die Gegenwart und die Zukunft zu akzeptieren. Mit ihrem Glauben an eine Besserung wird sie ihm Kraft geben. Wenn nötig, wird sie ihm sogar etwas vorgaukeln. Die Niedergeschlagenheit vertreiben, die Angst überwinden, den kämpferischen Geist für den Mann, den sie liebt, aktivieren – das wird ihre neue Rolle sein. Es war das Einzige, und wohl das Wichtigste, was sie für ihren Mann tun konnte.

Branka wischte die Tränen ab, setzte sich aufrecht auf den harten Sitz des Lastwagens und atmete auf.

*

Am nächsten Tag kehrte sie spät abends vom Besuch bei Marko zurück, schmutzig, verschwitzt und müde, aber mit einem Ausdruck von Unbeugsamkeit, den Riki in den letzten Monaten an ihr nicht mehr gesehen hatte. Inda schlief schon. Branka nahm ein Bad und setzte sich erfrischt in den Sessel.

„*Comu sta?* Wie geht es ihm?", fragte Riki ungeduldig.

„Ich sah ihn vier Mal nur im Vorübergehen, so wie er es mir geschildert hatte. Wir wechselten kein Wort, aber unsere Blicke sprachen miteinander ... wie damals als wir uns verliebten. Der Arme ist abgemagert, ganz Haut und Knochen, blass, mit zerknittertem Gesicht, aber kaum sah er mich, lächelte er mir zu ..."

Branka erzählte leise weiter, den Blick in die Ferne, nicht auf ihre Schwester gerichtet. Riki saß unruhig auf dem Stuhl, ihre Wangen wurden von Minute zu Minute röter. Als Branka sie endlich anschaute, ähnelte Riki einem Vulkan, der kurz davor war, glühende Lava auszuspeien. Branka verstummte vor diesem Wunder an Wut.

„*Muerti lus venga!* Der Tod soll sie treffen!", schrie Riki. „Hätte ich nur ein Maschinengewehr, ich würde sie alle abknallen! Ausnahmslos alle! Worauf warten sie noch, warum lassen sie sie nicht frei? Vier kranke Männer haben sie verurteilt ... Marko leidet an Diabetes, Saša an der Basedowschen Krankheit, Savić und Rogoz an ihrem hohen Alter. Für vier Jahre haben sie die nationale serbische Ehre verloren! Als könnte man die Ehre verlieren und sie wieder bekommen!"

„Verloren haben die sie, welche sie verurteilt haben", fiel Branka ein.

„Das gesamte Vermögen hat man ihnen genommen! Das war auch das Ziel der Anklage! Aber damit nicht genug, sie brummten ihnen noch zwei Jahre Zwangsarbeit auf. Und warum? Warum denn?"

„Riki, sei leise, Inda wird wach. Wir wissen warum ... Das haben wir schon hundertmal durchgekaut ..."

„Und, wenn es sein muss, kauen wir es noch tausendmal durch, denn diese Frage bringt mich noch um den Verstand!"

„*Ma comu no puedis intendir?* Aber wieso verstehst du das nicht? Man musste einen Grund finden."

„Und der ist?"

„Riki, bitte lass das!", sagte Branka müde, aber die aufgebrachte Riki war nicht zu bremsen.

„Nein, es geht mir nicht in den Kopf ... begreifst du das? Wo ist da das Verbrechen und warum die Strafe? Ich weiß es nicht ..."

„Riki, *querida*, wir wissen alles und wissen nichts; aus einem Blickwinkel betrachtet erscheint alles klar, aus einem anderen ganz und gar nicht ... Aber wenn du eine kurze Erklärung willst: Wir sind jetzt Menschen ohne Rechte und außerhalb des Gesetzes."

Riki wischte sich mit einem Taschentuch über die Stirn.

In Gedanken versunken betrachtete Branka die dunkle Straße durch das halboffene Fenster. „Ich glaube, Marko hat einen großen Fehler begangen, als er sich in dieses Geschäft mit dem ‚Moskva' einließ ... Das brachte ihm wenig Geld und viel Kummer ein."

„Aber Blanki, keiner von ihnen sah dieses Hotel für immer als sein Eigentum an! Vergiss nicht, dass sie schnell Geld verdienen mussten. Marko musste dich und Inda ernähren und auch mich in Grbavče unterstützen, und Poljanski musste für Greta und Saša sorgen. Der eine Serbe war aus Zagreb, der andere aus Sarajevo geflüchtet, beide mit kleinen Kindern ... was sollten sie machen? Als die Geldreserven zu Ende gingen, betrieben sie das Einzige, worin sie gut waren: Geschäfte. Saša meinte, es sei besser, sich an der Pacht des ‚Moskva' zu beteiligen als Rechtsberater beim deutschen Stab zu werden."

„Ja, der arme Saša", seufzte Branka. „Jetzt ist seine Greta auch noch mit dem Kind nach Zagreb gegangen. Aber was hätte sie tun sollen? Dort haben sie wenigstens eine Wohnung, hier hat man sie auf die

Straße gesetzt ... Als ich Greta, diese noch immer vornehme Schönheit, verabschiedete, winkte sie mir aus dem Zug und sagte: ‚Für uns gibt es keinen Frieden, Brankica. Für Belgrad sind wir Kroaten und für Zagreb Serben.'"

„Um sie mache ich mir keine Sorgen", unterbrach Riki sie. „Eine aschkenasische Jüdin und nicht eine *patocha*, eine ungeschickte Sephardin, wie unsereins und ein Serbe aus einer reichen Banater Familie, dessen Großvater, soweit ich weiß, von der k. u. k. Monarchie sogar geadelt wurde, werden dank ihrem Zagreber Schliff nicht untergehen!"

„Keiner hat es leicht, aber es wäre nicht so schlimm, hätten sie sich nicht so in dieses verhasste Hotel verbissen ... Wenn ich mich richtig erinnere, wollte Marko sich einige Wochen, nachdem das Café eröffnet worden war, schon zurückziehen, obwohl der Vertrag mit der Sparkasse über zehn Jahre lief, aber gerade da wurde er denunziert, weil er mich versteckt hielt ... Dabei hatte ich ihn oft angefleht, mich als eine mit einem Arier verheiratete Jüdin anzumelden... Da musste er zuerst mich retten, die Polizei schmieren ... ach, und so blieb er an dem unglückseligen Hotel Moskva hängen ... Ich werde ihn danach fragen, wenn er zurückkommt ... *Siñor dil Mundu*, Großer Gott, er wird doch hoffentlich zurückkommen!"

„*Siguru querida, muy prestu, vas a ver*, sicher, meine Liebe, bald, das wirst du sehen! Wir müssen nur bis dahin durchhalten."

„Ich werde durchhalten, wenn sie ihn nur freilassen", entgegnete Branka leise. „Ich bin froh, dass ich Martinović überredet habe, noch einen Absatz in mein Gesuch einzubauen."

„Was für ein Gesuch?", wunderte sich Riki.

„Das um Markos Begnadigung über das Bezirksvolksgericht an den Vorstand des Antifaschistischen Rats der Volksbefreiung Jugoslawiens, AVNOJ."

„Davon hast du mir nie etwas erzählt", sagte Riki vorwurfsvoll.

„Kein Wunder. Ich mit meinem sprichwörtlich guten Gedächtnis bin vergesslich geworden. Hier, ich lese es dir vor." Sie nahm die Kopie aus ihrer Handasche und sagte: „Martinović hat es so formuliert: ‚Ich betone, dass mein Ehemann vor dem Krieg ein bekannter Geschäftsmann in Sarajevo war, wo er den Ruf eines untadeligen Serben und eines angesehenen Bürgers genoss.' Hier folgen die unterzeichneten Erklärungen der Zeugen, mindestens zwanzig an der Zahl. Dann weiter: ‚Er flüchtete nach Belgrad', ich wollte sagen, vor den Ustascha, aber Martinović war dagegen, er meinte, das sei bekannt,

,und tat sich dort mit den oben erwähnten Männern zusammen, die genau wie er weit davon entfernt waren, zum Vorteil für die Besatzungsmacht und zum Schaden für das eigene Vaterland zu handeln. Mein Ehemann Marko wünschte sehnlichst die Stunde herbei, in der die Deutschen vertrieben würden und die Arbeit in Freiheit beginnen könne. In diesem Sinn ...' ach, seufzte Branka, wie trocken und blutleer das klingt, so weit von Markos leidenschaftlicher Überzeugung, von seinem Hass auf die Deutschen ..."

„Das ist die juristische Sprache, Blankita ... So muss es sein."

„Ja, so muss es sein. Alles muss sein und alles ist erträglich. Und alles wird einen Sinn haben, wenn er mir nur zurückkommt."

★

Der Duft der blühenden Linden in der Njegoševa-Straße wurde immer schwächer und verflüchtigte sich schließlich. Noch stöhnte Belgrad unter der Sommerhitze, aber manch abgefallenes, trockenes, auf dem heißen und staubigen Bürgersteig zerbröseltes Blatt ließ schon den kommenden Herbst ahnen.

Je mehr Zeit verging, umso sichtbarer tauchte der Frieden aus dem Albtraum des soeben beendeten Krieges auf. Wie immer er auch war, dachte Branka in jenen Tagen, er brachte ihrer in der ganzen Welt verstreuten Familie das Leben. Sie fragte sich nach dem Schicksal ihrer Schwester Klara und deren Kinder, nach dem der Brüder Elias und Atleta, von Ninas Los wusste sie bereits und trauerte außerdem um ihre älteste Schwester Buka und deren Söhne Koki und Leon, die im KZ Jasenovac ermordet worden waren. Trotz der Armut und der Ungerechtigkeit brachte der Frieden der jungen Generation Freude. Klaras Didi und Pol und ihrer Inda ... die werden wachsen und nicht vergessen. Jeder von ihnen wird auf seine Weise die Alten und die Verstorbenen in Erinnerung behalten. Darin liegt auch der Sinn der Nachkommenschaft.

Woran wird sich Inda wohl erinnern, fragte sie sich an ihrem Geburtstag, während der Sprecher im Radio über den Gründungskongress der Volksfront Jugoslawiens berichtete.

Inda bekam von Riki als Geschenk die versprochene erste Puppe: eine Zigeunerin, zusammengeflickt aus Stoffresten aus dem Modesalon mit schwarzen Perlen als Augen, schwarzen Seidenfransen als Haar und gesticktem rotem Mund. Riki hatte ihr einen weiten bunten Rock genäht und dicke goldfarbene Gardinenringe als Kreolen verpasst. Indas Freude war grenzenlos.

„Ich nenne sie ... wie soll ich sie nennen?", fragte sie aufgeregt.

„Nenne sie Blanka", schlug Riki vor und klapperte mit ihren alten Kastagnetten. „Wie in deinem Lieblingslied."

Inda war mit diesem Namen nicht zufrieden: „Nein, sie soll Estera heißen wie meine Oma ... die mit den blauen Augen."

„Aber, mein Herzchen, deine Puppe hat keine blauen Augen."

„Macht nichts ... ich habe sie genauso lieb wie die Oma!"

Branka hatte zu dem kleinen Fest die Familie Primorac eingeladen, aber nur Jelena und Ana kamen, während sich ihre Mutter, Markos Schwester Saveta, wegen Kopfschmerzen und deren Mann Jovo wegen unaufschiebbarer Verpflichtungen entschuldigten. Indas Cousinen, beide Studentinnen, mochten die Kleine, eine echte Korać mit strohblondem Haar und grünen Augen. „Ganz genau der Onkel", versicherten sie zu Brankas Freude.

Sie hatte auch Indas einzige Freundinnen Adrijana und Zorica eingeladen. Adrijana kam in Begleitung ihrer Mutter Melanija, einer mit Gold und Brillanten behängten und bei kaltem Wetter in kostbare Pelze gehüllten Tschechin.

Adrijana und ihre Mutter hatten das Glück, dass ihr Vater beziehungsweise Ehemann Petko Božović ein guter Arzt und ein gutmütiger Mensch war. Gleich nach dem Krieg strömten in seine Privatpraxis sowohl die Nachbarn und Bauern aus dem Belgrader Umland als auch wichtige Rayonvorsteher und sogar höhere Funktionäre. Es kamen auch Diplomaten, vor allem Franzosen, da Petko, ein Serbe aus Kruševac, nach seiner turbulenten Teilnahme am Ersten Weltkrieg, am Rückzug durch Albanien und nach dem Einsatz an der Front von Thessaloniki, in Frankreich studiert hatte. Die Božovićs lebten also im Überfluss, den die Familie Korać-Sálom nur aus den Vorkriegsfilmen kannte. Sie wurden von den dankbaren Bauern mit Lebensmitteln versorgt, besaßen gut erhaltene Stilmöbeln, eine Bibliothek, viel Kristall und Porzellan und hatten außerdem Ružica, eine Frau, die im Haushalt arbeitete und in der Arztpraxis aushalf. Sie wohnten im Haus, das früher Petko Božović gehörte, denn trotz der allgemeinen Enteignung hatte man ihm zwei geräumige Wohnungen gelassen, die eine für die Praxis, die andere für ihn und seine Familie.

Zorica aus dem vierten Stock ihres Hauses war ein Jahr älter als Inda. Sie spielten oft zusammen im Hinterhof, in dem Branka während der Straßenkämpfe um Belgrad zwei tapfere Partisaninnen beobachtet hatte, die auf in der obersten Etage des Nachbarhauses verschanzte Deutsche schossen, bis eine von ihnen tödlich getroffen wurde. Jetzt malten Inda und Zorica mit ihren kleinen Fingern „Himmel und Hölle" auf den staubigen Boden dieses Hofs oder sprangen abwechselnd Seil.

Die aufregendsten Augenblicke waren die, wenn Branka an einer langen Schnur ein Körbchen mit belegten Broten hinunterließ. Inda wartete, die Arme ausgestreckt, nahm das Körbchen und inspizierte neugierig, was ihre Mutter ihr diesmal vorbereitet hatte. Zu Brankas großer Erleichterung war sie nicht wählerisch. *Fijiquia mia buena*, mein braves Töchterchen, dachte Branka oft und erinnerte sich, dass sie sich als Kind gegenüber ihrer Mutter Estera ähnlich verhalten hatte

Inda spielte mit Zorica in der Wohnung und im Hof, mit Adrijana, die von allen Rina genannt wurde, traf sie sich in einem nahegelegenen Park, wohin die Mütter sie fast jeden Tag brachten. Sie besuchten einander nur zu den Geburtstagen, weil Branka wenige Gemeinsamkeiten mit der ziemlich taktlosen Melanija fand, die oft ihre privilegierte Lage reicher Leute herausstrich in einer Zeit, in der alle, und an erster Stelle die Koraćs, arm waren. Sie hatte Adrijana verzogen und aus ihr ein verwöhntes und launisches Kind gemacht. Obwohl Branka Adrijanas Verhalten nicht billigte, empfand sie manchmal sogar Mitleid mit diesem kränklichen, dünnen, dunkelhaarigen Mädchen, denn alles, was sie ihr vorwerfen konnte, war auf Melanijas schlechten Einfluss zurückzuführen. Branka musste sich beherrschen, um Adrijana nicht zu rügen, die mit Billigung ihrer Mutter hässlich zu Ružica war. Diese protestierte nie, sondern holte stumpf lächelnd immer wieder den Ball, den Adrijana absichtlich weit weg auf die Rasenfläche warf.

Sogar der kleinen Inda war Adrijanas Benehmen gegenüber Ružica aufgefallen.

„Rina mag Ružica nicht, aber ich mag Tante Riki", sagte sie einmal.

„Das bedeutet nicht, dass sie sie nicht mag, nur hat man ihr beigebracht, sich ihr gegenüber so zu benehmen. Aber das ist nicht schön und du darfst nie zu jemandem so sein, weißt du!"

„Ich weiß. Aber Ružica ist das Dienstmädchen."

„Ja, aber sie ist auch ihre arme Verwandte vom Land. Und merk dir das, gerade zu jenen, die uns im Haushalt helfen und für uns arbeiten, müssen wir noch liebenswürdiger und dankbarer sein als zu unseresgleichen."

„Und warum haben wir kein Dienstmädchen?"
„Wozu, ihr habt ja mich."
„Du bist Mama und kein Dienstmädchen!"
„*Querida*, ich bin Mama und Dienstmädchen und Waschfrau und Köchin und Zimmermädchen und Schwester und Krankenpflegerin und Amme und Ehefrau, die euch so sehr liebt, dass es ihr nicht schwerfällt, das alles für euch zu tun. Die Liebe ist, wie du siehst, das Wichtigste auf der Welt."
„Was ist das, die Liebe?", setzte Inda ihre endlose Reihe von Fragen fort, die Branka alle geduldig beantwortete.
„Es ist das, was du für Papa, Tante Rikica und mich empfindest."
„Wenn man einen küsst?"
„Ja, *linda mia*, meine Schöne, ja."
Zu Indas Geburtstag erschien Melanija in Seide und mit Perlenketten geschmückt, Adrijana hatte ein blaues Musselinkleid an und Inda hüpfte in ihrem neuen Trägerrock umher. Branka hatte mehrere Wollstrümpfe und einen Schal aufgeribbelt, nächtelang die gerissenen Wollfäden zusammengeknüpft, alles zartrosa gefärbt und daraus ihrer Tochter einen weiten Rock gehäkelt. Aus einem alten Seidentuch nähte sie ihr ein Unterhöschen, das man sah, wenn Inda wie eine richtige Ballerina Pirouetten drehte.
„Ihre Kleine ist wie ein Schmetterling", sagte Melanija, als sie die Wohnung betrat, aufrichtig Indas Schönheit und Liebreiz bewundernd. Dann fügte sie leiser hinzu: „Ich hoffe, Rina wird bei Ihnen etwas essen. Sie könnte neben Ihrer Inda, die alles mit Genuss verputzt, Appetit bekommen. Ach!", seufzte sie traurig, „wenn Sie nur wüssten, wie ich mich mit ihr plage! Könnten Sie nicht manchmal Inda zu uns kommen lassen, damit die beiden zusammen essen? Ich wäre Ihnen sehr dankbar dafür."
„Ja ... vielleicht", antwortete Branka unschlüssig. Sie sah es nicht gern, dass Inda bei den Božovićs aß, weil sie wusste, dass sie sich dafür nicht revanchieren konnte.
„Hier, ein kleines Geschenk für das Geburtstagskind", fuhr Melanija fort. Sie holte ein Päckchen aus ihrer Handtasche hervor und nahm gleichzeitig im bequemsten Sessel Platz. „Und das sind ein paar Kleinigkeiten für die Gäste", sagte sie und reichte Branka einen Korb.
„Danke, vielen Dank", stotterte Branka errötend, denn sie hatte nur einen Apfelkuchen anzubieten.

„Das sind aber wirklich nur Kleinigkeiten, liebe Frau Korać! Etwas geräucherten Schinken, ein paar Eier, Obstsaft ... der ist gesund für das Blut ... ich glaube, er ist aus Blaubeeren ... Ja ... Und haben Sie gewusst, dass ich neulich meine Mandeln herausoperieren ließ?"

„Sie?", wunderte sich Branka. „Ich wusste nicht, dass Sie Probleme mit den Mandeln hatten."

„Hatte ich auch nicht. Es ging nicht um *meine* Mandeln. Sehen Sie, Petko meinte, Rina müsse die Mandeln herausnehmen lassen. Aber ich konnte mein Kind nicht zur Operation schicken, ohne zu wissen, wie schmerzhaft das ist. Deshalb habe ich mich diesem Eingriff unterzogen und dabei festgestellt, dass die Schmerzen erträglich sind. Natürlich bei entsprechenden Vorkehrungen. So habe ich unter anderem eine Klingel von Rinas Bett bis in Ružicas Zimmer installieren lassen, damit sie sie während der Rekonvaleszenz jederzeit, vor allem nachts, rufen kann."

„Sie denken wirklich an alles, Frau Božović!", brachte Branka hervor. Melanijas Hervorhebung ihrer Mutterliebe ging ihr auf die Nerven.

„Ich glaube, dass diese neue Mode, sich die Mandeln herausoperieren zu lassen, ein zweischneidiges Schwert ist", mischte sich Ana Primorac als angehende Ärztin ein. „Mandeln sollte man herausnehmen lassen, wenn sie häufig entzündet und nicht wenn sie nur empfindlich sind. Sie sind ein natürlicher Schutz auf dem Weg der Luft in die Lunge."

„Ja, aber wissen Sie nicht, was alles passieren ...", setzte Melanija an, da sie sich, obwohl Juristin, als große Expertin für Medizin betrachtete, wurde aber durch Inda unterbrochen, die ins Zimmer stürmte, um allen Melanijas Geschenk zu zeigen: eine Haarspange in der Form eines Schmetterlings.

„Mama, bitte steck sie mir an!", rief sie aufgeregt. „Ich, Rina und ..."

„Rina, Zorica und ich", korrigierte Riki die Reihenfolge.

„Ja ... Rina, Zorica und ich spielen mit Estera. Rina mag meine Estera mehr als ihre Puppen ... Sie möchte, dass wir tauschen, aber ich will nicht ... Mir ist meine Estera am liebsten ... Mama", sie packte Branka am Rockzipfel, die in der Küche den Korb abstellen und nach dem Apfelkuchen sehen wollte, „warum geht Rina jeden Tag in die Kirche und ich nicht?"

„So ist bei ihnen die Sitte. Sie sind katholisch, wir nicht."

„Und was sind wir?"

„Du bist serbisch-orthodox wie dein Papa. Aber davon sprechen wir ein anderes Mal, jetzt solltest du dich um deine Gäste kümmern!"
Branka goss Blaubeersaft in die Gläser und wurde bei deren Anblick traurig, weil es nur zwei gleiche gab. Von da und dort aufgelesen, das eine klein, das andere stämmig, das dritte schlank, waren sie Überbleibsel aus einer glücklicheren Zeit, die für immer vorbei war. Riki hatte zwei Porzellanservice, die Anton ihnen aus Sarajevo geschickt hatte, gut verkauft. Als sie merkte, dass es Branka schwerfiel, sich von ihnen zu trennen, machte sie, um sie zu erheitern, Höhlenmenschen nach, die, wenn sie Wasser trinken wollten, ihre Köpfe zu einem Bach hinunterbeugen mussten. Sie hingegen seien besser dran, sagte sie, weil sie nur den Mund unter dem Wasserhahn aufzumachen bräuchten, außerdem hätten sie jetzt zum Glück fließendes Wasser und Branka müsse nicht mehr große Eimer vom Brunnen auf dem Slavija-Platz nach Hause schleppen.

Im Wohnzimmer plauderten die Gäste miteinander und suchten jeder auf seine Art Abkühlung: Melanija bediente sich eines prunkvollen Fächers, Riki half sich mit einem Stück Pappe, Branka stellte sich in den Durchzug, nur Jelena und Ana taten nichts, sie genossen die Hitze. Der Belgrader Spätsommer brachte eine trockene und heiße, dem Wüstenwind ähnliche Luft. Sie drang durch die heruntergelassenen Rollläden in die Wohnung in der Njegoševa-Straße und verwandelte sich dort in einen lauen, Branka erträglichen Luftstrom. Während sie die Kälte in leichten, kurzärmeligen Kleidern gut vertrug, machte ihr die Belgrader Hitze zu schaffen. Inda ließ die Träger ihres Wollröckchens herunter und hüpfte bis zur Taille nackt und barfuß unermüdlich herum. Sie mochte den Tanz und wünschte sehnlichst, eine Ballerina zu werden wie einst Riki.

„Ich bin jetzt Tante Riki!", rief sie und zeigte auf ein großes Gemälde von Mladen Josić, auf dem Riki als Spanierin verkleidet am Klavier saß.

„Das bist du natürlich, nur viel schöner als ich", erwiderte Riki. „Willst du uns jetzt den Tanz vorführen, den ich dir gezeigt habe?"

„Ich will", antwortete Inda ernst. „Du musst aber die Musik singen."

Riki hatte ihr den „Sterbenden Schwan" beigebracht und summte jetzt in Ermangelung eines Grammophons die Melodie von Camille Saint-Saëns.

Inda verneigte sich kurz vor den Anwesenden, kündigte den „Sterbenden Schwan" an und nahm in Erwartung von Rikis Musik die Anfangsstellung ein.

„Mein Gott", sagte Riki leise, bevor sie anfing zu singen, „lass sie bloß nicht Tänzerin werden!

Den Tanz beendete Inda auf dem Boden sitzend, die zusammengelegten Hände auf der Fußspitze ihres ausgestreckten Beins.

Ana sprang begeistert auf: „Wie süß", rief sie, „zum Anbeißen süß!" Sie hob das Mädchen hoch, begann sie zu küssen und biss wohl etwas heftiger als beabsichtigt in ihren nackten Oberschenkel. Inda begann zu weinen, worauf Branka sie gleich in die Arme nahm, über die Stelle streichelte, an der Anas Zähne sichtbare Spuren hinterlassen hatten, und zwischen den Küssen flüsterte: „*Estu no es nada, linda mia! Bien oju ti miri, cuandu stas ansina hermoza!* Das ist doch nichts, meine Schöne. Das war gegen den bösen Blick ... Du kannst nichts dafür, dass du so süß bist!" Dann brachte sie ihr zuerst Estera zum Spielen und widmete sich dann Ana, die nicht aufhörte, sich zu entschuldigen.

Um die gute Stimmung wieder herzustellen, holte Branka das alte Radio in der Hoffnung, Musik zu finden, denn die war im Belgrader Sender selten zu hören. Auch dieses Mal erklangen nur Reden, und sie schaltete das Gerät sofort wieder ab.

„Hätten Sie mir doch etwas gesagt", meldete sich Melanija, „dann hätte ich ein Grammophon und ein paar Schallplatten gebracht."

„Macht nichts, ich dachte ..."

„Mama", fiel Inda ihr ins Wort, „warum haben wir kein Radio, das Musik macht?"

„Dieses Radio kann Musik machen und sprechen, *querida*, nur wollen die Leute von der Rundfunkstation selten Musik spielen", erklärte ihr Branka lächelnd.

„Nein!", widersprach Inda verärgert. „Es gibt Radios, die Musik machen, und Radios, die sprechen. Dieses Radio ist von Papa und es spricht nur."

„Gibt es etwas Neues über die Freilassung Ihres Mannes?", wandte sich Melanija an Branka. Diese legte den Zeigefinger auf die Lippen, zeigte auf Inda und flüsterte:

„Vorerst keine."

„Schrecklich! Was für eine Ungerechtigkeit! Ich werde für ihn beten", sagte Melanija, als hätte sie endlich eine Lösung gefunden.

„Gott kann helfen, aber die Menschen müssen die Dinge in ihre Hand nehmen", mischte Riki sich in das Gespräch ein.

Branka dachte, ihr Glück wäre vollkommen, wäre auch Marko jetzt da. Als könnte sie ihre Gedanken lesen, küsste Riki sie im Vorbeigehen und sagte leise: „Wir werden wieder alle zusammen sein, du wirst sehen! Du wirst alle deine Küken um dich haben wie eine richtige Vorkriegshenne!"

Als die Gäste fort waren, badete Branka Inda, brachte sie ins Bett, erzählte ihr ihr Lieblingsmärchen und kam zurück ins Zimmer, wo Riki bei Patience auf die übliche Unterhaltung am Abend wartete.

„Riki, kannst du dich an meine Geburtstage erinnern, als wir klein waren und du für mich Vorstellungen organisiert hast? Es herrschte zwar der verdammte Krieg, wir litten wie heute Mangel an vielen Dingen, aber wir hofften auf bessere Zeiten ... Ob wir wohl auch heute hoffen dürfen?"

„Natürlich! Wir machen uns selbst was vor, belügen uns gegenseitig, verstellen uns und spielen Komödie, weil wir das Bild des Glücks brauchen, um das Unglück zu ertragen. Und wenn wir es woanders nicht finden, suchen wir es in den Erinnerungen." Riki stand auf und öffnete das Fenster. „Erinnerst du dich, als ich versteckt in der Wohnung von Sandas Mann auf die gefälschten Papiere wartete und er dann unverhofft von der Reise zurückkam?"

„Natürlich erinnere ich mich daran! Du dachtest schon, das ist dein Ende ... Er als Polizeichef ..."

„Damals dachte ich an Wien, an die Übungssäle und an meine vielen Lausbubenstreiche, wie ich zum Beispiel der eingebildeten Rita einen mit Wasser getränkten Schwamm ins Bett legte ... Ich dachte an Sanda, die Bälle, die Ausschweifungen und an das leise Singen von Romanzen auf den Save-Flößen, während der Tag anbrach. Ich erinnerte mich an die unschuldige und reine Morgenröte bei den Sonnenaufgängen. Das gab mir Kraft damals, aber auch später in den langen Jahren, als ich mich verstecken musste. Das half mir durchzuhalten ... Ich war noch nicht reif fürs Sterben."

„Das Schicksal wollte, dass wir überlebten. Und doch, für ein Menschenleben ist ein Krieg genug", sagte Branka mit einem Seufzer.

„Dieser war viel schlimmer als der vorige."

„Oder wir waren damals zu klein und verstanden nicht, was vor sich ging. Ich erinnere mich nur an den Hunger, mein Bauch knurrte und tat weh ..."

„Trotzdem warst du still, während ich lauthals schrie und von Mama verlangte, mir etwas zu essen zu geben! Du musst zugeben, dass ich mich jetzt viel besser beherrsche", sagte Riki und runzelte die Stirn. „Es wird doch wieder was zu essen geben, es wird alles geben und am meisten wird es meine Hüftschmerzen geben. Die hören nicht auf, die haben sich in mich verliebt und lassen nicht von mir ab!"

„Mein Schwesterherz, wenn ich dir nur helfen könnte!"

„Helfen?", rief Riki aus. „Niemand hat mir in meinem Leben so viel geholfen wie du ... Du hast mich sozusagen erschaffen! Dir habe ich zu verdanken, dass ich Tänzerin geworden bin. Alles begann mit deinen Geburtstagsfeiern."

„Manchmal denke ich, es wäre besser, du hättest nie angefangen zu tanzen."

„Nein, das ist falsch. Ich habe es nie bereut. Und wenn ich noch einmal auf die Welt käme, würde ich denselben Weg einschlagen. Mein ganzes Wesen hat danach gestrebt. Die herrlichen Jahre des Tanzes und des Vergnügens würde ich gegen nichts auf der Welt eintauschen."

„Auch nicht gegen die Befreiung von den Schmerzen?"

„Auch gegen die nicht."

★

Eines Abends klingelte es spät an der Tür. Auf ihre Frage, wer da sei, erkannte Branka Ninas Stimme. Sie machte sofort auf und sah ihre um einen Kopf kleinere, pummelige Schwester und deren großgewachsenen, schlanken Mann, Škoro Ignjatić.

„*Hermaniquia, querida mia! Comu venites?* Meine liebe Schwester, wo kommt ihr her? Schnell herein, seid willkommen! Warum habt ihr uns nicht benachrichtigt, meine Lieben!", sagte Branka, während sie die Schwester umarmte.

„Ja, da sind wir, ob ihr uns haben wollt oder nicht!", entgegnete Nina unter Tränen und mit vorwurfsvoller Stimme, als hätte Branka sie schon abgewiesen.

„Ja, da sind wir", sekundierte Ignjo. „Ich sagte zu Nina, die werden uns doch nicht im Regen stehen lassen, und sie war, oh Wunder, gleich einverstanden."

„Im Regen, um Gottes Willen! Kommt herein ... Wartet ... ich helfe euch!"

Branka führte sie herein.

„Oh, eine schöne Wohnung!", sagte Nina, neugierig umherblickend. *Muchu mi agrada, muy lindu y abastanti espajadu!* Sie gefällt mir sehr, sie ist sehr schön und geräumig."

„Und wo ist mein Freund Marko?", erkundigte sich Ignjo schon in der Diele. „Ist es möglich, dass der großzügige serbische Gastgeber, der immer alle willkommen hieß, es zur Nachtzeit den Frauen überlässt, mit Eindringlingen fertigzuwerden? Ist er so bequem geworden?"

„Marko ist im Gefängnis."

„*Tristi di mi!*, oh Jammer!", wehklagte Nina entsetzt. „Schon wieder? Wer hat ihn jetzt eingesperrt? Wurden wir denn nicht befreit?"

„*Ninić, t'arrogu*, Ninić, ich bitte dich! Setz dich und hör auf zu weinen", versuchte Branka ihre ältere Schwester, diese große Panikmacherin, zu beruhigen.

„*Que no lloru? Poveru Marko! Estu no puedi ser! Comu?! Pur luque?* Ich soll nicht weinen? Der arme Marko! Wie ist das möglich? Wieso? Warum? Erkläre mir sofort, wer ihn eingesperrt hat?"

„Die Volksmacht."

„Er soll dem Volk etwas angetan haben? Welchem Volk? Welcher Macht?"

„Nina, hör jetzt auf!", sagte Ignjo streng. „Lass Branka uns alles erklären."

Nina sah ihn beleidigt an und presste die Lippen zusammen.

„Wie ihr wisst, Marko, Poljanski und noch zwei Belgrader Hoteliers", begann Branka leise, schon müde davon, immer das selbe zu erzählen, „hatten das ‚Moskva' bei einer öffentlichen Auktion von der Postsparkasse gepachtet. Da das Hotel bei den deutschen Luftangriffen gebrannt hatte, mussten sie es erst renovieren, es dauerte ein Jahr, bis es 1943 wiedereröffnet wurde. Sie betrieben aber nur das Café, weil das Feldkommando und die für Beschlagnahme zuständige Abteilung der Stadtverwaltung das ganze Hotel konfisziert hatten ..."

„Ach, immer mit Gewalt, immer mit Maschinengewehren!", platzte Nina, die nicht mehr schweigen konnte, heraus, hielt dann aber unter Ignjos strengem Blick den Mund.

„Das bedeutet wohl, dass sie von den Deutschen kein Geld bekommen haben?", fragte Ignjo.

„Keinen Dinar! Ihre einzige Einnahme war das Café. Sie haben nie ein Hotelzimmer benutzt. Als man Poljanski aus seiner Wohnung in der Jovan-Ristić-Straße hinauswarf, um dort Offiziere der Luftwaffe unterzubringen, bat er, nur eine Nacht im Hotel schlafen zu dürfen, bis er eine andere Wohnung fände. Aber die Deutschen erlaubten es ihm nicht, und so kam er mit seiner Familie zu uns ..."

„Warum hast du uns nichts davon geschrieben?", unterbrach Nina sie.

„Ich kam nicht dazu. Die Verurteilung, die Verhaftung, die Einspruchsfrist ... Alles in nur ein paar Tagen ..."

„Habt ihr Beschwerde eingelegt?", fragte Ignjo.

„Natürlich. Alles haben wir vorgelegt: Beweisstücke, Zeugenaussagen, Dokumentationen ..."

„Und?", schrie Nina auf.

„Bis jetzt ist nichts passiert. Aber etwas von dem werden sie doch akzeptieren müssen ... Hoffentlich wird man es ihnen zugutehalten, dass sie das ‚Moskva' 1944 für die Befreier wieder instandgesetzt haben, da es bei den Straßenkämpfen stark beschädigt worden war. Sie brachten dort ein ganzes Feldkrankenhaus der Roten Armee unter, leisteten millionenschwere Hilfe mit Waren, Decken, Tüchern, Zucker, Rum und vielem anderen ... Damals sah ich Marko tage- und nächtelang nicht. Ich kam nicht einmal dazu, ihn zu fragen, was er alles tat. Wenn er nach Hause kam, fiel er wie ein Stein ins Bett und wiederholte im Halbschlaf immer wieder: ‚Gott sei Dank, die Deutschen sind weg! Freiheit, Branka, endlich Freiheit!' Dann wurde dieses verfluchte Hotel dem Stadtkommando für die Bedürfnisse der jugoslawischen Armee zur Verfügung gestellt. Das ganze Café wurde denen aus dem Ersten Rayon überlassen, weißt du, denen, die mit dem Umtausch des Geldes befasst waren. Und schließlich, bevor die Anklage gegen sie erhoben wurde, als sie nicht ahnen konnten, dass man sie irgendwelcher Straftaten beschuldigen würde, gaben sie eine schriftliche unwiderrufliche Erklärung ab, laut der sie alle Aktien ihrer Gesellschaft dem Reiseunternehmen Putnik für die Eröffnung eines panslawischen Hotels in Belgrad schenkten ..."

„Was will man denn mehr?", platzte Nina wieder heraus. „Oh weh, einen Unschuldigen haben sie verurteilt! Warum bloß?"

„Und dann haben die da oben sie wegen Kollaboration mit der Besatzungsmacht angeklagt", sagte Branka zum Schluss.

„Sind denn die Jetzigen auch so?", rief Nina entsetzt aus.

„Doch! Doch! ... Mir ist alles klar", sagte Ignjo. „Wenn es nicht das ‚Moskva' gewesen wäre, hätte man ihnen etwas anderes angehängt."

„*Gvercu lus llevi*! Der Teufel soll sie holen!", stieß Nina hervor. „*Ma yo non intiendu nada!* Ich verstehe nichts."

„Škoro wird es dir später erklären ..."

„Das mit dem panslawischen Hotel", fiel Ignjo ein, „war bestimmt Markos Idee."

„Klar. Du kanntest ja seine Obsession seit dem Ersten Weltkrieg: die Einheit der Südslawen."

Riki, von den Stimmen wach geworden, kam ins Wohnzimmer und begrüßte kühl ihre Schwester und ihren Schwager. Beleidigungen verzieh sie nie. Obwohl Nina immer wieder ihre Liebe zu den Schwestern betonte, verletzte sie sie auch oft. Als sie einmal in Belgrad war und Rikis kleine Wohnung über dem Modesalon besichtigte, bemerkte sie, „es stinke nach Liebhabern" und „Riki müsse aufpassen, was sie tue". Riki warf sie hinaus. Nina existierte seitdem für sie nicht mehr. Da halfen auch die langen Jammerbriefe in winzigen Buchstaben nicht, die Riki als „Wanzen ähnlich und sowohl dem Aussehen als auch dem Inhalt nach als langweilig" abstempelte und nicht beantworten wollte. Im Gegensatz zu Branka, die für alle eine Rechtfertigung fand und deshalb leicht verzieh, das Schlechte vergaß und sich nur an das Gute erinnerte, akzeptierte und bewertete Riki ihre Freunde und sogar ihre viel ältere Schwester alleine nach deren Verhalten. Eine herbe Enttäuschung konnte zur Folge haben, dass sie selbst Nahestehende ablehnte. Einen mittleren Weg gab es für sie nicht. Obwohl sie manchmal, wie nach Miloš' Tod, bedauerte, so zu sein, wusste sie, dass sie gegen ihre Natur nicht ankam, weswegen jedes Verzeihen unaufrichtig gewesen wäre.

Was Škoro Ignjatić anbetraf, er konnte Rikica von Anfang an nicht leiden, was sie besonders amüsierte, als sie beliebt und berühmt war, denn damals war er der Einzige, der ihre Gesellschaft nicht suchte.

„Ich gehe schlafen", sagte Riki einfach. „Gute Nacht!"

„Hmmm!", schnaubte Nina und fügte, als Riki weg war, im lauten Flüsterton hinzu: „Diese undankbare Göre! Früher habe ich es ihr wegen ihrer Jugend nachgesehen, aber jetzt ist sie schon eine erwachsene Frau! Wer hat ihr geholfen, den Salon in Belgrad zu eröffnen? Wer hat ihr Geld gegeben für die verdammte Schule in Wien? Und erst in Zagreb! Ich habe ihr die Karriere ermöglicht, und jetzt benimmt sie sich so ... Keines meiner Geschwister schätzte meine Opfer, das tat nur unsere liebe Mutter, *buen mundu tenga*, möge sie in Frieden ruhen. Riki ist immer die Schlimmste gewesen. *Angustiosa*, ein Miststück!"

„*Nina, querida, no havlis ansina*, Nina, meine Liebe, sprich nicht so", versuchte Branka sie zu beruhigen und streichelte dabei ihre kurzen, dicken Finger. „Sie hat es nicht leicht, man hat ihr das Geschäft weggenommen ..."

„Weil die Blöde es während des Krieges nicht verkauft hat!"

„Wie sollte sie es verkaufen, sie hat sich doch die ganze Zeit auf dem Land versteckt? Hast du das vergessen? Jetzt möchte sie etwas verdienen, findet aber keine Arbeit. Die Hüfte tut ihr ständig weh. Nachts schläft sie kaum. Sie hat viel durchgemacht, du musst sie verstehen."

„Ich habe auch viel durchgemacht", erwiderte Nina barsch, schniefend und die Tränen wegwischend. „Wer hat es nicht? Ignjo zum Beispiel hat Asthma. Hast du das gewusst? *Mi spantu, muchu mi spantu!*, Ich habe Angst, ich habe große Angst!"

„Hör auf, Kleine!", mischte sich Ignjo scherzhaft ein, wurde aber gleich wieder ernst: „Das mit Marko geht mir nicht aus dem Kopf ... Diese ehrliche Haut! Die schlimmsten Zeiten hat er durchgestanden und jetzt wird ihm so böse mitgespielt! Aber so ist das halt, liebe Branka. Eine neue Zeit ist angebrochen, doch der alte Spruch ‚Was dem einen sin Uhl, ist dem anderen sin Nachtigall' gilt noch heute. So war es schon immer."

„Ja", pflichtete ihm Nina bei, „aber Marko passierte das gleich zwei Mal ... nein, drei Mal ... ähm, wie war das noch?" Sie begann an den Fingern abzuzählen. „Das erste Mal, als die verhassten Ustascha kamen; das zweite Mal, als ihr hierher geflüchtet seid und die Deutschen vorfandet; und jetzt, nachdem wir befreit wurden, ist es das dritte Mal ... Ach, *poveretu*, der Arme ... Und all das, weil er sich immer hervorgetan hat. *Miu queridu maridu*, mein lieber Mann dagegen hat eine gute Stelle bei der Staatlichen Versicherungsanstalt in Dubrovnik bekommen. Ist das nicht toll! Nur wissen wir nicht, wo wir wohnen werden ... hoffentlich finden wir ein Dach über dem Kopf ..." Sie nahm ihren Fächer, schwenkte ihn heftig und traf ihre Nase. „*Gvercu lu llevi*, der Teufel soll ihn holen ...! Ach, diese ganzen Reisen und Umzüge hasse ich wie die Pest." Sie ließ einen tiefen Seufzer vernehmen, als müsse sie jedes Jahr umziehen, obwohl sie sich bislang nie aus Sarajevo fortbewegt hatte. „Die Möbel haben wir noch nicht schicken lassen, weil wir lieber hierblieben, wenn Ignjo in Belgrad eine Arbeit findet. Ich möchte gern mit euch zusammen sein ..."

„Ich aber nicht", warf Ignjo ein.

„... und gemeinsam mit euch Mokka trinken ... wenn wir Kaffee auftreiben", blieb Nina dabei.

„Warum wollt ihr fort aus Sarajevo?", wollte Branka wissen.

„Dort gibt es für uns kein Leben mehr", sagte Ignjo. „Wir passen nicht mehr zu Saraj und Saraj passt nicht mehr zu uns. Alles Alte ist verschwunden, alles Neue schmeckt uns nicht. Die Menschen lügen, wenn sie erzählen, wer sie sind und was sie während des Krieges waren, dabei kenne ich sie in- und auswendig. Wahrscheinlich lügen die Menschen anderswo auch, aber die kenne ich wenigstens nicht. In Saraj mag ich sie nicht mehr sehen noch hören. Mir wird geradezu übel, wenn sie sich damit brüsten, große Patrioten zu sein, obwohl sie noch bis gestern Pavelićs Bild an der Wand hängen hatten. Und so dachte ich, wenn wir uns schon an etwas Neues gewöhnen müssen, dann gehen wir in eine andere Stadt ... dort ist für uns alles neu."

„*Savis*, weißt du, Blanki", sagte Nina verschwörerisch, „unser Geldbeutel ist nicht ganz leer. Er ist zwar nicht prall wie eine Wassermelone, aber etwas Geld haben wir noch ... Wir werden euch nicht zur Last fallen."

„Aber, Nina, wir leben in einer solchen Armut, dass uns niemand zur Last fallen kann, denn weniger als jetzt können wir nicht haben."

„Hat Marko denn nichts gerettet?", wunderte sich Škoro.

„Nichts ... absolut nichts. Du weißt, wie wir aus Sarajevo geflüchtet sind, aus dem Gefängniskrankenhaus direkt zum Zug. Ein Teil des mitgenommenen Geldes haben wir gleich nach der Ankunft verbraucht, den Rest hat er in dieses unglückselige ‚Moskva' investiert, damit wir uns später davon ernähren könnten. Dann kam die Befreiung ... Ja, und jetzt haben wir keinerlei Einkünfte, wir verkaufen, was uns der gute Anton während des Krieges schickte und uns bisher nicht weggenommen wurde. So sieht es bei uns aus."

„*Mira hermaniquia*, siehe, Schwesterherz", sagte Nina, in ihrer Handtasche wühlend, in der sie immer in verschiedenen Abteilungen und Täschchen eine Menge unnötigen Kram aufbewahrte. „*Gvercu lu llevi*, der Teufel soll es holen!", murmelte sie wütend und rot im Gesicht. „Hier ist es! *Estu es la moneda di chapeus*, das ist das Geld von den Hüten", sagte sie endlich und legte Branka einen Umschlag hin.

„Aber nein, bitte nicht!", protestierte Branka, von dieser Geste ihrer Schwester aufrichtig gerührt.

„*Toma, t'arrogu y ya basta*, nimm es, bitte, und Schluss. Ich will kein Wort mehr hören!", befahl Nina streng. Nachdem unsere liebe Buka nicht mehr ist, bin ich die Älteste und du musst jetzt auf mich hören. Dieses Geld habe ich aufbewahrt und es ganz legal in neue Dinar eingetauscht ... Und du sollst wissen, das ist mein Geld", sie hielt inne und sah auf alle Fälle Ignjo vorwurfsvoll an, „das musste ich vor ihm verstecken, damit er es nicht für Wein ausgab ... *Si, si, ya conozcu las colis di mi guarta*, ja, ja, ich kenne eben meinen Pappenheimer."

„Sieh mal an, ich wusste nicht, dass meine Frau mich betrügt", fiel Ignjo lachend ein.

„Du hast mich immer betrogen, Blanki weiß es am besten", zischte Nina und drückte Branka den Umschlag in die Hand.

„Spaß beiseite, Branka", mischte sich Ignjo ein, „steck das ein und philosophiere nicht so viel. Bis jetzt hatten wir mein Gehalt, und das werden wir wieder haben, danach eine Rente und später unter der Erde brauchen wir nichts mehr ... Kinder haben wir nicht, für das Leben nach meinem Gusto genügt ein halber Liter Roter ..."

„Ach ja, Kinder!", Nina sprang hoch. „Wo ist die Kleine? *Siñor dil Mundu*, Herr im Himmel, ich muss sie sehen, ich muss unser Kindchen drücken, *nuestra linda chica*, unsere schöne Kleine!"

„Woher weißt du, dass sie schön ist, wenn du sie noch nie gesehen hast?", fragte Branka stolz lächelnd.

„Ich weiß es! Du hast sie mir doch in deinen Briefen beschrieben ... Wo ist sie?"

„Sie schläft, aber du kannst sie anschauen."

Sie schlichen sich leise ins Zimmer. Inda rührte sich ein wenig, wurde aber nicht wach. Nina hielt es nicht mehr aus, sie beugte sich über das Bett und küsste sie.

„Mama?"

„*No, no, querida ... estu es tia Nina ... andgeliquiu miu* ... Nein, meine Liebe, das ist die Tante Nina, mein Engelchen."

Inda richtete sich etwas auf, rieb sich die Augen, murmelte „Hallo", drehte sich auf die andere Seite und schlief weiter.

Nina kam aus dem Staunen nicht heraus: So klein und kann schon sprechen! Branka erklärte ihr, dass dies nichts Ungewöhnliches war.

Sie gingen zurück ins Wohnzimmer und setzten sich wieder an den Tisch. Branka hielt noch immer den Umschlag mit dem Geld in der Hand. Sie sah Nina an und steckte ihn in die Tasche: „*Gracias, hermaniquia i Ignjo, muchas gracias*, danke, Schwesterherz und Ignjo, vielen Dank."

Nina winkte ab, als vertreibe sie eine Fliege, und fragte: „Gibt es hier was zu knabbern?"

„Ich bin wirklich eine *patocha*, eine Dumme, nichts habe ich euch angeboten ... Aber natürlich, etwas wird sich schon finden", sagte Branka und stand auf.

„Nicht zu viel", rief Nina, sich die Lippen leckend. „Schau, wie dick ich bin. Aber was soll ich tun, mir schmeckt einfach alles. Mein Ignjo ist schlank wie ein englischer Lord, dabei essen wir dasselbe ..."

„Ninić!", mahnte Škoro und drohte mit dem Zeigefinger.

„Na gut, nicht gerade dasselbe ... Ich kaue immer an etwas, aber was soll ich tun, *cuandu tengu fambri*, ich habe immer Hunger ... Alles bleibt an mir haften: etwas Brot, Öl und Zwiebeln, ach, *qui buenu!*, wie das schmeckt! Immer wieder nehme ich mir vor, ab morgen zu fasten, aber am nächsten Tag verschiebe ich es auf übermorgen. Mein ganzes Leben will ich Abmagerungskuren machen, aber es gelingt mir nie. Du, Blanki, hattest immer einen eisernen Willen, wenn du einmal ‚basta' gesagt hast, konnte man dich nicht einmal mit gebratenen Tauben locken."

„Jetzt habe ich diese Probleme nicht mehr. Aber wenn wir schon dabei sind, darf ich euch etwas Maisbrei anbieten?"

„Aber ja, liebe Schwägerin!", sagte Ignjo.

*

Ende September bekamen sie den Bescheid vom Rayonkomitee, dass ein Major Spasić bei ihnen einziehen würde. Auch wurde die Höhe der Miete festgesetzt, die die Koraćs für ihr Zimmer bekommen sollten. Obwohl nach der Ankunft des Ehepaars Ignjatić der Wohnraum wesentlich knapper geworden und die ständige Anwesenheit eines fremden Mannes nicht angenehm war, nahmen Riki und Branka die Nachricht mit Freude auf. Erstens, weil dadurch nicht mehr die Gefahr bestand, dass man sie aus der Wohnung hinauswarf, und zweitens, weil die Miete künftig ihr einziges festes Monatseinkommen sein würde.

Die Frage der Aufteilung der Wohnung gestaltete sich indes äußerst schwierig und wurde für Branka zu einer Belastung. Da Nina und Škoro nichts über eine Abreise verlauten ließen, musste sie ernsthafte Überlegungen anstellen. Riki musste ihr eigenes Zimmer haben, Nina und Škoro auch, Branka, Marko, wenn er zurückkam, und Inda ebenfalls, dasselbe galt für den Major Spasić. Es gab aber außer dem Durchgangswohnzimmer mit Zugang zu allen anderen Räumen nur noch drei Zimmer, von denen das mittlere wegen einer großen Glastür keine gesonderte Einheit bildete. Branka verrührte deshalb schon am nächsten Morgen Mehl mit Wasser und bestrich damit die dreiflügelige Tür. Als die Masse trocknete, wurde das durchsichtige Glas matt. Der Versuch war gelungen, aber es fehlte immer noch ein Zimmer.

„Das ist deine Wohnung, Blanka, du musst entscheiden", sagte Riki. „Die Wohnung ist für uns alle zu klein, und es wäre logisch, dass entweder Nina oder ich gehen. Das Problem ist nur, dass ich nirgendwo unterkommen kann. Einen solchen Wohnungsmangel wie jetzt in Belgrad hat die Welt noch nicht gesehen ... Die Menschen schlafen in Parks, in Hauseingängen, in Kellern ..."

„Aber, Riki, es kommt nicht in Frage, dass du gehst!"

„Ich richte mich nach deiner Entscheidung."

„Alles wird gut", sagte Branka, die trotz der versöhnlichen Haltung ihrer Schwester keine Lösung sah.

In jenen Tagen hatte Ignjo häufig Asthmaanfälle. Offensichtlich vertrug er das Belgrader Klima nicht. Das erschwerte seine Arbeitssuche, was seinen und Ninas Aufenthalt nur noch in die Länge zog. Branka befürchtete, falls Ignjo eine Arbeit fände, könnte die Enge in der Wohnung zu einem Dauerproblem werden, denn dann würden die beiden in der Njegoševa-Straße bleiben. Das müsste man in Kauf nehmen! Nina war nach der anfänglichen Begeisterung, mit ihren Schwestern zusammen zu sein, zu ihrem alten, schwer zu ertragenden Benehmen zurückgekehrt: Sie wuselte in der Wohnung herum und schaute in jede Ecke, murrte und wehklagte über alles und jeden, insbesondere über ihr eigenes schweres Los. Nur beim Essen schnurrte sie zufrieden. So gern sie aß, so wenig mochte sie kochen. Deshalb lobte sie Brankas Kunst, *buena comida*, „köstliches Essen" zuzubereiten, und kritisierte die eigene Unzulänglichkeit auf diesem Gebiet.

Branka kochte also für alle, versorgte Inda, wusch und bügelte bis spät in die Nacht, fuhr nach Bor, um Marko zu besuchen, ging einkaufen, putzte und schrubbte. Obendrein musste sie zwischen den beiden müßigen Schwestern vermitteln, die sich alle Augenblicke wegen ihrer Nichte stritten.

Als Riki in dem abgelegenen Dorf Grbavče die Nachricht von Indas Geburt bekommen hatte, nahm sie sich vor, das kleine Mädchen später zu erziehen. Nach Belgrad zurückgekehrt, tat sie das mit konsequenter Strenge, was die Kleine meist gehorsam erduldete. Branka mischte sich nicht ein, aber oft bedauerte sie insgeheim, dass ihre Tochter wegen Rikis Ermahnungen keine ruhige Mahlzeit hatte:

„Schlürfe nicht ... Nimm den Arm vom Tisch ... Stopfe nicht den ganzen Löffel in den Mund, du sollst ihn so neigen, dass die Suppe hineinfließt ... Lehne dich nicht mit dem Oberkörper an den Tisch, der Abstand muss etwa zwei Handbreit betragen ..."

„Deine oder meine?", fragte Inda, während sie mit ihrer kleinen Hand versuchte, die Entfernung zu messen.

„Für dich deine und für mich meine", entgegnete Riki lachend. „Und halte die Gabel nicht wie einen Dolch ..."

So ging es dauernd.

„Es ist schwer, ein Kind zu sein", vertraute sich Inda einmal ihrer Mutter in der Küche an, worüber später alle lachten.

Nachdem jedoch die Ignjatićs gekommen waren, protestierte Nina jedes Mal, wenn Riki die Kleine zurechtwies, und rief: „Warum triezt du das Kind?", was Riki zur Weißglut brachte. Nina bot dann an, mit Inda in den Park zu gehen, aber Riki widersetzte sich mit Worten: „Du bist viel zu zerstreut, um auf das Kind aufpassen zu können!" Um dem Streit ein Ende zu setzen, brachte Branka, obwohl bis zum Hals in Arbeit, die Kleine selbst in den Park.

Ignjo aß nicht mit ihnen zusammen, wohl weil er Riki nicht leiden konnte, und wenn es auch zwischen den beiden zu keiner offenen Auseinandersetzung kam, war die Stimmung angespannt.

Branka übernahm immer die Schlichterrolle. Nichts fiel ihr schwer, nur die Frage der Wohnungsaufteilung blieb für sie ein echter Albtraum. Hunderte wichtige Hürden hatte sie in ihrem Leben genommen, und jetzt kam ihr diese kleine und unwichtige unüberwindbar vor.

Nach mehreren sorgevollen Tagen und schlaflosen Nächten erschien sie eines Morgens mit dunklen Ringen unter den Augen und sagte leise: „Nina, morgen kommt der Major Spasić. Wir müssen ihm Platz machen. Du und Ignjo geht in das Dienstmädchenzimmer ... Ich habe es geschrubbt, Gardinen aufgehängt ... Daneben ist auch die große Küche, die ihr als Esszimmer benutzen könnt ..."

„*Pur luque mosotrus?* Warum wir? Warum nicht Riki? Sie ist allein, wir sind zu zweit!"

„*Nina, t'arrogu, no mi dimandis pur luque,* Nina, ich bitte dich, frag mich nicht warum ... Ich bitte dich, einmal im Leben auf mich zu hören. Glaub mir, ich habe dafür gute Gründe."

„Was für Gründe?"

„Riki ist nicht gesund ... Außerdem haben Marko und ich sie eingeladen, bei uns zu wohnen ..."

„Und wir beide sind ungeladene Gäste? Das willst du damit sagen! Und dass ich dir Geld gegeben habe, das zählt nichts, oder?", herrschte Nina sie an.

Riki, die bis dahin geschwiegen hatte, durchbohrte sie mit ihrem Blick und schrie: „Jetzt bist du wirklich zu weit gegangen! Ich wusste, dass du früher oder später auf dieses Geld zu sprechen kommen würdest. Du kannst nicht ein einziges Mal ein gutes Werk tun, ohne es gleich wieder zu vermasseln! Tut es dir nicht leid, Branka noch mehr Sorgen aufzuladen? Schämen solltest du dich! Mit deinem breiten Hintern hast du dich hier eingenistet ..."

„Riki!", versuchte Branka sie zu stoppen, aber ohne Erfolg.

„Was heißt hier Riki! Seit sie da ist, hat sie keinen Finger gerührt." Dann wandte sie sich wieder an Nina: „Blanki hat dein Geld schon längst abgearbeitet! Sie putzt hinter dir und deinem Mann her wie die letzte Magd. Und du nörgelst nur und machst uns das Leben schwer! Wenigstens jetzt, da du siehst, welche Probleme sie mit der Aufteilung der Wohnung hat, hättest du schweigen können. Aber nein! Du gibst keine Ruhe! Übrigens, du und dein Herr Schweigsam, ihr könnt nach Dubrovnik ziehen, ich aber komme nirgendwo unter!"

„Riki, *ya basta, t'arrogu!*, es reicht, ich bitte dich!", mischte sich Branka ein, die keinen Streit, zumal in der Familie, vertrug.

In diesem Augenblick kam Inda, durch das Geschrei aufgestört, ins Zimmer:

„Warum schreit ihr?", fragte sie quengelig.

„Tante Nina ist schwerhörig", erfand Riki schnell.

„Was, ich? Ich höre ausgezeichnet!", protestierte Nina, die nichts verstanden hatte.

Branka und Riki sahen einander an und brachen trotz des Elends und der Aufregung oder gerade deshalb in unbändiges Lachen aus. Inda stimmte darin ein und Nina, als sie begriff, worum es ging, auch.

So endete ein großer Familienstreit. Als sie später das Wohnzimmer verließen, kam Riki auf Branka zu, streichelte ihre ungewöhnlich blassen Wangen und flüsterte:

„Ginge es nicht um Nina, hätte ich mich selbst angeboten, ins Dienstmädchenzimmer zu ziehen. Aber so auf keinen Fall. Vielleicht bewirkt das, dass sie nach Dubrovnik verschwinden."

Branka schwieg. Sie wollte die beiden nicht vertreiben, dachte aber, dass dies eine große Erleichterung und die einzige Lösung wäre.

★

Am nächsten Tag erschien Major Spasić: jung, vierschrötig und knorrig, ein serbischer Bauer in Partisanenuniform und Militärstiefeln.

„Grüß dich, Genossin!", rief er Branka von der Tür zu und sah mit seinen grauen Augen direkt in die ihren, ließ dann seinen Blick weiter über sie hinweggleiten, als betrachte er die Banater Ebene oder eine bosnische Waldlichtung.

In den ersten Tagen verhielt sich Major Spasić so, wie er bei der Begrüßung die Hausfrau gemustert hatte: Er sondierte das Terrain. Für die Frauen in der Wohngemeinschaft zeigte er die unverhohlene Neugier der Dörfler.

Vorher hatte Branka allen aufgetragen, sich möglichst wenig mit dem neuen Mitbewohner zu unterhalten, wobei sie bedeutungsvoll Nina ansah, denn sie kannte deren Bedürfnis zu plaudern und dabei allerlei auszupacken.

„Außerdem müssen wir *leise* reden", fügte sie hinzu und sah Rikica an, „damit er nicht etwas hört, was nicht für seine Ohren bestimmt ist."

„Du denkst an meine Sonntagsgesellschaft", sagte Riki. „Keine Sorge. Seit der Besatzungszeit sind alle gewöhnt zu flüstern."

„Sehr gut", schloss Branka. „Ansonsten werden wir drei meist Ladino sprechen, und das versteht der bestimmt nicht."

„Vielleicht wird er das verdächtig finden", flüsterte Nina ängstlich, als befände sich der Major schon nebenan mit dem Ohr am Schlüsselloch.

„*No ti spantis, querida*, keine Angst, meine Liebe", versuchte Branka sie zu beruhigen, „sobald sich Gelegenheit dazu ergibt, werde ich ihm erklären, dass dies unsere Muttersprache ist."

„Verdammt noch mal!", platzte Ignjo heraus, sodass alle drei zusammenzuckten. „Wie lange werden wir noch schweigen und flüstern müssen?"

„Solange es nötig ist", antwortete Branka ruhig. „Das ist gottlob nicht das Schlimmste. Wir leben noch ..."

„Bist du dir dessen sicher?", erwiderte Ignjo.

★

In der Wohnung machte sich die Anwesenheit eines Fremden stärker bemerkbar als erwartet. Um das Bad gab es ein ständiges Gerangel. Weil er sich, wie er einmal sagte, nach sechsunddreißig in den

Wäldern und in Verstecken zugebrachten Monaten nach Sauberkeit und fließendem Wasser sehnte oder weil er zum ersten Mal im Leben die wohltuende Wirkung des Badens entdeckte, verbrachte Spasić Stunden darin. Davor musste Branka, um das Wasser zu erwärmen, den großen Kesselofen anheizen. Sie registrierte mit Sorge, dass das Brennholz im Keller, seit der junge Major bei ihnen war, rapide weniger wurde.

Ignjo und Nina nahmen meist mit dem Wasserhahn in der Küche vorlieb, während Branka, Riki und Inda Schlange standen und ungeduldig das Gluckern, Spritzen und Rauschen des Wassers, das Gurgeln und laute Spucken des neuen Mitbewohners verfolgten. Manchmal hörte man auch Lieder wie „Amerika und Engeland werden bald Proletarierland" oder „Tito erklimmt die Romanija, Stalin bezwingt Germania".

Zum Glück gab es neben der im Bad noch eine separate Toilette, und doch passierte einmal, als Ignjo sich lange dort aufhielt, während Spasić schon die zweite Stunde im Bad verbrachte, dass die genervte Riki gegen die Badezimmertür hämmerte und wütend schrie:

„Wann kommen Sie endlich raus?"

Branka kam aus der Küche gerannt, um sie zu beruhigen. „*No havlis ansina, t'arrogu hermaniquia,* sprich nicht so, Schwesterherz, ich bitte dich!", flüsterte sie besorgt.

In diesem Moment öffnete Spasić die Tür, füllte sie mit seiner massigen Erscheinung aus, warf einen friedlichen Blick auf Riki und setzte mit einem selbstbewussten Lächeln an: „Weißt du, Genossin ..."

„Soviel ich weiß, war ich nie Ihre Genossin, bin es jetzt nicht und werde es auch niemals sein. Deshalb bitte ich Sie, mich nicht so anzureden! Ich heiße Riki Sálom, und wenn es nicht anders geht, nennen Sie mich Riki."

Branka erstarrte vor Angst. Sie versuchte zu vermitteln: „Wissen Sie, meine Schwester ...", aber Spasić unterbrach sie:

„Deine Schwester scheint ein kratzbürstiges Weib zu sein. Anders als du. Du bist lieb ... Und was das Baden angeht, ich versuche den ganzen Schmutz los zu werden ... Ich weiß nicht, wieso er sich bei mir so hartnäckig festgesetzt hat ... Bisher kannte ich kein Bad ... Ich komme vom Land, aus der Umgebung von Svrljig, dort haben wir Brunnen und sonst nichts!"

„Das kenne ich", sagte Riki, erstaunt ob Spasićs versöhnlichem Ton. „Dort hielt ich mich vier Jahre lang versteckt."

„Und wo genau?"

„In Grbavče."

„Ist das wahr?", wunderte sich Spasić. „Als Kind bin ich einmal mit meinem Vater dort gewesen. Und warum hast du dich versteckt?"

„Weil ich Jüdin bin."

„Ja, euch hat man böse mitgespielt. Du hättest zu uns stoßen sollen, da wäre es dir besser ergangen."

„Moša Pijade ist zu euch gestoßen und noch viele andere von uns ... Aber ich mit meinem Hinkebein hätte alle eure Divisionen aufgehalten."

„Nein, wir hätten dich wie so viele andere getragen. Dich hätte ich unter den Arm gepackt! Du wiegst bestimmt nicht mehr als ein Rucksack ... Gut, Genoss... hmmmm, sei nicht böse, gleich mache ich das Bad frei."

Er war schon dabei, die Tür zu schließen, als ihm einfiel: „Deshalb also sprecht ihr drei Frauen diese andere Sprache. Ist das Jüdisch?"

„Nein, Spanisch ... Das ist unsere Muttersprache", erklärte Branka schnell.

„Dann seid ihr Spanierinnen?"

„Nein, wir sind Bosnierinnen, aber spanische Jüdinnen."

„Was es nicht alles gibt", wunderte sich Spasić und fügte hinzu: „Aber die schönste Sprache ist Russisch."

„Wieso?", fragte Riki.

„Weil der Genosse Stalin und die Sowjets sie sprechen", erläuterte der Major, erstaunt über Rikis Ignoranz, und zog sich zurück, um erst nach einer weiteren halben Stunde das Bad zu verlassen.

Später im Wohnzimmer brach Riki in Lachen aus. „Ist das nicht verrückt: Dieser unbekannte Bauer, jünger als wir, duzt uns, während wir beide ihn hartnäckig siezen. Aber ab jetzt sage ich auch ‚du' zu ihm!"

Seit diesem Tag redete Riki Spasić mit „du" an, Branka folgte ihr etwas später. Nina, die seit dem Krieg Respekt vor jeder Uniform hatte, sprach mit ihm überhaupt nicht, während der kranke und trübsinnige Ignjo nur mit seiner Frau kommunizierte.

„Wenn die sich nicht unseren Sitten anpassen wollen, müssen wir ihre akzeptieren", fand Riki, die wegen dieser Nachgiebigkeit von der Mehrzahl ihrer Sonntagsbesucher verurteilt wurde. Das war Riki egal, sie war vielmehr besorgt wegen des Gegensatzes zwischen „ihnen" und „uns", den sie bislang nicht wahrgenommen hatte oder nicht hatte wahrnehmen wollen.

Nur die kleine Inda hatte keine Probleme dieser Art, da sie wie alle Kinder zu jedem „du" sagte. Spasić zeigte zum Erstaunen der Familie von Anfang an eine große Zuneigung für deren jüngstes Mitglied. Als er sie zum ersten Mal sah, kam er gleich auf sie zu, die, wahrscheinlich wegen seiner Körpergröße und der riesigen Stiefeln, sichtbar eingeschüchtert war, ging vor ihr in die Hocke, betrachtete sie eine ganze Weile und fragte:
„Wie heißt du?"
„Vera Korać."
„Und bist du in deinem Leben schon mal geflogen?"
„Nein. Fliegen tun die Vögel!"
„Du kannst das aber gleich auch!" Er packte sie, hob sie in die Höhe und ließ sie in der Luft kreisen. Branka betrachtete das mit Sorge, sagte aber nichts, um den Major nicht zu verärgern. Inda jedoch fand nach anfänglichem Schreck Spaß am Fliegen, sie lachte und juchzte: „Ich fliege! Ich fliege hooooch!"

Da schätzte Branka sich glücklich, dass sie als Untermieter diesen einfachen, gutmütigen und kinderlieben Mann bekommen hatten.

Später, wenn er gelegentlich im Wohnzimmer stehenblieb, um mit Branka zu plaudern, erfuhr sie, dass er fünf jüngere Geschwister im Krieg verloren hatte. Einige wurden zusammen mit anderen Schülern in Kragujevac von den Deutschen, die anderen in ihrem Dorf von den Bulgaren erschossen. Am Leben geblieben waren nur er und sein älterer Bruder, ein Kommunist schon vor dem Krieg, mit dem zusammen er zu den Partisanen gegangen war.

In den ersten Tagen unterhielt sich Spasić meist mit Inda. Er schien von dem durchsichtigen, strohblonden Mädchen verzaubert zu sein. Branka dachte, vielleicht erinnere sie ihn an etwas aus seiner Kindheit oder an die magischen Geschöpfe aus einer anderen Welt, die er in russischen Märchenfilmen wie „Die steinerne Blume" gesehen hatte.

„Sie redet wie eine Erwachsene und lispelt wie ein Kind", murmelte er verwundert auf dem Weg zum Bad.

Branka putzte hinter ihm her, denn Spasić hinterließ deutliche Spuren wie verrutschte Teppiche und Matten, Erdklumpen, Wasserpfützen, verschmutzte Handtücher, mit denen er oft seine Stiefel und manchmal auch die Nase putzte, verschmierte Bettlaken und Papierfetzen. An den ordentlichen Marko gewöhnt, fragte sich Branka, wie ein einziger Mensch eine derartige Unordnung machen konnte. Dabei verlangte Spasić immer saubere Bettlaken und Handtücher und ein aufgeräumtes Zimmer. Ohne zu murren übernahm Branka die Rolle des Offiziersburschen. Jede Nacht schrubbte sie seine Bettwäsche auf dem Waschbrett, bis die Haut an ihren Fingergelenken von grober, nach Talg riechender Seife aufgeweicht war und verätzt aufriss. Sie scheuerte das Parkett und schüttelte die Teppiche aus, ohne dass sie von Spasić auch nur ein Wort des Dankes bekam.

An einem Frühnachmittag, nachdem sie die Wäsche auf der kleinen Terrasse an der Hofseite des Hauses aufgehängt hatte, ging Branka zu Riki ins Zimmer, um ein wenig zu verschnaufen.

„Jetzt muss ich nur noch bügeln", sagte sie, „dann bin ich fertig."

„Lass mich deine Hände sehen", verlangte Riki, aber Branka versteckte sie unter der geflickten Schürze. Sie verheimlichte vieles vor Riki und den anderen „um des Hausfriedens willen". Dazu gehörte unter anderem die Liste von Markos Sachen, die Spasić haben wollte, falls ihm eine Wohnung zugewiesen würde: ein Sofa, ein Tisch, zwei Sessel, zwei Stühle, ein Staubsauger, zwei Kelims und zwei Deckenlampen. Sie nahm die Liste entgegen, sah Spasić an, um zu prüfen, ob er vielleicht Spaß mit ihr treibe, denn damals wurden ständig Sachen aus ihrer Wohnung weggetragen und wieder zurückgebracht. Als sie merkte, dass er es ernst meinte, sagte sie, „in Ordnung" und ging ihrer Arbeit nach.

„Lass mich deine Hände sehen!", verlangte Riki.

„Das ist nichts ... nur etwas zerkratzt!", sagte Branka und zeigte ihre Finger. Riki streichelte sie zärtlich, dann aber platzte sie heraus: „Der Blitz soll sie alle treffen!" Ihre Augen füllten sich mit Tränen. Sie stieß kräftige Flüche und Verwünschungen aus, obwohl das nicht ihre Art war im Unterschied zu Nina, deren täglicher Wortschatz aus Hunderten kleiner Flüche bestand gegen alle, die sie bedrohten oder ihr in diesem Augenblick nicht passten. „Mein liebes Schwesterherz!", schluchzte Riki. „Wie lange willst du dich noch so abrackern? Ich kann es nicht... ich kann es nicht mitansehen ..."

„Beruhige dich, gleich bringe ich dir Wasser mit etwas Zucker ... Weine nicht, sonst heule ich auch gleich los ... *Aydi, ya basta*, komm, es ist genug!", beschwichtigte Branka sie und sprang auf, aber Riki hielt sie zurück. Sie wischte sich die Tränen weg und fuhr fort:

„Was haben wir falsch gemacht? Wem haben wir Unrecht getan? Wo hat sich die Gerechtigkeit versteckt? Was für Wilde regieren jetzt die Welt? Du putzt hinter ihm her, hinter diesem übermütigen Proleten ... Und ich kann dir nicht helfen. Ich sitze da wie ein Stück

Holz, nutzlos und überflüssig herum und falle dir nur zu Last, dir, die ich am meisten liebe ..." Sie schlug die Hände vors Gesicht und heulte los wie ein Kind.

Branka ließ sie ausweinen, streichelte ihr lockiges Haar und wischte auch die eigenen Tränen fort.

Lange saßen sie wortlos nebeneinander, denn es gab nichts mehr zu sagen. Man musste nur durchhalten.

Nina und Inda kamen aus dem Park zurück. Als sie Rikis rotes Gesicht sah, fragte Nina:

„*Luque aúcapitó?* Was ist passiert?"

„*Nada, nada*, nichts, gar nichts", murmelte Branka. „Wir ärgerten uns nur, weil Spasić nie die Stiefel auszieht und die Bettlaken schmutzig macht."

„Sch... rind", stieß Nina verärgert hervor.

„Was bedeutet Schrind?", wollte Inda sofort wissen.

„Schwein und Rindvieh", antwortete Nina ernst, worauf alle drei lachen mussten.

Gleich am nächsten Nachmittag, während alle auf Zehenspitzen liefen, weil Spasić sich hingelegt hatte, wanderte Inda leise durch die Wohnung und schlich sich in das Zimmer des jungen Untermieters, obwohl man ihr das strengstens verboten hatte. Erst spielte sie ein wenig mit seinem Gürtel und betrachtete neugierig den roten Stern auf seiner Mütze, aber als sie erkannte, dass Spasić von ihrem Zimmerbummel nicht wach werden würde, schrie sie so laut sie konnte:

„Was tust du?"

Er rührte sich, sprang auf und rieb sich die Augen.

„Ich ruhe aus ... Und du?", entgegnete er ernst.

„Ich spiele."

„Mit wem?"

„Allein. Zum Spielen braucht man keinen."

„Richtig."

„Und warum schläfst du so?"

„So, wie?"

„Eben so! Ich ziehe mich aus, bevor ich ins Bett gehe und ziehe mein Nachthemd an. Mein neues Nachthemd ist rosafarben und darauf ist ein Reh. Das ziehe ich an und lege mich erst dann hin, nicht so wie du, du machst alles dreckig, pfui Teufel! Und meine Mama muss dann alles wieder waschen. Das ist nicht schön!"

„Ich bin es so gewöhnt auf dem Dorf und im Wald", rechtfertigte sich Spasić, als säße er vor dem Militärgericht.

„Das hier ist kein Dorf und kein Wald, das hier ist ein Bett!"

Nachdem sie ihm die Leviten gelesen hatte, winkte sie ihm zum Abschied und lief sofort zu ihrer Mutter, um ihr von ihrer Leistung zu erzählen. Branka war dabei, Markos Hemden und Hosen enger zu machen, damit er nach seiner Rückkehr etwas anzuziehen hätte. Inda setzte sich auf ihren Schoß und berichtete stolz von ihrem Gespräch. Branka fragte sie besorgt, was der Major darauf gesagt habe.

„Nichts ... Er hat die Stiefel ausgezogen!", sagte Inda siegessicher.

„Mein liebes Mädchen, es ist schön, dass du mir helfen willst, aber du weißt, dass ich dir verboten habe, sein Zimmer zu betreten. Er gehört nicht zur Familie, und kleine Mädchen dürfen nur Schlafzimmer von Menschen betreten, mit denen sie verwandt sind."

„Ich bin hingegangen, weil ich mit ihm schimpfen wollte!", wehrte sich Inda, worauf Branka ihr einen Kuss gab. „War ich nicht gut?"

„Doch, mein Kind!"

„Zieh mir bitte deinen Rock an."

„Gleich, mein Liebes", sagte Branka und zog Inda deren liebstes Kleidungsstück über: Brankas einzigen seidenen Unterrock.

Nach einigen Tagen stellte Branka fest, dass es auf den weißen Betttüchern immer weniger Flecken von Schuhcreme und Spuren von Erde gab. Zur gleichen Zeit bekam Inda ein Geschenk von Spasić: einige in glänzendes Papier eingewickelte Bonbons. Branka bedankte sich bei dem Major dafür, mied ihn aber weiterhin, wann immer sie konnte. Eines Tages jedoch stieß sie vor dem Hauseingang direkt auf ihn. Wie aus der Pistole geschossen und wie es ihr schien hämisch, fragte er sie:

„Wo ist eigentlich dein Mann?"

Branka erstarrte. Sie hatte schon an die Möglichkeit gedacht, dass jetzt, da sie jeden Tag auf die Antwort des Belgrader Bezirksvolksgerichts auf Markos Beschwerde wegen der ungerechtfertigten Anklageschrift warteten, Spasić an einer höheren Stelle einer bedeutenden Person gegenüber etwas gegen sie vorbringen, sie womöglich wegen etwas anzeigen und dadurch das Verfahren um Markos Freilassung blockieren könnte. Sie zitterte am ganzen Körper. Mehr denn je fühlte sie sich schutzlos, auf Gedeih und Verderb jedem ausgeliefert, der sie verletzen wollte.

„Im Gefängnis ... in Bor, bei Zwangsarbeit", brachte sie mit Mühe hervor.

„Wie viel hat er bekommen?", setzte Spasić sein peinliches Verhör fort.

„Zwei Jahre", entgegnete Branka kurz.

„Von welchem Gericht? Und weswegen?"

„Vom Gericht der nationalen serbischen Ehre."

„Ach so! Dann ist nichts zu machen, er hat einen Fehler begangen und muss jetzt dafür büßen. Das ist auch richtig so, weil unsere neue Volksmacht", da nahm Spasić die Pose eines Redners auf einer Kundgebung ein, „von allen bisherigen die gerechteste ist ... Sie ist nach dem sowjetischen Muster und dank dem Aufopferungskampf und den übermenschlichen Anstrengungen unserer Kämpfer in der Revolution entstanden ... Das ist ganz richtig so! Er hat mit der Besatzungsmacht, mit den Eroberern unserer leidgeprüften, freiheitsliebenden Heimat sowie mit einheimischen Verrätern kollaboriert!"

„Hat er nicht!", entfloh es ihr.

„Was denn sonst? Wurde er etwa eingesperrt, weil er am Volksbefreiungskampf teilgenommen hat?"

„Nein, weil er das Hotel Moskva gepachtet hat. Das war alles."

„Da haben wir es ja! Das ist doch ein Ort für die Bourgeois, Genossin! Die dort nur rumsitzen, plaudern und die vorbeispazierenden Menschen betrachten ... Die haben Zeit für Muße, ich nicht. Und was war er vor dem Krieg?"

Da sie schon so viel ausgepackt hatte, beschloss sie, ihm alles zu sagen. Außerdem wusste Spasić bestimmt schon alles aus anderen Quellen.

„Ein Geschäftsmann."

„Ein Ausbeuter der Arbeiterklasse", erkannte Spasić sofort.

„Nein, sondern Arbeitgeber von den vierhundert bestbezahlten Arbeitern in ganz Bosnien, die auch noch sozialversichert waren ..."

„Schon gut, brauchst nicht gleich so zu schäumen! Ich habe ihn nicht verurteilt, aber wäre ich der Richter gewesen, hätte ich ihn auch ... Im neuen Jugoslawien müssen solche Personen ausgemerzt werden. Die einheimischen Verräter und die Lakaien der Besatzungsmacht sind gefährlicher als der äußere Feind! Wenn du klug wärest, würdest du die Materialien studieren, die die Aktivisten vom Agitprop des Rayonkomitees bekommen ... Dann wäre dir manches klar. Ja, und weißt du, was die Genossen Marx, Engels, Stalin und Tito sagen? Hast du sie gelesen?"

„Ja."

„Tatsächlich?", wunderte sich Spasić. „Dann weißt du ja Bescheid: Es gibt keine Ausbeutung mehr, jetzt gehört alles dem Volk und so bleibt es auch."

„Ich weiß. Deshalb hat man uns auch alles weggenommen."

„Soll ich dir ehrlich etwas sagen: Das tut mir überhaupt nicht leid. Aber", Spasić schlug einen vertraulicheren Ton an, „wenn er nur das getan hat, was du sagst, wird man ihn freilassen." Und fügte laut hinzu: „Obwohl, wenn man mich fragt, ich bin nicht dafür!"

„Dessen bin ich mir sicher."

„Denn das bedeutet, dass er bald zurückkommt, und dann steht einer mehr in der Schlange vor dem Bad ..."

„Und warum erkundigst du dich nach meinem Mann?"

„Darum, warum nicht?"

Branka erzählte Rikica davon.

„Allerhand!", sagte Riki lachend. „Spasić ist zwar ungeschliffen und ungebildet, aber ehrlich. Er glaubt an die Sowjets und an die Gerechtigkeit der neuen Zeit. Er hat dafür gekämpft, dass sie kommt, und dafür das Einzige aufs Spiel gesetzt, was er hatte: das nackte Leben. Jetzt erwartet er mit Recht, dass ihm die Volksmacht als Belohnung alles gibt, was er nie besessen hat. Anscheinend ist ihm dabei nicht ganz klar, was er alles nicht hatte und jetzt bekommen sollte. Deshalb wohl macht er sich so breit im Bad. Bis gestern meinte er, er sei niemand, jetzt glaubt er naiv, er werde über Nacht jemand."

„Den meisten ist das ja auch gelungen."

„Stimmt, aber unser Bauer schafft das nicht, das sage ich dir."

★

Am neunzehnten Oktober 1945 wurden Marko Korać und seine drei Mitangeklagten nach Artikel 2 des Erlasses zur Begnadigung amnestiert. Man musste jetzt nur noch den Ausführungsbeschluss des Bezirksvolksgerichts abwarten, dann würden sie aus der Haft entlassen.

Als Branka von Rechtsanwalt Martinović die gute Nachricht bekam, lief sie hinaus auf den schmalen Balkon auf der Straßenseite, über dem sich die Äste der alten, üppigen Linde mit jetzt schon welkem und gelbem Laub bogen, blickte in das makellose Blau des Belgrader Himmels, streckte beide Arme aus, strich über ein noch grünes Blatt und sagte: *„Gracias, Siñor dil Mundu, gracias*, danke, großer Gott, danke!", womit sie der Vorsehung, Gott und dem Schicksal dankte, die ihr ihren Mann zurückgaben. Erst dann informierte sie die anderen.

Es folgte das große Warten. Die Zeit rann, wollte aber nicht vergehen. Nachts wachte Branka auf und ging zum Balkon. Sie schaute auf die menschenleere Straße, spielte mit den trockenen Blättern und wartete dort oft bis zum Anbruch des Tages, wenn die Bauern, deren Pferdegespanne über das Kopfsteinpflaster polterten, ihre Erzeugnisse zum Kalenić-Markt brachten. Sie lauschte dem Summen des „Schindler"-Lifts aus der Vorkriegszeit, der eifrige Frühaufsteher beförderte. Sie wartete, von der Wirklichkeit seltsam entfernt und doch ganz nahe bei ihr. Ihr Leben betrachtete sie unvoreingenommen, als sei es nicht ihres. Sie beobachtete sich von außen, so wie ein neugieriger Theaterbesucher das Schicksal der Helden auf der Bühne verfolgt.

In diesen einsamen Stunden schien ihr, die feuerwerksartigen Ereignisse ihrer Jugend seien endlich gereift, hätten sich sortiert und dabei ihren richtigen Platz gefunden. Die Erinnerungen versetzten sie in verschiedene Abschnitte ihres Lebens. Wieder fuhr sie nach Paris, geknickt nach ihrer ersten wirklich ernsten Trennung von Marko. Wieso hatte sie nicht schon damals begriffen, dass nur der Tod sie beide auseinanderbringen konnte? Oder hatte sie es doch begriffen, denn sie hatte glattweg das Angebot des ältesten der drei Brüder Landstätter ausgeschlagen, gegen viel Geld seine „Maitresse" zu werden. Er hatte sie danach zur Côte d'Azur mitgenommen in der Hoffnung, sie würde es sich überlegen. Juwelen, Schoßhündchen, Promenaden, Spielbänke, wo ganze Reichtümer gewonnen oder verloren wurden, das war ein Leben so verschieden von ihrem, dass sie es nicht als Realität akzeptieren konnte. Deshalb blieb der Millionär Franz Landstätter mit seinem Angebot für sie fern und fremd. Als sie erkannte, dass Markos Vermögen in internationalen Maßstäben klein war, empfand sie eine noch größere Nähe und Zuneigung zu ihm. Mit einem Wort, die Wirklichkeit der Côte d'Azur bekam die Züge eines Traums, die Träume jedoch muteten wie Wirklichkeit an, weil sie darin immer wieder Marko sah. Ja, Marko war und ist ihr einziger zur Wirklichkeit gewordener Traum geblieben.

Jetzt wartete sie auf ihn. Die Zeit maß sie auf verschiedene Arten, ohne Uhr. Die Geschwindigkeit, mit der die Zeit verläuft, ist ein subjektives Empfinden: Manchmal fliegt sie, manchmal bleibt sie stehen.

Immer wieder blickte sie verstohlen zur Uhr an der Wand, als sei sie ein ausgelassener Trunkenbold, der nicht weiß, was er tut. Kühle herbstliche Tagesanbrüche, graue Abenddämmerungen, rote Sonnenuntergänge im Oktober folgten aufeinander und Branka murmelte: „Wie gut, noch ein Jahrhundert ist vorbei."

Sie maß die Zeit an ihrem Haarwuchs und stellte fest, dass Marko und sie sich seit acht Zentimetern nicht umarmt hatten.

Riki beobachtete Brankas Ruhelosigkeit. Oft waren sie beide wach, Riki von Schmerzen geplagt, Branka voller Unruhe, und unterhielten sich bis spät in die Nacht über die Familie, über Klara und ihre Kinder Didi und Pol, die spurlos verschwunden waren, über Elias, der irgendwo in Palästina, über Isak, der in Zagreb war, über die, die es nicht mehr gab. Sie blätterten in Bukas Manuskripten, den vergilbten Blättern mit tausenden in spitzen, großen Buchstaben gemalten spanischen Wörtern. Branka las auch Bukas Lieblingsgedichte vor, aber was immer sie auch tat, sie war nur zum Teil anwesend.

„Du wartest. Wir alle warten", sagte Riki. „Das ganze Leben warten wir auf etwas wie die Juden auf den Messias. Dabei weiß niemand, was er bringen wird: das Heil, den Tod, das ewige Glück, die Befreiung von etwas oder einfach das Ende des Lebenswegs."

„Ich warte auf Marko. Den Messias brauche ich nicht."

★

Am zweiten November kam der Bescheid des Bezirksvolksgerichts, wonach „gemäß Artikel 1 und 2 des Erlasses über die Begnadigung von Personen, die wegen Verbrechen und Vergehen gegen die nationale serbische Ehre verurteilt worden sind, Marko Korać, Dr. Aleksandar Poljanski, Andreja Savić und Ivan Rogoz aus Belgrad, amnestiert werden. Ihnen wird die Strafe von zwei Jahren leichter Zwangsarbeit erlassen, zu der sie mit dem Beschluss des Gerichts für die Aburteilung der Verbrechen und Vergehen gegen die nationale serbische Ehre vom 3. Juni 1945, Nummer 231/45, verurteilt wurden. Alle vier sind demnach freizusprechen."

Es folgte die Begründung, die zu lesen Branka keine Kraft mehr hatte, sowie die Unterschrift des Richters mit dem unerlässlichen „Tod dem Faschismus – Freiheit für das Volk."

„Freiheit für Marko! Hipp, hipp, hurra!", rief Riki aus, und Inda klatschte in die Hände.

An dem Tag erlaubte sich Branka, alle ihre Pflichten zu vernachlässigen: Das Mittagessen blieb ungekocht, das Bad ungeputzt, die

Wäsche ungebügelt, Inda ungebadet. Branka konnte sich nicht von dem Papier trennen, auf dem stand, dass Marko begnadigt wurde. Sie hielt es fest in der Hand, irrte in der Wohnung umher und erinnerte jeden daran, dass Markos Rückkehr nur noch eine Frage von Stunden war.

Marko erschien am Spätnachmittag des nächsten Tages. Branka erblickte ihn als Erste, da sie den ganzen Tag auf dem Balkon saß. Sie lief quer durch die Wohnung, stürmte zum Treppenhaus, stürzte die Treppe hinunter und stieß am Hauseingang auf ihren Mann. Sie umarmten sich wortlos. Er küsste sie, streichelte ihr Haar, nahm ihren Kopf in seine Hände und betrachtete lange im schummrigen Treppenhaus ihr weiches Gesicht und ihr einmaliges Lächeln, als wolle er sich vergewissern, dass es noch da war. Dann hob er sie für einen kurzen Augenblick, soweit seine Kraft es ihm gerade noch erlaubte, hoch und sagte leise: „Gehen wir zu unserem Kind." Umschlungen stiegen sie die Treppe hoch und vergaßen völlig, dass es einen Lift gab.

Oben warteten alle ungeduldig im Wohnzimmer. Riki hielt Inda fest, damit sie sich nicht losriss und ins Treppenhaus hinauslief, denn sie wollte Branka und Marko noch etwas Zeit zu zweit gönnen. Als deren Schritte endlich vor der Wohnungstür zu hören waren, lockerte sie den Griff, worauf Inda wie von einem Schleudersitz hinauskatapultiert zur Tür lief, sie mit Getöse öffnete und ihrem Vater in die Arme fiel.

„Papa! Pappilein!", zwitscherte sie mit vor Aufregung schriller Stimme. „Da bist du ja! Geh nicht zurück nach Bor! Bleibe bei uns! ... Ich habe dir so viel zu erzählen!"

Marko löste sich von Branka, nahm die Tochter in die Arme und hob sie hoch. „Mein liebes Mäuschen", sagt er ernst zu ihr, „du wirst es im Leben besser haben als dein Papa, das verspricht er dir."

„Mir geht es gut! Ich mag fliegen", jubilierte Inda in der Luft. „So fliege ich auch, wenn Spasić mich hochhebt!"

„Wer?", fragte Marko und sah Branka an.

„Spasić, unser neuer Mitbewohner", erwiderte Branka zögernd, denn sie hatte Marko nichts von ihm gesagt.

„Was für ein Mitbewohner?", fragte Marko.

„Mein lieber Schwager, wir werden dir alles genau erzählen", mischte sich Riki ein, „aber zuerst solltest du uns begrüßen und umarmen, wie es sich gehört! Siehst du nicht, wie wir in Habachtstellung darauf warten?"

Marko ging auf Rikica zu, küsste sie auf beide Wangen, dann Nina und klopfte Ignjo kräftig auf die Schulter.

„Eine Ewigkeit warten wir schon auf dich", sagte Ignjo keuchend. „Am Ende mussten sie dich doch begnadigen! Aber was sie dir weggenommen haben, rücken sie nicht mehr raus, stimmt's? Dagegen kann man nichts, mein Marko, man muss auch das ertragen."

„Natürlich! Hauptsache, der Kopf sitzt noch auf den Schultern", sagte Marko, dessen gelbliche Wangen etwas Farbe bekommen haben. „Wir wollen aber noch weiter gehen und verlangen, dass man uns die nationale serbische Ehre zurückgibt."

„Ist das denn wichtig?", fragte Nina.

„Und ob! Bei der Beweislage, bei unseren Zeugen und deren unterschriebenen und beglaubigten Erklärungen können sie nicht umhin, alles rückgängig zu machen ..."

„Aber das ist lächerlich", sagte Riki. „Die Ehre ist kein Kilo Kartoffel, das man einem wegnimmt und wieder zurückgibt."

„Das stimmt schon, aber es geht um das geschriebene Wort, um ein Gerichtsurteil. So wie es jetzt schwarz auf weiß dasteht, dass ich kein ehrbarer Serbe mehr bin, wird es dann heißen, dass ich doch einer bin. Wenn es um was anderes ginge, würde ich es dabei belassen, aber in dem Fall ..."

„Richtig! Das ist kein Pappenstiel, es geht um den Namen eines Serben und was für eines!", sagte Ignjo und setzte sich an den Tisch. „Es war leicht, ein Serbe in Serbien zu sein, aber nicht so in Bosnien. Und Marko war dort der erste und echteste Serbe und Jugoslawe ..."

„Jetzt ist er aber bestimmt ein sehr hungriger Serbe und Jugoslawe", bemerkte Branka.

„Halt, liebe Schwägerin!", rief Ignjo. „Sollten wir vor dem Essen nicht den Schnaps aufmachen, den ihr neulich bekommen habt?"

„Ach ja! Ich vergesse immer, etwas zu trinken anzubieten. Rinas Vater, Doktor Božović, hat uns den Schnaps geschenkt. Er bekommt ihn von seinen Patienten vom Land in solchen Mengen, dass er nicht weiß, was er damit anstellen soll. Er meinte, wir sollten ihn aufmachen, wenn du zurück bist."

Jeder nahm ein Gläschen, Branka nippte nur, während sich Ignjo und Marko noch ein zweites einschenkten.

„Hast du es dort schwer gehabt?", fragte Nina, worauf Riki sie vorwurfsvoll anblickte.

„Ja, aber jetzt möchte ich nicht darüber reden. Weder jetzt noch später. Wozu auch? Ich bin hingegangen, habe überlebt, bin zurückgekommen, und wie es mir ergangen ist, das seht ihr am besten an mir."

Branka beeilte sich, den Backofen anzuheizen, um die Pita zu backen, die sie in der vergangenen Nacht vorbereitet hatte. An diesem Abend war der Tisch besonders reich gedeckt.

„Wie in Friedenszeiten", sagte Nina.

„Ninić, du Dummchen, wir haben doch Frieden", sagte Ignjo. „Vergiss nicht, der Krieg ist vorbei."

„*El gvercu ti llevi!* Der Teufel soll dich holen!", lachte Nina. „So vergesslich bin ich auch wieder nicht."

„Aber du hast doch recht", setzte Ignjo fort, „es ist ein richtiges Fest. Wäre heute der 6. Mai, hätte ich gedacht, die Koraćs feierten ihre Slava, das Fest ihres Schutzpatrons, des heiligen Georgs. Ich hätte sogar ein Festlied angestimmt."

„Pssst!", mahnte Branka und zeigt auf Spasićs Zimmer.

„Musste das sein?", fragte Marko.

„Doch, glaub es mir", entgegnete Branka. „Außerdem ist er nicht übel. Er ist im Grunde ein anständiger Kerl, nur ..."

„... nur dass er auch noch ein Bauer, ein Banause und ein Rohling ist", unterbrach Riki sie. „Er ist primitiv, ungeschliffen, unverschämt und übermütig ..."

„Das stimmt nicht", konterte Branka, „er kann sich nur nicht benehmen, weil er es nirgendwo gelernt hat."

„Vergiss nicht, Branka", sagte Marko kühl, „dass so ein anständiger Kerl mich ins Gefängnis gebracht hat."

„Mir schenkt er Bonbons", murmelte die schläfrige Inda.

„Was sagst du da?", ärgerte sich Marko. „Das will ich nicht mehr hören! Nie mehr darfst du etwas von ihm annehmen. Ist das klar?"

„Warum?"

„Weil ich es sage und basta! Jetzt aber ins Bett."

„Nein! Nein! Ich will noch mit euch bleiben!"

„Lass sie doch noch ein bisschen bleiben", bat Riki. „Das Kind ist aufgeregt vor Freude, lass es nur heute Abend."

„Das Kind ist zwar reif fürs Bett, aber einverstanden", lenkte Marko ein, und Inda fragte zufrieden in die Runde:

„Was ist eine Slava?"

„Komm, Ignjo, erzähl uns", sagt Nina.

„Was, meine Kleine, wovon soll ich erzählen? Nie beendest du deine Sätze. Wie soll ich wissen, was in deinem Köpfchen vorgeht?"

„Erzähl uns von der Slava, die du vor dem Krieg in einem serbischen Dorf erlebt hast ... Immer wieder hast du uns davon erzählt!"

„Du meinst die Slava der Roma in der Nähe von Lazarevac, im Dorf der Tausend Geigen. Davon habe ich doch schon zigmal erzählt!"

„Ja, aber man hört es immer wieder gern ..."

Nina bedrängte ihn wie gewöhnlich, dieses Mal mit Indas Unterstützung, bis Ignjo nach einem weiteren Schnaps weich wurde:

„Na gut, wegen der Kleinen erzähle ich es ..."

„Aber leise", mahnte Branka.

„Natürlich leise ... Also, ich habe schon viele schöne Dinge erlebt, aber so etwas noch nie. Sankt Georgstag, die Slava der Zigeuner ..."

„Das ist unsere Slava", unterbrach ihn Inda, die inzwischen hellwach war und mit halboffenem Mund zuhörte.

„Ja, aber eben auch die Slava der Zigeuner ... Es ist Mai, die Obstbäume in voller Blüte, alles duftet, alles keimt und strotzt vor Leben. Das Dorf klein, eingekesselt zwischen den Bergen und an einem schnellen, schäumenden Bach gelegen, der zwischen den schroffen schwarzen Felsen lauter braust als die Neretva, während an seinen Ufern wie im Gras verstreute Blüten farbenfroh gekleidete Zigeunerinnen bunte Flickenteppiche waschen ..."

„Wie meine Estera", fiel ihm Inda ins Wort.

„Genau so, Kleine. Mitten in einer Talmulde Feuerstellen, an denen senkrecht aufgespießte Lämmer gebraten werden, aber nicht über den Flammen, sondern neben der Glut, die nach dem Feuer bleibt, damit sie nicht außen verbrennen und drinnen roh bleiben. Das ist eine große Kunst, sage ich euch! Und unter den Lämmern ausgehölte Baumstämme, um das heruntertropfende Fett aufzufangen ..."

„Ach, und dann das Brot reinzutunken!", seufzte Nina. „Ich habe vorhin das größte Stück Pita gegessen, aber mein Magen knurrt schon wieder."

„Gut, meine Liebe, ich will nicht mehr vom Essen erzählen! Also, die Zigeuner kommen langsam zusammen, alles wird bunt, man schenkt Schnaps ein. Das waren gute Menschen, auch ihr Selbstgebrannter war gut, genau wie dieser hier." Er nahm noch einen Schluck.

„Du weißt, dass er dir schadet", brummte Nina und jammerte los: „O wie lange ist es her, dass wir das letzte Mal Fleisch gegessen haben!"

„Hör auf!", herrschte Ignjo sie kurz an und fuhr fort: „Und die ganze Zeit meint man, man erwarte etwas, alle schweigen aus Respekt vor der Schönheit dessen, was kommen soll. Eine Stille, in der man nur das Summen der Fliegen hört. Ich sitze und warte, so wie alle anderen. Auf einmal erklingt wie vom Himmel herab eine Geige, weit weg, fast unhörbar, und doch für alle erkennbar. Nach einer Weile vernimmt man von der anderen Seite eine zweite Geige. Damals sah ich zum ersten Mal im Leben, wie der Klang zu einem Körper wird: Der alte Primgeiger, der Dorfälteste, tauchte aus grünem Gebüsch auf. Unmerklich bekam bald auch die zweite Geige eine Gestalt: Ein alter Zigeuner trat vor sein Haus. Kaum sah ich ihn, da erschien aus blühenden Hecken ein Dritter, um mit seinem Spiel den ersten beiden zu antworten, dann, wer weiß woher, ein Vierter und ein Fünfter, und so quollen nach Alter gestaffelt Dutzende von ihnen hinter Eichen hervor, sprangen von niedrigen Bäumen herunter, krochen aus riesigen Sträuchern, aus Häusern und Kornspeichern heraus. Auf ihren Geigen spielend schritten alle langsam und würdig auf uns im Tal zu. Das hättet ihr sehen und hören müssen: Von überall her kamen immer jüngere herbei, bis am Ende einige kleine Jungs erschienen, nicht größer als Vera, und der Himmel und die Erde von ihrer Musik erzitterten. Hunderte von Geigen erklangen! Wir unten im Tal schwiegen, mit Tränen in den Augen ... Selbst die Hand mit dem Schnapsglas verharrte auf halbem Weg zwischen dem Tisch und dem Mund aus großer Ehrfurcht, vor Schmerz, den man sich nicht erklären konnte, vor Glückseligkeit, deren Herkunft man nicht kannte ..."

„Vor slawischer Schwermut", sagte Riki, „oder vor der zigeunerischen, die ihr ähnlich ist."

„Und dann?", fragte Marko, obwohl er die Geschichte schon kannte.

„Als dann alle, das ‚Lied des verlorenen Lamms' spielend, bei uns ankamen, legte der Älteste seine Geige ab zum Zeichen, dass das Fest beginnen konnte. Da brachen Himmel und Erde in Jubel und Geschrei aus. Das junge Laub der Linden erzitterte, die Frauenmieder strafften sich, die Reigentänze begannen, sich quer über das Tal zu schlängeln."

„Warum ‚Verlorenes Lamm'?", fragt Riki.

„Die Roma fordern mit ihrem Geigenspiel einander auf, gemeinsam das Lamm zu suchen, das Symbol des Besitzes, den sie bei ihrem Umherirren in der Welt verloren haben."

„Da könnten wir direkt mitmachen", sagte Riki.

„Und die Lämmer schmeckten gut, nicht wahr?", schmatzte Nina.
„Du, mein Weib, würdest auch im Schlaf essen."
„Und du trinken."
Inda war inzwischen in Brankas Armen eingeschlafen. Schweigen erfasste alle, als suchte jeder von ihnen nach seinem Lamm, nach einer weit zurückliegenden Zeit des Überflusses, der Jugendlichkeit und der Kraft.

„Gehen wir schlafen", sagte Branka und machte sich auf den Weg zum Schlafzimmer. Ob wegen Markos Heimkehr oder wegen Ignjos Geschichte spürte sie eine unerklärliche innere Ruhe. Hoffnung berührte ihr Herz, Liebe verströmte Wärme in ihrem ganzen Körper.

Sie brachte Inda ins Bett, half Marko beim Baden, wusch sich selbst. Dann legte sie sich unter die letzten noch gut erhaltenen weichen Betttücher, fest davon überzeugt, dass ihre Tochter eines Tages genau solche, aber neue haben würde.

Marko zog sie zärtlich mit ihr vertrauten Gesten zu sich heran und schloss beschützend die Arme um sie.

„Ich habe dir noch nie gesagt, wie schön du bist, meine kleine Branka, nicht wahr?", flüsterte er.

„Davon kann ich nie genug hören ..."

„Jetzt sage ich es dir, weil du noch nie so schön warst, seit ich dich erst siebzehnjährig in jenem Frühjahr in der Karwoche kennenlernte ..."

„Mein Prinz ist gekommen, schrieb ich damals in mein Tagebuch."

„Nein, meine Prinzessin war gekommen, klein, weiß und rank ... Nur mein sturer herzegowinischer Kopf wollte das nicht begreifen."

Branka genoss das Gefühl des vollkommenen Glücks, das einzig Marko ihr geben konnte.

„Heute Abend habe ich dich beobachtet", sagte Marko weiter, „und deine flinken Schritte bei der Erfüllung jedes unserer Wünsche! Wie selbstlos du bist ... bist du dir überhaupt dessen bewusst?"

„Ich weiß nicht ... Wenn du mich fragst, ich würde alles tun für dich und für unser Kind, für Riki und auch für alle anderen ... Vielleicht nicht für alle, aber für die meisten."

„Na siehst du. Und an welcher Stelle kommst du? Deine Sanftmut, dein Vertrauen in Menschen, das ist schön, aber auch gefährlich. Du musst aufpassen, was du fremden Menschen erzählst. Wie während des Krieges. Das musst du auch Rikica sagen, sie nimmt kein Blatt vor den Mund und reißt Witze. Dafür kommt man heute ins

Gefängnis. Die schlimmen Zeiten sind für uns nicht vorbei, aber alles lässt sich aushalten, solange wir zusammen sind."

„Unsere Liebe ist wie ... wie Regen oder wie Morgengrauen ... Niemand kann sie verhindern."

„Sie ist das Einzige, das unverändert geblieben ist. Unsere Liebe wird helfen, damit unser Kind nicht in Angst aufwächst. Inda darf weder Armut noch Hass zu spüren bekommen. Wenn uns das gelingt, bin ich ein glücklicher Mann."

„Und ich bin eine glückliche Frau, wenn du zum Arzt gehst. Du hast abgenommen, hast Schmerzen in den Beinen ... Hast du genug Insulin?"

„Doch. Jeden Morgen spritze ich mich. Aber ich verspreche dir, ich gehe zum Arzt, ich tue es dir zuliebe, obwohl das Geld kostet." Er streichelte ihr übers Haar. „Wie wellig und weich es ist ... Und dein Gesicht, genau wie vor dem Krieg."

„Auch du wirst aussehen wie vor dem Krieg, wenn ich erst einmal anfange, dich zu füttern", sagte sie und hielt inne, denn sie fragte sich, womit.

„Ich muss eine Arbeit finden", sagte Marko, als lese er ihre Gedanken. „Wenn ich nur etwas kräftiger wäre, würde ich zum Bahnhof gehen und beim Ein- und Ausladen helfen. Ich muss doch Geld verdienen ..."

„Das wirst du, sobald du dazu in der Lage bist. Erst musst du dich ausruhen und nach all dem, was du durchgemacht hast, zu Kräften kommen, *queridu miu*, mein Lieber! Dieses verfluchte ‚Moskva' ... Hättest du es bloß nie gepachtet!"

„Nichts wäre anders geworden. Nein, Brankica, das war keine schlechte Entscheidung, in einer anderen Zeit hätte man uns dafür ein Denkmal errichtet, dass die Deutschen hundert Hotelzimmer und -suiten konfisziert haben, statt hundert Belgrader Familien auf die Straße zu werfen. Ja, mein Mädchen, das ‚Moskva' war für mich die kleinste Sorge ..."

„Und ich die größte ..."

„Ja. Die Sorge, jemand könnte uns anzeigen! Mit Mühe und Not habe ich es geschafft, dass man ein Formular, wonach ich meine kleine Jüdin gleich nach unserer Ankunft in Belgrad bei der Polizei angemeldet hatte, vordatierte und in einem alten Ordner ablegte. Das hätte ich sofort tun sollen. Da hatte ich einen großen Fehler begangen, aber ich hatte Angst vor den Razzien ..."

„Hat das viel gekostet?"

„Ja, an Nerven und auch an Geld, fast die ganze Einnahme vom Café ist darauf gegangen."

„Das dachte ich mir. Und du hast mir nichts davon gesagt."

„Das tue ich jetzt. Aber genug davon, das ist Vergangenheit und gehört nicht mehr hierher. Sag mir, wie geht es Riki?"

„Sie plagt sich ... du hörst doch, wie das Parkett quietscht bei ihrem nächtlichen Umherwandern. Am schlimmsten ist es im Herbst, aber auch im Frühjahr, immer wenn das Wetter wechselt. Doch sie ist tapfer, beißt die Zähne zusammen, macht Witze. Sobald es ihr besser geht, ist sie wieder ganz die alte geistreiche und launische Tänzerin."

In diesem Augenblick stürzte Nina verstört ins Zimmer.

„*Tristi di mi*, ich Arme, Blanki! Ignjo! Ignjo ..."

Branka lief ihr hinterher. Ignjo saß blass auf der Bettkante und schnappte nach Luft. Branka kehrte wortlos ins Zimmer zurück, zog schnell ein Kleid über, sagte: „Ich gehe den Arzt holen" und verschwand leicht wie ein Schatten.

Da die Božovićs nur drei Häuser weiter wohnten, kam sie bald zusammen mit dem zerzausten Arzt zurück. Er ging zu Ignjo, während Branka, Nina und Marko in der Küche warteten. Nach einigen Minuten hielt es Nina nicht mehr aus, sie stürmte ins Zimmer, der Doktor hielt sie freundlich, aber resolut zurück.

„*Faźi alguna cosa cun una pumpica*, er tut etwas mit einer kleinen Pumpe", brachte sie zwischen Schluchzern hervor.

Endlich kam der Arzt heraus. „Jetzt geht es ihm besser. Sie können zu ihm."

„Ihm geht es ständig schlecht, Herr Doktor", sagte Nina unter Tränen. „Was sollen wir tun?"

„Gnädige Frau, ich rate zu einem Klimawechsel. Fahren Sie ans Meer. Das kontinentale Klima bekommt ihm nicht. Wenn Sie Ihren Mann noch behalten wollen, fahren Sie sofort ans Meer."

Einige Tage lang beratschlagten sich Nina und Ignjo. Die Übereinstimmung der beiden Diagnosen (der Arzt in Sarajevo hatte dasselbe geraten) ließ sich nicht von der Hand weisen. Nina beteuerte ständig, das sei einer der stillschweigenden Gründe gewesen, weswegen sie Sarajevo verlassen haben, doch Ignjo wies das jedes Mal entschieden zurück.

Eine Woche später bestiegen die beiden den Zug nach Dubrovnik über Sarajevo, wo sie die bereits eingepackten Möbel abholten.

Riki atmete auf. Marko verfolgte gerade am Radio die Übertragung des Prozesses gegen Draža Mihajlović, als jemand klingelte. Branka öffnete die Tür und zuckte erschrocken zusammen: Vor ihr stand in einer adretten Uniform ein stattlicher, gutaussehender Mann mit schwarzem Schnurrbart.

„Guten Tag", sagte er mit tiefer Stimme.

„Guten Tag ... wer ... wen ...", stotterte sie.

„Wohnt hier Riki Sálom?"

Mein Gott! dachte Branka, ohne den freundlichen Blick, das gute Benehmen und das liebenswürdige Gesicht des Mannes zur Kenntnis zu nehmen, Riki musste irgendwas ausgefressen haben, wahrscheinlich hatte sie ihre Zunge nicht im Zaum gehalten.

„Ja", antwortete sie, „und warum?"

„Wir sind alte Freunde", beeilte sich der Uniformierte zu erklären, „aus der Zeit vor dem Krieg. Bisher konnte ich ihre Adresse nicht ausfindig machen."

Branka atmete laut auf: „Bitte, treten Sie ein, bitteschön!", sagte sie mit übertriebener Höflichkeit.

Riki erschien in ihrer Zimmertür. Als sie den Mann sah, blieb sie wie vom Blitz getroffen stehen, sie traute ihren Augen nicht. Eine Weile betrachtete sie ihn mit dem Blick aus vergangenen Tagen, dann ging sie auf ihn zu, blieb wieder stehen und sagte ganz leise: „Dušan, bist du es?"

„Ja, Riki, ich bin es", erwiderte Dušan ebenfalls leise, ohne sich von der Stelle zu rühren. Sie sahen sich kurz an, dann liefen sie aufeinander zu, wobei sie beide gegen die Stühle am Esstisch stießen. Dušan warf einen Stuhl um, Riki wäre um ein Haar hingefallen. Endlich sanken sie sich in die Arme.

„Blankica, das ist Dušan!", rief Riki in seiner Umarmung. „Von dem ich dir so viel erzählt habe! Dušan, der Journalist! Dušan, der in den Kampf gegen die Deutschen gezogen ist mit dem Versprechen, alles Böse, was mir im Krieg zustoße, zu rächen ... Dušan, der nach meinem Sturz den schönsten Artikel über mich geschrieben hat!" Sie sah ihn voller Stolz an. „Ich habe mir seine Worte gemerkt: ‚Das strahlende Publikum brachte die Eistorte zum Schmelzen, aus der die winzige Tänzerin auftauchte, und nach einem Moment der Stille und Bewunderung, vernahm man das bekannte Raunen: Riki! Riki!'"

„Ich weiß es, *querida*, ich weiß es", sagte Branka lächelnd und richtete die umgefallenen Stühle auf. „Und wäre nicht seine Uniform gewesen, die mir Angst einjagte, hätte ich ihn nach deiner Beschreibung sofort erkannt."

Dušan löste sich schließlich aus Rikis Umarmung und reichte Branka höflich die Hand. „Auch ich habe viel von Ihnen gehört. Sie sind doch Rikis ältere Schwester Blanki? Diejenige, die für jeden Verständnis hat und alle liebt, am meisten aber ihren Mann ... Marko, das ist doch richtig? Die fleißigste und flinkste Bosnierin ..."

„Hören Sie auf!", sagte Branka errötend. „Ich werde mir sonst noch was darauf einbilden!"

„Ich wollte nur zeigen, dass ich Rikicas Beschreibung nicht vergessen habe."

„Und ich habe nicht vergessen, dass man einem Gast zuerst etwas anbieten soll. Wie wäre es mit einem Schnaps?"

„Danke nein, mir geht es nur um die Unterhaltung mit Rikica."

„Das geht aber nicht, mein Lieber!", protestierte Riki. „Ein solches Wiedersehen muss begossen werden."

„Also gut", sagte Dušan und folgte Riki in ihr Zimmer.

Als Branka mit dem Schnaps hineinkam, saß Riki mit strahlendem Gesicht im Sessel und Dušan auf dem kleinen Hocker vor ihr. Er hielt ihre Hände in den seinen. Die beiden, ganz in die Vergangenheit, die Anfänge ihrer Bekanntschaft und Liebe versunken, nahmen sie gar nicht wahr. Branka stellte die Schnapsgläschen auf den Tisch und entfernte sich leise, glücklich, dass es noch jemanden gab, der ihre Schwester in ein solches Entzücken versetzen konnte.

„Du hattest kein einziges graues Haar, als ich dich zum letzten Mal sah", hörte Branka ihn beim Hinausgehen sagen.

„Erinnerst du dich, wann genau das war?"

„Am Vormittag des 5. April. Damals sahen wir uns zum letzten Mal ... Am Nachmittag hatte ich Dienst. Ich rief dich an. Das war unser letztes Gespräch. Du machtest dich über mich lustig, weil meine Körpergröße nicht zu deiner kleinen Wohnung passte und maltest dir aus, wie ich eines Tages durch den Boden direkt in den Modesalon durchbrechen würde ... Wie sehr ich deine Wohnung mochte! Vier Jahre lang sah ich sie in meinen Träumen, erinnerte mich daran wie an ein Märchen aus der Kindheit, das man nie vergisst. Der schattige Eingang in der Knez-Mihajlova-Straße 19, die schmale Treppe vom Salon hinauf zu deiner Wohnung, wo du die schweren Plüschvorhänge zuzogst, das duftende Halbdunkel ..."

„Alles vorbei, alles zu Ende!"

„Und mir scheint es dagegen, als gäbe es nichts zwischen damals und jetzt, als hätten wir uns erst gestern getrennt. Damals kam der Krieg, ich wurde ein anderer, aber jetzt bin ich wieder ich selbst. Nichts hat sich geändert, Riki."

„Ja, du siehst unverändert aus ... bist immer noch gefestigt, vernünftig, ernst. Als wären die letzten vier Jahre an dir vorbeigeflossen ... Ich weiß nicht, wie du alle diese Schrecken durchgestanden hast ..."

„Und du?"

„Mir hat mein Trotz geholfen. Ich sagte mir: Ich gebe mich nicht geschlagen, ich gebe nicht das Einzige her, was mir geblieben ist – mein Leben! Meine Karriere ist hin, meine Gesundheit ist hin und ..." Riki hielt inne.

„Und die Liebe auch, sprich es ruhig aus. Dir ist bekannt, dass ich von Miloš weiß."

„Ja ... Ich schwor mir jedenfalls, das Einzige, was ich noch hatte, nicht herzugeben, selbst wenn das ein Leben voller Probleme sein sollte. Trotzig sein konnte ich schon immer, nun hatte ich die richtige Gelegenheit dazu! Und wie du siehst, ich bin da. Ich kann wieder fröhlich sein und Scherze machen, und in einer besseren Zeit könnte ich auch Nächte durchfeiern!"

„Also, auch du hast dich nicht verändert. Du siehst schöner und jünger aus als 1941 ..."

„Da täuschst du dich aber. Außen bin ich dieselbe, drinnen sieht es anders aus."

„Wieso?"

„Ich beginne, die Vergangenheit zu fühlen, das tat ich früher nie."

„Ja und?"

„Also, ich will es dir erklären." Riki räusperte sich, setzte eine imaginäre Brille auf und nahm die lächerliche Haltung einer Lehrerin an. „Während der Genosse Dušan, wie er gerade sagte, vier Jahre lang von der Rückkehr träumte, der Rückkehr zu Rikica, oder nach Belgrad oder zu irgendetwas, was das frühere Leben symbolisierte, und dadurch eine Brücke zwischen zwei geschichtlich durchaus verschiedene Epochen, d.h. zwischen der Zeit vor dem Krieg und der jetzigen, baute, unterlag Fräulein Rikica, obwohl sie in Gedanken oft zum Genossen Dušan zurückkehrte, dem Lauf der Zeit. Vielleicht wegen der Schmerzen, vielleicht wegen der Jahre der Angst und des schweren Lebens auf dem Land, vielleicht auch wegen der

Armut, in die sie nach der sogenannten Befreiung versank ... Wie auch immer, sie wurde durch den Krieg zu einer anderen Person, deren tiefes Inneres zerschlagen war, so gründlich zerschlagen, dass man es weder zusammenflicken noch zusammenkitten konnte. Verstehst du das?"

Dušan schwieg.

„Hier haben wir uns verändert, Dušan", sie zeigte mit dem Finger auf das Herz, „nicht wegen der Jahre, sondern wegen dem, was in den Jahren passierte."

„Zum Beispiel?"

„Willst du etwas Starkes hören?"

„Ja!"

„Man hat mich erschossen."

„Wer?"

„Die Ljotić-Leute."

„Riki, mach keine Scherze! Du lebst doch. Haben sie etwa danebengeschossen?"

„Nein."

„Was dann?"

„Rate mal. Du bist ja durch dick und dünn gegangen und kennst alle Tricks!"

„Offensichtlich doch nicht ... Und warum haben sie dich erschossen?"

„Weil sie glaubten, dass ich den Partisanen helfe ... Sie wollten von mir deren Namen erfahren."

„Haben sie geschossen?"

„Ja."

„Dann verstehe ich nichts."

„Mein Krieger, wo ist deine Fantasie? Sie schossen mit Platzpatronen, um mir Angst zu machen, damit ich unter Schock verriet, was ich unter uns gesagt, gar nicht wusste." Riki hielt inne. „Siehst du, mein Liebster, von dieser Art Altwerden spreche ich."

„Nein, nein, das ist bei dir nicht der Fall! Du bist ... Du bist ... wie das Meer: immer anders, nie gleich und nie alt ..."

„Vor dem Krieg zeigtest du keine poetischen Neigungen, wenn man dich jetzt hört, könnte man meinen, du trittst bei einem Dichtertreffen auf."

„Ich habe Gedanken gesammelt und kann sie jetzt leicht formulieren". Dušan streichelte sie und sagte. „Du bist schön."

„Bist du im Krieg etwa weich geworden?"

„In einer gewissen Hinsicht schon ... Ich erkannte die Bedeutung des Mitleids, des Mitgefühls mit dem Leiden anderer. Man behauptet, dass man, ständig mit dem Töten, Sterben, Leiden konfrontiert, ein dickes Fell kriegt, dass man verkommt. Das stimmt aber nicht. Ich entdeckte die menschliche Güte und begann Menschen zu bewundern, die anderen halfen ..."
„Hast du dich vielleicht in eine hübsche Krankenschwester verliebt?"
„Riki, sei nicht unernst!"
„Verzeih mir ... Hast du es schwer gehabt?"
„Schwer?", er lächelte. „Natürlich ... Wie ich dir damals in einer Notiz hinterlassen habe, zog ich los, um gegen die Deutschen zu kämpfen. Ich war entschlossen, mich nicht zu schonen, meinen Kopf nicht zu hüten, die Kugeln nicht zu meiden, denn, hätte ich sterben müssen, wäre ich schon am 6. April 1941 in Belgrad umgekommen. Deshalb setzte ich mich unerschrocken den Gefahren aus. Es folgten mehrere Orden ... Man teilte mir ein Pferd zu. Ich wurde nicht verwundet, und sieh, ich bin am Leben geblieben."
„Das war also die richtige Entscheidung des richtigen Mannes zum richtigen Zeitpunkt", stellte Riki fest. „Und was bist du jetzt?"
„Oberst."
„Vor dem Krieg warst du kein Kommunist."
„Nein."
„Und bist du es jetzt?"
„Jetzt ja."
„Und du hast an allen Kämpfen teilgenommen?"
„An allen."
„Auch an der Syrmischen Front?"
„Ja, auf meinen ausdrücklichen Wunsch."
„Und welche Lehre, welche Schlussfolgerung hast du aus dem Ganzen gezogen?"
„Dass ich dich liebe."
„Dušan, rede keinen Unsinn! Liebeserklärungen haben wir uns nie gemacht. Ich frage dich im Ernst."
„Und ich antworte dir im Ernst", sagte Dušan, und dann nach einer Pause: „Hast du vielleicht einen anderen?"
„Ja", antwortete Riki kühl, „gleich zwei! Sie leisten mir Tag und Nacht Gesellschaft, ersetzen mir den Ehemann und den Liebhaber, lenken mich ab, nehmen völlig Besitz von mir!"

„Aber Riki!"

„Ja! Und willst du wissen, wer sie sind? Mein Schmerz und unsere Armut ... Ich habe außerdem noch Blanka und den guten Marko und ihr Unglück, aber auch ihr Glück, die kleine Vera. Das ist alles, was ich habe, oder besser gesagt, was ich nicht habe, oder noch besser gesagt, was mir geblieben ist."

„Und die Arbeit?"

„Habe ich keine. Ich habe dir meine Besitztümer schon alle aufgezählt. Das Geschäft wurde mir weggenommen, aber wer trägt heute noch Hüte?"

Dušan senkte den Kopf und verstummte. Dann runzelte er die Stirn und stieß hervor: „Ich helfe dir."

Riki sah ihn verärgert an, stand auf und ging zum Fenster. Mit dem Rücken zu ihm sagte sie: „Ja, du wärest dazu in der Lage ... Und ob! Aber helfen kannst du nur dem, der deine Hilfe annehmen will, und ich will es nicht. Damit haben wir dieses Thema abgehandelt, und ich bitte dich, dir meine Antwort zu merken."

„Riki, ich verstehe deine Verbitterung, aber irgendwo musst du anfangen, du musst dich wieder ins Leben eingliedern ..."

„Aber wie? Soll ich mir im Manjež die Vorstellung ‚Die Mission von Mister Perkins im Land der Bolschewiken' ansehen ...?"

„Du kannst auch im Nationaltheater ‚Die Glembays' von Krleža sehen."

„Soll ich einen schwarzen Ledermantel überziehen und den Blockwart der OZNA spielen? Soll ich zusammen mit den Jugendaktivisten die Eisenbahnlinie Brčko-Banovići bauen? Bei ihnen würde ich wenigstens genug zu essen bekommen ... Siehst du, Dušan, der Unterschied, um nicht zu sagen, die Mauer zwischen uns beiden, besteht offenbar darin, dass du jetzt der neuen Zeit angehörst, während ich in der alten stecken geblieben bin. Ich kann mich nicht einmal in diesem neuen revolutionären Vokabular ausdrücken."

„Rede ich denn anders als früher?"

„Nein, aber du weißt, was ich damit sagen will. Und ich gebe weder dir noch anderen die Schuld. Viele von euch glauben, für eine gute Sache gekämpft zu haben ..."

„Ich habe gegen die Besatzer gekämpft."

„Ich habe dafür gekämpft, am Leben zu bleiben und die Befreiung zu erleben ... Oft frage ich mich, ob das richtig war."

Draußen nieselte es.

„Jetzt würde ich gern spazieren gehen, den Duft des Regens genießen. Aber nicht einmal das kann ich. Das Bein tut mir weh."

Dušan ging auf sie zu und legte den Arm um ihre Schulter. Riki drehte sich um und umarmte ihn fest.

Inda lauschte den Stimmen ihrer Tante Rikica und von jemandem, den sie nicht kannte. Heimlich, damit ihre Mutter sie nicht sah, stieg sie auf einen Stuhl und lugte durch das Schlüsselloch, denn sie hatte Angst, dieser Unbekannte könnte ihr die Lieblingstante entführen. Die aber wirkte ganz gelöst. Dann sah sie auch den großen Schnurrbartmann, er bückte sich, um ihr eine Zigarette anzuzünden. Riki nahm einen Zug und atmete den Rauch durch ihren Schmollmund aus, aber nicht in Ringen, wie sie das immer für Inda tat.

„Sobald ich die Uniform ablege, werde ich wieder, was ich früher war", sagte die tiefe, weiche Stimme, „Journalist bei der ‚Politika'."

„Mindestens Chefredakteur", flüsterte Tante Riki.

Inda hörte Mamas Schritte und schlüpfte schnell wieder ins Bett.

★

So wie sie an jenem Abend dahinterkommen wollte, was mit ihrer Tante geschah, hätte Inda gern gewusst, was Papa jeden Morgen früh im kleinen Zimmer tat, während alle andere fest schliefen. In dieser Nacht wurde sie mehrmals durch Rikis Umherwandern geweckt und als sie gegen Morgen wieder aufwachte, stahl sie sich aus Mamas Bett, wo sie oft schlief, und beschloss, Papa Gesellschaft zu leisten.

Sie betrat leise sein Zimmer: Auf einer Kochplatte stand eine Metalldose mit merkwürdigen Instrumenten, vor Papa befanden sich eine Zigarette und eine Tasse mit einer dampfenden braunen Flüssigkeit, während er am Radioknopf drehte und nach Morgennachrichten suchte. Er sah sie gelassen an, zog sie näher und setzte sie auf seinen Schoß.

„Was ist das?", fragte sie, froh, dass der Vater wegen ihres Eindringens nicht böse geworden war.

„Eine Spritze. Hier tut man die Arznei hinein und spritzt sie unter die Haut." Er zeigte auf die Stelle an seinem Oberschenkel.

„Tut es weh?"

„Nicht sehr."

„Ich habe Angst davor ... Muss ich das auch?"

„Nein, mein Schatz. Du hast keine Zuckerkrankheit."

„Und warum hast du sie?"
„Ich habe mich viel aufgeregt im Leben."
„Regst du dich auch jetzt auf?"
„Seit du geboren bist viel, viel weniger."
„Ich mag Zucker ... Wenn Mama manchmal Kuchen bäckt!"
„Papa kauft dir Kuchen ..."
„Und was noch?"
„Und Bananen und alles Mögliche, nur musst du dich noch etwas gedulden."
„Bis wann?"
„Bis bald ... Und jetzt, zurück ins Bett!"
„Papa", sagte Inda beim Weggehen, „warum bist du immer so früh wach?"
„Das habe ich mir im Krieg angewöhnt, weil ich aufpassen musste, dass niemand Mama wegbrachte."
„Jemand in Uniform?"
„Ja, mein Liebes, die Deutschen."
An der Tür blieb sie stehen und fragte leise: „Was ist eine Banane?"
„Ein feines Obst, süß und samtweich ...", flüsterte Marko.
Inda kehrte ins Zimmer zurück und weckte sofort ihre Mutter, um ihr zu erklären, was eine Banane ist.

*

Die Parole unmittelbar nach der Befreiung Belgrads, während die Syrmische Front ihre letzten Opfer forderte: „Alles für die Front, alles für den Sieg", wurde durch die neue: „Alles für den Aufbau, alles für den Wiederaufbau" ersetzt. Mitglieder der Jugendorganisation, Kämpfer und Zivilisten räumten erst die Trümmer weg und gingen dann schnell zum Bauen über trotz der Kälte und der dichten Schneevorhängen, die vom Weltall bis zur Erde zu reichen schienen. Der heftige Belgrader Košava-Wind pfiff durch die von den befreienden Luftangriffen der Alliierten zerbrochenen Fensterscheiben, eisige Luft kroch in die schlecht beheizten Wohnungen und drang bis in die Knochen ihrer Bewohner.

Die Menschen liefen in den Straßen zitternd vor Kälte und notdürftig in alles Mögliche eingemummt: von alten Soldatenmänteln und Decken aus den UNRA-Hilfspaketen bis hin zu kostbaren Persianermänteln, die nur noch selten von ihren ursprünglichen Besitzerinnen getragen wurden. Vom Wind gepeitscht, wankten im Schnee Menschen von unterschiedlichem Äußeren, aber im gleichen Grau.

Dennoch sah die Stadt schöner und sauberer aus als zu anderen Jahreszeiten. Weiß und vom weißen Atem ihrer Bewohner erfüllt, hatte sie nur die Last des grauen und schweren Himmels zu tragen.

Es nahte die Zeit der Feste. In der Familie Korać-Sálom wurde jetzt selten gefeiert, nicht nur weil es ihnen an Geld mangelte, sondern weil sie es vermieden, die gewohnten Feste offen zu begehen. Kirchliche Feste wie Weihnachten, die Slava oder Ostern zu feiern, war ein Risiko, das die Koraćs nicht eingehen durften.

Das Neujahrsfest als „sauberer" Feiertag im Nachkriegskalender wurde hingegen allgemein gefeiert. Es übernahm die Rolle von Weihnachten mit dem üblichen Tannenbaum, den Geschenken und anderen dazugehörenden Freuden für Kinder und Erwachsene.

Am eiskalten ersten Tag des Jahres 1947 hörte Marko im Radio die Übertragung der Neujahrsansprache von Marschall Tito: „In diesem Jahr beginnt unsere Planwirtschaft, es startet unser Fünfjahresplan der Elektrifizierung und der Industrialisierung ..."

„Und ich bin nicht einmal imstande, einen gewöhnlichen Heiligabend zu planen", murmelte Riki, die auf dem Sofa lag und durch die offene Tür ihres Zimmers das Radio hörte.

„... dessen Erfüllung die Voraussetzung ist für die schnellere Verwirklichung eines glücklicheren Lebens der jetzigen und der künftigen Generationen ..."

„Indas Leben wäre bestimmt glücklicher, wenn wir ein kleines Fest ausrichten könnten", murmelte Riki weiter, „aber woher den Tannenbaum, woher die Geschenke nehmen?"

„... die übermenschlichen Anstrengungen unserer Völker beim Bau und dem Wiederaufbau ... das kollektive Bewusstsein ... das Ausmalen einer besseren Zukunft ..."

„Malen!", rief Riki laut und sprang auf. „Ja, natürlich, malen! Das können wir wenigstens noch! Danke, Genosse Marschall, danke für diesen Tipp!"

„... 250.000 Häuser wurden in Stadt und Land gebaut ... Die reichen Bauern sind bei der Weizenabgabe an den Staat nicht ihrer Pflicht nachgekommen ..."

Riki hörte gar nicht mehr hin. Sie holte im Dienstmädchenzimmer aus einer verlegten und längst vergessenen Schachtel farbige Kreiden, mit denen sie früher Schnitte für die Hüte gezeichnet hatte. Sie fand auch ein großes Stück zerknülltes Packpapier, das sie über Nacht mit dicken Atlanten aus Familienbesitz beschwerte, um es zu glätten. Darauf malte sie einen farbenfrohen Tannenbaum voller bunter Kugeln, Lampions, Sternchen, Weihnachtsmänner und kleiner Vögel. Um ihn plastisch wirken zu lassen, klebte sie darauf kleine Stücke gekräuselten weißen Tülls in Form von Schneeflocken sowie Pailletten, die sie von einer alten Abendkappe abtrennte. Sie wollte sogar kleine Perlen darauf befestigen, sah aber davon ab, da das spröde Packpapier leicht einriss. Der Leim stank entsetzlich, deshalb brachte sie den „Weihnachtsbaum" immer wieder auf den Balkon, wenn Inda, die ihn nicht sehen durfte, bei Branka in der Küche war.

Am Heiligen Abend setzte man Inda in einen Sessel und befahl ihr, die Augen zu schließen. Als Riki ihr Kunstwerk hereinbrachte, sperrte Inda die Augen weit auf, als hielte sie die funkelnde Pracht vor sich nicht für möglich. „Oh, wie schön!", flüsterte sie, dann stand sie langsam auf, ging zum „Weihnachtsbaum" und betastete vorsichtig die Pailletten, die das schwache elektrische Licht widerspiegelten.

Branka kamen die Tränen, Marko strich Rikica über das Haar und sagte leise: „Danke!"

Inda erlaubte nicht, dass das Bildnis des Tannenbaums entfernt wurde, bis das alte Packpapier, das mit Stecknadeln an der Wand des Schlafzimmers befestigt war, herunterfiel und zerbrach. Inda hob die Stücke behutsam auf und steckte sie in eine Papiertüte. Von Zeit zu Zeit holte sie sie heraus und ordnete sie nach eigenem Gutdünken an.

Einmal sah Major Spasić, wie sie auf dem Fußboden die bunten Papierfetzen arrangierte.

„Was tust du da?"

„Ich mache einen Tannenbaum."

„Aber Neujahr ist schon vorbei."

„Das ist nicht der Tannenbaum für Neujahr, sondern für Weihnachten", entgegnete sie ungeduldig.

„Schon gut, sei nicht gleich böse. Das ist dasselbe."

„Gar nicht dasselbe", entgegnete sie trotzig.

„Wieso?"

„Weihnachten feiern ich, Mama, Papa und Tante Riki. Und das ist geheim. Darum!"

„Stimmt", entgegnete Spasić und ging in sein Zimmer.

Ein Jammer, dachte er, dass dieses schöne und kluge Kind von Leuten wie den Koraćs erzogen wird, sie halten es isoliert, unter ihren

Fittichen, statt es den Genossinnen zu überlassen, sie im gesunden kommunistischen Geist aufzuziehen. Ihn hatte niemand erzogen, nur der Vater hatte ihm einiges über das Leben vermittelt. Dann war der Krieg gekommen. Er wuchs auf und wurde von der Partei erzogen. Etwas Besseres hätte ihm nicht passieren können, sagte er sich fast laut. Er trauerte den toten Geschwistern nach, aber so musste es wohl sein. Serbische Bauern hatten bisher in allen Kriegen ihr Leben gelassen. Zum Glück war er auf dem richtigen Weg, wofür er seinem Bruder und nicht seinem Vater dankbar war. Der Unglückselige hatte den falschen Weg eingeschlagen. Wahrscheinlich hatte er die Kriege durcheinandergebracht und sich im zweiten wieder so verhalten wie im ersten.

In der letzten Zeit sah er seinen vielbeschäftigten Bruder nur selten. Immer schon ein Aktivist und Organisator von Massenveranstaltungen, war er jetzt ein hoher Funktionär. Er wusste schon immer, schon vor dem Krieg, als er in die Stadt zog, was er tat und warum. Der Major war stolz auf seinen Bruder, obwohl der ihn bei zufälligen Begegnungen oft nur mit einem kühlen Kopfnicken begrüßte, als wären sie keine nächsten Verwandten. Aber so muss es wohl sein, redete er sich ein, denn die Partei kennt keine familiären Bande, keine Liebe zwischen Mann und Frau und ähnliche Nebensächlichkeiten, diese Überbleibsel der Weltanschauung frömmelnder Jammerer und der entmachteten Bourgeoisie! Die Partei hatte für ihre Mitglieder alles zu sein: die Mutter und der Bruder, die Ehefrau und die Geliebte. Das ist richtig so, dachte Spasić, fragte sich allerdings, ob er ihr genug geopfert habe und ob er überhaupt fähig sei, ihr so viel zu geben. Er schämte sich, weil er, wenn er seinen Bruder sah, den Wunsch verspürte, ihn zu umarmen, ihm auf die Schulter zu klopfen, sich mit ihm zu unterhalten wie früher, wenn er zu Besuch ins Dorf kam und die beiden dann im Winter wie diesem jetzt Schneeballschlachten machten, Schlitten fuhren, sich in den Schnee fallen ließen.

Er sah aus dem Fenster. Alles war weiß und rein, und er bekam Lust, einen Spaziergang zu machen. Der trockene Schnee knirschte unter seinen Füßen. Er atmete die kalte Luft in vollen Zügen ein und dachte über den sowjetischen Winter nach, der viel strenger und kälter war als der serbische, wie das bei der letzten Parteiversammlung der politische Kommissar berichtete, der dort vor dem Krieg gelebt hatte. Jawohl, stellte Spasić fest, bei den Sowjets ist alles größer, das Land ist unendlich, das Volk zahlreich, darum sind wohl auch die Winter rauer. Das habe, sagte derselbe Genosse auf derselben Parteiversammlung, neben der heldenhaften Roten Armee, die kein Hindernis kenne und nicht einmal vor der wilden, vereisten Steppe zurückschreckte, den letzten Rest nicht nur dem deutschen Heer gegeben, sondern einmal, vor langer Zeit auch der Armee jenes imperialistischen Usurpators und Schufts aus Frankreich, dessen Namen er sich nie merken konnte. Bei der großartigen Kriegsführung Stalins habe der Winter jedoch nur wenig nachhelfen müssen. „Was für ein wunderbarer Mann war er doch, dieser schnurrbärtige Sowjetmensch!", sagte Spasić laut. Er lächelte zufrieden, weil ihm neuerdings das Erlernen der russischen Sprache gut von der Hand ging.

Er konnte nicht verstehen, warum die Koraćs und diese Kratzbürste von Riki alle möglichen reaktionären Sprachen kannten, nur nicht Russisch. Das zeigte am besten ihren irrigen politischen Standpunkt, der auch zu erwarten war, da das Familienoberhaupt mit Leib und Seele zu den verhassten kapitalistischen Ausbeutern gehörte. Schade, dass eine so nette Frau wie die Genossin Branka einem solchen Einfluss ausgesetzt war! Wenn es nur ginge, würde er sie zu einer Parteiversammlung mitnehmen, damit ihr die Augen aufgingen. Damit sie vor den Genossen aufrichtig Selbstkritik üben und die überholten bürgerlichen Ideen über Bord werfen würde! Sie könnte eine echte Genossin werden, ein wertvolles Mitglied der neuen Gesellschaft. Sie könnte sich beim Wiederaufbau des Landes engagieren, sie würde die beispielhafte Aufopferungsbereitschaft der Kämpfer für die Volksmacht, für die Brüderlichkeit und Einheit und alles Übrige begreifen. Obwohl mit Irrlehren groß geworden, würde sie sich doch die positive Haltung derer zu eigen machen, die das Volk regieren, die Arbeiter an Entscheidungen teilnehmen und alle Nationalitäten der Erde gleichberechtigt werden lassen. Das muss doch jedem Dummkopf einleuchten! Für den Anfang würde sie eine Aktivistin der Antifaschistischen Frauenfront sein, auf Anweisung und mit Wissen der Verantwortlichen würde sie an der Verwirklichung der Ziele des ersten Fünfjahresplans mitwirken und eines Tages vielleicht sogar Parteimitglied werden! Leider wurde sie von jenem schweigsamen, steifen, niederträchtigen Kapitalisten mit den zusammengepressten Lippen verführt und betört.

In Gedanken versunken merkte Spasić nicht, dass vor einem Haus auf seinem Weg Möbel standen. Auf größeren Stücken waren Sofakissen, Teppiche, Lampen, altmodische Stühle, Kochtöpfe, Weidenkörbe, Decken und all die Kleinigkeiten eines Haushalts aufgetürmt.

Im Vorbeigehen blieb er mit dem Stiefel an einer Gardine hängen und wäre beinahe gestürzt. Während er sich aus der Hocke aufrichtete, erblickte er eine junge Frau mit todesblassem Gesicht, eingehüllt in einen weiten schwarzen Mantel und einen weißen Schal. Sie stand mit von Tränen geröteten Augen einfach da und behinderte die Passanten. „Keinem Mensch, einem Geist ähnlich", stellte Spasić fest. Etwas in ihren Gesichtszügen sagte ihm, dass die kleine Korać später einmal so aussehen könnte. Er begriff nicht, warum er sich zu „dieser Gattung" Weiber mit weißem Gesicht, hellen Augen und zarter Haut hingezogen fühlte, statt sich für eine herausfordernde, resolute, stämmige Genossin zu entscheiden.

Er blieb stehen und starrte diese Frau an, dann räusperte er sich, versuchte vergebens, an ihr vorbeizukommen, aber da sie weiterhin unbeweglich und hilflos dastand, sprach er sie schließlich an:

„Grüß dich, Genossin ... Ähm, warum holst du diese Sachen nicht von der Straße weg, hier werden sie doch ganz nass."

Sie schwieg und sah ihn abwesend an.

„He, Genossin ... Was hast du denn? Geht es dir nicht gut?"

„Meine Mutter ist im Keller", sagte sie kaum hörbar, „das Kind, meine Tochter friert ... Was soll ich tun... Ich weiß nicht, wohin ... Niemand will mir helfen."

„Wo wohnst du?"

„Nirgendwo ... Im Keller ... Hier war unsere Wohnung", sie zeigte auf das Haus, vor dem sie standen. „Ich weiß mir keinen Rat! Man hat uns auf die Straße gesetzt."

„Aber ... aber was kann ich dafür?", entgegnete Spasić verwirrt und spürte sogleich, dass er in etwas hineingezogen würde, was er vermeiden sollte, war aber, von dieser Frau eingenommen, nicht imstande, sich einfach umzudrehen und wegzugehen.

„Die Polizei hat uns von Lipik hierhergebracht ... Alles stand schon auf der Straße ...", redete sie weiter ins Leere, ohne den Mann vor sich anzusehen. „Meine Mutter hat es kaum überlebt ..." Sie machte einen Schritt, stolperte, doch Spasić fing sie auf, er fühlte, wie sie erzitterte, danach wurde ihr Körper schwer. Sie verlor das Bewusstsein.

„Was soll ich jetzt tun, verdammt noch mal ...", stieß Spasić hervor. Er stand auf der Straße, die Frau im Arm, schaute um sich und fluchte leise, doch es war keine Lösung in Sicht. Dann fiel ihm ein: Die Genossin Branka würde ihr helfen! Ja, natürlich! Zum Glück war es zur Njegoševa-Straße nicht weit.

Er trug sie ins Wohnzimmer und schrie aus vollem Hals nach Branka, als rufe er von einem Berggipfel und nicht aus dem Nebenzimmer. Branka, Marko und Riki stürzten herbei.

Spasić sah sie verwirrt an, in seinen Armen die Last, deren Anwesenheit er nicht erklären konnte.

„Komm, bring sie in dein Zimmer und leg sie auf das Sofa", sagte Branka ruhig, ohne Fragen zu stellen. Der junge Major lächelte sie an mit dem Ausdruck unendlicher Dankbarkeit.

Marko und Riki blieben an der Tür seines Zimmers stehen, während Branka den Mantel der Frau aufknöpfte, ihr das Kopftuch abnahm und ihre Hände warm rieb.

„Reich mir die Decken", befahl sie Spasić. „Marko, bring mir bitte den Schnaps."

„Der ist alle."

„Es gibt noch etwas davon in der Speisekammer ... Den habe ich für solche Fälle aufbewahrt."

Marko kam mit dem Schnaps. Die junge Frau rührte sich, öffnete die Augen, Branka hob ihr den Kopf an und flößte ihr etwas Schnaps in den Mund.

Spasić fand endlich die Fassung wieder: „Genossin Branka", setzte er verlegen, aber amtlich an, „du weißt, dass ich nie Weiber aufs Zimmer brachte!" Er benahm sich so, als klage man ihn eines solchen Vergehens an.

„Das fehlte noch!", murmelte Riki, aber Marko legte ihr den Arm um die Schulter und sagte: „Komm, Schwägerin, lass uns gehen, Brankica wird uns später alles erzählen."

Durch ihr Verschwinden kaum beruhigt, rechtfertigte sich Spasić weiter: „Ich kenne sie nicht! Keine Ahnung, wer sie ist! Ich fand sie auf der Straße bei einem Haufen Möbel ... Sie fiel in Ohnmacht und ich sagte mir, du kannst die Genossin nicht so im Schnee liegen lassen, sie wird erfrieren ... Verstehst du mich? Ich weiß nicht einmal, wie sie heißt ..."

„Schon gut, Mann, zuerst soll sie zu sich kommen, dann können wir über alles andere reden."

Bald erwachte das Dornröschen und richtete sich auf dem Sofa auf. Nachdem sie sich höflich vorgestellt und in gewählten Worten Branka und Spasić gedankt hatte, begann sie sich zu entschuldigen.

„Bitte, lassen Sie das", unterbrach Branka sie, worauf Beka Arsenijević, so hieß sie, kurz berichtete, was ihr zugestoßen war. Sie, ihre kranke Mutter und ihre kleine Tochter hatten für zwei Wochen ein Zimmer in Lipik gemietet. Man hoffte, dort würden die Ruhe und die saubere Luft Mutters angeschlagener Gesundheit guttun. Ein Nachbar meldete in Erfüllung seiner Spitzelpflicht dem Rayonkomitee, dass sie, die Vorkriegsbourgeois, irgendwo außerhalb Belgrads ein Haus besäßen, weswegen man ihre Wohnung konfiszieren solle. Das wurde schnell und wirksam in die Tat umgesetzt: Man brach in die Wohnung ein, warf alle Möbel auf die Straße und brachte die drei unter Polizeibegleitung von Lipik nach Belgrad. In ihre Dreizimmerwohnung zog ein Rayonfunktionär, während ihnen ein Raum im Keller zugeteilt wurde.

„Und wo ist dein ... wo ist Ihr Mann? Sind Sie Frauen allein?", wollte Spasić wissen. Branka sah ihn verwundert an, weil sie zum ersten Mal erlebte, dass er jemanden siezte.

„Mein Vater ist vor dem Krieg umgekommen, Brüder habe ich keine und mein Mann ... Ich bin geschieden. Seit er uns verlassen hat, hat er sich nie mehr gemeldet. Ich weiß nicht, wo er steckt."

Der Major Spasić starrte wie verzaubert Beka an, die schlank und zerbrechlich wie ein scheues Reh zitterte, und murmelte vor sich hin: „Das ist aber schlimm!"

„Machen Sie sich um die Möbel keine Sorgen", sagte Branka. „Das sind ja nur Sachen."

„Aber meine Mutter ..."

„Ich verstehe, bestimmt hängt sie an jedem Stück. Einen Teil davon können Sie in unserem Keller unterbringen ... Den Rest sollten Sie verkaufen. Heute bekommt man für Möbel gutes Geld ..."

Während sie um jeden Stuhl kämpfen musste, damit er nicht beschlagnahmt wurde, dachte Branka, wusste Beka Arsenijević nicht, wohin mit ihren Möbeln! Laut sagte sie:

„Sie werden schon sehen, alles kommt wieder in Ordnung. Wichtig ist nur, dass Sie sich beruhigen. Jetzt werden Sie von Ihrer Mutter und von Ihrer Tochter gebraucht ... Wie heißt denn Ihre Kleine?"

„Katarina ... Kaća."

„Bringen Sie sie doch zu uns! Sie kann mit meiner Tochter spielen, Inda hat nur zwei Freundinnen."

„Meine Tochter hat gar keine", seufzte Beka. „Schon der Krieg hat so vieles kaputt gemacht, von dem, was danach folgte, ganz zu schweigen ..." Sie schaute auf Spasić und verstummte. Er hatte jedoch ihre Worte nicht gehört. Mit seinen Gedanken beschäftigt, schritt er unruhig im Zimmer auf und ab.

„Ich helfe dir, Genossin Beka!", rief er plötzlich aus, als habe er nach einem inneren Kampf beschlossen, zum ersten Mal im Leben gegen die Parteilinie zu handeln. „Das mit deinen Möbeln regele ich, basta! Gehen wir uns jetzt gemeinsam anschauen, was zu machen ist."

Nach einigen Worten des Dankes ging Beka in Begleitung des plötzlich aufgelebten Major Spasić fort.

„Das Leben schreibt Romane", murmelte Branka, während sie die Tür hinter ihnen schloss.

„Romantik pur", kommentierte Riki lachend diese Geschichte. „Unser Bauerntölpel bringt die eingeschlafene Prinzessin auf seinen Händen nach Hause, behutsam, als sei sie aus Porzellan! Und blickt zu ihr auf wie zur Muttergottes! Wenn der sich nicht Hals über Kopf verliebt hat, fresse ich einen Besen!"

„Gegensätze ziehen sich an", bemerkte Marko, „außerdem ist sie eine sehr schöne Frau."

„Die Arsenijevićs", sagte Riki, „sind eine vornehme Belgrader Familie. Der Alte war Essayist und Experte für Literaturtheorie. Miloš kannte ihn. Ihr Reichtum stammte aus Karlovac in Syrmien. Dort hatte die Familie Pferdegestüte und Ländereien, aber ich glaube, davon ist nicht viel übriggeblieben, weil einer der Vorfahren fast alles verspielt hat."

„Sie sagte, ihr Vater sei vor dem Krieg ums Leben gekommen", sagte Branka.

„Ich kann mich nicht mehr genau erinnern, aber da gab es einen Skandal", meinte Riki nachdenklich.

„Arme Frau", seufzte Branka.

„Nein, arm ist jetzt unser junger Major", entgegnete Riki. „Der hat sich ordentlich in die Nesseln gesetzt ..."

In den nächsten Tagen half Spasić Beka sowohl mit seiner Muskelkraft als auch mit praktischen Ratschlägen. Ein Teil der Möbel wurde in der neuen Unterkunft untergebracht, der Rest verkauft. Die zwei Frauen und das Mädchen zogen dann in einen sehr feuchten Raum, der fast vollständig unter der Erde lag. Ein schmales vergittertes Fenster auf dem Niveau des Bürgersteigs ließ nur spärliches Tageslicht herein, das an sonnigen Tagen die Kellerfinsternis in ein Halbdunkel verwandelte. Fließendes Wasser gab es nicht, dafür rannen Tropfen die feuchten Wände hinunter und verbreiteten einen modrigen Geruch.

„Wenn Sie als Kind Abenteuerromane gelesen haben", sagte Beka zu Branka bei einem ihrer häufigen Besuche, „dann sind Ihnen bestimmt die Schilderungen von mittelalterlichen Kerkern bekannt. In so einem Verließ leben wir drei jetzt. Kaća und ich gehen noch ab und zu aus, kommen Sie besuchen, aber meine Mutter sitzt nur da und leidet wie lebendig begraben ..."

Der Major Spasić und Beka Arsenijević sahen sich jeden Tag, anfangs während sie die Koraćs besuchte, später auch allein. Kaća, ein schönes kleines Mädchen mit den braunen, sanft blickenden Augen ihrer Mutter, verstand sich gut mit Inda. Stundenlang spielten sie zusammen im Schlaf- oder im Wohnzimmer. Da sie nur eine Puppe, die Estera, hatten, versuchten sie, ihr Spielzeug mit Haushaltsgegenständen zu bereichern, denen sie mit viel Fantasie verschiedene Rollen zuwiesen: Einmal stellte ein Kerzenleuchter einen Soldaten dar, ein anderes Mal stand der Mörser für eine dicke Bäuerin.

Eines Tages fand Branka die beiden Mädchen mit Stücken eines Stoffs beschäftigt, der ihr bekannt vorkam. Sie nahm einen Fetzen und stellte mit Entsetzen fest, dass die beiden ihr einziges „Ausgehkleid" zerschnitten hatten, um eine Tracht für den Mörser, das heißt für die dicke Bäuerin, zu basteln. Marko, der im Wohnzimmer damit beschäftigt war, Bewerbungen an alle zu schreiben, die er in Sarajevo, Zagreb und Belgrad kannte, hatte gar nicht bemerkt, was die zwei kleinen Freundinnen taten.

„Oh Gott!", entfuhr es Branka, worauf Inda und Kaća sie erschrocken ansahen. Doch dann hielt sie kurz inne, winkte ab und streichelte den beiden über das Haar. „Spielt weiter, Kinder", sagte sie lächelnd, „Mama wird etwas anderes anziehen ... Nur, Inda, nimm bitte *nie mehr* etwas aus dem Schrank, ohne mich zu fragen."

„Ja, Mama", versprach Inda bedrückt.

Später kam auch Adrijana mit ihren Puppen hinzu. Mit Mühe hatte sie ihre Mutter überredet, sie allein bei den Koraćs zu lassen. Melanija versuchte das zu umgehen, indem sie alle drei Mädchen ins Kino einlud, „Heidi" und „Der blaue Vogel" zu sehen, aber Adrijana ließ nicht locker.

„Es wird schon nichts Schlimmes passieren", sagte Branka seitdem jedes Mal beruhigend zu Melanija, wenn sie Adrijana bei ihr ließ. „Die Kinder spielen und es ist für sie schöner, wenn wir Erwachsene sie nicht überwachen."

„Ach, meine Liebe", jammerte Melanija, „ich bin gewöhnt, mein Kind immer im Auge zu behalten! Vielleicht könnte Ihre Inda zu uns kommen ... Wir haben wenigstens Platz genug. Ich kann nicht verstehen, was Rina hier findet!"

Hier hat sie ihre Ruhe, dachte Branka, sagte aber nichts.

„Verstehen Sie mich nicht falsch", fuhr Melanija fort, während ihre Finger nervös mit ihrer Perlenkette spielten, „sie besteht einfach darauf, hierherzukommen und lehnt es ab, ihre Freundinnen zu uns einzuladen! Das ist mir äußerst peinlich ... Hier, nehmen Sie bitte das für die Kinder ..."

Melanija brachte den drei Freundinnen öfter etwas zu essen, und Branka steuerte bei, was sie im Haus fand. Rina aß alles, was Branka zubereitete, ließ aber stehen, was Melanija gebracht hatte.

Meist kam Ružica, um Adrijana abzuholen. Diese wollte sie jedes Mal gleich nach Hause schicken, weigerte sich mitzukommen, ließ sie lange warten und schlug mit ihren kleinen Fäusten auf sie ein.

„Geben Sie ihr einen Klaps auf den Hintern", schlug Branka einmal vor. „Sie darf sich Ihnen gegenüber nicht so benehmen."

„Um Gottes Willen!", erwiderte Ružica entsetzt und bekreuzigte sich schnell, als habe sie beim bloßen Gedanken an so etwas eine Sünde begangen.

Beka holte die kleine Kaća ab. Davor plauderte sie oft mit Branka in der Küche oder ging mit Spasić spazieren, den sie bereits „Spasa" nannte und duzte. Eines Tages verkündete sie überglücklich: „Stellen Sie sich vor, wir haben jetzt eine Dusche! Eine richtige Dusche mit warmem Wasser!"

„Wunderbar! ... Und wo?"

„Im Hof. Neben der Bäckerei eines Mazedoniers gibt es einen Raum mit einer Dusche, die niemand nutzt. Die Rohre sind offenbar mit dem Backofen verbunden, und das Wasser ist meist warm. Ich bat den Bäcker, uns das Duschen zu erlauben, aber er lehnte es hartnäckig ab. Als ich ihm dann vorschlug, monatlich etwas dafür zu bezahlen ... Spasa hatte mir dazu geraten, war er sofort einverstanden. Jetzt können wir nach Herzenslust duschen!"

Danach klopfte Beka, vor Aufregung wie Espenlaub zitternd, an Spasićs Tür, um auch ihm von dieser großen Neuigkeit zu berichten, und blieb zum ersten Mal lange in seinem Zimmer.

Wenn es ein ungleiches Paar gibt, dachte Branka, dann sind das Beka und Spasa. Und dennoch entbehrte ihre Beziehung nicht einer gewissen Logik. Der körperlich zähe und naturschlaue Spasa bot Beka den nötigen Halt sowohl als kräftiger Mann als auch als Angehöriger der neuen Zeit. Beka wollte die Vergangenheit abschütteln. Er hatte bei ihr den Wunsch geweckt, sich einer ihr fremden Welt anzupassen.

Und er gab ihr die Hoffnung, dass sie und ihre Tochter dies schaffen würden, eine Hoffnung, die bei ihr bereits geschwunden war.

Den jungen Spasić konnte man schon leichter verstehen. Er war einfach von Bekas weicher Schönheit und Vornehmheit berauscht. Er griff nach etwas Verbotenem, und was ist schöner und beständiger als eine verbotene Liebe, dachte Branka, sich an ihre ersten Rendezvous mit Marko erinnernd.

★

Durchfroren vom Fußmarsch durch verschneite Straßen, genossen Rikicas Freunde den Schnaps, den Branka ihnen gleich beim Betreten der Wohnung anbot. Es war wie üblich ein Sonntagvormittag. Sie saßen eng beieinander und diskutierten mit gedämpften Stimmen, damit man auf keinen Fall hörte, worüber sie sprachen. Sobald einer sich vergaß und vor Erregung laut wurde, mahnten ihn die anderen. „Auch die Wände haben Ohren", lautete dann die übliche Bemerkung, und der Betreffende senkte sofort die Stimme.

Marko gesellte sich nie zu ihnen. Seiner Meinung nach leisteten sich diese müßigen Menschen, jeder aus seinen Gründen und nach seinen Möglichkeiten, den Luxus, klug daherzureden und darauf zu warten, dass sich etwas von selbst änderte. Einige von ihnen lehnten die Gegenwart nur in Gedanken und in Andeutungen ab, andere hingegen sprachen offen gegen den neuen Staat. Marko konnte sich das nicht erlauben, er trug die Verantwortung für Branka und das Kind, und das ließ alles andere, sogar den Respekt vor der persönlichen Überzeugung, in den Hintergrund treten. Kurz gesagt: Er musste eine Arbeit finden und Geld verdienen, um seine Liebsten durchzubringen.

„Diese Leute sind bedrückt, verbittert und traurig", sagte er einmal zu Rikica. „Sie philosophieren viel und tun nichts. Ich war schon immer ein Aktionsmensch, dieses intellektuelle Gelaber ist nichts für mich."

„Aber sie sind die Einzigen, die uns geblieben sind", entgegnete Riki.

„Das mag sein, aber Überbleibsel kann ich nicht gebrauchen. In erster Linie wegen Inda möchte ich nicht zu diesen Leuten gehören. Es reicht, dass sie meinetwegen das Stigma der Tochter eines gescheiterten Bourgeois trägt. Ich möchte ihr die Zukunft nicht noch schwerer machen."

„Besser wird es auf keinen Fall! Wir werden die dunklen Ledermäntel nicht so schnell los, noch werden die Denunzianten und die Speichellecker so bald aussterben! Nein, meine lieben Freunde ..." Der entschiedene Regimegegner Prijezda Lazarević führte an diesem Wintervormittag das große Wort. Gleich nach der Befreiung, als die Behörden die Einwohner Belgrads aufforderten, zu ihren Arbeitsstellen zurückzukehren, weigerte sich Prijezda, der als Ingenieur bei den Wasserwerken beschäftigt war, „für diese jetzt" zu arbeiten, so wie er sich auch während der vier Besatzungsjahre in Belgrader Kellern versteckt hielt, damit die Deutschen ihn nicht zwingen konnten, für sie zu tätig zu werden.

„In seinem kurzen Menschenleben", fuhr er fast tonlos fort, „erlebt keiner von uns die Geschichte unbeteiligt, als geschriebenen Text. In Zeiten großer gesellschaftlicher und politischer Umwälzungen, von Kriegen, Revolutionen, von chaotischen Veränderungen des Systems, wenn man die Ereignisse aus unmittelbarer Nähe erlebt, kann man nicht umhin, sie persönlich, ausschließlich aus seinem Blickwinkel zu beurteilen. Man deutet sie subjektiv, ohne von allgemeinen Prämissen auszugehen. Selten aber begreift man, dass jeder Einzelne die Historie schon allein dadurch gestaltet, dass er in einer bestimmten Epoche lebt. Diese Historie lernen dann die nachkommenden Generationen aus Geschichtsbüchern, in denen sie so interpretiert wird, wie es den Regierenden passt. Ergo, der Jugend wird eine Lüge serviert, und das macht mir Sorgen! Ich bin auch besorgt, weil sogar manche, die hier unter uns sind, statt sich von allem zu distanzieren und damit ihre Entrüstung, ihr Aufbegehren und ihr Opfer im Namen der Wahrheitsliebe zum Ausdruck zu bringen, sich beeilen zu ihren Arbeitsstellen zurückzukehren ... Ihr seid euch nicht des jetzigen Augenblicks bewusst, weil ihr zu nahe dran seid und ihn noch nicht aus historischer Distanz beurteilen könnt. Alle sollten sich aus allem ausklinken ..."

„Apropos ausklinken", unterbrach ihn Riki, „da bist du zu kategorisch, du nimmst deine bekannte Schwarz-Weiß-Position ein, betrachtest die Dinge zu eng. Seit einem Vierteljahrhundert politisierst du und solltest mittlerweile wissen, dass es auch etwas dazwischen... dass es auch Grau gibt. Wir mittelmäßigen Menschen, bewegen uns meist in diesem Grau. Aber große Taten und echte Ideale gibt es auch bei denen auf der anderen Seite. Natürlich gibt es auch Ungerechtigkeit, Gier und Lügen ..."

„... und Schufte, Strolche, Taugenichtse, Gewinnler, Aufwiegler, Lumpen, die mit der Ausrede, uns retten zu wollen, ihr Unwesen treiben!"

„Also, Prijezda, als hättest du jetzt gerade Amerika entdeckt!", erwiderte Riki. „Solche Typen hat es schon immer gegeben."

„Aber die Regierenden haben sie noch nie so geleugnet, wie heute!"

„Dennoch, du kannst dich nicht aus dem Leben ausklinken, wenn du an ihm teilhaben willst."

„Ich habe schon manchmal an Selbstmord gedacht", entgegnete Prijezda düster.

„Der beste Schutz gegen solche Gedanken", fuhr Riki fort, „ist ein Keller voll altem Wein, wie du ihn, wenn ich mich recht erinnere, vor dem Krieg hattest. Jedes Mal, wenn du an den Tod denkst, musst du dir sagen, dass da noch ein paar Flaschen zu leeren sind!"

„Ich sehe, du nimmst mich auf den Arm, aber ich meine es ernst. Das beste Beispiel ist der Ingenieur Pasarić. Er wollte sich eingliedern, sagte aber über eine Fabrik, dass sie erst in drei Monaten fertiggestellt werden könne, und wurde wegen ‚Verbreitung von Defätismus und der Gefährdung geplanter Projekte' ins Gefängnis gesteckt!"

„Auch das kommt vor, aber ...", bemerkte jemand.

„Nein, ich sage euch", unterbrach ihn Prijezda, „es gibt keine Geschichte ohne die Teilnahme des Einzelnen und ohne energische individuelle Parteinahme. Es ist das Einzige, das wir den nächsten Generationen vermachen können, die einzige Art zu leben und nicht nur zu vegetieren. Denn leben bedeutet nicht zusehen, sich winden und lavieren, sondern die Geschehnisse nach den strengen Maßstäben der eigenen Überzeugung beurteilen und dadurch an ihnen teilhaben."

„Du widersprichst dir selbst", sagte der Rechtsanwalt Nenad, ein alter Freund von Rikica und Miloš. „Wenn einer sich absondert und nicht teilnimmt, dann bist du es."

„Wieso verstehst du das nicht? Meine Teilnahme besteht gerade in meiner Passivität, in meiner Distanz und Nichtanerkennung der Gegenwart!"

„Und mein Problem", fährt Nenad fort, „ist es, die Gegenwart zu verstehen. Der Vergangenheit kann ich nicht abschwören, nicht wahr, denn jedes Körnchen von ihr ist ein Teil von mir, aber ich kann ihre Fortsetzung nicht im Heute sehen. Andererseits, was ist die Gegenwart, wenn nicht das Schaffen einer neuen Vergangenheit, Schritt für Schritt ..."

Stimmen aus der Diele übertönten Nenads Worte:

„Moše! Ich kann es kaum glauben!", hörte man Branka aufgeregt ausrufen. „Sind Sie es wirklich?"

„Ich bin es, Blanki, wenn auch nur zur Hälfte ..."

Riki ging zur Tür und erblickte Moše Vajs. Sie blieb wie angewurzelt stehen, er aber kam auf sie zu und umarmte sie.

„Moše, mein alter Freund", stammelte Riki, „ich hätte dich fast nicht wiedererkannt ..." Sie drehte sich im Zimmer um und fügte hinzu: „Und da wir schon beim Wiedererkennen sind, hier kennst du doch jeden ... nicht wahr?"

Moše gab allen die Hand, freudlos und abwesend. Rikica betrachtete ihn ungläubig und rief aus: „Wo bist du die ganze Zeit gewesen, du Unglückseliger!"

„In Auschwitz!", entgegnete Moše ruhig. „Danach im Krankenhaus ... lange Zeit ... Und jetzt bin ich hier, bei dir ..."

Schweigen.

„Wie ... wie hast du überlebt?", fragte Riki flüsternd.

„Ich weiß es nicht ... wohl zufällig ..."

„Du warst jung, gesund, kräftig und alles ..."

„Dort genügte das *alles* nicht, um zu überleben ..."

„Was brauchte es also dann?", wollte Riki wissen.

Moše schwieg lange, atmete tief und sagte schließlich: „Ich weiß es nicht ... Wenn du nicht sofort in der Gaskammer endest, dann ... dann musst du lügen, stehlen, rauben, schweigen, denn dort ist der Mensch des Menschen Feind ... Dort gibt es keine Scham ... Schämen kann sich nur jemand, der Menschenwürde besitzt ... die gibt es dort nicht, es gibt nicht einmal das nackte Leben, also du kämpfst für etwas, was nicht existiert. Seltsam, nicht wahr? Du wirst von einem Wunsch getragen ... von etwas Unerklärlichem, das, ohne dass du es weißt, in dir steckt ... von etwas, was stärker ist als alles, stärker sogar als der Wahnsinn. Dort sind alle wahnsinnig ... alle leben und sind doch tot."

Branka berührte seine Hand und sagte: „Moše, bitte nicht ..."

„Doch, doch!" Moše hob die Stimme. „Ich will, ich muss reden!", schrie er. „Allein deshalb bin ich zurückgekommen! Uns wenige hat das Schicksal auserwählt zu überleben, damit die Welt alles erfährt! Das ist nun meine heilige Pflicht ... Wäre ich wenigstens Schriftsteller und nicht Goldschmied! ... Aber es wird auch die geben, Intellektuelle, und die werden schreiben... Denn wir waren so viele, Hunderttausende ... überall ... Das habe ich erst im Krankenhaus erfahren. Ganze Städte wurden für uns gebaut, aber nicht, damit wir dort lebten, sondern damit wir dort starben. Seltsam, nicht wahr?" Er sprach die ganze Zeit zu Rikica. „Soweit mir bekannt ist, wurden bisher nie Städte gebaut, damit Menschen in ihnen sterben. Meine Stadt war riesengroß. Noch heute kann ich ihre Ausmaße nicht abschätzen. Kilometerweit Straßen, Gebäude, Baracken, Schornsteine ... Schornsteine, die unablässig rauchten. Und wir alle nichtsahnend ... alle nackt bei Minustemperaturen zehn, fünfzehn Stunden lang ... Ich hätte nie gedacht, dass ich als erwachsener Mensch so viel Zeit nackt verbringen würde ... Als wir in Viehwaggons ankamen, stinkend, faulend, verschmutzt vom eigenen Kot, von Gekotztem und vom Schweiß... teilte man uns in zwei Gruppen auf. Frauen, Kinder, Alte und Schwache auf eine Seite, mich auch dazu, und ich trottete wie ein Ochse mit, ohne zu wissen, dass es gleich zum Duschen ging ... Dann sah mich ein SS-Mann ... mit glänzenden Stiefeln ... die schwarzen, polierten Stiefel vergesse ich nie... er sah mich zufällig an, vielleicht als ersten von den Tausenden, die an ihm vorübergingen, und befahl mir, auf die andere Seite zu treten. So kam es, dass ich nicht zum ‚Duschen' gegangen bin ... Aber mein Los war schlimmer als die Vergasung, schlimmer als der Tod, schlimmer als das Leben im KZ ... Ich musste die Leichen ... herausschaffen ..."

Moše schwieg wieder lange. Alle schweigen.

„Und ich bin am Leben geblieben, und stell dir vor, ich habe mich nicht umgebracht! Ich hätte das schon irgendwie tun können, wenn ich es gewollt hätte ... Ich bin zum Glück nur übergeschnappt. Ich glaube, ich bin noch immer verrückt, nur merkt man es nicht ... Wahrscheinlich konnte man es auch damals nicht merken ... Das Hirn wollte einfach nicht mit dem Körper zusammenarbeiten, deshalb hörte es auf zu funktionieren, es vergaß zu arbeiten ... Das Vergessen ... Darin lag die Rettung ... Aber jetzt will ich alles freilegen, das Geschehene ordnen, die Welt informieren ..."

„Moše, nehmen Sie ein Schnäpschen", sagte Branka leise.

Er kippte es runter. Davon gewärmt, krempelte er die Ärmel hoch. Alle bemerkten die eintätowierte Nummer.

„Ah, ja!", antwortete er auf ihre Blicke. „Dort hat man keinen Namen. Namen tragen nur *Menschen,* und wir hatten schon während des Transports aufgehört Menschen zu sein ... Wir lebten den Tod ... Diesen Satz formulierte ich im Krankenhaus ... Wir lebten den Tod! ... Wir lebten den Tod! Diese Nummer gab Auskunft über alles:

wann du gekommen bist, mit welcher Gruppe und woher... Später lernte ich, die Nummern zu lesen. Wir haben uns selten beim Namen genannt, auch wenn wir unter uns waren. Unsere Namen waren die letzten drei Ziffern. Ich war Hunderteins. Das war mir lieber, denn *ich* in Auschwitz war nicht derselbe *ich* in Belgrad. Ich werde niemals mehr *ich* sein."

„Hunderteins ...", murmelte Nenad.

„Dort haben wir selten und wenig miteinander geredet. Auschwitz war ... ein Pandämonium ... wie Babylon, dort mischten sich alle Sprachen Europas, aber am meisten wurde Jiddisch und Polnisch gesprochen. Deshalb waren die italienischen Juden und unsere Sepharden schlecht dran, sie kannten weder das eine noch das andere ... und die Kapos oder die Vorarbeiter waren oft deutsche Juden ..." Moše wischte sich den Schweiß von der Stirn. „Später kamen täglich Zehntausende aus dem Getto in Posen, aus Ungarn ... Die Krematorien hörten nicht mehr auf zu brummen ... Dann wurde im Arbeitslager Buna in Monowitz eine ‚Auswahl' getroffen, und so kamen die Häftlinge von dort zu uns zum Duschen ... Tausende Tonnen Menschenfleisch ..., nein, Haut und Knochen ..."

Branka rollten die Tränen die Wangen herab. Wie gelähmt wischte sie sie nicht weg.

„Ich fragte mich damals, ob die Welt davon wusste ... Ich blickte zum Himmel und wartete, dass von dort heilbringende Bomben fielen ... Dass Gott Mitleid mit uns hatte, dass die Bomben uns töteten, die Schornsteine zertrümmerten ... Die Bomben fielen nie ... Die Flugzeuge kamen nie ... Gott wollte nicht Gnade walten lassen, die Menschen hatten uns vergessen ... Ich frage mich, ob die Welt das weiß. Wenn nicht, dann wird sie es noch erfahren. Und sie darf es nicht vergessen ... Durch Vergessen wird der Mensch nicht besser."

Moše mustert jeden einzeln. „Ihr schweigt, schaut mich an, senkt eure Blicke, als schämtet ihr euch, zum Menschengeschlecht zu gehören. Als hättet ihr schon deshalb zur anderen Seite gehört, weil ihr nicht mit mir dort zusammen wart ... Als wäret auch ihr alle, die nicht dieses Zeichen auf dem Unterarm tragen, schuld ... Ja, diesen Blick sah ich zum ersten Mal in den Augen russischer Soldaten ...Es waren die ersten drei menschlichen Wesen, die ich nach fast vier Jahren zu sehen bekam ... Ein Blick ohne Freude, ohne Lächeln, sogar ohne Entsetzen, Erschaudern oder Mitgefühl. Es war der Blick einer unendlichen Scham ..."

„Der Scham der Gerechten, weil sie nicht in der Lage gewesen waren, das Verbrechen zu verhindern", sagte Nenad langsam.

„Auch mir geht es so", murmelte Riki. „Ich verstehe ..."

„Niemand von euch kann das verstehen. Niemand sollte es auch nur versuchen zu verstehen, aber wissen müssen es alle."

„Ein solches Verbrechen kann man doch nicht verstehen, nie und niemals! Denn etwas verstehen bedeutet, es teilweise auch zu akzeptieren."

„Richtig, Nenad!", pflichtete Moše ihm bei. „Genau das wollte ich sagen ..."

„Du redest ohne Hass", sagte Riki.

„Den Hass überlassen wir den Deutschen ... Sie werden uns nie verzeihen, was sie uns angetan haben."

In diesem Moment betrat Dragu das Zimmer. Frisch rasiert, parfümiert und wie immer gut gelaunt sang er das Aktivistenlied „Die Miliz und die Wehr sind ein erlesenes Heer", küsste Rikica laut auf beide Wangen und rief zum Entsetzen der ganzen Runde aus:

„Riki, Micki, Schnucki! Ich gratuliere dir zu deiner ersten Nachkriegsanstellung!"

„Was sagst du da?"

„Ich bringe dir ein Angebot des Nationaltheaters, Hüte für die bisher ohne Kopfbedeckung aufgeführte Oper ‚Eugen Onegin' anzufertigen, und zwar so schnell wie möglich, weil bald Premiere ist und kurz danach auch die Premiere von ‚Figaros Hochzeit'!"

„Dragu, ist das möglich? Woher weißt du das?"

„Niemand weiß es, aber Dragu erfährt alles wie die OZNA, unser teurer Geheimdienst!"

„Ich nehme an, du treibst keinen Spaß mit mir?"

„Ich? Spaß treiben? Todernst überreiche ich dir feierlich dieses Stück Papier ... Siehst du den Stempel drauf? Alles da, wie es sich gehört, auch *Tod dem Faschismus* und die Höhe deines Gehalts!"

Riki warf einen Blick auf das Papier, machte einen Sprung und fiel Dragu um den Hals, dann trat sie zurück, schaute zu Moše und wurde ernst.

„Freu dich, Riki! Freude ist die beste Medizin", sagte der Goldschmied, den Dragu erst jetzt bemerkte.

„Moše, wo hast du bis jetzt gesteckt?", rief er aus. Dann bemerkte er die bedrückten Gesichter um sich herum. „Was habt ihr denn? Habt ihr jemanden zu Grabe getragen?"

„Nur sechs Millionen Juden", entgegnete Prijezda, aber Moše fiel ihm ins Wort:

„Erzähl, Dragu, wie du Arbeit für Rikica gefunden hast."

„Das war so! Die neue Theaterleitung hat endlich begriffen, dass für anständige Aufführungen neben den Kostümen auch Hüte nötig sind. Als die Frage aufkam, wer sie anfertigen soll, meldete ich mich aus den hinteren Reihen, wo ich immer bei den Besprechungen sitze. Mit dem Brustton tiefster Überzeugung sagte ich, ich hätte eine Lösung. Zurückhaltend, als wäre es mir egal, wie sie sich entscheiden, erzählte ich lang und breit, wer und was du bist, danach wer und was du warst, denn das geht bei dir, Rikica, ja ziemlich durcheinander, und am Ende schlug ich vor, wer und was du sein könntest, anstatt Däumchen zu drehen, nämlich die Theatermodistin und ein nützliches Mitglied unserer Gesellschaft, eine wertvolle Arbeiterin und so weiter. Eine Schreckschraube erhob Einwände, aber meine Autorität hat sie mundtot gemacht. Morgen um neun gehst du in dein altes Haus, um den Vertrag in deiner neuen Eigenschaft zu unterschreiben. Hipp, hipp, hurra für Rikica! Wir kämpfen weiter bis zum bitteren Ende! Wir oder sie!"

„Fantastisch, unglaublich ...", murmelte Riki leise.

In dem Augenblick klingelte jemand. Froh über Dragus gute Nachricht und noch ganz benommen von Mošes entsetzlicher Geschichte, lief Branka zur Tür und führte, ohne Rikicas Gäste zu bedenken, Dušan ins Zimmer.

Seitdem er zum ersten Mal aufgetaucht war, schaute Dušan fast jeden Tag vorbei. Ruhig, angenehm und voller Rücksicht gewann er Brankas Sympathie, obwohl sie mit ihm nur wenige Sätze gewechselt hatte, und Markos Duldung, obwohl dieser ihn selten sah. Oft brachte er für Inda Geschenke, die sorgsam ausgewählt und nie übertrieben waren, um die Familie nicht spüren zu lassen, dass er bessergestellt war als sie. Riki genoss offensichtlich seine Anwesenheit, denn nach seinen langen Besuchen wirkte sie glücklicher.

Meist kam er gegen Abend und wusste daher nichts von Rikis Gesprächsrunden an den Sonntagvormittagen. Als er jetzt ins Zimmer trat, herrschte plötzlich eisiges Schweigen. Alle außer Dragu und Moše saßen wie versteinert da und fragten sich, wer dieser Oberst der Volksbefreiungsarmee war, der Riki besuchte und das auch noch zu „ihrer Zeit".

Riki küsste Dušan ungeniert und stellte ihn allen vor. Nur Dragu, Moše und Nenad standen auf und reichten ihm die Hand. Danach teilte ihm Riki die freudige Nachricht mit. In den folgenden Minuten stand ein Gast nach dem anderen auf und verzog sich langsam zur Tür, wo Branka die Mäntel und Hüte bereithielt, und verschwand.

„Ich gehe jetzt, Riki, und komme am Abend wieder", sagte Dušan, als er das merkte.

„Nein, bleib sitzen!", befahl sie resolut. „Das alles sind meine aus der Vorkriegszeit verbliebenen Freunde. Auch du bist mein Freund aus der Vorkriegszeit, und wer meinen Freunden nicht traut, kann auch kein Vertrauen in mich haben. Es werden die bleiben, die es zu bleiben wert sind."

Es blieben Dragu, Moše und Nenad.

„Ehrlich gesagt, ich habe sie satt, diese weinerlichen Ultrareaktionäre", sagte Riki. „Sie jammern immerzu, aber als du sprachst, Moše, blieben sie still. Dein Leid ließ sie verstummen ..."

„Das Leid kann man nicht vergleichen. Jeder meint, seines sei das größte", entgegnete Moše.

„Hasst du die Deutschen?", fragte Dragu.

„Die Nazis ja ... Hasste ich alle Deutschen, stellte ich mich mit den Nazis auf eine Stufe."

Die vier Männer nahmen einen Schnaps, dann braute Branka zur Feier der Anstellung ihrer Schwester einen echten Mokka vom Kaffee, den Dušan gebracht hatte. Auch Marko setzte sich kurz zu ihnen und Inda führte ein neues Ballettstück vor.

Seit diesem Vormittag wurden Rikicas sonntägliche Runden seltener und hörten schließlich ganz auf, nicht nur wegen Dušans Hereinplatzens, sondern auch weil Riki bald so viel Arbeit bekam, dass sie keine Zeit mehr für leere Gespräche hatte.

Für Dušan fand sie jedoch immer Zeit. An jenem Sonntag war er bis zum späten Abend geblieben. Marko und Inda schliefen schon, Branka war dabei, ein Brot zu backen, als Riki, nachdem sie Dušan verabschiedet hatte, zu ihr in die Küche kam.

„Moše Vajs geht mir nicht aus dem Sinn! Begreifst du, Blanki, dass wir ohne diese Nummer auf dem Unterarm durch den Krieg gekommen sind?" In Rikicas Augen glänzten Tränen. „Denk daran, was wir alles taten, während er im Lager war ... Wir bangten, versteckten uns, spazierten umher, gähnten, aßen und tranken, ich lauste mich, du gingst mit Inda schwanger ... und er saß dort."

„Ja. Sein Leid hat nichts bewirkt, damals nicht und heute ist es auch nicht anders. Das Leben fließt ruhig weiter, die Zeit vergeht,

Kinder werden geboren, die Meere schlagen Wellen, das Laub grünt und fällt ... Die Grausamkeiten vermögen nichts aufzuhalten."
„Heißt das, dass sie zur Welt gehören?" Tränen rannen über Rikis Wangen.

Branka sah sie traurig an und sagte: „Riki, das Glück kann man nicht für immer aus der Welt schaffen, nicht einmal wegen Auschwitz, Dachau, Buchenwald, Mauthausen ... und Moše Vajs erwartet es von uns auch gar nicht... Aber jetzt genug davon! Erzähle mir von Dušan."

„Ich bin gern mit ihm zusammen", sagte Riki abwesend. „Es ist schön zu wissen, dass jemand dich noch beachtenswert findet."

„*Querida*, du bist doch eine junge und schöne Frau!"

„Es geht nicht darum. Dušan schätzt mich als Frau und als Mensch ... als Mensch, mit dem er auf Augenhöhe Gedanken austauschen kann, dem er seine heimlichsten Gefühle und seelischen Konflikte anvertrauen, dem er seine Fehler zugeben kann oder vor dem er triumphieren darf, wenn er im Recht ist."

„Und sonst? Die Liebe ... Liebst du ihn?"

„Ich weiß es selbst nicht. Ja und nein. Vielleicht bin ich müde geworden, vielleicht habe ich mich in der Liebe zu Miloš verausgabt. Gott, wenn ich nur an mein Entzücken denke ... an seine überschwänglichen Schmeicheleien ... ‚Rikčić, du Freude meines Wahns ... Du Lilie, die gegen heißen Sturm ficht ... Du Kontrapunkt zu der schmierigen Welt der Paradoxe ... Du meiner Hoffnung letzte Stütze ...'"

„Ich dachte, dass nur ich Markos Briefe auswendig kenne und du und Klari mich deswegen als eine verrückte Romantikerin betrachtet habt."

„Während er noch lebte, dachte ich nicht daran. Auch nicht, als wir uns trennten. Erst später, als ich in Grbavče von seinem Tod erfuhr, wurden seine Worte lebendig, als wären sie aus einer vom Stolz zugeschütteten Tiefe zurückgekommen ... Ich wiederholte bei mir ganze Passagen aus seinen Briefen ... Sie verfolgten mich auf Schritt und Tritt."

„*Si, querida*, ja, meine Liebe ... Man kann nicht einen Teil seines Lebens auslöschen! Und, Hand aufs Herz, das seine war nicht leicht."

Ricki nickte: „Das sagte er: ‚Mein Privatleben ist ein von Konventionen eingerahmtes Bild, aber ich besitze die Kraft, mich ihnen zu widersetzen und zusammen mit dir in den Himmel zu fliegen, dir wenigstens bis zu den ersten Wolken Gesellschaft zu leisten, dich danach loszulassen und zuzusehen, wie du durch die Lüfte segelst, wenn nötig, wie ein Adler zu kämpfen und dich vor Unbill zu beschützen, denn mein kleiner Schmetterling muss ungehindert, ohne Notlandungen, flattern können. Dafür bin ich bereit, alles, sogar unsere Liebesbeziehung, zu opfern. Denn, meine Teure, wir können auch ohne weißes Bettzeug ein Liebespaar sein.'"

„Ja, in dieser Hinsicht war Miloš einzigartig."

„Aber während Miloš' Beredtheit seine einzige Tugend war, ist es bei Dušan ... Es ist schwer zu erklären. Zwischen uns bahnt sich etwas an, läuft bis zu einem gewissen Punkt und bleibt dann stehen ... danach bewegen wir uns in verschiedene Richtungen, driften auseinander. Vielleicht blockieren uns unsere unterschiedlichen Weltanschauungen ... Ich meine, wir driften rein ideologisch auseinander. Aber vielleicht sind es auch meine mich erschöpfenden Schmerzen und mein gefühltes Altern, die seiner Unverbrauchtheit entgegenstehen ... Ich weiß es nicht."

„Ich mochte ihn immer, sowohl vor dem Krieg, als du mir von ihm erzähltest, als auch jetzt ... trotz ...", warf Branka zögernd ein.

„Noch immer bin ich nicht sicher, ob er als Oberst und Parteimitglied geblieben ist, was er als Journalist war: aufrichtig, redlich, gemäßigt. Dass er in seinem Äußeren wie auch in seiner Art attraktiv geblieben ist, steht außer Frage. Glaub mir, in ihm brodeln so viele Gefühle, als stünde er erst jetzt vor einem wichtigen Wendepunkt seines Lebens. Er ist wie ein Baumstumpf, der im Inneren glüht, äußerlich unverändert bleibt und nur gelegentlich aufflammt ... Aber ich habe keine Kraft für seine noch so versteckte Glut."

*

Am nächsten Tag ging Riki zum Theater. Sie kam im Auto zurück, zusammen mit einem Fahrer, der Kartons voller Stoffe herauftrug. Riki hatte sich ausbedungen, zu Hause zu arbeiten, weil sie dort ihren Arbeitsrhythmus der Heftigkeit der Schmerzen anpassen konnte.

An diesem wie an jedem Tag saß die vierköpfige Familie beim Mittagessen.

„Sobald ich mein erstes Geld bekomme", verkündete Riki fröhlich, „wirst du uns unbedingt jeden Sonntag deinen ‚Streuselkuchen' backen!"

„Mit Vergnügen!"

„Riki", wandte Marko ein, „das wird dein Geld sein ... Ich werde hoffentlich auch bald anfangen zu verdienen ..."

„Hör zu, mein lieber Schwager, und lass dir einmal ohne Widerrede etwas sagen: Du hast recht, das ist mein Geld, also kann ich damit tun, was ich will. Aber wenn wir schon bei diesem Thema sind, will ich euch allen gleich sagen: Jedes Geld, das ich verdiene, ist zu einem Drittel für den Haushalt, zu einem Drittel für Inda und zu einem Drittel für meine Wenigkeit bestimmt. So!"
„Wieso für Inda?", fragte Branka.
„Für all das, was ihr bis jetzt verwehrt blieb."
„Noch eine Puppe wie die von Rina?", zwitscherte Vera.
„Zum Beispiel ... Oder etwas später für den Unterricht in einer Fremdsprache."
„Und für Ballett!", rief Inda begeistert aus.

Mit Rikicas Arbeit bekam Branka eine zusätzliche Aufgabe. Sie musste ihr beim Nähen helfen, und das tat sie mit Vergnügen, wenn sie Zeit dafür fand. Die Theaterdirektion verlangte fast immer die schnellste Lieferung der Hüte. Deshalb arbeitete Riki vor Premieren oft Tag und Nacht, und Branka half ihr dabei. Wenn die Arbeit es erlaubte, gönnten sich die zwei Schwestern eine Zigarettenpause auf dem Balkon. Auf kleine Kissen gelehnt, um die Ellenbogen zu schonen, betrachteten sie dann die Leute auf der Straße und genossen es, harmlose Bemerkungen über unbekannte Passanten zu machen, die, sich unbeobachtet wähnend, oft komische Dinge taten.

„*Mira, mira esta in blancu*, schau dir mal die in Weiß an!" Brankas Blick entging selten etwas. Beide brachen in Lachen aus, denn die Frau versuchte heimlich, den heruntergerutschten Strumpf am Strumpfhalter zu befestigen.

„Erinnerst du dich an die wunderschönen ‚Kaiser'-Strümpfe?", seufzte Riki.

Branka nickte. „Vor langer Zeit standen an einem sonnigen Nachmittag Mutter und ich auch so am Fenster. Sie ging selten aus und liebte es deshalb, Leute zu beobachten ... Als eine Gruppe junger Männer vorbeikam, fragte sie mich: ‚*Quen sox estus feus chicus*? Wer sind diese hässlichen Jungs?' Du kennst sie, sie liebte die Schönheit. ‚Das sind deine Söhne Atleta und Elijas mit ihren Freunden', musste ich ihr sagen. Sie flüsterte nur ‚*Poveretus*, die Armen'. Etwas später machte mein Herz einen Sprung, denn ich sah Ignjo und Marko mit ihren Brüdern Risto und Simo vor dem Abendessen in Richtung Hotel Europa zum Aperitif gehen. Ich hoffte, Mutter würde sie nicht bemerken, du weißt, wie unglücklich sie über meine Liebe zu Marko war, aber sie tat es doch. Und die sahen prächtig aus. Lachend, großgewachsen, blond – echte Söhne der karstigen Herzegowina! ‚*Quen sox estus hinosus hombris?* Wer sind diese schönen Männer?', fragte sie, und ich sagte es ihr. ‚*Sonn muy. ź hinosus*, sie sehen sehr gut aus!' bemerkte sie dann mit einem tiefen Seufzer. Ach, unsere liebe Mutter Estera ... hätte sie wenigstens meine Hochzeit erlebt ..."

„Und mein Mich-Abfinden mit dem Schicksal. Aber zum Glück hat sie diesen Krieg nicht mehr erlebt. Ja, Blanki ... unsere Welt gibt es nicht mehr, es gibt auch nicht das alte, gemütliche, langsam schlendernde Belgrad. Das kommt nicht wieder, wie sehr wir es auch hoffen und wünschen. Diese Stadt und auch unser Leben haben sich für immer verändert."

Am liebsten hielten sie sich auf dem Balkon auf, wenn die alte Linde blühte. Süß duftend beugte sie ihre mit jungem Laub und kleinen, gelblichen Dolden übersäten Zweige über sie. Ihre Blüten pflückte Branka für Tee, dafür brauchte sie nur den Arm auszustrecken.

Die kostbare Ruhepause verbrachten die beiden Schwestern manchmal auch schweigend. Sie ließen sich vom zarten Duft der blühenden Linde in glücklichere Zeiten zurückversetzen, als sie Parfüms aussuchten und diese geschenkt bekamen, als es auf der Bühne vor Rikis Füße Blumengebinde regnete, als Marko aus der Manteltasche schüchtern Sträußchen von Veilchen oder von Brankas geliebten Maiglöckchen holte, als Branka bei dem Friseur Ljuština in Sarajevo Duftwasser kaufte, wo der italienische Kaufmann Panzini ihr hartnäckig den Hof machte, sie ihn aber abwies.

Jetzt, da sie bar jeder sinnlichen Schönheit, sogar ohne den erfrischenden Geruch einer einfachen Seife waren, ersetzte ihnen der Duft der Lindenblüten den Genuss, den sie früher nicht genügend geschätzt hatten. Denn nur wenige Menschen spüren den Reiz ihrer Zeit – schön und romantisch erscheint sie einem erst im Nachhinein.

Die üppige Krone der Linde, des „Baums der alten Slawen", wie Riki oft betonte, schirmte sie vor vielen hässlichen Dingen um sie herum ab: vor den verwundeten Häusern, vor dem Grau der auf die Schnelle zusammengezimmerten Unterkünfte, vor jenem mal hektischen mal gelähmten Leben der zerstörten und noch nicht wiederaufgebauten Hauptstadt. Mit den Veränderungen an ihrer Krone, vom Sprießen der Knospen und dem Treiben junger Blätter bis zum Vergilben und zum Fallen des Laubs erinnerte die Linde sie zugleich an das Vergehen der Zeit und an die Ewigkeit. Ihr Rauschen erzählte ihnen von der Vorläufigkeit, die zum Dauerzustand geworden war, vom Bürgersteig, auf dem sie gewachsen war und der nie mehr der von früher, sondern neu und anders geworden war und auf dem dennoch Lindenbäume wachsen und blühen würden.

In jenem Frühjahr – im Kino „Beograd" lief gerade die Premiere von „Slavica", dem ersten jugoslawischen Film – machte Melanija eine Schweizerin aus Genf ausfindig, die aus unerklärlichen Gründen in Belgrad lebte und Privatstunden in Französisch gab. Sie hatte schon Adrijana einige Stunden gegeben und dabei dem strengen Urteil von Doktor Božovićs Frau standgehalten. Melanija bot an, sie mitzubringen, damit sie, wenn Branka einverstanden wäre, auch Inda unterrichtete.

So trat in Indas Leben die zurechtgemachte und leicht erregbare *Madame* Lisi Rittner ein. Zwei Mal wöchentlich kam sie, auf die Minute pünktlich, um Inda Französisch und auch Schreiben beizubringen. Später erfuhr man, dass die Liebe sie nach Belgrad verschlagen hatte. Obwohl sie ihren Joca, der leider schon verheiratet war, nicht heiraten konnte, zog sie es wegen der Liebe vor, arm in der Fremde, statt zu Hause im Überfluss zu leben. Branka schätzte sie wegen ihrer Opferbereitschaft, Riki wegen ihrer exzentrischen Art, Marko wegen ihrer Pünktlichkeit und Inda bewunderte ihre grellrot lackierten Fingernägel, ihre karottenfarbigen Locken und ihre weißen gestärkten Spitzenblusen, die von der Dienstmädchenaufmachung ihrer Umgebung abstachen. Sie musste heimlich lachen, wenn *Madame* mit Marko gezwungenermaßen Serbisch sprach. Indas ungeteilte Sympathie gewann die *Madame* jedoch, als sie im Gespräch mit Branka nach einer Unterrichtsstunde bemerkte, ihre kleine Schülerin habe *beaucoup de talent* und werde, wenn sie weiter so lerne, eines Tages wie eine richtige Französin sprechen. Trotz ihrer geringen Kenntnis der französischen Sprache hatte Inda das Kompliment sehr gut verstanden.

Fast alles, was sie im Sprachunterricht lernte, gab Inda an die kleine Katarina weiter, die jetzt jeden Tag zu den Koraćs kam. Das zarte Mädchen zeigte ernste Symptome von Rachitis. Deshalb holte Beka sie gern aus dem feuchten Keller und brachte sie zu Branka, um danach noch mit dem Major Spasić einen Spaziergang zu machen. Es war ihr recht, dass Branka währenddessen mit den beiden Mädchen in den Park ging. Branka fiel auch auf, dass Beka manchmal, nachdem sie ihre Tochter nach Hause gebracht hatte, zu dem jungen

Major zurückkehrte. Leise schlich sie in sein Zimmer und genauso leise kam sie heraus. Da Beka mit keinem Wort ihre Beziehung zu Spasić erwähnt hatte, schwieg Branka darüber, denn Rikica hätte eine bissige Bemerkung gemacht und Marko hätte trocken gesagt: „Ihr Leben, ihr Schicksal!"

An einem Herbsttag kam Spasić in die Küche, wie üblich ohne anzuklopfen und so leise, dass Branka zusammenzuckte.

„Hab keine Angst!", flüsterte er verstört und schaute zu allen drei Türen. „Ich muss dir etwas sagen."

„Ich höre."

„Weißt du", begann er zögernd, „ich darf es niemandem erzählen ... Die Genossen würden mich anspucken ... Sie kommt aus einem bürgerlichen Haus, ist geschieden und hat auch noch ein Kind. Es könnte nicht schlimmer sein! Mein Bruder würde mich keines Blickes mehr würdigen ... Und wer weiß, vielleicht würden sie mich aus der Partei rausschmeißen ... Dann gnade mir Go... Ja, das wäre das Allerschlimmste!"

„Du hast dich verliebt."

„Woher weißt du das? Ja, zum ersten Mal im Leben und dann noch in sie ... ich, der Proletarier, der Kämpfer, der Revolutionär ... Ojeee!" Er fasste sich verzweifelt an den Kopf. „Was soll ich bloß tun?"

„Das ist wenigstens einfach: heirate sie", sagte Branka ruhig. „Hast du ihr schon einen Antrag gemacht?"

„Nein. Ich traue mich nicht. Was, wenn sie mich ablehnt? Und auch sonst darf ich nicht. Wir, ich meine die Partei ..."

„Lass jetzt die Partei, Mann! Du wirst dein Bett doch nicht mit der Partei teilen. Deine Genossen sind auch Menschen, sie werden das verstehen."

„Das werden sie nicht! Da gibt's kein Verzeihen. Wenn man einmal auf den falschen Weg geraten ist ... wenn man sich als Schwächling gezeigt hat ... du kennst das gar nicht", jammerte der unglückliche Major.

„Jetzt will ich dir etwas aus meinem Leben erzählen", sagte Branka und berichtete ihm ausführlich über ihre Liebe zu Marko. „Wenn ich, eine schwache Frau, den Kampf gegen seine und meine Familie und die ganze Öffentlichkeit in Sarajevo gewonnen habe, wird doch ein Kerl wie du es gegen die Partei und für die Frau, die er liebt, auch schaffen!"

Spasić wiegte lange den Kopf, dann sprang er auf, nahm wortlos ihre Hand, schüttelte sie so fest, dass Branka beinahe das Gleichgewicht verlor, rief aus: „Dank dir, Genossin Branka, vielen Dank!" und stob davon.

Schon am nächsten Tag schlich er nach dem Mittagessen, als Marko und Riki schliefen, wieder in die Küche. Jetzt schon gefasster sagte er zu Branka, er würde Beka einen Heiratsantrag machen, fürchtete aber ihre Antwort, weil sie unter dem Einfluss ihrer Mutter stehe, die von ihm nichts wissen wolle.

„Wenn sie dich liebt, wird sie deinen Antrag annehmen. Hab keine Angst", versuchte Branka ihn zu beruhigen.

„Wie soll ich es dir erklären ... Ich möchte darüber nachdenken, aber ich schaffe es nicht. In meinem Kopf geht es drunter und drüber. Ich möchte sie zur Frau nehmen, und ob! Ich möchte aber auch, dass sie mich ablehnt ... dann wäre alles Übrige in Ordnung ... Denn, wenn sie zusagt, weiß ich nicht, was aus mir wird, und wenn sie ablehnt, weiß ich es auch nicht ..."

„Hast du im Dorf etwas gelernt, bevor du in den Krieg gezogen bist?"

„Ja, die Grundschule. Dann kam ich zum Dorfschuster, bei ihm hab ich das Handwerk gelernt."

„Ausgezeichnet!"

„Wieso?"

„Das ist die Lösung: Wenn es hart auf hart kommt, kannst du immer noch in einer Schuhfabrik arbeiten, nicht wahr?"

Er starrte sie lange an, als verstehe er sie nicht, danach wiederholte sich die Prozedur vom Vortag: Handschütteln, Danken und plötzliches Verschwinden.

Einige Tage später stürmte er schon von der Eingangstür aus in das leere Wohnzimmer und rief: „Sie ist einverstanden! Ich heirate!"

Branka gratulierte ihm herzlich, während Riki und Marko vor Überraschung kaum etwas hervorbrachten. Rikica konnte nicht verstehen, warum Beka Arsenijević einen solchen Banausen heiratete, der nicht einmal seine Muttersprache korrekt beherrschte.

„Seit er mit Beka zusammen ist, hat sich auch seine Sprache gebessert", bemerkte Branka. „Und Beka kann ich verstehen, sie hat gefunden, was sie braucht: Halt und Mitgefühl."

„Bei diesem Nilpferd!"

„Er ist nicht schlecht, *querida*. Zum ersten Mal hat er sich verliebt, und zwar in jemanden, der nicht zu seiner Welt gehört ... Haben denn nicht auch ich, Nina und Klara ähnliches durchgemacht?"

„*Tienis razon, hermaniquia*, recht hast du, Schwesterherz!", räumte Riki ein. „Nicht alle sind so wie ich. Ich kann mich nicht an diesen Überfall primitiver Menschen gewöhnen, die überall hereinplatzen, ohne zu fragen und ohne anzuklopfen, die großkotzig sind und sich nehmen, was ihnen gefällt, und dabei alles mit der roten Fahne der Gleichheit zudecken ... Ich kann sie einfach nicht ausstehen! Vielleicht ist das die Barriere, die ich bei Dušan spüre ... Wie kann man einem Menschen trauen, der bei diesem Schwindel mitmacht? Hat er den Verstand verloren, sieht er denn nicht, dass er Zeuge, wenn nicht gar Mitbegründer einer Herrschaft von Tyrannei und Unrecht ist?!"

„Riki, *ya basta!*, jetzt ist es aber genug!", mahnte sie Branka und ging ihrer Arbeit nach.

An dem Tag verkündete Spasić stolz, dass er am nächsten Tag Beka mitbringe, da sie ausdrücklich verlangt habe, ihm etwas in Brankas Anwesenheit mitzuteilen.

Sie trafen am Nachmittag ein, Spasić hielt in seiner großen Hand linkisch ein paar weiße Blumen. Steif und verwirrt reichte er sie wortlos Branka, nahm dann ein Päckchen aus der Tasche und stieß mit Mühe hervor: „Für einen Kaffee für uns."

„Branka", setzte Beka an, „ich möchte, dass Sie diesem Gespräch beiwohnen, weil Sie als Einzige für unsere Liebe Verständnis gezeigt haben ... Glauben Sie mir, ich liebe ihn wirklich", sprach sie ruhig, während Spasić rot wurde wie eine Mairose, „und deshalb möchte ich offen und ehrlich die Ehe mit ihm eingehen. Meine Mutter bekam gestern einen schweren Herzanfall, als sie von meinem Entschluss erfuhr. Es ist nicht einfach ... Was aus Spasa nach unserer Heirat wird, wissen wir noch nicht. Aber bevor wir zum Standesamt gehen, möchte ich Ihnen beiden die Geschichte meiner Familie erzählen. Ich werde mich kurz fassen. Meine ältere Schwester, eine Belgrader Schönheit, hatte sich in einen Schwindler verliebt und ihre Unschuld verloren, aber als er daraufhin erklärte, er wolle sie nicht heiraten, nahm sie sich das Leben. Mein Vater, mit seinen Nerven am Ende, ging zu diesem Schuft, schoss auf ihn und dann auf sich selbst. Ihn hat er nur verletzt, sich aber getötet. Sie können sich vorstellen, was meine Mutter durchgemacht hat, und jetzt komme ich mit dieser Heirat, und das noch nach meiner Scheidung ... Ich meine, Spasa muss das alles erfahren, bevor er mich zur Frau nimmt."

„Was für eine Tragödie", bemerkte Branka leise.

Spasić saß ruhig da, schlürfte laut den Kaffee, zog an seiner Zigarette und machte sie dann aus, obwohl er sie gerade erst angezündet hatte.

„Willst du ... Wollen Sie .... Willst du unsere Trauzeugin sein?", fragte er ganz laut. Es war sein einziger Kommentar zu Bekas Geschichte.

„Und wer wird der Trauzeuge?"
„Du sollst Trauzeugin und Trauzeuge sein!", sagte Spasić lachend. „Wir beide haben niemanden sonst. Die Meinigen wollen nichts von ihr wissen, die Ihrigen mögen mich nicht."
„Und wann ist die Hochzeit?"
„Es wird noch dauern ... bis alles geregelt ist. Zuerst muss ich eine Wohnung bekommen" – Branka fragte sich, wessen Wohnung wohl – „dann erst verkünden wir sie", sagte Spasić mit dem gerissenen Lächeln eines Menschen, der, nachdem es ihm gelungen war, Beka zu erobern, bereit ist, es mit jeder anderen Herausforderung aufzunehmen.

Dann standen beide auf. Spasa legte seinen Arm um Beka, beschützend und behutsam zugleich, als fürchte er, sie mit seiner Pranke zu verletzen, worauf sie mit ihren schrägen grauen Augen anmutig zu ihm aufschaute.

★

„Warum hast du mir Zigaretten gekauft? Ich habe dir doch gesagt, dass es auch ohne geht", schimpfte Marko mit Branka.
„Ja, es geht, aber es geht auch nicht!" Sie setzte sich auf seinen Schoß. „Das ist nur für die Fälle gedacht, wenn du dich aufregst und zur Beruhigung eine anzünden möchtest."
„Wie soll ich mich nicht aufregen! Ich schreibe Briefe, ich bitte, ich flehe, telefoniere – alles umsonst! Keiner wagt es, dem Korać *von gestern* auch nur das kleinste Gehalt *von heute* zu gönnen. Es ist zum Kotzen!"
„Jetzt will ich dir etwas erzählen: Ein Steinchen traf ein anderes Steinchen, das ihm sagte, ein drittes Steinchen habe viel Geld und wolle ein schönes türkisches Zimmer kaufen, ganz mit Intarsien und Perlmutt verziert, genauso wie unseres. Daraufhin suchte das erste Steinchen das dritte auf und sie vereinbarten, dieses solle kommen und sich das Zimmer anschauen ... Was meinst du dazu?"
„Das erste Steinchen hat klug gehandelt. Und wann kommt das dritte Steinchen?"
„Heute Nachmittag."
„Gut, verkaufen wir es halt ... Egal, einmal werden wir es wieder haben!"
„Nein, Marko. Deins bekommst du nicht zurück."
„Man weiß es nie."
„Doch ..."

„Du hast recht. Man sollte sich nichts vormachen ... Es ist aber schwer, den Tod vor dem Tod zu akzeptieren."
„Was für einen Tod?"
Marko zögerte. „Branka, ich will es dir erklären, obwohl du weißt, dass ich ungern philosophiere. Kurz gesagt, die bürgerliche Moral, an die ich grenzenlos glaubte, wurde durch eine neue ersetzt. Die meine ist also gestorben. Aber kann ich denn diese neue akzeptieren? Kann ich die Verkünder der Idee von der Gleichheit der Menschen gutheißen, wenn sie sich in fremden Villen in Dedinje und Senjak einnisten? Nein! Und das hat nichts mit mir als ehemaligem Kaufmann, sondern mit mir als Mensch zu tun. Das heißt, dass ein Teil von mir, den ich fast ein halbes Jahrhundert gepflegt habe – ich als der Bürger dieses Staates, ich als der Geschäftsmann, ich als der Vertreter einer bestimmten Ehrlichkeit und Moral –, nicht mehr existierte."
„Marko, aber ..."
„Lass mich das zu Ende sagen. Es bleibt – und das ist hauptsächlich dein Verdienst – der Korać, dessen Stütze die Liebe ist ... zu dir, zu Inda und Rikica. Das ist alles, was mir geblieben ist, aber das ist auch nicht wenig. Für dieses Ziel, für euch drei, lohnt es sich weiterzumachen, den Kopf zu senken und nach einer Verdienstquelle zu suchen ... Aber solange ich sie nicht gefunden habe, müssen wir halt verkaufen."
„Das Zimmer dürfen wir aber nicht unter zweihunderttausend hergeben", wechselte Branka schnell das Thema.
„Ich verkaufe es für so viel, wie man mir anbietet."
„Auf keinen Fall!"
Sie gaben es für hundertfünfzigtausend ab, für den zehnten Teil des Wertes der prunkvollen Möbel, bestehend aus mit schwerem rotem Tuch überzogenen Sofas, verzierten Tischchen, schmucken Stühlen und Spiegeln. Die neuen Besitzer ließen nur einen kleinen Spiegel und zwei Bücherregale stehen.
„Papa, wo ist jetzt unser Zimmer?", fragte Inda.
„Wenn du groß bist, wirst du es verstehen", antwortete Marko und strich ihr übers Haar.
„Sind wir arm?"
„Nein, mein Schatz, wir haben nur kein Geld."
Durch den Verkauf des türkischen Zimmers konnte die Familie für einige Zeit Rikicas Gehalt und Spasićs Miete aufbessern. Branka stellte sich aber die bange Frage, was sie verkaufen würden, wenn auch dieses Geld verbraucht war. Eine Antwort fand sie nicht.

In diesen Tagen wurden endlich Markos ellenlange Einsprüche gegen die Aberkennung der serbischen nationalen Ehre von Erfolg gekrönt. Es wurde ihm nicht nur die nationale Ehre zuerkannt, sondern der ganze Prozess annulliert. Fortan durfte sich Marko als unbescholtener Bürger der Föderativen Volksrepublik Jugoslawien ausweisen.

Ein ungewöhnliches Hochgefühl erfasste Branka. Ratlos, wie sie den glücklichen Tag der Anerkennung Markos eher menschlicher als nationaler Ehre begehen sollte, pflanzte sie Bohnen in einem Küchentopf. Sie begoss sie jeden Tag und dankte dabei Gott, dass er ihr, ihrem Mann und dem Kind ermöglichte, das Leben ohne Makel an ihrem Namen weiterzuführen. Ein Hoffnungsschimmer wärmte die Familie ähnlich der Märzsonne, die den Winter in den Sommer verwandelt.

Endlich konnte Branka die aus der „Politika" ausgeschnittenen Artikel wegwerfen: „Wirtschaftliche Helfershelfer der Besatzer – Volksfeinde" oder „Die Pächter des ‚Moskva' wegen wirtschaftlicher Kollaboration mit der Besatzungsmacht verurteilt", in denen die schwarzen, fettgedruckten Namen von Marko Korać, Aleksandar Poljanski und den anderen aus dem Text heraussprangen und sich direkt in ihr Herz bohrten.

Bald traf ein Brief von Saša Poljanski aus Zagreb ein, der die ganze Sache aus seiner juristischen Sicht beurteilte und sie mit eher sarkastischem als triumphierendem Ton kommentierte:

„Großartig, mein Freund", schrieb Saša, „sie geben uns zurück, was wir gar nicht verlieren konnten, wie toll! Diese ganze auf den Kopf gestellte Gerechtigkeit und Gesetzgebung beruht doch auf einer ‚großzügigen' Interpretation jedes juristischen Akts. Sie deuten ihn mal so, mal so, wie es ihnen gerade passt. Alles ist möglich und auch nicht. Mir geht es unendlich auf die Nerven, dass alle Bestimmungen derart raffiniert formuliert sind, dass man sich ihrer so oder anders bedienen kann und dabei immer dem Buchstaben des Gesetzes treu bleibt. Diese Findigkeit beim Aufbau der neuen Gerichtsbarkeit lässt mich ratlos, und so völlig verwirrt lebe ich (natürlich ohne Arbeit) in dieser vom Krieg verschonten Stadt. Der kleine Saša geht in die Schule, Greta tauscht ihren Schmuck gegen Lebensmittel ein und ich *ruhe* in meiner Bergère, in die existenzielle Frage vertieft, ob das Leben in diesem Staat nur denen erlaubt ist, die genauso denken wie seine Regierung."

„Marko, verbrenne das sofort!", rief Branka.

„Ich würde es einrahmen", sagte Riki, „und an die Wand hängen anstelle meines überflüssigen Porträts. Der Mann sagt genau, was ich denke, aber nicht so gut formulieren kann."

Indes konnte weder Sašas Brief noch Rikis Verbitterung Brankas Glück über die gute Nachricht schmälern, die die Bitterkeit der letzten Jahre linderte.

*

Im Sommer, genauer am 30. Juni 1948, rief Marko Branka aufgeregt in seine Kammer, um eine Radiomeldung zu hören.

„Hör dir das an!", flüsterte er aufgeregt. „Eine Resolution ..."

„Welche Resolution? Die gab es doch schon vor einem Monat ... aber Elijas meldet sich immer noch nicht ..."

„Nicht die über Israel, sondern über uns hier ... Sei still, lass uns hören."

Sie riefen auch Rikica herbei und hörten es sich zu dritt an. Branka hatte nicht ganz verstanden, worum es ging.

„Wieso verstehst du das nicht?", sagte Marko noch immer leise, aber voller Spannung. „Das ist ja unerhört! Der Unsere hat diesen Mörder Stalin reingelegt! Gut gemacht!"

„Einer hat den anderen reingelegt!", bemerkte Riki und lächelte säuerlich. „Morgen müssen wir uns in Unkosten stürzen und die ‚Borba' kaufen ... Jetzt werden wir wenigstens die Spitzel vom sowjetischen Geheimdienst los. Woher nimmt er nur den Mut? Wer hat ihn geschmiert? Was passiert jetzt mit denen, die auf Stalin geschworen haben, und das taten sie doch alle!"

„Hoffentlich greifen uns jetzt die Russen nicht an", sagte Branka.

„Das werden sie nicht!", erwiderte Marko.

Am nächsten Morgen kaufte Branka die Zeitung.

Marko las die sechsspaltige „Erklärung des Zentralkomitees der Kommunistischen Partei Jugoslawiens zur Resolution des Informbüros der kommunistischen Parteien über den Zustand der Kommunistischen Partei Jugoslawiens" vor und danach die „Resolution des Informationsbüros der kommunistischen Parteien zum Zustand der KP Jugoslawiens" mit dem Appell an alle „gesunden Kräfte", deren Führung zu stürzen.

„Es geht los!", rief Riki aus. „Jetzt wird es Säuberungen und Verhaftungen geben. Das ist der vierte Akt der großen sozialistischen Farce: die Abrechnung der Genossen untereinander!"

„Das wird doch nur die Großen treffen", meinte Branka.
„Nein, da irrst du", entgegnete Marko. „Für den Erfolg eines solchen Unterfangens ist konsequentes Handeln unerlässlich. Alle werden betroffen sein, von denen ganz oben, in den olympischen Höhen, bis zu denen ganz unten ..."
„Solchen wie unser Major?"
„Auch er. Das werdet ihr sehen."
Marko hatte recht. In den ersten fieberhaften Tagen war Spasić kaum zu hören. Kein Zuschlagen der Tür mehr, kein Trällern im Bad. Blass und unruhig, wie von Gespenstern verfolgt, schlich er durch die Wohnung, bis er schließlich eines Tages mit einem Arm voll Lebensmittel in der Küche auftauchte.
„Das kannst du haben, ich brauch es nicht mehr", sagte er zu Branka.
„Warum? Was ist los?"
„*Informbüro* ... Resolution ..."
„Das weiß ich, aber was hat das mit dir zu tun?"
Der arme Spasa war nicht einmal imstande, den Grund für seine eventuelle Bestrafung zu nennen.
„Das hat ... das hat mit allen zu tun."
„Mit uns nicht", konnte Branka nicht umhin zu bemerken.
„Ihr habt schon früher Fehler begangen."
„Und du jetzt?"
„Offenbar ... Ich konnte es nicht richtig einschätzen ..." Er stammelte zerknirscht, verwirrt, nichts begreifend. Dann sammelte er sich und setzte wie bei einer Parteiversammlung an: „Es werden Dogmatiker, Sektierer, Rev... Revisionisten, Frak... tionissten ... entlarvt ... Sie alle trifft der politische *Bann* ..."
„Schon gut, aber was wird mit dir passieren?"
„Ich weiß nicht. Vielleicht nichts, aber für alle Fälle geb ich dir meine Lebensmittelzuteilung für diesen Monat ... Warum sollte alles vergammeln?"
„Danke. Wenn nichts passiert, bekommst du sie zurück."
„Weißt du, ich möchte dich ... um etwas bitten ..."
„Um was? Sag es ruhig."
„Pass auf Beka auf."
„Gut, aber ..."
„Versprich es mir, ich bitte dich!", flehte Spasić ganz verzweifelt.
„Ich verspreche es dir!", rief Branka laut, um ihn zu beruhigen.

„Weißt du, sie ist irgendwie ... wie soll ich sagen ... nicht wie du oder deine ..." da stockte er, Branka meinte, er würde gleich in Tränen ausbrechen, tat es aber nicht. „Und gerade in diesen Tagen sollte ich eine Wohnung bekommen ... Wir wären alle Probleme losgeworden. Ich hätte sie aus dem Rattenloch herausgeholt ... Ach, dieses Leben ist eine verdammte Scheiße!" Er schlug in ohnmächtiger Wut mit der Faust auf den Tisch. „Du kämpfst, setzt dein Leben aufs Spiel, duldest ... duldest alles ... glaubst, es ist das Richtige, und alle versichern dir das, verdammt sollen sie sein ...! Und dann über Nacht steht alles Kopf, was richtig war, ist jetzt falsch! Nieder mit den Opportunisten! Einverstanden ... Aber wer sind die? Ich etwa? ... Ich werde nicht mehr klug daraus, verstehst du mich?"

Sagte Spasa, stürmte aus der Küche und sperrte sich in seinem Zimmer ein.

Am nächsten Morgen in aller Herrgottsfrühe öffnete der schon längst wache Marko zwei Männern in dunklen Ledermänteln die Tür.

„Spasić", sagte der eine und schob Marko beiseite.

Sie hämmerten gegen Spasićs Tür, er machte sofort auf und trat in voller Uniform vor sie, jedoch blass und unrasiert.

„Mitkommen, Genosse!", befahl der eine.

„Verstanden, Genosse!", erwiderte Spasić ruhig und folgte ihnen. Als er Marko sah, verzog er den Mund zu einer merkwürdigen Grimasse und sagte „Auf Wiedersehen!"

Marko schloss hinter ihnen die Tür.

*

„Also, Rikčić, das sieht mir ganz nach Dostojewski aus, nach ‚Verbrechen und Strafe'", sagte Dragu. „Genau so!"

Riki nähte und nickte zustimmend.

„Siehst du nicht, was los ist?", fuhr er fort.

„Ich sehe, na und? Mich interessiert das rein akademisch. Sonst haben wir damit nichts zu tun."

„Vorerst nicht, aber was, wenn die Sowjets uns angreifen? Wenn uns der Schnurrbärtige an die Kehle geht? Dann werden wir wohl damit zu tun kriegen! Niemand weiß, was der Halunke vom Roten Platz im Schilde führt."

„Schon wieder dramatisierst du, mein Lieber", sagte Riki, während sie mit Mühe die Nadel durch dicke Schichten von Filz und Tüll auf einem riesengroßen Hut bohrte, hinter dem sie fast völlig verschwand. „Sie werden sich gegenseitig ins Gefängnis stecken und alles mit endlosen verschleiernden Reden rechtfertigen ..."

„... und das in diesem grässlichen Akzent der Leute aus dem Gebirge ..."

„Deshalb wird es besser sein, das alles zu lesen als es sich anzuhören. Am Ende wird keiner mehr wagen, den Mund aufzumachen. Bei der bloßen Erwähnung des Kominform wird es ein flammendes Veto geben ... Und der Berg wird kreißen und eine Maus gebären!"

Riki stand auf, legte den Hut weg, nahm aus einem Buch auf dem Tisch ein Blatt Papier und sagte: „Jetzt aber lese ich dir etwas Lustiges vor. Ich will dich, mein trübsinniger Freund, heiter stimmen, ohne vom Thema abzuweichen!"

„Da bin ich aber gespannt. Was kann es zu diesem Thema schon zu lachen geben?"

„Dann hör mal zu! Gestern kam ein Brief von Saša Poljanski. Zum Glück hat er endlich eine Stelle in einem Fleischverarbeitungsbetrieb in Zaprešić bekommen ..."

„Das ist schon komisch genug."

„Ja. Stell dir vor, ein Mann von seinem Format, Doktor der Rechtswissenschaften, Vorsitzender des Bundes der Kinematographie in Paris, muss jetzt Würstchen zählen ... Ja, das ist lustig und traurig zugleich. Er bekam die Arbeit, weil ein anderer verhaftet wurde ... Aber höre, was er uns unter anderem berichtet: ‚Vor einigen Tagen machte Saša Junior einen Schulausflug. Zuvor wurden an alle Kinder rote Pionierhalstücher verteilt, nur unser Junge bekam keines, wohl wegen seiner Herkunft. Wie kann auch ein Poljanski, dessen Großväter Bankiers waren, ein Pionier sein! Er aber jammerte so sehr, dass die Lehrerin Mitleid mit ihm bekam. Sie versprach ihm auch ein rotes Halstuch, falls er sich hervortäte und am nächsten Tag an zwanzig Stellen in der Stadt die Worte ›Tito Held! Stalin Held!‹ malte. Unser Saša nahm die Aufgabe sehr ernst. Mit einem Farbeimer und einem Pinsel machte er sich an die Arbeit, ohne uns etwas zu sagen. Er malte langsam und hingebungsvoll, bis ihn am Nachmittag ein Passant anbrüllte: ›Bist du bescheuert? Was schreibst du da? Du Dummkopf!‹ Da begriff unser junger Aktivist, dass etwas faul war. Er überprüfte die Schrift, alles war richtig, die Buchstaben schön, die Farbe nicht verlaufen. Schließlich kam er darauf, dass mit den genannten Personen etwas nicht stimmen könne. Ihr müsst wissen, liebe Freunde,

Saša ist nicht dumm. Er dachte nach und kam zum Schluss, einer sei wohl zu viel, und da Stalin der Ältere war, beschloss er den Jüngeren zu streichen! Ihr könnt euch nicht vorstellen, was für Scherereien wir deswegen hatten, denn das geschah am 30. Juni!‘"

„Eine wirklich großartige Geschichte ... Dafür, dass du mich zum Lachen gebracht hast, lade ich dich ins Kino ein. Es gibt den sehr guten französischen Film ‚Les Miserables‘."

„Nein, danke, das Thema ist mir allzu vertraut."

„Und wie wäre es mit dem ‚Siebten Schleier‘?"

„Danke, auch die Schleier bin ich mittlerweile leid! Siehst du denn nicht, wie ich mich in ihnen verheddere?" Beide brachen in Lachen aus.

„Dragu", bemerkte Riki, „Gott sei Dank, wir können noch lachen."

„Wir beide immer ... Erinnerst du dich, wie wir über Miloš' ernsten Essay ‚Der ästhetische Genuss im Tragischen‘ gelacht haben? Du warst der Genuss und ich das Tragische. Damals waren wir jung und unbändig, aber jetzt ..."

„Was heißt jetzt? Noch vor Kurzem lachten wir über unseren Major ..."

„Was ist eigentlich aus ihm geworden?"

„Man hat ihn abgeführt, er ist nicht mehr zurückgekommen."

„Manche kommen zurück."

„Der nicht. Er ist zu dumm, um seinen Kopf aus der Schlinge zu ziehen."

„Oder zu ehrlich."

„Das ist heutzutage dasselbe. Ich mache mir nur Sorgen, weil wir jetzt eine Einnahme weniger haben. Und Marko hat noch immer keine Arbeit."

Neben zahlreichen Bittschriften und Briefen wegen einer Anstellung hatte Marko auch an die Abteilung für innere Angelegenheiten des Dritten Rayons einen Antrag auf Erteilung der Aufenthaltsgenehmigung in Belgrad gestellt. Man lehnte ihn ab, weil er keine Arbeit hatte. Es war ein wahrer Teufelskreis. Jedoch nur wenige Tage später kam ein Schreiben der Vereinigten Versorgungsunternehmen der Stadt Sarajevo, in dem es hieß, dass man zwecks schnellerer und einfacherer Beschaffung von Ware einen Vertreter in Belgrad brauche und man also seiner Bitte um Arbeit stattgebe.

Marko lief zum Bad, wo Branka gerade den Boden schrubbte. „Brankica, sieh dir das an!", rief er aus. „Wir brauchen nicht mehr zu hungern!"

Branka erriet sofort, worum es ging, und fiel ihm um den Hals. „Kauf dir zehn Schachteln ‚Morava'-Zigaretten!", stieß sie hervor, während Freudentränen über ihre Wangen rollten.

„Nein, ich werde mich wie alle normale Menschen um vier Uhr morgens vor dem Schuhgeschäft ‚Peko' anstellen, um meiner lieben Frau Sandalen zu kaufen!"

Gegen die Vorlage des Arbeitsvertrags bekamen die Koraćs nun die Aufenthaltsgenehmigung in Belgrad, die alle nach dem 6. April 1941 in die Hauptstadt Zugezogenen benötigten. Endlich konnten sie wie die meisten Menschen Lebensmittel und anderes auf Lebensmittelkarten und Gutscheinen erwerben. Man konnte auch grobes Nesseltuch, Amerikan genannt, bekommen und „bedrucken" lassen. Die bunten Blümchenmuster verblichen zwar bald, aber der Stoff hielt lange. Die aus ihm genähten Badeanzüge trugen einige Glückliche sogar an den Stränden von Dubrovnik, wo die Hotelzimmer mit den gleichen allmächtigen Papierschnipseln bezahlt wurden. Nur wenige konnten jedoch auf Essen oder Kleidung verzichten und stattdessen Urlaub machen.

In den Kommissionsläden, einer traurigen aber nützlichen Erfindung jener Zeit, konnte man die verschiedensten Dinge kaufen oder verkaufen. Diese Geschäfte, eigentlich ein unglaubliches Konglomerat von Gebrauchsgegenständen, blühten zur Freude aller. Wie Antiquitätenläden anmutend, aber zusätzlich ausgestattet mit neuen Produkten aus vom Krieg verschonten Ländern, boten sie alles an: alte Anzüge, mottenzerfressene Fracks, Seidenschals, Lackschuhe, Keramiktassen, silberne Aschenbecher, Blechtöpfe, alte Galoschen, Regenmäntel, Porzellanservice, Messingkerzenleuchter, Teppiche, Wolldecken, geschnitzte Schmuckdosen, Wand- und Taschenuhren, Spiegel, Kunstblumen, Waschschüsseln, ja sogar manchen Nachttopf – lauter Abfälle und Glanzlichter einer vergangenen Zeit.

Branka machte einen Bogen um die Kommissionsläden. Sie empfand sie als Orte konzentrierten Elends, und mit diesem Elend wollte sie nichts zu tun haben. Sie beschloss, nie etwas in diesen Geschäften zu kaufen, selbst wenn sie Geld haben würde, wozu es bald kommen sollte, denn Marko bekam nun viele Aufträge.

In die Njegoševa-Straße 17 schneite es Briefe von vielen Unternehmen aus Sarajevo, die alle möglichen Artikel bestellten. Es kamen auch Telegramme, und pausenlos klingelte das Telefon. Endlich hatte Marko wieder eine Aufgabe, für die er seine ganze ihm verbliebene Kraft einsetzte.

Tagsüber arbeitete er im Wohnzimmer an einem aus alten Kisten zusammengezimmerten Schreibtisch. Dort tippte er Briefe, Mitteilungen, Anträge und Notizen auf seinem größten Schatz, einer altmodischen Schreibmaschine, die sie 1941 auf der Flucht aus Sarajevo mitgenommen hatten.

Während sie im Wohnzimmer spielte, beobachtete Inda oft, wie er mit seinen kräftigen Fingern Buchstaben auf Buchstaben auf das Papier hämmerte. Branka brachte ihm von Zeit zu Zeit etwas zu essen oder zu trinken, Marko sah sie jedes Mal ein wenig abwesend, aber lächelnd an, streichelte dankbar ihre Hand, vergaß dann aber das Angebotene zu essen oder zu trinken. Sie mahnte ihn oft, er arbeite zu viel, er solle sich ein wenig hinlegen, bekam aber immer dieselbe Antwort:

„Gott sei Dank, habe ich jetzt Arbeit! Sie fällt mir immer noch nicht schwer und Ausruhen kann ich später."

Die Bestellungen erledigte er prompt und verantwortungsvoll, so wie er alles in seinem Leben getan hatte, seine Auftraggeber waren zufrieden und wandten sich immer öfter an ihn. So wurde er Sachbearbeiter für den Bereich Gastwirtschaft im „Büro für Geschäftsvermittlung beim Handelsministerium von Bosnien und Herzegowina, Vertretung Belgrad" und war außerdem für GRANAP, Sarajevo, das städtische Unternehmen für den Verkauf von Lebensmitteln, für Bosnaservis, eine Firma für die Versorgung gastwirtschaftlicher Unternehmen, und für das staatseigene Hotel Evropa in Sarajevo tätig.

Eines Tages erhielt er einen Brief von der Handelsaktiengesellschaft Neretva aus Sarajevo. Er betrachtete den Briefkopf, der ihm jahrzehntelang für die Korrespondenz mit seinen Geschäftspartnern gedient hatte, und meinte, er habe einen Brief von sich selbst erhalten. Dieselbe Adresse: Aleksandrova-Straße 70, dieselbe Telefonnummer. Seine „Neretva", seine „Kinema" und seine „Stimme Jugoslawiens" mit einer neuen Leitung und „frischem" Personal! Und von ihm, Marko Korać, erwartete man nun, dass er sich einverstanden erklärte, als sein eigener Akquisitor in der Hauptstadt zu arbeiten! Er wusste nicht, ob er weinen oder lachen sollte.

Die neue Direktion der technischen Abteilung von „Neretva" wandte sich in einem Brief mit zwei unleserlichen Unterschriften an ihn: „Angesichts der Schwierigkeiten, Verbindung zu Handelsfirmen zwecks eiligem Erwerb von Ware aufzunehmen, brauchen wir eine vertrauenswürdige Person, die unsere Firma vor Ort vertreten soll. Bedingung ist die schnelle und pünktliche Erledigung unserer

Aufträge, der Erwerb der Ware zu niedrigsten bzw. gewinnmaximierenden Preisen sowie die Kontrolle und Betreuung der rechtzeitigen Abfertigung. Als Vergütung für die gesamte Arbeit und Mühe sind wir bereit, ein Monatshonorar in Höhe von Din. 4.000 zu zahlen. Eine Provision ist nicht vorgesehen. Es würde uns freuen, wenn Sie selbst dieses Angebot annehmen würden, falls nicht, bitten wir Sie, uns eine vertrauenswürdige und ehrliche Person vorzuschlagen, an die wir uns wenden können."

Marko rief seine ganze Erfahrung und Weisheit eines reifen Menschen ab, um einen Anfall von Verärgerung abzuwehren. Viele hätten ein ähnliches Schicksal wie er erfahren, tröstete er sich, die Revolutionen stellten immer die gesellschaftlichen Schichten auf den Kopf, sonst hießen sie nicht so; die Regierungen aller Epochen seien nur zum Teil gerecht; er solle ruhig und nüchtern die Tatsachen analysieren; er müsse die persönliche Bedeutung dieses Briefes und die praktischen Bedürfnisse der Zeit, in der er leben musste, auseinanderhalten. Er machte sich beispielsweise Vorwürfe, weil er nicht ohne Bitterkeit Filme ansehen konnte, die unter dem unveränderten Firmenzeichen seines ehemaligen Verleihhauses gezeigt wurden. Er schimpfte sich einen Feigling. Wenn er die Kraft gehabt habe, all das aus dem Nichts zu schaffen, müsse er auch Manns genug sein, alles zu verlieren. Für immer. Hatte ihm etwa die Gewissheit, dass es nur vorübergehend war, ermöglicht, die Beschlagnahme durch die Ustascha gelassener und rationaler zu sehen? Oder schien es ihm nur jetzt aus der zeitlichen Entfernung, dass er 1941 bereit war, jeden Verlust hinzunehmen? Oder war er einfach inzwischen alt und schwach geworden und bemitleidete sich nun selbst?

Marko quälte sich. Ihn plagten der gekränkte Stolz und der Drang, sich nicht mit der Stellung eines armseligen Akquisitors für sein eigenes Unternehmen abzufinden. Weder während des Krieges noch später im Gefängnis in Bor und selbst als er auf eine Anstellung wartete, war sich Marko seiner wahren Position bewusst, er stellte sich vielmehr hartnäckig und wider alle Vernunft mit seinem früheren Ich gleich. Das änderte sich erst in dem Augenblick, als er das Angebot von „Neretva" bekam.

„Also, ich bin für die ehrlich und vertrauenswürdig. Wieso das?", fragte er Branka verbittert und aufgebracht.

„Ganz einfach: Du bist *tatsächlich* ehrlich und vertrauenswürdig. So warst du immer und so wirst du auch bleiben. Alle wissen das und machen dir deswegen Angebote."

„Branka, ich kann das nicht akzeptieren!"

„Tue, was du willst, aber ich meine, du solltest dich zu ‚Neretva' wie zu allen anderen Unternehmen verhalten. So wie die anderen dir nicht gehören, ist dieses nicht mehr deins und wird es auch nie sein."

„Nein."

„Nein ... Und viertausend Dinar sind kein Pappenstiel."

„Das sind sie nicht."

Etwas später, als aus dunklen Gewitterwolken ein Regenschauer auf Belgrad niederprasselte, tippte Marko mit der einen Hand – mit der anderen liebkoste er Branka, die Angst vor Donner hatte – den Brief an die Direktion von „Neretva", in dem er seine Zustimmung mitteilte.

In derselben Nacht ließ ein donnerähnliches Getöse sie fast aus dem Bett fallen. Marko dachte, das sei ein Erdbeben und stellte Branka und Inda unter dem nächsten Türrahmen in einer tragenden Wand. Dann suchte er Riki, wurde aber im Wohnzimmer durch eine Staubwolke aufgehalten. Er machte einen Schritt, stolperte und fiel. Auf dem Boden ertastete er ein großes Stück Mörtel.

Branka knipste das Licht an. „Die Zimmerdecke ist heruntergefallen!", sagte sie leise.

„Seid ihr unversehrt geblieben?", rief Riki aus ihrem Zimmer. „Mein Gott, wir hätten alle tot sein können!"

„Bleib in deinem Zimmer", warnte Marko, „hier könnte noch mehr herunterfallen. Das kommt von der verdammten Bombardierung ..."

Sie warteten ab, bis der Staub sich gelegt hatte, dann klopfte Marko mit einem Stock leicht gegen die beschädigte Zimmerdecke, um lockere Stücke herunterzuholen. Das größte Stück war ausgerechnet auf die Stelle gefallen, wo Marko gewöhnlich saß und arbeitete. Als er sah, dass seine Schreibmaschine unberührt geblieben war, weil er sie zufällig zur Seite gerückt hatte, atmete er auf: „Wir hatten mehr Glück als Verstand."

„In der Tat", sagte Riki und fügte lachend hinzu: „Wir organisieren jetzt eine Arbeitsaktion zur Räumung von Zimmerdeckentrümmern im Rahmen des Ersten Fünfjahresplans ..."

„Oh Gott, Riki, was machen wir jetzt", flüsterte Branka.

„Keine Sorge! Wenn die da oben es schaffen, solche Giganten zu bauen wie ... wie zum Beispiel die Werkzeugfabrik in Železnik, dann können sie auch eine neue Zimmerdecke in der Njegoševa-Straße einziehen!"

Nachdem er am folgenden Tag zusammen mit Branka den Schutt aufgeräumt hatte, setzte Marko unter der vom Putz entblößten Schilfdecke seine Arbeit fort. Für seine Auftraggeber beschaffte er Pralinen, Samen für Kohl, Wirsing, Spinat, Erbsen, Busch- und Stangenbohnen, Karotten, Petersilie, Gurken, Paprika, rote Bete, Sellerie, runde und längliche Kürbisse, Blumenkohl, Schwarzwurzeln, Radieschen, verschiedene Blumen und auch Samen, die „nicht so gut gehen, aber im Angebot sind". Er eilte von einem Unternehmen zum anderen, um Steinkohle sowie Rohre von 53, 50 und 45 Zentimeter Durchmesser für „unser Kino ‚Drina'" zu kaufen und zu verschicken. Obwohl ihm das Kino nicht mehr gehörte, klang ihm das „unser" wie ein auch ihn einschließendes Possessivpronomen. Unermüdlich suchte er nach fünf Blockkondensatoren eines bestimmten Ausmaßes und nach Rheostaten von bestimmter Stärke für „sein" anderes Kino. Er kümmerte sich um den „eiligen Transport von dreihundert Kilo Äpfeln und Marillen", damit sie nicht verdarben. Er sorgte für die Beladung von Möbelwagen aus Zemun. Und er vergaß nie, seinen Auftraggebern Exemplare des „Amtsblatts" per eiligem Einschreiben zu schicken.

Es trafen zahlreiche Telegramme ein, in denen es etwa hieß: „Ihren Bericht vom soundsovielten empfangen. Es freut uns, dass trotz großer Schwierigkeiten alles in Ordnung ging. Wir danken Ihnen." Und Marko nickte zufrieden.

Diese ganze kunterbunte, endlose Liste von Waren wuchs parallel mit dem wirtschaftlichen Aufschwung des Landes und den Bedürfnissen seiner nach allem hungernden Einwohner. Marko besorgte Senf, Radioröhren, Haushaltswaren, Grafitstäbchen, Weine wie „Smederevka" und „Fruškogorski biser", Wäscheblau in kleinen Kugeln, Lebkuchen, Lutscher, langstielige Besen, Salizyl, Puddingpulver, Tee, grobe Bürsten und sogar Dochte für Ikonenlichter.

In seiner Abwesenheit nahm Branka die Anrufe entgegen. Immer bevor er die Wohnung verließ, informierte Marko sie darüber, wer anrufen würde und was sie ihm sagen solle.

„Der Zijo aus Sarajevo wird anrufen", sagte er ihr eines Tages, bevor er zum Bahnhof ging, wo er mit der Abfertigung der Ware täglich mehrere Stunden beschäftigt war. „Du kennst ihn, er hat im Kino ‚Apolo' als Platzanweiser gearbeitet. Er wird sich nach dem roten Burgunder erkundigen. Du kannst ihm sagen, er sei hervorragend, nicht mit Wasser gepantscht, er könne ihn ruhig kaufen."

Als Marko gegangen war, notierte Branka auf einen Zettel neben dem Telefon: „Zijo – Wein – Wasser."

„Den Genossen Chef ... ähm Korać!", brüllte Zijo am anderen Ende der Leitung, als nehme er die Entfernung zwischen Sarajevo und Belgrad wörtlich.

„Er ist nicht zu Hause, ich bin seine Frau. Zijo, sind Sie das?"

„Das bin ich ganz genau! Aber sag mir, ist dein Mann dieser Korać von vor dem Krieg?"

„Ja."

„Den hab ich gekannt ... ich hab in seinem Kino gearbeitet! Das war ein Mann, ein ganzer Kerl, oje ... alle zitterten vor ihm, Genoss... Frau Korać. Und was für Reichtümer er hatte ... Ist etwas von seinen Goldstücken übrig geblieben?" Zijo hielt inne, als wolle er die Antwort abwarten.

„Nein."

„Komm, komm, er ist ganz schön schlau. Solche läppischen Tätigkeiten dienen ihm heute doch nur als Tarnung. Ihm kann keiner was!", fuhr Zijo in lausbübischem Ton fort.

„Schön wäre es", murmelte Branka und rief dann laut: „Aber was den Wein angeht ..."

Zijo war jedoch nicht so leicht zu stoppen: „Ein ganzer Kerl, ein aufrechter Mann und ein großer Hochstapler: ehrlich, gerecht ... durch und durch!"

Branka begriff, dass Zijo unter Hochstapler einen geradlinigen Menschen meinte, und versuchte das Lachen zu unterdrücken. Er fasste es aber als Weinen auf und begann sie zu trösten:

„Nein, meine Liebe, weine nicht! Du solltest stolz sein, denn heute werden solche Hochstapler nicht mehr geboren! So ist es halt. Die Zeiten haben sich geändert ... Aber keine Sorge, er wird auch jetzt wieder obenauf schwimmen ..."

Branka nutzte die Pause in seinem Geplapper und in ihrem Lachanfall und begann wieder vom Wein zu reden, wobei sie den Zettel neben dem Telefon im Auge hatte:

„Wein!", rief sie erhitzt. „Marko lässt ausrichten, dass der rote Burgunder hervorragend ist ... reines Wasser ... und keine Sorgen, Sie können ihn ruhig kaufen!"

„Wie?", erwiderte Zijo konsterniert.

„So hat mir Marko gesagt", protestierte Branka.

„Ach, sooooo ... Na gut, wenn er reines Wasser ist, dann kaufen wir ihn", sagte Zijo lachend und legte auf.

Erst da begriff Branka, was sie gesagt hatte.

Später berichtete sie der versammelten Familie von ihrem Ungeschick.

„Wunderbar, Brankica, jetzt stehe ich wirklich als Hochstapler da, der reines Wasser als Wein verkauft", scherzte Marko, „du hast deine Handelsprüfung mit Auszeichnung bestanden!"

Brankas Verlegenheit und ihre häufigen Tritte ins Fettnäpfchen waren für ihre Familie eine seltene Quelle fast kindlicher Freude, sodass sie sich manchmal sogar absichtlich Patzer erlaubte, um ihre Angehörigen fröhlich zu stimmen. Dann ertönte zunächst Rikicas lautes, ansteckendes Herausprusten, dem folgte Markos kaum hörbares und am Ende Indas von kleinen Jauchzern unterbrochenes Lachen. Branka genoss zufrieden und mit glühenden Wangen diese Freude, die die Familieneintracht festigte und Inda das Gefühl einer glücklichen und geschützten Kindheit gab.

★

In diesem Herbst sollten Inda, Rina und Kaća eingeschult werden. Zorica vom vierten Stock ging schon seit einem Jahr in die Schule und hatte deswegen kaum noch Kontakt zu den anderen Mädchen. Rina und Inda sollten in dieselbe nahe gelegene Schule gehen, Kaća aber in eine andere, da sie zu einem anderen Rayon gehörte. Tagelang weinte sie deswegen. Beka, obwohl selbst traurig, weil man ihren Bräutigam abgeführt hatte, tröstete sie so gut sie konnte. Branka versuchte sowohl das verzweifelte Mädchen als auch ihre Mutter zu beruhigen, obwohl sie selbst mit Indas Aufgeregtheit vor der Einschulung beschäftigt war.

Bis dahin lebte Inda in der Obhut ihrer Eltern und ihrer Tante. Branka schirmte sie vor den Rohheiten des Alltags ab, die sie selbst in ihrer Kindheit hatte erfahren müssen. Im Unterschied zu vielen anderen Kindern brauchte Inda nicht Schlange zu stehen, ihrem Vater frühmorgens die Zeitung zu kaufen und kleine Besorgungen für die Mutter und die Tante zu machen. Von ihr erwartete man andere Dinge: dass sie sich gut benahm, korrekt sprach und dachte, fleißig Französisch lernte und sich in Lesen und Schreiben übte.

„Sie wird in ihrem Leben noch genug arbeiten müssen. Jetzt soll sie spielen und Kind sein", meinte Branka. Marko unterstützte sie darin, Riki hingegen nicht ganz.

Um ihre Nichte an Selbstständigkeit zu gewöhnen, schickte Riki sie einmal, einen Einschreibebrief bei der Post abzugeben, und erklärte ihr, was sie zu sagen habe. Inda nickte ernst, wiederholte alles mehrere Male und sagte es unterwegs immer wieder halblaut auf. Aber kurz darauf kam sie weinend mit dem Brief und dem Geld in der Hand zurück.

„Ich habe mich verhaspelt", erklärte sie schluchzend, „ich konnte nichts klar sagen, und die Frau am Schalter wurde böse ... Sie schrie mich an!"

Rikica war die neue Arroganz der Verkäufer und des Personals an den Schaltern bekannt. Obwohl ihr Inda leidtat, war sie der Ansicht, dass dies eine gute Schule für sie sei und der erste Schritt auf ihrem Lebensweg, auf dem sie zwangsläufig mit der Welt der Grobheiten konfrontiert werden würde.

Das alte, reich verzierte Gebäude des Dritten Jungengymnasiums und die Grundschule „Aleksa Šantic" befanden sich in der unmittelbaren Nähe von Indas Haus. Fast jeden Tag ging sie an ihnen vorbei. Vielleicht wirkte die Schule für sie deshalb als „vertrautes Gelände". Am ersten Schultag betrat sie das Gebäude gesenkten Hauptes und voller Ehrfurcht. Branka hatte sie bis zum Eingang begleitet. Als Inda aus ihrem Blickfeld verschwand, murmelte sie ein Gebet in ihrer Muttersprache für das Glück ihrer Tochter.

Schon am ersten Schultag wurde klar, dass Vera Korać keine Abneigung gegenüber dem Lernen, der Schule als Institution und den Lehrern haben würde. Im Gegenteil, ihre Begeisterung und Neugierde zeigte den glücklichen Eltern und der Tante, dass das lästige Durchsehen der Hausaufgaben und das Abfragen nicht nötig sein würden.

Die sorglose Kindheit erstreckte sich für Inda also auch auf diese frühe Schulzeit, wobei die Entdeckung von Unbekanntem eine neue und ungemein interessante Dimension für sie war.

Sie bekam gute Noten ohne übertriebenes Lernen, das sie daran gehindert hätte, sich weiterhin mit Adrijana und Katarina zu treffen. Von Zeit zu Zeit gingen Inda und Kaća zu Adrijana, die ihnen meist die in der letzten Woche in Privatstunden durchgenommenen Klavierübungen, gelegentlich auch eine selbst ausgedachte Melodie, vorspielte. Das war oft langweilig, und eines Tages unterbrach die unruhig gewordene Kaća Rinas Spiel:

„Rina, warum heißt dein Vater eigentlich Petko[1]?"

Adrijana wusste keine Antwort, aber Inda merkte ihre Verlegenheit und erklärte wie aus der Pistole geschossen: „Weil seine Mutter damals ‚Robinson Crusoe' gelesen hatte!"

Adrijana sah sie voller Dankbarkeit an, wandte sich dann zu Kaća und streckte ihr die Zunge raus.

★

Im Sommer des folgenden Jahres beendete Inda die erste Klasse. Wegen der ausgezeichneten Noten und des beispielhaften Benehmens bekam sie von der Schule einen Gedichtband von Mira Alečković mit dem Titel „Der erste Fünfjahresplan" geschenkt.

Während des ganzen Schuljahrs teilte sie geschickt ihre Zeit zwischen der Schule, dem Spielen und dem Zuhause auf, wo vor jeder Premiere ein buntes Völkchen aus Opernsängern und -sängerinnen, Schauspielern und Schauspielerinnen, Tänzerinnen und Kostümbildnern vor Rikis großem altem Spiegel Hüte anprobierte. Während Riki ihre ausgefallenen Exemplare von Kopfschmuck gestaltete, erzählte sie der Nichte, so wie es einst Mama Estera mit Blanka tat, aufregende Geschichten über die Helden der Opern und der Ballettstücke, für die sie die Hüte machte. Inda war ganz Ohr.

In großen Kartons wurden bunte Blumen, Federn, Spitzen, Borten, Litzen und Schleifen ins Haus gebracht. Manche alte Fibel, Nadel, Feder oder Perle tauchte als letztes Überbleibsel von Rikicas Modesalon aus einer entlegenen Ecke der Wohnung auf und wurde bei Bedarf dem Nationaltheater verkauft.

Branka half ihr meist nachts, weil sie nur dann Zeit hatte. Sie nähte, bis ihr vor Müdigkeit der Kopf auf die Brust fiel.

„Wäre jetzt wenigstens noch eine Schwester hier, könnten wir eine volkseigene Hutfabrik eröffnen", sagte Riki eines Nachts im Spaß.

„Nina?", fragte Branka skeptisch.

„Auch sie würde ich ertragen, wenn sie uns nur helfen würde. Ich weiß nicht, wie wir das bis übermorgen fertigkriegen sollen."

„Keine Sorge, das schaffen wir schon", erwiderte Branka fröhlich und fügte hinzu: „Gott, ich wüsste jetzt gern, wo Klari steckt! Ihre Didi muss jetzt schon ein großes Mädchen sein ... Und Pol, dieser hübscher Junge ... Sie hatte wirklich kein Glück."

„Aber wer von uns hatte schon Glück?"

„Ich, *hermaniquia*, Schwesterherz, ich ... Ich bin eine glückliche Frau."

„Aber nur deshalb, *querida*, weil du dich selbst so einschätzt. Wäre Nina an deiner Stelle, würden ihre Klagelieder Himmel und Erde erschüttern."

„Mag sein, aber mir fehlt wirklich nichts. Ich habe Marko, der mich liebt, meine schöne Tochter, die gesund, gut und klug ist und ihm, vielleicht aber ein wenig auch Mama Estera, ähnelt ... Ich habe dich, die du den Krieg überstanden hast, ich habe unser Heim. Was brauche ich noch mehr?"

„Ich meine, noch vieles!"

Die einzige Trauer, die sie nicht verwinden konnte, führte Branka immer wieder zum Tod von Mama Estera zurück. Wie auf einer hell erleuchteten Bühne sah sie in ihrer Erinnerung das Bild von Mutters Dahinscheiden. Klara saß würdig da und hielt die Tränen zurück, sie selbst weinte am meisten von allen und kam zum Schluss, dass sie, wenn man die Eltern wählen könnte, sich für dieselbe Mutter entscheiden würde, für die zarte und weise Estera, die für jedes ihrer sieben Kinder jederzeit da war. Wie kein anderer konnte sie zuhören, raten und selbst beim Schimpfen liebkosen. Branka erinnerte sich an den fast körperlichen, im Laufe der Jahre nachlassenden und mittlerweile erträglich gewordenen Schmerz darüber, dass sie es nicht übers Herz gebracht hatte, der Mutter ihre Heirat zu gestehen, der die jahrelange Entrüstung ganz Sarajevos wegen ihres Verhältnisses mit Marko vorausgegangen war.

„*Mi gveli il corazon que no alcanzi a dizir todu a mámilé*, es tut mir in der Seele weh, dass ich Mutter nicht alles erzählt hatte", flüsterte Branka.

„*Qui mandi? Luque dixitis?*; Bitte? Was hast du gesagt?", fragte Riki.

„*Nada ... nada, mi querida*, nichts, gar nichts, meine Liebe."

II

FLÜSTERN ALS LEBENSFORM

An einem trüben Novembertag, als die grauen Bürgersteige mit dem düsteren Himmel eins wurden und nur das Bullern des Heizofens die Schwerfälligkeit des Nachmittags unterbrach, machte Marko schließlich nach unanständig aufdringlichem, nicht enden wollendem Klingeln die Tür auf.

„Sie wünschen?", fragte er ziemlich schroff das unbekannte Paar, das die Mittagsruhe störte.

Der Mann in einem schweren Wintermantel und mit einer braunen, unförmigen Mütze murmelte etwas. „Bitte?"

„Ich bin Lepava Grdić, Bildungsfachkraft, und das ist mein Ehemann Svetozar, von Beruf Jurist", sagte die Frau unbestimmten Alters mit grell geschminkten Lippen und einer dicken Schicht Puder auf dem Gesicht, die zusammen mit dem Wangenrot eine wegen der Falten stellenweise brüchig gewordene Kruste bildete. Sie wedelte mit ihrem Muff aus Hasenfell, als wolle sie Marko, dieses unliebsame Hindernis, aus dem Wege räumen. „Wir wollen uns die Wohnung ansehen. Wenn sie uns gefällt", und da hob sie ihre kreischende Stimme, „ziehen wir ein!"

„Kann ich vielleicht ein Dokument dazu sehen?", fragte Marko, obwohl er wusste, worum es ging. Die sogenannten „gemeinschaftlichen Wohnungen", eine unglückliche Einrichtung der Nachkriegszeit, die oft schlimmer zu ertragen war als Hunger und Armut, gehörten in Belgrad schon zum Alltag.

Beleidigt und verärgert holte Svetozar Grdić ein Papier aus seiner Manteltasche und reichte es Marko.

„Genosse Korać! Da gibt es nichts zu überprüfen!", protestierte Lepava. „Mein Mann ist bei Gericht, und ich bin, wie gesagt, Bildungsfachkraft! Wir kommen aus Bogatić bei Šabac und unsere *Fuktionen* haben uns nach Belgrad geführt. Irgendwo müssen wir schließlich wohnen."

Marko sagte nichts, rückte zur Seite und ließ das Paar in die Wohnung. Er bereute, nicht auf Branka gehört zu haben, als sie riet, das Zimmer wieder der Armee anzubieten.

Draußen fielen aus tief hängenden Wolken große Schneeflocken. Die Grdićs schauten sich um. Er murmelte etwas in seinen Bart, was offensichtlich niemand außer seiner Frau verstand, sie wiederum versuchte, ihre mit Neid gepaarte Bewunderung für die großen Räume, das saubere Parkett, die zwei übriggebliebenen Teppiche, den alten Leuchter und jene Kleinigkeiten zu verbergen, die ein Heim zum Spiegelbild seiner Besitzer machen.

Inzwischen stießen Branka und Riki dazu. Marko machte sie miteinander bekannt. Branka reichte ihnen die Hand, Riki nickte nur zurückhaltend.

Sie sahen sich alle Räume an, schauten hemmungslos in jede Ecke, als stünde ihnen das als den Stärkeren zu. Lepava Grdić brabbelte ständig: „Schön, schön ... obwohl ich fürchte, es ist muffig ... Schimmel kann ich nicht vertragen, und auch deine Lunge, Svetozar, würde das nicht aushalten. Und ich muss *kostatieren*, dass es hier zu viele Türen und Fenster gibt. Wahrscheinlich zieht es überall ... Ach, und erst die Küche! Schau dir mal, Svetozar, diese Kessel an", fügte sie angewidert hinzu.

„Die sind von der alten Etagenheizung geblieben", sagte Branka.

„Ach ja ... gewiss", entgegnete Lepava kennerhaft.

In einem Augenblick sah Marko Branka an und deutete auf seine Nase. Sie nickte nur: Ein starker Knoblauchgeruch, ein säuerlicher, abgestandener Gestank von ungewaschenen Körpern haftete diesem Ehepaar an.

„Räumen Sie auf alle Fälle das Zimmer dort leer", sagte Frau Grdić beim Weggehen. „Es soll bereitstehen. Obwohl der Zustand der Wohnung nicht zufriedenstellend ist, werden wir sie vielleicht doch nehmen ... Für mich ist *Kofor* am wichtigsten, und gerade der fehlt hier. Dennoch, dies ist die Sonnenseite und auch die *Apatheke* ist in der Nähe." Svetozar begleitete ihre Schlussworte mit zustimmendem Murmeln.

Endlich war der Besuch weg. Sie gingen ohne ein Wort. Lepava verließ entschlossen die Wohnung, als hätte jemand sie beleidigt, ihr Mann trottete brav hinter ihr her.

„Also, wenn diese beiden hier einziehen, Gnade uns Gott!", sagte Riki, nachdem sie weg waren.

„Vielleicht bekommen sie ein besseres Angebot", sagte Branka darauf.

„Ich fürchte, das wird nicht der Fall sein", meinte Marko. „Die machen nicht den Eindruck, wichtige Persönlichkeiten zu sein."

„Gott, wie sie stanken!", bemerkte Branka mit einem Seufzer.

„Entsetzlich", sagte Riki. „Ich mache die Fenster auf, um frische Luft reinzulassen."

„Es ist, was es ist!", stellte Marko fest. „Wir haben schon vieles überstanden, so werden wir auch das überstehen."

Nach nur drei Tagen erschienen die Grdićs wieder. Diesmal brachten sie den Bescheid des Volksausschusses der Gemeinde Vračar, Abteilung für Wohnungsangelegenheiten, mit, gemäß dem ihnen als Untermietern das frühere Zimmer von Major Spasić und das Dienstmädchenzimmer zugeteilt sowie die Nutzung der Küche, des Bads, der Toilette und der Durchgang durch das Wohnzimmer genehmigt wurde.

Svetozar Grbić knallte die Papiere auf den Tisch und stieß murmelnd hervor: „Da habt ihr es", während Lepava einen weiteren Anfall kreischender Selbstdarstellung erlitt:

„Sie werden diesen Esstisch wegrücken müssen, Genossin!", sagte sie mit einem strengen Blick zu Branka. „Wir dürfen doch durch das Zimmer gehen, ohne uns vorbeischlängeln zu müssen!"

Ganz verwirrt begann Branka die Stühle wegzurücken, um den Tisch zu verrücken, aber Marko unterbrach sie: „Lass, Brankica, das machen wir später."

Die Hoffnung, dass der üble Geruch der Grdićs bei der ersten Begegnung nur zufällig war, zerschlug sich sofort, denn er verbreitete sich jetzt wieder mit derselben Intensität.

Die Grdićs sollten am Nachmittag des nächsten Tages einziehen. Sofort begannen Marko und Branka die schwereren Möbelstücke, Riki und Inda die kleineren Sachen wegzuschaffen.

„Mama, warum kommen diese Leute zu uns?"

„Es gibt nicht genügend Wohnraum. Irgendwo müssen sie doch unterkommen."

„Und wo waren sie bis jetzt?"

„Auf dem Land."

„Sie hätten dortbleiben sollen. Sie gefallen mir nicht ... Bleiben sie längere Zeit hier?"

„Ich weiß es nicht ... Das weiß niemand."

Bereits einen Tag nach dem Einzug sagte Lepava in offiziellem Ton zu Branka:

„Genossin Branka ... Ich hoffe, es stört Sie nicht, dass ich *itimisiere*, aber da wir zusammenleben werden, wird es so einfacher sein!"

„Gewiss ... gewiss", sagte Branka, wobei sie ein Lachen über Lepavas verrückten Gebrauch der Fremdwörter unterdrücken musste, die sie nie richtig aussprach oder in ihrer richtigen Bedeutung anwendete.

„Ich meine also, dass wir einen Plan für die Benutzung der Küche machen müssen ... Etwa *fifte-fifte* ... Außerdem", fuhr sie in drohendem Ton fort, als hätte Branka ihren noch gar nicht zu Ende ausgesprochenen Vorschlag schon abgelehnt, „brauche ich Platz für mein Geschirr. Ich kann es doch nicht jeden Tag aus dem Zimmer in die Küche tragen!"

„Sie könnten Ihre Kredenz in das Dienstmädchenzimmer stellen", schlug Branka vor.

„Ich denke darüber nach. Vorher muss ich Svetozar ko... kon..."

„Konsultieren", half Branka und beging damit einen großen Fehler, denn Lepava war das peinlich und sie reagierte verärgert.

„Spiel doch nicht die Allwissende, Genossin!", schrie sie, vor Wut in ihren Dialekt verfallend. „Ich weiß das alles sehr genau ... Ich bin schließlich Bildungsfachkraft! In Bogatić habe ich ganze Generationen von Schülern auf den richtigen Weg geführt. Wäre ich bei besserer Gesundheit, würde ich auch jetzt noch voll arbeiten!"

„Verzeihen Sie ... ich wollte nicht ...", flüsterte Branka, die die Stimme der Frau Grdić wie das Rattern eines Maschinengewehrs empfand. Da sie keinen Streit und kein Geschrei weder im Elternhaus noch im Zusammenleben mit Marko gewöhnt war, trafen die Angriffe dieser Art sie ganz heftig. Sie wurde blass, verstummte und begann unkontrolliert zu zittern.

„Also, ich benutze die Küche von zehn bis zwei", entschied Lepava, „und Sie sollten übrigens auf die *Konsumation* des Stroms achten! Mein Mann meint, dass man uns zu viel berechnet hat. Wir denken nicht daran, für Ihre Kilowattstunden aufzukommen!" Daraufhin drehte sie sich um und knallte die Tür hinter sich zu.

Was Branka am Anfang nicht in den Kopf ging, war das sprunghafte Benehmen von Frau Grdić. Manchmal kam sie nachmittags, zu den für die Familie Korać vorgesehenen Stunden in die Küche und begann zu reden, während Branka das Mittagessen für den folgenden Tag vorbereitete, das sie dann in den frühen Morgenstunden zu Ende kochen würde. Steif und manieriert erinnerte Lepava sie an die Heldinnen des Komödienautors Branislav Nušić, die mit „gewählten Worten" nachmachten, was sie für damenhafte Konversation hielten. Sie quälte Branka mit intimsten Details aus ihrem Leben und erzählte von ihrer Ehe mit Svetozar, den sie gegen ihren Willen auf Drängen ihrer Eltern geheiratet hatte, von Kopfschmerzen und Schlaflosigkeit, die sie wohl für vornehm hielt, davon, dass Svetozar keine Kinder haben konnte, von ihrer seit Kindestagen offenkundigen Intelligenz, durch die sie von den anderen Kindern im Dorf abstach, weswegen alle sie hassten, und von anderem mehr. Branka konnte ihr nur mit Mühe folgen, da die monotone Sprache sie müde machte und der Geruch von Schweiß und billigem Parfüm sie betäubte. Gelegentlich schaute sie ungläubig auf ihre aufgedonnerte Untermieterin und deren Hauskleid mit grellen Blumen. Schließlich machte sie die Balkontür auf, atmete frische Luft ein und setzte ihre Arbeit fort. Etwas später fand sie eine Taktik, sich von der geschwätzigen Lepava zu befreien: Wenn sie mehrmals die Küchentür auf- und zumachte, zog Lepava endlich von dannen, verärgert stampfend mit ihren roten Pantoffeln mit Bommeln, die eine Nummer kleiner waren als ihre Füße in dicken Socken.

Schon am nächsten Tag nach solchen freundschaftlichen Begegnungen, die Frau Grdić statt „vis-à-vis" „isa wie" nannte, musste Branka weitaus unangenehmere Auftritte voller Aufgeregtheit und hysterischem Geschrei über sich ergehen lassen, worauf bald wieder „liebenswürdiges Plaudern" folgte.

Frau Grdić verstand es, Branka immer ausfindig zu machen. Riki schloss sich in ihrem Zimmer ein (die Glastür hatte sie jetzt mit Kalk bestrichen) und nähte, Marko saß in seinem Zimmer und tippte, während Frau Grdić ihr Unwesen in der Küche trieb.

Branka sprach ungern über diese tägliche Plage, aber wenn sich abends die Familie im Zimmer der Koraćs, dem einzigen abgeschlossenen Raum, versammelte, brach es doch aus ihr heraus.

„Du wirst dich schon daran gewöhnen, Kleine", beschwichtigte Marko sie.

„Das glaube ich nicht ... Ich habe mich zwar an die Luftangriffe gewöhnt, aber an so etwas kann ich es nie!" Branka hob die Stimme, und Marko ermahnte sie, leise zu sein. Seit die Untermieter da waren, flüsterten sie wieder, sogar Inda hatte sich daran gewöhnt.

„Die Lehrerin war böse, weil ich so leise spreche, dass sie mich kaum versteht", beschwerte sie sich.

„In der Schule darfst du laut sprechen", sagte Riki. „Nur zu Hause müssen wir flüstern."

„Aber warum?"

„Weil Frau Grdić sonst böse wird. Sie sagt, dass sie beide von unserem Lärm nicht schlafen können."

„Schlafen die denn immer? Wir müssen immer flüstern ..."

„Ja", mischte sich Marko ein, „wir feiern den zehnten Jahrestag des Flüsterns. Unsere Sprache ist zu einer Halbsprache geworden ..."

„Das geschieht uns recht! Wir haben uns der Sprache angepasst und sind jetzt nur noch Halbmenschen in einer Halbwelt", stellte Riki fest und lachte lauthals ohne Grund, wohl aus purem Trotz.

„Und erinnert ihr euch an den armen Spasić, der auch ein Grund unseres ständigen Flüsterns war?", sagte Branka. „Wäre er doch jetzt hier anstelle von diesen Unholden!"

„Er war besser", gab Riki zu. „Er besaß nicht die Bosheit der Frau Grdić."

„Der arme Major", fuhr Branka fort, „und die noch ärmere Beka."

„Wie geht es ihr eigentlich?", wollte Riki wissen. „In letzter Zeit kommt sie nur noch selten zu uns."

„Ja, sie lässt sich immer seltener blicken. Sie trauert und wartet und da sie gut erzogen und rücksichtsvoll ist, will sie niemanden, auch mich nicht, mit ihrem Leid belästigen."

„Frag sie, ob sie eine Dreizimmerwohnung, geteilt mit den Grdićs, gegen ihren Rattenkeller tauschen würde", sagte Riki ernst. „Ich würde mich sofort für die Ratten entscheiden. Die brauchen kein Bad, stinken nicht, soviel ich weiß, und haben keine kreischenden Stimmen ... Ich glaube, sie fiepen nur."

„Schrecklich, Tante, ich habe Angst vor Ratten!"

„Hab keine Angst vor Ratten, *querida*, sondern vor Menschen wie den Grdićs."

Am Anfang machten die Grdićs sehr wenig Gebrauch vom Badezimmer. Das war nur logisch, da sie jede Form von Frische und Reinheit verabscheuten. Aber als Lepava merkte, wie gern ihre Mitbewohner diesen Raum aufsuchten, verbrachte sie jeden Tag beinahe eine Stunde dort. Dazu kam noch, dass sie bemüht war, das gerade dann zu tun, wenn die anderen das Bad benötigten. Branka hatte den Eindruck, dass Frau Grdić, müßig und arbeitslos, tagelang die Häufigkeit der Badbenutzung studierte, um diese Stunde genau zu ermitteln. Was sie dort so lange tat, erfuhr Branka nie. Manchmal ging sie mit etwas Wäsche hinein und kam mit gewaschenem Zeug heraus, das sie auf dem Balkon aufhängte, aber meistens hatte sie keine Wäsche dabei und verließ das Bad genauso übelriechend und grell geschminkt, wie sie es betreten hatte.

Wusch Branka im Bad Wäsche in der Zeit, in der Lepava es benutzen wollte, hämmerte diese wie von Sinnen gegen die Tür und brüllte: „Was ist das für eine Art! Hat man nicht einmal Zutritt zum eigenen Bad? Eine Schande und Unverschämtheit ist das! Ich bring Sie vor Gericht, Genossin Korać! Dann wird sich zeigen, wer in diesem Haus und in diesem Land das Sagen hat!"

Branka beeilte sich dann. Oft wrang sie das halb gewaschene Zeug aus und flüchtete durch die zweite Tür ins Schlafzimmer, um ihrer Quälerin zu entgehen. Dort weinte sie sich zunächst aus und ging dann zu Riki, um sich bei ihr zu beklagen.

„Diese Frau ist verrückt, Blanki. Versuche, sie nicht zu hören", tröstete Riki sie.

„Wie soll ich sie nicht hören, wenn sie so laut schreit? Das kann ich am wenigsten ertragen. Sofort denke ich an das Brüllen der Gestapo-Leute ... an die Sirenen ... an das Ganze unter den Deutschen! Ich schweige dann und zittere, dabei möchte ich ihr alles Mögliche an den Kopf werfen!"

„Der werde ich es ein für alle Mal zeigen", stieß Riki durch die Zähne hervor. Branka flehte sie an, sich nicht einzumischen, denn „wer weiß, was Grdić bei Gericht für eine Rolle spielt, es könnte für uns noch schlimmer werden, du weißt doch, wie ausfällig du sein kannst."

So ging es jeden Tag außer manchmal sonntags, wenn Frau Grdić, die sonst untätig zu Hause saß, mit ihrem Mann einen Spaziergang oder einen Ausflug machte.

Ach, diese Sontagsseligkeit, seufzte Branka, diese Ruhe im Heim, das nur dann diesen Namen tragen konnte. Sonst war ihre Wohnung nur ein Provisorium, ein Kerker, eine Folterkammer.

Nicht nur, dass Branka ihre Mitbewohnerin mied und sich vor ihr versteckte, sie öffnete und schloss abwechselnd Fenster und Türen, damit es nicht einmal für eine Sekunde zu dem „mörderischen" Durchzug kam. Bald beherrschte sie diesen verrückten Tanz bis zur Perfektion und wusste, wie viel Luft ihre Familie brauchte, ohne Lepavas Aufmerksamkeit zu erregen, die einem Spürhund gleich jede frische Brise witterte.

„Was machst du da immerfort?", fragte Marko, der Brankas Umherrennen in der Wohnung nicht verstand.

„Frag mich nicht! Hast du Luft zum Atmen?"

„Ja."

„Stinkt es?"

„Nein."

„Na, dann weißt du, was ich tue."

Im März, als Schneematsch die Belgrader Bürgersteige bedeckte, bemerkte Branka auf den Klobrillen der beiden Toiletten Spuren von schmutzigen Schuhen. Sie konnte sich keinen Reim darauf machen, daher wischte sie den Dreck weg und schwieg. Eines Tages beklagte sie sich doch bei Rikica. Nach kurzer Überlegung schlug sich diese mit der Hand gegen die Stirn und begann zu lachen.

„Ich weiß, was das ist! Nicht umsonst habe ich drei Jahre in Grbavče verbracht! ‚Plumpsklo' heißt des Rätsels Lösung. Die Menschen auf dem Land setzen sich nicht auf die Klobrille, sondern stellen sich drauf!"

Bei der ersten Gelegenheit, als sie Frau Grdić „gut gelaunt" antraf, wagte Branka es, eine Andeutung zum Gebrauch der Toilette zu machen. Schon am nächsten Tag stellte sie mit Zufriedenheit fest, dass es keine Schmutzspuren mehr gab. Die Rache für die erlittene Erniedrigung folgte indes in einer ganz ungewöhnlichen Form: Seitdem brachte Frau Grdić langsamen Schrittes einen mit einem Stück Pappe zugedeckten Nachttopf hinaus, wofür sie just die Augenblicke wählte, wenn jemand von der Familie, deren Besucher oder Rikicas Kunden im Wohnzimmer saßen. Die Zeugen dieser Szenen taten so, als sähen sie nicht, was deutlich zu sehen war: Frau Grdić im Morgenmantel aus Satin schritt feierlich durch den Raum, den Nachttopf hoch vor sich hertragend. Man kam nie dahinter, ob der Nachttopf voll oder leer war. Nachdem sich das mehrmals wiederholt hatte, bat man die Besucher gleich in Rikicas oder Markos Zimmer. Übrigens, sobald es dunkel wurde, benutzten die Grdićs die Toilette nicht mehr. So waren sie es wohl vom Land her gewöhnt, wo man das Haus verlassen musste, um auf die Toilette zu gehen.

Als schwer an *Anomalie* und *Turboflebitis* Erkrankte hielt Frau Grdić es nicht für nötig, auch nur einmal einen der gemeinsamen Räume sauber zu machen. Dafür putzte Branka hinter ihr und ihrem Mann her. Als sie einmal kniend den Boden des großen Wohnzimmers schrubbte und Frau Grdić sie beschimpfte, weil sie die Tür offen gelassen habe, damit sie „am Durchzug zugrunde geht", stürzte Riki ins Zimmer. Ihre großen Augen funkelten vor Wut. Sie schrie so laut, dass Frau Grdić zusammenzuckte.

„Genug! Halten Sie Ihr dreckiges Maul, Sie wertlose Person! Sie sind nicht einmal den alten Lumpen wert, mit dem meine Schwester *euren* Dreck wegwischt! Und die Tür müsste man nicht ständig aufmachen, wenn ihr nicht so abscheulich stinken würdet! Ihr Eindringlinge!" Rikica brüllte aus vollem Hals und fuchtelte dabei mit dem Stock, den sie immer öfter als Stütze benötigte. „Meine Schwester muss heute zwar schrubben und in Lumpen gehen, aber Sie bleiben, was Sie immer waren: ein *primitiver Niemand!*"

„Das werden Sie noch bereuen!", stammelte Frau Grdić verlegen. „Ich bringe dich vors Gericht! Vors Gericht!" Im Zorn verfiel sie ins Duzen, was sie noch mehr verärgerte. „Ihr denkt, vornehm zu sein! Ihr heruntergekommene Bourgeois!"

„Das mögen wir sein, aber Sie sind verkommene Menschen!", erwiderte Riki, packte Branka an der Hand und schlug die Tür so heftig zu, dass drei Glasscheiben aus der Fassung herausfielen und zerbrachen.

Um sich zu beruhigen, trank Riki einen Schnaps, Branka aber fiel ins Bett und erbrach sich den ganzen Nachmittag. Zum ersten Mal sah Inda ihre Mutter krank. Seit dem Tag musste Branka darauf achten, was sie, vor allem abends, aß. Oft ging sie nachts, wenn niemand sie hörte, ins Bad und übergab sich. Als sie sich endlich von Doktor Božović untersuchen ließ, stellte er fest, dass ihr „die Galle hochkam", verschrieb ihr Medikamente und Tees und riet ihr, sich möglichst wenig aufzuregen.

Nach Rikis Angriff trat eine nie dagewesene Ruhe ein. Die Stille störte nur der Košava-Wind, der die alte Linde peitschte und ihre Äste gegen die Fensterscheiben schlagen ließ. Aber das war nur eine kurze Pause vor dem nächsten Sturm in Form von unbändigem Kreischen wegen des Durchzugs, des Parkettknarrens, des Wäschewaschens, der Küchenbenutzung und „verächtlichen Räusperns", dessen Frau Grdić ihre Nachbarn beschuldigte.

Am Ende beschloss Marko, mit Herrn Grdić zu sprechen. Branka war dagegen, weil sie wusste, dass sich ihr Mann nur umsonst aufregen würde. Marko versuchte es dennoch. Er schilderte Herrn Grdić ruhig die Lage und empfahl ihm, seine Frau zur Raison zu bringen. Doch dessen undeutlicher Antwort entnahm er nur einen drohenden Ton. Klar vernehmen konnte er nur die Worte: „Das werden wir vor Gericht klären!"

In der Tat traf bald eine Vorladung ein mit der Angabe von Zeit und Ort, wo Riki Sálom zu erscheinen hatte.

Inda hatten sie bis zuletzt nichts darvon gesagt, weil sie sie am Ende des zweiten Schuljahres nicht beunruhigen wollten. Inda konnte schon immer keine Szenen in der Familie ertragen. War sie zufällig zu Hause, wenn Frau Grdić ihre Anfälle bekam, lief sie ins Zimmer, nahm die alte Puppe Estera in den Arm und wartete zusammengekauert in einer Ecke, bis das Geschrei abebbte.

Die sorgevollen, schlaflosen Nächte vor dem Prozess setzten der Familie sehr zu. Erschöpft und mit dunklen Ringen unter den Augen begaben sich alle drei zum Gericht. Dort mussten sie stundenlang warten, weil es Hunderte ähnliche und noch viel schlimmere Fälle gab. Denn die Menschen, die zum Zusammenleben gezwungen waren, begannen, von seltenen Ausnahmen abgesehen, einander zu hassen.

Branka fragte sich, wie lange sie noch diese Plage würde ertragen müssen. Sie hatte Angst, es könnte zu lange dauern. Eine große Müdigkeit hatte sie erfasst. Es genügte ein Augenblick der Schwäche und ihr kamen alle erlittenen Qualen hoch, als wollten sie ihr zu verstehen geben, dass es kein wirkliches Vergessen gibt.

Endlich wurde Rikica aufgerufen.

„Haben Sie die Genossin Grdić einen Eindringling und einen Niemand genannt?", fragte der Richter. Er hob seinen Blick und ließ ihn auf Rikicas rundem Gesicht ruhen. Ihre aparte Erscheinung unterschied sie von der grauen Masse der Kläger und Angeklagten, die er jeden Tag vor sich sah.

„Das habe ich", antwortete sie laut und energisch. Angewidert von dem weinerlichen und konsternierten Gesichtsausdruck der Grdić wiederholte sie: „Das habe ich! Ich habe gesagt, dass sie ein Eindringling und ein Niemand ist." Die Mitbewohnerin fasste sich dramatisch an die Brust, Ricki fuhr jedoch fort: „Davon, dass sie ein Eindringling und ein Niemand ist, bin ich völlig überzeugt, die Gründe kann ich Ihnen gern erläutern!"

Sich das Lächeln verkneifend, wies der Richter sie darauf hin, dass sie die Beleidigungen nicht widerholen müsse und erlaubte ihr dann, den Vorfall zu schildern.

„... Menschen wie diese", beendete Riki ihre Ausführung mit einer Bemerkung Dušans über die Grdićs, „sind der Unglücksfall der Revolution. Kommunisten und Revolutionäre sind sie nur mit Worten."

„Ich verlangte von Ihnen nicht die Meinung über sie", sagte der Richter, nachdem er aufmerksam zugehört hatte.

„Eine Schande, Genosse Richter", schrie Lepava auf. „Wie wagt es nur diese ... diese Genossin, so vor dem Volksgericht zu sprechen! *Ich* soll der Unglücksfall der Revolution sein? Gott bew... ähm ... ich meine ... *Ich, ich,* die ich schon seit zwei Jahren die Schriften des

Fünften Kongresses studiere, an dem 2.344 Delegierte teilnahmen und dessen Referate ich alle auswendig kenne ... Jawohl! Sie können mich ruhig abfragen! ... Auch die Namen aller 43 gewählten ZK-Mitgliedern, ganz zu schweigen von ..."

„Genossin Grdić!", unterbrach der Richter sie, „haben Sie noch etwas im Zusammenhang mit Ihrer Klage vorzubringen?"

„Klage?" Die aufgebrachte Lepava hielt inne.

„Also nein", stellte der Richter fest und erklärte dann, dass er Riki bei allem Respekt für ihr freimütiges Geständnis bestrafen müsse, auch wenn er begreife, dass ihr Handeln „im Affekt" durch die gegebenen Umstände hervorgerufen worden sei.

„Sagen Sie, Genossin Sálom", sagte er am Schluss, „was tun Sie beruflich?"

„Das steht doch geschrieben ... Ich bin Modistin, mache Hüte für das Nationaltheater."

„Waren Sie das immer schon?"

„Nein. Wäre ich geblieben, was ich vorher war, säße ich jetzt nicht hier ... Statt mich auszufragen und zu bestrafen, würde man mir Beifall spenden."

„Wieso?"

„Weil ich tanzen würde ..."

„Ach so, Tänzerin!"

„Nein, Ballerina ... Klassisches Ballett."

„Ich verstehe", entgegnete der junge Richter, als wäre ihm endlich etwas klar geworden.

Inda wartete auf dem Balkon. Die Eltern und die Tante näherten sich langsamen Schrittes. Riki gestützt auf ihrem Gehstock, Marko auf die kleine, aber stabile Branka. Inda bemerkte, wie schwer ihr Vater lief und, obwohl noch ein Kind, verspürte sie in diesem unvergesslichen Moment eine tiefe Unruhe und Unsicherheit. Ohne zu wissen warum, brach sie in Tränen aus. Es war, als hätte sie soeben sein ganzes Unglück, den Verlust, die Enttäuschung und die schwere Krankheit begriffen, von denen er nie sprach.

Riki musste nur eine geringe Geldstrafe bezahlen, aber dass sie bestraft wurde, bestärkte Lepava Grdić darin, noch frecher zu werden. Gerichtsprozesse genoss sie fast genauso wie das Drangsalieren ihrer Mitbewohner. In den nächsten Monaten folgten daher noch drei Klagen.

Einen Rechtsanwalt konnten sie sich nicht leisten, denn ihr letztes Geld ging mit der Reparatur der kaputten Zimmerdecke drauf. In

Indas Erinnerung an die Mitbewohner prägten sich diese Gerichtsprozesse für immer ein: Mutters blasses Gesicht, Vaters Schweigen und der Zorn der Tante.

Die erste Klage dieser Reihe betraf Markos „absichtliches Anrempeln der Genossin Lepava". Normalerweise hätte Marko diese ungeheuerliche Erfindung kaltgelassen. Aber mit den Lebensumständen ändert sich auch der Blickwinkel. Die Zeit zwischen den Vorladungen und dem Erscheinen vor dem Gericht verbrachte er zwischen Ohnmacht und Wut, Bangen und Aufbegehren, wobei er alles mit seinem Schweigen zudeckte. Ihm schien, das Reden würde ihn verrückt machen, denn die Vernunft könne schlecht mit dem Irrsinn diskutieren.

In einer nebeligen und noch frischen Morgenstunde spritzte er sich eine größere Dosis Insulin als gewöhnlich und begab sich zum Gericht. Der Morgen verwandelte sich langsam in einen heißen, schweren, schwülen Tag. Branka blieb aufgeregt zu Hause, denn er hatte ihr Angebot, ihn zu begleiten, ausgeschlagen. Sie ging auf den Balkon. Die glühenden Sonnenstrahlen durchdrangen die zitternde Luft. Sie suchte Schutz unter einem Schatten spendenden Ast der Linde. Das war ihre Zone des Friedens, ihr schattiges Reich, das sich jedem feindlichen Griff entzog. Ohne ihn abzubrechen, fächerte sie sich mit einem kleinen Zweig Luft zu. Branka dachte über Marko nach, auf den sie wieder wartete, jetzt anders als in den jungen Jahren, anders als während des Krieges oder unmittelbar danach. Jeder Lebensabschnitt bescherte ihr eine andere Art des Wartens. Alles war im Wandel begriffen. Die Veränderung war die einzige Konstante ... ihre Liebe zu Marko aber war seit dreißig Jahren so wie nach der ersten Begegnung.

Sie kannte Frauen, die bereit waren mit einem Mann zu leben, den sie nicht liebten. Einmal den Status der Ehefrau erlangt, begründeten sie das Aufrechterhalten des unliebsamen Zustands mit den Kindern, mit der Gewohnheit oder mit dem „baldigen" Altwerden. Deren Zeit verging in Unzufriedenheit, und blickten sie einmal zurück, so stellten sie fest, dass sie schon immer unglücklich gewesen waren und ihr Leben umsonst gelebt hatten. Trotz aller Schwierigkeiten schaute Branka mit Freude auf ihre Vergangenheit zurück und kam zum Schluss, dass sie, selbst wenn sie könnte, es nicht anders machen würde. Markos tiefe Zuneigung hatte sie zwar nur langsam gewonnen, aber jetzt war sie unerschütterlich; er war zwar verschlossen geblieben, aber nicht ihr gegenüber; patriarchalisch und steif war er noch immer, jedoch nie kleinlich. Seinen Anstand und seine Redlichkeit würde sie für alle Reichtümer dieser Welt nicht missen wollen.

Um die Mittagszeit erblickte sie Marko an der Ecke Njegoševa- und Belgrader-Straße.

„Es ist gut ausgegangen!", rief sie ins Zimmer hinein. „Er hat mir gewinkt und zugelächelt."

„Gottseidank!", entgegnete Riki froh.

Zu dritt empfingen sie ihn an der Tür.

„Es gibt doch noch Gerechtigkeit auf dieser Welt", sagte Marko und ließ sich in den Sessel fallen. „Man hat mich freigesprochen."

„Und das, obwohl unser Mitbewohner beim Gericht ist?", wunderte sich Branka.

„Ja. Der Richter schaute uns nur an und wusste sofort, dass es um dummes Zeug ging ... Diese Leute haben doch ihre Erfahrung ... Dann folgten alle Formalitäten, aber ich hatte das Gefühl, ich werde nicht bestraft. Und jetzt, Brankica, bring schnell etwas zu essen oder noch besser einen Kaffee mit viel Zucker ... sonst bekomme ich noch einen diabetischen Schock!"

Die nächsten zwei Schläge galten Branka. Beschuldigt, „jeden Nachmittag absichtlich die Küche zu lüften, damit der heftige Durchzug der Frau Grdić die Tür vor der Nase zuschlägt" und „die Wäsche in der Badewanne zu waschen", begab sich Branka frühmorgens zum Gericht, nachdem sie von nächtlicher Übelkeit erschöpft, mit zittriger Hand mühsam ein Glas Wasser mit Zucker zum Mund geführt hatte. Marko wollte sie beschützen, trösten, beruhigen, wusste aber nicht wie. Beide Male, während er sie auf dem schon bekannten Weg begleitete, fühlte er, wie sein Rücken sich unter der Ohnmacht krümmte.

Branka wurde von beiden Klagen freigesprochen. Während der zweiten, sehr kurzen Verhandlung wandte sich der Richter mit einer einzigen Frage an Frau Grdić: „Wo sonst, wenn nicht in der Badewanne, soll sie die Wäsche waschen?" Branka brauchte nichts zu sagen. Vor Gericht zu sprechen, fiel ihr am allerschwersten. Ein großer Kloß im Hals hinderte sie das auszusprechen, was sie während der schlaflosen Nächte geübt hatte. Im Unterschied zu ihr schüttelte ihre boshafte Kontrahentin alles geradezu aus dem Ärmel:

„Genosse Richter, *ich will Ihnen alles erklären. Ich bin Bildungsfachkraft* und wie Sie wissen, sind die Bildungsfachkräfte die *fundamentale Säule* der Bildung. Die ganze neue, *futuristische Zukunft* hängt von uns ab ..."

„Genossin Grdić, kommen Sie bitte zur Sache."
„Aber sicher. Seien wir *ökonomisch und kumulativ* ..."
Am Ende der zweiten Verhandlung bekam Lepava Grdić wegen der unbegründeten Klage sogar einen Verweis.

Einige Wochen herrschte Ruhe in der Wohnung. Das absichtliche Zuschlagen der Türe wurde seltener. Aber nicht lange. Eines Nachmittags, in der Zeit, in der den Koraćs die Küchenbenützung zustand, kam Lepava Grdić leise herein. Branka erzitterte wie jedes Mal.

„Frau Branka", begann sie mit weinerlicher Stimme, „ich bitte Sie um Verzeihung. Wissen Sie, ich bin sehr nervös, es ist mir, als würde ich jeden Augenblick einen *Infrakt* bekommen ... Und der Meine sitzt nur da wie ein ägyptischer Pharao und will niemanden sehen ... Ich habe keine Freunde, mit denen ich reden kann ... Er ist eigentlich nicht schlecht ... In Gedanken ist er seiner Genossin, das heißt mir, treu! Er ist nur ängstlich ... er hatte nie den Nerv für eine revolutionäre Aktion, sonst hätte er es wer weiß wie weit gebracht. Sie müssen wissen, ich bin eine sehr kranke Frau." Die vollschlanke Frau Grdić strotzte vor unverbrauchter Kraft. „Wenn Sie nur wüssten, wie dieser Unglückselige mich geschlagen hat! Oje, oje! Als wir noch in Bogatić waren, musste ich durch das Fenster fliehen, um von ihm nicht umgebracht zu werden. Das waren schreckliche *Träumata*! Davon bin ich auf nervlicher Basis krank geworden. Er hat es aber an der Lunge ... Deshalb muss er Knoblauch essen. Der Arzt hat ihm gesagt, der Knoblauch ist gesund und hilft gegen Tuberkulose."

Schweigend hackte Branka Zwiebel klein, ihre Tränen tropften auf das Schneidebrett. Sie wusste selbst nicht, ob das wegen der beißend scharfen Zwiebeln, aus Selbstmitleid oder sogar wegen dieser bedauerlichen Frau war, die sich nach Kräften bemühte, etwas zu sein, was sie nicht war. Die Tränen rannen ohne Unterlass, ohne zu versiegen, als seien sie ewig. Branka beweinte das allgemeine Elend und ihre persönliche Erniedrigung, deren Ursache in der gemeinschaftlichen Wohnung lag. Kein Ausweg, keine Lösung war in Sicht.

Sie glaubte kein Wort von Lepavas Geschichte über ihren furchterregenden Mann, es war wahrscheinlicher, dass sie ihn drängte, all diese unmöglichen Klagen zu verfassen, denn schwerfällig und ungeschickt wie er war, wäre er selbst nie auf solche Ideen gekommen. Branka verstand Frau Grdić einfach nicht. Bisher dachte sie, sie verstünde die Menschen, akzeptierte das Gute und suchte eine Rechtfertigung für das Schlechte in ihnen. Frau Grdić blieb ihr jedoch unbegreiflich. Sie gehörte nirgendwohin, passte zu nichts. Branka fühlte sich von ihr verfolgt und bemühte sich deshalb, ihrem Verhalten auf den Grund zu kommen. Hätte sie mit ihr nicht zusammenleben müssen, hätte sie sie einfach lächerlich gefunden.

Dieses Mal schöpfte sie die Hoffnung, Lepavas Vertraulichkeit leite eine Wende in ihrer künftigen Beziehung ein.

„Du hoffst umsonst, Blanki", sagte Rikica, „das ist nur eine Feuerpause wie so viele bisher, in der sie neue Kraft schöpft ... Du kennst doch den alten sephardischen Spruch: *Lu que negro nasí nunca s'inderecha,* Was schlecht geboren wurde, wird nie gut. Ich weiß nicht, was du da verstehen willst. Sie ist im Grunde eine böse Frau, die in sich das Primitive, die Kenntnis der neuen Möglichkeiten im jetzigen System, aber auch die vage Ahnung der eigenen Unzulänglichkeit vereint, weswegen sie unzufrieden ist und einen Hass auf uns hat."

„Warum auf uns? Was haben wir ihr getan?"

„Wer kann das wissen! Vielleicht, weil wir so sind, wie wir sind, weil wir in ihrer Nähe sind, weil wir keinen Schutz und keine Rückendeckung haben ... Es gibt nichts Schlimmeres, als wenn ein primitiver Mensch Macht verspürt. Mag sein, dass sie, obwohl wir arm sind, unseren inneren Reichtum ahnt, nach dem sie sich unbewusst sehnt. Mag sein, dass sie in uns die Reste einer Welt sieht, die nachzuahmen sie nicht imstande ist, und dass sie sich deshalb an uns rächt ... Obwohl wir jämmerliche Reste dieser Welt sind, würde sie sich gern bei uns einnisten."

„Und vielleicht stimmt nichts von alledem", mischte sich Marko ein, der später zu ihnen stieß. „Wie sich die Welt verändert hat! Erinnerst du dich, Brankica, an die wunderbaren Bauern ..."

„Natürlich", unterbrach ihn Branka. „Hochgewachsen, stattlich und stolz, das zu sein, was sie waren, sauber, mit blütenweißen Hemden ... Oft trafen wir sie auf der Fahrt nach Mostar ..."

„Ja, das waren noch Menschen mit einer schönen Sprache und ehrlichen Gedanken. Wir Serben sind übrigens meist bäuerlicher Herkunft, oft in erster, aber ganz sicher in der zweiten und dritten Generation."

„Aber Marko", mischte sich Rikica ein, „hier geht es nicht um eine bäuerliche Herkunft, sondern um Primitivität der schlimmsten Art."

Da kam Inda ins Zimmer, mit ihrem Zeugnis winkend. „Ich habe lauter Einser, nur in Gymnastik nicht!", rief sie aus und warf sich ihrer Mutter in die Arme.

„*Muy buenu, fijiquia!* Sehr gut, mein Kind! Ich wusste, dass du eine Musterschülerin wirst!"

„Hauptsache, du bestehst die Klasse", sagte Marko. „Später fragt keiner, ob du lauter Einser oder Zweier hattest. Im Leben werden menschliche Werte anders bemessen als in der Schule."

Riki stand feierlich auf, öffnete den Schrank, nahm ein Paket daraus und sagte: „Das ist ein Geschenk von uns Dreien zu deinem Schulerfolg! Komm, *querida*, die Tante will dir einen Kuss geben!"

„Ach wie schön!", rief Inda aus, als sie den schwarzen Schulkittel mit einem weißen Spitzenkragen erblickte. „Meiner wird der schönste sein ... Danke, liebe Tante!"

Marko umarmte sie glücklich und für einen Moment seine Sorgen vergessend.

Solche Augenblicke gaben ihnen die Kraft zu überleben.

In dieser kurzen Feuerpause im ständigen Kampf mit den Mitbewohnern kam Riki auf die großartige Idee, das Wohnzimmer zu unterteilen. Dadurch würden sie wenigstens optisch die Grdićs loswerden und die neugierige Lepava von den zerbrochenen Glasscheiben in Rikicas Zimmertür fernhalten, durch die sie schamlos lugte und lauschte. Riki schlug vor, an die alten Theken aus ihrem Modesalon senkrecht Bretter anzubringen und die Samtvorhänge aus ihrer ehemaligen Wohnung dazwischen zu spannen. Marko und Branka waren sofort dafür, Marko erhielt auf die Schnelle auch das Einverständnis von Svetozar Grdić.

Aus Angst, dieser könnte unter Lepavas Druck seine Meinung ändern, wurden am nächsten Tag mit Hilfe zweier Lastenträger die schweren Möbelstücke vom Dachboden heruntergeholt, man schnitt den Samt zu und baute eine Trennwand auf, die zwar nicht bis zur Zimmerdecke reichte, aber vorbeigehende Personen verdeckte. Anstelle einer Tür ließen sie einen schmalen Durchgang offen und verschlossen ihn mit einem Vorhang.

Diese „Trennung" verunstaltete zwar die Wohnung, aber zu jener Zeit und in jener Situation scherte sich keiner um die Ästhetik. Das Gefühl, sich von den Mitbewohnern entfernt zu haben, erschien wie eine Rettung und ließ sie froh aufatmen.

★

Riki nahm Inda oft zu Generalproben mit, für die sie Freikarten bekam. Inda gefielen die Ballettvorstellungen so sehr, dass sie sogar bereit gewesen wäre, dafür die Schule zu schwänzen, was sie sonst um nichts auf der Welt getan hätte. Endlich sah sie auch „Schwanensee", das wichtigste Ballettstück in der Geschichte ihrer Familie, bei dem zu Tschaikowskys Musik ihre liebe Tante gestürzt war und sich die Hüfte verletzt hatte.

Eines Morgens lief Inda zur Tür, weil ein bekannter Tänzer des Belgrader Balletts, den sie gern im normalen Leben sehen wollte, zur Hutanprobe erwartet wurde.

Statt des Tänzers standen vor der Tür zwei Männer in dunklen Ledermänteln, die nicht im Entferntesten Theaterleuten ähnelten. Vor Überraschung hätte sie ihnen beinahe die Tür vor der Nase zugeknallt, aber der eine von ihnen hielt geschickt den Fuß dagegen.

„Wart' mal, Kleine! Wohnt hier Riki Sa..., wie heißt sie, verdammt noch mal?"

„Ja...aaa", stotterte Inda und lief in Rikicas Zimmer. Die Männer betraten das Wohnzimmer und blieben erstaunt vor der Samtkonstruktion stehen. Als Riki hörte, dass Männer in Ledermänteln nach ihr fragten, verdüsterte sich ihr Gesicht. Ohne vom Sofa aufzustehen, bat sie Inda, sie zu ihr zu bringen. Da sie gewöhnt waren, Räume unaufgefordert zu betreten, wären die Männer bereits da gewesen, hätten sie sich nicht in den Vorhängen verheddert.

„Bitteschön!", sagte Inda zu ihnen und lief in die Küche, um ihrer Mama von dem Besuch zu berichten. Die bekreuzigte sich murmelnd: „*Siñor dil Mundu ayúdanus, t'arrogu*, Großer Gott, hilf uns, ich bitte dich darum." Inda legte ihr die Arme um die Taille und so gingen sie ins Wohnzimmer und lauschten.

„Doch, Genossin, das musst du", hörte man eine männliche Stimme sagen.

„Nein, Genosse, das muss ich nicht!", schrie Rikica. „Sie sehen doch, dass ich krank bin. Ich kann nicht einmal aufstehen! Nur tot bringen Sie mich von hier weg!"

„Auch das ist leicht zu regeln", sagte lachend der Ledermantelmann. „Warum kannst du nicht ins abgetrennte Zimmer ziehen und dieses den beiden Genossinnen überlassen? Dir würde kein Zacken aus der Krone fallen!"

„Weder gehe ich ins Wohnzimmer, noch kommt jemand anderes hier rein!"

„Du bist ganz schön hochnäsig", meldete sich die andere Stimme. „Das ist nicht gut. Das sind Überreste bourgeoisen Benehmens. Das zieht heute nicht mehr! Du wirst noch mit Handkuss von hier verschwinden!"

„Vor dem Krieg war ich Ballerina, jetzt arbeite ich als Modistin, also war ich nie eine Bourgeoise. Ich will und kann nicht weg von hier. Und was das Verschwinden anbetrifft, so bitte ich *Sie*, das zu tun!"

„Was du nicht sagst", versetzte der erste irritiert, gewann aber bald wieder die Fassung und sagte: „Du kannst noch so viel erzählen, aber nächste Woche ziehen zwei Genossinnen in dieses Zimmer ein und dich kriegen wir notfalls mit Gewalt raus!"

„Das werden wir noch sehen! Wir sind schon zu sechst hier! Jetzt gehen Sie! *Aber schnell!*"

Branka beeilte sich, die Wohnungstür hinter den beiden zu schließen, da kam gerade Dragu die Treppe hoch.

Als Branka mit ihm hereinkam, war Riki schon aufgestanden und zog ihr Hauskleid aus.

„Was tun wir jetzt?", jammerte Branka. „Möchtest du etwas Wasser mit Zucker?"

„Nein, das nicht! Was ich brauche, ist eine Pistole, um diese Banditen umzulegen! Die schmeißen mich hier nicht raus, so wahr ich Riki Sálom heiße, das sage ich euch! Ich gehe bis zur höchsten Instanz ... Ich beschwere mich im Büro des Marschalls!"

„Moment mal, was ist passiert?", mischte sich Dragu ein. „Was haben die Ledermäntel gesagt? Die sahen aus wie diese Genossen, die den Auftrag haben, Tschetniks zu jagen, aber da du kein Tschetnik bist, wollen sie jetzt wahrscheinlich jemanden bei euch einquartieren."

„So ist es! Und zwar in dieses mein armseliges und einziges Zimmer mit der kaputten Glastür! Und wo soll ich wohnen? Etwa in einem Nest in unserer Linde! Das ist ihnen völlig egal. Diese Schweine ... Aber ich will nicht die Schweine beleidigen, das sind nützliche Tiere!"

„Kämpfe, Rikčić, gib dich nicht geschlagen! Geh auf die Barrikaden! Zeig ihnen die Zähne!", feuerte Dragu sie an. „Hier, als Ansporn habe ich ad hoc ein Liedchen für dich verfasst: Stoizismus, Kommunismus, das sind der Stücke zwei! Zwei. Zwei? Oder doch eins?", trällerte er. „Das erste hasse ich, das zweite dulde ich, trallalalala!"

Riki lachte, nahm ihr Kleid aus dem Schrank und lief ins Bad, um sich zurechtzumachen. Dort stieß sie auf Frau Grdić. Da Riki nicht angeklopft und Lepava sich nicht eingesperrt hatte, schlug letztere gleich Krach: „Was ist das für eine Art! Wie wagen Sie es nur?"

„Marsch hinaus!", brüllte Riki sie so laut an, dass sich Lepava tatsächlich ohne ein Wort zurückzog.

„*Hermaniquia*, Schwesterherz, beruhige dich, bitte!", wiederholte Branka. „Warum wartest du nicht, bis Marko kommt? Du weißt, er sagt immer, man solle eine Sache überschlafen, am nächsten Morgen sei man klüger. Vielleicht könnte Dušan dir helfen?"

„Nein, er wird mir nicht helfen, weil ich ihn nicht darum bitten werde. Ich möchte nicht in seiner Schuld stehen. Außerdem mag er nicht außerhalb seines Bereichs intervenieren, zumal zugunsten seiner ... Freundin ... das bin ich wohl für ihn! *Ich will nicht warten, ich will mich nicht beruhigen und Schluss!* Ich muss sofort etwas unternehmen, ich weiß auch schon, was. Wenn ich es nicht sofort tue, ziehen die zwei Hexen nächste Woche in mein Zimmer ein!"

„Aber was willst du unternehmen?"

„Ich gehe direkt zum Büro von Moša Pijade. Wir kennen uns noch aus der Zeit vor dem Krieg. Er wird mir helfen. Er wird es tun müssen!"

„Er ist Vizepräsident des jugoslawischen Parlaments", sagte Dragu und pfiff durch die Zähne.

„*Tristi di mi!*, Du meine Güte! Und wie willst du zu ihm gelangen?"

„Zu Fuß."

„Wo sitzt er?"

„Ich weiß es nicht, aber ich werde es schon herausfinden. Zuerst gehe ich zum Königspalast, dem ehemaligen ..."

„Das ist er noch immer!", warf Dragu ein.

„Dort bekomme ich Auskunft! Wenn wir eine Volksregierung haben, dann muss das Volk, das heißt ich, an seine Oberen herankommen können. Ich gehe zu ihm, und man wird mich nicht einmal mit einem Gewehr verjagen!"

„Ich komme mit", sagte Branka.

„Nein, ich gehe besser alleine ... Mach dir keine Sorgen, rufe nur beim Theater an, dass ich die Probe aufschiebe."

„Ich werde dir die ganze Zeit die Daumen drücken", sagte Dragu. „Da ich in erster Linie mit der Zunge und nicht mit den Händen arbeite, wird niemandem dadurch ein Schaden entstehen", meinte er und ging mit Rikica weg.

Da brach Branka in Tränen aus.

„Nicht weinen, Mama!", flüsterte ihr Inda zu. „Die können Tante Riki nicht hinausschmeißen. Sie war doch schon immer bei uns, nicht wahr?"

„*Ah, querida, no mi dimandis nada ... Solu vamus arrugar al Dio qui la Riki topi a Moša.* Ach, meine Liebe, frag mich nicht ... Beten wir zu Gott, dass Riki Moša findet."

„Warum will sie gerade zu ihm?"

„Weil er sehr einflussreich und auch ein Jude ist."

„Ein Jude?"

„Ja, wie wir: Tante Riki, ich, Tante Nina und noch viele andere, die du nicht kennst, Klara, Elijas, Isak, die verstorbene Tante Buka, *buen mundu tenga*, sie möge in Frieden ruhen."

„Auch meine Oma Estera?"

„*Siguru*, natürlich! Erinnerst du dich an die Geschichten über Spanien, die ich dir erzählte, als du ganz klein warst? Über ein Volk, das seine Heimat verlassen musste und lange in der Welt umherirrte, bis es sich endlich in Bosnien niederließ."

„Ja, ich erinnere mich."

„Das ist die wahre Geschichte über deine Ur-, Ur-, Urgroßeltern."

„Und was bin ich dann?"

„Nach deinem Vater bist du eine Serbin, nach deiner Mutter eine Jüdin."

„Und was bin ich mehr?"

„Für die Serben bist du mehr eine Serbin, weil bei ihnen der Vater für die Bestimmung der Herkunft wichtig ist, und für die Juden bist du mehr eine Jüdin, weil bei ihnen für die Herkunft ausschließlich die Mutter zählt."

„Seltsam ... Und wie weiß man, dass jemand ein Jude ist?"

„*Todu sta aquí, andgeliquiu*, alles ist hier, mein Engel!", sagte Branka und zeigte auf das Herz. „Einmal wirst du spüren, wer und was du bist. Man ist, was man zu sein fühlt."

„Ich bin eine Serbin, in Belgrad und in Jugoslawien geboren!", entgegnete Inda ernst, als wollte sie ihre Identität bekräftigen.

„So ist es, meine Inda, so ist es. Alles Übrige kommt später."

Am frühen Nachmittag kam Riki müde, aber zufrieden nach Hause. Sie legte sich sofort auf das Sofa, Branka brachte ihr ein Kissen, um sie zu stützen und Tee mit Zitronenextrakt. Alle drei warteten gespannt auf ihre Geschichte.

„Ihr werdet es nicht glauben, aber das Präsidium des Volksparlaments, also auch das Büro von Moša Pijade, befindet sich gerade dort, wo ich es aufs Geratewohl vermutet hatte: im ehemaligen Königspalast!" Dann nahm sie eine dramatische Haltung ein: „In dieser hektischen Zeit, da alle voller Wichtigkeit irgendwohin eilen, kam ich aufgeregt und erhitzt, wie ich war, überall durch. Und je näher man der Spitze kommt, umso liebenswürdiger werden die Menschen. Um es kurz zu machen: Ich erreichte das Büro von Moša Pijade und fand mich dort Auge in Auge mit seiner persönlichen Sekretärin. Sie gefiel mir auf Anhieb: Klein, dunkelhaarig, mit großen Ringen unter den Augen könnte sie eine von uns sein. Das ist sie aber nicht, ich hab sie gefragt. Moša sei nicht in Belgrad, komme erst übermorgen zurück, deshalb versprach Smiljka – so heißt sie –, mir einen Termin für überübermorgen zu geben. Ich berichtete ihr, worum es ging und dass ich ihren Chef von früher kenne ... Offenbar hatte sie nicht viel zu tun, denn sie bestellte einen Kaffee, einen echten, und so kamen wir ins Gespräch. Ihre Eltern sind alteingesessene Belgrader. Sie würden mich bestimmt kennen, weil sie vor dem Krieg oft ins Theater gingen. Ihr Vater war Rechtsanwalt, ihre Mutter Französischlehrerin. Smiljka hat offenbar den ganzen Krieg bei den Partisanen verbracht. Vielleicht wirkt sie deshalb müde und krank, obwohl sie sehr jung, fast noch ein Mädchen ist. Sie ist sympathisch, außerdem kann sie uns helfen. Deshalb lud ich sie zu uns zum Kaffee ein, aber dann verbesserte ich mich und sagte zu einem Tee oder zu einem Schnaps oder zu sonst was. Sie sagte ‚zu einer Unterhaltung', denn die brauche sie am meisten."

„Du würdest sogar eine Marmorstatue bezirzen", stellte Branka fest. „Hoffentlich hilft uns das!"

„Doch", sagte Marko, „Riki hat ein gutes Gespür für Menschen."

„*Buenas cuentas, mijores echas*, gut gerechnet, noch besser verwirklicht", fügte Branka hinzu. „Siehst du, Inda, die Menschen helfen einem, und zwar oft gerade die, von denen man das am wenigsten erwartet. Deshalb sollte man immer Gutes tun, denn das bekommt man auf die eine oder andere Weise zurück."

„Das ist deine Theorie des Gleichgewichts", sagte Marko lächelnd.

„Nicht meine, das war die Theorie von Mama Estera. Ihr Spruch *Faźi bien no miris cun quen!* Tue Gutes, egal wem! hat sich im Leben als richtig erwiesen."

„Würdest du auch der Frau Stinkić helfen?", fragte Inda, Rikicas Spitzname für die Mitbewohner übernehmend.

„Wenn sie in große Not geriete, ja!"
„Ich aber nicht, selbst wenn sie dabei wäre zu verrecken!", sagte Riki voller Zorn. „Darin, Inda, unterscheiden wir uns, deine Mutter und ich: Sie liebt alle Menschen, ich nur einzelne."

Wie versprochen, meldete sich Smiljka Krstić am übernächsten Tag bei Riki und teilte ihr mit, dass sie am Mittag des folgenden Tages einen Termin bei dem Genossen Pijade habe.
Riki fuhr leicht mit dem Rest ihres halbvertrockneten, schon etwas ranzigen Lippenstifts über die Lippen, strich ihre Haarlocken glatt und kämmte ihre dichten, regelmäßigen Augenbrauen. Sie war auf ihre eigene ungewöhnliche und auffallende Art schön.
„Jetzt habe ich mich herausgeputzt wie ein alter Fiaker!"
„Alter?", protestierte Branka.
„Jung sind die Gesunden! Servus!", rief Riki ihr im Weggehen zu.
Branka blieb allein zu Hause. Inda war bei Adrijana, Marko am Bahnhof. Auch Frau Grdić war nicht zu hören. Branka ging aufgeregt auf und ab und fand schließlich Ruhe auf dem Balkon unter den Lindenzweigen. Sie hing ihren Gedanken nach und dabei fiel ihr ein, dass es Donnerstag war, seit kurzem der einzige Tag in der Woche, an dem Marko am Nachmittag mit Freude Préférance spielte. Das begann, als in die fünfte Etage Balša und Erna Popović mit ihrem Sohn einzogen. So bekamen Marko und sein Vetter Pero Korać den „ständigen dritten Mann" beim Kartenspiel, und Branka und Riki eine weitere angenehme Bekannte. Erna war eine aschkenasische Jüdin aus Zemun, die mit Riki aus der Vorkriegszeit bekannt war und sie während der Okkupation Belgrads besuchte, bevor sie nach Grbavče floh. Seitdem hatten sie sich aus den Augen verloren, bis die Popovićs zufällig in die Njegoševa-Straße 17 zogen. Branka mochte sie gern. Erna erzählte ihr viel über die Hausbewohner, die Branka, ganz mit ihrer Familie beschäftigt, selten sah. Sie verriet ihr auch die Herkunft der Grdićs. Als Lepava nämlich erfuhr, dass Balša Psychiater war, begann sie Erna zu verfolgen und sich ihr, wie sie einmal sagte *„aus professoralen Gründen"* anzuvertrauen. Erna war bereit, ihren langweiligen Bekenntnissen zuzuhören, um dies ihrem Mann zu ersparen, der Lepava wie die Pest mied.
„Sie ist die Tochter eines Dorfgendarmen", sagte Erna einmal. „Als seinem einzigen Kind ermöglichte er ihr die Ausbildung zur Lehrerin und fädelte die Ehe mit dem Grdić ein, der vor dem Krieg die

‚wichtige' Rolle des Gerichtsvollziehers spielte. Das sind jene miesen Typen, die in den Dörfern Menschen aufsuchen, die Steuern hinterzogen oder ihre Schulden nicht bezahlten, und eine Liste der zu pfändenden Sachen erstellen ... Vom Krieg spricht sie nicht viel. Sie sagte, sie hätten ihn ‚im Mauseloch' verbracht, was auch immer das heißen mag. Die beiden gehören zu der Sorte Menschen ohne Moral und Haltung, die sich instinktiv immer und überall zurechtfinden. Während mein Balša in der Gefangenschaft dahinmoderte und mein Vater und der ältere Bruder in Dachau ihr Leben aushauchten, verhielten sie sich still, um sich, nachdem alles vorbei war, auf die Siegerseite zu schlagen ... Gleich nach der Befreiung immatrikulierte sich Grdić an der juristischen Fakultät und absolvierte das Studium im Schnellverfahren. Da begann Lepava, sich seine und ihre Wichtigkeit einzubilden, obwohl er eigentlich nur ein Büroschreiberling ist ..."

Branka dankte Erna für ihr Vertrauen, worauf diese sagte: „Aber deine geschwätzige Untermieterin lässt mir keine Luft zum Atmen. Manchmal denke ich, dass sie wirklich einen Psychiater braucht oder eher eine ordentliche Ohrfeige ... Solche Menschen respektieren nur die Macht, das sage ich dir!"

Die Macht, der Streit, das Recht des Stärkeren! Wird es denn immer so weiter gehen, fragte sich Branka, die grünen Lindenblätter streichelnd. Um von den Gedanken an die Grdićs abzukommen, zwang sie sich, an den Préférance-Liebhaber Pero Korać zu denken, den ehemaligen Richter in Sarajevo, der die bosnische Hauptstadt wie sie wegen der Ustascha verlassen hatte, um nie wieder dorthin zurückzukehren. Er war ein lustiger, immer zu Scherzen aufgelegter Kerl, der behauptete, kleine Mädchen seien der süßeste Teil der Menschheit, bis sie in die Pubertät kämen, die gerade seine einzige Tochter Marta durchmachte.

In der Zeit unmittelbar nach dem Krieg schenkte ihnen Pero neben Dragu seltene Augenblicke der Freude und der Zerstreuung. Branka vergaß nie den Morgen, an dem Pero stockbetrunken auftauchte. Er schwankte und torkelte, redete mit schwerer Zunge, rülpste laut und lachte ohne Anlass. Branka wurde verlegen, setzte ihn in einen Sessel und lief zu Rikica, um sie „zu konsultieren". Kaum hatte sie „*Pero sta burracho*, Pero ist betrunken" gesagt, als er erschien – aufrecht und sicher auf den Beinen, ganz und gar nüchtern, sich vor Lachen den Bauch haltend.

„Ich dachte, sie wird mir sofort einen Kaffee machen, aber damit hatte ich wohl an die falsche Tür geklopft, denn unsere rechtschaffene Brankica weiß nicht, was man einem Besoffenen anbieten muss, damit er nüchtern wird. Und so blieb ich, armer Tropf, ohne Kaffee!"

Branka erinnerte sich, wie er einmal die kleine Inda auf den Schoß nahm und ihr erzählte: „Der Kalenić-Markt heißt so, weil er einem Onkel Kalenić mit einem gaaanz dicken Bauch gehört! Dorthin kommen weiße Schafe und übersäen den ganzen Markt mit ihren Köteln ... Ich zeige dir das einmal!"

Inda bat Pero jeden Tag, sie dorthin zu bringen, bis er es tat. Natürlich sahen sie kein einziges weißes Schaf und auch die Schafköteln nicht. Gar nicht verlegen erklärte Pero, sie hätten sich im Tag geirrt, dieser sei den Enten und den Hühnern vorbehalten.

Branka lächelte.

In dem Augenblick klingelte es an der Tür. Branka staunte, denn vor sich sah sie die hagere Gestalt von Markos Vetter Pero Korać.

„Unmöglich!", rief sie aus. „Soeben dachte ich an dich!"

„Warum wunderst du dich? Du behauptest doch selbst, den sechsten Sinn zu haben. Aber ich finde dich heute etwas blass im Gesicht."

Branka erzählte ihm die Geschichte mit Riki. Während sie den Kaffee aufbrühte, kam Inda nach Hause. Pero nahm ein großes Paket aus seiner Tasche, sprang auf und rief:

„Mädchen-Liebchen, ich habe dir ein Geschenk mitgebracht. Wenn du mich fängst, gehört es dir!"

Sie rannten hintereinander her, wobei sie die Stühle umwarfen, sich in Vorhängen und Decken verhedderten. Schließlich erwischte Inda ihn am Sakko, das sie um ein Haar zerriss. Nun machte sie sich ungeduldig daran, das Geschenk auszupacken. Im ersten Paket steckte ein anderes, in ihm noch eines und dann noch eines. Mit jedem weiteren Paket wuchs ihre Aufregung und erreichte den Gipfel, als sie in der letzten Schachtel einen Matrosen aus Holz mit großer Pfeife fand. Inda war hingerissen. Ihre Begeisterung für das Spielzeug rührte daher, dass sie nie welches besessen hatte.

„Dieser Seemann heißt Popeye", erklärte Pero. „Es ist auf allen Meeren gewesen, aber gesund und stark geblieben ... Rate mal, warum!"

„Weil er Spinat gegessen hat!", antwortete Inda stolz.

Da kam Marko nach Hause. Als er den Popeye sah, blieb er stehen, nahm ihn in die Hand und betrachtete ihn. „Woher hast du ihn?", fragte er gedankenverloren.

„Onkel Pero hat ihn *mir* geschenkt!", antwortete Inda stolz.

„Richtig!", bestätigte Pero. „Er kam mit der Sonderpost aus Sarajevo extra für Inda. Anton hat ihn irgendwo gefunden und meiner Marta geschickt, aber ich beschloss, ihn Inda zu bringen."

„Er stand jahrelang im Schaufenster von ‚Neretva' und war am Strom angeschlossen ... Da qualmte er aus der Pfeife und nickte mit dem Kopf zur großen Freude der Kinder ... Ich hatte ihn vor langer Zeit in Wien gekauft."

Inda wollte etwas sagen, blieb aber still.

„Spiel doch mit Popeye", fuhr Marko zerstreut fort. „Was sonst soll man mit der Vergangenheit anstellen?"

„Und wir", sagte Pero ernst und traurig, „wir sind jetzt wie Popeye: nicht angeschlossen." Dann stand er auf: „Also, heute um fünf ... Hoffentlich verspielen wir unseren Reichtum nicht!"

Bald darauf kam Riki zufrieden zurück. In allen Einzelheiten berichtete sie über ihren Besuch. Moša Pijade hatte sie gleich erkannt. Nachdem er sich ihr Problem angehört hatte, erklärte er, dass „in diesen unruhigen Zeiten des Aufbaus und der Festigung der Volksmacht sich Unregelmäßigkeiten einschleichen können". Er bedauerte, dass Belgrad durch ihren tragischen Sturz „ein derartiges Balletttalent verloren" habe und verurteilte die damalige Intendanz des Nationaltheaters, die sie ohne finanzielle Mittel, sozusagen auf der Straße gelassen habe. Er erinnerte sich an ihre Scherze, mit denen sie „auch die traurigsten Gefangenen dieses obszönen politischen Bordells – der damaligen Hauptstadt – zu erheitern wusste." Am Ende versprach er, „alles zu tun, damit unsere Ballerina in ihrem Zimmer bleiben kann".

Sie atmeten auf, aber nicht ganz. Trotz des Versprechens des hohen Funktionärs bangten sie, ohne es zuzugeben. Bei jedem unerwarteten Klingeln an der Tür stockte ihnen der Atem. Aber wie von hoher Stelle versprochen, kam niemand, um ihnen die paar Quadratmeter Lebensraum zu nehmen. Riki hatte ihre kleine, aber wichtige Schlacht gewonnen.

Wie ihr Chef hielt auch Smiljka ihr Versprechen und kam Rikica oft besuchen. Anfangs rief sie vorher an, später kam sie auch unangemeldet. Sie unterhielten sich in den Nachmittagsstunden, während Riki die Hüte nähte. Vormittags kam Smiljka, selbst wenn sie frei hatte, nicht gern, weil dann die Opernstars in der Wohnung ein und aus gingen. Während Inda die Begegnungen mit Čangalović, Pivnički und der Frau Miladinović liebte, ging Smiljka ihnen aus dem Wege.

Sie suchte das Zwiegespräch. Sie hatte endlich die Person gefunden, der sie sich anvertrauen konnte. Riki erklärte diese schnelle Freundschaft mit Smiljkas ungewöhnlicher Situation. Hin- und hergerissen zwischen den konservativen Eltern, denen sie ihre Überzeugung nicht offenbaren konnte, ohne Streit heraufzubeschwören, und den Kriegskameraden und anderen Freunden, vor denen sie sich nicht traute, von ihrer Verbundenheit zum reaktionären Vorkriegsmilieu ihrer Eltern zu erzählen, fand sie in Rikica die Person, die irgendwo dazwischen stand. Riki war eine Mischung aus der Welt, der ihre Eltern angehörten, und aus der neuen Zeit, in der sie sich einigermaßen zurechtgefunden hatte, in der sie arbeitete und lebte. Als Teilnehmerin, Augenzeugin und Opfer beider Epochen kritisierte Riki beide auf ihre unmittelbare und geistreiche Weise. Das war für Smiljka nach den schweren Kriegsjahren ein Trost, der heilsamer war als eine Kur und wichtiger als Bequemlichkeit.

„Du steckst einen mit deinem Lachen an ...", pflegte sie fröhlich zu sagen. „Ich kann wieder Tränen lachen wie früher!"

Für Rikica war Smiljka interessant, weil sie von ihr Kriegsfakten erfuhr, von denen Dušan nicht reden wollte. „Ich soll vom Tod erzählen, vom widerlichen Geruch des Blutes, von Hunger und Erschöpfung? Davon weißt du selbst genug", lautete seine Reaktion.

„Ich weiß, wie es bei mir war, aber nicht bei dir", sagte sie ihm einmal. „Der Geruch des Blutes unterscheidet sich je nach dem, wofür es vergossen wird, der Hunger und die Erschöpfung je nach dem, warum man sie erleidet ... Ja, nicht einmal der Tod ist immer derselbe."

Aber Dušan blieb bei seiner Meinung. Da er nur gegen den Feind und ohne bestimmte politische Überzeugung in den Kampf gezogen war, konnte er ihr nicht den Glauben der Belgrader Vorkriegsjugend an den Kommunismus erklären, zu der Smiljka gehörte.

„Was waren das für Zeiten", erinnerte sie sich. „Die geheimen Treffen der kommunistischen Jugend, zu denen ich ging, nachdem ich mich aus der Wohnung gestohlen hatte, damit mein Vater es nicht mitbekam ... Und erst die nächtliche Lektüre des ‚Kapitals'! Das Buch hielt ich unter dem Bett versteckt ... Diese ganze Konspiration ... Es war viel Romantik dabei."

„Wann haben deine Eltern es erfahren?"

„Unmittelbar vor dem Krieg, obwohl sie es schon länger geahnt hatten. Ich erinnere mich daran, als wäre es gestern gewesen. Wir sprachen über Rade Smiljanić, einen bekannten Kommunisten, der mir damals sehr gefiel. Mein Vater schimpfte über ihn und meinte, meine backfischartige Bewunderung für diesen gerade examinierten Philosophiestudenten sei völlig sinnlos, ich solle es mir gut überlegen, denn Philosophieren, Kokettieren mit dem Kommunismus und leeres Politisieren genüge nicht, eine Familie zu ernähren und erst recht nicht, Gold zu kaufen ... Und Gold müsse man besorgen in diesen unruhigen Zeiten, da der Nordwind schon den beißenden Rauch des Krieges und das Rasseln der Waffen mit sich führe ... Ja, genau das hat er gesagt. Papa konnte sich schon immer schön ausdrücken."

„Berufskrankheit!", scherzte Riki.

„Freilich ... ‚Wieder werden die Serben sterben', sagte er. Ich hielt dagegen, dass im kommenden Krieg alle, nicht nur die Handvoll seiner Landsleute aus der Šumadija sterben würden, und wies darauf hin, nicht die Nationalität sei wichtig, sondern die Klassenzugehörigkeit und die politische Überzeugung ... Darauf wurde er sehr böse. ‚Unsinn', donnerte er los. ‚Alle führen Kriege und sterben, aber am meisten die Serben! Niemand tut es so intensiv wie wir, mein liebes Fräulein, welches sich den hochtrabenden sozialistischen Ideen verschworen hat und deshalb das in den bisherigen Kriegen vergossene serbische Blut nicht schätzt! Du würdigst nicht einmal, was man dir bisher ermöglicht hat. Ich möchte dich gern sehen ohne schöne Kleider, ohne das warme Bett, den reich gedeckten Tisch und die so verpönte bürgerliche Behaglichkeit, in der du groß geworden bist!' Ich blieb ohne Worte, verblüfft, weil ich dachte, er wüsste nicht Bescheid. Aber er, wahrscheinlich durch meine Verwunderung und mein Schweigen weich geworden, hob nur siegreich seinen Zeigefinger, strich mir übers Haar und sagte, ich solle nie vergessen, dass er auf jahrzehntelange Erfahrung als Rechtsanwalt und – was noch wichtiger sei – auf seine Lebenserfahrung zurückblicken könne. Wenn ich diese zweite erlangte, würde ich auch die Kunst der Selbsterkenntnis beherrschen, die ich, wie er sagte, sehr nötig hätte."

„Und dabei blieb es?"

„Ja, sicher weil er überzeugt war, meine linken Ideen seien nur eine vorübergehende Kaprize. Er konnte nicht ahnen, wie sehr ich an die Revolution glaubte, an die Idee, das ausbeuterische System zu stürzen und die Zustände in Jugoslawien zu ändern, die damals nicht gut waren."

„Gegen Ende waren sie es in der Tat nicht."

„Dann kam der sechste April. Das Bombardement haben wir alle überlebt, aber zwei dreistöckige Häuser meines Vaters wurden zerstört, dem Erdboden gleichgemacht, als hätte es sie nie gegeben. Für ihn war das ein schrecklicher Schlag, er hatte viel Arbeit und Geld investiert, und innerhalb weniger Minuten war alles dahin. Einerseits tat mir mein Vater leid, andererseits war ich froh über diesen Verlust, denn die Häuser waren der sichtbare Beweis seiner Klassenzugehörigkeit ... Mir schien, als sei mein Vater für seine Untaten bestraft worden!"

„Dummes Zeug!"

„Nein, das war kein dummes Zeug! Du kannst dir nicht den Glauben der jungen Menschen an den Bolschewismus vorstellen, unseren Stolz, zur fortschrittlichen Masse der Arbeiter zu gehören ... Die Freude und die Ungeduld, mit der wir dem Kampf für eine bessere sozialistische Zukunft nach sowjetischem Muster entgegenfieberten. Keinen Augenblick zweifelten wir daran, dass wir uns auf dem einzig richtigen und ehrlichen Wege befanden ..."

„Trotz Stalin und seinem Henker Wyschinski? Trotz der schamlosen Säuberungen und grotesken Schauprozesse? Du brauchst nur an Kamenew, Sinowjew, Bucharin, Trotzki zu denken!"

„Wir haben Stalin vergöttert, und wenn man jemanden blind liebt ..."

„... findet man immer eine Entschuldigung, weil man sie finden will."

„Nein, schon wieder liegst du falsch. Wir haben keine Entschuldigung gesucht, weil ein Gerechter sie gar nicht braucht."

„Das ist mir jetzt völlig unbegreiflich! Das heißt, niemand von euch zweifelte? Niemand fragte sich, ob die alten Revolutionäre vielleicht verleumdet wurden?"

„Vielleicht tat das eine Handvoll Opportunisten, aber sie wurden gleich zum Schweigen gebracht."

„Und ihr habt seelenruhig, reinen jugendlichen Herzens dem verbrecherischen Machtkampf und dem Sieg der Lüge und des Bösen zugestimmt? Weißt du was, für mich ist das eine Indoktrinierung und Verbohrtheit wie bei den Jesuiten!"

„Nein, das war nur der Glaube an eine Idee, die das Menschengeschlecht retten sollte."

„Die sind am gefährlichsten, weil sie ein unmögliches Ziel haben."

„Aber, Riki, du musst begreifen, dass es sogar unwichtig war, wer recht oder unrecht hatte, weil das Ziel die Mittel heiligte, und unser Ziel erreichte den Gipfel der Menschlichkeit: die Gleichheit aller Menschen ..."

„Und in deren Namen bist du ohne mit der Wimper zu zucken weggegangen, hast deine Eltern ohne Bedauern und Rücksicht verlassen. Du hast dich nicht gefragt, wie ihnen zumute war. Sie hatten ja ihre einzige Tochter verloren, das Kind, das sie immer mit Zärtlichkeiten überschüttet hatten ..."

„Ja, es galt, mit dem Kult der Familie zu brechen, den die bürgerliche Gesellschaft begründet hatte. Übrigens, Opfer waren unumgänglich, das Interesse der Allgemeinheit stand über dem persönlichen Interesse, unsere Überzeugung war wichtiger als jede einzelne Liebe ..."

„Ausgenommen die für die Partei?"

„Diese Liebe bedeutete den Sieg des Sozialismus als die einzige Lösung für die Menschheit! Damit bin ich in den Kampf gezogen und aus ihm auch hervorgegangen. Das ist immerhin wichtiger ..."

„Aber dabei hast du, natürlich," unterbrach Riki sie wieder, „völlig die Frage ausgeklammert, wer dich bis dahin ernährt, dir körperliche und geistige Fähigkeit geschenkt und die Kraft gegeben hat, die Welt zu verändern?"

„Das stimmt. Manchmal schämte ich mich ... oder besser gesagt bedauerte ich es, dass mein Vater kein armer Mann war, ein Fabrikarbeiter oder ein Revolutionär und Gefangener statt ein Bourgeois und Reaktionär."

„Und ein sorgender Vater, guter Ehemann und ehrlicher Rechtsanwalt."

„Damals sah ich in ihm nur einen Vertreter der Unterdrückerklasse. Über Geld, das Essen und die Familienliebe hatte ich wenig nachgedacht, weil die Probleme des Alltags automatisch gelöst würden, wenn die Revolution siegte und alles in die Hände des Volkes überginge."

„Bravo! Und die hat weiß Gott gesiegt!"

„Ja, aber dafür mussten wir bluten", entgegnete Smiljka und stieß einen tiefen Seufzer aus. Vor Erschöpfung verdüsterte sich ihre Miene. Riki fragte, ob sie krank sei.

„Nein, nur müde, schrecklich müde." Sie schloss die Augen, als würde sie gleich einschlafen, fuhr aber leise fort: „Du kannst dir diese Märsche nicht vorstellen ... Du schreitest, aber du bist nicht ganz bei Sinnen, du torkelst, schwebst ... Harte Kämpfer kippen wie gefällte Bäume um, andere helfen ihnen aufzustehen, falls sie selbst noch die Kraft dazu haben. Und wir aus der Sanitätsabteilung kümmern uns um die Verwundeten ... Man sieht diese armen, leidgeprüften

Menschen, aber man kann ihnen nicht helfen, es fehlt an allem ... Alle hungern. Das war die Sutjeska-Schlacht ... Einen Monat lang. Sie schien ein Jahrhundert lang zu dauern!"

„Wo wart ihr überall?"

„In den Wäldern im Dreiländereck zwischen Bosnien, Montenegro und Serbien. Nirgendwo Licht, weder in der Nacht noch am Tag im Urwald, wohin es uns wie durch einen Fluch der Ahnen verschlagen hatte. Und die Deutschen überall: vor uns, hinter uns, auf beiden Seiten ... Ich fürchtete sie nicht, ich fürchtete nichts. Vor Hunger und Müdigkeit vergisst man die Angst."

„Ich weiß ... Am schwersten ist es, aus dem bequemen Sessel in den Tod zu gehen ..."

„Genau!" Smiljka öffnete die Augen. „Wenn einem so schwer ist, dass der Tod als Rettung erscheint, hat man vor ihm keine Angst mehr. Und doch, der Selbsterhaltungstrieb funktioniert und du bist im ständigen Konflikt: Ein Teil von dir sehnt sich nach dem Ende, der andere kämpft weiter, lässt nicht locker ... Wir schlachteten Pferde und Maultiere ... Schließlich wurden wir auf nur wenige Kilometer zusammengetrieben. Ich weiß nicht wie, aber uns gelang der Durchbruch in Richtung Bosnien, wir eroberten Kladanj und Olovo. Die proletarischen Einheiten bekamen den Befehl, nach Metochien und weiter nach Serbien zu marschieren. Ich kann mich gut erinnern: Man befahl uns, die großen Kochkessel und die schweren Waffen zurückzulassen. Wir nahmen nur Gewehre und Munition mit. Wegen dieser Kochkessel dachte ich, wir seien alle zum Tode verurteilt, weil nur die Toten kein Essen brauchen ... Und die Deutschen hörten nicht auf, uns zu bombardieren. Hast du je das Stöhnen des Waldes gehört, wenn die Bomben fallen? Hundertjährige Bäume werden mit einem solchen Knall gespalten, als bebe die Erdkruste und zerfalle unter deinen Füßen, die Luft zittert vom Druck, die Trommelfelle platzen und kein Schutz nirgendwo ..."

„Smiljka, du solltest dich lieber nicht daran erinnern", unterbrach Riki sie.

„Doch, ich will dir alles erzählen, damit du unser Opfer verstehst und uns glaubst ..."

„Ich habe nie gezweifelt, dass ..."

„... aber die Bomben kommen und gehen, während die Erschöpfung, die Ohnmacht, der Hunger bleiben, dabei musst du auch noch marschieren ... Du musst! Die Dalmatiner aßen Schnecken. Die sammelten sie in Säcken, die sie auf dem Rücken schleppten. Die schleimigen Schnecken krochen heraus über ihre Militärmäntel. Ich sah das, hatte aber keine Kraft, ihnen zu sagen, dass ihr Abendessen weg sei. Für jedes Wort brauchte man so viel Kraft wie für einen Schritt ... Ich lief und schlief dabei, bis ich neben dem Weg umfiel. Ich hatte das Glück, dass mich jedes Mal jemand erkannte und wachrüttelte. Wenn dich ein unbekannter Kämpfer sieht, bist du verloren, denn er wird dich bestimmt nicht wecken und schleppen ..."

„Wieso?", wunderte sich Riki.

„Man weiß nicht, ob der am Boden Liegende schon tot ist, und keiner überprüft die vielen Leiber, die am Wegesrand liegen. Die meisten waren tot ... gestorben an Typhus, vor Erschöpfung oder durch die Kugeln."

„Eine wahre Hölle."

„Schimmer noch! Und dabei mussten wir ständig kämpfen, uns verteidigen. Die Deutschen schmissen tagsüber Flugblätter ab, auf denen sie uns aufforderten, uns zu ergeben, denn wir seien umzingelt und es gebe keine Rettung ... Und nachts beschossen sie uns mit Leuchtspurmunition. Die psychologische Wirkung war verheerend: Stell dir einen Regen von Lichtern vor. Jeder dieser leuchtenden Streifen bringt den Tod, jeder ist gegen deine Brust, deinen Kopf, deinen Bauch gerichtet ... Ich hatte Angst, am Bauch getroffen zu werden, weil man dann langsam und unter Qualen stirbt. Tagsüber war es besser: Man sah keine Kugeln, man hörte nur ihr Pfeifen. Die Kugel, die man hört, trifft nicht. Das hatte ich schon in den ersten Kämpfen gelernt."

Halbausgestreckt auf dem Sofa änderte Smiljka ihre Lage. Sie lächelte. „Mit mir zusammen war auch eine Landsmännin von dir, eine wackere Bosnierin. Sie hat mir das Leben gerettet. Einen so zähen Menschen hatte ich noch nie getroffen: Ich liege am Wegesrand, sie geht an mir vorbei, kommt zurück, packt mich fest und brüllt mich an: ‚Steh auf, du Jammerfrau! Die Deutschen dürfen dich nicht lebend erwischen!' Sie rüttelte mich wach und half mir auf die Beine ... Dabei dröhnte mein Kopf und ich hatte nur einen Gedanken: schlafen, schlafen auch im Tod, aber schlafen. Die Bosnierin, ich weiß nicht mehr, wie sie hieß, ließ aber nicht locker. Wahrscheinlich kannte sie die Hoffnungslosigkeit nicht, die mich mürbe und fertig machte ..."

„Die Bosnier sind in der Tat nicht zu verachten! Wie du siehst, gibt es noch bessere Exemplare als mich. Und was geschah mit ihr weiter?"

„Ich weiß nicht ... Gegen Ende hatte ich das Gedächtnis verloren. Ich konnte mich an nichts mehr erinnern. Als ich aus diesem Albtraum aufwachte, konnte ich mich nur mit Mühe an meinen eigenen Namen erinnern, schon die Namen meiner Eltern wusste ich nicht mehr ... Später kam irgendwie alles wieder an seinen Platz."

Nach Smiljkas Geschichten beurteilte Riki das eigene Leid mit einem anderen Maßstab und stellte fest, dass, obwohl das eigene immer als das größte erscheint, auch das Leid anderer zu beachten ist. Sie bewunderte die Tapferkeit dieser jungen Frau und respektierte ihren aufrichtigen Glauben an den Sieg des Guten über das Böse in der neuen Wirklichkeit. Wie könnte man ihr klarmachen, dass sie sich irrte? Riki brachte es nicht übers Herz, ihr die Gründe für ihre Kritik so scharf und zynisch darzulegen, wie sie das in den Gesprächen mit Dušan tat. Manchmal fragte sie sich, ob sie nicht übertrieb mit der Verurteilung dessen, was die postrevolutionäre Zeit mit sich gebracht hatte. Sie konnte viele Gründe und Rechtfertigungen nicht verstehen, die Smiljka so leicht und selbstbewusst vortrug und die sie versuchte, auf ihre und Markos Erfahrungen sowie auf Erfahrungen vieler anderer anzuwenden, die schuldlos erniedrigt, verurteilt und beseitigt worden waren durch denselben Sozialismus, auf den Smiljka so stolz war, durch dieselbe Partei, der Smiljka sich so bedingungslos verschrieben hatte.

Werden die Opfer nie die Sonne sehen, fragte sich Riki. Und muss es sie denn immer geben? Hatte das historische Ungeheuer während des Krieges nicht schon genug Blut Unschuldiger getrunken? Muss denn jede Epoche Menschen fressen, statt sie zu liebkosen? Sie suchte nach Antworten. Deshalb saugte sie die Bekenntnisse ihrer neuen Freundin, der leidgeprüften Partisanin, ein. Deren Vertrauen erwiderte sie damit, dass sie ihr von den eigenen Erlebnisse berichtete. Auf diese Weise entdeckte Smiljka, wie wenig sie über die Juden und ihr Martyrium wusste.

Heute in Belgrad, dachte Riki, erzählten so wie sie beide Hunderte Personen von *ihren* Kriegsjahren, und jede von ihnen hat *ihre* eigene Sicht des Leidens, *ihre* eigene Version der Wahrheit.

Sie erfuhr auch das Ende der Geschichte. Smiljka war mit den siegenden Partisaneneinheiten nach Belgrad zurückgekehrt. Noch während die Straßenkämpfe tobten, suchte sie unter Lebensgefahr ihre Eltern. Und sie fand sie. Die Eltern, glücklich dass sie am Leben geblieben war, verziehen ihr alles. Dann ging sie an die Syrmische

Front, wurde aber bald nach Belgrad zurückgerufen, um als Belgrader Delegierte am Jugendkongress teilzunehmen. Da sie aus Belgrad stammte, behielt man sie schließlich dort.

„Und was hast du dann getan?", wollte Riki wissen.

„Tag und Nacht Trümmer fortgeräumt! Überall erklangen aus vollem Hals die trotzigen, stolzen Lieder der Sieger! Ich freute mich, ich freute mich von ganzem Herzen ..."

„Und was freute dich so?"

„Alles: der Sieg über den Feind, der Sieg der Revolution und am meisten das Leben ... Zum Entsetzen meiner Mutter, die mir ständig meine alten Kleider geben wollte, trug ich weiterhin die Uniform, stolz auf sie, stolz, dass ich zu den Begründern der neuen Staatsordnung gehörte ..."

„Der allergerechtesten ..."

„Ja, Riki, ja! Ich meldete mich beim Kaderdienst des Zentralkomitees und wurde zur Arbeit im Dritten Rayon abkommandiert. Von den fortschrittlichen Ideen beseelt, schlug ich eines Tages meinem Vater vor, das ihm verbliebene Haus der Partei zu schenken, ich als die einzige Erbin verzichte sowieso darauf. Vater sah mich erstaunt an und fragte: ‚Und was bitteschön hat die Kommunistische Partei mir geschenkt, dass ich ihr jetzt das Haus überlassen soll?' Er war über meinen Vorschlag derart verblüfft, dass ich erst gar nicht versuchte, auf ihn einzureden ... Später wurde das Haus ohnehin verstaatlicht."

Riki erzählte Branka Smiljkas Geschichte, während Marko nur die lustigen Episoden, wie die vom Vater und dem Haus, erfuhr.

„Gut hat er ihr geantwortet", sagte Marko darauf lachend und tippte weiter auf der alten Schreibmaschine. Gebeutelt von Krankheit, Armut, der aussichtslosen Arbeitssuche und wegen seiner Vergangenheit mit vielen Demütigungen konfrontiert, brachte Marko keine Geduld für Smiljkas Geschichten auf, noch hatte er Mitgefühl mit ihr.

„Sie hat mich verwirrt, überrumpelt. Auf alles hat sie eine überzeugende Antwort parat", versuchte Riki einmal mit Marko zu sprechen.

„Wenn du von der Tatsache ausgehst, dass der Kampf um die Macht die stärkste Antriebskraft in der Geschichte der Menschheit ist und seine Opfer unzählig sind, wird dir alles klar werden. Dieses Mal hat der Kommunismus gesiegt", sagte er und verließ das Zimmer, um in Ruhe einen Brief von Saša Poljanski zu lesen.

Der alte Zagreber Fuchs, wie Marko ihn oft nannte, berichtete von einem „erfolgreichen Wechsel vom Fleisch hin zu den Büchern", den er „einen bemerkenswerten Übergang vom abstoßend Körperlichen zum verlockend Geistigen" nannte. Er war nämlich kommerzieller Direktor des Verlags RVI Kroatiens geworden, das sei jedoch noch nicht das Ende seines „direkten Wegs zum Gipfel", denn bald würde er „etwas drehen, um seinen Hintern auf den Direktorensessel der kroatischen Klassenlotterie zu plazieren"!

Marko lachte laut auf. Er schaltete das Radio an, um ein Interview mit seinen geliebten Fußballspielern Beara und Vukas zu hören.

„Es stimmt, alles ändert sich", sagte Smiljka während eines ihrer ausgedehnten Besuche bei Rikica, „aber zum Besseren hin. Merkst du das nicht? Schau, Vera ist soeben weggegangen, um sich die Fertigstellung des Tašmajdan anzuschauen. Stell dir vor! Dort, wo die gefallenen und erschossenen Soldaten verbrannt wurden, entsteht jetzt ein Park, in dem Kinder spielen! Ich sage dir, Belgrad wird eine prachtvolle Stadt werden!"

„Niemals! Bist du denn blind? Merkst du nicht, was da läuft?"

„Nein, was denn?"

„Belgrad wird zur Metropole der Zugewanderten, die dörfliche Sitten und ihre Lebensweise mit sich bringen, während die Handvoll Menschen mit bürgerlicher Tradition vor dem Ansturm der neuen Arbeiterschaft dahinschwindet. Und diese von sich eingenommenen Arbeiter denken im Traum nicht daran, etwas von den ‚Gestrigen' zu lernen, sondern benehmen sich weiter wie gewohnt, halten Hühner in Badezimmern ... Dasselbe geschieht mit den Häusern. Die wenigen schönen und alten, die übrig geblieben sind, wurden von den hässlichen Neubauten verdrängt ..."

„Man musste schnell bauen, ohne sich um die Ästhetik ..."

„Ich weiß, bleibe aber dabei, dass Belgrad sowohl optisch als auch atmosphärisch zu einer gesichtslosen Stadt wird, in der sowohl Menschen als auch Materialien zusammengewürfelt sind."

Rikica wurde von Dušans Eintreffen unterbrochen.

„Schön, dass du gekommen bist", sagte sie erfreut, „so könnt ihr beide euch kennenlernen."

Dušan sah Smiljka an und verstummte, als versuche er, sich an etwas erinnern. „Wir kennen uns", sagte er, „ich weiß nur nicht woher ... es war irgendwo im Krieg ..."

Smiljka lächelte rätselhaft, weil sie sich offenbar ganz gut erinnerte.
„Du bist der Genosse Politiker!"
„So hat man mich genannt", bestätigte er.
„Eine maßlose Übertreibung!", mischte sich Riki ein.
„Aber nein, er wurde so genannt, weil er vor dem Krieg bei der ‚Politika' gearbeitet hatte", erklärte Smiljka. „Übrigens, die Politik war nicht seine Stärke."
„Richtig ... Aber wie sind wir uns begegnet?"
„Ich weiß es! Abgesehen von dem Gedächtnisverlust bei der Sutjeska-Schlacht erinnere ich mich an alles. Manchmal wäre mir lieber, es wäre nicht so."
„Komm schon, verrate mir dein Geheimnis!", rief Riki. „Ich brenne vor Neugierde!"
„Also, das war 1944. Ich war die Delegierte der Zweiten Division, der Politiker der Delegierte der Šumadija. Wir sollten uns alle in Sastavci bei Priboj treffen. Für diese Gelegenheit bekam ich auch ein Pferd! Ich trug die Nase hoch, als wäre ich Kommissarin geworden! Angetan mit einer weißen Weste führte ich mein Pferd am Zügel einen Abhang hinunter. Unten eine Menge Soldaten und mir schien, alle starrten mich an!"
„Jetzt erinnere ich mich! Ich fragte einen Genossen, wer sie sei und woher sie komme. Aus Belgrad, sagte er mir! Ich hatte sofort gespürt, dass sie eine Belgraderin war."
„Komm, komm, keine Ausreden!", lachte Riki. „Du hast dich nach ihr erkundigt, weil sie dir gefiel!"
„Als wir alle versammelt waren", fuhr Smiljka fort, „kam der Befehl, nach Kolašin aufzubrechen. Dort würden sich die Delegierten von Kosovo und Metochien uns anschließen ... Von Priboj nach Kolašin! Als wäre das ein Katzensprung! ... Auch der Politiker hatte ein Pferd. Damals sagte er mir, dass er es schon immer hatte."
Beide sprachen zu Rikica, nicht zueinander.
„Nicht gerade immer, aber oft", sagte Dušan. „Das war eine lange Reise ... Da kamen wir miteinander ins Gespräch."
„Ja. Und er hat sofort den Anführer gespielt ..."
„Im Montenegro herrschte Hunger, erinnerst du dich?", sagte Dušan, endlich zu Smiljka gewandt. „Unfruchtbare Erde, graue Felsen, sonst nichts. Die Engländer warfen uns ab und zu aus Flugzeugen Lebensmittel ab, aber das war viel zu wenig, um so viele Kämpfer satt zu bekommen!"

„Mir fiel es nicht schwer zu hungern, ich war daran schon gewöhnt, aber mein Pferd starb. Ich hatte es an einem Zaun gebunden, er kaute am Holz und fraß es auf ... Ich habe geweint, als wäre mein bester Freund gestorben! Ja, ja ... Damals habe ich mich schäbig benommen. Das einzige Mal während des Krieges und der Revolution. Das gestehe ich nur euch, ihr könnt ruhig über mich richten! Vor Riki habe ich keine Angst, aber ich weiß nicht, was der Genosse Politiker dazu sagen wird!"

„Das hängt vom Ausmaß der Schäbigkeit ab."

„In einem nahegelegenen Dorf lebte die Mutter von jenem Rade Smiljanić, der vor dem Krieg als vorbildlicher Kommunist und Revolutionär galt und in den ich wie alle meine Altersgenossinnen heimlich verliebt war."

„Ich kannte Rade sehr gut. Ein Jammer, dass so ein Mensch kurz vor dem Ende sterben musste ... Er ritt mit zwei Genossen durch noch nicht kontrolliertes Gelände, um vor Bauern eine Rede zu halten. Aus den Bergen kamen Schüsse, eine Kugel traf ihn mitten ins Herz."

„Das weiß ich", sagte Smiljka.

„Ich auch, denn ich war dabei."

„Tatsächlich", entgegnete Smiljka leise und verstummte kurz. „Also, dort lebte seine Mutter. Als wir 1941 zu den Partisanen gingen, erklärte mir Rade, wo das genau war ... Er bat mich, sollte ich jemals in diese Gegend kommen, sie zu besuchen und, was auch immer mit ihm passierte, zu sagen, er sei am Leben. Das Versprechen habe ich gehalten! Aber da begann meine Gemeinheit: Die alte Montenegrinerin bot mir etwas zu essen an, nicht viel, aber für mich war das ein wahrer Schmaus. Sie bestand darauf, dass ich auch am nächsten Tag komme, und gab mir wieder zu essen."

„Ach, deshalb sahst du so gut aus, während wir uns mit ausgehungerten Gesichtern in der Gegend herumschleppten."

„Genosse, ich bekenne mich schuldig!"

„Das bist du, aber es sei dir verziehen", sagte Dušan im Scherz.

Smiljka schwieg nachdenklich. Sie erinnerte sich genau an den Tag, an dem sie von Rades Tod erfuhr. Sie liebte ihn nicht nur wie ein verknallter Backfisch, sondern ernst und tief wie eine erwachsene Frau, was sie ja war, denn das Alter – das wusste sie – bemisst sich nicht nach Lebensjahren, sondern nach der Erfahrung. Er erwiderte ihre Liebe. Sein Tod verband sie noch stärker mit dem Kampf. Sie hatte jetzt nur noch die Revolution und ihre Protagonisten. Die

Eltern würden nach ihrem „Seitenwechsel" nichts mehr von ihr wissen wollen, und Rade gab es nicht mehr. Mit ihm verschwand alle Liebe und Zärtlichkeit aus ihrem Herzen. Es blieben nur die Kriegskameraden und -kameradinnen, aber nicht als Einzelpersonen, sondern als Gruppe. Sie waren ihr einziger Halt. Ihnen vertraute sie, weil sie auf die gleiche Weise wie sie litten und lebten.

Und doch, als sie den hochgewachsenen, schnurrbärtigen „Politiker" erblickte, der gut gebaut, voller Kraft und ernst war, verspürte sie den Wunsch, ihn kennenzulernen. Das war der erste Wunsch dieser Art seit dem fernen Morgen, an dem sie zum ersten Mal Rade sah. Sie erinnerte sich, wie sie wegen Dušan ihr Haar in Ordnung gebracht, das Gesicht gewaschen und sogar ein wenig Wangenrouge aus einem Döschen aufgetragen hatte, das sie sorgfältig aufbewahrt und durch die bosnischen Berge, die vereisten Hochebenen und den glühenden Karst mitgebracht hatte. Während der paar Marschtage und des Aufenthalts in Kolašin lernte Smiljka Dušan als einen ruhigen, aber seltsam gefährlichen Mann kennen, der zornig auf die Besatzer war und vor keiner Gefahr zurückschreckte. Damals wusste sie nicht, dass er Zeuge von Rades Tod werden sollte. Jetzt war ihr, als hätte Rade ihr Dušan geschickt.

Zum Alltag der Familie Korać, in die Riki völlig eingegliedert war, gehörten die Stunden des Mittag- und des Abendessens, zu denen sich alle vier um den Esstisch versammelten. Dann genossen sie Brankas kulinarische Künste und ihr leichtfüßiges Hin- und Herrennen.

Die Nachricht von Stalins Tod erschütterte die Welt, aber nicht diese Familie. Sie hörten lieber Inda zu, die von den Badeanzügen der Esther Williams schwärmte, da sie schon zum dritten Mal den Film „Die badende Venus" gesehen hatte und ständig die serbische Version des Schlagers von Xavier Cugat „Yo te quiero mucho" summte. Oder sie redeten über die Komödie „Die gemeinschaftliche Wohnung" von Dragutin Dobričanin, in der die bittere Wirklichkeit zu einem lustigen Theatererlebnis mit dem Studenten Pepi und den Familien wurde, die sich in den Kellerräumen eines künftigen Gebäudes angesiedelt hatten.

Der einzige Familienkonflikt in diesen schwierigen Jahren entzündete sich an Markos Drängen, das Schlafzimmer aus kaukasischem Nussbaum zu verkaufen. Branka war dagegen und fragte, wo sie dann schlafen sollten, Marko behauptete jedoch, sie könnten gebrauchte Betten billig kaufen und das ersparte Geld für bessere

Ernährung und für Indas Schulbücher ausgeben. Riki mischte sich in diesen Disput nicht ein.

Gerade zu dieser Zeit geschah eines jener Wunder, die einen Familienzwist im Nu wegpusten. Das Wunder kam in Form eines Briefes. Er befand sich zwischen all der Post von Markos jetzigen Auftraggebern und alten Freunden, von Rikicas Bekannten, von näheren und entfernteren Mitgliedern der Familie Sálom. Diese wurden am Esstisch laut und langsam je nachdem, in welcher Sprache sie verfasst waren, von Branka oder Riki vorgelesen. Ninas Briefe auf Spanisch las Branka und übersetzte sie für Marko. Sie bestanden aus mehreren kleingeschriebenen Seiten, die verschiedene Auskünfte über Menschen enthielten, die sie kannten oder auch nicht. Riki verließ manchmal den Raum mit den Worten: „Ihr könnt mir das später verkürzt wiedergeben! Ich habe besseres zu tun, als mir Ninas Gelaber anzuhören!" Wenn Branka des Lesens und des Übersetzens müde war, übernahm Inda zur Freude ihrer Eltern ihre Rolle. In Ninas Briefen war meist die Rede von der „kleinen, armseligen Wohnung in einem umgebauten Stall ehemaliger Dubrovniker Reicher", von Ignjo, seinem Rotwein, seiner angeschlagenen Gesundheit und seinem baldigen Ruhestand. Sie endeten immer mit Gejammer über die getrennte Familie, Ninas Einsamkeit und mit dem Wunsch, „alle ihre *hermaniquias*, liebe Schwestern, um sich zu versammeln, wie einst in Sarajevo".

Der besagte Brief kam im Unterschied zu allen anderen aus dem Ausland. „Aus New York!", rief Branka. „Von Klara! Ja! Das ist ihre Schrift! Du meine Güte!"

Im telegrafischen Stil verfasst, sorgte er in der Familie für große Verwirrung.

„‚Meine lieben Blanki und Marko!'" „Mein Gott, sie weiß gar nicht, dass inzwischen Inda geboren wurde!", sagte Branka und las weiter: „‚Fragt mich nicht, wie ich euch ausfindig gemacht habe. Davon mündlich, wenn wir uns je wiedersehen sollten. Ich bin in diese wunderbare Stadt, in der man auf dem Kopf stehen kann, ohne dass sich jemand daran stört, mit meinem Pol gekommen, der Elektronikingenieur studiert. Zu Hause fertige ich ab und zu Hüte an, obwohl er es nicht gern sieht. Mein fleißiger Junge arbeitet tagsüber in einer Fabrik und lernt nachts für sein Studium. Ich spreche schon dieses unsympathische Englisch, aber mit furchtbarem Akzent. Ein Wunder, dass man mich versteht. Didi hat noch in Italien den Amerikaner

Cliff Morton, einen Ingenieur in guter Stellung, geheiratet. Mit ihm ist sie nach Beirut gezogen. Ich bin schon zweifache Großmutter, das zweite Enkelchen habe ich noch nicht gesehen. Im Libanon geht es ihnen sehr gut. Didi schreibt leider selten, das ärgert mich, aber was soll ich tun, das hat sie offenbar von mir! Hauptsache, sie sind gesund und munter.'"

„Weiter schreibt sie auf Spanisch", sagte Branka, und begann gleich zu übersetzen.

„Ich habe vieles über Jugoslawien gehört. Marko hat man bestimmt alles weggenommen, ich hatte bereits in Italien erfahren, dass alles in die Hände des Volkes übergegangen ist. Ich nehme an, ihr habt nicht genug zum Leben und will euch helfen, soweit ich kann. Wir leben zwar auch nicht im Überfluss, haben aber bestimmt mehr als ihr. Deshalb habe ich schon ein Paket geschickt mit allem, was mir unter die Hände und in den Sinn gekommen ist. Seht euch das an und schreibt mir, was ihr am meisten braucht. Das Paket habe ich per Schiff abgeschickt, es soll in drei bis vier Monaten ankommen. Ich hoffe, ihr werdet es unbeschädigt empfangen. In den Volkspostämtern wird wohl nicht geklaut! Ist Riki bei euch in Belgrad? Ist sie vor den Deutschen geflüchtet? Was macht Nina? Ist es Isak und Zdenka gelungen, vor den Ustascha zu fliehen? Wie geht es unserer lieben Buka und ihren Söhnen? Ich hoffe, Elijas ist aus der Gefangenschaft zurück. Blankica, meine liebe Schwester, ich flehe Dich an, schreib mir sofort über jeden von ihnen. Deine Klari."

Dem Brief hatte sie ein Foto von ihr mit ihrem Sohn beigefügt. Inda hatte noch nie ein Farbfoto auf glänzendem Papier gesehen und trug es jetzt immer mit sich. Sie betrachtete darauf Tante Klara mit schlohweißem, lockigem Haar, etwas größer und weniger lächelnd als ihre Mutter, dennoch ihr, Tante Rikica und Tante Nina ähnlich. Noch länger betrachtete sie Pol. Sie meinte, er sei der schönste junge Mann auf der Welt, und sagte es ihrer Mutter.

„Ja, er sieht gut aus wie sein Vater, Ivo Valić."

„Der hat unsere Tante Klara verlassen und ist in die weite Welt gezogen. Das ist sehr hässlich von ihm, nicht wahr, Mama?"

„Ja, mein Herz, aber er sah so gut aus, dass alle Frauen hinter ihm her waren, und er, eitel wie er war, konnte ihnen nicht widerstehen."

„Ist Pol auch so?"

„Gott bewahre! Er ist ein ordentlicher Junge. Hast du nicht gehört, wie er arbeitet und für seine Mutter sorgt?"

„Das werde ich auch, wenn ich groß bin ... für dich und Papa und die Tante sorgen! Und könnte ich ihn heiraten?"
„Auf keinen Fall, er ist dein Vetter, dein nächster Verwandter so wie Jelena und Ana."
„Aber ich kenne ihn gar nicht!"
„Das ändert nichts daran."
„Das ist aber schade!", sagte Inda mit einem Seufzer.
Branka antwortete Klara noch am selben Tag mit einem langen Brief. Inda stand daneben, ungeduldig, den Brief zu unterschreiben und ihre neuentdeckte Tante und den schönen Vetter zu grüßen. Als sie ihre Mutter beim Schreiben weinen sah, kletterte sie auf ihren Schoß.
„Warum weinst du, Mama?"
„Weil ich über Menschen schreibe, die es nicht mehr gibt ..."
„Aber du hast doch mich!"
„Ja, *mi querida* ... auch deswegen weine ich."
„Wieso?"
„Siehst du, deine Mama liebt dich sehr und macht sich deshalb Sorgen um dein Glück, um deine Zukunft."
„Aber mir geht es prima! Mach dir keine Sorgen!", entgegnete Inda so selbstsicher, dass Branka lachen musste.
Rikica und Marko ließ sie ihren Brief lesen, Nina und Isak gab sie dessen Inhalt wieder und schickte ihnen die Adresse ihrer Schwester, damit auch sie Kontakt mit ihr aufnehmen konnten.
Bald darauf kam eine lange Antwort von Klara an Branka mit einem gesonderten Teil für die ganze Familie.
„Meine liebe Brankica, seit Jahrzehnten habe ich mich mit keiner Schwester mehr unterhalten. Das Herz tat mir weh, während ich Deine Worte voller Zärtlichkeit las, über die ich mich in der Jugend lustig gemacht hatte. Was für ein Fehler! Erst jetzt sehe ich das ein, jetzt, *querida hermaniquia*, wo es spät ist, wo Du und alle anderen weit weg seid.
Manchmal scheint mir, dass mein Leben stürmisch und besonders war, aber dann werfe ich mir vor: Was bildest du dir ein? Es war ein Leben wie jedes andere und anders als alle anderen. Nie hatte ich Angst, ich würde mich nicht zurechtfinden. Ich fand das Leben gerade deshalb aufregend, weil man nie weiß, was hinter der nächsten Ecke auf einen lauert. Wohlstand und Ruhe kannte ich nie, aber deswegen bin ich nicht traurig, meine Heirat habe ich nie bereut, weil es wunderschön ist, Kinder zu haben. Auf die vergangenen Jahre bin

ich sogar stolz und möchte sie nicht als verlorene Zeit bezeichnen. Denn ein Taschentuch oder einen Ring kann man verlieren, aber die Jahre des Lebens bleiben einem erhalten, gleich, wie sie gewesen sind. Ich meine, man kann zwei Sachen verlieren: die Freiheit, so zu leben, wie es einem gefällt (und das habe ich meistens getan), und die Hoffnung, aber die konnte ich nicht verlieren, denn die Kinder sind meine Hoffnung ... Ja, das Leben ist auch heute, früher war es das erst recht, ein großes Abenteuer.

Denkst Du manchmal an unsere schöne Mutter Estera mit den blauen Augen? Erst jetzt, da ich selbst eine ältere Mutter bin, begreife ich ihre unermesslichen Werte: Sie tröstete uns, wenn wir Probleme hatten, liebkoste uns, wenn wir Schmerzen litten, ging uns aus dem Weg, wenn es Ärger gab, beschützte uns vor Gefahren, zog sich zurück bei Missverständnissen, überschüttete uns mit Zärtlichkeiten und vermittelte uns Weisheiten, ohne belehrend zu sein. Gleich, was wir taten, sie war immer auf unserer Seite. Mein Gott, wie wenig von all dem Segen habe ich ihr zurückgegeben, den ich jetzt versuche, meinen Kindern zu schenken. Ist das vielleicht gerade das Richtige? Vielleicht wollte sie gerade das erreichen? Ich Hitzkopf wollte nur in die weite Welt hinaus, weg von Sarajevo. Meinst Du, ich habe sie enttäuscht? Oder fand sie, so wie ich jetzt, für alles, was ihre Kinder taten, eine Rechtfertigung? Sie hatte ihre Träume für ihre Kinder. Das ist verständlich. Und wir, ihre Kinder, hatten unsere eigenen Träume, die den ihren zuwiderliefen. *Ah, Siñor dil mundu, pardona mi*, Großer Gott, verzeih mir!

Jetzt bist auch Du Mutter geworden, was seit der Jugend Dein großer Wunsch war. Deshalb fühlst Du Dich trotz allem glücklich. Ja, meine liebe Schwester, Du mit Deiner Güte und Sanftmut hast am ehesten Glück verdient, Du gleichst am meisten unserer *mámile*. Solange Du lebst, gibt es auch unsere Familie, denn Du bist die Verkörperung der Sáloms im besten Sinne. Wir anderen haben uns alle auf die eine oder die andere Weise entfremdet, und wenn es Dich nicht gäbe, würde nach Bukas Tod auch unsere Tradition nicht mehr bestehen. Damit meine ich nicht das Feiern von Pessah und Rosch Haschana, sondern das tiefverwurzelte sephardisch Weibliche. *Il Dio qui dé qui stes sana y masalosa, querida mia!* Möge Gott Dir Glück und Gesundheit schenken, meine Liebe."

Branka wollte ihren Augen nicht trauen: So schrieb und dachte die energische, selbstständige und nüchterne Klara! „Das ist dem

Alter zu verdanken", flüsterte sie, während sie die Zeilen las, die ihr ihre Schwester in einem ganz anderen Licht zeigten, als sie sie in Erinnerung hatte.

*

Keine zwei Monate später, unmittelbar vor den Feiern zum Ersten Mai, kam ein Anruf vom Bahnhof: Ein 50 Kilo schweres Paket aus New York war da! Es löste ein einmaliges Familienfest aus. Die Militärparade der Volksarmeeeinheiten und der am Vorabend erfolgte Ehrensalut mit 15 Salven aus 24 Kanonen, die der Oberkommandierende des jugoslawischen Heeres, Marschall Tito, angeordnet hatte, wurden in der Familie als Begrüßung des angekündigten Pakets gedeutet. Mit Ungeduld erwarteten sie den nächsten Werktag. Branka ging am Morgen zum Bahnhof und kam um die Mittagszeit zurück zusammen mit Lastenträgern, die ein riesiges Paket in die Wohnung schleppten, den größten und einzigen Schatz, den die Koraćs nach dem Krieg erhielten. Es war so sperrig, dass der Durchgang in der provisorischen Trennwand im Wohnzimmer dafür zu schmal war. Man musste es hochhieven und über die Trennwand werfen. Der Lärm und das Poltern riefen sofort Frau Grdić auf den Plan.

„Aus den *U-Es-A*? Die schicken Keime, um uns anzustecken!", zeterte sie und zog sich in ihr Zimmer zurück.

„Das war eine schlimme Prozedur", seufzte Branka, als die Lastenträger ihren Lohn bekommen hatten und das Paket mitten in Rikicas Zimmer stand.

„Und der Zoll?", fragte Marko.

„Ich habe keinen bezahlt. Ich habe sie überzeugen können, dass darin lauter alte Sachen seien ... viele sind es auch, aber nicht alle!"

„Wie merkwürdig menschliche Schicksale sind", sagte Marko. „Merkwürdig und unvorhersehbar. Wer hätte je gedacht, dass Klara Valić einmal Marko Korać ernähren würde!" Er schüttelte den Kopf, ging in sein kleines Zimmer und schloss leise die Tür.

Und so wurde die gegenüber ihrer Familie stets gleichgültige und zurückhaltende Klara zur Retterin ihrer Verwandten im fernen, geplagten Jugoslawien, aus dem sie selbst geflüchtet war. Neben seltenen Briefen trafen ihre Pakete in regelmäßigen Abständen von sechs Monaten ein. Und während Belgrad wegen der Triest-Krise kochte und die Menschen bei den Demonstrationen ausriefen „Triest gehört uns!" und „Das Leben geben wir, Triest aber nie!", jubelte Riki „Das Paket gehört uns!" und „Das Leben geben wir, das Paket aber nie!" schon bei der zweiten großen Sendung, die verschiedene Artikel von unschätzbarem Wert enthielt: Stoffe, Kleider, Mieder, Pullover, neue und alte Unterwäsche, Plastiktaschen, Stretch-Gürtel, Nylonstrümpfe mit Laufmaschen, aber auch neue. Petticoats sprangen wie lebendig heraus und verbreiteten den einmaligen Geruch der langen Überseereise, der beim Einräumen in die Schränke und beim Verkauf langsam verflog. In den Paketen befanden sich auch haltbare Lebensmittel: Gewürze, Kakao, Milchpulver, Würfelzucker, „Trumans Eier", wie man scherzhaft das Eipulver nannte, verschiedene bunte Puddings und Gelatine sowie der Auslöser größter Begeisterung – Kaffee. Einige Packungen „Lucky Strike"-Zigaretten, Cricket-Feuerzeuge und die neueste Erfindung, Kugelschreiber fand man versteckt in den Taschen alter Mäntel. Alles Mögliche war da zusammengetragen, aber die Empfänger konnten alles gebrauchen.

„Gibt es irgendetwas, was wir nicht brauchen können?", fragte sich Riki manchmal angesichts der in den Zimmern herumliegenden Sachen.

Branka war schon daran gewöhnt, beim fieberhaften Auspacken von ihren Erlebnissen am Bahnhof zu erzählen. Unter vielen unangenehmen und ungehobelten Zollbeamten fand sich manchmal auch ein liebenswürdiger, dem Branka dann etwas „spendierte". Meist bezahlte sie keinen oder nur wenig Zoll für neue Sachen, die sich, eingequetscht zwischen die alten, von diesen kaum unterschieden.

„Schon zum zweiten Mal", erzählte Branka nach dem Empfang des dritten Pakets, „fragte mich einer, ob ich Ausländerin sei."

„Das kommt davon, dass du manche Wörter anders aussprichst. Du bist meine Ausländerin!", sagte Inda und umarmte sie.

„Ja, mein Kind, aber manchmal auch dein Aspirin, nicht wahr?"

Inda behauptete, dass sie, wenn sie den Kopf an Mutters Brust lehnte, augenblicklich einschlafe, als hätte sie ein Aspirin genommen. Branka meinte, dass Inda, die bis zu ihrem zweiten Lebensjahr gestillt wurde, das Anlehnen an Mutters Brust ein Gefühl der Sicherheit gebe und damit das Einschlafen fördere. Die beiden hatten die körperliche Nähe zwischen dem Neugeborenen und der Stillenden bewahrt. Inda respektierte ihren Vater, bewunderte Rikica, aber den absoluten Halt fand sie nur bei ihrer Mutter. Sie und nicht ihre Freundinnen war ihre erste Vertraute. Branka hörte ihr zu, sagte ihr ihre Meinung, versuchte zu helfen, verurteilte sie aber nie. Diese Bindung zwischen

Mutter und Tochter, die in der frühesten Kindheit entstanden war, ließ Branka hoffen, dass Inda die in den empfindlichen Jahren des Heranwachsens und der ersten Reife üblichen Enttäuschungen erspart blieben, dass Mutters fester Halt, zuverlässige Rückendeckung und grenzenlose Unterstützung der Tochter zu einem sicheren Absprung in die Zukunft verhelfen würden.

Branka hielt sich zurück, zügelte ihre Neugier, aber auch ihre besitzergreifenden Gefühle gegenüber der geliebten Tochter. Sie merkte alles, mischte sich aber nicht ein, außer wenn man das von ihr verlangte, was Inda in der Regel tat. Denn für Inda war kein Erlebnis vollkommen, wenn sie es nicht mit ihrer Mutter teilte.

Für Branka war es ein Leichtes gewesen, eine solche Beziehung zu ihrem Kind herzustellen. Dank ihrer Sanftheit und ihrem Gefühl für Maß entstand zwischen ihnen im Laufe der Jahre ein festes Band der Zuneigung und des Vertrauens. Dies erstreckte sich auch auf Indas Freundinnen Adrijana und Katarina, die zu „Tante Branka" kamen, um ihr Dinge anzuvertrauen, die sie ihren Müttern nicht erzählen durften oder wollten. Branka hörte ihnen verständnisvoll zu und antwortete mit Worten wie: „Da haben wir den Schlamassel ... Jetzt müssen wir sehen, was zu machen ist, mein Kind ...", als wäre dies bereits ein gemeinsames Problem. Sie griff dann auf ihre Kindheit zurück, zitierte ein Beispiel aus Büchern oder ein altes sephardisches Sprichwort oder ein Märchen, das sie dann übersetzte und deutete. Auf diese Weise brachte sie die Mädchen dazu, selbst Schlüsse zu ziehen, denn von fertigen, vorgegebenen Rezepten hielt sie nicht viel.

„Sie hätten zehn Kinder haben sollen", sagte ihr einmal Beka Arsenijević.

„Ja, wenn Marko das nur gewollt hätte!"

Branka war eine unermüdliche Zuhörerin. „Ich geh nur kurz Kohle und Holz holen", konnte man sie sagen hören, „gleich kannst du mir alles zu Ende erzählen."

Nicht einmal Frau Grdić schaffte es, Brankas heitere Gelassenheit zu stören. Sie verursachte bei ihr zwar Gallenkoliken, aber sobald sich am Horizont auch nur der kleinste Anlass zur Freude zeigte, erstrahlte Brankas Gesicht und in der Wohnung erklang ihre feine Stimme, mit der sie leise sephardische Romanzen oder bosnische Sevdalinkas sang.

Branka wurde nur böse und sogar fuchsteufelswild, wenn jemand ihr Wissen infrage stellte, insbesondere wenn es um Literatur, Geschichte oder Fremdsprachen ging. Dann wühlte sie unermüdlich im Larousse, in Fremdwörterbüchern und Enzyklopädien oder ging sogar schnell in die Bücherei, um den Beweis dafür zu finden, dass sie recht hatte. Und das war dank ihrem sicheren Gedächtnis fast immer der Fall. Fand sie ihn, triumphierte sie offen: „Habe ich dir nicht gesagt, dass Feydeau der Autor von ‚Fanny' ist? Hier, überzeuge dich selbst!" Oder: „Ich hatte recht, als ich behauptete, der dänische König Christian X. habe sich den Nazis widersetzt und sei deshalb eingesperrt worden! Hier steht es geschrieben!" Oder: „Hatte ich nicht gesagt, dass der Jüdische Nationalfonds 1901 gegründet wurde? Aber du wolltest mir nicht glauben!" Branka war sich ihres Wissens sicher, besaß jedoch keinen Nachweis darüber, weil sie keine höhere Schule besucht hatte.

★

Dank Klaras Paketen verbesserten sich die Lebensbedingungen der Familie. Jetzt besuchten die beiden Schwestern und Inda alle Theater und sahen sich richtige Vorstellungen an und nicht wie bisher nur die Proben im Nationaltheater. Inda sah Goldonis „Mirandolina" mit Mira Stupica und Marjan Lovrić in den Hauptrollen, Pero Budaks „Knäuel" im Humoristischen Theater und die neue Choreografie von „Romeo und Julia" mit Dušan Tirnanić und Duška Sifnios. Am meisten gefiel ihr „Der Widerspenstigen Zähmung" im Belgrader Schauspieltheater. Sie kauften jetzt jeden Tag die „Politika", holten frisches Brot beim berühmten Bäcker Aca in ihrer Nähe, neben der Gaststätte „Barajevo". Inda las eifrig den Roman in Fortsetzungen „Verrat im Büro C" von Peter Cheyney und war begeistert von Donald Duck.

Den Besuchern konnte man jetzt immer Kaffee mit Slatko aus in Zuckersirup eingelegten Sauer- oder Herzkirschen anbieten. Im Herbst legte Branka zum ersten Mal nach dem Krieg Gemüse ein, so wie einst ihre Mutter Estera. Gewürzgurken knirschten beim Kauen, süß-saure Apfelpaprikas glänzten im öligen Saft, in dem sie überwinterten, feste grüne Tomaten flutschten unter der Gabel weg. Die Familie liebte es, Brot in den Saft des eingelegten Gemüses zu tunken, das einst bei den Sáloms „*mindrugus*" geheißen und in den Hungerjahren viele Mäuler satt gemacht hatte.

Von Beka Arsenijević, die manchmal kam, um ihr Herz auszuschütten, weil es von Spasa noch immer keine Spur gab, erfuhr Branka von einer Frau, die auf dem Flohmarkt Sachen verkaufte. Bis dahin brachte Branka die Sachen aus Klaras Paketen in die Kommissionsgeschäfte, wo sie verbucht wurden und in denen man immer wieder nachfragen musste, ob etwas verkauft sei. Am schlimmsten fand sie dort die unhöflichen und frechen Verkäufer.

„Sie benehmen sich, als wären wir Abfall", sagte sie einmal. „Es gibt leider zu viele herzlose Menschen! Wie übermütig und hässlich sie nur sind! Wie sehr sie uns verachten! Vor dem Krieg waren die Menschen nicht so."

„Doch, nur hielten sie sich zurück", entgegnete Marko. „Jetzt aber sind die Schlimmsten an die Oberfläche gekommen ..."

„Und man gesteht ihnen das Recht auf Frechheit zu", fügte Riki hinzu, „denn sie können ihre Arbeitsstelle nicht verlieren. Im Sozialismus gibt es ja keine Kündigungen!"

„Ich verstehe das nicht", fuhr Branka fort, „niemand geht in diese Geschäfte, weil es ihm gut geht, sondern aus Not ... Heute war ein weißhaariger alter Herr da, er ging mühsam am Stock, trug eine schöne, schwere Lampe, die er alle Augenblicke auf den Boden setzte, um auszuruhen. Ich sagte ihm, ich wolle nur meine Sachen im Laden lassen, dann würde ich ihm helfen, aber er winkte ab: ‚Ich danke dir, junge Frau ... Jeder muss seine Last allein tragen ...' Als er endlich das Kommissionsgeschäft erreichte, begann die *disgraciada*, dieses Ekel von Verkäuferin, zu schimpfen: ‚Was haben Sie nur hierhergeschleppt, Genosse! Wer soll diesen Mist kaufen?' Er aber schwieg traurig und erschöpft, stand nur gebückt da, mit der Lampe in den Händen ..."

„Schon wieder so eine Frau Stinkić!", kommentierte Riki wütend. „Hätte er ihr eine Provision angeboten, hätte sie die Lampe sofort genommen!"

Die Frau vom Flohmarkt war die Lösung. Sie schaute sich die Sachen an, nannte einen sehr niedrigen Preis, dann kämpfte Branka mit Rikicas Hilfe um eine Erhöhung und wenn sie sich einigten, wurde eine Liste erstellt. Später brachte sie das Geld für die verkauften Sachen, die dann sofort von der Liste gestrichen wurden.

„Beka, wo haben Sie diese Frau gefunden?", fragte Branka einmal.

„Mein Spasa hatte sie gefunden", antwortete Beka wehmütig, wie immer, wenn sie seinen Namen erwähnte, „damals, als er meine Möbel verkaufte."

„Und gibt es noch immer keine Nachricht von ihm?"
„Nein ... Er wird irgendwo im Gefängnis seine Tage und Nächte fristen, und ich kann ihn weder sehen, noch ihm Mut machen ..."
„Vielleicht könnten Sie sich nach ihm erkundigen?"
„Wie denn? Bei wem?"
„Bei seinem Bruder ... er ist ein hoher Funktionär."
„Selbst wenn ich ihn kennen würde und wüste, wo er zu finden ist, hätte ich kein Anrecht darauf. Ich bin weder eine Verwandte noch seine Ehefrau ... Hätten wir wenigstens geheiratet! So weiß ich nichts, bin ein Nichts, mir ist nichts geblieben!"
„Geblieben ist Ihnen Ihr Kind, Ihre Jugend, Gesundheit und Schönheit und was am wichtigsten ist, die Hoffnung. Sie müssen hoffen! Und soweit ich mich darin auskenne – ich war zwei Mal in Ihrer Lage –, wird er zurückkommen und Sie beide werden glücklich sein. Ich spüre es hier", sie zeigte auf ihr Herz. „Und jetzt nehmen Sie zuerst etwas Slatko und Wasser, dann zeige ich Ihnen, was ich aus diesem Paket für Ihre Kaća beiseite getan habe!"

*

Heiligabend lag noch in der Ferne, als Riki Inda mit einem Zeigefinger zu sich winkte, während sie den anderen auf die Lippen legte. „Komm, Indica, wir beide müssen etwas besprechen", flüsterte sie geheimnisvoll und verschwörerisch.
„Was ist, liebe Tante?", fragte Inda laut.
„Erstens, habe ich dir beigebracht, nie „was ist", sondern „bitte" zu sagen? Und zweitens, du sollst nicht so laut sprechen!"
„Gut, entschuldige ... Bitte?", sagte Inda zerknirscht.
„Also", fuhr Riki fort, „Weihnachten naht ..."
„Ich kann es kaum erwarten!", wurde Inda vor Freude wieder laut, bedeckte aber schnell den Mund mit der Hand.
Jetzt kauften die Koraćs zum Neujahr schon einen richtigen Tannenbaum. Der blieb auf dem Balkon bis zum Heiligen Abend im Januar, an dem Riki ihn schmückte und die Geschenke darunter stapelte.
„Dieses Jahr werden wir deinen Eltern eine große Überraschung bereiten ... Du musst mir nur versprechen, dass du niemandem auch nur ein Sterbenswort darüber sagst! Versprichst du es mir?"
„Mein Ehrenwort!"
„Niemandem, vor allem nicht Mama und Papa."

„Großes Ehrenwort! ... Aber, Tante, was wird das sein?"

„Morgen gehen wir zu meinem Freund Veljko Stanojević, einem alten Belgrader Maler. Du wirst bei ihm Modell sitzen, und er wird dein Porträt malen."

„Oh, das ist großartig!"

Riki hatte mit Veljko schon darüber gesprochen, als sie ihn einmal im Nationaltheater traf.

„Wie sieht die Kleine aus?", fragte er.

„Blond, hellhäutig, grüne Augen, rundlich ..."

„Ich nehme Pastell."

Inda wusste natürlich nicht, dass ein Porträt nicht an einem Tag fertig sein kann und dass ihr viele langweilige Stunden ruhigen Sitzens bevorstanden. Um diese Sitzungen zu vertuschen, wurde vorgegeben, dass Riki endlich Indas Wunsch erfüllen wolle, Ballettunterricht bei ihrer einstigen Kollegin Lepa Perić zu nehmen.

Branka freute sich, Marko war nicht dagegen und Riki machte das mit Lepa gleich aus, aber erst für die Zeit nach Weihnachten. Die zwei Monate bis dahin gingen die beiden zu Veljko statt zu Lepa. Riki erklärte Branka, dass sie Inda persönlich zu Lepa bringen wolle, weil es um das Ballett gehe und weil sie mit ihrer alten Freundin ein wenig plaudern möchte. Dennoch bangte sie jedes Mal, dass Branka den Wunsch äußern könnte mitzukommen oder dass Inda, die noch ein Kind war, sich verplappern würde.

Sie erstarrte vor Angst, als Branka Inda einmal fragte, was sie im Unterricht gelernt habe. Inda fand sich jedoch schnell zurecht: „Wir übten die Positionen eins bis fünf, dann Battement und den ‚Katzenschritt' und all das mit Musikbegleitung. Die Lehrerin sagte, ich tanze ausgezeichnet ... Wenn ich so weitermache, werde ich wie Anna Pawlowa."

„Schön, mein Herz, mach nur so weiter", sagte Branka und strich ihr übers Haar. „Und wie gefällt dir Lepa?"

Riki erkannte plötzlich ihren Fehler, der für das ganze Unterfangen verhängnisvoll sein konnte. Sie hatte Inda nämlich nicht ihre angebliche Lehrerin vorgestellt! Zu Rikis größtem Erstaunen beschrieb Inda aber ziemlich genau Lepas Erscheinung und das Gespräch fand somit ein gutes Ende.

„Wieso wusstest du das?", fragte sie Inda, nachdem Branka das Zimmer verlassen hatte.

„Ich habe immer mit deinen alten Fotos gespielt. Kannst du dich erinnern? Du hattest mir immer erklärt, wer drauf war. Ich habe mir schon als Kind alles gut gemerkt." Sie betonte „Kind", als wolle sie darauf hinweisen, dass sie das nicht mehr sei. „Jetzt habe ich keine Zeit mehr für Fotos, jetzt lese ich Bücher ... Weißt du, ich möchte wie Heidi in die Berge gehen ..."

„Gut, eines Tages kommst du dorthin ... Aber zuvor muss ich dir etwas klarmachen. Du hast sehr geschickt gelogen, aber vor allem Mama und Papa die Unwahrheit zu sagen, ist die schlimmste Sache der Welt. Wir tun es jetzt nur, um ihnen eine Freude zu bereiten ... Verstehst du?"

„Mein Gott, Tante, ich bin doch nicht dumm!"

Veljko vollendete das Porträt zur beiderseitigen Freude und Erleichterung. Man musste es nur noch einrahmen und heimlich in die Wohnung bringen. Der schlichte Rahmen passte nicht zu dem sehr gelungenen Bild, aber einen besseren konnten sie in Belgrad nicht auftreiben. In eine Decke eingewickelt wurde das Porträt hinter Rikicas dreiflügeligem Schrank sicher versteckt.

Inda war mit ihrem Bild zufrieden, nur meinte sie, darauf dicker auszusehen, als sie in der Natur war, was nicht stimmte. Sie hasste es, pummelig zu sein, wusste auch, dass man sich deswegen in der Schule über sie lustig machte, konnte aber Mutters guter Küche nicht wiederstehen. Jelena warf Branka einmal vor, ihre Tochter beim Essen nicht zu bremsen, aber diese antwortete nur:

„Wenn das für sie wichtig wird, wird sie es von selber tun. Wir haben lange genug gehungert ... Graupen und Maisbrei gegessen. Zum Hungern für eine schlanke Linie hat sie immer noch Zeit."

★

Die Temperatur war unter null gefallen, aber die bittere Kälte, die dem Schneegestöber vorausging, hatte nachgelassen. Branka räumte nur ungern den Schnee von den beiden Balkonen, weil er sie an die weißen Berge rund um das winterliche Sarajevo erinnerte. Das Wetter war ruhig, windstill, die Äste der Linde bogen sich unter dem Gewicht des Schnees, während die dünneren Zweige brachen. „Die Königin der Heizöfen" verbreitete ihre wohltuende Wärme.

Das wöchentliche Bad zog sich im Winter über mehrere Stunden hin. Es fand nicht im Badezimmer statt, weil das zu viel Brennstoff erfordert hätte. Deshalb brachte Branka einen Zuber ins Zimmer, stellte ihn vor den Ofen und schaffte in großen Töpfen warmes Wasser herbei. Zuerst goss sie es über Rikica, dann über Marko und

Inda, und am Ende wusch sie sich mit Indas Hilfe selbst. Danach räumte sie alles weg und wischte den nassen Boden auf.

Das Haareschneiden vor Heiligabend besorgte Rikica geschickt mit ihrer Nähschere.

Branka benutzte jetzt als Einzige die Küche, den kältesten Raum der Wohnung. Frau Grdić bereitete im Winter das Essen auf einer Kochplatte in ihrem Zimmer zu. Der große gemauerte Herd verbrauchte zu viel Brennholz, Branka begnügte sich jetzt mit einem ganz kleinen. In einem dünnen Kleid mit kurzen Ärmeln werkelte sie in der Küche, ihrem eisigen Reich, wobei ihr Atem sich vor Kälte zu Dampf verdichtete. Sie hatte schon als Kleinkind die Kälte gemocht, jetzt aber noch mehr, weil dann die verfrorene Lepava kaum ihr Zimmer verließ und die Kälte außerdem ihre Angriffslust lähmte.

Nach dem warmen Bad unterhielten Branka, Riki und Marko sich über Bücher, die Branka in der Bücherei auslieh. Alle drei lasen sie nacheinander, sodass drei Bücher gleichzeitig im Umlauf waren. Sie mochten Zilahy, Stefan Zweig, Scholem Alejchem, Knut Hamsun, Turgenew, Galsworthy, Thomas Mann. Ihre Meinungen unterschieden sich, die Diskussionen waren oft stürmisch. Manchmal unterhielten sie sich auch über Bücher von Jack London, Zane Grey, Mark Twain, die Inda las. Sie hörte ihnen dabei aufmerksam zu.

Aber an diesem Spätnachmittag spazierte Inda unruhig von einem Zimmer ins andere, denn nur noch eine Nacht trennte sie von der Lüftung des Geheimnisses um ihr Porträt. Zum ersten Mal im Leben würde sie ihre Eltern überraschen.

Am folgenden Tag schmückte Riki den Weihnachtsbaum und Inda durfte den ganzen Tag das Zimmer ihrer Tante nicht betreten. Mit Mühe schleppte sie sich in die Schule, sie hatte sogar die Hausaufgaben vergessen. Ständig lief sie von der Küche zur Tür von Rikis Zimmer, schaute sogar durch das Schlüsselloch, schaffte es aber nicht, den Baum zu sehen.

Die Koraćs fasteten nicht.

„Wir waren lange genug gezwungen zu fasten", sagte Riki, und Marko fügte hinzu: „Außerdem hat diese Feier nichts mit unserem Weihnachten zu tun! Wer hat bei den Serbisch-Orthodoxen schon einen Tannenbaum und Geschenke gesehen? Aber egal, das Kind soll seine Freude haben!"

Also bereitete Branka die beliebten und seltenen Leckereien: eine Suppe aus dicker, süßlicher Tomatensoße mit Knödeln, in Milch gekochte Gänseleber, *pastel prostu*, eine Art Fleischpita, und *gvuevus inhaminadus,* mit Zwiebeln gekochte Eier.

Um fünf Uhr nachmittags betraten sie endlich alle gemeinsam Rikis Zimmer: Der Weihnachtsbaum glitzerte und leuchtete von silbrigen Spitzen, Pailletten, Strass und manch echter Weihnachtskugel. Unter ihm lagen Päckchen in verschiedenen Größen und Farben und hinter dem Baum befand sich etwas, worüber ein grünes Tuch gebreitet war, sodass es nicht ins Auge fiel, sondern eher wie ein ruhiger Hintergrund zu der funkelnden Pracht aussah.

„Wunderbar, Schwesterherz, wunderbar!"

„Alle Ehre, Schwägerin!"

„Tante, wann packen wir die Geschenke aus?"

Um die ungeduldige Inda ruhigzustellen, begann Riki die Geschenke zu verteilen, wobei sie die Zettel auf den Paketen vorlas: „Für das netteste und bravste Mädchen ein kleines Geschenk von seiner Mutter!" Dann: „Hier ist ein grooooßes Geschenk für den besten Schwager der Welt von seiner unvermeidlichen Schwägerin!" Indas Freudenrufe wurden gedämpft, damit die Grdićs sie nicht hörten, denn das Fest musste geheim bleiben. Die Geschenke bestanden meist aus Kleidungsstücken, denn die Stoffe aus Klaras Paketen verwandelten sich unter Brankas und Rikicas geschickten Händen in moderne, mit bunten Blumensträußen bestickte „Sets" aus Perlon, in Röcke, Blusen, ja sogar in Badeanzüge. Nur Markos Geschenke wurden gekauft. Dafür wurde das ganze Jahr über gespart. Neben den üblichen zehn Schachteln „Morava"-Zigaretten bekam er einen Wollschal, Handschuhe und Rasierseife. Branka hatte auf Taschentücher seine Initialen gestickt wie einst in vergangenen Zeiten, nur diesmal nicht aus ihrem Haar, da es grau geworden war.

Endlich hatte Riki alle Geschenke verteilt. Sie ließ die Familie verschnaufen und ihre neuen Schätze bewundern. Inda sprang entzückt hin und her, probierte jedes Kleidungsstück mehrere Male an, posierte vor dem Spiegel und vergaß in der Aufregung beinahe ihr Porträt. Schließlich blieb sie stehen und warf Rikica einen bedeutungsvollen Blick zu. Diese wies sie an, sich hinzusetzen und sich für den großen Augenblick vorzubereiten.

„Und jetzt, meine Lieben, noch ein Geschenk für euch beide von Indica und mir", verkündete Riki.

„War das denn nicht genug, Rikčić?", fragt Marko.

„Nein, das war nur das Vorspiel. Jetzt aber kommt der Höhepunkt unseres geheimen Festes! Komm, Inda, hilf mir."

Sie holten das eingepackte Bild hinter dem Weihnachtsbaum hervor und stellten es mitten ins Zimmer vor Branka und Marko. Mit einer dramatischen Geste zog Riki das grüne Tuch weg.

Auf der Leinwand waren blondes, zu Zöpfen geflochtenes Haar, rosige Wangen und dickliche Finger zu sehen; grüne Augen betrachteten einen sanft, als wären sie lebendig. Marko und Branka saßen da, hielten sich an den Händen und starrten wortlos das Bild an. Branka seufzte, stand langsam auf, küsste ihre Schwester, weinte. Marko blieb sitzen, stumm, verlegen, mit leuchtenden Augen.

„Seit Anfang des Krieges habe ich mich nicht so gefreut und auch davor recht selten ... Vielleicht noch nie im Leben, Rikica ... vielleicht wirklich nie", sagte er leise, als versuchte er, sich an glückliche Momente zu erinnern und sie mit diesem zu vergleichen. „Nicht einmal damals, als Blankica mir ihr liebstes Bild schenkte" – er zeigte auf das Gobelinbild des Zentrums von Mostar mit dem Geschäft seines Großvaters, Vukan Korać. „Danke dir, unsere liebe Riki!" Er stand auf und umarmte sie.

„Wie hast du ... wie habt ihr das geheim gehalten?", fragte Branka, als sie zu sich gekommen war. „Wann hat sie Modell gesessen?"

„Nichts hast du bemerkt! Nichts hast du bemerkt!", sang Inda leise. „Wirklich nicht."

„In Indas Ballettstunden", erklärte Riki.

„Schämen solltet ihr euch!"

„Jedes Mal bangte ich!", sagte Riki.

„Ein wenig verdächtig war es mir schon", sagte Branka. „Auf einmal schreibst du sie in die Ballettschule ein, obwohl du immer dagegen warst."

„Dank diesem Porträt wird sie tatsächlich zum Ballettunterricht gehen, aber erst ab nächster Woche."

„Und du hast deine Mama belogen", wandte sich Branka nun an Inda. „Aber das ist nicht ..."

„*Ya sé, fijiquia*, ich weiß, meine Tochter." Branka prüfte die Unterschrift auf dem Bild. „Oh, Veljko Stanojević. *Riki, querida, comu pagatis?*"

„Übersetzung bitte!", protestiert Marko.

„Ich habe Riki gefragt, womit sie Stanojević bezahlt hat."

„Es gehört sich nicht, nach dem Preis eines Geschenks zu fragen", fuhr Marko fort, „aber du musstest es ihm doch bezahlen, nicht wahr?"

„Das habe ich natürlich. Ihr werdet es nicht glauben, ich habe ihm drei Goldstücke gegeben."

„Entschuldige, dass ich wieder frage, aber woher hattest du die drei Goldstücke?"

„Das werdet ihr auch nicht glauben. Es war, als hätte der liebe Gott sie mir geschickt. Wir haben doch vor Kurzem die alten Ladentheken für die Trennwand herunterholen lassen. Erinnert ihr euch, dass ich sie alle inspiziert und die in ihnen befindlichen Sachen beiseitegelegt habe?"

„Ja, und?"

„Eingewickelt in ein Taschentuch und festgenäht an der Innenseite einer Hutform warteten die so versteckten Goldstücke darauf, dass ich sie fand und das Porträt unserer Kleinen bestellte!"

„*Comu*, wie ... wie sind sie dorthin geraten?"

„Ich hatte sie kurz vor Kriegsausbruch da versteckt und total vergessen. Es klingt unglaublich, aber so war es!"

Sie aßen zu Abend und unterhielten sich bis spät in die Nacht, als wollten sie ihr Fest in die Länge ziehen.

Nie vergaß Inda dieses Weihnachtsfest und die Freude ihrer Eltern über ihr Bild. Auch Mutters Belehrung vergaß sie nicht, vielleicht weil sie sie bei dieser Gelegenheit hörte:

„Merk dir, mein Kind, das Leben besteht nicht aus großen Dingen, sondern aus Kleinigkeiten, die aufeinanderfolgen und es erfüllen. Deshalb muss man gerade sie genießen und sich an ihnen erfreuen ... Große Dinge passieren einmal, zweimal oder nie, aber freuen sollte man sich jeden Tag."

★

Den ganzen Januar, Februar und März schneite es. Als der Schnee endlich schmolz, kam der Košava-Wind. Er spielte mit Mützen und Hüten, blies unter die Mäntel und Röcke, ließ die Straßenlaternen schaukeln und trocknete die Belgrader Bürgersteige und hinterließ entblößte Schmutzschichten. An der nackten, braunen Rinde des alten Lindenbaums zeigten sich winzige Verdickungen – die Knospen der neuen Blätter.

„Dušan, wir sind doch zusammen, reicht das nicht?", sagte Riki, einen Heiratsantrag ahnend. „Wir sehen uns oft, reden viel, unterhalten uns über alles, küssen uns seltener, aber so sind halt die Umstände ... Doch jetzt etwas anderes: Hast du gehört, dass der Film ‚Verdammt in alle Ewigkeit' einen Oscar bekommen hat?"

„Riki!", unterbrach Dušan sie schroff. „Wechsle nicht das Thema und hör mir zu. Was ich dir zu sagen habe, ist so einfach wie alles in meinem Leben. Also, ich genieße deine Gegenwart, wünsche, dass wir immer zusammenbleiben und deshalb frage ich dich und verlange, dass du mir antwortest, und zwar sofort, weil wir doch viele Jahre zum Nachdenken hatten: Willst du mich heiraten oder nicht?"

„Wenn du mich schon so fragst – ich dachte, du würdest es nicht tun, weil du die Antwort ahnst –, muss ich dir sagen: Nein, ich will nicht."

„Warum nicht?"

„Es gibt viele Gründe, und keiner ist leicht zu erklären ..."

„Ich verstehe nicht. Ich dachte, du würdest wie ich ... Aber, Riki, merkst du nicht, dass wir uns lieben?"

Riki schwieg.

„Außerdem", fuhr Dušan nach kurzem Zögern fort, „hätte dieses Elend, diese gemeinschaftliche Wohnung für dich ein Ende ... Du weißt, dass ich eine große Wohnung bekommen habe. Du wolltest sie dir nicht einmal ansehen ..."

„Weißt du, wem sie früher gehört hat?"

„Ich habe eine gute Stellung ... Es ist nicht leicht, Chefredakteur der ‚Politika' zu werden ... Ich arbeite ordentlich und verdiene gut ..."

„Du brauchst nicht weiterzureden. Ich weiß schon längst, dass ich es mit dir gut hätte."

„Aber, ich hätte es gar nicht ins Feld geführt, wenn ..."

„Ich weiß ... Aber hast du dich einmal gefragt, ob du es mit *mir* gut hättest? Hast du je darüber nachgedacht? Mit mir, der ehemaligen Künstlerin des ehemaligen Nationaltheaters, der ehemaligen Modistin mit dem ehemaligen Modesalon in der Knez-Mihajlova-Straße in der ehemaligen Hauptstadt ... Mit dem ehemaligen launischen Liebling der Stadt, einer hochnäsigen Frau, die jetzt nur noch vorgibt, all das noch immer zu sein ... Zu viel ‚Ehemaliges'!"

„Du bleibst immer dieselbe, Rikica ... All das stört mich nicht."

„Aber mich stört es, wieso verstehst du das nicht?" Sie sah in Dušans braune Augen, dachte nach. „Glaube mir, ich tauge nicht für ein Leben zu zweit. Zu lange war ich allein, vielleicht bin ich auch dazu geboren. Ich kann eine gute Kameradin, Freundin, ja sogar Geliebte abgeben, bin aber nicht dafür geschaffen, eine Ehefrau und noch weniger eine Mutter zu sein ..."

„Kinder interessieren mich nicht."

„... das habe ich alles durch das Ballett erlebt, den Scherz, die Pose ..."

„Und durch Miloš", unterbrach Dušan sie, aber Riki tat so, als habe sie es nicht gehört.

„... und es später mit Enttäuschungen und Schmerzen zugeschüttet ... Eine Ehe kommt für mich einfach nicht in Frage."

„Ich kann dich dazu nicht zwingen. Darin wenigstens sind wir uns einig. Aber, glaube mir, in all den Jahren sah ich in Gedanken nur dich neben mir."

„Da bin ich doch."

„Ja und nein. Ich habe dich und habe dich wiederum nicht. So war es von Anfang an. Damals hat mich diese Unsicherheit angezogen, mich angefeuert und fest an dich gebunden ... Du warst anders als all die Frauen, die sich an einen hängten ... Aber jetzt kränkt mich deine geringe Hingebungsbereitschaft, sie schmerzt mich."

„Ich kann einfach nicht anders, glaub mir, mein Lieber." Riki schwieg, zündete sich eine Zigarette an. „Durch die Heirat mit dir würde ich mich dazugehörig erklären ... Verstehst du das? Du bist nicht nur du. In dir gibt es eine Kriegs- und eine Nachkriegspersönlichkeit, und mit der letzteren habe ich nichts zu tun."

„Was soll das? Ich bin weder ein Politiker noch ..."

„Das ist wichtig, das weißt du selbst! Mit wem würde ich als deine Frau Umgang haben? Mit der Obrigkeit oder bestenfalls mit privilegierten Menschen, deren Meinung ich mir früher oder später anhören müsste. Und wenn ich damit nicht einverstanden wäre, würde ich meinen Mund halten müssen, ihnen wider besseres Wissens beipflichten, um dir nicht zu schaden, denn das möchte ich nun wirklich nicht. Ich müsste zu Abendeinladungen gehen, dort plaudern und trinken mit solchen, die ... die ... kurzum, mit denen ich das nicht tun möchte!" Sie hielt inne, wollte ihn trösten. „Dušan, mit mir würdest du eine müde Lebensgefährtin bekommen. Offenbar willst du oder kannst du nicht begreifen, dass mich die Schmerzen nicht nur beim Gehen quälen, sondern auch beim Ruhen, Atmen, Schlafen! Du würdest mit einem Wort eine Frau bekommen, die nur kraft ihres Willens aufrecht steht ..."

„Ich würde genau das bekommen, was ich suche und bewundere: einen tapferen, außergewöhnlichen Menschen mit seltenem Lebensmut, den ... den du täglich unter Beweis stellst, nicht nur in gefährlichen Situationen. Ich brauche dich, aber du mich offenbar nicht."

Dušan stand auf und wandte sich zur Tür.

„Schau mal vorbei, wenn du Zeit hast", flüsterte Riki.

Er blieb stehen, drehte sich um, schüttelte den Kopf und verließ das Zimmer.

Riki blieb noch lange reglos sitzen, bis Inda hereinkam. Als sie ihre Lieblingstante traurig sah, legte sie den Kopf auf deren Schulter.

„Meine liebe Tante."
„Ja, Indica."
„*Pur luque?* Warum?"
„Warum was?"
„Warum bist du traurig?"
„Manchmal überkommt es einen ..."
„Weil Dušan weggegangen ist?"
„Auch deshalb, mein Herz."
„Er gefällt mir sehr gut."
„Mir auch."
„Er sieht sehr gut aus ... Hat er dich gefragt, ob du ihn heiraten willst?"
„Ja."
„Und?"
„Er passt nicht zu mir", seufzt sie, „und ich noch weniger zu ihm."
„Aber, liebe Tante, auch du bist schön und süß und alles!"
„Ja, *fijiquia*, Mädchen, aber vieles fehlt mir und ihm auch. Das Problem ist: Was mir fehlt, ist für ihn wichtig, nur er begreift es nicht, und was ihm fehlt, ist für mich wichtig, aber ich begreife es."

„Ich verstehe das nicht."
„Ich auch nicht", sagte Riki.
Beide lachten, setzten sich dann zu einem Kartenspiel hin.

★

Sommerhitze setzte ein. Der Asphalt der Bürgersteige wurde heiß und schmolz unter der beharrlichen Julisonne. Die Besitzer von Cafés und Geschäften übergossen sie an heißen Spätnachmittagen mit Wasser, aber das verdunstete im Nu.

Nina schrieb, dass sie auch in diesem Sommer ihren Mann nicht dazu überreden konnte, Inda zu ihnen an die Küste einzuladen. Ignjos Charakter konnte niemand ändern, selbst seine nörglerische und hartnäckige Frau nicht. Seit Jahrzehnten widersetzte er sich ihrem Bitten, Jammern und Murren, ohne dass er auch nur einmal nachgab.

„*Ah, povereta*, die Arme, die hat es nicht einfach", sagte Branka, nachdem sie den Brief ihrer Schwester gelesen hatte. „Weder kann sie Ignjo allein lassen und kurz zu uns kommen, noch erlaubt er ihr, jemanden einzuladen. Dabei hätte sie es so gern gehabt, wenn Inda die Eröffnung des Theaterfestivals in Dubrovnik erlebt hätte. Es muss ein großes Spektakel gewesen sein. Die BBC hat alles mitgeschnitten, 250 Mitglieder der Rundfunkanstalten von Dubrovnik und Sarajevo sangen ‚Das Freiheitslied' von Gobec. Stell dir das vor, Indica! Danach haben vier Männer in traditionellen Trachten auf silbernen Trompeten die Ankunft der Prozession aus dem Fürstenpalast verkündet ... Hier, schau die Ansichtskarte, die die Tante dir geschickt hat ..."

„Wirklich schön. Und was gab es danach?"

„Dann wurde unter Kanonenschüssen von den alten Festungen an der Roland-Säule die Fahne der Republik Dubrovnik gehisst ... Und schau, was hier geschrieben steht. Weißt du, was *Libertas* bedeutet?"

„Das ist wie *liberté* auf Französisch. Die Freiheit?"

„Bravo! Du bist mein kluges Köpfchen."

„Und was kam dann?"

„Dann führten die Schauspieler vor dem Sponsa-Palast Szenen aus Gundulićs ‚Dubravka' vor, wobei der Chor die ‚Hymne an die Freiheit' sang."

„Ständig geht es um die Freiheit, nicht wahr, Mama?"

„Ja, mein Herz, die ist, was man am meisten vermisst."

Inda beendete das Schuljahr mit Auszeichnung und blieb in Belgrad. Sie war ziemlich einsam, weil Rina mit ihrer Mutter zuerst ans Meer und dann nach Slowenien fuhr und Kaća mit ihrer Mutter eine Verwandte auf dem Land besuchte. Marko beschloss deshalb, Inda zum Freibad „Sechs Pappeln" an der Save mitzunehmen. Sie gelangten mit der Straßenbahn dorthin.

Dort lagen mehrere große Flöße, die man über Holzstege erreichte. Man badete in auf den Flößen angebrachten Schwimmbecken, die Kinder in seichten, die Erwachsenen in tiefen Becken. Kaum jemand schwamm im Fluss. Marko erklärte Inda, dass es in der tiefen Save starke Strömungen gebe.

„Mach den Mund zu und atme durch die Nase", mahnte er sie. Es sei nicht gesund, das lauwarme und lehmige Wasser zu trinken.

Er zeigte ihr, wie man an der Oberfläche bleibt, und Inda konnte zu seinem Erstaunen nach nur wenigen Versuchen schwimmen.

„Schon früh hast du das Wasser geliebt", sagte er ihr, während sie zusammen im Erwachsenenbecken schwammen. „Andere Babys weinen, wenn sie gebadet werden, du aber hast gegluckst und mit den Händen fröhlich im Wasser geplantscht."

„Am liebsten dusche ich ... ich habe nur jedes Mal Angst, dass Frau Grdić an die Tür klopft." Wenn das vorkam, befürchtete Inda, die böse Mitbewohnerin würde trotz der zugeschlossenen Tür hineinstürmen und sie nackt sehen. Dann spülte sie eilig die Seife ab und rannte durch die andere Tür hinaus. „Deshalb wohl duscht Mama nachts ... Papa, wie lange bleiben sie noch?"

„Das hängt allein von ihnen ab."

„Warum wirfst du sie nicht einfach hinaus? Du bist größer als Herr Grdić, du hast doch keine Angst vor ihm, oder?"

„Nein, Indica, vor ihm habe ich keine Angst, aber ich fürchte, jemand anderes könnte uns noch mehr Kummer bereiten ... Sie werden wohl wegziehen, wenn sie eine Wohnung bekommen."

„Warum findest du nicht eine andere Wohnung? Warum tust du nicht etwas?"

„Mein Herz, ich kann nichts finden und nichts tun ... Wenn die Grdićs wegziehen, heißt das noch lange nicht, dass nicht jemand anderes bei uns einzieht."

„Niemand anderes kann so stinken wie sie."

Seitdem gingen Marko und Inda oft zum Save-Strandbad. Obwohl auch nach kurzem Bad Spuren von Schlamm am Kinn blieben und das Wasser nicht erfrischend war, meinte Marko, das sei für das Kind besser, als zu Hause zu sitzen. Er genoss es, Inda beim fröhlichen Herumtollen im Wasser zuzusehen. Darüber vergaß er die Schmerzen in den Beinen, die Müdigkeit, die jetzigen, früheren und künftigen Sorgen. Er rieb ihre Nase sorgfältig mit der „Ponds"-Creme aus den Paketen ein, die Arme und den Rücken mit gewöhnlichem Speiseöl, dem einige Tropfen Parfüm beigemischt waren.

Marko dachte an die erquickenden Kurzurlaube mit Branka in Dubrovnik zurück, zu denen sie mit dem „Daimler" oder dem „Packard" aus dem kühlen und nebligen Sarajevo nach dem strahlenden Mostar aufbrachen und am malerischen Počitelj vorbei zur Adriaküste gelangten. Er fragte sich, warum er Branka nicht öfter auf Reisen mitgenommen hatte. Mit seinen Brüdern und dem Vetter Danilo reiste er oft, während sie in Sarajevo blieb und auf ihn wartete. Wer hätte damals gedacht, dass die kleine Branka heute in

Schweiß gebadet und mit glühenden Wangen die Böden schrubben, den Ofen heizen, die Wäsche waschen ... dass sie derartig schuften würde, ohne eine Minute auszuruhen? Ewig mit einem Lächeln auf den Lippen. Ohne ein Wort des Jammerns. Der Gedanke daran, dass er ihr, als er es konnte, nicht mehr geboten hatte, nagte an ihm, und noch mehr quälte ihn die Gewissheit, dass er das auch künftig nicht können würde. Sie hatte nie etwas von ihm verlangt, hatte ihm nie widersprochen, es sei denn zu seinem Wohl. Er verfluchte seine patriarchalische Erziehung, seine Rückschrittlichkeit und seine verbohrten Ansichten über die familiären Pflichten, die ihn jahrelang von Brankica ferngehalten hatten, von der armen Sephardin, wie sie unter den Geschwistern Korać oft hieß. Und dennoch, er allein trug die Schuld. Jetzt fühlte er sich den Schwestern, den Brüdern, ihren Ehepartnern und ihren Kindern nur wegen der Blutsbande verpflichtet. Alles Übrige gehörte Brankica, seinem einzigen Schatz. „Du Idiot", murmelte er, „jetzt ist dir alles klar, du alter Trottel, jetzt, wo es zu spät ist", und er fügte ein sephardisches Sprichwort hinzu, das er gelernt hatte: *„Tardi la manu al culu!*, Zu spät!"

Branka wartete auf sie mit dem fertigen Abendessen in der halbverdunkelten Wohnung, die dank der heruntergelassenen Jalousien und der dicken, sogar der Augusthitze trotzenden Wänden kühl war. Sie wusch sie mit den Worten: „Macht nichts, der Schlamm ist gesund!" Marko jedoch schadeten die Sonne und die Hitze, und so mussten sie fortan auf das Baden verzichten. In den Mußestunden las Inda Romane von Fenimore Cooper und schrieb ihr erstes Gedicht für ihre Mutter.

An einem Septembermorgen vor dem Beginn des Schuljahres vernahm Branka einen Schrei Indas aus dem Badezimmer. Sie sah sie auf Zehenspitzen vor dem Spiegel stehen und auf das linke Augen zeigen, das aus seiner normalen Position gerutscht war.

„Mama, ich schiele, ich schiele!", flüsterte sie, warf sich Branka in die Arme und begann bitterlich zu weinen.

„Riki, Riki, *ven aquí!* Komm mal her!"

Als Riki begriff, worum es ging, gab sie Branka ein Zeichen, still zu sein, und begann zu deklamieren: „*Ich bin ein Kätzchen, mein Name ist Babett, meine Augen schielen, mein Gesicht ist aber nett!* ... Weißt du, meine liebe Nichte, dass alle großen und verführerischen Filmdivas ein wenig geschielt haben?"

„Aber das hier ist nicht ein wenig", widersprach Inda, hörte jedoch auf zu weinen.

„Riki begann sie zu kitzeln und sagte: „Aber mit der Zeit wird es immer weniger, und du wirst auch so eine Verführerin!" Am Ende musste Inda lachen.

Marko kam von der Besprechung zurück, bei der man ihm die Stelle eines ständigen Sachbearbeiters in der Belgrader Vertretung des Unternehmens „Mesopromet" aus Sarajevo versprochen hatte, aber diese gute Nachricht ging wegen der Sorge um Indas Auge unter.

„Wir müssen sofort zu einem Augenarzt", sagte Marko.

„Zum besten", meinte Riki.

„Nach Sarajevo zu Doktor Čavka", schlug Branka vor.

„Ich werde anrufen. Wenn er sie untersuchen kann, machen wir uns sofort auf den Weg", erwiderte Marko.

Noch am selben Abend rief er den Arzt an und machte mit ihm einen Termin für den nächsten Montag aus.

„Ich will nicht allein nach Sarajevo!", protestierte Inda aufgeregt.

„Wie kommst du darauf?", wunderte sich Riki. „Du wirst mit deinem Papa hinfahren!"

Branka wollte sie selbst hinzubringen, denn sie wusste, dass eine Rückkehr nach Sarajevo für Marko schmerzlich sein würde, aber er lehnte es entschieden ab.

Schon am Dienstagabend waren sie zurück. Laut der Diagnose würde das Auge beim Tragen einer Brille in einigen Monaten an seinen Platz zurückkehren. Alle atmeten auf. Marko war trotzdem den ganzen Tag bedrückt. Erst spät am Abend sagte er im dunklen Schlafzimmer:

„Ich war auf dem Friedhof, ich weiß selbst nicht warum. ... Offenbar bekommt mir in Sarajevo nur die Gesellschaft der Toten. Überall Unkraut. Es ist merkwürdig, Brankica, während man schöne Blumen pflegen muss, wachsen Brennesseln überall, nichts stört sie, nichts benötigen sie, nichts macht sie kaputt. An einer Stelle schneidest du sie ab, an einer anderen sprießen sie wieder ... Das Ungute lässt sich nicht ausrotten."

„Nein, mein Lieber, vielmehr sollte man alles, was gut ist, pflegen und hegen, weil es empfindlich und zart und deshalb auch selten ist."

„So ist es auch mit den Menschen."

„Und Sarajevo?"

„Der Fluss Miljacka rauscht weiter, die Baščaršija ist voller Menschen, die jungen Leute spazieren am Kai entlang, aber mir ist, meine Brankica, als sähe ich mein eigenes Grab."

Branka schwieg. „Gottseidank geht es unserem Kind gut", sagte sie schließlich.

„Ja, das ist die Hauptsache ... die Hauptsache", wiederholte Marko zerstreut und fügte hinzu: „Die Kleine ist sehr unselbstständig. Sie ließ meine Hand keinen Augenblick los."

★

Marko Korać bekam die versprochene Stelle, Saša Poljanski teilte ihnen mit, dass er Direktor der Zagreber Filiale des Unternehmens „Veletrgovina" geworden sei.

„Seltsam", lautete Rikis Kommentar, „Saša ist Direktor, Marko muss schuften."

Der Lebensrhythmus war jetzt ein anderer, Marko musste schon um sechs Uhr morgens zur Arbeit und kam um drei Uhr nachmittags zurück. Branka wartete meist auf dem Balkon im Schatten der Linde auf ihn. Ihr schien, sein Schritt würde immer schwerer. Solche verborgenen, langsamen und schwer erkennbaren Veränderungen sieht nur der Liebende. Nach dem Mittagessen und der Mittagsruhe erledigte er kleinere Aufgaben, musste aber bald aufhören, es war für ihn zu anstrengend.

„Fein, sehr fein, jetzt hast du eine feste Arbeit und ein festes Gehalt", machte Branka ihm Mut.

„Ja, ja", antwortete er freudlos. „Es war mir leichter ohne das", sagte er ihr eines Abends leise, als Inda schlief. „Da gehörte ich zu keiner beruflichen Hierarchie und war mir deshalb meiner Lage nicht ganz bewusst. Mit anderen Worten: Ich hatte nicht eine so unbedeutende, eine so miese Stellung ..."

„Denk nicht dran."

„Du erlebst das zum Glück nicht! Nieten und Ränkeschmiede erteilen mir Befehle schroffer und gröber, als ich es je in meinem Berufsleben mit den jüngsten Boten oder mit den Lastenträgern tat ... Brankica, du weißt nicht, wie viele dieser kleinen Demütigungen es innerhalb nur einer der acht Arbeitsstunden gibt. Und am schlimmsten ist es für mich zuzusehen, wie sie Fehler machen, schlecht arbeiten, aber wenn ich ihnen einen Rat erteile, würdigen sie mich nicht einmal einer Antwort."

„Erteile ihnen keine Ratschläge! Das ist nicht mehr dein Unternehmen. Lass sie schlecht arbeiten, Fehler machen, soll alles zum Teufel gehen! Dein Gehalt bleibt ohnehin dasselbe ..."

„Das kann ich aber nicht."

Branka schwieg gespannt. „Du könntest kündigen", sagte sie, „und so arbeiten wie früher."

„Das geht nicht. Die Zeiten haben sich geändert, die Unternehmen sind konsolidiert, es besteht immer weniger Bedarf an selbstständigen Einkäufern. Ich darf nichts riskieren. Mein Gehalt ist klein, aber sicher."

In der Dunkelheit rannen Branka lautlos die Tränen die Wangen hinunter. Sie streichelte Markos Hand. Sie wusste nicht, wie sie ihm helfen, was sie ihrem leidenden Mann sagen, wie sie ihn trösten oder ermutigen konnte, außer ihn zu liebkosen und zu lieben.

„Schlaf jetzt, mein Guter, schlaf", murmelte sie, die Bettdecken glättend.

„Auch du, meine einzige Brankica."

★

„Dušan hat sich schon lange nicht mehr blicken lassen", sagte Branka vorsichtig, während die Schwestern nebeneinandersaßen und nähten.

„Stimmt, ich habe es gar nicht gemerkt", entgegnete Riki.

„Hast du es wirklich nicht gemerkt?"

„Wirklich!"

„Gibt es einen Grund?"

„Ja, er hat um meine Hand angehalten und ich habe ihm einen Korb gegeben."

„Du hast mir nichts davon gesagt!"

„Warum auch? Er fragte mich und ich habe ihm geantwortet ... Das war alles vorauszusehen."

Riki war angetan von der Diskretion ihrer Nichte, dieser Eigenschaft der Koraćs, denn sie hatte nicht einmal ihrer Mutter gegenüber etwas davon verlauten lassen!

„Und warum hast du ihn zurückgewiesen?"

„Muss ich das jetzt auch dir erklären? Es reicht, dass ich es ihm klarmachen musste. Ich bin nicht für ihn geschaffen ... Zu ihm würde zum Beispiel Smiljka passen."

„Warum gerade Smiljka? Wie kommst du auf sie?"

„Weil sie mir erzählt hat, dass sie sich ab und zu sehen. Sie traf ihn bei einem Empfang bei Moša Pijade, sie kamen ins Gespräch, und da sie unterbrochen wurden, wollten sie es ein anderes Mal zu Ende führen. Am nächsten Tag rief er an. Offenbar war sie schon während des Krieges von ihm angetan. Sie kann sich an jede Einzelheit ihrer ersten Begegnung erinnern, und das tut eine Frau nur, wenn sie an einem Mann interessiert ist. Smiljka sagte mir offen und ehrlich, sie möchte ihn, falls er auch dafür ist, öfter treffen. Höflich hat sie mich gefragt, ob ich etwas dagegen hätte."

„Und was hast du gesagt?"

„Dass ich ganz und gar nichts dagegen habe. Keinesfalls. Und glaub mir, Brankica, es ist so. Ich freue mich sogar ... Als wäre mir eine Last vom Herzen gefallen, als hätte ich ein brennendes Problem gelöst. Smiljka ist eine ordentliche Frau, ein Mensch, der gelitten hat und sich nach Liebe, Ehe und Kindern sehnt ... Und Dušan braucht das."

„Und du? Was brauchst du?"

„Gesundheit. Alles andere habe ich."

„Und du gibst ihm den Laufpass und überlässt ihn großzügig einer anderen! Aber du solltest dir im Klaren sein: Er kann heiraten, Kinder bekommen, alles Mögliche tun, aber dich wird er immer lieben. Habe ich recht?"

„Ja!"

„Riki, das ist kein Theaterstück, das ist dein Leben!"

„Und ob!"

„Solche Männer wie Dušan sind selten und du bleibst allein."

„Was soll ich machen, wenn ich kein Männerfreund bin!"

„Willst du überhaupt keinen?"

„Wozu? Ich habe doch euch." Riki lächelte.

„Das ist etwas anderes! Du bist allein."

„Das bin ich nicht. Wie ich einmal gesagt habe, ich habe mich und das ist nicht wenig ... Für eine so winzige Person sogar zu viel!"

„*Ah! Quen puder no puedi, matar si dexa,* Wer nichts tun kann, lässt sich sogar umbringen", sagte Branka mit einem Seufzer. „Wir sollten uns nach dem erkundigen, was Klara uns geschrieben hat."

„Warten wir ab, bis sie uns den Zeitungsartikel schickt. Wenn es sich zeigen sollte, dass diese Prothese taugt, fahre ich sofort zu Señor Lipman, soll er schneiden, herausoperieren, Metalle und Legierungen einpflanzen, tun, was er will, wenn mir danach nur diese verdammte Hüfte nicht mehr weh tut!"

„Schön wäre es!"

Bald kam Klaras Brief mit dem Zeitungsartikel in Englisch und mit Pols Übersetzung. In ihm war die Rede von der Tätigkeit eines Dr. Lipman, des Chefarztes der Orthopädie für Korrektion und Prävention von Skelettdeformationen im Krankenhaus „Mount Sinai" in New York, und von seinen vielen erfolgreichen Operationen. Riki war begeistert und begann jetzt ernsthaft über eine Reise nach Amerika nachzudenken. Es galt, viele Hindernisse zu überwinden: ein Visum für die USA zu bekommen, was beinahe unmöglich war, die teure Operation und die Reise zu bezahlen. Gewöhnt, mit Schwierigkeiten zu kämpfen, gab Riki nicht so schnell auf, sie erwog mehrere Möglichkeiten und suchte nach Lösungen, sprach darüber auch mit Marko.

„Klara sollte sich dort drüben bemühen, Geld für die Operation aufzutreiben", sagte er. „Vielleicht findet sie einen reichen jüdischen Wohltäter ... du solltest dich hier um das Visum kümmern, und wir alle zusammen kommen für die Reisekosten auf."

„Ja, vielleicht ... Aber die Reise ..."

„Hör mal, Rikčić, wenn wir die ersten beiden Hindernisse überwunden haben, dann treiben wir auch Geld für den Flug auf."

★

Während einer ganz gewöhnlichen Mittagsruhe in jenem Spätherbst ereigneten sich zwei aufregende Dinge.

Das Telefon klingelte zu ungünstiger Zeit. Da sie nachmittags nie schlief, hob Branka den Hörer ab. Nach Pfeifen, Knarren und unbekannten Stimmen, die sie in verschiedenen Sprachen zum Warten aufforderten, wurde eine Verbindung hergestellt.

„Tante! Liebe Tante Banki!"

„Klaras Didi!" Nur sie nannte sie Banki. Zuletzt hatte sie sie in Škofja Loka gesehen, als sie noch ein kleines Mädchen gewesen war.

„Didi! *Fijiquia, querida di la madri! Ondi stas?* Mädchen, Mutters Liebling, wo bist du?", schrie Branka aufgeregt. Als sie sich etwas beruhigt hatte, gelang es ihr, die Mischung aus Serbisch, Ladino, Italienisch und Englisch zu verstehen, in der Didi ihr mitteilte, dass sie in einem Monat auf dem Weg von Beirut nach Massachusetts vorhätten, Jugoslawien zu besuchen. Ihr Ehemann Cliff wünsche, die Familie Sálom kennenzulernen.

„Können wir bei euch umkommen?", zwitscherte Didi.

„Wie bitte?"

„*Star cun vusotrus!*"

„*Siguru*, sicher kannst du bei uns unterkommen ... Kommt, mein Herz, kommt nur!" Die Leitung wurde unterbrochen.

Inzwischen waren Marko und Riki von Brankas lauter Stimme wach geworden. Sie standen neben ihr und begriffen nichts.

„Didi kommt mit Mann und Kindern zu uns!", sagte Branka mit noch immer erhobener Stimme.

„Klaras Didi?", fragte Riki auch ganz durcheinander, als kenne sie noch mindestens drei Personen dieses Namens.

„Natürlich, wessen Didi denn sonst?"

„Und wohin? Zu uns?", fragte Marko. „Ich habe nichts dagegen, aber wo und wie sollen sie unterkommen?"

„Und das bei unseren lieben, wohlriechenden Mitbewohnern?", warf Riki ein. „Macht aber nichts! Sollen unsere Gäste ruhig den sozialistischen Realismus aus erster Hand erleben."

„Pssst, leiser, Riki! Wirklich, Branka, du hättest ihr erklären sollen, wie wir leben!"

„Ich hatte doch gar keine Zeit. Die Leitung brach zusammen und auch sonst ... Didi sagte, ihnen sei nur wichtig, dass sie uns sehen und dass Cliff, ihr Mann, die Familie kennenlernt. Wenn es so ist, werden wir es doch irgendwie meistern."

„Könnten sie nicht ins Hotel gehen?", fragte Marko.

„Wenn sie da sind, werden wir ihnen alles zeigen und erklären, sie sollen dann selbst entscheiden."

„Und in welcher Sprache werden wir ihnen das erklären?"

„Didi spricht Serbisch und Ladino", sagte Branka, „und ihr Mann Englisch."

„Für einen Amerikaner wohl logisch!"

„Mit ihm werden wir uns also nicht direkt unterhalten können", stellte Marko fest.

„Es sei denn, wir lernen in diesem Monat noch Englisch", sagte Branka im Spaß.

„Warum nicht?", erwiderte Riki im Ernst. „Im Englischen gibt es eine Menge französischer und deutscher Wörter. Fangen wir gleich morgen an ... Ich habe ein altes Lehrbuch aus der Vorkriegszeit!"

„Gut, das machen wir, vielleicht ist es gar nicht so schwierig", meinte Branka.

„Das Schlimmste ist die Aussprache", wandte Marko kennerhaft ein. „Ihr kennt das doch aus den Filmen. Man muss sprechen, als sei man schrecklich eingebildet."

„Stimmt, es klingt ziemlich affig", gab Riki ihm recht. „Aber, Blanki, warum sollten wir beide es nicht probieren?"

Da sie inzwischen ganz wach waren, schlug Marko vor, Kaffee zu trinken. Kaum war der Kaffee fertig, hörte man es an der Tür dreimal klingeln. Jemand wollte also zu den Koraćs, denn einmal klingeln galt den Grdićs.

Branka machte die Tür auf und führte Dušan ins Zimmer. Man bot ihm Kaffee an, Branka und Marko tranken ihren aus und zogen sich in ihr Zimmer zurück.

„Riki", begann Dušan sofort, „ich bin gekommen, um dir zu sagen, dass ich Smiljka heirate."

Riki stand auf, ergriff mit beiden Händen seine Rechte und gab ihm einen schallenden Kuss auf beide Wangen. „Ich gratuliere! Ich gratuliere euch beiden von ganzem Herzen! *Masal buenu*, viel Glück, würde man bei uns sagen!"

„Du wunderst dich gar nicht."

„Nein. Seit Smiljka mir angedeutet hat, dass ihr euch trefft, habe ich auf so etwas gehofft."

„Gehofft?"

„Ja, weil ich euch beide schätze und finde, dass ihr ein gutes Paar seid."

„Du bist eine merkwürdige Frau. So warst du und so wirst du immer bleiben. Ich werde dich nie ganz verstehen."

Riki lachte und schenkte ihnen beiden Schnaps ein. „Auf die glücklichen Brautleute!" Nach alter Sitte kippte sie das Glas in einem Zug.

„Weißt du", sagte Dušan, sichtbar zögernd, „wir haben uns ein wenig beeilt, obschon wir unsere Trauung in jedem Fall vollziehen wollen ..."

„Du klingst wahnsinnig offiziell!"

„Das ist mir wahrscheinlich zur Gewohnheit geworden ... Also, wir haben uns aus zwei Gründen beeilt. Erstens, weil ein Kind unterwegs ist, und zweitens, weil wir bald wegziehen."

„Bravo! Und wohin?"

„Ins Ausland. Ich habe mich um eine Stelle im Außenministerium beworben und man hat mich jetzt zum Generalkonsul in München ernannt."

„Und deine journalistische Tätigkeit?"

„Um das Schreiben tut es mir leid, aber die redaktionelle Arbeit mochte ich nie ... Es ist nicht einfach, mit der menschlichen Eitelkeit, mit echten und mit falschen Talenten auszukommen. Das ist nichts für mich."

„In welchem Monat ist sie?"
„Im vierten."
„Sie ist bestimmt glücklich."
„Sehr ... Wir sind beide glücklich."
„Ihr habt es beide auch verdient."
„Hoffentlich wird es ein Sohn."
„Du verbohrter Serbe! Was würde dir mit einem Mädchen fehlen?"
„Nichts, aber ich möchte doch, dass es ein Sohn wird." Dušan verstummte. „Und was ist mit dir, Riki?"
„Ich plane gerade, über den Ozean zu fahren."
„Warum? Wegen jemandem in Amerika?"
„Ja, wegen jemandem, der die wichtigste Rolle in meinem Leben spielen könnte ..."
„Tatsächlich?"
„... er ist ein Arzt, Dušan. Er heißt Lipman und ist einer der führenden Chirurgen für Hüftoperationen ..."
„Jetzt verstehe ich ... Und wie willst du das alles organisieren?"
„Noch weiß ich es nicht ... Schade, dass ihr jetzt weggeht. Ihr hättet mir bei der Beschaffung des Visums helfen können."
„Merkwürdig! Es ist das erste Mal, dass du mich um einen Gefallen bittest."
„Jetzt bist du nicht mehr allein."
„Ach, darum geht es!"
„Natürlich!"
„Riki, merke dir: Wo immer wir in der Welt sind, und das kann ich ruhig auch in Smiljkas Namen sagen, brauchst du dich nur zu melden, wir werden dir helfen so gut wir können. Du kannst sicher sein ..."
„Ich bin sicher, danke, Dušan."
Er holte einen Block hervor, notierte darauf seine künftige Adresse, ließ ihn auf dem Tisch liegen und stand auf.
„Und der Block?"
„Kann hier bleiben ... als Erinnerung."
„Grüß mir Smiljka. Sag ihr, sie soll mal vorbeischauen ..."
„Sie hat mir aufgetragen, dich zur Hochzeit einzuladen."
„Nein, das geht leider nicht ... Das Bein, die Arbeit ..."
„Ich weiß. Sie wird dich besuchen. Adieu, Riki", sagte Dušan, drückte ihre Hand, aber dann von Erinnerungen überwältigt, hob er sie wie früher in die Höhe, drehte sich mit ihr um die eigene Achse, küsste sie auf die Nase und stürmte aus der Wohnung.

Bald kam Smiljka zu Besuch, strahlend, mit straffem Gesicht, glänzendem Haar, einem breiten, zufriedenen Lächeln auf den Lippen und einem schon sichtbaren Bauch. Sie unterhielten sich stundenlang wie einst. Smiljka erzählte von ihren Eltern, die überglücklich seien wegen des langersehnten Enkels, von ihren früheren Ängsten und jetzigen Hoffnungen, von dem künftigen Leben unter den „Feinden", wie sie die Deutschen immer noch nannte.

„Nicht alle mordeten. Nicht alle waren bei der SS", bemerkte Riki.

„Doch! Auch wenn sie nicht aktiv teilgenommen haben, unterstützten sie das Ganze durch ihren Gehorsam und haben sich dadurch schuldig gemacht", entgegnete Smiljka feurig. „Ich werde von Mördern umgeben sein! Und ganz zu schweigen von unseren Landsleuten, die dort leben ... lauter Gegner des neuen Jugoslawiens."

„Ihr müsst euch in Acht nehmen."

„Auf jeden Fall. Aber, glaub mir, wenn dieses Kind nicht wäre, das alles andere unwichtig erscheinen lässt, würde ich nicht dorthin ziehen. Ich hoffe, später werden wir in ein anständiges Land versetzt."

„Ich freue mich sehr für dich."

Smiljka küsste sie. „Weißt du, Riki Sálom, dass du in der Nachkriegszeit meine einzige Freundin bist? An die Freundinnen von vor dem Krieg erinnere ich mich gar nicht mehr. Ich kam zu dir, wenn es mir am schwersten war, um dir mein Herz auszuschütten, um dir alles zu erzählen, so wie einem Priester bei der Beichte oder einem Psychiater ... Du kannst dir nicht vorstellen, wie viel das für mich bedeutete ... Deine Großzügigkeit, dein Optimismus ..."

„Das ist, was man von außen sieht, aber wie es hier drin brodelt, das weiß allein ich!"

„Dušan hat mir erzählt, dass du dich in Amerika operieren lassen willst."

„Wenn ich es schaffe, das Geld aufzutreiben und das Visum zu bekommen ..."

„Ihr beide habt schon darüber gesprochen, nicht wahr?"

„Ja. Wenn ich am Leben bleibe, schreibe ich dir aus New York."

„Ganz bestimmt, Rikčić, du bist unverwüstlich."

Beim Weggehen nahm Smiljka ein goldenes Medaillon vom Hals und legte es Riki in die Hand.

„Warum das denn?"

„Nimm es, bitte. Während des ganzen Kriegs trug ich es bei mir. Du hast mir Glück gebracht. Jetzt soll er dir Glück bringen."

★

Adrijana spielte oft Beethovens „Mondscheinsonate" auf ihrem „Förster"-Klavier. Manchmal hörten sie und Inda auch Musik aus dem Grammophon. Auf diesem letzten Wunder der Technik spielte man Schallplatten mit 45 oder 33 Umdrehungen ab. Adrijana wählte meist ernste Musik aus, „Jambalaya" und ähnliche moderne Songs verachtete sie. Zu den klassischen Stücken erfand Inda entsprechende Ballettschritte und wenn sie müde wurde, setzte sie sich in eine große Bergère und genoss die Musik pur. Sie spielte kein Instrument, da sie keines besaß, nahm dafür aber Ballettunterricht, lernte Französisch und las viel, sogar solche Bücher, die ihre Eltern nicht gern sahen. Die gesammelten Werke von Guy de Maupassant im rosafarbenen Einband mit goldenen Buchstaben lieh sie sich von Adrijana und las sie heimlich, allerdings gelang es ihr trotz ihres heißen Wunsches nicht, den schwedischen Film „Sie tanzte nur einen Sommer" zu sehen, von dem sie gehört hatte, er sei voller „unanständiger" Szenen. Sie konnte auch gut zeichnen und schrieb Gedichte.

Gern besuchte sie Adrijana. Sie schwärmten von Gina Lollobrigida beim Filmfestival in Cannes und im Film „Liebe, Brot und Fantasie". Inda versuchte, Fats Domino zu imitieren, Rina machte die Dubrovniker Sprache nach. All das war möglich, weil Rina ein eigenes Zimmer hatte, ein für Indas Begriffe unerreichbarer Luxus. Sie wunderte sich, dass trotzdem wenige Kinder zu Besuch kamen. Das sagte sie ihr auch einmal.

„Ich brauche sie nicht! Sie sind langweilig!", winkte Rina ab.
„Wenn dir so viel an Gesellschaft liegt, warum lädst du sie nicht ein?"
„Es geht nicht, wir haben keinen Platz ... Du weißt, die Stinkićs! Ihr habt zwei Wohnungen ... Wie kam es, dass man deinen Vater nicht aus der einen hinausgeworfen und ihm nicht die Privatpraxis verboten hat?"

„Er hat sehr gute Beziehungen. Das ist äußerst wichtig ... Aber du kannst zu mir kommen, wann immer du möchtest! Hier können wir beide es uns schön machen. Noch besser wäre es, wenn Mama und Ružica nicht alle paar Augenblicke hereinschauten! Findest du nicht auch?"

„Doch", antwortete Inda und dachte, sie würde viel dafür geben, ein eigenes Zimmer zu haben, stellte danach aber sofort fest, dass sie für kein Zimmer der Welt ihre Mutter gegen Melanija tauschen würde. „Alles ist relativ", erklärte sie feierlich. Diesen Satz hatte sie neulich von Tante Riki aufgeschnappt und sich seine Bedeutung gemerkt: Jedes Ding kann so oder so sein, je nachdem, aus welchem Blickwinkel wir es betrachten. So zum Beispiel, als die schwarzen Kittel abgeschafft wurden, waren ihre Schulfreunde und Schulfreundinnen überzeugt, dass sie aus einem wohlhabenden Haus komme. Als gleich zu Beginn des Schuljahres die Mitschüler stillschweigend in Wohlhabende und Nichtwohlhabende geteilt wurden, ordnete man sie der falschen Gruppe zu. Denn die schönen Kleider, Haarspangen, weißen Nylonkniestümpfe, die sich an das Bein schmiegten und nicht wie die heimischen „Wasser zogen", die elastischen Gürtel und die Pullis aus synthetischen Fasern stammten aus Tante Klaras Paketen. Inda ließ ihre Mitschüler in dem Glauben, sie gehöre zu den Wohlhabenden. Freundschaft pflegte sie mit beiden Gruppen, ausschlaggebend war nur, ob ihr jemand sympathisch war.

Um Rat gefragt, antwortete ihr Tante Rikica einmal: „Pflege Freundschaft mit denen, die dir gefallen, ohne viel zu erklären. Ohnehin wird niemand den Unterschied verstehen zwischen unserem Äußeren und dem, was wir im Geldbeutel haben ... Vergiss nie, wo die echten menschlichen Werte stecken ..."

„Hier", Inda zeigte aufs Herz, „und hier", sie zeigte auf den Kopf.

„Genau!", entgegnete Riki zufrieden, weil Inda die Lektion für das Leben gelernt hatte. „Deshalb bist du so, wie du bist!"

„Und wie bin ich?"

„Du taugst nichts, bist sehr dumm, schlecht erzogen und ein hässliches Mädchen! *Buen oju ti miri!* Unberufen!"

„Und werde ich je das Meer sehen?"

„Natürlich, mein Herz, du hast das Leben noch vor dir. Du wirst das Meer und das Gebirge und andere Länder sehen. Für all das gibt es genug Zeit ..."

„Ja, und wann kommt diese Zeit?"

„Gedulde dich, *querida.*

„Nur die, die nichts haben, müssen sich gedulden", stellte Inda fest.

Adrijana und Svetlana Lazić, deren Vater eine hohe Position in einem großen Unternehmen innehatte, mussten es nicht, sie fuhren jeden Sommer an die Adria.

Einige Male bat sie Gott, sie doch einmal ans Meer fahren zu lassen. Sie tat das in der katholischen Kirche in der Straße der Proletarischen Brigaden, wohin sie Rina gelegentlich zur Nachmittagsmesse begleitete. Meist wartete sie draußen, manchmal ging sie hinein und betete, aber schnell wurde es ihr dort langweilig und sie ging leise wieder raus.

*

An einem trüben Novembernachmittag trafen Didi, Cliff und deren Söhne, der vierjährige Alan und der ein Jahr alte Ronald, in Belgrad ein. Zuvor hatte Didi telegrafisch den Tag und die Stunde ihrer Ankunft gemeldet und betont, niemand solle sie abholen.

Nach dem gegenseitigen Kennenlernen, den Umarmungen und Küssen und nachdem man ihnen Slatko und Wasser angeboten hatte, zeigte Branka den Gästen das Zimmer, das sie während ihres fünftägigen Aufenthalts benutzen könnten. Wenn sie damit einverstanden wären, würde Marko zu seiner Schwester ziehen, Branka und Inda würden auf dem Boden in Rikicas Zimmer schlafen. Anderenfalls könnten sie im Hotel übernachten. Ob es Didi peinlich war, die Gastfreundschaft abzulehnen, ob es ihnen bei den Koraćs wirklich gefiel oder ob aus Sparsamkeit, beide erklärten, Didi auf Serbisch, Cliff auf Englisch, sie würden gern bei ihnen bleiben.

„Wir bleiben bei du, meine liebe Tante", zwitscherte Didi, „nicht trennen, sondern die ganze Zeit reden". Sie küsste Branka noch einmal.

„Hier ist es nicht gerade luxuriös", sagte Branka, aber Didi winkte ab und meinte, das „verstöre" sie nicht.

Sie machten sich frisch, packten die Koffer aus, Didi gab den Kindern zu essen, Branka deckte den Tisch. Sie hatte mehr als sonst gekocht. Lepava Grdić hatte immer wieder in die Küche reingeschaut, geschnaubt und gepustet, ihre Neugierde schlecht verhehlend. Obwohl sie zu Brankas großer Freude und Erleichterung schon seit Monaten nicht miteinander sprachen, hatte Lepava es nicht länger ausgehalten: „Vor lauter Geschirr kann man sich hier kaum umdrehen ... Warum bloß kochen Sie so viel?"

„Meine Nichte kommt zu Besuch", hatte Branka geantwortet. Sie dachte, vielleicht sei es besser, die Grdićs über Didis Kommen zu informieren. Besonderes Verständnis hatte sie von Lepava nicht erwartet, hoffte aber, sie würde ihr etwas mehr Zeit in der Küche gewähren. Weit gefehlt. Von dem Augenblick an stürmte Lepava auf die Minute pünktlich in die „ihr zustehende" Küche und hielt sich dort länger auf als sonst. In Schals und Decken eingepackt, wodurch sich ihr Umfang verdoppelte, stieß sie bei jedem Schritt gegen die Küchenmöbel. Deshalb hatte Branka drei Nächte lang im Voraus gekocht. Damit hatte sie sich um den Schlaf gebracht und musste Didi mit dunklen Ringen unter den Augen empfangen.

Während des Abendessens berichtete Didi so gut ihr das auf Serbisch gelang über ihr Leben, angefangen mit der Flucht aus Zagreb, über die italienischen „Flüchterlager", die Heirat mit Cliff, die Geburt des ersten Sohnes, die Umsiedlung nach Beirut und die Geburt des zweiten Sohnes bis zur Entscheidung, ihre Verwandten zu besuchen. Der höfliche und fremdartige Cliff mit großen weißen Zähnen und betontem Hinterkopf mischte sich oft ein, obwohl er die Sprache nicht verstand. Didi bemühte sich, seine Bemerkungen und die Reaktionen der anderen darauf zu übersetzen.

„Es ist viel schwer, liebe Tante", sagte sie am Ende, müde von dieser anstrengenden Arbeit, „keine Sprache wie Muttersprache sprechen. Ich weiß, und ich weiß nichts ... alles ist durchgegangen ..."

„... durcheinander geraten", half Marko.

„*Yes!* Französisch und Italienisch und Ladino und Deutsch und Englisch und Jugoslawisch ..."

„Woher wissen Sie ... woher weißt du alle diese Sprachen?", fragte Inda voller Bewunderung.

„Also: Jugoslawisch von Papa und Mama, als wir lebten in Zagreb, Spanisch, *Ladino* von *mámile*, Italienisch, als wir vor dem Krieg lebten in Mailand, Französisch, als wir waren in Paris, Deutsch aus dem Lager, wo ich habe gearbeitet für einen deutschen Priester, Englisch von Cliff ... Und jetzt weiß ich nichts mehr!"

„Erzähl ruhig weiter", tröstete Branka sie. „Wir verstehen alles, was du sagst ... Wie geht es euch jetzt in Beirut?"

„Sehr fein. Ich bekommen amerikanische Staatsangehörigkeit. Lange Jahre war ohne: Die jugoslawische verloren, weil wir nicht aus Italien zurück, und auf die amerikanische muss lange warten. Jetzt ist alles gut. Cliff arbeitet für UNRRA, *United Nations Relief and Rehabilitation Administration*, hat gemacht sein Master, will Karriere, deshalb viel arbeiten. Wir wohnen in einem *duplex house*. Er viel auf Reisen, ich lerne zu sein Mutter, Hausfrau, Ehefrau. Wir machen Empfänge für Kollegen und Repräsentation und gehen zu Empfängen, ich musste lernen kochen wie sie und servieren wie sie ... Sie lachen, wo mir nichts komisch ist, und verstehen mein Spaß nicht. Sie sind anders, aber macht nix. Wir gehen oft aus, Geschäftskontakte, Abendessen,

garden parties, dances, night clubs ... Dort ist es so: Du gehst schwimmen, fährst Auto eine Stunde, dann gehst du Skilaufen ... Beirut ist wunderbar, die schönste Stadt der Welt. Ich will ewig dort leben."
Inda hörte mit halboffenem Mund zu und vergaß sogar zu essen. Was war Adrijanas und Svetlanas Reichtum im Vergleich zu diesem Luxus?
„Habt ihr ein Auto?", fragte sie, als ihre Neugier stärker wurde als ihre Zurückhaltung.
„Ein Auto? Wir haben *convertible car* ... das Dach kann runter, weil dort heiß. Ein ‚Hillman.'"
„Ein gutes und sicheres Auto", sagte Marko.
„Ja! Das Leben sehr schön", fuhr Didi begeistert fort. „Unterhaltung am Strand voll Sand, Picknicks jeden Mittwoch, wenn Blumen pflücken, Maskenballs, aber auch viel Arbeit zu Hause."
„Hast du eine Hilfe?", wollte Branka wissen.
„Eine Frau jeden Tag drei Stunden, aber das Haus ist groß, die Kinder, die Geburtstage, die Gäste und ich koche und nähe allein. Ich habe auch Möbel allein gemacht. Wir sparen. Cliff ist am Anfang seiner Karriere und wir müssen schon sparen für Alan und Ronald für Schule."
„Jetzt schon?", wunderte sich Riki.
„Ja, ja, alles planen ... jeden Cent aufschreiben im Buch über Geld ..."
„Über Einnahmen und Ausgaben", sprang Marko zur Hilfe.
„Ja", sagte Didi und nahm noch einen Schluck Wein. „Er ist fein", sagte sie und schnalzte mit der Zunge, Cliff bestätigte das mit einem Kopfnicken und fügte hinzu: „*Right temperature!*"
„Habt ihr einen Kühlschrank?", fragte Didi.
„Wir haben einen Eisschrank, aber nur für den Sommer. Jetzt brauchen wir ihn nicht, der Balkon ist unser bester Kühlschrank", sagte Branka und hatte Mühe den Eisschrank zu beschreiben, der nicht am Strom angeschlossen war und dadurch kühlte, dass man Eisblöcke in ihn hineinlegte. Eisschränke seien sehr selten, die Nachbarinnen kämen oft, um Lebensmittel „nur bis morgen" bei ihr aufzubewahren, damit sie in der Sommerhitze nicht verderben würden. Cliff lachte schallend, als er die Übersetzung hörte.
Nachdem sie das Abendessen mit Baklava beendet hatten, bat Cliff Didi ihnen zu übersetzen, dass er sich noch nie im Leben so sattgegessen habe, worauf Branka vor Freude rot wurde.
„Liebe Tante, sing uns bitte das alte sephardische Lied, das Mama und du mir gesungen habt in Paris", bat Didi. Sie fing schon an, Branka stimmte ein:

„Cuando tu madre te parió
y te quitó al mundo
corazon ella no te dio
para amar segundo ..."
Beim Refrain sangen Riki und Inda mit.
„Adio, adio, querida,
no quero la vida
que me l'amargates tú."
Dann sangen alle zusammen die traurige Romanze weiter:
„Va buxcate otro amor,
arrompe otras puertas ..."[2]
Danach sang Branka Markos bosnische Lieblingslieder „Emina" und „Als ich nach Bembaša ging". Mitten in diesem letzten Lied hörte man ein Poltern an der Tür von Rikicas Zimmer, wo die Kinder schliefen. Didi sprang auf, aber Marko hielt sie zurück. Branka verharrte vor Überraschung wie versteinert und Riki stand auf. Ihr Gesicht war schmerzverzerrt, ihr Blick zornig.

„Bitte nicht", flüsterte Marko, „ich will keinen Skandal schon wegen dieses Mannes hier. Er wird denken, wir seien Tiere und keine Menschen."

In der nun herrschenden Stille hörten sie Frau Grdić brüllen: „Was fällt euch ein? Das ist *apsalut* unerträglich! Ihr lasst anständige Menschen nicht schlafen! Ich rufe die Miliz! ... Lass das, Svetozar, zerre nicht so an mir!", schrie sie hysterisch. „Sie glauben, weil sie amerikanische Verwandte haben, können sie uns auf dem Kopf tanzen! Ihr schmutzigen Kapitalisten! Ihr verkommene Bourgeois! Die gehören alle gehenkt! Wir sind doch keine Tiere! Sie haben Vorhänge angebracht, um sich vor uns zu schützen! Das geht aber so nicht, denen werde ich es schon zeigen! Zu ihnen muss man *grigoros* sein!"

Das Poltern wiederholte sich und Didi eilte in Rikicas Zimmer, um die plötzlich aufgewachten, weinenden Kinder zu beruhigen.

Marko verließ das Zimmer und in dem Augenblick verstummte Frau Grdić. Branka folgte ihm. Er ging an Lepava vorbei, die es gewagt hatte, den abgetrennten Teil zu betreten und zu lauschen, weswegen sie auch das leise Singen hatte hören können, zog den Vorhang beiseite, hinter dem ihr Mann stand, und sagte ruhig: „Bitte, bringen Sie sie weg von hier. Das geht wirklich zu weit!"

Svetozar hustete etwas aus, packte Lepava an der Hand und schleppte sie unter ihrem lauten Protest weg, kam danach allein ins

Wohnzimmer zurück, hob drohend die Hand und rief so laut, dass ihn alle verstanden: „Das werden Sie mir bezahlen! Wir gehen vor Gericht! Wegen Ihnen wird meine Frau verrückt!"

„Sie ist ja schon verrückt", sagte Marko und verließ das Wohnzimmer.

„Was? Was haben Sie da gesagt? Vors Gericht! Vors Gericht!"

„Diese Menschen sind Ungeheuer!", flüsterte Didi, während sie die Kinder beruhigte.

„*What was this all about?*", fragte Cliff, als alle wieder im Zimmer waren.

„*You would never understand*", sagte Riki in englischer Sprache, die sie und Branka im letzten Monat gelernt, aber bisher nicht gewagt hatten zu gebrauchen. „Sag ihm, Didi", fügte sie hinzu, „dass dies Stimmen aus der Unterwelt sind, von wo diese Teufel geschickt wurden, um uns zu quälen und uns das bisschen Freude zu trüben und das bisschen Gesundheit zu rauben. Sie sind auf den Flügeln der Revolution, die sie natürlich erst nach ihrem Sieg akzeptiert haben, direkt aus dem Morast von Bogatić herbeigeflogen und führen hier ihre Schlammschlachten weiter ... Vielleicht wird er das verstehen!"

Cliff hörte sich die Übersetzung an und nickte ernst.

„Und jetzt will ich euch ein wenig gut stimmen mit einem eigens dazu geschmiedeten Vers", sagte Riki lächelnd. „Hört also zu: ‚Animalität und Brutalität sind sozialistische Realität! Hysterie und Aggression, das ist echter Grdić-Ton!'"

„Das kann ich nicht übersetzen", sagte Didi lachend.

Kurz nach diesem Vorfall ging Marko zur Familie Primorac schlafen und Branka bekam eine schwere Gallenkolik. Inda und Riki blieben die ganze Nacht bei ihr. Sie führten die von Schmerzen und Übelkeit halb ohnmächtige Branka immer wieder ins Bad, wo sie sich erbrach; später, als sie schon ganz erschöpft war, hielten sie ihr nur noch den Kopf über die Schüssel und wischten ihr mit feuchten Handtüchern den Schweiß von der Stirn. Erst gegen Morgen fand sie Ruhe.

Die nächsten vier Tage verliefen friedlich und ohne Ausfälle, obwohl Branka immer noch Angst hatte, wenn Cliff oder Didi ins Bad gingen, das für diese Gelegenheit mit einem kleinen Elektroofen geheizt und dessen großer Wasserkessel mit Holzscheiten befeuert wurde.

Eine unangenehme Szene brannte sich dennoch für immer in Indas Gedächtnis ein. Als Didi einmal frischgebadet ins Zimmer kam und sich, in ein großes Frotteetuch gehüllt, an den Esstisch setzte, bemerkte sie, wie eine große, schwarze Küchenschabe an ihr hochkrabbelte. Sie stieß einen Schrei aus, worauf Didi seelenruhig den Käfer auf den Boden warf. Inda brach in Tränen aus.

„Das ist doch nichts, Indica ... Du unsere Käfer in Beirut sehen!" Sie holte etwas aus ihrem Koffer: „Dieses Spray alles töten!"

Inda hörte nicht auf, untröstlich zu weinen. Schließlich brachte Branka sie in ein anderes Zimmer: „*Luque's fijiquia? Pur luque lloras tantu?* Was ist los, meine Kleine, warum weinst du so?"

„Mir ist es so peinlich", stammelte sie. „Sogar wegen einer Küchenschabe müssen wir uns schämen ... Alles ist gegen uns!"

Am letzten Tag in Belgrad schlich Didi leise zu Branka in die Küche.

„Zieh dir etwas über", sagte Branka. „Hier ist es kalt."

„Du vergessen mein Blut. Mir nie kalt! Ich will reden mit dir ..."

„Bist du glücklich?"

„Ja und nein" antwortete Didi auf Ladino. „Cliff ist ein guter Vater, der um uns sorgen kann und will, ein zuverlässiger Freund, er ist ehrlich, ernst ..."

„Aber?"

„Aber zu vernünftig, distanziert, nüchtern ... Er will keine Gefühle zeigen."

„Vielleicht kann er sie nicht zeigen?"

„Vielleicht. Du weißt, wie wir sind ... explodieren vor Emotionen. Mir fehlt bei ihm Wärme, Zärtlichkeit. Er verdient Geld und bringt jeden Cent nach Hause, aber liebkost und umarmt mich nicht. Ich fürchte, er wird immer so bleiben. So ist er geboren, ein kühler, traditionell erzogener angelsächsischer Mann."

„Auch Marko war reserviert, und sieh, wie er jetzt ist. Du musst hartnäckig bleiben und ihm jeden Tag Zärtlichkeit erweisen."

„Ich habe es probiert, aber er mag das nicht ... Außerdem ich bin nicht wie du. Mir scheint, eher würde ich mich ändern ... Und noch etwas", fuhr Didi fort, „Ich fühle mich ihm ständig untergeordnet, ständig bin ich ihm dankbar."

„Warum?"

„Weil er mich arm, ohne einen Cent geheiratet hat, weil ich nicht mitverdiene, nicht mein eigenes Geld habe! Alles kommt von ihm. Er spricht ständig vom Sparen und davon, dass wir an die Zukunft denken müssen ... Verstehe mich nicht falsch: Mir fehlt nichts. Im Gegenteil. In verschiedenen Briefumschlägen liegt Geld für das

Haus, das Kindermädchen, die Lebensmittel, die Unterhaltung, die Kleidung. Aber Geld für eine Verrücktheit, für eine nutzlose Kleinigkeit gibt es einfach nicht! Ich habe alles und habe nichts!"

„Jede Ehefrau, ob berufstätig oder nicht, verdient mit. Merk dir das. Und überlege, was dir alle Liebkosungen und Verrücktheiten dieser Welt wert wären, wenn du kein Bett zum Schlafen hättest."

„Ich weiß. Das sage ich mir oft auch selbst und denke dabei an meinen Vater. Dann denke ich, Cliff ist wirklich gut, aber sobald ich ihm mit einer ungewöhnlichen Geste oder Idee komme, sperrt er sich und will mich nicht verstehen."

„Probiere es wieder und wieder und immer wieder."

„Mache ich ..." Didi seufzte. „Manchmal fühle ich mich wie die Angestellte in einem Lebensmittelgeschäft und nicht wie die Herrin im eigenen Haus: Jede, auch die kleinste Ausgabe trage ich in ein Heft ein ... Ich möchte so gern mein eigenes Geld haben! Ich arbeite viel im Haus, nähe Vorhänge, beziehe Möbel. Dann sage ich ihm, wie viel das gekostet hätte. Und das freut ihn riesig!"

„Didi, du solltest froh sein, ihn zu haben. Es war klug, Cliff zu heiraten, deinetwegen, wegen der Kinder und auch wegen Klari, denn jetzt weiß sie, dass sie sich keine Sorge um dich zu machen braucht, gerade weil Cliff so ist, wie er ist ... Du solltest ihr etwas häufiger schreiben."

„*Ya sé, tia Banki,* ich weiß, Tante Banki, aber es geht mir nicht von der Hand. Alle diese Sprachen spreche ich schlecht und recht, aber anständig schreiben kann ich nicht. Jeden Tag bin ich in Gedanken bei meiner Mama ... Ich nehme den Füllfederhalter und schreibe ein paar Zeilen, dann weiß ich nicht weiter, schiebe es auf morgen, dann wieder auf den nächsten Tag, und kaum habe ich mich umgedreht, sind sechs Monate vergangen. Und telefonieren darf ich nur zu Weihnachten und zum Geburtstag ..."

„*Sí, querida, ne es culay cun todas estas linguas* ... Ja, meine Liebe, es ist nicht einfach mit all den Sprachen. Jetzt gehen wir aber essen. Heute gibt es als Vorspeise den jungen, lockeren Kajmak!"

„Wunderbar, liebe Tante, den gibt es in Amerika nicht! *Ti queru muchu bien!* Ich liebe dich sehr!" Sie umarmte und küsste Branka.

Beim Abschied teilte Didi Cliffs Entscheidung mit, ihnen zehn Dollar monatlich als Hilfe zukommen zu lassen. In Absprache mit Marko schenkte Branka ihr alte Granatohrringe, die nicht sehr wertvoll, aber als Erinnerung kostbar waren, da sie Mama Estera gehört hatten.

Die Familie Morton reiste nun auf ihrer Jugoslawientour weiter nach Zagreb, um Isak und Zdenka zu besuchen. Die geschickte Didi hatte Fahrkarten besorgt, Plätze im übervollen Zug reserviert und konnte sich jetzt mit einem siegreichen Lächeln hinsetzen und in der Vorfreude auf die mehrstündige Fahrt die Augen schließen.

Sofort bestürmten sie Erinnerungen an ihre frühe Jugend, an die unruhigen Zeiten, als sie Zagreb verlassen hatte und vor der Bedrohung durch das Ustascha-Regime nach Italien geflohen war, wo sie im Flüchtlingslager auch keine beneidenswerte Situation vorgefunden hatte. Doch trotz des ganzen Elends in den jungen Jahren hatte sie sich gut zurechtgefunden. Ihr kam es vor, als sei sie schon immer reif und erwachsen gewesen. Dank ihrer Tüchtigkeit und mit einigem Glück richtete sie sich ein Leben ein, das ihr eigentlich passte. Egal, was sie auch über die Zugeknöpftheit und Gefühlskälte ihres Mannes sagte oder dachte, ein zweites Mal hätte sie dieselbe Wahl getroffen.

„Seltsam", meldete sich Cliff, und alle Mitreisenden wurden wegen seiner englischen Sprache hellhörig, „wie gut sie essen und wie schlecht sie leben."

„Du hast in all den Jahren in Italien und in Beirut nichts gelernt", erwiderte Didi.

Wie die meisten seiner Landsleute war Cliff der Welt, in der er schon zehn Jahre lebte und arbeitete, ferngeblieben. Das störte sie sehr. Geschützt durch seine Zugehörigkeit zu einer reichen Nation, ließ er sich von den Nöten der heimischen Bevölkerung nicht aus der Ruhe bringen. Vielleicht rührte daher die unfassbare Naivität, die Didi oft bei ihrem Mann und seinen Freunden feststellte. Sowohl in Italien am Ende des Krieges und kurz danach als auch jetzt in Beirut in Sicherheit und gut versorgt, kamen Cliff und seine amerikanischen Kollegen, die allesamt fleißig und berufserfahren waren, nie mit dem Elend ihrer Umwelt in Berührung. Sie fragten sich nie, was die Menschen um sie herum dachten, was sie liebten oder hassten, was sie kochten, was sie feierten, woran sie glaubten, wie sie sie als Fremde sahen und ob sie sie überhaupt akzeptierten. Sie glaubten, all das aus Büchern lernen zu können, die sie beharrlich lasen, und nicht von den Menschen, die sie genauso beharrlich mieden oder nur oberflächlich kannten. Nicht einen Augenblick identifizierten sie sich mit ihrer Umwelt, sie hüteten vielmehr ihre Abgesondertheit, geschützt durch eine feste Mauer, die aus ... wirklich, woraus bestand sie eigentlich, fragte sich Didi. Aus

Mangel an Neugierde? Oder einfach aus dem mangelnden Bedürfnis, an etwas teilzunehmen und sich dadurch mit den Problemen anderer Menschen zu befassen? Sie waren eindimensionale Pappkameraden! Vielleicht verstand ihr Mann sie als Angehörige dieser anderen, unbekannten Welt nicht ganz. Vielleicht wollte er das auch gar nicht, um das Exotische in ihrer Persönlichkeit zu bewahren.

„Erstens", fuhr Didi leise fort, „sie essen nicht immer so, wie sie uns bewirtet haben. Das war für sie eine große finanzielle und körperliche Anstrengung ... Damit wollten sie uns Ehre erweisen und ihre Liebe zeigen. Und zweitens, wenn man jahrelang gehungert hat, ist es am wichtigsten, satt zu werden und seine Liebsten sattzubekommen. Danach kommt alles andere."

„Es geht um eine unterschiedliche Wertschätzung. Ich meine, so viel Essen aufzutischen ist eine unnötige Verschwendung", entgegnete Cliff nachdenklich. „Diese Aufteilung der Wohnungen ist eine schreckliche Sache. Die Wohnungsnot ist eines der größten Probleme nach den Kriegen, vor allem, weil es so lange dauert, nötige Wohnungen zu bauen. Diese kann man leider nicht wie Dosenmilch oder Konserven verschicken."

„Meine arme Tante tut sich schwer damit ... Wenn Riki wegen ihrer Operation zu Mama nach New York ginge, würden die Koraćs es leichter haben. Sie hätten ein Zimmer mehr. Die Reise ist aber teuer und sie haben kein Geld."

„Ja, ja", pflichtete Cliff abwesend bei.

Didi hoffte insgeheim, Cliff würde vorschlagen, Rikica den Flug zu bezahlen. Mehrere Male während der Reise wollte sie ihn offen darauf ansprechen, aber sie unterließ es, weil sie seine Ablehnung ahnte. Cliff erkannte nicht die Kraft der Familienbande, weil er sie in seiner Familie nicht erlebt hatte.

Am frühen Morgen trafen sie in Zagreb ein.

Isak, den ältesten Sohn der Familie Sálom, den man wegen seines athletischen Körperbaus Atleta nannte, hatte sie nur einmal gesehen, als er sich in Zagreb von Klara verabschiedete und sie darum bat, den Namen ihres Mannes annehmen zu dürfen, um dadurch der Verfolgung durch die Ustascha zu entgehen. Sie erkannte ihn sofort. Er stand auf dem Bahnsteig und war genauso kahlköpfig, stabil und vierschrötig wie vor fünfzehn Jahren.

Auch er erkannte sie sofort. Sie liefen aufeinander zu und hielten sich lange in den Armen. Sie bemerkte, dass Isaks blaue Augen, die er als einziges der sieben Kinder von Mama Estera geerbt hatte, feucht waren und dass sein kräftiger Körper im Rhythmus des Herzschlags bebte.

„Mein lieber Onkel, geht es dir gut? Dein Herz schlägt!"

„Meine liebe Nichte", sagte Isak in seinem unveränderten bosnischen Akzent, „solche Begegnungen sind eine Seltenheit und ein großes Fest ... Und das Herz schlägt, natürlich, sollte es das etwa nicht tun?" Er lachte aus vollem Hals.

„Doch, doch! Aber es schlägt zu stark!"

„Nur wenn du mich besuchen kommst, *linda mia*, meine Schöne ... Ich habe euch gleich erkannt! Ihr seht amerikanisch aus!"

Dieses Mal bekamen die Mortons zwei angenehme und geschmackvoll eingerichtete Zimmer. „Wie schön!", bewunderte Didi sie.

„Ja, wir leben in Komfort und nach unserem Geschmack", sagte Atleta und fügte, als Zdenka hinausging, hinzu: „Aber mein Heim ist doch in Saraj geblieben, dort, wo die Miljacka rauscht ... Ich bin nie mehr dorthin zurückgekehrt. Einmal werde ich hinfahren, um das Haus unserer lieben Mutter, deiner Großmutter, zu sehen. *Querida, buena Estera*, die liebe, gute Estera, der schulde ich viel. Kannst du dich an sie erinnern?"

„Gar nicht."

„*Picadu!* Schade. Da hast du was verpasst ... Als ich schon ein großer Bengel war, hat sie mich aus dem Haus geworfen. Und das zu Recht. Sie schickte mich mit einem Koffer in die Welt hinaus. Ich blieb zunächst fast den ganzen Tag auf dem Bahnhof in Sarajevo sitzen. Im Leben, liebe Didi, gibt es Stunden großer Freude und tiefen Schmerzes, die man später vergisst. Aber es gibt auch Augenblicke, die leer und dennoch unvergesslich sind. Ja, meine Kleine, so ist das ... Hier bin ich immer allein geblieben."

Didi verstand die Einsamkeit ihres Onkels neben Zdenka, da sie manchmal dasselbe neben Cliff fühlte. Bei der ersten Begegnung mit Zdenka fand sie das Urteil der Sáloms „unsympathisch" bestätigt, aber abgelenkt durch Isak widmete sie seiner Frau ebenso wenig Aufmerksamkeit wie Isak ihrem Mann. Cliff störte das nicht im Geringsten, es schien ihm sogar eher zu passen als die Aufmerksamkeit in Belgrad, mit der er nichts anzufangen wusste. Jetzt verbrachte er die Zeit mit den Kindern oder mit Lesen.

Isak ging viel mit Didi spazieren, um ihre Zagreber Erinnerungen aufzufrischen. Sie fand das Haus in der Jurišićeva-Straße, in dem sie gewohnt hatten, und erinnerte sich an ihre Angst, als man Klara zweimal als Geisel abgeführt hatte.

Die beiden hörten auch während der üppigen Mahlzeiten nicht auf zu reden. Isak war in ständiger Aufregung, Didi hingegen glücklich und wehmütig.

„Und wie geht es Klari? Erzähl mir noch etwas über sie", bat Isak am vorletzten Tag.

„Ich habe schon alles erzählt, die Fotos gebracht ... Was soll ich noch?"

„Ich weiß nicht, was dir gerade einfällt. In der Jugend haben wir wenig Kontakt miteinander gehabt, einander wenig beachtet, und so habe ich nicht gewusst, wie stark das Blut verbindet, bis der Krieg uns in alle Welt verstreute ... Jetzt sind wir getrennt und werden uns wahrscheinlich nie mehr wieder sehen."

„Warum nicht?"

„Weil die Abschiede im Alter endgültig sind."

„Aber die Welt ist klein!"

„Für dich, *fijiquia*, für mich ist sie riesengroß ... Und was ist mit Pol?"

„Er ist schön wie unser Vater und gut wie unsere Mutter ... Aussieht wie ein Schauspieler in Film."

„Ein Glück, dass er von seinem Vater nicht den Charakter geerbt hat! Entschuldige, aber er war wirklich ..."

„Nichts entschuldigen", sagte Didi und erzählte ihm von dem letzten Brief ihres Vaters, in dem er es abgelehnt hatte, ihnen ein Garantieschreiben zu schicken, ohne das sie nicht nach Australien auswandern konnten.

„Vielleicht so besser, wer weiß, wie dort ist. Und Mama wäre nicht ruhig, wenn er nahe."

„Richtig, meine Kleine! Und jetzt haben wir genug geredet. Soll ich dir ein echtes bosnisches Liebeslied singen?"

„Oh ja!", rief Didi, sprang auf und küsste ihn, und Isak begann leise eine Sevdalinka nach der anderen zu singen. Cliff, der im Sessel saß und las, schaute kurz auf, dann legte er sein Buch beiseite und hörte zu.

„Diesem Lied kann niemand widerstehen", erklärte Isak laut, dem Cliffs Aufmerksamkeit aufgefallen war.

„Isak, denkst du an deine Tabletten?", mahnte Zdenka.

„Was für Tabletten?", fragte Didi.

„Für das Herz ... Es pocht und pocht, auf einmal will es nicht mehr, bleibt stehen, aber danach pocht es wieder, so war es wenigstens bisher."

„Zu viel essen nicht gut", sagte Didi.

„Aber was bleibt mir dann im Leben? Nur Erinnerungen! Die aus dem Krieg mag ich nicht und die alten, aus meinem Saraj, tun mir weh, bringen meine Seele in Aufruhr und dann schlägt das Herz noch heftiger. Nur die Erinnerung an meine Mutter hilft mir und beruhigt mich, zeigt mir, woher wir stammen und wohin wir gehören, auch nachdem unser Volk vernichtet wurde ..."

„War meine Oma schön?"

„Schön? Viel mehr als das! Sie war die letzte ihrer Art ... Nur eine Tochter hat das geerbt ..."

„*Tia* Banki?"

„Ja! Jetzt heißt sie Branka Korać, aber im Herzen ist sie immer Blanka Sálom geblieben. Und auch ihre Kleine wird trotz Markos ganzem Serbentum eines Tages das sephardische Blut in ihren Adern spüren. Seine Mostarer Tradition kommt gegen unsere jüdische nicht an."

„Und Elijas? Die Tante wusste nichts von ihm."

„Ich auch nicht, aber ich mache mir keine Sorgen um ihn, er wird sich schon durchschlagen. Er hat es bestimmt nicht leicht und wenn es ihm besser geht, wird er sich melden. Unser jüngster Bruder ist der Einzige, der zu seinem Volk gegangen ist. Dorthin, wo er sicher sein kann, dass jeden Morgen die Sonne für ihn und sein Volk aufgeht und für seinen Nachbarn, der ihn nicht als Juden denunzieren wird."

„Wolltet ihr nicht auch hin?"

„Nein, hauptsächlich wegen meines Herzens. Weißt du, ich bin wie ein altes Haus: von außen stabil, gefestigt, heil, von innen hingegen ... Aber jetzt genug, als ich dich erblickte, war mir, als sähe ich die ganze Familie ..." Er schluchzte.

„Onkel! Lieber Onkel!"

„Nein, wir wollen nicht traurig sein! Stattdessen möchte dich dein Onkel dazu überreden, ins Theater zu gehen und etwas von Zagrebs tausendjähriger Kultur zu sehen!"

„Wunderbar! Ich liebe das!"

Cliff kam wegen der Sprache nicht mit, Zdenka klagte über Schmerzen am Fuß, und so gingen am letzten Tag Didi und Isak alleine ins Theater. Kurz davor ging es Isak nicht gut. Man redete auf ihn ein, zu Hause zu bleiben, aber es half nicht. Sie nahmen ein Taxi. Unterwegs wurde ihm schlecht. Didi erschrak, fand mit Mühe eine Tablette in seiner Manteltasche, die er sofort unter die Zunge legte. Darauf ging es ihm ein wenig besser.

„Was ist das?"
„Nitroglyzerin."
„Wir fahren zurück", sagte Didi resolut zu dem Taxifahrer. Atleta protestierte zwar, aber lustlos. Auf der Rückfahrt wurde ihm wieder übel. Didi legte ihm noch zwei Tabletten unter die Zunge und bat den Fahrer, zum nächsten Krankenhaus zu fahren.
„Schnell! Hupen Sie ...!"
„Nicht nötig", flüsterte Isak. „Das ist das Ende."
„Nein! Nein!", schrie Didi. Wir sind gleich da! *T'arrogu!* Ich bitte dich! *No!* Nein!"
Er holte noch einmal Luft und sagte beim letzten Ausatmen kaum hörbar: „*Madre Ester* ..." Didi merkte, wie der kräftige Körper, den sie in den Armen hielt, schlaff wurde. Zum ersten Mal im Leben wehklagte sie und schluchzte laut los.

Bei dem bescheidenen Begräbnis waren viele Zagreber Journalisten aus der Zeitung anwesend, für die Isak mehrere Jahre vor und nach dem Krieg tätig gewesen war.

Hinter dem Sarg gingen die hinkende Zdenka, die grauhaarige Branka und die mollige Nina, gefolgt von Didi und Cliff. Rikica litt unter solchen Schmerzen, dass sie in Zdenkas Wohnung geblieben war.

Schon am nächsten Tag fuhren die Mortons zusammen mit Nina nach Dubrovnik, wo sie eine Woche im Hotel Excelsior verbrachten. Nina konnte Ignjo nur mit Mühe dazu überreden, sie wenigstens einmal zum Kaffee einzuladen.

★

Branka und Riki kamen tief erschüttert von der Beerdigung ihres Bruders zurück. Der unerwartete Verlust brachte den Kelch der Traurigkeit zum Überlaufen, machte die Reste an Ausdauer zunichte und raubte ihnen das bisschen verbliebene Widerstandskraft. Riki konnte kaum laufen. Erschöpft von ständigen Schmerzen und unzähligen Stichen, konnte sie kaum noch die Nadel in der Hand halten. Die sonst flinke Branka wurde langsamer. Marko sah, dass die Schwestern übermüdet waren, jedoch selbst am Ende seiner Kräfte, konnte er sie kaum aufmuntern.

In dieser Situation schlüpfte Inda unbewusst in die Rolle der Familienbewahrerin. Sie erheiterte ihre Angehörigen mit Szenen aus der Schule, mit dem Vorlesen von Schulaufsätzen, dem Imitieren der

Madame und mit einigen eigenen Ballettstücken. Ständig unterhielt sie ihre Mutter, umarmte sie, küsste sie auf die Nase, drückte mit den Händen ihre Lippen zusammen und lachte über die so entstandene Grimasse. Branka streichelte ihr mit müder Hand übers Haar, es fiel ihr schwer, Indas Freude nachzuempfinden.

Seit sie schreiben und lesen konnte, vergaß Inda in den Wintermonaten nie die Geburtstage ihrer Eltern, den des Vaters am 2. November und den der Mutter am 1. Dezember. Da sie schon Taschengeld bekam, kaufte sie ihnen in diesem Jahr zum ersten Mal Geschenke. Dem Kugelschreiber für Marko legte sie eine Glückwunschkarte bei. Er las sie mit Vergnügen und stellte fest, dass sich Indas Wortwahl und Schrift von Jahr zu Jahr verbesserten. Das Kind wuchs, entwickelte sich, machte Fortschritte – der einzige Erfolg in Markos Nachkriegsjahren.

Branka erhielt Haarkämmchen mit einer Glückwunschkarte, deren Umschlag Inda selbst zugeschnitten und mit rotem Faden zusammengenäht hatte. Am Text hatte sie lange gearbeitet, weil es eine Erzählung werden sollte. Mit Tränen der Rührung in den Augen las Branka vor: „Mein liebes Mütterchen, Liebchen und Kügelchen! Es war einmal eine Tochter, die liebte ihre beste und kleinste weiße Mama unendlich wie ein duftendes Maiglöckchen, wie das klare und blaue Meer. Die Mama konnte mit den kleinen Fischen und mit den Meereswellen sprechen, und deshalb schenkte ihre Tochter ihr Haarkämmchen, damit die Goldfische sich nicht in ihrem langen Haar verfingen. Aber sie schenkte ihr noch etwas, was nicht mit Händen zu greifen ist: ihre Liebe, die nie enden wird. Mutter = Branka, Tochter = Inda."

„Früher hat mir Rikica Feste bereitet, jetzt tut es mein Kind", sagte Branka lächelnd. „Ich bin wirklich eine glückliche Frau!"

„Und weißt du, Indica, warum der 1. Dezember, außer wegen des Geburtstags deiner Mutter, wichtig ist?", fragte Riki.

„Nein."

„Das ist der Tag, an dem sich die Südslawen in einem gemeinsamen Staat vereinigt haben, im Königreich Jugoslawien."

„Das haben wir nicht in der Schule gelernt."

„Das werdet ihr auch nie lernen ... Aber merke es dir für alle Fälle."

Es folgten dunkle Wintertage ohne Schnee. Die Zeit verging.

*

Eines Tages im Mai, als Branka und Riki eine kleine Feier zum Tag des Heiligen Georg vorbereiteten, zu der Markos Familie und einige von Rikicas Freunden kommen sollten, kehrte Marko mit beschwingtem Schritt von der Arbeit heim. Branka, die auf dem Balkon auf ihn wartete, dachte, er habe vielleicht eine Gehaltserhöhung oder eine Lebensmittelzuteilung der Gewerkschaft bekommen.

„Nein, mein Schatz", sagte Marko fröhlich beim Betreten des Zimmers, „etwas viel Besseres!"

„Was? Was denn?"

„Hole Rikica, das muss auch meine Schwägerin erfahren!"

„*Riki, ven aquí prestu!* Komm schnell!", rief Branka, worauf Riki mit besorgtem Gesicht herbeieilte, weil sie meinte, ein solcher Ruf könne nur etwas Schlimmes bedeuten.

„Mach dir bitte keine Sorgen, alles ist in Ordnung", beeilte sich Marko, sie zu beruhigen. „Als könnte uns nicht einmal auch etwas Schönes zustoßen!"

„Daran sind wir nicht gewohnt ... und was ist dieses Schöne?"

„Alsoooo, ein einziges Los! Heute habe ich nachgesehen und ..."

„Und?"

„Brankica, du hast gewonnen!"

„Aber wieso? Wie viel denn?"

„Ganze achtzigtausend!", verkündete Marko in feierlichem Ton.

„*No puedi ser!* Das kann nicht sein!", rief Branka, während Riki vor Begeisterung juchzte. „Was machen wir mit dem Geld?"

„Ich meine ...", setzte Riki an.

„Langsam, Schwägerin, zuerst soll Brankica uns einen guten Kaffee machen, dann zünden wir beide uns eine an und danach treffen wir gemeinsam und in aller Ruhe eine Entscheidung!"

„Und das Mittagessen?", fragte Branka.

„Das Mittagessen kann heute warten ... Wir sind zu aufgeregt, um jetzt gleich essen zu können."

„Beim Kaffee sagte Marko: „Ich eröffne die Diskussion bezüglich der Verwendung der achtzigtausend Dinar, die Branka Korać, geborene Sálom, bei der Lotterie gewonnen hat! Jeder soll bitte zwei Vorschläge machen. Riki, du fängst an."

„Verehrter Vorsitzender der Jury für die Entscheidungen von dringendster Bedeutung für diese Familie und die breitere Öffentlichkeit, hiermit unterbreite ich Ihnen zwei Vorschläge. Erstens, das Geld soll für den Bau eines unterirdischen Durchgangs zwischen der

Njegoševa-Straße und dem Büro des Strafrichters verwendet werden, damit wir, wenn die Grdićs uns im Winter verklagen, nicht durch den Schneematsch stapfen müssen, sondern wie jeder anständige Maulwurf diesen Tunnel benutzen können!"

„Was für ein Tunnel?", fragte Inda, die gerade aus der Schule kam.

„Sei still, Kleine, später erklären wir dir alles", sagte ihr Vater lachend. „Riki, der zweite Vorschlag, bitte!"

„Für Inda soll ein Sparbuch angelegt werden."

„Gut, jetzt ist Brankica dran.

Branka schwieg, sie wusste nicht, ob sie weinen oder lachen sollte, weinen vor Glück, weil sie Marko so herzlich lachen sah, und zusammen mit ihm lachen wegen des glücklichen Lotteriegewinns. Schließlich sagte sie: „Ich würde etwas kaufen, was wir im Haushalt brauchen. Das sind meine beiden Vorschläge."

„Ich auch!", rief Inda, obwohl sie noch immer nicht wusste, worum es ging. Als man es ihr sagte, machte sie einen Freudensprung.

„Auch ich habe nur einen Vorschlag", sagte Marko, „und zwar, dass wir alle vier ans Meer fahren und danach vielleicht nach Bled oder anderswohin in Slowenien ... Es wäre schön, wieder zu reisen wie einst, als wir wie Menschen lebten, es wäre schön, wenn unser Kind die Adria kennenlernen würde ... wenn wir vieles vergessen und uns erholen könnten."

Alle drei riefen unisono, dies sei das Beste, aber Marko gebot, leise zu sein:

„Nein, nein! Wir müssen abstimmen. Also, was den Tunnel anbetrifft, könnte die Ausgabe für ihn vergeblich sein, denn was ist, wenn keine Klagen mehr kommen?"

„Schön wäre es, aber ich bin skeptisch", sagte Riki.

„Was das Sparbuch anbetrifft, traue ich ihm nicht. Jedes Gut außer den lieben Erinnerungen kann verloren gehen oder geraubt werden. Das hat uns unsere eigene Geschichte gelehrt. Was die Haushaltsgegenstände anbelangt, wir haben auch bisher ohne sie gelebt und kommen auch weiterhin ohne sie aus ... Also, wer stimmt für das Meer?"

Alle vier Hände gingen hoch.

„Gut, dann ist es entschieden. Und wohin sollen wir fahren?"

„Fahrt nach Opatija", sagte Riki, „in Dubrovnik würde euch Nina im Nacken sitzen, außerdem ist Opatija nahe an Slowenien."

„Moment mal, Rikica", unterbrach Marko sie, „was heißt ‚fahrt'? Du sollst sagen ‚wir fahren'!"

„Nein, ‚fahrt' ist schon richtig, ich komme nicht mit."
„*Comu hermaniquia, pur luque?* Wieso, Schwester, warum?"
„Ich komme nicht und basta!" Branka wollte etwas entgegnen, aber Riki ließ sie nicht zu Wort kommen. „Schwesterherz, wenn du mich wenigstens ein bisschen liebtest, würdest du meine Entscheidung respektieren. Ich will nicht, ich mag nicht, ich kann nicht, ich habe keine Kraft, es liegt mir nicht daran. Reicht das? Nein? Gut, dann mache ich weiter: Ich bin ausgiebig im Meer geschwommen, als ich Lust dazu hatte, und Slowenien habe ich nie gemocht. Außerdem seid ihr beide so selten allein und auch ich möchte mich von euch erholen! Ich hab euch bis hierhin satt", sie hielt die Hand über ihren Kopf, „bis hierhin. Daher bitte ich euch, tut mir den Gefallen und fahrt ohne mich."

„Ganz wie du willst", sagte Marko ernst. „Ich kann dich verstehen, obwohl es mir leid tut, weil auch dir eine Luftveränderung gut täte."

„Mir kann nur eine Veränderung guttun: das Ende der Schmerzen. Jetzt aber an die Arbeit, wir müssen einen genauen Plan machen! Schwager, du fängst an!"

Ende Juli gingen sie auf die Reise. Sie waren überglücklich über ihre Entscheidung, das ganze Geld für diesen Urlaub auszugeben, der sie in eine unwiderruflich vergangene Zeit versetzen und vor allem ihrem „kleinen Mädchen" die Naturschönheiten des Landes zeigen würde, das beide sehr liebten. Obwohl sie da Böses erfahren hatten, war für sie ihre Heimat, die leidgeprüfte, zerstörte, geteilte und wieder zusammengefügte, das liebste und schönste Land. Marko meinte, seine Liebe zur Heimat sei größer geworden, seit er um ihre Wunden und Nöte wusste und sie den eigenen gleichstellte.

Inda sei das aufgeregteste Kind in der ganzen Stadt, meinte Riki, während sie packten. Sie sollte zum ersten Mal für länger als einen Tag ihr Haus und ihre Geburtsstadt verlassen.

Zum ersten Mal sah und kostete sie das salzige, klare, blaue Wasser, das sie zuerst nur berührte, als fürchte sie, es würde unter ihren Fingern verschwinden.

„Es ist nicht gelb", flüsterte sie ihrem Vater ins Ohr, „keinen Schlamm gibt es hier und auch keine Flöße!"

„Hier ist auch die Strömung nicht stark, du kannst schwimmen, wo es dir beliebt."

„Nur nicht weit weg vom Ufer", mahnte Branka.

„Ihr Glücklichen", sagte Inda, „ihr seid vor meiner Geburt oft am Meer gewesen"

„Ja, damals hatten wir Geld."
„Woher?"
„Vom Handel."
„War das dein Beruf?"
„Der meine, der meines Vaters und der meines Großvaters ..."
„Ging das über Jahrhunderte so?"
„Sagen wir, seit die Koraćs mit der Republik Dubrovnik Handel trieben."
„Und warum tust du das jetzt nicht?"
„Das tue ich, aber nur für ein kleines Gehalt."
„Wäre es größer, wenn du mehr arbeiten würdest?"
„Nein."
„Dann ist das nicht richtig!"
„Aber so ist es."
„Ganz schlecht!", stellte Inda fest und schwamm davon.

Sie wollte nie aus dem Wasser raus. Vom frühen Morgen bis zum Sonnenuntergang watete und plantschte sie im Seichten, tummelte sich und schwamm im Tiefen.

Sie hatten ein Appartement im Hotel Kvarner genommen mit zwei Zimmern, einer großen Diele und einer Terrasse. Seit Inda sich zurückerinnern konnte, schlief sie 1955 in Opatija zum ersten Mal allein in einem eigenen Zimmer. Auch ihre Eltern taten manches zum ersten Mal nach dem Krieg. Aus Gewohnheit flüsterten sie im Bett, bis ihnen einfiel, dass sie auch laut sprechen konnten. Sie genossen in vollen Zügen Dinge, die vor dem Krieg normal waren, und wunderten sich sowohl über ihre jetzige Begeisterung als auch über die frühere Gleichgültigkeit.

Inda nahm schweren Herzens Abschied von der Adria, war aber genauso begeistert von Bled, Bohinj und der dramatischen Vintgar-Klamm. Da ihr der Bleder See mit seiner kleinen Insel und dem wie aus einer hohen Klippe gemeißelten Schloss so gut gefielen, beschloss man, nicht, wie vorgesehen, nach Rogaška Slatina weiterzufahren. Marko genoss die frischen Abende, die dezente Gemütlichkeit des Hotels Toplice und die langsamen Spaziergänge am Seeufer.

Gegen Ende dieses ersten Nachkriegsurlaubs wunderten sich Branka und Marko, dass ihre Gedanken immer nur rückwärtsgewandt waren und nicht ein einziges Mal dem trüben Gewässer der neueren Zeit galten.

„Die einzige Schönheit, die mich nie verlässt, ist dein Gesicht", sagte Marko, Branka umarmend und sich auf sie stützend, während

Inda weit weg vor ihnen herumsprang. „Erinnerst du dich, wie du dir Sorgen machtest, ob wir zusammenbleiben würden?"

„Ich erinnere mich, aber wieso erinnerst du dich daran, ich hatte dir doch nie etwas davon gesagt?"

„Ich wusste es trotzdem. Und jetzt kommt es mir vor, als wären wir zusammen geboren, als wäre ich nie ohne dich gewesen."

„Das wirst du auch nie mehr."

„Nein, solange ich lebe."

„Solange wir leben."

„Brankica, der Tod kommt nicht auf Bestellung ..."

„Auch eine Liebe wie die unsere nicht, und dennoch gibt es sie ... Wir werden auch dort zusammen ..."

„Mama! Papa!" Inda kam zu ihnen gelaufen.

„*Querida*, möchtest du nicht ein wenig mit den Kindern vor dem Hotel spielen?"

„Nein! Nein! ... Ich kenne sie doch gar nicht." Inda war den Tränen nahe. „Ich mag am liebsten mit euch sein ... Zum Spielen habe ich auch keine Zeit! Ich muss mir ein Gedicht zum Geburtstag der Tante ausdenken!"

„Wieso hast du daran gedacht?", wunderte sich Branka.

„Eure Geburtstage vergesse ich nie", entgegnete Inda beleidigt.

Marko breitete seine Arme aus, sie nahm Anlauf und sprang ihn mit einer solchen Wucht an, dass er ins Taumeln geriet. „Du kleine Diebin, willst du deinen Papa mit seinen wackligen Knien umrennen!"

Branka beobachtete die beiden. Sie waren einander dem Aussehen und dem Gemüt nach ähnlich, trugen aber auch ihre Züge. Bei Marko war das auf das lange gemeinsame Leben zurückzuführen, bei Inda, weil sie ihre Tochter war.

Sie fuhren im Schlafwagen nach Belgrad zurück. Riki wartete zu Hause mit einem fertigen Frühstück auf sie.

„Hört mal, es ist zwar schön allein zu sein, aber die ganze Zeit fehlte mir etwas. Ich mache mir einen Kaffee, der schmeckt nicht, ich gehe auf den Balkon, etwas stört mich, ich esse zu Mittag, etwas stimmt nicht, ich komme in die Wohnung, sie ist leer. Dann schlug ich mir auf die Stirn ... Natürlich, es fehlen meine Indica, Blankica und mein Schwager! Also, ich heiße euch willkommen. Es war mir schwer ohne euch."

Beim Essen erzählten sie von ihren Reiseeindrücken.

„Weißt du, Riki, unser Land ist wirklich schön, es gibt kein schöneres auf der Welt", sagte Marko ernst.

„Und je schlechter es ihm geht, umso mehr liebst du es, ist das nicht so?"

„Ja, so ungefähr ..."

„Das Vaterland in Nöten ... Das ist, wie wenn man Kinder hat, ein gesundes und ein krankes. Meist liebt man das kranke mehr!"

Riki seufzte.

Erst am nächsten Tag sagte sie ihnen, dass eine Vorladung vom Strafrichter gekommen war – die siebte Klage der Grdićs. Aber dieses Mal verspürten Branka und Marko weder Angst noch Aufregung. Erfrischt und erholt vom Urlaub nahmen sie gelassen die Klage zur Kenntnis, laut der sie „am 10. August absichtlich mit den Türen geschlagen hätten, nur um den Werktätigen, d.h. Svetozar und Lepava Grdić, die verdiente Ruhe zu rauben."

Ihre Mitbewohner verloren auch diesmal, da die Koraćs an dem besagten Tag nicht in Belgrad gewesen waren. Der Zufall wollte, dass Marko in seinem Portemonnaie noch die Zugfahrkarten aufbewahrte und damit ihre Abwesenheit beweisen konnte.

„Dann war das die Genossin Sálom!", schäumte die Grdić vor Wut.

„Das kann sein, Genossin", erwiderte der Richter, „aber die Klage wurde gegen Marko und Branka Korać erhoben. Wenn Sie meinen, dass es jemand anderes war, müssen Sie eine neue Klage einreichen."

III

NEUN FARBEN WEISS

„Blanki, stell dir vor, ein Brief von Smiljka nach so langer Zeit. Gerade jetzt, da mir Klari wegen der Operation schreibt!"
„Ich verstehe nicht. Was hat das miteinander zu tun, *hermaniquia*?"
„Aber klar, bevor sie nach München zogen, haben Smiljka und Dušan mir Hilfe bei der Visumsbeschaffung versprochen. Wenn dieser reiche Jude, an den Klari sich gewendet hat, bereit ist, die Operation zu finanzieren, düst dein Schwesterherz sofort über den Ozean!"
„Ach, daran darf ich gar nicht denken! So weit weg ... Alle sind weg, jetzt verlässt du uns auch noch. Aber es ist gut so! Möge Gott dich nur von den Schmerzen befreien!"
„Gott und noch mehr der Mister Millionär!", sagte Riki lachend. „Aber was ist schon dabei, ich werde operiert, erhole mich ein wenig und schon bin ich zurück – ganz wie neu! Aber hör dir jetzt Smiljkas Brief an, er ist sehr interessant: ‚Meine liebe Rikčić, hier in der Fremde fehlst Du mir sehr, es fehlen mir unsere langen Unterhaltungen von damals, ich ausgestreckt auf dem Sofa und Du beim Nähen, da öffneten wir uns gegenseitig unsere Herzen, ich bestimmt öfter als Du. Obwohl ich mich lange nicht gemeldet habe, verbrachte ich oft Stunden in Gedanken an Dich, während ich den kleinen Milan stillte oder ihn in den Schlaf wiegte. Er ist ein wunderbares Kind, blond (wie ein Deutscher, Gott bewahre), das hat er von meiner Mutter. Er hat weder mein schwarzes Haar noch Dušans dunkle Augen geerbt. Mein Pummelchen betrachtet die Welt mit adriablauen Äugelein, und auf dem Bild kannst du seine strohblonden Locken bewundern. Die Witze darüber nehmen kein Ende. Ich bin froh, dass er in Jugoslawien gezeugt wurde, sonst hätten wir noch mehr Mühe, solche Witzbolde abzuwehren. Es gibt noch eine Neuigkeit: Das zweite Kind ist unterwegs ...'"
„Viel Glück!", murmelte Branka.
„Wir freuen uns beide und hoffen, dass es ein dunkelhaariges Mädchen wird. Eigentlich ist das egal, Hauptsache es ist gesund und wir

bleiben am Leben. Vor einigen Monaten wurde auf Dušan geschossen, während er im Dienstwagen zu einem Empfang fuhr. Die Angst, die ich durchmachte, kann ich nur mit jener während der Befreiung Belgrads vergleichen, als ich in der Nähe meines Hauses und meiner Eltern in der Aleksandrova-Straße stand und die Deutschen vom Dachgeschoss des Eisenwarenhandels Filipović Maschinengewehrsalven abfeuerten. Ich wartete auf den Befehl ›Losrennen!‹, bei dem wir einer nach dem anderen über ein freies Feld rannten. Ich wartete, bis ich dran war, mit derselben würgenden Angst wie jetzt, während ich wartete zu hören, was mit Dušan los war, ob er am Leben, ob schwer verwundet oder tot war. Damals gingen mir die tragischen Fälle der Kämpfer durch den Kopf, die sozusagen an ihrer Türschwelle gestorben waren. Jetzt dachte ich, ich gehe ein vor Kummer, falls Dušan etwas passiert ist ... Warum musste das jetzt kommen, wo unser zweites Kind unterwegs ist, nach so vielen überstandenen Gefahren und nachdem wir so viel erreicht haben? Ich hatte Glück, damals und jetzt. Dušan ist nichts passiert, eine Kugel hat ihn leicht gestreift und nur ein wenig das Haar versengt. Frag mich nicht, wer geschossen hat. Auf jeden Fall ein Feind unseres Landes, aber welcher, das hat man erst später erfahren. Hier gibt es viele von denen. Tagelang konnte ich mich nicht beruhigen.'" Riki stieß einen Seufzer aus und las weiter: „,Und doch, glaube mir, am schwersten ist es für mich, dass ich so weit von meinem schönen Belgrad bin. Manchmal bilde ich mir ein, den Duft unserer üppigen Linden zu riechen. Wie einst während der Kämpfe scheint mir auch jetzt, dass mein Blick über Dedinje, Voždovac und Dorćol streift, ich sehe den Albanija-Palast, den grüne Kalemegdan, mein Palilula. Deshalb heißt es oft, ich sei wie abwesend. Wie sollte ich es nicht sein, wenn ein Teil von mir in Belgrad geblieben ist? Ich verschlinge die ›Politika‹ von der ersten bis zur letzten Seite und behalte alles, weil alle Nachrichten positiv sind. Wir produzieren den ›Fiat‹! Zwölftausend Autos auf unseren Straßen! Die höchsten sowjetischen Funktionäre, Chruschtschow, Bulganin, Mikojan, kommen uns besuchen. Sie machen unserem Präsidenten ihre Aufwartung! Die Belgrader Deklaration ist unterschrieben! Ach, ich beneide Dich, weil Du dort bist, obwohl ich mich nicht beklagen kann, wir leben hier gut und im Überfluss. Es gibt hier alles, was wir uns wünschen, aber es gibt auch die Deutschen, meine Rikčić. Sie sind überall: auf den Straßen, in den Geschäften, im Theater, auf Empfängen, in den Restaurants. Man muss sie der Form halber anlächeln, und das fällt mir schwer. Deshalb versuche ich, wenn es geht, nicht mit Dušan zu den Abendeinladungen zu gehen. Er muss das tun, und ich habe sogar den Eindruck, dass ihm diese Art Verpflichtung nicht schwer fällt. Man nehme zwei, drei Whiskys zu sich und alles sei in Ordnung, sagt er, aber ich glaube ihm nicht ganz. Er tut einfach seine Pflicht, mit viel Ausdauer und Begeisterung. Nie hätte er gedacht, dass ihm der diplomatische Dienst derart gefallen würde. Manchmal scheint mir, dass er diese ganze Heuchelei genießt. Ich bedaure ein wenig, dass ich seiner beruflichen Begeisterung nicht folgen kann, aber ich freue mich für ihn, denn es gibt nichts Schlimmeres, als eine Arbeit zu verrichten, die man nicht mag.

Was würde jetzt meine Bosnierin Zena sagen (inzwischen habe ich mich an ihren Namen erinnert), die mir damals in der Sutjeska-Schlacht das Leben gerettet hat? Damals meinte sie: ›Hör mal, Belgraderin, du wirst es weit bringen mit deinem klugen Köpfchen, nur musst du es bewahren! Hebe es nicht zu hoch!‹ Jetzt kann ich erhobenen Hauptes gehen, denn diese Schurken haben den Krieg verloren. Jetzt ist Schluss mit ihren Raubzügen und dem Herumstolzieren in fremden Ländern ... Es ist der Hass, der mich stört, liebe Riki, der Hass. Deshalb freue ich mich riesig, dass wir bald (wahrscheinlich Ende des Jahres) für längere Zeit nach Belgrad kommen. Ich kann es kaum erwarten, Dich zu umarmen und mich mit Dir richtig zu unterhalten, nicht nur in Briefen. Wenn Du Lust hast, melde dich, wenn nicht, warte auf mich in unserer Stadt.'"

„Sehr schön", sagte Branka. „Und Dušan, schreibt er auch?"

„Er schickt nur Grüße."

„Tut es dir leid?"

„Was?"

„Dass du ihn nicht geheiratet hast."

„Blanki, ich denke im Augenblick nur an New York. Seit ich mich nicht mehr auf der Bühne bewege, ist das für mich der wichtigste Schritt in meinem Leben."

„Da hast du recht. Sobald Klari das Garantieschreiben geschickt hat, musst du das Visum beantragen. Sofort, *mi querida*, meine Liebe, weil sie es beim ersten Mal bestimmt ablehnen werden."

Brankas Prognose erwies sich als richtig. Riki hatte den Antrag auf einen Pass und das jugoslawische Ausreisevisum gestellt, Klaras Garantieschreiben, die ärztlichen Diagnosen und die schriftliche

Erklärung des reichen Mister Levi beigefügt, mit der er sich verpflichtete, Rikis Operation aus seinem Fonds zur Hilfe für europäische Juden zu finanzieren. Nach langem Warten bekam sie eine Absage, was sie in Rage brachte. Einem wilden Tier ähnlich wanderte sie stundenlang in der Wohnung wie in einem Käfig herum, die Schmerzen ignorierend, Hocker umwerfend, Bänder und Schleier hinter sich her schleppend.

„Was hat die Tante?", wollte Inda wissen.

„Man hat ihren Visaantrag abgelehnt", sagte Branka leise.

„Wunderbar!", juchzte Inda. „Dann bleibt sie hier."

„Es ist nicht wunderbar, mein Kind. Oder möchtest du, dass sie weiter Schmerzen leidet?"

„Nein, aber ich mag nicht, dass sie weggeht, und ich finde es schrecklich, dass man ihr das Fleisch bis auf die Knochen aufschneidet!"

„Ja, aber die ständigen Schmerzen sind noch schlimmer."

In diesem Moment stürmte Riki verstört ins Bad. Gerade als sie durch die eine Tür hineinging, erschien Frau Grdić mit dem Nachttopf in der anderen. Lepava dachte natürlich nicht dran, sich zurückzuziehen. Normalerweise hätte Riki das getan, aber wütend, wie sie war, ging sie stur weiter.

„Sehen Sie denn nicht, dass ich als Erste gekommen bin?", fragte Frau Grdić säuerlich, zum Streit bereit.

„Das sehe ich nicht! Und um Ihren Scheißtopf zu leeren, können Sie auch die andere Toilette benutzen!"

„Wie erlauben Sie sich, mit mir in diesem Ton zu reden!", kreischte Lepava. „Ich kann nicht durch die Wände sehen, wann das Fräulein im Bad ist! Und ich bin auch kein Dienstmädchen, das nur das kleine *Weze* benutzt!"

Da sie ihren Stock nicht dabei hatte, sah sich Riki nach einer Stütze um, statt gleich zu antworten. Durch ihr Schweigen ermutigt, fuhr Frau Grdić fort:

„Was ist los? Was lehnen Sie sich da an dieses Waschbecken? Ich rühre mich nicht vom Fleck, wir werden sehen, wer von uns nachgibt! Sie können doch nicht anständige Bürger aus Räumen rausschmeißen, die ihnen per Gesetz zugeteilt wurden! Wir werden es Ihnen und Ihresgleichen schon zeigen! Früher konnten Sie sich alles erlauben, aber jetzt ist es anders! Jetzt leben wir in der *Zilivisation* und in einer fortschrittlichen Gesellschaft!"

„Halt's Maul!", zischte Riki.

„Was? Willst du mir etwa befehlen? Du lahme, heruntergekommene Tänzerin, die sich einbildet, noch Verehrer zu haben! Siehst du denn nicht, dass du dich kaum noch auf den Beinen halten kannst!"

Branka eilte zur Tür, als Rikicas Stimme lauter denn je ertönte: „Raus! Marsch raus! Raus! Raus!" Sie brüllte und röchelte hysterisch „Raus! Raus!", verrückt geworden vor Schmerzen und Ohnmacht.

Branka fand sie am Boden, sie trommelte mit den Fäusten auf die Fliesen und wiederholte heiser: „Raus! Raus!" Mit Mühe hob Branka sie auf und legte sie mit Indas Hilfe auf das Sofa. Dort zischte Riki weiterhin „Raus!", bis sie schließlich aus dem tiefsten Inneren auf geradezu unmenschliche Weise losheulte. Branka weinte mit ihr zusammen, und Inda, darin schon erfahren, lief in die Küche, um Zucker und Wasser zu bringen, wovon sie unterwegs einiges verschüttete. Branka führte einen Löffel mit Zucker an die Lippen ihrer Schwester.

„*Aydi, mi querida, un pocu ... solu un pocu!* Komm, meine Liebe, ein bisschen, nur ein bisschen. Das wird dir helfen ...", bat Branka. Aber nichts hilft, dachte sie, während sie beobachtete, wie der Zucker verschüttet wurde. Nie wird etwas helfen. Nie.

Riki nahm mit Mühe etwas Wasser zu sich.

Es hilft auch nicht, sich zu verschließen, dachte Branka, ihrer Schwester über das Haar streichelnd. Wenn die Außenwelt einen bedroht, zieht man sich, Schutz bei der Familie suchend, in sein Haus zurück. Aber wohin sich verkriechen, wenn die Schläge aus dem eigenen Haus kommen? Da half nichts, weil es im Verhältnis zu ihren Mitbewohnern etwas mehr gab als verständliche Auseinandersetzungen zwischen Menschen, die zu einer Gemeinschaft verdonnert sind.

Branka ahnte, dass Frau Grdić mehr antrieb als nur die aufgezwungene Wohngemeinschaft, erkannte es aber nicht ganz, bis eines Tages, kurz nach Rikis Zusammenstoß im Bad, die Nachbarin Vaja, die Mutter von Indas Sandkastenfreundin Zorica, kam, um Fleisch in den Eisschrank zu legen, und Branka auf ihre Mitbewohner ansprach.

„Es ist schwer, mit solchen Menschen zusammenzuleben, Frau Branka."

„Sehr schwer", entgegnete Branka, obwohl Marko sie gewarnt hatte, nichts Schlechtes über die Grdićs zu sagen, weil die Menschen tratschten und dadurch noch größere Streitigkeiten entstehen könnten.

„Das kann ich mir vorstellen."

„Nein, Frau Vaja, das können Sie nicht. Das muss man erst am eigenen Leib erfahren."

„Richtig. Wir hatten Glück, dass unsere Wohnung klein war ... Es tut mir sehr leid für Sie. Sie sind anständige Menschen, das haben Sie nicht verdient."

„Im Leben zählen Verdienste nicht."

„Ja, gewiss ... Aber etwas kann ich bei dem Ganzen nicht verstehen."

„Alles ist doch sonnenklar: Unsere Mitbewohner sind Raubtiere und keine Menschen", sagte Branka, die sich nicht mehr beherrschen konnte.

„Ja ... Wissen Sie, sie erzählt immer, dass sie Lehrerin war. Dabei hat sie keine Ausbildung beendet und vertrat nur für ein paar Monate in Bogatić eine kranke Lehrerin. Das habe ich zufällig von einem Freund meines Mannes erfahren, der aus der Gegend stammt ... Das kann ich noch verstehen, aber etwas anderes nicht. Vor einigen Tagen sprach mein Mann mit Herrn Grdić und der teilte ihm mit, dass das Gericht ihnen eine Wohnung angeboten hat."

„Und ... und?"

„Und sie haben sie abgelehnt ... Das kann ich nicht begreifen. Dabei beschweren sie sich ständig darüber, wie schwer sie es mit Ihnen haben, Sie seien Unmenschen, die sie angreifen und die ihre Ruhe stören."

„Hat er denn gesagt, warum sie die Wohnung abgelehnt haben?"

„Er führte irgendwelche belanglose Gründe an, etwa, dass sie nicht auf der Sonnenseite sei, dass sie nicht im Zentrum der Stadt liege ..."

„Unglaublich!"

„Und noch etwas ist unglaublich. Ich war nur einmal bei Lepava zum Kaffee und konnte kaum meinen Augen trauen. Ob Sie es glauben oder nicht, in ihrem Zimmer befinden sich lauter Möbel, Spiegel, Gobelins, die sie bei Ihnen abgeguckt hat. Sogar die Wände haben sie in der gleichen Farbe gestrichen! Die Grdićs können Sie nicht leiden und machen Sie in allem nach! Kaum zu glauben!"

Nachdem sie die Tür hinter Vaja geschlossen hatte, fragte sich Branka, ob sich die Grdićs durch sie vielleicht ihre eigene Bedeutung beweisen wollten. Könnten sie die Koraćs nicht piesacken, würden sie das Maß der eigenen Nichtigkeit erkennen müssen. Deshalb brauchten sie sie. Deshalb zogen sie nicht weg.

„*Puedi ser*, kann sein", murmelte sie.

*

Riki kam vom Strafrichter zurück nach der neunten Klage der Grdićs, die auf ihrem „wilden Angriff auf Lepava im Bad" beruhte. Der Richter hatte nur kurz die korpulente Frau Grdić und die kleine Rikica angeschaut und beinahe kommentarlos das Urteil zugunsten der Sálom gefällt.

★

Eines Tages rief Smiljka aus München Rikica an.
„Rikčić, heute erhielt ich deinen Brief! Mach dir keine Sorgen, wir bringen das in Ordnung. Du solltest nur vielleicht noch einen Monat damit warten, weil wir früher kommen als geplant!"
„Ich danke dir!"
„Wofür? Wir haben noch nichts getan!"
„Danke, dass du anrufst ... dass du ..."
„Unsinn! Sind wir Freundinnen oder nicht? Bis bald! Ich umarme dich, Dušan ebenfalls."
„Ich euch auch."

★

„Leiser, Inda, du bist zu laut!", mahnte Marko, während sie ihren Eltern ihren Text für den Literaturkreis ihrer Schule vorlas. Wie üblich zweifelte sie, ob er gut war, und hoffte auf Mutters Bewunderung und Vaters Stütze, um sich Mut zu machen, ihre Erzählung vor den Mitgliedern des Kreises vorzutragen.
„Warum?", protestierte Inda.
„Du weißt, jetzt ist Ruhezeit ..."
„So ein Quatsch! Ich habe die Nase voll! Könnt ihr denn nichts, gar nichts tun! Ich kann nicht einmal meine Freundinnen nach Hause einladen!"
„Wer verbietet dir das?", fragte Marko streng.
„Niemand, aber ich kann es nicht!"
„Und warum, bitteschön?"
„Weil ich mich schäme ... Wie sieht unser Wohnzimmer aus. Auch die anderen Räume sind nicht besser. Rina hat eine so schöne Wohnung, Svetlana auch ... Ich kann nichts veranstalten!"
„Inda, du sollst nicht unbescheiden sein. Du bist dank Tante Klara gut angezogen, dank deiner fleißigen Mutter gut genährt, dank

deinem Vater fehlt es dir weder an Heften noch an Büchern und gut erzogen bist du dank Tante Riki. Wegen all dem darfst du nicht unzufrieden sein."

Inda schmollte und dachte über die Worte ihres Vaters nach. Es stimmte, sie hatte die modernsten weiten Röcke, unter denen sie einen einzigartigen Unterrock aus Nylonspitze mit sieben Volants trug; sie hatte mehrere enganliegende Pullis, verziert mit Knöpfen aus Strass; ihr zum Pferdeschwanz gebundenes Haar schmückten ungewöhnliche amerikanische Schnallen; an den Füßen hatte sie flache, tief ausgeschnittene Ballerinas. Da war alles in Ordnung. Auch in der Schule war alles in Ordnung, da sie in allen Fächern mit Ausnahme der Gymnastik lauter Einser hatte. Sie hasste die Turngeräte, das „Pferd" oder den „Bock" über die man mit gegrätschten Beinen springt, den Schwebebalken, auf dem man läuft und das Gleichgewicht halten muss, die Ringe, an denen alle wie Affen hängen. Sie fürchtete die Rolle vorwärts und noch mehr die Rolle rückwärts. Das war ihr geblieben aus der Zeit, als sie dick war und alle über sie lachten, nicht nur wenn sie versuchte eine Turnübung auszuführen, sondern schon wenn sie Shorts anzog. Obwohl sie inzwischen erheblich abgenommen hatte, klangen noch immer die gnadenlosen Hänseleien der Kinder in ihren Ohren.

Selbst jetzt standen ihr die breiten, elastischen Gürtel nicht so gut wie der blauäugigen Svetlana Lazić mit der Wespentaille, dem schönsten Mädchen der Schule. Solange sie nur mit Adrijana befreundet war, die mehr Wert auf Klavierspiel, Kirche und Literatur als auf die Garderobe legte, war alles in Ordnung gewesen. Aber als Svetlana Lazić (aus Sympathie oder wegen ihrer Ähnlichkeit mit Lana Turner „Lana" genannt) erschien, wurde alles auf den Kopf gestellt. Was Inda bis dahin mit Stolz erfüllt hatte, war jetzt bedeutungslos geworden.

Lana lebte mit ihren Eltern in einer Wohnung ohne Untermieter. Ihr Vater, ein bedeutender Geschäftsmann, war ständig auf Auslandsreisen. Als sie plötzlich in der Klasse auftauchte, beeilte sie sich, alle wissen zu lassen, dass sie zwei Jahre auf der amerikanischen Schule in Kairo gewesen war, wo ihr Vater die Vertretung von „Interexport" geleitet hatte. Svetlanas Mutter kannte alle prominenten Künstler, vor allem Schauspieler, dieselben, die Inda auf der Bühne des Jugoslawischen Schauspieltheaters in „Die Glembays", „Fuenteovejuna", „Bluthochzeit" und „Dundo Maroje" gesehen hatte. Auch Svetlana kannte sie alle persönlich, da ihre Mutter mit ihnen befreundet war und Feste feierte.

Die bestaussehenden Jungen in der Schule, nicht nur die aus ihrer, selbst die aus höheren Klassen, verliebten sich sofort in Svetlana. „Verliebt sein" – bei Indas Freundinnen ein häufiges Thema – bedeutete einfach, ständig die Nähe einer bestimmten Person zu suchen, während der Pausen um sie herum zu sein, nach dem Unterricht darauf zu warten, dass sie die Schule verlässt, und sich dann dem Grüppchen um sie „wie zufällig" anzuschließen. Svetlana war immer umschwärmt. Auch Mädchen, die natürlich nicht in Lana verliebt waren, rissen sich um ihre Gesellschaft und Aufmerksamkeit. Jeden Besuch bei Lana zu Hause kommentierten sie mehrmals und laut, wobei sie sich gleichgültig gaben und, nebenbei, zum Beispiel betonten, dass Lanas Mutter ausgezeichneten Zitronensaft mache, den sie mit Gin und Eis trinke. Lana selbst war launisch, manchmal konnte sie sich von einem Mädchen nicht trennen, um es nach zwei, drei Wochen völlig zu vergessen und sich an ein anderes zu hängen, während die Verstoßene Qualen litt und vergebens versuchte, die Freundschaft wieder aufleben zu lassen. Hatte Lana aber einmal beschlossen, jemanden fallen zu lassen, zögerte sie nicht zu sagen: „Lass mich in Frieden, siehst du nicht, dass ich beschäftigt bin!" oder „Du bist mir schnuppe!" Das hatte Inda mehrere Male mit eigenen Ohren gehört. Lanas Launen und ihr grobes Benehmen gefielen ihr gar nicht. Eine verstoßene Freundin sagte ihr, Svetlana sei ein Snob. Das Wort *Snob* bezeichnete offenbar eine Haltung oder eine Charaktereigenschaft, aber Inda verstand es nicht ganz.

„Sie glaubt, sich alles erlauben zu können, weil ihre Mutter schon vor dem Krieg reich war und ihr Vater es auch noch nach dem Krieg ist", fügte dasselbe Mädchen hinzu.

Jedenfalls, ob aus angeborener Zurückhaltung oder aus erworbener Unsicherheit, aus Stolz oder vielleicht aus Angst, dass es ihr so ergehen könnte wie den anderen, oder aber aus Treue zu ihrer alten Freundin Rina, beteiligte sich Inda nicht am Buhlen um Lanas Gunst. Außerdem fand sie, dass man diese heißbegehrte Lana oft in Gesellschaft dummer Gänse sah (zum Beispiel der einer Divna, die schon zum zweiten Mal die Klasse wiederholte), nur weil deren Väter Diplomaten, Auslandskorrespondenten oder Militärärzte mit einer Villa im Nobelviertel Dedinje waren.

Inda pflegte also Freundschaft mit Adrijana. Sie bummelten durch die Stadt und führten lange Gespräche über Bücher, Jungs und Schauspieler. Inda mochte Rinas Klavierspiel, das große Fortschritte machte. Branka und Riki fanden jetzt, dass Melanijas Lob bezüglich der Begabung ihrer Tochter berechtigt war, obwohl sie sich an den vielen Plänen zu deren Karriere störten, die nichts Geringeres als Auftritte in der New Yorker Carnegie Hall vorsahen. Inda spielte gern mit Rinas Pudel Buca und fand es nicht lästig, jeden Tag auf die unpünktliche Rina zu warten, um mit ihr zusammen zur Schule zu gehen. Adrijana Božović hatte trotz ihres Wohlstands nie die angeberische, gespielt nonchalante Haltung reicher Mädchen angenommen, die Lana mit jeder Geste zeigte und bei Inda damit auf eine vorerst noch undefinierbare Ablehnung stieß.

Inda sah den Unterschied zwischen sich und Lana. Etwa in Bezug auf die Garderobe: Lanas Kleidung kam nicht wie die ihre zerknittert aus Klaras Paketen mit einem merkwürdigen, ihr jedoch lieben Geruch daher, sondern frisch aus Papas Koffer, zuvor in einem Geschäft gekauft und sorgfältig gefaltet. Äußerlich unterschieden sie sich nicht sehr, aber Inda verstand, dass ihr jene Lässigkeit fehlte, die für Kinder wohlhabender Eltern charakteristisch ist. Ein Minderwertigkeitsgefühl, das sie auf Distanz hielt, kam in einer gleichgültigen und kühlen Haltung gegenüber der neuen Schönen zum Ausdruck. Sie verschloss sich und baute dadurch eine Abwehrmauer um sich auf, wie das für Unsichere in der Anwesenheit sicher auftretender Personen typisch ist.

Vielleicht weil Indas Gleichgültigkeit sie reizte oder weil sie die anderen Freundinnen leidgeworden war, Lana wollte sich ausgerechnet mit ihr anfreunden. Dafür wählte sie einen Umweg. Sie lud Rina ein, die leichtgläubig und schnell von dieser neuen Freundschaft begeistert war und nun jede Minute bei ihr verbrachte. Inda fühlte sich verlassen und betrogen und lehnte es deshalb nicht ab, als Lana sie eines Tages einlud. Sie bereute es nicht. Lana besaß einen unwiderstehlichen Charme und wusste immer, wie man sich amüsieren konnte. Ihre zarte, helle, fast durchsichtige Erscheinung stand in einem reizvollen Gegensatz zu ihrer tiefen Stimme. Man hatte den Eindruck, sie bewege nur die Lippen zu Worten, die eine andere Person aussprach. Ihr anerzogenes gutes Benehmen garnierte sie mit Grimassen und neuestem Slang, manchmal sogar mit Kraftausdrücken. Erst als sie ihre Wohnung betrat und sie näher kennenlernte, erkannte Inda Lanas Anziehungskraft. In großen Räumen auf zwei Etagen herrschte ein ihr bis dahin unbekannter und ungewöhnlicher Geist von Bohème. Das ganze Ambiente vermittelte den Eindruck, alles sei erlaubt und möglich. So war es tatsächlich, wenn der Vater auf Reisen oder bei der Arbeit war. Lanas Mutter Nadica erlaubte großzügig Besuche, während der Vater Simica seiner Tochter sowohl Besuche als auch das Ausgehen verbot. Lana mied ihn nach Möglichkeit und belog ihn, wann immer es nötig war.

„Weißt du, meine Alten sehen sich selten", sagte sie einmal zu Inda. „Wenn er malochen geht, pennt sie noch. Wenn er heimkommt, ist sie schon aus dem Bau, wenn er sich schlafen legt, ist sie gerade ausgeflogen, und wenn sie zurückkommt, ist er im Reich der Träume ... Am schönsten ist es, wenn Simica verreist. Dann genießen wir das entspannte Leben in vollen Zügen ... Aber er sagt nie, wie lange er wegbleibt, damit wir uns nicht auf eine lange Reise freuen!"

Inda wunderte sich, dass Lana ihre Eltern mit Vornamen anredete und meinte, das liege wohl daran, dass sie viel jünger waren als ihre oder dass das modern war. Auf einmal schien es ihr altmodisch, dass ihre Eltern immer zusammen waren und dass es bei ihnen feste Zeiten für das Mittag- und das Abendessen gab, zu denen sie sich alle am gedeckten Tisch versammelten. Bei Svetlana aß jeder, wann es ihm passte und was er auf dem Tisch, in der Speisekammer oder im (strombetriebenen) Kühlschrank fand. Das Dienstmädchen – in der Neusprache die Hausgehilfin – Ana, die Lana Anusja nannte, machte die Wohnung sauber und kochte. Nadica hatte nur Lust am Tortenbacken, deshalb gab es in ihrem Haus zur Freude von Lanas Besuchern immer einen Schokoladen- oder Obstkuchen. Diese reich verzierten, cremigen Süßigkeiten waren nur ein Detail des allgemeinen Überflusses, den man bei den Lazićs im ganzen Haus antraf. Der Kühlschrank, immer voll von gekochtem und rohem Schinken, ausländischen Konserven, Obstsäften, Oliven, Schokoladen und verschiedenen anderen Leckereien, nahm die zentrale Stelle in der Küche ein, in der bunte Papierservietten, dicke, geblümte Handschuhe, scharfe Messer mit geschnitzten Holzgriffen, Kalender, Flaschenkorken aus Plastik, grellfarbene Tellerchen, Küchenhandtücher mit englischer Aufschrift, Untersetzer für Gläser und manche sich dorthin verirrte Packung neuer Nylonstrümpfe (ein Schatz von unermesslichem Wert) lässig hingeworfen in einem berauschenden Durcheinander lagen. Jetzt kamen Inda die wenigen, säuberlich eingeordneten Geschirrstücke in Brankas Küche noch schäbiger und älter vor.

Das Bad, Indas wundester Punkt in der Kindheit und mehr noch später, sah bei den Lazićs märchenhaft aus. Duftende Seifen, türkisfarbene Fläschchen, Haarshampoos (für sie ein Novum, denn zu Hause wuschen sie die Haare mit Seife), Puderdosen, Parfüms, Haarspangen, Haarnadeln, Massagebürsten und andere mehr oder weniger erkennbare Kleinigkeiten blendeten Inda durch ihre Fülle und Mannigfaltigkeit. Sie stellte sich Lana vor, wie sie dieses Reich der Träume betritt und zu etwas von diesem Überfluss greift, ohne Angst zu haben, dass ein wildgewordenes Ungeheuer an die Tür klopft. Eine große, himmelblaue Porzellandose mit duftendem Talkum wartete immer darauf, dass Lana nach dem Bad sich unter der Achsel puderte und danach als der Inbegriff von Reinheit und Frische in die Welt hinausschritt.

Während der Wochen intensiver Freundschaft mit Lana überredete Inda ihre Mutter, die Kosten nicht zu scheuen und den großen Kesselofen im Bad anzuheizen. Es dauerte jedoch eine Weile, bis das Wasser warm wurde, die Frau Grdić, vom Geruch des brennenden Holzes angelockt, ausnützte, um ins Bad zu schlüpfen und beide Türe zu verschließen. Sie blieb dort, bis auch das letzte Stück Holz verbrannt war. Im kleinen Zimmer ihres Vaters nahe dem Bad wartend, hörte Inda, wie das für sie bestimmte heiße Wasser weglief, und brach in Tränen aus. Zum ersten Mal im Leben bedauerte sie, dass ihre Eltern sich den Mitbewohnern nicht widersetzen konnten.

Nach häufigen Telefonanrufen, Treffen und gemeinsamem Lernen über Monate hörte Svetlana wie üblich ohne Grund auf, sich zu melden und sogar mit Inda in der Klasse zu sprechen. Im Unterschied zu anderen Schulfreundinnen rief Inda, obwohl todtraurig und gekränkt, nicht an, noch versuchte sie, die Freundschaft zu erneuern. Wahrscheinlich war es dieser Haltung zu verdanken, dass Lana in den folgenden Schuljahren immer wieder zu Inda zurückkam. Inda akzeptierte das jedes Mal, aber nie mehr mit der alten Begeisterung.

„Nimm die Menschen so, wie sie sind, und erwarte nicht viel von ihnen, so wirst du dich über jede Kleinigkeit freuen, die du von ihnen bekommst", riet ihr Branka. „Und wie dein Papa sagt, vertraue keinem, solange du seiner nicht sicher bist."

„Und was sagst du?"

„Vertraue jedem, solange er dich nicht enttäuscht."

„Das bedeutet, ich soll niemandem und jedem vertrauen?"

„Nein, du sollst vorsichtig sein."

„Lana ist wankelmütig, aber sie kann sich das leisten, denn sie hat alles!"

„Nicht alles ... Wenn du groß bist, wirst du begreifen, dass sie nicht so glücklich ist, wie dir das jetzt erscheint."
„Warum nicht?"
„Ihr fehlt die Wärme des Elternhauses."
Auf diese Wärme könnte ich verzichten, dachte Inda, wenn ich ein solches Bad und eine so große Gesellschaft hätte!
Die Koraćs hatten in der Tat keinen großen Freundeskreis. Die meisten waren in Sarajevo geblieben, einige waren im Krieg gefallen oder verschollen, viele hatten sich ins Ausland abgesetzt oder mieden sie aus dem einen oder anderen Grund. Die meisten noch lebenden Juden, die sich aus Überzeugung oder aus Angst vor den Deutschen den Partisanen angeschlossen hatten, wurden aktive Mitglieder der kommunistischen Partei, weswegen Marko und auch Branka mit ihnen nichts zu tun haben wollten. So blieb Inda ohne die übliche Gesellschaft der Kinder der Freunde ihrer Eltern.
Sie durfte jedoch Freundschaft pflegen, mit wem sie wollte. Die Eltern ließen sie unvermeidliche Erfahrungen und Enttäuschungen allein durchmachen, ihre eigenen Werte finden und erst eine Meinung über sich selbst bilden, bevor sie über ihre Mitmenschen urteilte. Sie gaben ihr Hilfen auf diesem mühevollen Weg, behinderten sie jedoch nie und drängten sie nicht in eine bestimmte Richtung. Obwohl durch ihre gesellschaftliche Zugehörigkeit eingeschränkt, wuchs Vera Korać als eine freie Person auf.

★

Dušan und Smiljka kehrten nach Belgrad zurück. Sie meldeten sich sofort bei Rikica, die sie zum Abendessen einlud. Nach dem Essen entschuldigte sich Dušan, er müsse zu einer wichtigen Sitzung. Riki begleitete ihn zur Tür.
„Warum gehst du?"
„Ich weiß es selbst nicht. Ich fühle mich seltsam ... Du mit Smiljka ... Marko so schweigsam, liebenswürdig, aber kalt ..."
„So sind halt die Koraćs!"
„Alles Mögliche geht mir durch den Kopf ..."
„Die Vergangenheit, mein lieber Genosse! Die verlässt uns nie ..."
„Und du bist ein Teil der meinen."
„Du darfst dich nicht beklagen, dich erwartet eine glänzende Zukunft. Ich habe aus Dragus zuverlässigen Quellen erfahren, dass du

dich in München hervorgetan hast bei der Aufdeckung unserer Emigranten, die gegen das neue Jugoslawien sind."

„Ich bin Gefahren gewöhnt ..."

„Mein Dušan, dabei erinnere ich mich an die Zeiten, als ich gewöhnt war, deine Artikel in der ‚Politika' zu lesen. Den über mich habe ich immer noch. Du warst ein hervorragender Journalist."

„Wahrscheinlich werde ich Botschafter in Paris."

„Karriere?"

„Warum nicht? Ich muss jetzt beweisen, dass du mich völlig zu Recht abgelehnt hast."

„Gratuliere, wenn das dein Wunsch war ... Paris ist eine wunderschöne Stadt. Und Smiljka wird es bei den Franzosen leichter haben."

„Ja, mit den Deutschen kam sie nicht zurecht ... Gut geht es meiner Smiljka ... Und dir?"

„Mir auch, und noch besser, wenn ich erst verreisen kann ..."

„Keine Sorge, das Visum bekommst du."

„Danke, Dušan. Gott wird es dir vergelten."

„Gott gibt und nimmt. Bei mir hat er beides getan und du, Rikica, hast dabei die Hauptrolle gespielt ... Jetzt gehe ich aber. Wir hören voneinander. Du solltest das Visum noch einmal beantragen."

Nachdem Dušan weg war, blieb Riki noch eine Weile vor der verschlossenen Tür stehen. „Ja, so ist das", murmelte sie und ging ins Zimmer zurück.

„In einem Monat ist es soweit", sagte Smiljka und streichelte stolz ihren Bauch.

„Und wann bringst du uns mal den kleinen Milan, damit wir ihn auch sehen?"

„Nächste Woche."

Milans ungewöhnliche Schönheit berauschte alle, am meisten Inda, die, an Kinder nicht gewöhnt, den ganzen Nachmittag mit ihm spielte. Lieb, immer lächelnd, mit rosigen Backen und langen Wimpern sah er wie die unwirklich schönen Knaben in den illustrierten Zeitschriften aus.

Nach nur einem Monat erhielt Riki das Visum und Smiljka gebar eine Tochter. Beide strahlten vor Glück.

Jetzt galt es nur noch das Geld für den Flug zu beschaffen. Im Vergleich zu anderen, scheinbar unüberwindbaren Hindernissen schien dieses klein zu sein. Aber die Tatsache, dass er Riki nicht helfen konnte, machte am meisten Marko zu schaffen.

„Keine Sorge, mein Lieber, wir werden schon eine Lösung finden", tröstete ihn Branka. „Denke an deinen Spruch: Arm ist der, der dumm ist, und da wir nicht dumm sind, wird uns schon etwas einfallen!"

„Doch ich bin dumm, sonst hätte ich dir etwas von meinem Vermögen überschrieben. Dir hätte man es nicht weggenommen. Meiner Schwester ist das Haus in Mostar geblieben, weil ihr Mann, Jovo Primorac, es ihr geschenkt hatte. Er erwies sich als schlauer Geschäftsmann und guter Ehemann und ich als der größte Trottel! Und das alles wegen der patriarchalischen Einstellung: Wieso der eigenen Frau Geschenke machen? Was soll sie damit? Alles gehört mir und damit auch ihr, denn auch sie gehört mir ... Ein Idiot und Primitivling war ich! Nicht einmal die Hand vor der Nase erkannte ich, von der Zukunft ganz zu schweigen ... Genau wie damals vor dem Putsch, als du mir abrietst, eine neue Druckerei zu kaufen ..."

„Du konntest nicht wissen ..."

Der Wind ließ die Kronen der Linden in der dunklen Straße schaukeln.

„Oft denke ich, dass ich all diese Verluste verdient habe." Er lauschte dem regelmäßigen Klopfen der Zweige gegen die Fensterscheiben.

„Marko, ich habe von dir bekommen, was einzig ich verlangte: die Liebe!"

„Und selbst das mit Verzögerung." Marko hielt zerknirscht inne, fuhr aber bald in die Dunkelheit starrend fort: „Deine Bewunderung befriedigte meine Eitelkeit, ich war sicher, mir selber zu genügen, niemand anderen nötig zu haben. Die Familie, auch die Freunde beschenkte ich reichlich, dir gab ich nichts."

„Weil du weder mir noch dir selbst eingestehen wolltest, wie sehr du mich liebtest."

„Wusstest du das schon damals?"

„Ja."

„Du kanntest mich besser als ich selbst ... Ich war aufgeblasen, eingebildet, ehrgeizig." Branka machte die Balkontür auf, die Kälte verband sich mit Markos eisiger Selbstanklage. „Ja, Brankica, aber was nützt es, jetzt darüber zu reden. Jetzt ist es zu spät."

„Es ist nie zu spät!", sagte Branka und küsste seine kühle Wange.

„Rikicas Flugticket belastet mich ...", flüsterte Marko.

„Das ist auch der Anlass dieses Gesprächs."

„Nicht der einzige ... Wir könnten vielleicht etwas verkaufen?"

„Selbst wenn wir alles von Wert verkauften, würde es nicht reichen. Ich habe darüber schon mit der Frau vom Flohmarkt gesprochen."

„Saveta hat für ihr Haus fünf Millionen bekommen."
„Marko, erwarte nichts von anderen!"
„Du hast recht, aber so geht es nicht weiter! Die Zeit ist gekommen, da Gott hoch und der Kaiser fern ist."
„Nein, ich lasse es nicht zu, dass du von deiner etwas für meine Schwester verlangst."
„Aber eine deiner Schwestern darf deinen Mann ernähren!"
„Erstens stimmt das nicht. Zweitens, wir haben das von ihr nicht verlangt, sie hat es uns selbst angeboten. Und drittens, ich weiß, wie schlimm es für dich wäre, etwas von Saveta zu verlangen, und noch schlimmer, wenn sie es abschlüge ... Aber irgendeine Lösung wird sich zeigen, glaub mir. Du weißt, dass ich einen sechsten Sinn habe ... Ich sehe Rikica schon verreisen."
Die Stadt ließ ihre Lichter leuchten.

*

Am nächsten Tag traf ein erster Brief von Elias aus Tel Aviv ein. Der jüngste Bruder der Familie Sálom hatte vier Jahre in Gefangenschaft verbracht und war danach nach Palästina ausgewandert. Jetzt schrieb er zum ersten Mal nach fast zehn Jahren des Schweigens.

„Jetzt, nachdem ich eine Wohnung in einem modernen Haus im Zentrum von Tel Aviv besitze, an dessen Bau ich mitgearbeitet habe, nachdem ich geheiratet und eine Tochter bekommen habe, melde ich mich endlich aus diesem schönen, vielfältigen, schwierigen und geheimnisvollen biblischen Land, aus *meinem* Land.

Ich weiß nicht, wo ich anfangen soll, denn es gibt eine Menge zu erzählen. Alles begann, als unsere liebe Mama Estera starb. Ich saß mit euch allen zusammen, mit unserer klugen verstorbenen Buka, mit Klara, Nina, Isak, mit Dir, liebe Blanki, und mit der kleinen Riki. Gedanken gingen durch meinen zwanzigjährigen Kopf. Die Büroarbeit würgte und lähmte mich: Papiere und Aktenordner, am Ende des Monats ein dünnes Kuvert, während andere den Chef spielten! Sein eigener Chef zu sein, das wäre himmlisch, aber unmöglich. Auch ein Fürst hat den König zum Chef, überlegte ich, der König hat das ganze Volk und jeder Einzelne aus diesem Volk hat seinen Chef und das geht so weiter bis zum König. Da schließt sich der Kreis. Deshalb beschloss ich, entweder mathematische Probleme zu lösen oder die Erde zu bearbeiten. In beiden Fällen würde mich keiner ärgern. Meine Chefs wären entweder die Zahlen oder die fruchtbare Erde, der Regen und der Hagel. Ich würde die Früchte meiner Arbeit sehen. Man müsste nur Mut fassen und alles verlassen ... Baščarsija, Alifakovac, die Bosna-Quellen, Pale ... gehörte das mir? Sowenig wie allen anderen. Mir gehörte nur mein Leben. Und warum sollte ich solchen Menschen applaudieren, die als klüger galten? Was ging mich der Sozialismus, von dem unsere armen Neffen Koki und Leon faselten, Bukas historische Predigten und Markos Geschäftserfolge an? Ich wollte mir meine eigene Meinung von der Welt und von mir bilden, meine Art zu leben finden. Der erste Schritt in diese Richtung, fand ich, wäre, das Haus, die Familie und Saraj zu verlassen, etwas Neues zu schaffen, Teil von etwas zu werden, was mit der Entwicklung meiner Persönlichkeit wachsen und gedeihen würde. Mit einem Wort, den Ausgangspunkt finden. In Saraj änderte sich nie etwas, alles blieb beengt, erstickt. Beerdigungen, Hochzeiten und Taufen unterschieden sich nach Stadtvierteln, bis ihr, meine mutigen Schwestern, das vermischt habt. Und dennoch, ihr habt zwar durch eure Heirat, durch das Ballett, den Modesalon, die Lyrik die Gesellschaft kurz durcheinandergewirbelt, sie aber nicht aus ihrer Lethargie herausgeholt. Alles blieb in der Enge des Talkessels eingeschlossen, ohne Luft zum Atmen, ohne Raum, in dem man spielen und zeigen konnte, was man vermochte. Und was vermochte ich?, fragte ich mich. Nichts Besonderes. Ich war ein kleiner Sepharde vom Balkan mit einer unklaren zionistischen Neigung, ein Oberleutnant der Reserve in der Armee des Königsreichs Jugoslawien, von Natur aus schweigsam, bei Entscheidungen langsam, vom Wunsch getrieben, bei der Verwirklichung von etwas, aber damals wusste ich nicht wovon, mitzumachen. Ich hoffte, die Zukunft würde an meiner statt eine Entscheidung treffen. Buka hatte den baldigen Kriegsausbruch und die Aufteilung der Menschen nach Kategorien prophezeit. Daraus schloss ich, dass das Jahr 1939 nicht für die Entscheidung Einzelner geeignet war, dass die Zugehörigkeit zu einer Gruppe für mich entscheiden würde. Die Gruppe konnte ich mir nicht aussuchen, und selbst wenn, selbst wenn ich nicht beschnitten gewesen wäre, hätte ich keine andere gewählt.

Viel später erfuhr ich bei einem Gespräch mit einem hiesigen Historiker, dass die Männer eines der ältesten Nomadenstämme, Hapiru genannt (wovon wahrscheinlich der Name Hebräer stammt), aus rein praktischen Gründen der Erkennung beschnitten wurden. Wenn im Krieg ein Feigling zum stärkeren Feind überlief, konnte er sich, war er nicht beschnitten, für einen anderen ausgeben. So waren die Hapiru verurteilt zu siegen oder zu sterben. Also, das Einzige, was ich damals, als Mutter starb, klar sah, war die Zugehörigkeit zu meinem Volk, wo auch immer es sich befand.

Dann kam der Krieg, aber das ist euch alles bekannt. Die Kriegsjahre, in denen viele über sich selbst und überhaupt über die Menschen lernen, brachten mir nichts, außer vielleicht das Wissen vom menschlichen Leid, von der Mordlust, vom Wert des Gebärens als der einzigen Antwort auf den Tod. In der Gefangenschaft in Straßburg hatte ich einen Juden kennengelernt. Er kam aus Polen. Als ich ihn fragte, warum er in den Kampf gezogen sei, antwortete er: ‚Seit meiner Kindheit lebte ich in Angst und auf der Flucht. Ich ging in den Krieg, um die Angst loszuwerden.'

Auf dem Weg von Europa nach Palästina habe ich alles erlebt, was man nur erleben kann. Ich habe am eigenen Leib die Folgen des berühmt-berüchtigten Weißbuchs gespürt. Der Minister Ernest Bevin hat nämlich seinen ganzen unfassbaren Zorn gegen keinen anderen als gegen uns, die Ärmsten der Armen, geschleudert, die nach den KZs, den Gefangenenlagern und den Lagern für *displaced persons* das unerhörte Verbrechen begehen wollten, zu den eigenen Leuten nach Palästina zu ziehen. Ich überlebte den deutschen Stacheldraht in Straßburg und den englischen auf Zypern, dessen Stacheln sich tiefer in einen bohrten und mehr schmerzten. Denn, wie sollten wir verstehen, dass diejenigen, die uns aus den Vernichtungslagern befreit hatten, uns jetzt in ihre Lager steckten?

Aber, um es kurz zu machen, ich hatte Glück: Ich war einer der etwa Siebzigtausend, welche die Jischuw-Boote durch die englischen Sperren geschmuggelt haben. Es folgten schwere Jahre, so schwere, dass ich sie nicht beschreiben kann ... Sand, Hunger und auch Angst. Damals stellte ich fest, dass wir zwar das auserwählte Volk waren, aber auserwählt, nur um zu leiden. Dennoch, wir hatten die Hagana, Ben Gurion, die Hoffnung und den Glauben an unseren einzigen Traum und unser Ziel: unseren eigenen Staat zu bekommen, egal ob er Kanaan, Palästina, Zion oder Erez Israel heißen würde. Ohne diesen Glauben, der schon von Abraham und Moses herrührt, hätten wir nichts erreicht. Ein alter Spruch besagt: ‚Für etwas schwer Realisierbares braucht man Zeit, für etwas Unmögliches ein bisschen länger.'

Und dann, wie Du, liebe Blanki, schon weißt, kam der 14. Mai 1948 – der 5. Ijar des Jahres 5.708: Im Land Israel wurde der jüdische Staat gegründet ... Der Staat Israel! Fünfzig Jahre, nachdem Herzl auf dem Kongress in Basel den Grundstein dafür gelegt hatte! An dem Tag, während die israelische Hymne Hatikwa gesungen und die Hora getanzt wurde und Ben Gurion die 979 hebräischen Worte der Proklamation vorlas, fühlte ich mich wie ein glücklicher, aber von Trauer befallener Mensch, denn ich war überzeugt, dass wir dieses Glück nur deshalb erlebten, weil dafür sechs Millionen Menschen liquidiert und wer weiß wie viel mehr im Laufe der fast zweitausend Jahre unseres Lebens in der Diaspora gefoltert, verfolgt und einzeln oder massenweise getötet worden waren. Jetzt befand ich mich, ausgerechnet ich, unter denen, die ihre erste wirkliche Freiheit auf dem Boden Zions erhielten! Mich braucht niemand mehr zu dulden! Die Vertreibung ist zu Ende. Du musst Dir nur vorstellen: Das, worüber ich Dir jetzt so ungeschickt schreibe, hat vor fünftausend Jahren in dieser selben wilden, von unserer Vergangenheit getränkten Wüste begonnen.

Vielleicht wunderst Du Dich, dass ich nichts über mich, über mein Privatleben schreibe. Ich hatte gar keines. Mein Schicksal war das Schicksal des Landes. Also, 650.000 Juden waren zu 650.000 Israelis geworden. An den Klang dieses Wortes musste ich mich erst gewöhnen. Aber das war erst der Anfang des Unabhängigkeitskampfes, was damals wohl keiner wusste. Die Resolution schien uns das Recht auf den Kampf um die Unabhängigkeit, aber nicht auf die Unabhängigkeit selbst gegeben zu haben. Schon am 15. Mai wurden wir von überall angegriffen: von den Ägyptern im Süden, von Syrern und den Libanesen im Norden, von Jordaniern und Irakern im Osten ... Kurzum, frei war nur der Weg zum Meer, aber den wollten wir nicht. Unseren Überlebenswillen kann ich Dir nicht beschreiben, aber dafür sprechen die Zahlen: 45.000 Männer und Frauen der Hagana, darunter auch ich, haben das gerade geborene Land verteidigt. Bis 1949 fielen sechstausend junge Israelis, ein Prozent unserer Bevölkerung. (Wie Du siehst, ich bin ein Mathematikfan geblieben, das Schreiben ist nicht meine stärkste Seite.) Es wurde die erste Regierung aus mehreren Koalitionsparteien gegründet, darunter auch die Sephardim, die uns, die sogenannten orientalischen Juden, vertrat.

Dann begann langsam die Besiedlung. Ein alter griechischer Dampfer brachte unsere ersten Einwanderer, die keine schändlichen englischen Zählungen und Verbote über sich ergehen lassen mussten. Ein Überlebender aus Buchenwald hat als Erster den Boden Israels betreten. In nur zwei Jahren hat sich die Bevölkerung verdoppelt. Es kamen Kranke, Alte, Erschöpfte, Lagerinsassen und Gettobewohner ... bis Ende 1951 etwa 700.000 Juden aus ungefähr siebzig Ländern! Darunter im Herbst 1950 auch siebentausend aus Jugoslawien. Per Luftbrücke kamen Juden auch aus dem Irak, unter ihnen die Krankenschwester Simha, meine jetzige Frau.

Alle, ich auch, kamen hier an ohne alles, meist auch ohne Kraft und Gesundheit, aber mit zwei Wünschen: zu leben und zu vergessen. Ein vom israelischen Parlament, der Knesset, verabschiedetes Gesetz zur Rückkehr sicherte allen Juden der Welt das Recht auf Einreise und auf die israelische Staatsangehörigkeit zu. Das war schon viel, aber man musste uns auch ernähren, kurieren, irgendwo unterbringen, eine Arbeit beschaffen und ein Verdienst sichern. Uns allen. Tausende kamen aus Rumänien, Polen, Marokko, Tunesien, Algerien, Deutschland, Österreich, Ungarn, dem Jemen ... Die aus Europa halbtot, die aus dem Nahen Osten halbgebildet, denn sie waren in armseligen Gettos in mittelalterlichen Verhältnissen aufgewachsen. Die Juden aus dem Jemen waren am tüchtigsten. Ja, liebe Branka, nicht die aus Europa, sondern die aus dem Jemen. Sie waren sehr gute Handwerker und alle Männer konnten Hebräisch lesen und schreiben! Es war ein großes Wunder (eines von vielen in diesem Land), dass trotz des knappen Raums alle diese Menschen aus verschiedenen Kulturkreisen und aus etwa hundert Ländern hier Platz fanden. Sie alle verband die Liebe zur gemeinsamen Urheimat und der Stolz auf die Vergangenheit.

Da ich jung, gesund und sehr kräftig war, entschied ich mich für den meistgefragten und einträglichsten Beruf: ich wurde Maurer. Kurze Zeit später waren Maurer mehr gefragt als Ärzte, denn man musste Wohnraum schaffen. Zunächst lebten wir in Zeltstädten, dann in provisorischen Lagern, die ‚Ma'abarot' hießen, in Wellblechhütten. Diejenigen, die arbeiten konnten, wurden dafür auch bezahlt. Unsere Arbeitsministerin Golda Meir sorgte gut für uns.

Und jetzt sitze ich am Fenster unserer Wohnung in Tel Aviv und denke, welch ein Wunder, dass aus einem Vorort des arabischen Jaffa (wo ich eine Zeit lang gelebt habe) eine ganze Stadt, eine Großstadt voller Kontraste, die erste provisorische Hauptstadt Israels entstanden ist! Häuser aus der Zeit der türkischen Herrschaft über Palästina stehen da neben modernen Gebäuden. Manchmal ist mir, als hätte ich jeden Ziegelstein der neuen Häuser selbst gemauert. Aber ich arbeitete in Freiheit, für mich, für mein Volk und mein Land, überzeugt, dass wir nur dadurch die Gettomentalität abschütteln konnten, die uns in der Diaspora zueigen geworden war. Ich arbeitete so viel, dass ich das Gefühl für den Wechsel von Tag und Nacht, für das Vergehen von Monaten und Jahren verlor. Und die vergingen schnell, zu schnell. In Hunderten von Nächten schlief ich auf freiem Feld, kampfbereit, mit der Waffe unter dem Kopf, und nichts fiel mir schwer. Ich kam mit den unterschiedlichsten Menschen zusammen, unterhielt mich mit ihnen in verschiedenen Sprachen, meist aber mit Händen und Füßen. Wir verstanden einander immer. Ich lernte Ärzte, Wissenschaftler, Richter und Professoren kennen, die wie ich auf Baustellen arbeiteten, Buchhalter, Lastenträger, Handwerksmeister, Gärtner, gute und schlechte, anständige und kriminelle, großzügige und geizige, ruhige und aufbrausende, eingeschüchterte und wütende – mit einem Wort verschiedene Menschen, weil die Juden so wie alle anderen verschieden sind. Sie waren aus der ganzen Welt gekommen, brachten neben der jüdischen auch die Kultur der Länder, in denen sie über Jahrhunderte gelebt hatten, und so wurden wir alle durcheinandergewürfelt und besiedelten dieses Stück Wüste, der wir einen Fußbreit nach dem anderen abgewannen, verwandelten den Sand in fruchtbaren Boden... schafften Leben.

Ich habe auch Ackerbau betrieben, aber nur für kurze Zeit. Ich sparte eisern und als ich genug zusammenhatte, heiratete ich Simha. Ihre Eltern hatten aus dem Irak einige Goldstücke mitgebracht, in Tüchern um die Taille eingenäht. Ihre Familie ist sehr groß (acht Brüder und sieben Schwestern). Ich mag das, weil ich hier keine habe, allerdings rede ich wenig mit ihnen, da sie Arabisch und nur wenig Hebräisch sprechen und ich das Hebräische nicht gut beherrsche. Simha spricht kaum Serbisch, aber für unsere Tochter, die wir im Gedenken an ihre Großmutter, unsere liebe Mutter, Estera genannt haben, wird die neubelebte Sprache ihre Muttersprache sein. Genau wie es der russische Jude Nachman Syrkin, der Philosoph und der Ideologe des Zionismus, schon vor langer Zeit vorhergesehen hatte: kein Jiddisch, kein Ladino, sondern Hebräisch! Man erzählt, derselbe Syrkin habe in einer Auseinandersetzung mit einem bestimmten Sitlowski vorgeschlagen, beide sollten, weil sie sich nicht einig waren, alles untereinander aufteilen: Sitlowski dürfe für sich alles beanspruchen, was es schon gab, also Jiddisch, die Diaspora, das Getto und die Pogrome, Syrkin hingegen alles, was es nicht gab, also Israel, die Freiheit und Hebräisch als lebende Sprache. Das muss ein kluger Mann gewesen sein ... Ja, ich freute mich auf Esteras Geburt mehr als auf alles Schöne in meinem Leben. Ich möchte noch mehr Kinder haben. So soll es sein: Kinder werden geboren, wachsen und vergessen nie, wer sie sind."

In seinem Brief erkundigte sich Elijas nach jedem. Er bat Branka, ihm zu schreiben und mitzuteilen, ob sie etwas brauchten, denn jetzt sei er in der Lage zu helfen.

„Er nennt Israel sein Land", meldete sich Riki.

„Warum denn nicht?", wandte Marko ein, „Dort hat er sich verwirklicht."

„Aber seine Heimat zu wechseln, muss ein schmerzhafter Prozess sein", sagte Riki mit einem Seufzer.

„Hatte ich euch nicht gesagt", unterbrach Branka das Gespräch, „dass sich eine Lösung für Rikicas Flugticket finden wird?"

Riki schrieb Elijas gleich am nächsten Tag und betonte, dass sie ihm das Geld so bald wie möglich zurückzahlen werde. Kurz darauf antwortete er, dass er ihr das Flugticket als Geschenk schicken wolle. Elijas trauerte Atleta nach, er schrieb ausführlich, weil er sich nach Gedankenaustausch sehnte.

Das Flugticket kam, Riki blieben nur noch zwei Wochen, sich auf die Reise vorzubereiten und den Koffer zu packen. Erst jetzt, nachdem alle Hindernisse überwunden waren, befiel sie Angst bei dem Gedanken, Branka und Marko, ihr geliebtes „Schnütchen", Belgrad und die Wohnung, die nicht ideal war, aber eine bessere hatte sie nicht, zu verlassen. Nicht einmal die Gewissheit, dass auf der anderen Seite des Ozeans Klara auf sie wartete, beruhigte sie. Während der zwei Wochen spürte sie die Last des unbestimmten, aber unwiderruflichen Schicksals. Vielleicht würde sie sterben, dachte sie. Vielleicht würde sie sie nie mehr sehen, deshalb der bittere Geschmack des Endgültigen.

An keinem Ort hielt sie es länger aus, fand keinen Geschmack an Worten. Fiebernd vor aufwallenden Gedanken holte sie Sachen aus dem Schrank und hängte sie wieder auf die Kleiderbügel, als sei sie schon zurückgekommen. Ab und zu blickte sie in den Spiegel: Schweißperlen auf der Stirn, dunkle Äderchen im Gesicht, das sichtbare Pulsieren einer Vene an der Schläfe.

Wie würde die kleine Blanki mit der Lepava fertigwerden, fragte sie sich besorgt, aber dann winkte sie ab, denn dieselbe kleine Blanki vermochte es, manch einem die Stirn zu bieten und gewann in Kämpfen vielleicht sogar öfter als sie selbst, trotz ihrer Widerspenstigkeit und ihres losen Mundwerks.

Und Marko, der gute Marko, ihr schweigsamer Schwager, der nur redete, wenn er musste und wenn er etwas zu sagen hatte, Marko, der bereit war, manches zu schlucken, nur um seiner Familie ein anständiges Leben zu sichern und seine Stellung als Familienoberhaupt zu bewahren, würde sie ihn bei der Rückkehr noch antreffen? Würde er durchhalten und auf sie warten?

Sie fasste sich mit beiden Händen an den Kopf, von Zweifeln gepeitscht, von Schmerzen sowohl an der Hüfte als auch im Herzen geplagt, mehr verwirrt und verloren als damals, als man sie zur Erschießung führte oder als sie sich in der Wohnung des Polizeichefs im besetzten Belgrad versteckt hielt.

In den stillen Nächten verspürte sie oft den Wunsch, das Flugticket zu zerreißen und ihren Reisepass in die Save zu werfen, denselben Reisepass, den sie zärtlich gestreichelt hatte, als sie ihn endlich bekommen hatte.

In jenen Tagen mied Branka ihre Schwester und verbarg ihre Tränen, um ihr den Abschied nicht noch schwerer zu machen.

„*Hermaniquia mia querida*, meine liebe Schwester", sagte sie zu ihr zwei Tage vor der Abreise, „*no ti spanti, fijiquia*, habe keine Angst, meine Kleine."

„*No mi spantu, no mi spantu nada … y mi spantu muchu*. Ich habe keine Angst, gar keine … und ich habe sehr viel Angst. Ich finde mich nicht zurecht … habe den Eindruck, jemand anderes verreist und ich, mein Körper, meine Seele bleiben hier."

„Sie bleiben auch hier. Man lebt dort, wo man geliebt wird und wo sich Menschen an einen erinnern … Aber warte nur, wenn du ohne Schmerzen zurückkommst! Du wirst hier alles wieder vorfinden, leider auch die Grdićs! Wer weiß, vielleicht wirst du dich so sehr über deine Rückkehr freuen, dass du sogar sie gern wiedersiehst! Hauptsache aber, du wirst wieder gesund."

Riki lächelte. „Ich komme bestimmt, in welchem Zustand auch immer. Ich befürchte nur, meine unbegründete Lebensfreude einzubüßen. Früher konnte ich plötzlich, ohne jeden Anlass, vor unerklärter Freude singen und hüpfen. Jetzt nicht mehr. Miloš behauptete, er verliere sie …"

„Schon wieder Miloš ..."

„Er ist in mir geblieben. Manchmal kommt er zum Vorschein, aber ich dränge ihn wieder zurück. Ja, meine Blanki! Menschen, die uns auf die eine oder andere Weise beeindrucken und von denen wir viel Gutes oder auch Schlechtes lernen, bleiben für immer in unserer Erinnerung. Außerdem ist die unmögliche die einzig ewige Liebe."

„Und was ist mit meiner?"

„Auch deine Liebe war unmöglich."

„Ja. Und würde er dich glücklich machen, wenn er jetzt lebte?"

„Nein. Ich könnte ihm nie verzeihen, dass er mich verließ, als es mir am dreckigsten ging."

„Nur der Tod konnte ihn reinwaschen?"

„So ist es."

„Dennoch erinnerst du dich an seine Worte und Gedanken."

„Manchmal spreche ich sie sogar aus ... Etwa die über die Einsamkeit und das Schreiben: Beginnt der Mensch aus Einsamkeit zu schreiben oder wird er beim Schreiben einsam? Er behauptete, dass die schöpferische Tätigkeit ihn von der Angst vor der Einsamkeit befreite. Ja ... jede Tätigkeit, die uns ernsthaft in ihren Bann zieht, schenkt uns Frieden. Ich verlor ihn also, als ich nicht mehr Tänzerin war." Sie seufzte tief, während Branka aufatmete, weil Riki offensichtlich zu ihrer normalen Stimmung zurückfand. „Ach, die Worte von Miloš, sonnenklar, schön und fließend, hätten eine viel erfahrenere Frau betört, als ich es damals war ... Jetzt verstehe ich ihn besser, ob ich mir das eingestehen will oder nicht."

An dem Nachmittag regnete es ohne Unterlass. Dann kam die Sonne heraus und kurz vor dem Abend umarmte ein Regenbogen den Himmel. Riki lauschte dem Rascheln der Lindenblätter in der Brise.

Alle drei begleiteten sie zum Flughafen: Branka in Tränen aufgelöst, Inda seufzend, Marko mit zusammengepressten Lippen. Unmittelbar vor dem Abflug, als sie zum letzten Mal ihre Schwester umarmte, erblickte Riki den sich ihnen mit eiligen Schritten nähernden Dušan.

„Um ein Haar hätte ich es nicht geschafft, Rikčić", sagte er außer Atem. „Ich musste kommen, um dir eine gute Reise und baldige Heilung zu wünschen."

„Auch eine schnelle Rückkehr, hoffe ich", entgegnete Riki scherzhaft, „in die warme Umarmung meiner Familie!"

„Und warum nicht in meine?"

„Weil deine nicht mehr meine ist", summte Riki, als sie die Kontrolle passierte. „Adiós! Servus! Arrivederci!"

Rikicas Flugzeug hob ab. Dušan bot den Dreien an, sie nach Hause zu bringen, aber Marko lehnte ab.

Zu Hause legte sich Inda auf das Sofa ihrer Tante, das jetzt ihres war, und schrieb ein Gedicht über Rikicas Abreise. Sie gab ihm den Titel „Partir c'est un peu mourir" und lief in die Küche, um es ihrer Mutter vorzulesen. Ihre Gedichte las sie meist ihren Eltern vor, die stolz auf die Begabung ihrer Tochter waren, manchmal aber auch Rina. Indas Rolle bei dem Literaturkreis ihrer Schule hingegen reduzierte sich auf ihre seltene, passive Anwesenheit. Beim Vortrag ihres ersten Textes hatte sie solches Lampenfieber gehabt, dass ihre Stimme unsicher wurde, ihr Blick sich trübte, ihre Wangen glühten und ihre Knie zitterten. Wahrscheinlich wegen des schlechten Vorlesens, aber vielleicht auch wegen des schwachen Textes, dachte Inda – immer bereit, ihre Leistung anzuzweifeln –, stieß sie auf kühle Resonanz. Daraufhin beschloss sie, ihre Arbeiten nie mehr vor Publikum vorzulesen.

★

Seine Hand zitterte, als er an der Tür der ihm bekannten Wohnung mit dem bekannten Namen auf dem ersten und einem unbekannten auf dem zweiten Namensschild klingelte.

Branka öffnete die Tür.

„Hm! Hm!", räusperte er sich. „Genossin Korać, haben Sie vielleicht ein Zimmer zu vermieten, aber, wenn möglich, mit Badbenutzung?"

„Spasić! Das kann ich nicht glauben! Kommen Sie ... ähm, komm doch rein!"

Abgemagert, heruntergekommen, ergraut, aber immer noch stattlich, packte Spasić Branka und hob sie wie eine Feder hoch, setzte sie wieder auf den Boden und betrachtete sie aufmerksam.

„Du hast zugenommen", stellte er fest.

„Und du bist mager geworden, hast aber Gott sei Dank alles überstanden! Wann hat man dich ...? Wann bist du gekommen? Wie geht es dir?"

„Vor einigen Tagen ... Man hat mich freigelassen."

„Warst du bei Beka?", fragte sie und führte ihn in Rikicas Zimmer.

„Nein ... Ich wollte zuerst von dir erfahren, wie es um sie steht ..." Er sprach leise und gehemmt. „Damit ich nicht der Dumme bin."

„Sie wartet seit Jahren auf dich. Das weiß ich."

„Hat sie ... ähm ... einen anderen?", fragte Spasić schüchtern.

„Aber nein! Sie kam uns die ganze Zeit besuchen. Sie hat Arbeit als Kassiererin in einer Kantine gefunden. Es gelang ihnen, den Keller zu verlassen, da sich Kaćas Rachitis verschlechtert hatte. Man teilte ihnen eine Wohnung, besser gesagt ein Zimmer, in der Kneza-Miloša-Straße zu, es ist eine gemeinschaftliche Wohnung im Erdgeschoss, aber zumindest nicht feucht. Das Kind muss jetzt nicht mehr leiden und seine Mutter hat sich auch beruhigt. Sie hat sich daran gewöhnt, wie alle anderen zu leben ... Was soll man machen, mein Spasić!"

„Und ihr? Wie geht es euch allen?"

„Gott sei Dank gut! Marko leidet zwar an Gefäßverkalkung, seine Beine tun ihm weh und seine Augen haben sich verschlechtert. Das kommt alles von dem verdammten Zucker."

„Arbeitet er?"

„Er arbeitet über seine Kräfte und für wenig Geld. Jetzt hat er Aussicht auf eine neue Arbeitsstelle. Auch sein Gehalt wird dort wohl besser sein."

„Und wer sind diese Grdićs? Ich las diesen Namen an der Tür."

„Mitbewohner."

„Seit wann?"

„Gleich nachdem du weggegangen bist."

„Das ist aber lang."

„Lang ist es und noch länger kommt es uns vor. Jeder mit ihnen verbrachte Tag scheint wie ein Jahr zu sein."

„Warum? Ihr versteht euch mit ihnen wohl nicht so gut wie mit mir?", fragte Spasić im Spaß.

„Du warst Gold. Das begriff ich erst, als diese kamen ... Und du? Wie ist es dir dort ergangen, wohin man dich gebracht hat?"

„Das ist vorbei. Mit Mühe vorbei", sagte Spasić und entschied sich nach einer kurzen Pause hinzuzufügen: „Hoffentlich kommt es nie wieder ... Mir wird das nicht mehr passieren, ich habe gelernt, bin zur Vernunft gekommen, aber erst nachdem ich oft mit dem Kopf gegen die Wand gerannt bin ... Doch reden wir nicht davon!"

„Was hast du jetzt vor?"

„Das zu tun, was ich angefangen und nicht beendet habe."

„Beka heiraten?"

„Erst sie fragen, ob sie mich jetzt noch will. Vielleicht will sie es nicht ..." Er zögerte, rutschte auf dem Sessel hin und her. „Weißt du, jetzt bekomme ich keine Wohnung ..."

„Fass dir ein Herz, wie meine Riki sagen würde, und frage sie."
„Und wo ist deine Schwester?" Spasić schaute sich um, als hätte Riki sich irgendwo versteckt.
„In Amerika."
„Oho! Und was macht sie dort?"
„Sie lässt sich an der Hüfte operieren. Sie schreibt oft aus New York und ..."
Spasić betrachtete sie abwesend, Branka hielt inne und wartete, dass der einst junge Major aus den Zeiten zurückkehrte, zu denen seine Gedanken geflogen waren.
„Alles, woran ich geglaubt hatte", murmelte er zögernd, „steht jetzt kopf. Alles. Jetzt glaube ich an nichts mehr. Wenn Beka mich zurückweist, werde ich auch nicht mehr an die Liebe glauben. Genossin Branka, ich bin ein gebrochener Mann", stellte er mit merkwürdig sicherem Ton fest, als sei diese Tatsache die ihm einzig verbliebene Wahrheit.
„Du bist, Genosse Spasa, ein hungriger Mann! Wie wäre es mit etwas Hühnerbrühe und einem Stück Käse-Spinat-Pita?"
„Gern!", sagte er und fügte eilig hinzu: „Wann kommt dein Mann heim?"
„Um drei. Warum?"
„Ich möchte nicht, dass er mich hier sieht ... besser, weißt du ... ähm, ähm ..."
„Gut, gut, du kannst früher gehen", beruhigte Branka ihn. Er tat ihr unendlich leid.
„Nachdem er gegessen hatte, sagte Spasić zufrieden: „Du bist wirklich eine gute Köchin."
„Ich habe da ein Geheimnis."
„Welches?"
„In jede Speise tue ich dasselbe Gewürz."
„Dasselbe? Was für eins?"
„Ein bisschen Liebe!", lachte Branka, während Spasić die Tränen kamen.
„Du Glückliche! Du warst immer mit Menschen zusammen, die du liebtest und die dich liebten, und so schwer es dir auch war, ging es dir doch gut ... Um mich herum aber gibt es seit Jahren nur Hass, Lüge, Morden, Finsternis ..." Er seufzte tief und legte seine Hand an die Stirn. „Alles in mir ist durcheinandergeraten ..."
„Du redest jetzt gewählt."

„Dort war ich mit einem Professor zusammen. Er hat es mir beigebracht ... Er war schwach, ich stark, er gebildet und klug, ich ungebildet und primitiv, und so fanden wir zueinander ... Der Arme hat es nicht überlebt ..."

„Friede seiner Seele!", sagte Branka, nur um etwas zu sagen.

„Und was macht die schöne Kleine?"

„Sie geht zur Schule und ist eine ausgezeichnete Schülerin. In der letzten Zeit schreibt sie Gedichte."

„Sie schreibt Gedichte", wiederholte Spasić abwesend oder so, als könne er es nicht glauben, denn er stellte sich Inda so vor, wie sie war, als er sie zum letzten Mal gesehen hatte. „Ist sie immer noch so schön?"

„Im Moment nicht gerade, Mädchen werden in der Pubertät hässlich ... Über Nacht begann sie zu schielen, aber jetzt ist das Auge wieder an die richtige Stelle gerückt. Nur wenn sie sich erschreckt oder müde wird, schielt sie noch ein wenig."

„Und hat sie noch ihr blondes Haar?"

„Nein, jetzt ist es dunkler geworden."

„Schade ... Und bei Beka?"

„Immer noch dasselbe. Sie hat sich gar nicht verändert. Sie ist schön wie an jenem Tag, als du sie hierher gebracht hast, eigentlich sogar noch schöner."

„Oje! Ich Armer! Sieh mich an, wie ich jetzt aussehe! Sie wird mich nicht mehr haben wollen!"

„Doch." Branka stand auf. „Gehe mit diesem Wissen zu ihr: Kneza-Miloša-Straße 6, Erdgeschoss."

„Und wenn sie nicht zu Hause ist? Was sage ich dann ihrer Mutter?"

„Du fragst sie nach Beka und sagst ihr, warum du sie suchst", ermutigte Branka ihn.

„Richtig! Richtig. So muss es wohl sein!", wiederholte Spasić, als wolle er sich selbst überzeugen.

„Viel Glück! Und gib mir Bescheid, wie es ausgegangen ist", sagte Branka zum Abschied, obwohl sie wusste, dass Beka sich beeilen würde, ihr sofort alles zu berichten.

Wie vermutet, kam Beka noch am selben Abend. Branka sah sie auf der Straße auf ihr Haus zukommen, während sie sich umgeben vom frischen Frühlingslaub auf dem Balkon ausruhte. Bekas schlanke Gestalt schwebte, flatterte und beugte sich unter leichten Schlägen ihres Glücks.

„Ich weiß, Sie heiraten!", sagte Branka, sie hatte die Tür geöffnet, noch bevor Beka geklingelt hatte.

„Woher wissen Sie das?"

„Das erkennt man am Gang. Ich sah Sie vom Balkon aus. Nur eine glückliche Frau kann so gehen, und so glücklich können Sie nur sein, wenn Spasa zurück ist und wenn er zurück ist, dann heiraten Sie!"

„Ach! Sie wissen wirklich alles", sagte Beka und setzte sich. „Und Sie wissen am besten, was es bedeutet, auf den zu warten, den man sich ausgesucht hat."

„Und ob! Marko hielt ganz plötzlich, nach vierzehn Liebesjahren um meine Hand an ... Diese Freude ist mit nichts zu vergleichen. Und wo werden Sie wohnen?"

„Gleich nach der Hochzeit ziehen wir aufs Land."

„Aufs Land?"

„Ja. Spasa meint, das wäre am besten und ich teile seine Meinung. Hier würde er nur schwer eine Arbeit finden und eine Wohnung schon gar nicht. Sollen wir etwa alle in einem Zimmer wohnen? Das ist unmöglich. Deshalb gehen wir nach Okolište nahe Svrljig, das ist in Ostserbien ... Warum nicht! Dort hat er noch sein Haus und ein Stück Land, er hat sich dessen vergewissert. Neulich hat man dort Strom eingeführt. Spasa wird Landwirtschaft betreiben und später vielleicht eine Schumacherwerkstatt aufmachen. Ich will mich um das Haus kümmern ..."

„Und Kaća?"

„Sie kommt mit uns. Die Landluft wird ihr guttun, Sie wissen, wie mager und kränklich sie ist. Die Schule wird sie in Svrljig besuchen und die Ferien, wenn sie will, bei ihrer Oma in Belgrad verbringen. Wenn sie später studieren wird, kehren wir nach Belgrad zurück. Inzwischen werden sich vielleicht auch die Umstände ändern ... Vorerst aber wird es so sein. Bald sind Sommerferien, dann ziehen wir um."

„Und Ihre Mutter?"

„Sie schimpft, aber ich bin sicher, bei schönem Wetter wird sie uns besuchen kommen. Für sie ist es besser, im Grünen zu sitzen als im staubigen Erdgeschoss mit nur einem Fenster über den Mülltonnen!"

„Und Sie, Beka? Werden Sie nicht die Stadt vermissen?"

„Die Stadt, die mir nur Unglück gebracht hat, sowohl in der Jugendzeit vor dem Krieg als auch später?"

„Sie haben recht ... Das Glück trägt man im Herzen, unabhängig vom Ort, an dem man lebt. Wann ist die Hochzeit?"

„Nächste Woche. Fall Sie es vergessen haben, Sie sind unsere Trauzeugin."

Branka und eine Freundin von Beka waren als Einzige bei der bescheidenen standesamtlichen Trauung anwesend. In einem grauen Kostüm und mit einem weißen Hut, den Branka ihr genäht hatte, sah Beka wie ein Mannequin aus einem teuren französischen Modejournal aus. Nur ihr freudestrahlendes Gesicht verriet, dass sie hierher gehörte.

Branka schenkte dem Brautpaar den kleinen bosnischen Kelim, der auf Spasićs Liste der Sachen gestanden hatte, die er im lang zurückliegenden Jahr 1946, in der Zeit der Enteignungen, mitnehmen wollte. Marko hatte sein Einverständnis gegeben.

„Gib ihn ihnen. Auch wir kriegen Sachen von anderen", sagte er.

Spasić verstand die Bedeutung des Geschenks, obwohl Branka nichts gesagt hatte und ihn auch nicht daran erinnern wollte.

„Diese Liste brennt mir wie Feuer auf der Seele", stieß er plötzlich hervor, „ich werde sie nie vergessen und mir nie verzeihen ... Aber eines Tages werde ich mich revanchieren, das garantiere ich dir! Wichtig ist, dass ich erst einmal auf eigenen Beinen stehe. Mit Beka zusammen wird das nicht schwer sein."

„Danke für alles, meine Freundin", sagte Beka und gab Branka einen Kuss.

Schon im nächsten Monat zogen die Spasićs nach Okolište.

*

„Ich sehe nicht gut, mein Herz", sagte Marko, „lies es mir bitte vor, dann sage ich dir meine Meinung."

„Also", begann Inda ernst, „das Thema ist: ‚Unsere Volksarmee – die Schmiede der Brüderlichkeit und Einheit'. In unserem Land gibt es mutige Menschen, Patrioten, die alles für den Fortschritt und die Freiheit hergeben würden. Sie kämpften für alle unsere Völker, für ihre Freundschaft und gegen die Besatzungsmacht und die heimischen Verräter und Speichellecker. Sie kämpften für die Brüderlichkeit und Einheit."

„Bis jetzt ist alles sehr gut. Man braucht nichts zu ändern", sagte Marko leise.

„Auf ihren Lippen hatten sie Worte von Brüderlichkeit und Einheit ..."

„Nein, man soll nicht in zwei Zeilen zweimal dasselbe sagen ... Schreibe ‚von ihrem großen Ideal' oder etwas in der Art."

„Gut, das werde ich ändern ... ‚In ihren heiteren Gesichtern unter der roten Fahne mit Hammer und Sichel spiegelte sich ihr ungebrochener Wille und der Wunsch, das Ziel ihres Kampfes, den Sieg des gerechten Denkens zu erreichen, so wie sich der Vollmond im stillen Wasser eines verschlafenen Sees spiegelt ...'"

„Ehrlich gesagt", unterbrach Marko sie, „das mit dem Vollmond würde ich streichen."

„Das gefällt dir nicht, Papa, weil du keine poetische Seele hast!", entgegnete Inda etwas beleidigt. Mit Mama hatte sie es viel leichter, sie war von jedem ihrer Sätze begeistert. Aber da es um eine ernste schriftliche Arbeit zum Ende des Schuljahres ging, wollte Inda doch die Meinung ihres Vaters einholen.

„Ich schlage nur vor, du aber entscheidest. Du bist nicht mehr so klein, dass ich dir befehlen könnte."

Inda hatte schon von sich aus diese Einstellung ihres Vaters erkannt: Manchmal setzte er zwar etwas an ihrer Garderobe aus und bestimmte, wann genau sie nach Hause kommen solle, aber meist war er zufrieden, wenn sie gut begründetes selbstständiges Denken zeigte.

„Solche Menschen, von denen es in unserer Heimat viele gibt, ..."

„Wie wäre es, wenn du ‚in unserem Vaterland' sagen würdest?"

„Nein, Papa, alle sagen ‚Heimat', ... bilden heute die unbesiegbare Armee, die zu Opfern bereit ist, um das zu verteidigen, worum sie so lang und tapfer gekämpft hat: den heiligen Gedanken an die Brüderlichkeit und Einheit unserer Völker.'"

„Streiche den ‚heiligen', Indica."

„Warum?"

„Das wäre besser ... heilig ist ein veralteter Begriff", sagte Marko. Inda fuhr mit ihrer Lektüre fort.

Marko lauschte ihrer angenehmen Stimme und dachte gleichzeitig über seinen Wechsel zu der Belgrader Vertretung des Handelsunternehmens für Industriewaren „Veletrgovina" aus Sarajevo nach. Wenn er dank des guten Antun Preger und der Empfehlung von Saša Poljanski diese Stelle bekäme, würde er seine „fachliche Ausbildung regulieren" müssen. Jetzt lautete sein Titel „Handelssachbearbeiter für Lebensmittel und andere Gemischtwaren, ein hochqualifizierter Angestellter", aber das reichte nicht für die neue Tätigkeit. Nach den Regeln über die Fachausbildung im kommerziellen Bereich wurde diese laut Amtsblatt Nr. 56/55 ohne Abschluss eines Wirtschaftsstudiums oder einer entsprechenden Fakultät, ohne die Referendarzeit und die bestandene Fachprüfung nur den Teilnehmern des Volksbefreiungskampfes zuerkannt, an deren allgemeinmenschlichen, wissenschaftlichen und durch Erfahrung erworbenen Fähigkeiten nicht zu zweifeln ist. Zu dieser Gruppe könne er auf keinen Fall gezählt werden, stellte Marko fest.

„Die tapferen Teilnehmer am Volksbefreiungskampf", las ihm seine Tochter vor, „strebten nicht nur die Befreiung des Landes vom verhassten Feind an, sondern hatten auch andere hehre Ziele zum ewigen Wohl seiner Völker ..." Da stockte sie und sah ihn fragend an.

„An dieser Stelle folgt eine Aufzählung, nicht wahr?", bemerkte Marko.

„Gefällt dir diese Passage?"

„Sehr gut, mein Kind", murmelte er mit gesenktem Haupt und hing weiter seinen Gedanken nach. Siebenunddreißig Jahre, elf Monate und zwei Tage praktische Arbeit im Handel, seine langjährige Erfahrung, bewiesen durch die ganze Dokumentation samt den schriftlichen Erklärungen der Zeugen, all das in der Hoffnung, dass man ihm die Mittelschulausbildung anerkennen werde ... Siebenunddreißig Jahre, elf Monate und zwei Tage ... Wozu? Genügten die als Beweis dafür, dass er etwas geschaffen hatte, was man ihm später wegnahm, oder als Grundlage dafür, ihm den Titel eines selbstständigen Sachbearbeiters für die Beschaffung und den Verkauf von Baumaterial zu verleihen mit einem Monatsgehalt von 13.000 Dinar, wovon 12.000 auf das fachliche Können und 1.000 auf die Verantwortung entfielen. Also, stellte Marko beinahe gleichgültig fest, die Verbitterung und der Zorn, sein Vermögen, das Ergebnis der besten und fruchtbarsten Jahre seines Lebens, waren 12.000 Dinar wert ... Ein Fortschritt im Vergleich zu seinem bisherigen Gehalt von 6.500 Dinar bei „Mesopromet".

„Die Liquidierung des morschen kapitalistischen Systems und vor allem die Brüderung aller Völker und Volksgruppen auf dem Boden des neuen Jugoslawien ..."

„Verbrüderung", verbessert Marko.

Hatte er davon nicht schon als kleiner Junge und später als Jugendlicher geträumt, und war das nicht 1918 verwirklicht worden? Was war jetzt neu daran? Neu war nur die Interpretation der alten Verbrüderung, nach der diese nicht gut war. Als hätten alle schlechte

Augen: Die alten Revolutionäre sahen absichtlich nur, was ihnen passte, die Jungen vertrauten dem Sehen der Alten. Aber was, wenn die Jungen mal anfingen, mit eigenen Augen zu sehen? Doch das brauchte seine Zeit, das wird erst nach ihm kommen ... Bis dahin aber musste er leben und verdienen, Inda lebenstüchtig machen ... Würde er die Kraft dafür haben? Seine Augen ließen rapide nach ...

Inda las zu Ende: „... wir sehen dessen ganze Kraft, die in der Flamme der Revolution geschmiedet wurde, seine Unbesiegbarkeit und seinen Willen. Und wir bewundern es und werden es ewig tun."

Marko schwieg.

„Das ist der Schluss, Papa."

„Nicht schon wieder ‚ewig' ... Nichts ist ewig."

„Gut ... Und gefällt es dir?"

„Du schreibst gut, Indica. Das hast du von der Tante Bohoreta."

„Mama sagt, das hätte ich von dir."

Nach langem Briefwechsel, dem Vorlegen eines ganzen Stapels beglaubigter Erklärungen, Schreiben und Bestätigungen, nach Anträgen, Ablehnungen und Beschwerden wegen der Ablehnungen, nach stundenlangem Warten in den Korridoren verschiedener Ämter und erniedrigenden Gesprächen mit übellaunigen Schalterbeamten, nach schlaflosen Nächten und albtraumhaften Tagen wurde Marko die mittlere Schulausbildung zuerkannt.

Dann ging er zu Doktor Božović, um seine Augen untersuchen zu lassen.

„Lesen Sie das", sagte der Arzt und zeigte auf eine Urkunde, die an der Wand seiner Praxis hing.

„Doktor Petko Božović", entzifferte Marko mit Mühe, „Ehrenmitglied der Vereinigung ... sehe ich das richtig? Der Lastenträger der Stadt Belgrad!"

„Richtig", bestätigte der Arzt stolz. „Ich behandle alle Belgrader Lastenträger ... Ich habe noch viele ähnliche Anerkennungen. Hier sehen Sie auch ein Dankschreiben des französischen Konsuls ... Aber die mündlichen Dankeserklärungen unserer heutigen Bonzen zahlen sich am meisten aus. So ist das ... Wo waren wir stehengeblieben? Ach ja, Ihre Augen. Sie haben beginnenden Grauen Star an beiden Augen, das ist die Folge Ihrer langjährigen Zuckerkrankheit ..."

„Und was kann man dagegen tun?"

„Vorerst nichts. Wenn er gereift ist, kann man operieren."

„Wann ist es soweit?"

„Nach meiner Schätzung in etwa einem Jahr."

Zeit genug, um mit Gottes Hilfe die Arbeitsstelle zu wechseln, dachte Marko zufrieden.

Davor hatte er Urlaub genommen. Er war erschöpft vom Kampf um kleine Dinge, jeder Schritt bereitete ihm Schmerzen, jeder Blick kostete ihn Anstrengung. Branka drängte ihn, nach Vrnjačka Banja zu gehen.

„Ja, könnten wir alle drei hinfahren, das wäre schon etwas anderes."

„Das geht nicht. Inda muss in die Schule und Klara schickt uns nichts, solange Riki bei ihr ist. Also haben wir weder Zeit noch Geld ... Außerdem brauchen Inda und ich keine Kur ..."

„Du schon, mehr als ich, wegen deiner Galle. Dafür ist Vrnjačka Banja das Beste."

„Ich kann nicht, mein Marko! Ich muss ‚Schneewittchen und die sieben Zwerge' zu Ende sticken, das habe ich Inda versprochen. Mein Gott, wenn ich daran denke, dass ich das Bild noch in Sarajevo begonnen habe. Erinnerst du dich?"

„Als wäre es gestern gewesen. Du brachtest eine kleine Zeichnung von Walt Disney, die du aus meinem Reklamematerial ausgeschnitten hattest, und suchtest jemanden, der sie dir auf die Stickvorlage übertragen sollte ..."

„Und du fandest jenen Stričević. Er hat alles gut gemacht, nur das Gesicht von Schneewittchen nicht, das muss ich verbessern."

„Weißt du, dass ich deine kleinen Stiche gezählt habe ..."

„Die *petits points* ... Aber wie?"

„Die Anzahl der Stiche auf einem Quadratzentimeter habe ich auf das ganze Bild übertragen. Wenn du damit fertig bist, ergibt das siebenhunderttausend Stiche! Das nennt man Geduld und Gelassenheit. Ich weiß nicht, wie du die aufbringen konntest."

„Ich würde noch mehr davon aufbringen, wenn du nach Vrnjačka Banja gingest."

„Gut, ich verspreche es dir."

Marko fuhr für drei Wochen, Branka und Inda blieben zum ersten Mal allein in ihrem Teil der Wohnung zurück. Gleich nach der Ankunft meldete Marko telegrafisch, dass er gut angekommen und im Hotel Zvezda untergekommen sei. Später schrieb er noch:

„Ich stehe um halb fünf morgens auf, gehe zum Trinkbrunnen, laufe über den Wochenmarkt, wo ich nichts kaufe, frühstücke, lese

Zeitung. Jeden Nachmittag ruhe ich ausgiebig. Nach dem Abendessen höre ich Nachrichten und gehe wieder ins Bett. Dort lese ich bei der Deckenbeleuchtung, weil es keine Nachttischlampe gibt, Kleiderbügel gibt es auch nicht. Dieser Thomas Mann ist ein großer Langweiler, das muss ich schon sagen! Ich bin nicht dazu berufen, ihn zu beurteilen, aber mit dem ‚Zauberberg' hat er es wirklich übertrieben! Schlafen tue ich nicht gut, aber ich schlafe. Der Kaffee fehlt mir nicht, nichts fehlt mir, außer euch beiden. Ich weiß, dass ich die Kur brauche, trotzdem würde ich am liebsten sofort heimkehren und euch, nun gestärkt, so fest umarmen, dass euch die Luft wegbleibt!"

Markos Briefe aus Vrnjačka Banja ließen in Brankas Erinnerung jeden Zettel von ihm wieder aufleben, jeden Brief und jede Postkarte während der dreißig Jahre ihrer sporadischen Korrespondenz. Er hatte sich von einem verschlossenen, kühlen und selbstgefälligen Mann zu einem anhänglichen und zärtlichen Ehemann und Vater entwickelt. Sie hatte ihn dabei über viele Hindernisse hinweg in ein Leben zu dritt geführt.

In diesen Tagen ging das Schuljahr zu Ende. Inda hatte außer der geschenkten Zwei in Gymnastik lauter „Sehr gut" bekommen. Ihre Mutter küsste sie dafür, ihr Vater schickte Glückwünsche und die Tante Nina Geld. Dafür schrieb Inda ein Gedicht über sie.

„Immer schmiedet sie Pläne", las sie es ihrer Mutter vor, „für sie sind sie ganz richtig, kommt es aber zu deren Verwirklichung, sind sie dumm und nichtig ..."

„Wie schön und treffend du Nina beschrieben hast", wunderte sich Branka, „dabei kennst du sie kaum!"

„*Mámile*, wir lesen doch seit Jahren ihre Briefe!"

„Das bedeutet, dass du eine gute Beobachtungsgabe hast."

„Ich fürchte nur, sie könnte böse werden. Schicken wir das Gedicht besser der lieben Tante, damit sie etwas zu lachen hat!"

„Welcher Tante? Du hast drei", sagte Branka im Spaß.

„Tante Rikica, natürlich!"

Riki schrieb für die Koraćs so etwas wie ein Tagebuch und schickte es ihnen einmal in der Woche, das letzte Mal acht Tage vor ihrer Operation.

„Ihr werdet euch wundern, wen ich in New York beim Abendessen bei Klaras Freundin Sara Finci getroffen habe: Sanda Gašić, jetzt Jović (was hier Dschowik ausgesprochen wird), dieselbe schöne, reiche, parfümierte Sanda, die mich in Grbavče versteckt und mir das Leben gerettet hat. Die Beschreibung trifft auch heute noch auf sie zu. Und da soll mir einer sagen, die Welt sei nicht klein. Nach dem Krieg heiratete Sanda jenen Offizier der königlichen Armee, den sie in der deutschen Gefangenschaft besucht hatte. Sie zogen nach Südamerika, wo er als hervorragender Ingenieur sehr erfolgreich war und es zum Millionär brachte. Jetzt haben sie eine große Wohnung in der Fünften Avenue, der teuersten Gegend dieser Supermetropole. Aber seit wir uns begegnet sind, zeigt Sandra all ihren Millionären die kalte Schulter, sitzt lieber jeden Tag in unserer kleinen Wohnung auf der achten Etage eines von vielen in der Bronx errichteten Gebäude für arme Leute und behauptet, hier fühle sie sich am wohlsten. Wir unterhalten uns und lachen viel. Klari meint, das Leben in New York war für sie nie so aufregend und spannend, wie seit ich da bin. Alle wollen mir Englisch beibringen, obwohl keiner der Einwanderer es richtig beherrscht, und ich mache mich darüber lustig, breche mir die Zunge, spreche Deutsch mit einem Radieschen im Mund usw. Die Aussprache ist schrecklich, entsetzlich, bestialisch! Stellt euch vor, als ich vor ein paar Tagen zur Voruntersuchung in Mount Sinai (ausgesprochen Sainai!) Krankenhaus war, hörte ich eine Krankenschwester einen Patienten ausrufen ‚Livaj! Livaj!' Klari fragte, ob ich wisse, was für ein Familienname das sei. Nie im Leben wäre ich draufgekommen, dass das unser gewöhnliches Levi ist! Das war wirklich der Gipfel!

Sanda will mich überreden, nach der Operation in New York zu bleiben, weil ich mit meinen goldenen Händen hier gut verdienen könnte, statt mich in Belgrad für wenig Geld abzurackern. Habt keine Angst, ich werde es aus zwei Gründen nicht tun: Den ersten kennt ihr, ich brauche ihn also nicht zu wiederholen, der zweite ist dieses unerträgliche englische Geplapper.

Ich nehme an, ihr werdet diesen Brief am Tag meiner Operation erhalten. Ich weiß, dass ihr dann in Gedanken bei mir sein werdet. Hab keine Sorge, liebe Schwester, ich bin ruhig und gelassen, fest und zäh, wie unser Schnütchen sagte, als sie klein war. Alles wird bestens sein. Klari wird euch anrufen, sobald ich die Operation überstanden habe."

Der Brief traf einen Tag vor der Operation ein. Da sie nicht einschlafen konnte, stickte Branka die ganze Nacht durch und beendete das „Schneewittchen".

Klara rief am übernächsten Tag an. Die Operation sei gelungen, die Ärzte seien zufrieden, Riki sei schon aufgewacht und mache über alles in allen Sprachen Witze. Während dieses kurzen Telefongesprächs brachte Branka kein Wort heraus, weil ihre Stimme vor Freudentränen erstickt war. Schließlich ergriff Inda den Hörer und rief: „Danke, Tante Klari, danke!"

Am folgenden Tag rief Nina aus dem Postamt in Dubrovnik an: „*Blanki, querida, no ti puedu diźir ... no sé comu ... disgracia di mi!* Blanki, meine Liebe, ich kann es dir nicht sagen ... ich weiß nicht, wie ... ich Unglückliche!" Sie weinte und schluchzte.

„*Luque's mi Nina, luque acapitó?* Was ist, meine Nina, was ist passiert?"

„*Mi Ignjo ... tristi di mi* ... Mein Ignjo ... ich Arme!"

„Was ist mit ihm?", brachte Branka mit Mühe hervor.

„*Ignjo si murió* ... Ignjo ist gestorben ... Er hat mich verlassen, für immer", sagte Nina schließlich.

„*Povera mia hermaniquia, querida! Comu?* Meine arme, liebe Schwester! Wie? Wann?"

„Heute Nacht, Blanki. Ich weiß nicht, was ich tun soll ... Er ist in meinen Armen gestorben ... *poveretu di astma ... stuvu* ... an Asthma, der Arme ... es war ... schrecklich, kannst du kommen?"

„Natürlich ... Ich weiß nur nicht, was ich mit Inda tun soll. Ich kann sie nicht allein lassen, Marko ist in Vrnjačka Banja ..."

„Bring die Kleine mit ... ich habe sie seit Jahren nicht gesehen ..."

„Das möchte ich nicht gern, Ninić, da geht es doch um den Tod und die Beerdigung ..."

„Ich verspreche, ich werde nicht viel weinen ... Ojeee! Ich Arme! *Vieni prestu, querida, t'arrogu!* Komm schnell, meine Liebe, ich bitte dich. Inda wird es hier am Meer schön haben ... Jetzt könnt ihr jeden Sommer zu mir kommen in mein Elend, in meinen Stall." Nina fiel wieder ein warum, und legte nach: „Leider, leider!"

„*Buenu Ninić!* Gut Ninić. Ich schicke Marko ein Telegramm, er soll mich anrufen, und dann bespreche ich alles mit ihm. Weißt du, Riki wurde gestern operiert, alles ist gut gegangen. Klari hat es mir telefonisch gemeldet!"

„*Ah, Siñor dil Mundu, gracias* ... Ach, Großer Gott, ich danke dir! Sie hätte es ruhig auch mir melden können, die Undankbare!"

„Nina, du hast kein Telefon, außerdem ist das jetzt nicht wichtig!"

„*Tienis razon* ... Du hast recht. Was mache ich nur mit der Todesanzeige, wo soll er beerdigt werden?", fuhr Nina verwirrt fort.

„Ich komme."

„*Querida di la hermana,* meine liebe Schwester, fahr gleich heute Abend los!"

„Schon gut, mach dir keine Sorgen ... Sei stark, mein kleines Schwesterherz!"

Statt einer Antwort Ninas lautes Heulen.

Kaum hatte Branka aufgelegt, meldete sich Marko aus der Kur. Sie erzählte ihm alles, und er wollte sofort kommen.

„Ich will bei der Beerdigung meines Freundes dabei sein ...", wiederholte er.

„Hör mal zu Marko: Ignjo wollte niemanden bei seinem Begräbnis haben. Du weißt, dass er Beerdigungen mied und immer betonte, nur zu seiner eigenen gehen zu wollen. Zweitens, wo würdest du unterkommen? Und drittens, in der Kur ist schon alles bezahlt, und das Geld ..."

„Also gut, aber wie kommt ihr beide allein zurecht?"

„Und wie kommst du allein zurecht, wenn du zurückkommst? Wir möchten etwas länger bleiben, damit Indica ein wenig die Adria genießen kann."

Am Ende kamen sie überein, dass jeder von ihnen die Abwesenheit des anderen überstehen werde. Branka ging gleich zum Bahnhof und löste zwei Fahrkarten dritter Klasse nach Dubrovnik.

Die Fahrt nach Dubrovnik zog sich in die Länge. Als sie das Popovo Polje erreichten, meinte Branka, sie würde nie zu Ende gehen. Nach der im schmutzigen, heißen, stickigen Abteil verbrachten Nacht, aus dem man wegen der ausgestreckten Beine der schlafenden Mitreisenden schwer hinauskam (und das wäre auch überflüssig gewesen, da in den Gängen Menschen standen, saßen oder buchstäblich übereinanderlagen), konnte Branka es kaum erwarten, egal wo anzukommen, wenn sie nur der rußigen Hitze und dem Schweißgeruch entkam.

Inda genoss die Reise, denn die Aufregung über die unverhoffte Fahrt ans Meer und vor allem nach Dubrovnik, wo ihre Eltern vor dem Krieg oft Urlaub gemacht hatten, ließ sie über alle Unannehmlichkeiten hinwegsehen. Sie hatte ein wenig Gewissensbisse, weil der Tod der Anlass dieser Reise war, konnte ihre Freude aber nicht zügeln.

Verschwitzt und verrußt gelangten sie am Nachmittag nach Dubrovnik, wo die weinende Nina auf sie wartete.

„*Comu es buenu qui venitis ...* Wie schön, dass ihr gekommen seid ... *mia linda Indica, ḣadziriquia, dabili ḣadziriquia di la madri* meine schöne Indica, mein rundliches Zuckerchen, Mutters Zuckerchen ... Ach, mein Ignjo ... *povera di mi!* Ich Arme!"

„*No, querida, no lloris!* Nein, meine Liebe, weine nicht. Jetzt sind wir hier."
„Er ist gestorben ...", begann Nina.
„*Dexa, hermaniquia* ... Lass, Schwesterherz, später reden wir über alles ... *Agora* ... Jetzt ..."
„Ja, du hast recht ... Taxi!", rief Nina und Branka, zu müde, um sich ihr zu widersetzen, ließ diesen Luxus zu.
„Jetzt möchte ich mir wenigstens etwas Wasser ins Gesicht spritzen!"
„*Puedis isplyuscarsi, ali ya savis qui no tengu il bañu,* Wasser ins Gesicht spritzen kannst du, aber du weißt, dass ich kein Badezimmer habe", sagte Nina.
„Mich hat die Luft schon reingewaschen", flüsterte Inda, hingerissen von den Bildern, die bei dieser Autofahrt schnell an ihnen vorbeizogen. „Sie ist so klar und rein!"
„*Qui calor! Muarti li venga!* Was für eine Hitze, verdammt soll sie sein!", murmelte Nina, unempfänglich für Indas Begeisterung.
Das Taxi hielt vor dem Hotel Argentina. Während Nina und Branka das Gepäck ausluden und Nina den Preis beanstandete, stieg Inda auf eine niedrige Mauer am Wege: Die mächtige Stadtbefestigung, vor der stolz ein roter Leuchtturm stand – das musste Porporela sein; der Umriss einer Festung in der Ferne, die ihr sofort aufgefallen war –, das war wahrscheinlich Lovrijenac oder vielleicht Minčeta; die Arkaden gehörten wohl zum Stadtcafé, in dem sie sitzen wird wie einst ihre Eltern und etwas bestellen ...
„Indica", hörte sie Mutters Stimme aus dem Haus, „möchtest du einen Zitronensaft?"
„... ja, natürlich, einen Zitronensaft bestellen ... oder vielleicht etwas Aufregenderes?"
Es war ihr, als würde diese Schönheit nur ihr geschenkt, um sie zu betrachten. Ganz benommen verharrte sie auf dem Mäuerchen. Erst später fiel ihr ein, sie würde Svetlana Lazić und den anderen erzählen, dass sie auch im Meer, und zwar vor dem „Argentina", dem teuersten Hotel von Dubrovnik und Umgebung, geschwommen war. Das wird sie auch Buca Prohaska erzählen, der ein Fahrrad hatte und einen Bürstenhaarschnitt trug.
„Inda, komm deine Kleider aufhängen!"
Buca war immer sehr gut angezogen. Er trug tadellos geschnittene Hosen und spitz zulaufende Schuhe. Als sie ihn am Anfang des Schuljahres sah, gefiel er ihr sofort, aber sie wusste, dass er um Lana Lazić herumschwirren würde.

Eine weiße Yacht segelte in Richtung Lokrum. Gehörte sie ihr, würde Buca um sie werben und sie würde ihre Hemmung gegenüber denen, die ihr gefielen und die sie bewunderte, ablegen.

Einige junge Ausländer gingen an ihr vorbei. Inda stieg von dem Mäuerchen herunter und lehnte sich mit übereinandergeschlagenen Beinen dagegen. Sie schenkte ihnen keinen Blick. Sie sollten ja nicht meinen, sie könnten sie beeindrücken, dachte sie, wurde aber doch rot. Sie sprachen Englisch. Auch Lana sprach gut Englisch. Buca wollte Lana zur Freundin gewinnen und Inda als Kameradin haben. Gut, dachte sie, das war ein Zeichen dafür, dass er sie schätzte, dennoch würde sie gern mit Lana tauschen.

Schwalben zwitscherten in den Zypressen. So würde Buca abends unter ihrem Balkon das populäre französische Chanson „J'aime flaner sur les grands boulevards" pfeifen, was bedeutete, sie solle herunterkommen. Sie würde die Treppe hinunterstürzen und sie würden sich vor dem Haus kurz unterhalten, er lässig an sein Fahrrad, sie an die steinerne Wand gelehnt als einziger Stütze in ihrer Aufregung wegen seine Anwesenheit. Jedes Wort von ihm, obwohl sie sich keines merkte, schien ihr interessant und bedeutungsvoll.

„Inda!", erklang die Stimme der Tante, *„vieni a cumer, fijiquia!* komm essen, Mädchen!"

Wegen Buca Prohaska achtete sie darauf, was und wie viel sie aß. Unter großen Entbehrungen hatte sie einige Kilo abgenommen, und zwar gerade vor dieser Reise ans Meer. Endlich sah sie wie ein erwachsenes Mädchen aus. Den eigenen Schönheitskriterien zu genügen, war die wichtigste und schwierigste Aufgabe, aber nur so konnte sie sich sicherer und selbstbewusster fühlen.

Nachdem sie durch das Geäst der dichten Pinien und Zypressen noch einen Blick auf das leuchtende Meer geworfen hatte, trat sie ins Haus. Geblendet von grellem Licht, musste sie sich zuerst an die Dunkelheit gewöhnen. Als sie dann um sich blickte, sah sie als Erstes eine getreue Kopie der verhassten Trennwand in ihrer Belgrader Wohnung, als hätten die Schwestern die Entwürfe ausgetauscht, um die größtmögliche Ähnlichkeit zu erzielen. Der mit Vorhängen und Kartons abgegrenzte Raum war die Küche. Ein kleines, mit Möbeln zugestelltes Zimmer war zugleich Wohn-, Ess-, Schlafzimmer und Bad. Ein Waschbecken, ebenfalls mit Schränken und samtenen Vorhängen abgetrennt, diente zum Waschen und Geschirrspülen. Zu der Toilette, dem schlimmsten Teil dieser ganzen unmöglichen

Konstruktion, gelangte man über eine steile Wendeltreppe. Der schmale Raum mit einer hohen Zimmerdecke und abgeblätterten Wänden, beleuchtet von einer nackten Glühbirne, endete bei einem kleinen, niedrigen Fenster, dessen Glasscheibe durch dichte Spinnwebe ersetzt war. Die Toilette hatte keine Klobrille. Daneben stand ein mit Wasser gefüllter zerbeulter Blechtopf, der die Toilettenspülung ersetzte. Am Anfang fürchtete Inda, beim Betreten des Raums würden die vielen Insekten, vorwiegend Spinnen, über sie herfallen. Sie beschloss, die Toilette nach Einbruch der Dunkelheit nicht mehr aufzusuchen, selbst wenn sie die halbe Nacht den Drang unterdrücken oder – wie entsetzlich! – einen Nachttopf, ähnlich dem, mit dem die Grdić schon jahrelang durch die Wohnung marschierte, benutzen müsste. Später machte sie sich nichts mehr daraus, weil die mediterranen Sonnenstrahlen durch das kleine Fenster sogar dieses traurige Verließ erreichten und das üppige Grün mit seinen glänzenden und saftigen Blättern durch die Spinnwebe hereindrang.

Eine winzige Dachkammer, obwohl der heißeste Raum im Haus (Nina behauptete in ganz Dubrovnik), mochte Inda am liebsten. Nach der ersten schlaflosen Nacht, die sie in feuchte Bettlaken gewickelt verbracht hatte, schlief Branka unten auf Ninas schmalem Sofa, während Inda allein in der Mansarde blieb. Die hatte Nina mit leichten Bambusmöbeln aus ihrem früheren Modesalon in Sarajevo ausgestattet. Zwei kleine Fenster an den gegenüberliegenden Wänden, das eine mit dem Blick auf das Meer und die Insel Lokrum, das andere auf die Frano-Supilo-Straße, an der das Haus lag, brachten in den seltenen Stunden, in denen eine Brise aufkam, etwas Durchzug.

Ninas „Wohnung", stellte Inda fest, bestätigte die immer wieder in ihren Briefen aufgestellte und von allen abgetane Behauptung, dass es sich um einen ehemaligen Stall reicher Leute handelte, die in der unteren Etage des jetzt ebenfalls in mehrere Wohneinheiten geteilten Hauses wohnten.

Branka hatte Gewissensbisse. „Es gibt immer etwas noch Schlimmeres", sagte sie sich, denn jetzt sah sie ihre Wohnung in einem besseren Licht.

Inda wartete ungeduldig auf ihre Mutter, denn sie wollten beide zum Strand gehen, der einzigen Möglichkeit, sich zu erfrischen und unter den Duschen zu reinigen.

Zum Meer führten viele breite, von Palmen, Agaven und anderen Inda unbekannten exotischen Pflanzen überwucherte terrassenförmige

Wege. Ab und zu sah man überdachte steinerne Balkone. Inda meinte, jeden Augenblick würden alte Dubrovniker Herrschaften, angetan mit Gewändern aus Samt, Seide und Spitze, auftauchen. Hunderte Stufen, die Nina jede einzeln mit einem gesonderten Fluch bedachte, brachten sie endlich zum felsigen Ufer, wo schon viele braungebrannte Badegäste lagen, mit duftenden Ölen eingerieben und mit kühlen Getränken von der Bar auf der Hotelterrasse über dem Strand versorgt. Knappe, einteilige Badeanzüge in grellen Farben bildeten einen Kontrast zu den gräulichen Felsen. Inda trug einen Badeanzug aus rosafarbenem elastischem Stoff, den die Mutter ihr genäht hatte. Anstelle der Träger hatte Branka daran zwei graue Ripsbänder befestigt.

Nina, käseweiß, verkroch sich sofort in den Schatten unter einem Felsen, holte aus einer prallgefüllten Tasche einen Fächer und zog sich nur bis zur Taille aus, weil „sie sich so verschwitzt bei dieser Brise erkälten könnte". Während sie zum Strand hinabstiegen, einen Platz fanden und die mitgenommenen Sachen (Handtücher, kleine Kissen, Tücher, um den Rücken zu schützen, Gaze als Kopfbedeckung, Taschentücher, Haarspangen für die künstlichen Locken, Gummibänder und allerlei Kram) auspackten, war Nina abwechselnd damit beschäftigt, wütend auf Ladino zu fluchen, wegen Ignjos Tod zu weinen, vor Glück, weil die beiden zu ihr gekommen waren, zu lachen, wegen des Menschengewühls zu schimpfen, ein wenig zu niesen, Inda zu raten, sich sofort mit Olivenöl einzureiben, schlecht über die zu reden, die sie erkannte, ihre Lese- durch die Fernbrille zu ersetzen, um sich zu vergewissern, ob sie sie richtig identifiziert hatte, belegte Brote aus einer dritten und eine Thermosflasche aus einer vierten Tragetasche zu holen und – was Inda am peinlichsten war – „*Gvevus inh́aminadus*" aus einer Tüte in eine andere zu stopfen. Bei ihrem Wortschwall und all diesen Aktivitäten gab es für Branka und Inda nur eine Rettung: ins Wasser zu springen.

Als sie etwas vom Ufer fortgeschwommen waren, absichtlich Ninas Zeichen übersehend, sie sollten sich nicht allzu sehr entfernen, warf Inda einen Blick auf das Hotel und fand es gut, dass die Wohnung von Tante Nina nahe diesem eleganten Haus voller reicher Leute war und sie deshalb an diesem Strand baden konnte. Keiner wusste vom anderen, woher er kam, so konnte man auch von ihr annehmen, dass sie Gast in diesem teuren Hotel sei.

Am nächsten Tag ging Branka früh in die Stadt, um alle Formalitäten für die Beerdigung zu regeln. Nina fühlte sich nicht gut. Nachdem

Branka alles erledigt hatte, kam sie nach Hause und bereitete das Mittagessen zu, das Nina dann doch mit Genuss verspeiste.

Am Tag darauf wollten Branka und Nina Škoro Ignjatić das letzte Geleit geben. Sie gingen zu Fuß bis Ploče, dann über den Stradun durch die Stadt, setzten sich in Pile in eine offene Straßenbahn und fuhren zwei Haltestellen bergauf. Sie trugen nicht Schwarz, da sie und auch Ignjo nichts davon hielten. Sie schwiegen.

Die kleine Branka und die noch kleinere Nina, die Gesichter feucht von Schweißperlen und Tränen, traten in den von einer hohen Mauer umgebenen Hof des serbisch-orthodoxen Friedhofs in Boninovo und blieben vor der steinernen Kirche stehen. Eine für den heißen Augustmorgen ungewöhnlich heftige Windböe trocknete ihre Wangen, fuhr in die Zypressen und ließ sie rauschen.

„*Estu es Ignjo,* das ist Ignjo ...", flüsterte Nina. „*Mi diźi adio ... muy ḱinosu, buenu maridu* ... Er sagt mir damit Lebewohl, mein schöner, guter Mann."

Der Wind legte sich, und sie gingen zusammen mit dem Priester an Familiengruften vorbei zur Grabstätte – Branka las Namen wie Bravačić, Salatić in kyrillischer Schrift – und stiegen zwischen den Armeleutegräbern einige Stufen zum Ossarium hinab, das die Kirche 1922 errichtet hatte. Ein kleines Kreuz aus gewöhnlichem Stein lag für Škoro Ignjatić neben dem ausgehobenen Grab schon bereit. Zum ersten Mal in ihrem Leben weinte Nina lautlos, aber als der Sarg hinuntergelassen wurde, legte sie ihren kleinen Kopf auf Brankas Schulter und ein Schmerzensschrei drang aus ihrer Kehle. Danach richtete sie sich würdig auf, blickte hoch und sagte: „Es ist gut ... er liegt im Schatten, es wird ihm nicht zu heiß werden. Und wenn ich mich zu ihm geselle" – sie zeigte auf das massive Kreuz des großen Ossariums – „werden wir beide hier ruhen."

Nach Hause zurückgekommen, öffnete Nina schweigend eine Flasche von Ignjos beliebtem „Dingač"-Wein, füllte zwei Schnapsgläser, reichte eines davon Branka mit den Worten „Auf seinen Seelenfrieden" und trank ihr Glas leer. Den Wein hatte sie bisher nur einmal probiert, als sie Ignjo bei der Hochzeit ihrer ältesten Schwester Buka kennenlernte.

„Er schmeckt gut", sagte sie. „Ich hätte ihn öfter in meinem langen Zusammenleben mit Ignjo trinken sollen ... Dann hätte ich ihn besser verstanden."

Ninas Trauer über den Verlust ihres Lebensgefährten und ihrer einzigen Liebe wurde durch Brankas Anwesenheit gelindert. In den heißen Nächten, während Inda müde vom Schwimmen und der Sonne schlief, spazierten die beiden Schwestern zu einer steinernen Bank über der Altstadt und redeten lang über die Vergangenheit und über das Schicksal, das die fünf Schwestern und die zwei Brüder Sálom in unvorhersehbare Richtungen zerstreut hatte. Die sieben Geschwister, ständig konfrontiert mit Kriegen und Feuerpausen, mit persönlichen und historischen Veränderungen, waren fröhlich, wenn sie es sein durften, schwiegen und flüchteten, wenn sie mussten, und taten dennoch meist, was sie wollten.

Im Gespräch kamen sie häufig auf ihre einzigen Lieben, Ignjo und Marko, zurück, die beiden Mostarer, die so ähnlich wie verschieden waren. Sie erinnerten sich an ihre ersten Begegnungen, Hochzeiten, Trennungen und Wiedersehen, sprachen über den launischen Ignjo und den zurückhaltenden Marko und über den tief verborgenen Jähzorn der beiden. Sie lachten Tränen und weinten vor Trauer.

Während der Nächte mit Nina auf der steinernen Bank hatte Branka oft das Gefühl, noch einmal durch ihr Leben zu gehen, die Vergangenheit so nah zu spüren, dass sie ihr wirklicher erschien als die Gegenwart.

„Comu qui stuvía cun él otra vez, als wäre ich wieder mit ihm zusammen", murmelte Nina oft auf dem Weg nach Hause im Morgengrauen und seufzte, weil sie zur Wirklichkeit zurückkehrte, in der ihr der Verlust ihres Mannes bewusst wurde.

„Das bist du und das bleibst du auch", entgegnete Branka. Mit Bangen malte sie sich aus, wie es ihr in einer solchen Situation ergehen würde. Ihr Marko war dünn und schwach geworden. Aber nein, ihnen konnte so etwas nicht passieren! Sie werden zusammen sterben.

„Du warst immer der Meinung, dass ich zu viel rede und tratsche, nicht wahr, Blanki?" Branka sah sie erstaunt an. Nina hatte nie über ihre Fehler gesprochen, weshalb Branka überzeugt gewesen war, sie sei sich derer gar nicht bewusst. „Ich merkte das ... Du hast es mir nie vorgeworfen, weil ich so viel älter war als du, dass ich deine Mutter hätte sein können. Aber, es war nicht nur meine Schuld. Die Weiber in meinem Salon hingen an mir und vertrauten sich mir an. Noch heute frage ich mich, wie es dir gelang, sie auf Distanz zu halten. Meine kluge Blanki! Immer mit dem Sinn fürs Praktische ... Dabei hattest du auch ein Gespür für die Mode! Erinnerst du dich, wie du mir in Paris geraten hattest, keine Hutformen zu kaufen, weil sie bald nicht mehr modern sein würden und nur deshalb so preiswert waren? Und ich Sturkopf habe sie alle gekauft! Kaum waren wir zurück, begann man Hüte aus Spitze und Tüll zu tragen. Ich musste neues Material beschaffen, hatte aber kein Geld mehr ... Ach, diese entsetzlichen Nächte vergesse ich nie! Und Ignjo, mein Guter, ging auch damals jeden Abend ins Wirtshaus. Es war ihm egal, ob ich vor Sorge verging ... Ich kochte ihm sogar Weißkohleintopf, um ihn ans Haus zu binden. Dabei kann ich dieses Gericht nicht ausstehen ..."

„So wie du überhaupt das Kochen nicht ausstehen kannst."

„Da hast du recht ... Deshalb bin ich jetzt selig", Nina schnalzte mit der Zunge, „dass du dich darum kümmerst ... Ja, aber er verputzte den Eintopf und ging ihn dann mit Rotwein begießen. Nur auf eine halbe Stunde. Kannst du verstehen, dass ich ihm jedes Mal glaubte und auf ihn wartete, böse wurde und wütend ins Bett oder auf die Suche nach ihm ging."

„Aber jedes Mal hast du ihm verziehen."

„Wie sollte ich nicht? Er schaukelte mich auf seinem Schoß, liebkoste mich, küsste mich, redete albernes Zeug, trug mich im Haus herum wie ein Baby ... Was sollte ich da machen? Da verrauchte mein Ärger. Jedes Mal nahm ich mir vor, ihn zu verlassen, obwohl ich wusste, dass ich es nicht tun würde ... Und jetzt hat er mich verlassen."

„Du hattest eine glückliche Ehe."

„Mein Ignjo pflegte zu sagen: Zeig mir eine glückliche Ehe und eine schöne Greisin, und ich werde zweimal leben."

„So gesehen, könnte er sofort wieder lebendig werden."

„Wieso?"

„Weil ich doch eine glückliche Ehe habe", sagte Branka.

In jenen Tagen bekam Inda ihre erste Monatsblutung. Besorgt, ihre Tochter könne einen Schock bekommen, wollte Branka ihr erklären, was diese Erscheinung bedeutete, aber Inda unterbrach sie und sagte ruhig, sie wisse schon alles „aus der Schule", jetzt tue es ihr nur leid, einige Tage nicht schwimmen zu können. Dafür wartete sie, dass es dunkel wurde, um ins Stadtcafé zu gehen, wo ein Orchester spielte und wo man tanzte.

Als sie sich an diesem Abend dort hingesetzt hatten, kam ein junger Mann an ihren Tisch und bat Branka um Erlaubnis, mit Inda zu tanzen. Inda hatte nie moderne Tänze gelernt, fand sich aber gut zurecht, sodass später mehrere Burschen sie zum Tanz aufforderten.

Im Stadtcafé musste man auch etwas bestellen. Nina hätte gern Kuchen genommen, aber da sie das wegen ihres erhöhten Blutzuckers nicht durfte, gab sie sich mit keinesfalls weniger süßem Eis zufrieden. Branka trank Kaffee und Inda, die neuerdings Eiskaffee entdeckt hatte, bestellte ihn, wo sie nur konnte. All das kostete ziemlich viel Geld, aber Branka bezahlte jeden Tag die bestellten Süßigkeiten. Auf Ninas Fragen und Einwänden, weil *„estu es muy caru*, das zu teuer ist", erklärte sie zufrieden, dass es ihr persönliches Geld sei, das sie im Laufe der Jahre dank der Frau vom Flohmarkt gespart und beiseite gelegt hatte für Notzeiten und für Gelegenheiten wie diese. So hatte die ferne und unbekannte Tante Klara aus Amerika ihre Feenfinger auch in diesem Genuss von Inda. Die süße Mischung aus Kaffee, Schlagobers und Eis schlürfte sie durch einen Strohhalm, bis er am Grund des Glases unanständige Geräusche machte. Am Ende drehte sie den Strohhalm um, leckte den Rest Obers ab und holte danach mit dem Löffel auch noch den weißen Schaum vom Rand des Glases. Währenddessen beobachtete sie, unter den imposanten Arkaden sitzend, die im alten Hafen festgemachten weißen Schiffe und fühlte sich wie eine von Pracht umgebene Prinzessin. Das hätte sie nie erreicht ohne Amerika und Tante Klara! Ach, Amerika! Schwärmerisch schrieb sie nach dem Gedicht über Dubrovnik sofort auch eins über New York.

Marko schrieb und Branka antwortete ihm jeden Tag. Am Ende der dritten Woche sollte er nach Belgrad zurückkehren.

„Wie du ihm fehlst!", bemerkte Nina.

„Deshalb muss ich so bald wie möglich zurück."

„Aber Inda lässt du doch hier?"

„Ninić ... du gehst fast nie zum Strand, und sie ist doch noch ein Kind ... Eigentlich auch kein Kind mehr, sonst wäre es leichter, so aber ... Sie ist jung ..."

„Sie ist nicht jung ... hm ... ist kein Kind, ähm, sie ist doch ein Kind", Nina verhaspelte sich. „*Gvercu lu llevi!* Der Teufel soll es holen! Aber ich verspreche dir, ich werde auf sie aufpassen und, wenn nötig, auch an den Strand gehen!"

„Das wirst du nicht tun, die Hitze schadet dir und ins Wasser darfst du nicht, weil du nicht schwimmen kannst ... Nein, Ninić, sei mir nicht böse, aber Marko wäre auch nicht dafür ... Vielleicht nächstes Jahr."

„*Quédati un pocu mas, hermaniquia, paramordi di mi, t'arrogu!* Bleib noch ein bisschen, Schwesterherz, mir zuliebe, ich bitte dich!", versuchte es Nina wieder, spürbar verzweifelt.

„Ich muss Marko fragen. Sobald er nach Hause kommt, rufe ich ihn an."

Das tat sie auch. Sie einigten sich darauf, dass Branka und Inda zwei Wochen länger blieben. Inda und Nina freuten sich, während Branka eigentlich am liebsten bei ihrem Mann gewesen wäre. Er erzählte ihr, dass er „zu den Primorac zu Weißkohleintopf" gehe, dass er „Graupen, Brotsuppe und Kartoffel mit Fleisch zubereiten" könne, wobei Branka gleich dachte, bei der großen Hitze seien das alles nicht die richtigen Speisen, dass er „Wassermelonen auf dem Kalenić-Markt kaufen" wolle und mit Jovo und Pero „zum Kalemegdan spazieren" werde, was für seine Füße bestimmt nicht gut war, dass der Vetter Danilo jetzt hier sei, „deshalb gehen wir beide wie vor dem Krieg, als wir Junggesellen waren, Ćevapčići essen". Obwohl er Branka überreden wollte zu bleiben, besagte jedes seiner Worte, das sie bei der schlechten Telefonleitung verstand, dass Marko sie brauchte.

Nachdem beschlossen war, dass sie blieben, wollte sie Inda möglichst viel von Dubrovnik zeigen. Sie stürzte sich deshalb in Unkosten und kaufte zwei Karten für Shakespeares „Hamlet" im Lovrijenac.

Inda meinte, ihren Sinnen nicht trauen zu können: Die mittelalterliche Festung auf einem Felsen im Meer, stolz und erhöht wie ein Beobachtungsposten der Götter; der Sternenhimmel mit dem Vollmond über dem grauen Gemäuer; Schauspieler in Tuch und Spitze gekleidet; Ophelias Wahnsinn und Hamlets zerrissene Seele; Shakespeares Verse, die sie nur stellenweise erfasste – diese ganze Schönheit wurde ihr konzentriert dargeboten, damit sie sich in die Höhe aufschwang und nie mehr auf die Erde zurückkam, auf der sie schon vierzehn Jahre weilte. Nach der Vorstellung war sie in Schweigen versunken und nahm weder ihre Mutter noch die Menschen um sie herum wahr. Das starke Erlebnis hatte sie bis ins Innerste aufgewühlt. Sie hatte das Gefühl, dass dieses Theaterstück etwas Wesentliches in ihrem Leben verändert hatte. Keine Vorstellung in Belgrad, ja nicht einmal die Generalprobe im Jugoslawischen Schauspieltheater, die ihr Lanas Mutter Nadica ermöglicht hatte (es war etwas Besonderes, weil bei der Generalprobe nur Künstler anwesend waren), besaß den Reiz und die suggestive Kraft des Theaters im Lovrijenac.

Während die beiden die unzähligen Stufen von der Festung hinunterstiegen, murmelte Inda abwesend im Rhythmus ihrer Schritte naive Kinderreime.

„Inda! Hat es dir gefallen?", versuchte Branka zu ihr vorzudringen.
„Ich könnte ihn jeden Tag sehen!"
„Du würdest es leid werden."
„Nie! Den Hamlet niemals!"
„Den Hamlet oder Siniša Sokolović?"
„Ich weiß nicht recht ... Wahrscheinlich Siniša Sokolović als Hamlet."

Wie viele prominente Schauspieler, die bei den Sommerfestspielen in Dubrovnik auftraten, zeigte sich auch der Belgrader Hamlet ohne das Kostüm des dänischen Prinzen sowohl auf dem Stradun, der Hauptstraße, als auch in verschiedenen Restaurants und Buffets. Während der letzten zwei Wochen war er Inda nicht aufgefallen, aber nachdem sie ihn auf der Bühne erlebt hatte, konnte sie, als sie ihn zum ersten Mal im Stadtcafé sah, ihren Blick nicht mehr von ihm abwenden. Er trug einen modischen, schmalen Kinnbart, hatte eine Adlernase, seine Haut war dunkel (weswegen er „der südländische Hamlet" genannt wurde), in seinen Augen funkelte etwas Gefährliches, fast Dämonisches. Er wirkte reif, selbstsicher und ausgesprochen männlich.

Vielleicht, weil sie ihn so intensiv anschaute, vielleicht wegen ihrer Jugend und der schlecht verhehlten Begeisterung oder auch ganz zufällig sah der Belgrader Hamlet von Zeit zu Zeit in ihre Richtung. Inda vergaß dann ihren Eiskaffee, der unangerührt vor sich hin schmolz.

„*Inda, no lu miris tantu!* Inda, schau ihn nicht ständig an", sagte Branka schließlich.

„Bitte? ... Was meinst du? Ach das ... Wer schaut ihn denn an?", erwiderte Inda errötend, während sie Mühe hatte, ihren Blick abzuwenden, denn der dunkelhäutige Schauspieler übte eine magische Anziehungskraft auf sie aus. Sie ärgerte sich über ihre Mutter. Sie ist wirklich lästig, dachte sie, bemerkt und kommentiert alles. In alles muss sie sich einmischen! Als wüsste ich nicht, was ich tue. Ich bin doch kein Kind mehr!

In jenen Tagen fiel Branka auf, dass ihre Tochter ihr Haar länger kämmte und ihrer Kleidung mehr Beachtung schenkte als zuvor.

„*Mi pareci qui la chica sta namurada*, mir scheint, die Kleine hat sich verliebt", sagte sie zu Nina.

„*Qui mandi? ... Di quen?* Bitte? ... In wen?", fragte Nina, ganz Ohr.

„*Di Hamlet*, in Hamlet."

„Sag bloß! Weißt du, dass er unser Landsmann, ein Bosnier ist ... Ja, ja, wer hätte das gedacht, er hat eine tadellose ekavische Aussprache! Er kann sich gut verstellen und alles leicht nachahmen. Deshalb ist er wohl ein Schauspieler geworden ... *A comu savis?* Aber woher weißt du das?"

„Was denn?"

„Das mit Inda."

„Seit jener Theatervorstellung will sie im Stadtcafé nicht mehr tanzen und schaut die ganze Zeit nur ihn an. Hast du das nicht bemerkt?"

„Ja, es stimmt, *tienis razoń*, du hast recht."

Am vorletzten Tag von Indas Urlaub stand der große Mime, ganz in Pose und von sich eingenommen, langsam und majestätisch wie ein zum Sprung bereiter Panther von seinem Tisch auf und ging auf sie zu. Inda spürte ihre Knie zittern und dankte Gott, dass sie saß. Mit tiefer Stimme sprach er Branka an:

„Gnädige Frau, Sie werden mir doch verzeihen, dass ich Ihre ... Tochter, vermute ich, immerzu anschaue?"

Branka nickte.

„Kein Wunder, wenn sie ihn so anstarrt ...", fiel Nina auf Ladino ein.

„Aber sie ist so schön, dass man den Blick einfach nicht von ihr losreißen kann!"

„Er würde ihr am liebsten die Kleider vom Leib reißen", fuhr Nina mit ihren Bemerkungen fort.

Branka war jedoch nicht verlegen. „Wenn ein von allen bewunderter Schauspieler ihre Tochter anschaut, kann das für die Mutter nur ein Kompliment sein", erwiderte sie lächelnd und bot ihm an, sich zu ihnen zu setzen. „Ich habe gehört, Sie kommen aus Bosnien", sagte sie und begann damit ein langes und angenehmes Gespräch. Sie fanden viele gemeinsame Bekannte, und Sokolović erklärte schließlich, sein Vater, ein Schneider in Sarajevo, habe Marko Korać gekannt.

Inda schwieg. Ihr Hirn funktionierte nicht, in ihrem Kopf spürte sie eine ungewöhnliche Leere. Nur einmal schoss durch ihn ein bislang unbekannter Gedanke, genauer der Wunsch, Mutter und Tante möchten augenblicklich verschwinden und sie mit Hamlet allein lassen. Aber gleich folgte die beunruhigende Frage: „Worüber würde ich dann mit ihm reden?" Sie machte den Mund erst auf, als er sich erkundigte, wie alt sie sei. „Fünfzehn" kam es aus ihr wie aus der Pistole geschossen, damit ihre Mutter nicht ausplauderte, dass es noch nicht so weit war.

„In zwei Wochen", fügte Nina hinzu.

Es war nicht nötig, mich zu verraten, dachte Inda mürrisch. Sie schaute ihre Tante wütend an und wünschte von eleganteren Verwandten umgeben zu sein. Die Verräterin Nina, dachte Inda, sieht aus, als wäre sie aus einem Vorkriegsfilm gehüpft und Mama könnte doch ihr graues Haar färben und aufhören, alte Sandalen und billige Baumwollkleidchen zu tragen! Siniša denkt bestimmt, wir seien arme Schlucker!

„Sie sieht älter aus", sagte Siniša. „Aber so ist sie genau zwanzig Jahre jünger als ich, denn ich werde dann fünfunddreißig."

In dieser Nacht konnte Inda nicht einschlafen. Während Branka und Nina auf „ihrer" Bank plauderten, schrieb sie an einem „Der Bohemien" betitelten Gedicht. Ein heißer, trockener Wind – Inda meinte, er komme direkt aus der afrikanischen Wüste – ließ die Nacht noch wärmer werden. Sie spürte ihn auf ihrer feuchten Haut, während sie im Durchzug in ihrer Mansarde saß. Ins Schreiben vertieft und mit von der Hitze stumpf gewordenen Sinnen hörte sie nur vage einen Pfiff auf der Straße. Beim zweiten Mal meinte sie, jemand pfeife direkt unter ihrem Fenster. Nach dem dritten Pfiff schaute sie hinaus.

„Zieh dir deinen Badeanzug an, wir gehen beim Hotel Excelsior schwimmen. Es ist entsetzlich heiß", sagte Siniša leise und lächelte.

„Aber ... Mama ... ich ..."

„Mama und die Tante sitzen auf einer Bank. Ich habe sie im Vorbeigehen gesehen. Wir werden vor ihnen zurück sein ... Komm, beeil dich!"

„Ich darf nicht!", rief Inda und schämte sich gleich, so laut gewesen zu sein.

„Pssst ... Keine Angst, ich passe auf dich auf."

Sie zog den Badeanzug an, wickelte sich in ein großes Handtuch und stieg wie ein Automat die steile Holztreppe hinunter, im Kopf nur ein Gedanke: „Es ist zum Glück dunkel, so kann er mich im Badeanzug nicht richtig sehen!"

Sie stiegen hinunter zum großen, glatten Felsenufer. Er redete über etwas, Inda schwieg. Alles, was sie sagen wollte, kam ihr unheimlich dumm vor. Erst als Siniša seine Shorts auszog und sie sah, dass er darunter keine Badehose anhatte, sagte sie plötzlich verwirrt und im Wunsch, ihre Verwirrung zu verbergen:

„Und woher wussten Sie, wo wir wohnen?"

„Deine Tante hat es gesagt ... Komm, mein Sonnenschein", rief er schon aus dem Wasser, „komm, es ist herrlich!"
Inda stieg folgsam ins Meer. Siniša legte seinen Arm um ihre Taille und hob sie mit einer kräftigen Bewegung so hoch aus dem Wasser, dass sie danach gleich untertauchte.
„Du kannst gut schwimmen", sagte er ruhig und streichelte ihren Rücken.
Unter der Dusche tänzelte sie, trocknete sich dann leicht mit dem Handtuch ab. Sie fühlte sich völlig berauscht.
„Und jetzt, meine schönste Schöne, im Eilschritt nach Hause!"
Sie hatte sich gut abgekühlt, nur ihre Ohren brannten.
An der Tür legte er beide Hände auf ihre Wangen. „Denk an mich!", befahl er. Siniša warf ihr noch einen bedeutungsvollen Blick zu und eilte dann den Lichtern der Stadt entgegen.
„Mama darf ich kein Wort darüber sagen", dachte Inda wie in Trance.

Am nächsten Tag fuhren sie zurück nach Belgrad.
Während des endlosen Rüttelns und der ewig langen Aufenthalte an den Bahnhöfen und auch sonst betrachtete Branka ihre gedankenverlorene und ungewöhnlich schweigsame Tochter und dachte daran zurück, als sie sich in einem genauso heißen Sommer 1921 in Sarajevo in Marko verliebte.
„Er hat mich geküsst!", sagte Inda plötzlich.
„Wie? Wann denn?"
„Heute. Wir begegneten uns auf dem Stradun. Ich sagte ihm, dass wir wegfahren, und er umarmte und küsste mich plötzlich vor allen Leuten."
„Na gut, das war zum Abschied, freundschaftlich ..."
„Nein, richtig. Wie im Film."
„Und?"
„Und nichts ... Er sagte, ich hätte die schönsten grünen Augen, die er je gesehen habe. Ich dachte, sobald du mich siehst, wirst du alles erraten. Deshalb saß ich eine Weile allein auf einer Bank in Porporela ... Es ist mir gelungen, alles zu verbergen, aber jetzt habe ich doch beschlossen, es dir zu sagen. ... Ich habe dir noch etwas zu erzählen, aber davon ein anderes Mal ..."
„Gut, *fijiquia*, Töchterchen."
„Ist das schlimm, dass wir uns geküsst haben?"

„Meinst du, dass du dich hast küssen lassen? Nein, mein Herz, man darf es mit den Küssen nur nicht übertreiben. Einer ist vorerst genug."

„Nicht wahr, Siniša ist phantastisch?"

„Ein gut aussehender Mann, aber viel älter als du."

„Gerade das gefällt mir ... Mama, glaubst du, ich werde ihn wiedersehen?"

„*Siguru, querida*, bestimmt, meine Liebe. Wenn nicht woanders, dann auf der Bühne."

„Richtig!", entfuhr es Inda mit Erleichterung.

„Und jetzt gehen wir zu unseren Plätzen zurück. Wir haben lange genug am Fenster gestanden. Du kannst deinen Kopf an meine Schulter lehnen und ein wenig schlafen."

„Nein! Ich bin kein Kind mehr!"

Inda schlief trotzdem sofort ein, ihr Kopf rutschte auf den Schoß ihrer Mutter. Branka, ein wenig besorgt, ein wenig verwirrt, dachte noch lange über das Heranreifen ihrer einzigen Tochter nach. Vor ihr werden sich verworrene Wege der Liebe öffnen, und die Eltern werden nichts raten oder beeinflussen können. Möge Gott ihr ebensolches Glück schenken wie mir, dachte Branka. Möge sie einen Mann finden, den sie schätzen und der sie lieben wird. Auf diesem Weg kann ihr niemand helfen, nicht einmal ich, ihre Mutter, die sogar ihr Leben für sie geben würde. Ich kann sie nur unterstützen, wenn nötig, ermutigen, wenn sie schwach wird, schweigen, wenn unsere Meinungen auseinandergehen, mich freuen, wenn sie glücklich ist und trauern, wenn sie leidet.

Das Abteil betrat ein hochgewachsener, kräftiger und gutaussehender junger Mann ... Da haben wir es, von jedem solchen Mann könnte Indas Glück abhängen. Einem allgemeinen Lebensquell entspringen viele willkürlich miteinander verwobene menschliche Schicksale ... Wäre Inda jetzt wach, könnte sie diesen Unbekannten kennenlernen, sich vielleicht in ihn verlieben und ... Ja, ihre Tochter wird bei dem sich drehenden Reigen jugendlicher Wünsche mittanzen und nur wenn es ihr so beschieden ist, zufrieden daraus hervorgehen.

Obwohl viele, auch Marko, nur Spott dafür übrighatten, glaubte Branka weiterhin an eine „böse Schicksalsmacht" und einen „vorwitzigen Bruder Zufall", wie Riki das nannte. Jetzt, im reifen Alter, behauptete sie mit Recht, das Leben und der Krieg hätten sie in dieser Ansicht bestärkt.

Im Gang hörte man eine Frau streiten ... Von ihren Eltern, dachte Branka, hatte Inda nie ein böses Wort gehört, vom Streit ganz zu schweigen. Marko meinte zu Recht, dass die Eintracht in unserer Familie eine feste Grundlage für Indas glückliche Zukunft, aber auch ein zweischneidiges Schwert ist. Sie verlieh ihr Standhaftigkeit und Gelassenheit, machte sie aber auch überempfindlich. Von klein auf an Zärtlichkeit und Verständnis gewöhnt, wird sie schwer mit Grobheiten fertig werden.

Branka seufzte tief.

Inda war verschlossen. Aufgrund der angeborenen Zurückhaltung, aufgrund des für die Koraćs typischen Gespürs für Maß und Einsicht oder aufgrund von etwas Drittem? Wer kann das schon wissen, wenn es nicht einmal sie, ihre Mutter, unterscheiden konnte? Deswegen wird sie im Umgang mit anderen Menschen auf Missverständnisse stoßen. Sie wird ihre Verwundbarkeit mit der jetzt schon erkennbaren Kälte kaschieren. Wenige Menschen werden auf sie zugehen und noch weniger werden sie gut kennenlernen. Sie wird sie auf Distanz halten ... Sie wird einsam sein und sich immer nach Liebe und Aufmerksamkeit sehnen ... Vielleicht versteht sie sich wegen all dieser Eigenschaften so gut mit ihrem Vater, allerdings auch mit ihr, ihrer Mutter. Die kleine Inda, die Essenz beider Elternteile, ihr Spiegelbild ...

Branka nickte ein.

Trotz einer mehrstündigen Verspätung und Brankas Bitte, bei der Hitze nicht aus dem Haus zu gehen, erwartete Marko sie auf dem Bahnhof. Mit von unterdrückten Tränen glänzenden Augen, aber lächelnd, hielt er sie lang und fest in seinen Armen.

Während sie zur Straßenbahnhaltestelle gingen, beobachtete Branka ihn mit Sorge. Trotz der Kur sah er schlecht aus. Er freute sich über ihr Kommen wie ein verwundeter Kämpfer, der auf dem Schlachtfeld einen Verwandten oder einen Schulfreund sieht. Ihr Marko, der Verwundete ohne sichtliche Wunden, dessen Vitalität dahinschwand und ihm dabei alles wegnahm außer der Liebe zu ihnen beiden. Auf sie baute er, ihretwegen machte er weiter.

„Ihr werdet sehen, meine lieben Damen, wie ich die Wohnung für euch aufgeräumt habe! Wie ein Zimmermädchen in einem Hotel der B-Kategorie ... Ich war derart in Schwung geraten, dass ich um ein Haar auch den Teil der Grdićs gefegt hätte!"

„Warum tust du das bei dieser Hitze und bei deinen schmerzenden Beinen?", rügte Branka ihn bedrückt.

„Nichts fällt mir schwer, jetzt, wo ihr beide zurück seid."

„Gibt es Nachrichten von Rikica?"
„Es gibt welche von Klara." Markos Gesicht wurde ernst.
„Was ist passiert?"
„Riki hat eine Infektion bekommen und muss länger im Krankenhaus bleiben. Das ist alles."
„Was für eine Infektion? Ist dort nicht alles sauber und desinfiziert? Dort wird doch alles nach einmaligem Gebrauch weggeworfen ..."
„Die Wunde hat sich über die Luft infiziert, Brankica."
„Mein Gott, hoffentlich ist das nichts Ernstes."
„Ich vertraue auf Rikicas Kraft und Mut. Sie wird alles überstehen und schnell wieder gesund werden!"

Branka bewunderte die aufgeräumte Wohnung. „Ich werde dich als Hausgehilfen anstellen. Du musst hier ja richtig gewütet haben."

„Stimmt, aber ich habe es hinter mir, dafür wirst du jetzt Arbeit haben mit dem Einmachen für den Winter."

Branka nickte und dachte daran, was alles sie im Frühherbst erwartete: mehrere Dutzend Kilo Gurken, Apfelpaprikas und grüne Tomaten einmachen, Ajvar zubereiten und Feigen-Slatko kochen. Zum Glück wird nicht alles zur gleichen Zeit reif. Als hätte die Natur es so eingerichtet, um der Hausfrau kleine Verschnaufpausen zu gönnen wie zwischen dem Zubereiten von Slatko aus Wassermelonen, Herz- und Sauerkirschen und dem Einkochen von Tomatensoße, was ihr am allerschwersten fiel.

Jedes Jahr öffnete Branka nach der vollendeten Arbeit die Tür zur Speisekammer und betrachtete stolz die bunten Gläser, in denen in durchsichtiger Lake schmackhafte Dinge ruhten. Sie genoss die Vorfreude ihrer „Esser" auf die Novembertage, wenn die Gläser geöffnet werden würden.

Die Jahre vergehen, dachte Branka, während sie die aus Dubrovnik zurückgebrachte Wäsche wusch, für den Wintervorrat sorgt man im Rhythmus der Jahreszeiten und die Zeit zwischen dem Aufbrauchen und dem nächsten Einkochen wird von den Ereignissen erfüllt, die das Leben ausmachen. In diesem Spätsommer wurde ihr Leben neben den Wutausbrüchen der Grdić, der Sorge um Markos Gesundheit, der Geldnot und dem süßen Bangen um Indas Erwachsenwerden auch von einer bedrückenden Vorahnung der Gefahr bestimmt, in der Rikica sich befand.

Zu Indas Geburtstag, zu dem es in der Familie ein bescheidenes Fest gab, kam eine Glückwunschkarte von Klara, die auch stellvertretend für Rikica unterschrieben hatte. Klaras Briefe, obwohl vorsichtig formuliert, verrieten Rikicas ernsten Zustand, die nun schon den zweiten Monat im Krankenhaus verbrachte.

Im Spätherbst wechselte Marko zum Unternehmen „Veletrgovina", worauf sich die beiden wegen des besseren Gehalts gefreut hatten. Bald stellte sich heraus, dass Marko auch dort viel Arbeit hatte und schlecht behandelt wurde. Sein Gang wurde immer schleppender und sein Gesicht düsterer, wenn er müde und genervt nach Hause kam.

Um die Zeit seines Geburtstags herum veröffentlichte „Paris Match" erschütternde Fotos von der Revolution in Ungarn: Im Rausch des Freiheitskampfs stellten sich Mädchen vor die Panzer, einander an den Händen haltend. Am gleichen Tag traf auch eine Glückwunschkarte aus New York ein, diesmal mit Rikicas unsicherer und zittriger Hand geschrieben. In ihrem unverwechselbaren Stil stand da: „Mein lieber einziger Schwager, ich war fast weg vom Fenster, dann aber überlegte ich es mir anders, denn wer hätte Dir sonst Glückwünsche aus Übersee geschickt? Mich hätten nicht einmal die russischen Panzer in Budapest zermalmt, ich hätte ihnen im Gegenteil ein paar Dellen zugefügt! Genieße die Zeit bis zu Deinem nächsten Geburtstag. Ich komme dann zurück, jetzt bin ich verhindert, meinem Schwager zum Tag seiner Geburt einen Kuss zu geben. Deine gerade geborene Schwägerin!"

Das genügte Branka zu verstehen, dass Riki es auch diesmal geschafft hatte. Sie flitzte in der Wohnung herum, trällerte, lachte lauter als sonst und wartete mit Ungeduld auf Rikicas nächsten Brief. Der kam dann auch bald:

„Meine Lieben, was soll ich euch sagen? Die ganze Zeit habe ich im Nebel irgendwo zwischen Himmel und Erde verbracht. Wahrscheinlich konnte sich meine Seele nicht zwischen dem oberen und dem unteren Reich entscheiden, bis sie schließlich unten landete. Und ich, wie jeder, der aus der Höhe auf die Erde knallt, liege nun da wie eine Flunder und habe nicht einmal die Kraft, meinen kleinen Finger zu bewegen!

Wie ihr schon von Klara gehört habt, ist die Operation gelungen, nur hätte es beinahe wie in dem bekannten Spruch geheißen, ‚Patient aber tot!' Jetzt ist alles gut, die Gefahr ist vorbei, Brankica, Du brauchst Dir keine Sorgen mehr zu machen! Ich weiß, dass Du mit Deinem sechsten Sinn alles gefühlt hast, obwohl Klara sich bemühte, den Ernst der Lage zu verbergen.

Hier, im Mount Sinai Hospital herrscht eine sagenhafte Ordnung und eine derartige Sauberkeit, dass mein Balkanschädel es nicht fassen kann. Da ich mich im Moment nicht bewegen kann (außer zusammen mit dem Bett, das je nach meiner Lust und Laune hoch und runter fährt, sich neigen und wenden kann), wälzen mich hier die Krankenschwestern und -brüder wie einen Brotlaib von einer Seite auf die andere, sie richten alles, wickeln mich ein und aus, straffen und lockern und wechseln ständig eigentlich Sauberes aus. Ihr hättet mich sehen sollen, als ich wegen dieser unglücklichen Infektion in Quarantäne lag! Um mich herum waren glatte, durchsichtige, leuchtende und glänzende Wände aus Plastik gespannt. Ich kam mir vor wie ein Lebensmittelartikel in einem amerikanischen Supermarkt. Und alle, die mir nahe kamen, trugen Handschuhe und Masken, als wären sie auf dem Weg ins Weltall ... Ich fühlte mich dabei sogar wichtig, obwohl ich aus dem letzten Loch pfiff, ich kam mir wie ein chinesischer Kaiser vor, den Sterbliche nicht berühren dürfen.

Aber Spaß beiseite, die Schmerzen im wachen Zustand waren unerträglich, schlimmer als die Nierenkoliken, schlimmer als alles, was ich bisher kannte, und das ist nicht wenig. Tagelang hatte ich Fieber und war nicht bei Sinnen, danach folgten klares Bewusstsein und Schwäche.

Hier sagen die Ärzte dem Patienten offen, wie es um ihn steht, verschweigen es nicht wie bei uns. Das gefällt mir sehr. Ein junger Arzt hat mir ganz zu Anfang erklärt, dass ich eine sehr seltene Infektion bekommen hätte (an deren Namen ich mich beim besten Willen nicht erinnern), der 95 Prozent der Patienten erliegen. Also musste ich schauen, dass ich unter die 5 Prozent kam. Da ich klein bin, habe ich es geschafft durchzuschlüpfen. Jetzt kommen alle und betrachten mich wie ein medizinisches Wunder! Ich war ja schon immer der Mittelpunkt der Aufmerksamkeit und bin es geblieben!

Meine arme Klari, sie hat viel Kummer mit mir gehabt! Tage- und nächtelang saß sie neben meinem Bett und wartete, dass ich zu mir kam. Nie hätte ich vermutet, dass in unserer kühlen und schroffen Klarica, die uns so früh und gern verlassen hat, eine solche Aufopferungsbereitschaft steckt. Ach, dieses Sálom-Blut, das uns alle verbindet ... Falls ich wirklich gesund und schmerzfrei werde, ist das zum großen Teil ihr Verdienst.

Jetzt darf ich auch Besuch haben. Es kommen Klaras Freunde, die vor der Operation plötzlich auch meine Freunde geworden sind, und am häufigsten kommt Sanda. Wenn sie das Zimmer betritt, muss ich meine Augen schützen, so sehr strahlen ihre Brillanten. Sie hatte mir einen Strauß gelber Rosen geschickt, wie ich ihn nicht einmal in meinen ruhmreichsten Tagen von meinen leidenschaftlichsten Verehrern bekommen habe. Als ich ihr das sagte, winkte sie verächtlich ab und meinte: ‚Natürlich, weil du so dumm warst und es nicht verstandst, dir deine Verehrer auszusuchen. Stattdessen hast du dich, obwohl so begabt und besonders, an diese Niete von Miloš gehängt. Du hättest zumindest die Ehefrau eines Botschafters werden können!'

Diesen Brief schreibe ich in Fortsetzungen, weil ich schnell ermüde ... Dabei belagern mich ständig Gedanken und lassen mich nicht in Ruhe. Manchmal möchte ich mein Hirn ausschalten können. Dennoch, meine Lieben, habe ich im Fieber keine Gespenster gesehen, wie man es hätte erwarten können. Im Gegenteil. Es tauchten bunte Erinnerungen auf, endlose Ketten schöner Worte, eure lieblichen Gesichter; Mama Estera tröstete mich mit ihren sprichwörtlichen Weisheiten, Klara marschierte an mir vorbei, kokett mit ihren hohen Absätzen klappernd, Du, liebe Blanki, streicheltest mich mit Deinen kühlen Händen, Buka überschüttete mich mit unserem Ladino und Miloš schmückte mich mit seinen Wortperlen ... Es war wie damals während des Krieges in Grbavče, als ich ebenfalls um mein Leben rang. Und ihr alle wart jung und schön und glücklich. Glaubt mir, das Aufwachen danach war mir keine Erleichterung ...

Heute schreibe ich euch schon den dritten Tag, es wird Zeit, Schluss zu machen. Also, ich bleibe hier mindestens noch zehn Monate, weil ich unter ständiger ärztlicher Kontrolle sein muss. Wenn es mir etwas besser geht, werde ich vielleicht ein wenig zu Hause arbeiten. Sanda meint, ich könne Hüte für sie machen, die ihre Freundinnen sehen und sich auch wünschen würden. Warum nicht ein paar Dollar verdienen? Die könnten meinen Liebsten zugutekommen, dort in meinem schönen Belgrad, unserer armen Hauptstadt, wo die Lindenblüten am stärksten duften."

Alle drei antworteten ihr, Branka informierte zudem Smiljka, die sich telefonisch aus Paris immer wieder nach Rikica erkundigte.

*

Kurz vor Heiligabend rieselte Pulverschnee herab. Belgrad hüllte sich in Weiß. Inda spielte nach der Schule vor dem Haus mit ihren Freundinnen. Sie war schon zu groß zum Schneemannbauen, dafür fuhr sie Schlitten auf steilen Straßen, die für den Verkehr gesperrt waren. Sie hatte einen Holzschlitten, der nicht so schön und neu wie der von Lana, aber gut war. Adrijana machte nicht mit, weil sie jeden Nachmittag Klavier übte. Inda wünschte oft, etwas würde sie so wie Rina das Klavierspiel in seinen Bann ziehen und all die anderen gewöhnlichen und oberflächlichen Interessen wie Schneespiele, Filmschauspieler, Parfüms, Romane, ziellose Spaziergänge oder Kleidung in den Hintergrund treten lassen. Der Garderobe schenkte sie allerdings immer mehr Zeit und Aufmerksamkeit, was auch Unannehmlichkeiten mit sich brachte. Die Direktorin des 14. Belgrader Gymnasiums hatte die Angewohnheit, die Klassenzimmer zu betreten und mit strengem Blick durch die Bankreihen zu gehen, neben denen die Schüler wie versteinert standen. Mit unheilverkündendem Schweigen fuhr sie mit dem Zeigefinger über die Pferdeschwänze der Mädchen. Einmal senkte sie den Blick zu Indas bauschigem Rock, hob den Saum und zählte die Volants des Petticoats.

„Wie heißt du?"

„Vera Korać."

„Zieht sich so eine Angehörige der Jugendorganisation an? Eine Schande! Das will ich nicht mehr an dir sehen!"

Die Direktorin warf mörderische Blicke auch auf Lana Lazić, sagte zu ihr aber nie etwas Ähnliches. War das so, weil Lanas Eltern „jemand" und ihre „niemand" waren, fragte sich Inda.

Sie beschloss, ihren Eltern zu Weihnachten Theaterkarten zu schenken, und zwar für eine Vorstellung, in der ihr Liebling vom letzten Sommer, Siniša Sokolović, auftrat. Seit sie zurück war, hatte sie ihn nie auf der Straße getroffen, sah ihn aber oft aus der ersten Reihe im Theater und meinte jedes Mal, er habe sie bemerkt. Adrijana, mit der sie immer öfter ins Theater ging, bestätigte, dass er ihr von Zeit zu Zeit direkt in die Augen sah und sie sogar anlächelte!

Es wurde „Die Dubrovniker Trilogie" gespielt. Inda meinte, das wäre ein schönes und ungewöhnliches Geschenk für ihre Eltern – und auch für sie selbst.

Branka ließ das „Schneewittchen" einrahmen, und Inda bekam endlich das Bild, das noch vor ihrer Geburt begonnen worden war. Das Schneewittchen und der Schnee, der Wärme spendende Ofen, die ungewöhnliche Ruhe im Haus, die gute Laune des Vaters, das üppige Abendessen der Mutter und im Mittelpunkt des Ganzen – sie! Was könnte Inda sich noch wünschen? Gleich fielen ihr einige Dinge ein, zum Beispiel Sinišas Gesellschaft ... Aber nein, stellte sie fest, alles andere wäre nur ein Zusatz.

Sie las den Eltern ihre für diese Gelegenheit verfasste Erzählung vor und übergab ihnen den Umschlag mit den Theaterkarten.

„Für welche Vorstellung? Wird das Papa gefallen?", fragte Branka erfreut.

„Aber natürlich", erwiderte Inda ungeduldig. „Für Vojnovićs ‚Trilogie' ... Papa hat doch immer Dubrovnik gemocht."

„Und wer spielt?"

„Mein Gott, Mama, du kannst einen aber nerven!"

„Inda!", sagte Marko frostig. „Nicht in diesem Ton ..."

„Irgendwo las ich, dass Siniša Sokolović die Hauptrolle spielt", unterbrach Branka ihn.

„Ja, und?", fuhr Inda schnippisch fort.

„Nichts, mein Herz, nichts."

„Ich höre, er ist ein guter Schauspieler", sagte Marko.

„Der beste!", rief Inda mit der Sicherheit eines Kenners aus. „Besser als Pleša und Žigon und Zoran Ristanović und Milivoje Živanović und ganz sicher besser als Kole Stošić, obwohl alle Mädchen nach diesem verrückt sind ... und Lana ihm offenbar gefällt!"

„Und er ihr?", fragte Branka.

„Nur weil er Stošić ist, Romeo spielt und Abende im Restaurant Prešernova klet verbringt."

„Und gefällt dir der Sokolović?"

„Wenn er mir gefällt, dann nur, weil er ein großartiger Schauspieler ist", antwortete Inda heftig errötend. Sie war so verwirrt, dass sie das große Schneewittchen-Bild mitnahm, als sie in die Küche ging, um ihrem Vater Soda für sein Getränk zu bringen. Frau Grdić hatte bei der Gelegenheit wohl das Bild gesehen, weil sie gleich darauf mit Gobelins in den Händen durch die Wohnung paradierte, um zu zeigen, dass sie den Koraćs in nichts nachstand.

Von ihrem Vater bekam Inda eine Gedichtsammlung von Jessenin. Sofort lernte sie das Gedicht „Dem Hunde Katschalows" auswendig, aber nur, weil es in Mode war, denn sie hatte Romane lieber. Unermüdlich las sie Tolstoj, Balzac, Galsworthy, London, Agatha Christie und für die Schule Ćosić, Ćopić und ihren Lieblingsautor Ivo Andrić.

Ob wegen ihrer Belesenheit oder wegen der guten Note in Geschichte schenkte Jelica Stamenković, ihre neue Klassenlehrerin, Inda besondere Aufmerksamkeit. Eines Tages bat sie sie, nach dem

Unterricht auf sie zu warten. Als beide im Klassenzimmer allein blieben, lobte sie Inda als ein kluges und fleißiges Mädchen, dem eine glänzende Zukunft bevorstehe, und fragte sie in diesem Zusammenhang, ob sie nicht Mitglied des Bundes der kommunistischen Jugend Jugoslawiens, SKOJ, werden möchte. Inda wurde verlegen. Trotz der Sympathie für die Klassenlehrerin verspürte sie nicht den Wunsch, ihren Rat zu befolgen. Sie bedankte sich höflich und bat um Bedenkzeit.

In ihrem Kopf herrschte ein Durcheinander. Sie konnte nicht verstehen, was sie daran hinderte, darüber wie über alles andere in ihrem Leben nachzudenken. Deshalb erzählte sie es noch am selben Tag ihrem Vater und bat ihn um Rat.

„Meine Tochter ist also nicht irgendwer!", sagte Marko im Spaß und fuhr nach kurzem Nachdenken ernst fort: „Dabei, mein Kind, kann ich dir nicht helfen. Meine Meinung in dieser Sache ist unwichtig. Die Entscheidung musst du allein treffen."

„Aber ihr mischt euch doch immer in alle meine Dinge ein, und jetzt, wo ich Hilfe ..."

„Inda! Mama und ich haben uns nie eingemischt, wir haben teilgenommen, dich erzogen und zu dem gemacht, was du bist, und gerade deshalb wirst du jetzt eine kluge Entscheidung treffen."

Inda nickte, holte tief Luft und begann: „Wir feiern Weihnachten und Slava, sie aber nicht?"

„Das ist die serbische Tradition, die ich respektiere, was nicht bedeutet, dass du es auch tun sollst."

„Hm ... Aber wenn ich dich respektiere, respektiere ich auch das, was du respektierst ... Ist es nicht so?"

„Im Prinzip schon ..."

„Aber wir gehen selten in die Kirche."

„Indica, Gott ist für mich Glaube an den menschlichen Anstand ... Glaube an die Gerechtigkeit. Der steckt in dir drin, nicht in der Kirche. Du weißt, was Mama sagt: Gott ist überall und du kannst zu ihm überall beten. Sie geht in die serbisch-orthodoxe und in die katholische Kirche, betet auch vor unserem Ikonenlicht, obwohl sie Jüdin ist."

„Haben sie auch ihre Kirche?"

„Natürlich, die Synagoge."

„Das heißt, wichtig ist es zu glauben, und unwichtig ist der Ort, wo das praktiziert wird."

„Das hast du gut gesagt."
„Aber, Papa, würde es dir nicht gegen den Strich gehen, wenn ich dem Bund beiträte?"
„Nein, Kleines, wenn das dein Wunsch ist."
„Aber hast du nicht sehr gelitten, als man dir nach dem Krieg alles wegnahm?"
„Stimmt, aber das gehörte zu *meinem* Leben, deines fängt erst an und du hast das Recht, deinen Weg zu gehen."
„Kann meiner denn anders sein als deiner?"
„Er kann. Du bist zwar von meinem Blut, gehörst aber zu einer anderen Zeit, die ich nur kurz gekostet habe, in der du hingegen deine besten Jahre verbringen wirst. Deshalb, mein Herz, tue das, was dir dein Gefühl sagt ... Übrigens, ich muss dir sagen, das wäre gut für dich ... für deine Zukunft und Karriere."
„Wieso?"
„Zum Beispiel würde man jetzt sofort deine Erzählungen veröffentlichen, später würde es dir für andere Dinge nützlich sein, für die Arbeit, den beruflichen Aufstieg, vielleicht auch um eine Wohnung zu bekommen ..."
„Ja, einige leben viel besser als wir ... Hast du das gemeint?"
Marko nickte zustimmend.
„Und wäre ich dann glücklicher ... ich meine, im Inneren?"
„Das kann ich dir nur sagen, wenn du dich entschieden hast."
„Warum?"
„Weil deine Entscheidung zeigen wird, was du fühlst."
Inda dachte nach.
„Weißt du was, Papa", sagte sie schließlich, „wenn dir jemand Böses angetan hat, dann mag ich ihn nicht, weil ich weiß, dass du das nicht verdient hast! Das weiß ich ganz sicher, und das genügt mir!"
Marko schwieg.
„Dann sag mir jetzt, ob es gut gewesen wäre, wenn ich mich für den Beitritt entschieden hätte?"
„Nein, denn deine Entscheidung zeigt, dass du es eines Tages bedauert hättest."
„Das heißt, ich bin sehr klug!"
„Du weißt, man sagt, Gott war am großzügigsten, als er den Menschen Klugheit schenkte, denn jeder meint, am meisten davon bekommen zu haben. In diesem Fall jedoch, mein kleines, erwachsenes Mädchen, gebe ich dir recht ... Es ist gut, zu seinen Eltern zu stehen,

aber, merke dir, noch besser ist es, Entscheidungen aufgrund der eigenen Überzeugung zu treffen", sagte Marko, stand plötzlich auf und zog sich in sein kleines Arbeitszimmer zurück.

Inda sagte ihrer Klassenlehrerin nichts, und diese fragte sie auch nicht mehr. Wahrscheinlich hatte sie Indas Schweigen als Ablehnung verstanden.

So ging diese Episode in der Flut der aufregenden Entdeckungen der Pubertät unter, in der Inda sich nicht nur einen allwissenden Ton aneignete, typisch für viele Mädchen ihres Alters, sondern sich auch eine schlechte Körperhaltung angewöhnte. Ob aus dem Wunsch, lässig zu wirken, oder wegen ihrer Größe, wurde ihr Rücken krumm. Branka mahnte sie immer wieder „Halt dich gerade!", Inda befolgte das mürrisch für einen Augenblick, verfiel dann aber wieder in die alte Unart.

Für Branka war das keine leichte Zeit. Aber wenn die Tochter sie dann doch hin und wieder küsste, vergaß sie sofort deren Schroffheit, und die gewohnte Familieneintracht stellte sich wieder ein. Oft blätterte sie in Indas sorgfältig aufbewahrten Gedichten und Glückwünschen, um sich ihre Anhänglichkeit in Erinnerung zu rufen, die jetzt von jugendlichen Problemen überlagert wurde. Sie wartete, dass diese Phase vorüberging, dann würde ihr wahres Kind wieder zum Vorschein kommen und sie mit Zärtlichkeit überschütten. Sie wartete auch auf Rikicas Genesung und auf Markos Erholung nach der Operation des grauen Stars. Obwohl ständig krank, war Marko noch nie im Krankenhaus gewesen. Seine Abwesenheit und der Gedanke an den chirurgischen Eingriff an einer so empfindlichen Stelle versetzten Inda in die Familienwirklichkeit und machten ihr die Bedeutung der Eltern für ihr Leben wieder bewusst.

Am selben Tag als Rikicas Wohltäter Moša Pijade in Paris starb, wurde Marko operiert. Er musste noch zehn Tage im Krankenhaus bleiben mit verbundenen Augen, in schwer zu ertragender Finsternis. Mit einem Passierschein konnte Branka ihn jeden Tag sehen. Obwohl sie Inda gesagt hatte, es sei nicht nötig, dass sie ihn besuche, kam diese bei der ersten möglichen Gelegenheit mit. So bekam sie all das zu sehen, was Branka ihr ersparen wollte: das armselige, übelriechende Krankenhaus, die überfüllten Krankenzimmer, Marko mit verbundenen Augen und mit Lippen, die zu lächeln versuchten. Seine noch kräftigen, warmen Hände drückten die ihren, sein Adamsapfel bewegte sich vor Aufregung auf und ab. All das ließ Inda lautlos weinen und trieb Bäche von Tränen in ihre Augen. Sie küsste die Hand ihres Vaters und murmelte: „Nie mehr werde ich grob sein! Das verspreche ich dir, Papa, mein Papilein! Werde du nur gesund und komm nach Hause ... Dann wirst du es sehen!"

Markos Genesung zog sich hin. Jede Bewegung wurde von Schmerzen in den Beinen begleitet, die Nachtruhe war durch Schlaflosigkeit gestört, die Mahlzeiten wurden ihm durch eine strenge Diät vermiest, die Tage begannen mit schmerzhaften Insulinspritzen.

Als er schließlich entlassen wurde, wirkte er wie ein Mensch mit völlig zerrütteter Gesundheit. Branka hatte lange bei der Sozialversicherung anstehen müssen, um eine Brille für ihn zu bekommen mit einem ganz dunklen und einem dicken Glas. Er setzte die Brille auf, sagte in gezwungen witzigem Ton: „Jetzt sehe ich ganz wie Beelzebub aus" und fügte ernst hinzu: „Meine Kleine, dein Papa ist krank." Inda schwieg. Dieses erste derartige Geständnis ihres Vaters ließ sie ohnmächtig und schutzlos zurück, als hätte er gesagt: „Rechne nicht mehr mit mir."

Dank Brankas Pflege und dem von ihr streng überwachten Hausfrieden kam Marko langsam wieder zu Kräften. Er gewöhnte sich an die neue Brille, ruhte viel, saß im Sessel, ging im Zimmer auf und ab. Branka rieb ihm den Rücken mit nach Kiefernnadeln riechendem Öl ein, las ihm aus Büchern vor, sang leise Sevdalinkas, erzählte ihm Neuigkeiten, ließ ihn Rundfunkübertragungen von Fußballspielen hören, mied aber das Thema Geld, von dem es immer weniger gab. Still trauerte sie wegen seiner Schwäche.

Inda änderte sich. Sie unterließ jetzt barsche Antworten und heftige Einwände. Einmal fand sie ihre Mutter ungewöhnlich bedrückt in der Küche.

„War es wieder die verdammte Stinkić?"

„Nein, meine Liebe, jetzt ist es das Geld. Ich habe nicht einmal genug für dein Taschengeld. Alte Sachen lassen sich nicht mehr gut verkaufen ... Die Leute wollen neue und davon gibt es in Klaras Paketen wenig ... Es ist nicht mehr so wie gleich nach dem Krieg."

„Mama, ich kann Nachhilfestunden in Französisch geben!"

„Aber wie ... und wem?"

„Ich finde schon ein Kind ... So kann ich mir das Taschengeld selbst verdienen. Ich stelle es mir wunderbar vor, eigenes Geld zu haben!"

Indas erster Schüler war ein achtjähriger Junge, dessen Mutter sie unter einigen Gewissensbissen vortäuschte, vor dem Abitur zu stehen, was glaubwürdig erschien, denn sie sah älter aus. Sie sprach sehr gut Französisch, fühlte sich also gerüstet. Die Hefte aus der Zeit, als Madame Lisi Rittner sie in Französisch unterrichtete, hatte sie alle aufbewahrt, jetzt dienten sie ihr als Gedächtnisstütze. Sie bereitete sich auf jede Stunde sorgfältig vor, denn sie war der Meinung, dass sie für das Geld etwas Ordentliches bieten müsse. Auf ihren kleinen Verdienst war sie stolz, ihre Eltern noch mehr.

Marko ging wieder zur Arbeit. Branka machte sich weiterhin Sorgen.

★

Eine Aufforderung des Zollamts im Bahnhof überraschte die Koraćs, da sie kein Paket erwarteten. Sie rätselten, warum Klara und Riki ihnen etwas schicken, ohne sie vorher zu informieren. Es gelang ihnen nicht, den Inhalt des Pakets zu erraten, umso mehr als die schwer leserliche Schrift auf der Aufforderung ein riesiges Gewicht ankündigte.

Am nächsten Tag um die Mittagszeit, als Branka, vor Aufregung rot im Gesicht, gerade vom Bahnhof zurückgekommen war, klingelte das Telefon.

„Brankica", hörte sie Markos Stimme, „was war das?"

„Nie wärst du darauf gekommen! Unsere guten Seelen! Stell dir vor, ein Kühlschrank!"

„Was sagst du da?"

„Du hast schon richtig gehört! Ein ‚Westinghouse', funkelnagelneu, 230 Liter!"

„Und der Zoll?"

„Ich habe zuzahlen müssen, denn nur die ersten hundert Kilo sind frei!"

„Unglaublich! Sie hätten auch einen kleineren schicken können, nicht gleich den größten und teuersten! Dennoch bin ich ihnen von ganzem Herzen dankbar!"

Marko musste an seine Schwestern denken, denen es jetzt besser ging als ihm ... Er wollte im Zusammenhang damit eine Bemerkung machen, verkniff sie sich aber, denn das tat man nicht, das gehörte sich nicht!

„Kannst du heute etwas früher aus dem Büro kommen?", fragte Branka.

„Nein, ich habe viel zu tun ... Hast du einen Lastenträger gefunden?"

"Drei Männer sind gerade dabei, ihn hereinzutragen. Mal sehen, ob er durch die Tür geht ... Jetzt muss ich Schluss machen! Tschüss, mein Lieber!"

Die Lastenträger hatten Mühe, den Kühlschrank in die Küche zu schaffen. Inda und Branka betrachteten ihn voller Bewunderung. Er war weiß, glänzend, mit abgerundeten Kanten, mit Türen, die von selbst zuschnappten, wenn man sie nur anlehnte, drinnen gab es eine Fülle von bläulichen Fächern und Dosen, die alle einem bestimmten Zweck dienten. An der Seite war ein kleines Regal mit Vertiefungen und der Aufschrift „eggs" angebracht.

„Das ist für Eier!", erklärte Inda, die jetzt in der Schule Englisch lernte.

„So viel weiß ich auch. Aber was bedeutet ‚humid drawer'?" Inda zuckte mit den Achseln. „‚Humid' ist feucht", dachte Branka laut, „das andere Wort muss wohl ‚Schublade' bedeuten."

„Ach ja! Das ist die Schublade!", erinnerte sich Inda.

„Die ist wahrscheinlich für das Gemüse gedacht."

In der Zwischenzeit war Lepava Grdić mehrere Male wortlos durch die Küche marschiert und hatte den großen Kühlschrank mit misstrauischen Blicken bedacht. Branka und Inda, mit dem Übersetzen beschäftigt, hatten sie nicht einmal bemerkt. Branka hatte sogar vergessen, auf dem Balkon auf Marko zu warten. Er trat in die Küche, blieb stehen und bekreuzigte sich: „So etwas habe ich noch nie gesehen!"

Nachdem er jedes Teil geprüft und sich alle Übersetzungen angehört hatte, schlug Marko vor, ihn einzuschalten.

„Aber zuerst isst du zu Mittag. Und du, Inda, kommst noch zu spät in die Schule!"

Inda schnappte sich im Vorbeigehen den Ranzen und rannte los. Zum ersten Mal, seit sie gemeinsam zur Schule gingen, musste Adrijana auf sie warten.

Nach dem Essen schloss Marko den Kühlschrank über einen Transformator an den Strom an. Ein Lämpchen leuchtete auf, ein kaum hörbares Summen entlockte ihnen Seufzer der Bewunderung und Erleichterung.

„Er tut es!", sagte Branka.

„Er tut es!", erwiderte Marko.

„Und nach allem haben wir nicht verlernt, uns zu freuen!"

„Stimmt, Brankica."

Engumschlungen betrachteten sie dieses Wunderding.

„Wir müssen ihn ausprobieren, morgen besorge ich auf dem Markt Lebensmittel", sagte Branka.

„Mit welchem Geld?"

„Ich finde schon etwas."

Am frühen Morgen, sobald sie Brankas leichten Schritt vernahm, stürmte Frau Grdić in die Küche. „So geht das nicht, das sage ich Ihnen!", schrie sie vor Wut schäumend. „Man kann sich hier ja gar nicht mehr bewegen! Mit dem Mistding aus dem dreckigen Kapitalistenland verpesten Sie uns die *Lebensegistenz*!"

In eine Ecke gedrängt, wischte Branka mit einem feuchten Tuch die weiße und schon saubere Oberfläche des Kühlschranks, als wolle sie ihn vor Frau Grdić beschützen. Dieses Mal verließ sie die Küche nicht wie sonst, nicht nur weil die Grdić in der Tür stand, sondern weil sie Angst hatte, dass sie ihn mit einem scharfen Gegenstand zerkratzen könnte.

„Bringen Sie ihn, wohin Sie wollen, aber hier bleibt er nicht, dafür verbürge ich mich!", kreischte Frau Grdić und rannte aus der Küche.

Branka nahm mehrere Einkaufstaschen und begab sich weinend und mit zitternden Knien zum Markt. Unterwegs traf sie Melanija und Ružica, die schwere Körbe schleppten.

„Mein Gott, was ist mit Ihnen?", fragte Melanija theatralisch.

„Nichts ... unsere Mitbewohnerin ... wir haben einen Kühlschrank aus Amerika bekommen, ihn in die Küche gestellt, aber sie ..."

„Sollten Sie ihn etwa im Schlafzimmer halten! Ich verstehe diese Frau wirklich nicht. Wie oft hat sie Sie schon verklagt?"

„Zwölf Mal."

„Verrückt! So viel Boshaftigkeit ist schlicht unglaublich! Und Sie wehren sich nicht einmal! Bisher haben Sie nichts unternommen. Meine liebe Frau Branka, ich verstehe nicht, warum Sie diese Leute nicht anzeigen, sie drangsalieren Sie ja seit Jahren. An Ihrer Stelle hätte ich es schon längst getan."

Melanija hatte recht, fand Branka. Sie sollte Marko überreden, eine Klage aufzusetzen. Aber bei allem anderen auch noch Klagen verfassen! Und dennoch, man sollte es versuchen.

Vom Markt zurück, stellte sie mit Erleichterung fest, dass Lepava dem Kühlschrank nichts angetan hatte, und begann die Lebensmittel einzuräumen. Da stürmte die Grdić wieder in die Küche und setzte ihr Geschrei fort. Branka sah ihr direkt in die Augen, nahm ein

Bündel Suppengrün vom Tisch und knallte es auf den Boden. „Der Teufel soll dich holen!", sagte sie mehr mit dem Herzen als mit den Lippen, lief ins Zimmer und brach in Tränen aus. Sie schluchzte laut und untröstlich, schrie vor Kummer und Ohnmacht und bemerkte zunächst nicht, dass das Telefon schon eine Weile klingelte.

„Schon wieder die Grdić", sagte Marko, als er Brankas Stimme hörte.

„Ja-a."

„Wegen des Kühlschranks?"

„Ja-a."

„Brankica, sobald es geht, komme ich ..."

„Nein, lass es ... ich habe mich nur ein wenig geärgert."

„Ich werde Herrn Grdić etwas vorschlagen. Wenn er das akzeptiert, hat diese Hölle vielleicht ein Ende", sagte Marko und legte auf.

„Was?", fragte Branka gleich, als er nach Hause kam.

„Eine richtige Wand aus Ziegelsteinen zu bauen und diese verdammte Wohnung in zwei Einheiten zu teilen. Ich werde es dir aufzeichnen."

Nach dem Mittagessen zeichnete Marko lange mit einem Kopierstift und mit Hilfe eines Lineals. Als Inda aus der Schule kam, war er fertig und rief sie beide zu sich.

„Also, das Wohnzimmer sollte wie jetzt geteilt bleiben. Auf deren Seite wäre die verglaste Terrasse, wo sie ihre Küche unterbringen könnten. Ihnen gehörte die Diele, der Haupteingang ... uns blieben das Bad und die Küche ... Sie müssten über den Korridor zur kleinen Toilette gehen, wir würden die Wohnung durch den Nebeneingang und über den Küchenbalkon betreten ... Auf diese Weise würde immerhin nur der Korridor gemeinsam benutzt."

„Perfekt!", sagte Inda.

„Wenn sie nur zustimmten!", seufzte Branka.

„Wir fragen sie, dann sehen wir."

Am folgenden Tag war die Zeichnung fertig und Marko unterbreitete den Grdićs seinen Vorschlag.

„Kommt nicht in Frage", lautete Lepavas Antwort. „Wir sind doch nicht so blöd, dem zuzustimmen!"

Bald traf die dreizehnte Klage ein, diesmal wegen des Kühlschranks in der Küche. Der Richter fragte Lepava, wo sie ihn untergebracht hätte, und fällte sein Urteil zugunsten der Koraćs.

★

Rikicas Brief erfreute die Koraćs aus drei Gründen: wegen seiner Länge, wegen Rikis völliger Genesung und wegen ihrer vorzeitigen Rückkehr.

„Liebe Blanki, ich schreibe nur Dir, weil ich Marko damit nicht langweilen will, aber wenn ihn der Brief interessiert, kannst du ihn ihm natürlich vorlesen. Obwohl ich bald zurückkehre, habe ich das Bedürfnis über unseren schönen Pol, Klaras tüchtigen und guten Sohn, zu berichten, der vor ein paar Tagen sein Studium beendet hat und jetzt Ingenieur ist. Hut ab! Das ist eine große Leistung, wenn man bedenkt, dass er während des ganzen Studiums in der Fabrik arbeiten musste. In der letzten Zeit arbeitete und lernte er so viel, dass er Tabletten, die ihn wachhalten, einnehmen musste (ich wusste gar nicht, dass es so etwas gibt). Also, er ist ein Musterjunge, inzwischen schon ein reifer Mann, anständig, arbeitsam und, wie Du weißt, auch noch gutaussehend. Er ist dunkel wie die Sáloms, hat die Gesichtszüge der Valićs, ein wie aus Stein gemeißeltes Profil, helle und lebhafte Augen, Klaras Gang und Ivos Figur. Bei diesem Äußeren sollte er eigentlich viel über Frauen wissen, aber wegen seiner Überlastung blieb er unerfahren, in sich gekehrt und schüchtern, mit einem Wort ein unfertiger Mann, in der Gesellschaft von Frauen ungeschickt und gehemmt. Ganz das Gegenteil von seinem Vater, aber auch von Klara, die es vor ihrer Heirat verstand, mit Männern umzugehen. Nun, auf einer jüdischen Feier, ich glaube, es war das Purim-Fest, für ihn eine seltene Gelegenheit abends mal auszugehen, lernte er eine junge Frau von interessantem Aussehen kennen, die aber entsetzlich mager war, eine jüdische Nase hatte und einen schmerzerfüllten Blick: Eli Rosenberg. Eine gegenseitige Liebe entflammte, sie wurden ein Paar, und Klari freute sich, dass ihr Sohn endlich eine Frau gefunden hatte, obwohl deren Krankheit von Anfang an offensichtlich war. Eli erwies sich als eine energische und patente Frau. Sie half Pol beim Lernen und bei den Prüfungsvorbereitungen, saß nächtelang neben ihm, las ihm vor und fragte ihn ab. Sie sahen sich täglich. Klari lernte auch Elis Mutter kennen, eine gesetzte, stämmige Aschkenasin mit einer Perücke. Wie du wahrscheinlich schon vermutest, sind sie orthodoxe Juden. Da die Mutter ihren Mann im Krieg verloren hatte, trägt sie auch heute noch eine Perücke und rasiert das eigene Haar! Später erfuhr Klari, dass Eli und ihre Mutter im Lager Dachau interniert waren. Daher rühre wohl Elis übertriebene Magerkeit, dachte Klari anfangs. Später erfuhr sie, dass Eli, auch wenn sie Hunger hatte, nicht essen wollte, oder, wenn sie gegessen hatte, sich aus Angst zuzunehmen absichtlich übergab. Blanki, sie sieht aus wie ein Gerippe. Zwanzig Kilo mehr und sie wäre eine schöne Frau, aber das will sie nicht einsehen und gibt auch nicht zu, dass sie hungert.

Da Pol und Eli unzertrennlich sind, durchleidet er alle ihre Krankheiten. Ich persönlich meine, dass ihre Krankheit einzig im Kopf steckt. Die Arme trifft keine Schuld, sie hat in ihrer Kindheit unbeschreibliche Dinge erlebt, aber statt zu einem Psychiater zu gehen, lässt sie sich von allen möglichen Wald- und Wiesenärzten behandeln. Das Neueste ist: Sie hat Leukämie. Wie mir zu Ohren gekommen ist, ist das nur für uns neu, denn diese Diagnose hat ihr ein Genie schon vor zehn Jahren gestellt. Wir erfuhren davon erst bei ihrem letzten Anfall. Diese „Anfälle" sehen so aus, dass Eli sich bei geschlossenen und verdunkelten Fenstern ins Bett legt, weil sie keinen Lichtstrahl und kein Geräusch verträgt, sonst bekommt sie Kopfschmerzen und beginnt fürchterlich zu schluchzen, die Telefone werden ausgeschaltet, alle laufen auf den Zehenspitzen, in ihrem Zimmer sind gegen den Lärm von draußen Doppelfenster angebracht. Während dieser Zeit – das kann bis zu einer Woche dauern – steht Eli nicht auf und nimmt nur Wasser mit Zitronensaft zu sich.

Das ganze Theater spielt sich in ihrem großen Haus in Trenton in New Jersey ab, wo Eli, ihre Mutter und noch ein Mann leben. Dieser ist dürr, blass, hat eine große Nase und ist sehr, sehr reich. In ganz Amerika besitzt er Fabriken für elektrische Anlagen. Ich meine, er ist der Liebhaber von Elis Mutter, der verehrten Frau Tilda Rosenberg, obwohl man darüber nicht spricht, weil sie weiterhin mit ihrem längst verstorbenen Mann ‚verheiratet' sei! In diesem Haus, das ich nur einmal und nie wieder betreten habe, herrscht eine sonderbare Atmosphäre. Man spürt einen Druck und so etwas wie geistigen Moder. Als orthodoxe Juden vermeiden sie es, samstags zu telefonieren, den Kühlschrank aufzumachen, Auto zu fahren ... Ich kann Dir diese Verbohrtheit gar nicht beschreiben. Mir wird eng ums Herz, wenn ich sehe, wie sich unser Pol immer mehr in den Netzen einer Menschengruppe verfängt, der er weder seiner Erziehung noch seiner Herkunft nach angehört. Diese Verbindung hemmt und behindert ihn. Wenn er dabei bleibt, wird er krank und quer wie diese Drei. Unsere Klari geht ein vor Kummer. Sie weiß nicht, was sie tun soll. Ich würde ihn am liebsten ordentlich verprügeln, aber sie schimpft nur manchmal mit ihm und manchmal legt sie seinen Kopf wie den eines Kindes in ihren

Schoß, tröstet und liebkost ihn. Damit hilft sie weder ihm noch sich selbst. Sie ist verzweifelt, er hilflos und schweigsam. Schon machen sich bei ihm die ersten sonderbaren Zeichen bemerkbar. Er wäscht sich jetzt alle zehn Minuten die Hände, fürchtet Keime und Staub, schläft auf einem Brett und lässt Klari täglich die Bettwäsche wechseln.

Doch nun der Gipfel: Der Mann, der mit Eli und ihrer Mutter zusammen lebt, ist ausgerechnet mein Wohltäter, der Millionär Levi, der mir die Operation und den Krankenhausaufenthalt finanziert hat! Klari hätte mir das nie verraten, Levi selbst auch nicht, aber Pol verplapperte sich neulich, als wir aneinandergerieten, weil ich ihm offen meine Meinung über Eli sagte. Klari hat mir dann zwar erklärt, dass Levi für jede wohltätige Aktion ein Steuernachlass gewährt wird und dass er, wenn nicht für mich, dann für jemand anderen das Geld gespendet hätte, aber ... aber jetzt muss ich ihm direkt und dieser Frau und deren Mutter indirekt dankbar sein, dabei würde ich ihnen allen am liebsten den Hals umdrehen, weil sie uns Pol wegnehmen! Ach, niemand kann einem eine solche Ohrfeige verpassen wie das Leben selbst!"

Im weiteren Verlauf des Briefs wandte sie sich an Inda: „Du, Tantes Schnütchen! Mein süßes Knöpfchen! Ich sitze hier, trinke Schwarzen und zerbreche mir den Kopf, weil ich nicht weiß, was ich meinem unartigen Mädchen zu ihrem (da bin ich sicher) sehr guten Schulabschluss bringen könnte. Was würde ihr die größte Freude bereiten? Ich überlege und überlege, am Ende wird mir schon etwas einfallen, aber ich werde es nicht verraten, denn es soll eine Überraschung werden."

Inda zählte ungeduldig die Tage bis zu Rikicas Rückkehr.

Die Rückreise nach Europa trat Riki mit dem Schiff „Independence" an. Sie gelangte so nach Le Havre und fuhr weiter mit dem Zug durch Frankreich und Norditalien nach Belgrad, wo auf dem Bahnhof alle drei auf sie warteten. Sie umarmten sich, stellten einander unwichtige Fragen, suchten einen Kofferträger, rannten ziellos in verschiedene Richtungen. Riki ging auf zwei Krücken. Als sie den sorgevollen Blick ihrer Schwester merkte, sagte sie sofort:

„Das ist nur zur Sicherheit! Ich kann auch nur eine benutzen, und bald brauche ich keine mehr."

„Hast du Schmerzen?", fragte Marko.

„Selten und dann nur wenig. Meistens bei Wetterumschwung."

„Und jetzt erzähl uns alles von Anfang an", sagte Marko, als sie nach Hause gekommen waren und Branka Kaffee bereitete.

„Gerne! Ich habe auch die Röntgenaufnahmen mitgebracht, damit ihr seht, was man alles in mich eingebaut hat ... Aber zuerst sind die Geschenke dran!"

Inda bekam das, wovon sie schon lange geträumt hatte: ein tragbares Grammophon, das sowohl mit Strom aus dem Netz als auch mit Batterien funktionierte.

„So eines hat niemand in der Schule! Überhaupt niemand! Weder Lana Lazić noch Buca Prohaska!", rief sie, den schwarzen Koffer streichelnd. „Ich werde die Nummer eins sein!"

„Trag aber die Nase nicht zu hoch!", mahnte Riki.

„Aber nein ... Nur, liebe Tante, was soll ich auf dem Grammophon spielen? Ich habe keine Schallplatten!"

„Darauf habe ich nur gewartet! Simsalabim!" Riki holte aus der Reisetasche ein Bündel mit vier Schallplatten. Inda las die Titel und tänzelte, als höre sie schon die Musik. „Perry Como ... ‚Catch a Falling Star', Bill Haley ‚Rock Around the Clock' ... Mama, soll ich diese Schallplatten zu unserer Slava spielen?"

„Ja, mein Herz, aber nicht ständig, die Gäste wollen sich auch unterhalten."

★

In jenen Tagen kam es zu einer weiteren Abtrennung zwischen den Koraćs und den Grdićs. Die Grdićs hatten zwar den Vorschlag einer Backsteinwand abgelehnt, waren aber mit der Aufteilung der Küche einverstanden, die Branka dann mit Rikis Hilfe wieder mit Kartons und Vorhängen verwirklichte. Ausgespart wurde nur ein schmaler Durchgang zum Dienstmädchenzimmer, wo sich jetzt die Küche der Grdićs befand, der restliche Raum war Brankas Küche. Dieser Teil war jetzt zwar weniger hell, aber Branka, die nach fast zehn Jahren jetzt endlich vor Lepavas Blicken sicher war, konnte damit leben. Jetzt traf sie mit noch mehr Schwung die Vorbereitungen für die Slava. Im Schutz der Samtvorhänge genoss sie ihr neuerworbenes Reich. Wenn Lepava nur am sechsten und siebten Mai keinen Krach schlüge, dachte sie.

Sie glaubte schon, ihre Bitte werde erhört, als der erste Tag des Festes ruhig verlief. Die Gäste klingelten drei Mal für die Koraćs, Marko empfing und Branka verabschiedete sie. Zur Begrüßung wurde Žito angeboten, eine Süßspeise aus gekochtem Weizen und

Walnüssen, danach Pitas mit Spinat-, Käse- oder Fleischfüllung und am Ende Baklava. Viele Freunde von Rikica waren gekommen, glücklich, dass sie zurück war.

Am zweiten Tag hatte Branka den Esstisch ausgezogen und festlich gedeckt, jetzt gab es beim Mittagessen Platz für acht Personen. Die Teller waren zwar verschieden, einige aus Porzellan, andere aus Steingut, aber wer würde schon auf das Geschirr achten, wenn das Essen schmecke, tröstete Marko sie, als er nach Hause kam.

Eingeladen waren Pero Korać, Markos Schwester Saveta, deren Mann Jovo Primorac, deren beide Töchter Ana und Jelena und natürlich Dragu. Vom Schnaps angeheitert und froh über Rikicas Rückkehr unterhielten sich alle sehr angeregt.

„Ja, ich bin zurück, muss aber wieder hin!", sagte Riki. „Jetzt, auf die alten Tage bin ich eine richtige Reisetante geworden!"

„Ständig sprichst du vom Alter, das Thema schmeckt mir gar nicht!", protestierte Dragu. „Ich bin ein kleines bisschen älter als du und noch nicht verheiratet!"

„Worauf wartest du noch?", fragte Marko schmunzelnd.

„Ich bin noch nicht reif für die Ehe ... diese wichtige Institution, diese das ganze Leben dauernde Auseinandersetzung zwischen den Geschlechtern ..."

„Bei dir wäre es nur noch ein halbes oder ein viertel Leben", scherzte Riki.

„Und die Kinder?", bemerkte Branka.

„Die Kinder? Die Kinder sind Geisel ihrer streitenden und gegeneinander kämpfenden Eltern!"

„Die Ehe und die Kinder sind eine große Verpflichtung", erklärte Saveta.

„Eine Verpflichtung und eine Last!", donnerte Jovo. „Ich möchte nichts sagen, es gibt keine bessere Ehefrau, aber ..."

„Aber was?", unterbrach ihn Saveta.

„Nichts! Du bist die vollkommene Ehefrau und Mutter ... Aber erinnerst du dich, als wir beide einmal ordentlich aneinandergeraten waren und uns verärgert schlafen gelegt hatten ..."

„Ich erinnere mich nicht, und hier ist dazu auch nicht der richtige Ort ..."

„... da schnarchte ich sofort los", fuhr Jovo mit seiner lauten Stimme fort. „Du wecktest mich und fragtest, ob es denn möglich sei, dass ich nach all den bösen Worten einschlafen könne, und ich antwortete prompt: ‚Ich kann, warum fragst du?' Darauf sagtest du: ‚Wegen der Genetik. Ich mache mir Sorgen, meine Enkel könnten so werden wie du!'"

„Ja ... ähm ... Ana redet immer von der Genetik ...", erwiderte Saveta, der Jovos Geschichte offensichtlich peinlich war.

Die ältere Tochter, Ana, von Beruf Ärztin, Bakteriologin, war laut und offen wie ihr Vater, die jüngere, Jelena, zurückhaltend und verschlossen wie die Koraćs. Die schwarzhaarige Ana ähnelte auch äußerlich ihrem Vater, während die zarte, blonde Jelena wie Marko aussah, als er jung war. Immer, wenn sie bei den Koraćs zu Gast waren, lobten Ana und Jovo lauthals Brankas Küche, während Saveta und Jelena schwiegen.

„Also, liebe Hausfrau", schmetterte Jovo auch diesmal sein Loblied, „so wunderbare gefüllte Zwiebeln habe ich in meinem ganzen Leben nicht gegessen!"

„Bitte, Jovo, sei leiser, es ist wegen unserer Mitbewohner", sagte Marko. „Wir wollen nicht, dass unser Fest schlecht endet."

„Was, sie hören uns?", wunderte sich Jovo.

„Und ob! Ein normaler Mensch würde es nicht hören, aber sie ... Außerdem ist jetzt Mittagsruhe."

„Am liebsten würde ich jetzt noch einen halben Liter Wein trinken und ein Lied anstimmen, dann würden eure Grdićs an die Decke springen", sagte Pero Korać.

„Du kannst ruhig noch trinken und singen", entgegnete Marko, „aber bitte leise."

„Wenn ich hier lebte, würde ich ihnen alle Knochen brechen", sagte Jovo angriffslustig, „und nicht schweigen wie du."

„Soviel ich weiß, hast du deinen Mitbewohnern nicht die Knochen gebrochen", bemerkte Marko.

„Nein, aber wir haben uns schnell abgetrennt. Wände hochgezogen und Schluss!"

„Das habe ich denen vorgeschlagen, aber sie wollen es nicht."

„Zwinge sie dazu! Schreie, schlage Krach, lasse ihnen keine Ruhe, am Ende werden sie klein beigeben."

„Ihr solltet sehen, wie es in New York ist!", fiel Riki ein, um das Gespräch in angenehmere Bahnen zu lenken. „Dort sucht man sich die Wohnung je nach der Größe des Geldbeutels aus. Klaras Wohnung ist nichts Besonderes, aber im Vergleich zu unserer ist sie luxuriös."

„Ich sehe schon, beim nächsten Mal bleibst du dort!", sagte Pero.

„Das würde ich liebend gern tun, wenn ich euch alle mitnehmen könnte ... Dazu auch noch ein bisschen von unserem trüben Fluss Save, einige baufällige Kalemegdan-Mauern, ein Stückchen vom Albanija-Palast ... und dann noch einige Schauer, damit ich den Duft des Regens auf dem Balkan spürte ... Dann wäre New York eine wunderbare Stadt."

Als Branka Plätzchen anbot, rauschten plötzlich die Zweige der Linde und bogen sich im starken Wind. Wolken zogen auf, der Himmel verdunkelte sich jäh, Blitze zuckten über den Horizont. All das spielte sich in Sekundenschnelle ab. Branka ging an die Balkontür, um sie zuzumachen, ein starkes Licht blendete sie und ließ alle Anwesenden wie auf einem geblitzten Foto erstarren, bis nur einen Augenblick später ein massiver Donnerschlag ertönte, der das Innere der Erde zu erschüttern schien. Branka sprang von der Tür weg und stolperte, Marko eilte ihr als Erster zu Hilfe. Munter wie ein Jüngling hob er sie auf, trug sie in Rikicas Zimmer und legte sie auf das Sofa. Zwischen zwei Donnern stellte sich eine ungewöhnliche Stille ein. Branka lag reglos da, um sie standen die Gäste, die zum Fest des Heiligen Georg gekommen waren.

Marko beugte sich über Branka und streichelte ihre Stirn. Sie öffnete die Augen. „Ich habe mich fürchterlich erschrocken", flüsterte sie und griff nach Markos Hand.

„Hier hat es eingeschlagen", ließ sich Dragu vernehmen.

„Ganz nahe", ergänzte Pero.

Alle außer Marko gingen auf den Balkon.

Der kräftige Stamm der Linde mutete wie ein im Kampf Verwundeter an. Buchstäblich in zwei Teile gespalten, offenbarte er das weißliche Gewebe in seinem Inneren; abgerissene Äste hingen hinunter bis zum Bürgersteig und schaukelten hilflos im Wind.

„Sind es nicht die Grdićs, dann ist es der Donner", murmelte Branka. „Es ist uns nichts gegönnt."

„Komm, komm, du bist heil geblieben", zwitscherte Riki. „Er hätte dich entzwei schlagen können. Dann hättest du zwar keine Sorge mehr um deine Linie, aber du hättest auch keinem mehr gefallen ... Und jetzt genehmigen wir uns jeder ein Schnäpschen und danach wäre eine leise Sevdalinka schön ... Oder noch besser, Dragu, dein Lied über den Morava-Fluss."

Sie sangen alle zusammen. Die Grdićs saßen in ihrem Zimmer und hörten zu. Lepava stand auf, aber ihr Mann hielt sie fest. „Lass", sagte er zu ihr, dem fernen Lied lauschend, und sie, oh Wunder, hörte auf ihn.

Die Linde war nicht tot. Sie erholte sich. Der verbliebene Teil des Stammes bekam Blätter und süß duftende Blüten. Die gelichtete Krone liebkoste den Balkon der Koraćs und wartete geduldig, dass auf der Bühne der Jahreszeiten ihre Rolle der große Kastanienbaum übernahm, dessen braune Früchte im September auf die Belgrader Bürgersteige trommelten.

Marko gewöhnte sich daran, die Welt mit einem Auge zu betrachten. Inda setzte ihm oft die Brille ab, weil sie das schwarze Glas nicht mochte. Seine grünen Augen tränten jetzt mehr, waren aber dieselben geblieben. Sie bewahrten Markos schönen, in der Jugend zu kühlen, jetzt weicher gewordenen Blick.

Am Ende des Schuljahrs stellte sich die Frage nach Indas Ferien bei Tante Nina in Dubrovnik oder genauer nach ihrer Begleitung. Riki wollte nicht zu Nina und auch die vielen Treppen in Dubrovnik waren nicht das Richtige für sie. Marko konnte nicht mit wegen seiner angeschlagenen Gesundheit und wegen der Arbeit, und Branka musste sich um beide kümmern.

„Wann werdet ihr endlich kapieren, dass ich erwachsen bin und keinen brauche? Außerdem habe ich dort eine liebe Tante. Muss denn die ganze Familie auf mich aufpassen? Bin ich denn so schlecht?", rebellierte sie. Sie verschwieg aber, dass Rina und Lana den Sommer mit ihren Müttern in Dubrovnik verbringen würden.

„Als Marko dann sagte: „Pass auf, dass du keinen Sonnenbrand bekommst", und Riki: „Du musst auf Nina hören", atmete sie auf, sie wusste, dass man sie allein reisen lassen würde.

Obwohl sie nichts sagte, machte Branka sich am meisten Sorgen. Inda würde wieder jenen, ihrer Meinung nach mittelmäßigen Hamlet treffen. Sie würde sich in ihn verlieben. Auf dem Weg dahin war sie schon im letzten Jahr gewesen ... Aber, es würde geschehen, was ihr beschieden war. Hatte denn jemand sie an ihrer Liebe zu Marko hindern können? Er war jedoch anders, viel besser als der eingebildete und verwöhnte Schürzenjäger Siniša Sokolović. Vielleicht aber auch nicht. Vielleicht sah nur sie einen Prinzen in ihm.

In Indas verborgendsten Gedanken nahm der Hamlet eine wichtige Stelle ein und befeuerte ihre jugendliche Fantasie. Sie hoffte sehr, ihn in Dubrovnik zu sehen. Sie würde frei sein! Ihre Eltern würden ihr nicht im Wege stehen. Ihre Mutter und noch mehr ihr Vater waren schon älter und passten in Kleidung und im Benehmen nicht zur mondänen Dubrovniker Gesellschaft ... Und mit Tante Nina würde sie leicht fertig werden ... Vielleicht würde Siniša sie wieder küssen, aber jetzt im Dunkeln und nicht mitten auf der Hauptstraße. Rina verlor Zeit mit ihrer unerwiderten Liebe zu dem komischen Naum Cvetić und Lana flirtete mit mehreren gleichzeitig. Sie jedoch beobachtete schweigend diese Kindereien, mit ihren Gedanken einzig bei einem reifen Mann, wegen dessen Ruhm und Attraktivität ihr bei jeder Begegnung (er auf der Bühne, sie im Publikum) die Luft wegblieb, das Herz wild schlug, die Knie zitterten. All diese körperlichen Empfindungen hätte sie niemals wegen eines Jungen aus ihrer oder sogar aus einer höheren Klasse gespürt. Nein, niemals!

Im Zug während der Fahrt an die Adria dachte sie über das vergangene Schuljahr nach. Sie ging gern zur Schule. Sie liebte nicht alle Fächer und Lehrer, doch die meisten. Obwohl ihre Mutter morgens Mühe hatte, sie wachzukriegen, ging sie gern in ihre „Lehranstalt". Nicht die geringste Abneigung empfand sie gegenüber dem, was sie dort umgab ... Wenn sie nur ein wenig schöner, geistreicher, eine größere Nummer wäre ...

In der dunklen Fensterscheibe des Zugabteils sah sie ihr ovales Gesicht. Sie machte einen Schmollmund und schüttelte ihren Pferdeschwanz. Dann blickte sie um sich: alle schliefen. Unbeobachtet lächelte sie ruhig und streckte sich selbst die Zunge raus. Einmal wird sie das dem gestriegelten Naum Cvetić tun, weil er altmodisch war und Rina meidete. Ein verklemmter, tollpatschiger Schwächling! Buca Prohaska war da schon etwas anderes. Er war einfach ein Kerl, auf den die ganze Schule scharf war. Auch Urmašević, genannt Urma, war süß. Er sang ständig vom Cowboy Jimmy und zeichnete Karikaturen von den Lehrern während der trockenen Unterrichtsstunden in Mathe, Verfassungskunde und Grammatik.

Die plötzlich laut quietschenden Zugbremsen erinnerten sie an Schreie, Rufe und Pfiffe in der Schulklasse, an Sambas, Mambos und Rinas Opernarien ... Die letzte Stunde: Kreidestücke sausten durch die Luft, Aufgaben wurden abgeschrieben, bis der, den man zum Schmiere stehen auf den Korridor geschickt hatte, meldete, die Chemielehrerin „Šoštara" sei im Anmarsch. Im schwarzen Kittel, mit steifen Locken und dem Klassenbuch unter dem Arm betrat sie den Raum. Während sie die Formel für die Gewinnung von Natriumsilikat auf die Tafel malt, steppte Šole Plamenac leise in den hinteren Reihen im Stil von Fred Astaire, dabei „Mambo italiano" summend. Es ist Frühling, die Fenster standen offen ... Die Gedanken irren umher ohne Richtung und Ziel ... Wer ist der Mörder aus Quentins Roman „Der Heilige in New York"? ... Wird sie je New York sehen? ... Dort einen schönen und steinreichen Amerikaner treffen ... „Jeeetzt!", meldete sich die „Šoštara", was hieß, dass sie abfragen wollte. Die Köpfe senkten sich, aber sie schaute nicht auf die Schüler, sondern öffnete das Klassenbuch und rief auf ... Buca hatte einmal vorgeschlagen, ihr Nitroglyzerin unterzujubeln, wie das, das Yves Montand im Film „Lohn der Angst" transportierte.

Ein Eisenbahner schlug gegen die Räder. Eingeschlafene Reisende rührten sich ... Der Pedell schlug gegen eine Kuhglocke, denn der Strom war ausgefallen ... Welch' wonnige Augenblicke: Ende der Chemie- oder der Mathestunde. Klasse! Ach, diese Pyramiden, Würfel, Kegel, Rhomben und Algebrabrüche sowie deren Verkörperung, der Lehrer Boža, „Zyklon" genannt, weil er immer zerzaust durch die Korridore lief. Ja, der Zyklon und sein Fach, ein einziges Desaster!

Inda nahm sich vor, im nächsten Jahr mehr zu lernen, weil sie in diesem nur mit Ach und Krach Einser bekommen hatte. Sie wollte auch anfangen, Krimis und Theaterstücke zu schreiben ... Wie macht man das eigentlich, fragte sie sich, bevor sie in den Schlaf sank.

Auf dem Bahnhof erwartete sie Tante Nina, verstört, verschwitzt und rot im Gesicht, schwungvoll mit einem großen Fächer wedelnd.

„*Querida mia fijiquia*, mein liebes Kind, endlich bist du da! Ach, diese schreckliche Hitze! *No puedu mas!* Ich kann nicht mehr. Ich gehe kaputt ... in diesem Sommer gehe ich kaputt!"

„Das tust du nicht, liebe Tante, das darfst du nicht, denn wer soll dann auf mich aufpassen?"

„Ja, ich weiß ... ähm, ich weiß es nicht, meine kleine Große ... *ma no es culay*, es ist nicht einfach. Mein Stall ist ein einziges Feuer, mein Stall brennt!"

„Wie das denn?"

„Von dieser blöden Sonne, *muarti li venga*, verdammt soll sie sein!"

„Ach, von der Sonne! Wunderbar! Ich liebe die Sonne!"

„Dann soll sie ruhig scheinen und alles verbrennen, wenn du nur zufrieden bist! Ich kann bei dieser Hitze nicht einmal denken ... Und was soll ich dir zu essen machen? Ich habe es vergessen, dabei hatte ich mir einen hübschen Speisezettel ausgedacht. Ich hätte es aufschreiben sollen. Uff, alles in mir ist durcheinander geraten ... Aber uns beiden wird es gut gehen. Dir wie auch mir schmeckt alles ... Jetzt, sobald wir nach Hause kommen, werden wir eine Kleinigkeit essen ... nicht so gut wie bei deiner Mutter, aber auch nicht schlecht!"

Inda war nicht wählerisch. Sie aß alles mit Genuss, vor allem Tante Ninas Spezialität, die es jeden Tag gab: in Öl gedünstete Zwiebeln, in die sie Grahambrot tunkte. Inda hätte lieber im Teller herumgestochert, wenig gegessen, wäre gerne wählerisch gewesen wie Rina. Wie vornehm das ist, dachte sie oft, nicht imstande, den Speisen und ihrem Appetit zu widerstehen. Dann wäre sie schlank und würde allen gefallen. Dann würde sie nicht bei brüllender Hitze darauf warten müssen, dass möglichst wenige Menschen ihre Schenkel und Hüften sahen, während sie die peinliche Strecke zwischen den Felsen und dem Meer hinabstieg! Wie wunderbar es sein muss, schlank und schon deshalb schön zu sein.

Nur einige Tage nach Inda trafen Svetlana Lazić mit ihrer Mutter Nadica und Adrijana Božović mit Melanija in Dubrovnik ein. Sie wohnten privat bei Frau Žabica, wenige Häuser über dem Hotel Argentina. Die drei Freundinnen und die beiden Mütter badeten selbstverständlich am Hotelstrand. Nadica war mit ihren Freunden beschäftigt und achtete wenig auf ihre Tochter. Deshalb war Inda mehr mit ihr zusammen als mit Rina, der Melanija alles, beinahe auch das Atmen verbot.

„Nicht in die Sonne, Rinica, du bekommst einen Sonnenbrand!", ertönte die befehlende Stimme. „Pass auf, die Stufen sind glatt, du könntest ausrutschen! Spring nicht erhitzt ins Wasser, du wirst noch einen Herzschlag bekommen! Iss nicht von dem Obst, das ist nicht gut für deine Colitis! Geh nicht barfuß, hast du denn vergessen, dass du Plattfüße hast!", stellte Melanija immer wieder Rinas wunde Punkte bloß. „Bist du denn völlig verrückt geworden, meine Kleine, habe ich dir nicht schon hundertmal gesagt, nicht zum Meer gewandt ins Wasser zu gehen ..."

Das ging so weit, dass sogar Nadica Lazić ihre Unterhaltung mit dem Schauspieler Zoran Ristanović unterbrach und Melanija wie immer durch die Nase schnaufend zurief: „Umpf! Umpf! Lassen Sie doch das Kind in Ruhe, Frau Božović! Es wird ihr doch nichts passieren!"

„Sie können gut reden, meine Liebe, Ihre Lanica ist gesund, aber meine Rinica ist empfindlich ... Man darf sie nicht aus den Augen lassen, glauben Sie mir!"

„Auch nicht aus den Ohren!", lachte Nadica über ihr Wortspiel.

All dies brachte Rina dazu, nach dem Mittagessen, während Melanija ruhte, heimlich zum Strand zu gehen. Bevor ihre Mutter aufwachte, kam sie zurück, zog sich aus und schlüpfte ins Bett, als hätte auch sie die ganze Zeit geschlafen. An diesen Frühnachmittagen genossen die drei Freundinnen den fast menschenleeren Strand, insbesondere Inda, die sich dann frei bewegen konnte, ohne die vermeintlich kritischen Blicke zu fürchten, ohne ihre unbegründete Hemmung. Sie sprangen oder stießen einander immer wieder ins Wasser.

Einheimische Burschen, etwas älter als sie, ruderten bis zum „Argentina" und riefen ihnen zu: „Hallo, schöne Signorinas ... Ist das Wasser kalt? Wollt ihr nicht zu uns ins Boot kommen?" Sie taten so, als hörten sie sie nicht. Als Erste schöpfte Lana Mut und forderte einen von den jungen Männern auf, ihr einen Strick zuzuwerfen, damit das Boot sie ein Stück schleppte. Bald hängte sich Inda an sie, dann auch Rina. Auf diese Weise lernten sie Andra, Frano, Joška und den muskulösen Brillenträger Lukša kennen, der ihr Anführer war.

Inda sagte, sie heiße Linda, das klang amerikanisch, während sie Inda zu exotisch fand, als käme sie aus Indien, wie jemand einmal in der Schule bemerkt hatte. So kam sie auf das Wort zurück, aus dem ihr Kosename entstanden war. Es missfiel ihr nur, dass es in der Übersetzung „lepa", die Schöne, bedeutete, weil es sie an Lepava Grdić erinnerte.

Die drei Freundinnen schenkten den jungen Männern aus Dubrovnik jedoch nicht allzu viel Aufmerksamkeit und umgekehrt war es ebenso. Die Jungen interessierten sich eher für ältere Ausländerinnen, die Mädchen wiederum für Belgrader Schauspieler.

Als einziger Junge stach aus den verschiedenen Grüppchen, die sich ständig zwischen dem Stadtstrand, dem „Excelsior" und dem „Argentina" herumtrieben, Boro hervor, ein hagerer, gutaussehender Gymnasiast. Er hatte sich ernsthaft in Inda verguckt, sie aber beachtete ihn kaum.

„Er hat sich richtig in dich verknallt", sagte Rina.

„Er spielt nur Theater", entgegnete Inda.

„Nein, gestern sagte er mir, du seist die Schönste."

„Ich und schön! Schon wieder Theater."

„Warum zierst du dich", mischte sich Lana ein. „Jetzt machst du Theater. Der Kerl ist völlig okay. Als er dich sah, biss er sofort an. Boro ist zwar kein aufregender Name, aber er sieht nicht schlecht aus .... Ohne seine Hemmungen wäre er ganz passabel. Aber warum solltest du mit ihm nicht ein bisschen knutschen?"

„Vielleicht tue ich es auch, obwohl er zu jung ist", sagte Inda lässig und sprang schnell ins Wasser, um ihre Röte zu verbergen.

„Die ist aber eingebildet! Inda geht mir richtig auf die Nerven", polterte Lana los. „Sie gibt vor, nicht zu wissen, dass sie gut aussieht und dass Boro hinter ihr her ist."

„Du gehst mir richtig auf die Nerven, du bist dumm wie Stroh!", sagte Rina wütend.

„Und warum, bitteschön?", blaffte Lana zurück.

„Weil Inda nicht eingebildet, sondern klug ist, und kluge Menschen zweifeln an ihren Werten ... Sie sind bescheiden, nicht wie manche andere!"

„Wo hast du das her? Meinst du damit ihr Gejammer über ihren dicken Hintern? Das tut sie nur, um Komplimente für ihre schmale Taille einzuheimsen ... Sie hat doch auch Augen im Kopf und sieht, dass sie super gebaut ist! Mir kann sie nichts vormachen."

„Schau, auch Boro ist ins Wasser gesprungen", unterbrach Rina sie.

„Die sind doof", stellte Lana fest, als sie sah, dass die beiden zum Strand des Hotels Excelsior schwammen.

Inda jedoch sehnte nur die Stunde herbei, in der sie Hamlet sehen würde. Es kam bald dazu, da Nadica, die neben allen Künstlern auch Siniša Sokolović kannte, ihn aufgefordert hatte, zum Strand zu kommen. Zu Indas großer Enttäuschung erkannte Siniša sie nicht, und so blieb es bei den Blicken, die der attraktive Schauspieler großzügig allen jüngeren und älteren Frauen in seiner näheren und ferneren Umgebung schenkte.

Inda konnte einige Nächte nicht schlafen, teils wegen der Hitze, teils wegen der enttäuschten Hoffnung. Bei der erstbesten Gelegenheit, an einem Abend, als sie Andra traf (der behauptete 22 zu sein, dabei war er erst 17) und er ihr vorschlug spazieren zu gehen, willigte sie deshalb aus Trotz ein und war sogar einverstanden, mit ihm durch dunkle Nebenstraßen zu gehen. In einer Gasse hielt Andra es nicht aus, er drückte sie gegen eine noch warme Hausmauer und küsste sie. Anfangs wehrte sie sich, dann erwiderte sie seinen Kuss.

Nina, die jammerte, wegen der Schwüle bekäme sie einen Hitzeschlag und wegen der Sorge um ihre Nichte noch einen Nervenzusammenbruch, saß währenddessen im Stadtcafé. Als sie später zusammen nach Hause gingen, beschloss Inda, während Nina ihr irgendeine Geschichte erzählte, diesen Tag als das Datum ihres ersten Kusses in ihr Tagebuch einzutragen. Jetzt, wo sie erfahren hatte, was „ein

Filmkuss" eigentlich bedeutet, konnte sie jenen Kuss von Hamlet auf dem Stradun nicht mehr so nennen. Und doch würde sie alle Küsse von Andra für eine heiße Umarmung von Siniša hergeben.

„... deswegen haben wir uns also zerstritten", beendete Nina mit bedeutsamem Ton ihre Geschichte.

„Wer?", fragte Inda besorgt.

„Na ja, Blanki und ich!"

„Wie denn? Wann?"

„Ich glaube, das war ... hm ... etwa im Jahre dreiunddreißig oder vierunddreißig."

„Ach, damals!", atmete Inda auf.

„Natürlich ... Was war schlimm daran, dass ich ihr sagte, sie solle sich nicht in meine Arbeit einmischen? Ich bin die Chefin, auf *mich* muss sie hören. Sie arbeitet für ein Gehalt, das Geschäft gehört *mir* und nicht ihr!"

„Es gehörte dir, liebe Tante, jetzt nicht mehr."

„Ja, es gehörte mir", seufzte Nina. „Manchmal habe ich vielleicht übertrieben, aber wenn die beleidigte Leberwurst nicht eingeschnappt gewesen wäre, hätten wir uns schon am nächsten Tag versöhnt."

„So habt ihr das am übernächsten Tag getan", lachte Inda.

„Du irrst, *querida!* Sie kam nicht mehr ins Geschäft ... Sie sagte, sie habe genug von mir und von den anderen schlucken müssen ... Na und? Auch ich habe schlucken müssen ... hm ... von wem eigentlich außer von Ignjo? ... Das habe ich vergessen, aber ich weiß, dass ich schlucken musste! An allem war die Geliebte dieses unsympathischen Mrazović schuld, jene *angustiosa*, dieses widerliche Weib. Sie hat mir Kummer bereitet, *li se quema la tripa, la bicha!* sollen dieser Schlange doch die Eingeweide verbrennen! Weißt du, dass ich sie hier gesehen habe ... Nein, das war die Schwester seiner Geliebten ... oder vielleicht seiner Frau? Oh, ich bin total durcheinander."

„Macht nichts, Tante."

„Lass uns auf dieser Bank ein wenig verschnaufen."

„Gut!"

„Weißt du, Blanki hat mir immer viel geholfen. Als wir zum Einkaufen in Paris waren, trug ich ihr auf, alle Quittungen zu sammeln. Eines Tages wollten wir feststellen, wie viel wir ausgegeben hatten. Als wir alles zusammenzählten, geriet ich in Panik. ,*Tristi di mi no sea! Guay di mi! Mi arruvarun dos mil y quinientus francus! Estu stuvi aquella mrska žuna* ... Ich Arme! Ich Unglückliche! Man hat mir 1.500 Franken gestohlen! Das war jene widerliche Bestie ... ‚*Cumu ti arruvaron?* Wie gestohlen?', fragte Blanki. ‚*Aspera, vamos a haźer hexbon ... todu luque gastatis* ... Warte mal, lass uns alles prüfen ... alles, was du ausgegeben hast.' Wir zählten vom Neuen zusammen ... ‚*A lus mil y quinientus qui datis a Vayl?* Und was ist mit den 1.500, die du Vayl gegeben hast?' Meine süße Blanki fand heraus, dass ich dem Vermittler Vayl Geld gegeben hatte. Ich schlug mit der Hand gegen die Stirn: ‚*Mi Blanki, bendicha mi sea, qui tienis tanta buena memoria!* Meine Blanki, gesegnet sollst du sein für dein gutes Gedächtnis!' Das sagte ich und vergaß es sofort wieder. Kannst du mir glauben, Indica, dass ich volle zwei Wochen jeden Tag dieselbe Frage stellte und die Antwort wieder vergaß? Am Ende sagte Blanka immer nur noch ‚Vayl ...'" Die Tante und die Nichte lachten herzlich. „Ja, ja ... das waren glückliche Zeiten!", seufzte Nina.

Nach drei Wochen traf Branka in Dubrovnik ein. Nina war erleichtert, denn jetzt musste sie nicht mehr auf Inda „aufpassen" und auch nicht kochen. Das fiel ihr zunehmend schwerer und Branka bereitete auf eine für sie unerklärliche Weise, ohne viel Aufhebens zu machen schmackhafte und frische Mahlzeiten zu.

Das ist jetzt das Richtige, dachte Nina, sie war zu Hause bei ausgezeichnetem Essen und wenn sie hinausging, hatte sie die Gesellschaft ihrer lieben Schwester, die geduldig im Stadtcafé oder auf ihrer Bank allen ihren Geschichten zuhörte. Marko ist zu danken, dass er sie hierherkommen ließ, dachte sie. Sie selbst verstrickte sich immer wieder in Schwierigkeiten, und Blanki fand für alles eine Lösung.

„Könnte ich mit dir zusammen leben, alles wäre leicht", sagte sie laut. „Glücklich Rikica, die dich hat ... dabei verdient sie es nicht einmal ..."

„*Aydi Nina, no avlis ansina! Ya savis cuantu Riki sufri.* Nein, Nina, sprich nicht so. Du weißt, wie sehr Riki leidet. Sie brauchte mich mehr als du."

„Aber jetzt brauche ich dich mehr als jeder andere!", wandte Nina ein.

„Und Marko?"

„Gut, Marko natürlich ... Ach, immer wieder Marko!"

„Und Inda?"

„Sie wird schneller flügge, als du glaubst", erwiderte Nina mit einer Spur Bosheit.

„Ich werde sie nicht daran hindern."

„Ich sehe, wie *todus estus mancevus*, alle diese Jungen, um sie herumschwirren."

„Das ist normal. Sie ist schön und jung."

„Das stimmt, aber auch sie sieht sie an wie eine Erwachsene. Als wir in ihrem Alter waren ..."

„Die Zeiten haben sich geändert", unterbrach Branka sie, „und sie benimmt sich wie eine Erwachsene, weil sie die meiste Zeit mit uns verbringt. Und dennoch ist sie noch ein Kind."

„*No sé, Blanki*, ich weiß es nicht, Blanki ..."

„Aber ich weiß es! Ich kenne sie am besten."

„Ihr wisst immer alles besser als ich!", schmollte Nina.

„Ninić, lass uns den Brief von Elijas lesen", schlug Branka vor, um die Auseinandersetzung zu beenden, und nahm den Brief aus ihrer Handtasche.

„Ja, fein!" Nina vergaß augenblicklich, dass sie böse war. Branka las vor:

„Liebe Blanki, noch eine Mobilmachung liegt hinter mir, noch ein Feldzug, noch ein Sieg unserer Armee, aber auch eine Niederlage in den Vereinten Nationen. Manchmal frage ich mich, ob wir durch die Gründung unseres Staates nicht eher Opfer als Herren über unser Schicksal geworden sind. Die Völker der Welt können wir nicht überzeugen. Sie verstehen den Überlebenskampf Israels nicht. Am Ende befahlen sie unseren Einheiten den Rückzug vom Sinai und aus dem Gaza-Streifen. Die Verstecke der Fedajin werden erneut aus dem Boden sprießen, und wir werden wieder nicht mehr ruhig schlafen können. Die Ägypter haben wir in nur hundert Stunden besiegt, und dann haben uns die Vereinten Nationen in vier Monaten Verhandlungen geschlagen ... Aber ich schreibe nicht deswegen, sondern weil wir noch ein Mädchen bekommen haben. Wir gaben ihr den Namen Lidija. Sie ist zuckersüß, lieb, pummelig, dunkel wie ihre Mutter und schön, schöner als die Sonne! Meine Liebe zu Estera und zu ihr kann ich Dir gar nicht beschreiben. Du kennst das, Du hast ja Vera. Oft stehe ich in der Nacht auf, betrachte sie, streichle und küsse sie so sehr, dass sie wach werden. Wenn ich am nächsten Morgen Simha davon erzähle, schimpft sie mit mir. Sie schiebt im Krankenhaus Nachtschichten, um tagsüber, wenn ich arbeite, bei den Kindern zu sein. Simha will, dass sie studieren, damit sie im Leben Erfolg haben, ich hingegen denke an das Glück, das man unabhängig von der Schulbildung hat. Möge der liebe Gott es ihnen schenken! Könnte ich nur zu unserer Klagemauer in der Stadt Davids gehen, die Reste von Salomons Tempel sehen und einen Bittzettel für das Glück meiner Mädchen hinterlassen! Aber man lässt uns nicht in die Altstadt, man erlaubt nicht, dass wir uns vor dem einzigen Symbol unseres Fortbestehens verneigen. Am liebsten wäre ich einer jener orthodoxen Juden, die im Jerusalemer Viertel Mea Shearim leben und wenn nötig wie sie schaukelnd beten, nur um zu der Mauer zu gelangen. Hoffentlich werden wir auch das mal erleben ... Der Mensch denkt und Gott lenkt.

Ich mag mich mit Dir unterhalten, weil ich fast niemanden habe. Die Menschen hier sprechen oft nicht dieselbe Sprache. Simha zum Beispiel hat gut Hebräisch gelernt, ich dagegen schlecht; sie kennt nicht meine Muttersprachen Serbisch und Ladino, ich spreche nicht ihr Arabisch. Vor ein paar Nächten kam mir der Gedanke, dass ich mit meinen Kindern, wenn sie erwachsen sind, keine gemeinsame Sprache haben werde! Ich, ihr Vater, der sie so liebt. Ich bin nicht fähig, ihnen Serbisch beizubringen und habe weder Zeit noch die Begabung, gut Hebräisch zu lernen. Diese seltsame und niederschmetternde Tatsache trägt dazu bei, dass ich sie noch mehr verwöhne und liebkose, solange sie noch klein sind und alles nur durch Berührungen ausgedrückt wird.

Ach, dieses Hebräisch, so grob, so klangvoll, so urtümlich und dabei neu ... Ich liebe es, obwohl ich es nicht gut kann. Ich liebe es als das Symbol unserer Heimkehr. Wie viele neue Wörter mussten aus uralten Wurzeln geschaffen werden! Dazu hat maßgeblich David Remez beigetragen. Er kam Anfang des Jahrhunderts nach Palästina, studierte Jura in Istanbul, schrieb Gedichte und arbeitete fünf Jahre lang mit der Hacke auf Orangenplantagen. Ein beachtenswerter Mann, ein Mitunterzeichner unserer Unabhängigkeitserklärung ... Ach, wäre ich bloß Gelehrter geworden ..."

„*Queridu miu hermanu*, mein lieber Bruder", flüsterte Nina.

„Es wäre schön, euch hier zu haben", las Branka weiter vor. „Aber anfangs nahm man Andersgläubige nicht auf und später wolltet ihr nicht. Besser so, denn für Marko wäre das schwierig gewesen. Um das hier zu ertragen, war Überzeugung nötig, und die hätte ihm gefehlt."

„Vielleicht hätten wir es dort alle besser gehabt", warf Nina ein.

„Ich erinnere mich an das Leben in Jaffa, wo Juden und Araber zusammenlebten, und doch jeder für sich, schlimmer als in Sarajevo. ‚Schalom! – Schalom!' – das war alles. Jaffa war damals eine dreckige

Stadt mit Rudeln arabischer Kinder auf den Straßen. Jüdische Kinder waren noch nicht geboren. Im Sommer zogen Pferde riesige Wagen voll Wassermelonen durch die Straßen, im Winter verkauften die Araber den Kindern den Sahlep-Trank. Im alten Hafen, wo man sich hauptsächlich auf der Straße aufhielt, pulsierte das Leben. Das Kindergeschrei, das Lachen und Weinen klingen noch in meinen Ohren. Ich hatte ein Zimmer bei einer marokkanischen Familie. Nette Leute und das Zimmer war geräumig, mit hoher Decke wie in unserer Wohnung an der Miljacka. Damals war ich kräftig, hatte Muskeln wie ein Boxkämpfer. Jetzt bin ich auch nicht schwächer, aber mein Kampfgeist scheint zu schwinden. Man nannte mich den Stillen, weil ich wenig redete und viel las. Meistens auf Deutsch. Ich konnte nichts dafür, Bücher in dieser Sprache waren am leichtesten zu finden. Übrigens, die Sprache trifft keine Schuld. Auch jetzt lese ich ‚Die Welt' oder finde ein interessantes Buch über Fischfang, Karate und Mathematik. Ich singe gern, und Simha nennt mich im Spaß ‚Hahn', weil ich morgens alle mit Opernarien wecke. Die Sevdalinkas sind nicht meine Sache, mir ist, als hätte ich sie so wie meine alte Heimat irgendwo verloren. Ich beginne zu singen, suche nach Worten, die Stimme bleibt mir im Hals stecken. Dann greife ich zu den sephardischen Romanzen, den Liedern unsers zähen und traurigen Volkes, dessen Heimat ich nicht verlieren kann, denn ich habe sie nie gekannt. Von Spanien ist uns nur die Sprache geblieben. Hier ist die Musik fürchterlich, deshalb höre ich nur Klassisches, am meisten Beethoven, Liszt und Strauß. Mozart finde ich nicht zart genug, ich suche in der Musik immer das Liebliche. Nun, von allem erwarten wir etwas: von der Heimat die Identität, von der Familie das Verständnis, von der Jugend die Gesundheit, vom Alter die Weisheit, von der Regierung die Sicherheit, von der Mutter die Zuflucht, von den Nächsten das Gespräch ... All das habe ich mehr oder weniger bekommen, nur das Gespräch nicht. Deshalb schreibe ich Dir so ausführlich. Manchmal habe ich den Eindruck, dass ich bis jetzt wenig geleistet habe. Vor Kurzem fühlte ich mich noch jung, und in den jungen Jahren hat man es nicht eilig, man ist mit sich selbst beschäftigt und erkennt das Ende nicht. Jetzt, in meinem reifen Alter, denke ich über diese wunderbare Zeit nach, als ich, wie von einer starken Flussströmung getrieben, vorwärts strebte. Wenn die Stromschnellen im Laufe der Jahre müde und ruhiger werden, dann altern, erkennen und begreifen wir. Mit dieser Erfahrung kann man aber nicht zum

Anfang zurückkehren. Bald wird der Hauptstrom meine Töchter tragen ... Hoffentlich hält niemand sie auf. Sie verdienen es, noch vieles zu erfahren. *Queridas mias, il Dio que las biclei, qui stan sanas i masalosas!* Meine Süßen, Gott behüte sie, damit sie gesund und glücklich werden."

„Wie schön er schreibt", wunderte sich Nina. „So schön hat er nie gesprochen. Ich brabbele ständig und sage dabei nichts Schönes."

In dem Augenblick stürmte Inda ins Zimmer: „Gehen wir endlich? Ich bin schon längst fertig!"

Seit Branka gekommen war, wich Inda nicht von ihrer Seite. Gelegentlich spazierte sie mit Lana über den Stradun, aber die Abende verbrachte sie meist mit der Mutter und der Tante im Stadtcafé. Sie hoffte, dort Hamlet zu sehen. Wenn er sich schon nicht an sie erinnerte, würde er doch ihre grauhaarige Mutter wiedererkennen. Indas Annahme war richtig: Siniša erschien und sobald er Branka und Nina erblickte, kam er lächelnd auf sie zu.

„Wir Bosnier sind wieder versammelt", sagte er und nahm Platz.

„Geben Sie wieder den Hamlet?", begann Branka die Unterhaltung.

Obwohl sie äußerlich so komisch und altmodisch wirken, dachte Inda, unterscheiden sich Mama und Tante Nina in ihrem Wesen doch von den anderen Leuten. „Darf ich Ihre Tochter zu einem kleinen Spaziergang entführen?", unterbrach Siniša Indas Gedanken. „Das hat sie verdient, wenn sie, wie Sie sagten, alle meine Vorstellungen in Belgrad gesehen und sogar ihre Eltern dazu eingeladen hat!"

„Sie dürfen, aber nicht lange ... eine halbe Stunde?"

„In Ordnung!", entgegnete Siniša, und Inda sprang vom Stuhl auf.

„Wollen wir nach Porporela?", sprach Hamlet sie zum ersten Mal direkt an.

„Einverstanden!", antwortete Inda so lässig wie es nur ging.

„Ich zeige dir die Straßen unter den Arkaden, es sei denn, du hast sie schon mit einem Dubrovniker Jungen gesehen?"

„Aber nein", log Inda und fügte philosophisch hinzu: „Je nach Begleitung sieht eine Straße immer anders aus."

In den Bogengängen herrschte Dunkelheit. Sie schwiegen. Zuerst nahm er ihre Hand, dann umarmte er sie. „Weißt du, dass du schön bist?", fragte er, ohne zu fragen. Dann blieb er stehen und nahm sie kräftig in seine Arme. „Mein Sonnenschein", stammelte er schwer atmend und abwesend und küsste sie dann. Trotz des Gefühlsüberschwangs fragte sich Inda, ob Siniša wusste, dass er sie und nicht eine

andere küsste. Egal, er solle nur weitermachen. Er hörte nicht auf.
Taumelnd kamen sie nach Porporela. Nach genau einer halben Stunde waren sie schon zurück, ohne mehr als zwei Sätze miteinander gewechselt zu haben.

Branka bemerkte Indas ungewöhnliche Röte, sagte aber nichts. Sie erwartete, dass ihre Tochter sich ihr anvertraute, aber diesmal schwieg sie.

Die Spaziergänge nach Porporela häuften sich. Ohne Verabredung für den nächsten Tag, aber des Wiedersehens sicher, hielt Inda die leidenschaftlichen halbstündlichen Begegnungen für das, was man in der Schule „miteinander gehen" nannte.

Lana sprach mehr als andere darüber, weil sie als Einzige schon mit Jungs gegangen war.

„Als ich Buca den Laufpass gab und begann, mit Šole zu gehen, war Buca total von den Socken!", erzählte sie Inda und Rina am Strand. „Er klebte an mir wie ein billiges Parfüm. Aber als er sah, dass er damit bei mir nicht ankam, begann er aus Trotz jedes Mädchen anzumachen ... sogar dich, Rina."

„Mich nicht", sagte Inda. „Wir waren und blieben Freunde. Aber er redete oft von dir."

„Echt? Und was?"

„Nichts Besonderes: Wie klasse du bist, wie ihr euch bei einer Fete amüsiert habt ..."

„Mir gefällt er überhaupt nicht", stieß Rina hervor. „Ein eingebildeter Angeber, der meint, ein toller Hecht zu sein!"

„Das ist er auch, aber erst nach Šole!", unterbrach Lana sie wütend. „Oder ist deine Null von Cvetić etwa einer?"

„Für mich ist er einer!", betonte Rina trotzig.

„Er ist allenfalls eine Lachnummer! In seinem Anzug und mit Fliege sieht er aus wie ein Opa!"

„*Chacun à son goût*", sagte Inda, während Lana schnell noch eine Limonade holen ging.

„Genau", bemerkte Rina. „Diese Lana geht mir auf den Geist! Ein richtiger Snob! Sie glaubt, alles am besten zu wissen, hat aber von Tuten und Blasen keine Ahnung ..."

Lana kam mit dem Getränk zurück. „Und du, Inda? Wer ist dein *lover-boy*?", fragte sie trotzig.

„Ich gehe ..." Inda stockte, dann beschloss sie, Lana zu überraschen. „Ich gehe mit Siniša."

„Mit Siniša Sokolović? Ha! Ha! Ha!" Lana lachte aufrichtig. „Du bist wirklich bescheuert! Wie kannst du mit ihm gehen, wenn er jede Nacht mit Nadica und ihrer Gesellschaft trinkt. Dummes Zeug!"
Unter der sonnengebräunten Haut wurde Inda dunkelrot.
„Hallllooo, Belgraaaader Signoriiiinas! Sollen wir euch abschleppen?", rief Lukša im richtigen Augenblick vom Boot aus.

Alle drei sprangen ins Wasser und schwammen zu ihm. Inda lachte, ohne es zu wollen, denn in ihrem Kopf drehten sich nicht beendete Gedanken und zügellose Wünsche. Was bedeuten denn die heißen Blicke, die raue Stimme und die „tiefen" Küsse, wenn nicht, dass man miteinander geht? Sollte sie ihn fragen, ob sie miteinander gehen oder nicht? Und was, wenn er es verneinte? ... Aber das ist auch gar nicht wichtig, ohnehin kehren sie bald nach Belgrad zurück. Dort wird sie ihn nicht sehen. Oder vielleicht doch?

Branka stellte sich dieselbe Frage.

Die Sommerspiele waren zu Ende gegangen, Dubrovnik leerte sich, der sommerliche Lärm auf dem Stradun legte sich. Rina und Lana waren mit ihren Müttern abgereist, und Inda konnte es kaum erwarten, wieder in Belgrad zu sein.

„Mein Gott, wie blond du geworden bist!", rief Marko aus, als er sie sah.

„Das ist von der Sonne", erwiderte Inda, ohne sich ihrer Lüge zu schämen. Sie hatte das Haar gebleicht. Ständig langweilen sie mich mit belanglosem Zeug, dachte sie, und wollen alles wissen! Sie kam zum Schluss, dass es im Leben Dinge gab, die nur ihr gehörten und die sie gerade dabei war zu entdecken.

*

„Du hast es leicht, du gehst mit Siniša! Wenn ich nur wüsste, *wie* ich Naum sagen könnte, dass ich ihn liebe", sagte Rina zu Inda, die in einem Sessel saß und den weißen Pudel Buca streichelte.

„Sag ihm einfach ‚Ich liebe dich' und Schluss!"

„Er wird erröten, Schweißausbrüche bekommen, seine Krawatte richten ... und die Flucht ergreifen!"

Inda wollte schon öfter Naum Cvetić sagen, er solle nicht zum Spott aller in einem so lächerlichen Aufzug erscheinen, brachte es aber nicht übers Herz. Es ist schwer, den Menschen etwas Unangenehmes zu sagen, selbst wenn man es gut mit ihnen meint. Wenn

Lana jemanden herunterputzte, schien es Inda, dass es sie schlimmer traf als den Ausgeschimpften. Sie stellte auch fest, dass, wenn jemand sich in Lügen verstrickte, sie ihm mit passenden Antworten und Erklärungen aus der Affäre half, statt ihn, weil er *sie* angelogen hatte, bloßzustellen. Ihre Mutter meinte, dies sei so, weil sie wie ihre Oma Estera die Schönheit und den Anstand liebe, und das sei auch gut, denn ihr Gedächtnis werde so nur schöne Erlebnisse und gute Menschen registrieren, während die anderen in Vergessenheit gerieten.

„Sie fallen durch das Raster des Gedächtnisses. Auf diese Weise werde ich nicht von aggressiven Erinnerungen heimgesucht", sagte Inda laut.

„Was sagst du?", fragte Rina.

„Nichts ... Das ist aus einem Theaterstück, ich weiß nicht aus welchem."

Wie sollte sie Rina davon abraten, diesem komischen Kauz Cvetić ihre Liebe zu gestehen, weil er sie eigentlich nicht liebte? Nein, das konnte sie nicht! Deshalb riet sie ihr: „Sag es ihm einfach, und wenn er ein Trottel ist, soll er abhauen!"

„Alles läuft bei mir schief ... Was soll ich tun?"

„Du meinst mit Cvetić?"

„Nicht nur mit ihm."

„Mit deiner Mutter?"

„Ja. Sie quält mich mehr denn je. Ich glaube, ich schnappe noch über. So schlimm war sie noch nie ... Und Papa arbeitet nur, schweigt und sieht nichts um ihn herum. Er himmelt sie an."

„Alle Eltern sind lästig."

Aber meine Mutter ist der Gipfel. Nur wenn ich am Klavier sitze, lässt sie mich in Ruhe. Deshalb spiele ich so viel."

„Sei nicht dumm, du bist wirklich eine ausgezeichnete Pianistin ... und ... und kannst jeden gut imitieren. Du solltest Schauspielerin werden."

„Entweder Schauspielerin, was Mama nicht erlauben würde, oder Pianistin, worüber sie glücklich wäre. Deshalb werde ich wohl das Zweite."

„Oh ja, und wenn du dann berühmt bist, erzähle ich allen, dass wir seit früher Kindheit Freundinnen sind ... Aber vielleicht wirst du dann mit mir nichts mehr zu tun haben wollen."

„Dummes Zeug! Ich bin doch nicht Svetlana Lazić!"

„Was meinst du, woher haben die so viel Kohle? Nadica ist nicht berufstätig ..."

„Ich habe von meiner Mutter gehört, dass Nadicas Vater der beste Kürschner in ganz Belgrad war und Pelzmäntel für den Hof anfertigte. Er hat ihr ein großes Vermögen hinterlassen."

„Wieso hat man ihr das nicht weggenommen wie meinem Vater?"

„Ihre Schwester war schon im alten, maroden Jugoslawien mit Kommunisten befreundet, und zwar mit solchen, die später wichtige Nummern ... ähm ... Funktionäre geworden sind!"

„Jede Revolution", Inda nahm eine rednerische Pose ein, „meint das Recht zu haben, ihre Gegner zu bestrafen ... Ist das von Sartre oder von einem anderen? Hm, Lana hat es gut!"

„Geld ist nicht alles!"

„Du denkst so, weil du es hast ... Aber wenn ich gut überlege, hast du doch recht." Inda fügte mit einem zufriedenen Lächeln hinzu: „Du bist doch die klügste Klebečinka Krikonis auf der Welt." Mit diesem fiktiven Namen bezeichneten sie sich gegenseitig.

★

Zu ihrem Geburtstag wollte Svetlana Lazić ein Fest geben, eine „Party" oder „Fete", wie das die jungen Leute nannten. Der Vater Simica befand sich auf einer Dienstreise, also war die Gelegenheit sehr günstig. Lana informierte Nadica, dass am nächsten Samstag ihre Gäste die Wohnung in Beschlag nehmen würden und sie ihre in einem Restaurant treffen könne. „Umpf! Umpf! Gut, mein Kind", sagte Nadica, und Lana machte sich gleich daran, ihre Freunde einzuladen. Zuerst rief sie Inda an, die sich sofort fragte, ob der Grund dafür ihr Grammophon und die neuesten Schallplatten von Chubby Checker, Elvis Presley und Perry Como waren, oder ob sie wirklich ihre Anwesenheit wünschte. Doch sie nahm die Einladung an, obwohl sie Probleme mit dem späten Nachhausekommen befürchtete. Marko, obwohl ein einsichtiger und gerechter Vater, erlaubte nämlich nicht, dass seine Tochter nach acht Uhr abends außer Haus war. Und um acht sollte die Party erst steigen!

Wenn Marko fragte: „Brankica, wo ist unser Kind?", erwartete er eine klare Antwort mit genauer Zeitangabe zu Indas Heimkommen. Er verlangte, dass sein Wort respektiert wurde, zumal wenn es sich um das Ausgehen seiner Tochter handelte. Es galt die Regel, dass Inda unter keinen Umständen und mit keiner Ausrede in einem fremden Haus übernachten durfte. Also fiel diese Möglichkeit bei Lanas Party flach. Auf Brankas Drängen erlaubte Marko schließlich doch, dass sie bis elf Uhr blieb, unter der Bedingung, dass jemand sie nach Hause brachte, obwohl Lana gleich um die Ecke wohnte. Das Verlassen der Fete um elf Uhr betrachtete Inda als eine Strafe und große Ungerechtigkeit, aber es war auch eine Gelegenheit, ihren starken Willen und ihre Anhänglichkeit unter Beweis zu stellen. Deshalb versprach sie es ihren Eltern und sich selbst, sich daran zu halten, obwohl sie wusste, dass es um diese Uhrzeit am spannendsten werden würde.

Inda half Lana bei den Vorbereitungen. Sie gingen zum neuen Selbstbedienungsladen auf dem Blumenmarkt, der an der Stelle des jahrelang stinkenden Fischmarkts eröffnet worden war. In diesem ersten Selbstbedienungsladen auf dem Balkan, Belgrads ganzem Stolz, packten Leute in die Einkaufskörbe, was ihnen gefiel, und zahlten erst an der Kasse! Wieso lassen sie nicht manches mitgehen, wenn sie nur zuzugreifen brauchen, fragte sich Inda. Lana, die schon Auslandserfahrung hatte, erklärte ihr, dass es Spiegel gebe, durch die man von der anderen Seite sehen und so die Kundschaft überwachen könne. Begeistert von dieser neuen Einrichtung wie so viele Belgrader, hatten die beiden schon oft das Selbstbedienungsgeschäft aufgesucht, nicht um etwas zu kaufen, sondern nur, um durch die wunderschöne Halle mit den hohen Regalen zu streifen, auf denen tadellos verpackt und sortiert alle möglichen Lebensmittel lagen. Was für ein Genuss und was für eine Seligkeit war es, die ausgestellte Ware zu betasten, ohne von ruppigen Verkäuferinnen angefahren zu werden!

Jetzt betraten sie den Laden stolz, weil sie einkaufen wollten, zuerst den dicken, süßen Saft „Vitasok" in schlanken Fläschchen sowie zwei Flaschen Wermut für die sogenannte Bowle, die aus verschiedenen Früchten, den Obstsäften und einem milden alkoholischen Getränk bestand.

Branka machte einen russischen Salat, den Inda am Nachmittag zu Lana brachte, um damit Canapés anzurichten. Nadica hatte zwei Torten gebacken und war dann gegangen mit dem Versprechen, nicht vor den Morgenstunden nach Hause zu kommen. Alles Übrige hatte das Dienstmädchen Anusja vorbereitet.

Als der Tisch gedeckt, die Teller und Gläser aufgestellt und der Blumenschmuck arrangiert waren, schminkten sich die Mädchen und zogen sich an. Inda wählte einen roten Rock mit einem weißen Petticoat, rote Ballerinas, einen weißen Pullover und einen rot-schwarzen Stretchgürtel. Lana zog sich ähnlich an, nur in einer blau-rosa

Kombination. Inda toupierte Lanas kurzes Haar; ihre lange Mähne, nur von einem Reif gehalten, ließ sie offen hängen. Nun noch ein heller Lippenstift, ein dunkelblauer Lidschatten, schwarze Wimperntusche – und die beinahe einstündige Vorbereitung war beendet. Jetzt folgte nur noch das stolze Posieren vor dem Spiegel.

„Wir sind uns ähnlich", sagte Inda.

„Wie *sisters* ... Ja, wenn wir schon keine richtigen Schwestern haben!", entgegnete Lana. „Hättest du gern eine Schwester gehabt?"

„Nein. Ich hätte mit ihr alles teilen müssen, dabei bin ich die geborene Egoistin."

„Ich auch nicht! Ich suche mir lieber jemanden aus, den ich mag. Schwestern können lästig sein und man wird sie nicht ohne Weiteres los!"

„Warum hast du Rina nicht eingeladen?"

„Die ist so etepetete ... Sie lebt in einer längst vergangenen Zeit und will sich nicht ändern!"

„Sie ist nur anders erzogen ... Du bist das Gegenteil von ihr und ich stehe irgendwo dazwischen ... Und Nadica?"

„Was ist mit Nadica?"

„Ähm ... hatte sie Geschwister?"

„Eine Schwester, die ist offenbar vor Kummer gestorben. Sie war mit einem Partisanen verlobt, der kurz vor Kriegsende gefallen ist."

„Das ist wirklich schrecklich ... Und wo wird Nadica heute Abend sein?"

„Wer kann das schon wissen ... Wahrscheinlich im Restaurant Zu den zwei Hirschen."

„Mit wem?"

„Mein Gott, was weiß ich, mit ihrer Gesellschaft."

„Schauspieler?"

„Ach, jetzt verstehe ich! Du möchtest etwas über Siniša hören? Warum fragst du nicht direkt? Vor ein paar Abenden kam er zu uns zum Essen mit irgendwelchen Schnepfen ..."

„Das interessiert mich nicht", sagte Inda errötend und war froh, dass es an der Tür klingelte.

Neben den Schulkameraden, die die Staffage des Festes bildeten, kamen der sehr gut aussehende und Süßholz raspelnde Aca Lončar, der Bruder der Filmschauspielerin Beba, sowie Kole Stošić, der attraktive Bühnen-Romeo, den Lana wie üblich mit ihrer berechnenden Gleichgültigkeit begrüßte. Inda blieb jedoch nicht das bislang größte Entzücken in Lanas blauen Augen verborgen.

Bekannte Persönlichkeiten, Dutzende Flaschen mit „Vitasok", Kristallgläser mit der Bowle, gedämpftes Licht, fünf LPs, die sich ständig drehten, Lanas lautes Lachen, ein reiches Angebot an Speisen und manch voller Aschenbecher bezeugten nach Indas Meinung, dass dieser Abend gelungen war.

„Das Essen ist perfekt. Alles ist okay!", sagte Lana zu Inda mit dem wichtigen Ton einer Gastgeberin.

„Alles ist klasse ... Nur schau dir Jaca an, ich glaube, sie ist blau."

Lanas Mutter, die gern einen hob, hatte eine große Menge Wermut in die Bowle gegossen, jedenfalls mehr, als für eine Teenagerparty angebracht war. Entgegen ihrem sonst gemäßigten Benehmen, das ihr ihre strenge montenegrinische Familie anerzogen hatte, zeigte die Schulfreundin Jelisaveta, Jaca genannt, jetzt Zeichen schwer zu ertragender Heiterkeit, die sich in Hüpfen auf dem Sofa und lautem Kreischen äußerte.

„Mach ihr einen großen, bitteren Kaffee", befahl Svetlana verärgert. „Nadica gibt ihren beschwipsten Gästen immer Kaffee zu trinken, und sie werden im Nu nüchtern!"

Inda gehorchte. Mit Mühe überredete sie Jelisaveta, dieses wohltuende Gebräu zu trinken, aber das erhoffte Ergebnis blieb aus. Auf die aggressive und aktive Phase ihres ersten Suffs folgte tiefe Traurigkeit. Sie heulte und schluchzte, die schwarze Wimperntusche rann ihre Wangen herunter, sie lallte und schaffte es nicht einmal, von ihrem Sessel aufzustehen.

Mitten in diesem Geschehen wurde Inda bewusst, dass die Stunde ihrer Heimkehr mit rasanter Geschwindigkeit nahte.

„Ich muss gehen", verkündete sie Lana ängstlich.

„Wenn du mich jetzt im Stich lässt, rede ich mit dir kein Wort mehr!", sagte Lana drohend, ein feuchtes Handtuch für die halb bewusstlose Jaca in den Händen.

„Du weißt aber, dass ich es muss ... Mein Vater wird sonst fuchsteufelswild!"

„Ruf zu Hause an! Spiel ihnen etwas vor! Überrede sie, dass sie dir erlauben, noch ein bisschen zu bleiben!"

Inda konnte sich nicht entscheiden. Wenn sie anrief und ihre Eltern schon schliefen, würde sie sie wecken. Wenn sie nicht anrief, bestand jedoch die Hoffnung, dass sie gar nicht merkten, wie spät sie heimkam. Ihre Überlegungen zeugten jedoch von einem Mangel an Erfahrung. Denn auch wenn Marko eingeschlafen war, wartete Branka im Dunkeln mit weit aufgerissenen Augen und gespitzten Ohren auf Inda. Sie war mehr besorgt, ihr Mann könne wach werden, als um ihre „Kleine".

Die alte, etwas abgedroschene Geschichte von den Jugendlichen und deren Einhaltung der Regeln, die ihnen „das Familienoberhaupt" aufzwingt, wiederholte sich nun auch im Hause Korać. Branka wusste zwar, dass Inda trotz Markos Verboten ihren Willen durchsetzen würde, aber sie verstand auch die Haltung ihres Mannes. Sie lag und lauschte, hoffte, Indas Schritte zu hören, und fürchtete Markos Frage: „Wo ist deine Tochter?". In solchen Fällen war Inda nicht mehr die gemeinsame, sondern nur ihre Tochter.

Sanft und hell glänzte der Mond. Ein halbes Leben hatte sie auf ihren Mann gewartet, die zweite Hälfte würde sie auf ihre Tochter warten. Wie immer, wenn sie wartete, befielen sie Erinnerungen, sowohl heftige, zermürbende als auch angenehme, entspannende.

Wie viel von dem, was sie selbst in ihrer Jugend erlebt hatte, erwartete Inda? Sie wird Tausende bedeutungsvolle Worte hören, die durch die Erfahrung gewöhnlich werden. Sie wird wahre Stürme hektischer Ereignisse erleben, aber aus dem Blickwinkel der Reife betrachtet, werden sie banal erscheinen. Soll sie jetzt ihrem Kind verbieten, was ihm später keinen Genuss mehr bereiten wird? Es um die Möglichkeit bringen, nostalgische Erinnerungen zu haben? Nein, Inda soll sich vielmehr vergnügen, jetzt war die Zeit dafür, beschloss Branka. Dann stand sie leise auf, holte aus dem Schrank eine Decke, rollte sie zusammen, legte sie neben sich und deckte sie mit dem Bettlaken zu. Ihr Herz pochte wild, während sie diese unverzeihliche Lüge vorbereitete, diese Sünde gegenüber ihrem Mann, aber für ihre Tochter. Wenn das jedoch gut geht, wird sie allen, in erster Linie Marko, geholfen haben. Gerade darin lag die Essenz ihres Lebens: den beiden das Leben leichter und schöner zu machen.

Wie vermutet, wachte Marko auf. Er machte kein Licht an, erhob sich nur ein wenig und fragte flüsternd: „Ist sie zurück?"

„Ja, ja, sie schläft schon", antwortete Branka. Aber was, wenn Marko aufsteht und wie gewöhnlich Inda übers Haar streichen will? *Signor dil Mundu, ayúdami!* Großer Gott, hilf mir!

„Es geht mir nicht gut" murmelte Marko und drehte sich auf die andere Seite. Branka atmete auf und merkte, wie sich ihr Herz beruhigte. Was trieb ihre Kleine jetzt wohl?

Zusammen mit einigen Schulfreunden und -freundinnen schleppte Inda unter Aufbietung aller Kräfte Jelisaveta in Richtung Bad in der Hoffnung, sie aus der Ohnmacht zu wecken. Mitten in diesem Unterfangen klingelte das Telefon.

„Hier ist Jacas Mutter", vernahm Inda die scharfe Stimme. „Sag ihr bitte, sie soll auf der Stelle nach Hause kommen ... Was ist das für ein Lärm bei euch?"

„Mmmusik ..."

„Gib mir Jelisaveta, *ich* will ihr was sagen!"

„Sie ... sie ist im Bad ..."

„Sag ihr, wenn sie herauskommt, sie müsse in zehn Minuten zu Hause sein, sonst komme ich sie abholen!"

„Wer war das?", wollte Lana wissen.

„Jacas Mutter."

„Oje, jetzt sind wir geliefert! War sie wütend?"

In der Zwischenzeit öffnete Srba aus der Parallelklasse das Fenster und warf aus purem Übermut zwei leere „Vitasok"-Fläschchen aus dem vierten Stock. Vom Klirren der Glasflaschen angestachelt, wiederholte er das zur großen Begeisterung einer kleinen Gruppe, die sich um ihn geschart hatte. Als er zum dritten Mal Flaschen hinunterwarf, erklang von der Straße eine wütende Stimme:

„Du Affe! Du ausgemachter Idiot! Es fehlte wenig, und du hättest mich umgebracht! Gleich rufe ich die Miliz! Was treibt ihr dort eigentlich?"

Die scharfsinnige Lana erkannte sofort den Ernst der Lage und befahl: „Musik aus!"

Inda gehorchte. Mit einem Schlag wurde es still. Lana ging zum Fenster und fuhr im Vorbeigehen Srba an: „Du Ignorant und Dummkopf! Warum hast du die Flaschen runtergeschmissen? Ist das deine Art, dich zu vergnügen? Du Vollidiot!!"

Lana lehnte sich aus dem Fenster und rief: „Entschuldigung! Die sind zufällig heruntergefallen!", dann drehte sie sich um und verkündete der Gesellschaft: „Sehr gut, ein junger Typ, scheint ein prima Kumpel zu sein!" Sie drehte sich zum Fenster zurück und rief lauthals: „Kommen Sie doch bitte hoch, feiern Sie mit uns!"

Es kam keine Antwort. Alle standen verwirrt da und warteten.

„Er ist verschwunden!" sagte Lana. „Ich will nicht hoffen, dass er jetzt die Bullen holt ... Was wird Simica bloß sagen, wenn er heimkommt!"

„Vielleicht ist er schon auf dem Weg nach oben", sagte Inda.

„Schleppt Jelisaveta schnell ins Bad", schrie Lana im Befehlston.
„Es fehlt nur, dass er sie in diesem Zustand sieht."
Da klopfte es an der Tür. Lana sah alle um sich an, packte dramatisch die Klinke und machte die Tür sperrangelweit auf. Vor ihr stand ein gutaussehender junger Mann mit dunklem Teint und lockigem Haar.
„Entweder seid ihr alle besoffen oder verrückt!", sagte er auf Serbisch mit starkem Akzent.
„Und Ihnen würde es bestimmt nicht schaden, etwas zu essen und zu trinken", entgegnete Svetlana kokett. „Ich bin Lana Lazić, und das sind meine Freunde ..."
„Sehr erfreut. Mich können Sie Vitasok nennen!"
Alle lachten.
„Wo kommen Sie her?", fragte Lana.
„Aus Marokko. Ich arbeite hier in der Botschaft."
„Sie sprechen ausgezeichnet Serbisch ... fehlerfrei! Und wie heißen Sie sonst?"
„Husein Hasnar."
„Unser Huso ...", fiel Srba ein.
„Du Scheißer sollst den Mund halten!", knurrte Lana und fuhr laut fort: „Ich glaube, dieses Problem haben wir gelöst ... Jetzt erwartet uns ein anderes. Jacas Alte wird jeden Augenblick auf einem Besen hierhergeritten kommen!"
Lana und Inda stürzten ins Bad. Ihre Freundin lag völlig angekleidet in der Badewanne, die Dusche spritzte in alle Richtungen und machte auch die beiden nass. „Mein Gott!", rief Svetlana aus. Alle drängten sich ins Bad.
„Raus!", befahl Inda und sah Srba wütend an. „Vor allem du! Du hast für heute Abend schon genug Unheil angerichtet!" Geistesgegenwärtig ging sie durch das spritzende Wasser, drehte den Hahn zu und begann mit Lanas Hilfe, Jelisaveta aus der Badewanne zu heben. In dem Augenblick klingelte es an der Tür. Jemand machte auf, Jacas Mutter stürmte hinein. Inda und Lana versuchten ungeschickt, Jacas nasses Haar mit einem Handtuch trocken zu bekommen.
„Was für eine Schade!", schrie die wütende Mutter. „Meine Tochter besoffen zu machen! Sie hat am Alkohol nie auch nur geleckt!"
„Deswegen hat sich die dumme Gans auch volllaufen lassen", bemerkte Lana leise.
„Schämen solltet ihr euch! Ihr seid mir eine schöne Jugend! Saufbolde und nichts anderes!"

„Keiner ist hier besoffen außer dieser Kuh", merkte Lana wieder an, während Inda fürchtete, die verärgerte Mutter könnte sie hören. „Das werde ich alles deinen Eltern erzählen!" Sie drehte sich zu ihrer Tochter, die aussah, wie Inda sich in dem Augenblick schwor, nie aussehen zu wollen. „Komm sofort nach Hause, du Missratene ... Schande hast du über uns gebracht!"

Man wusste nicht wie, aber Jelisaveta kam zu sich, erhob sich und stand nun unsicher auf den Beinen. Die Mutter packte sie um die Taille, legte Jacas schlaffen Arm um ihre Schulter und beide zogen endlich von dannen.

„Recht geschieht mir, wenn ich so einen Bauerntrampel einlade", sagte Lana.

Inda schaute auf die Uhr: halb eins! „Ich muss unbedingt nach Hause!"

„Hau halt ab, wenn du so eine Memme bist. Dabei geht es jetzt erst richtig los! Nimm auch dein Grammophon mit ... Es ist Zeit für die Gitarre! Los, Kole!"

Inda lief hinaus auf die Straße. Ach, hätte sie bleiben können, bis Nadica mit ihrer Gesellschaft kam, in der vielleicht auch Siniša war! Mein Vater drangsaliert mich wirklich, dachte sie und blieb kurz vor der Wohnungstür stehen. Doch bevor sie die Klinke anfasste, machte Branka schon die Tür auf:

„Pst, ganz leise!", flüsterte sie mit zittriger Stimme. „Du bist schon seit langem hier ... Seit elf Uhr, verstehst du? Zieh dich im Bad aus und komm. Papa geht es schlecht. Ich habe auf dich gewartet, um den Notarzt zu holen!"

„*Pur luque no mi telefonatis?* Warum hast du nicht angerufen", fragte Inda in Brankas Muttersprache, die sie sonst nie gebrauchte.

„*No mi dimandis nada ... Agora solo prestu!* Frag mich nicht, jetzt aber schnell."

Erst als sie das halbdunkle Zimmer betrat und im gemeinsamen Bett die wie einen menschlichen Körper geformte Decke sah, begriff Inda alles. Mutter hatte ihretwegen den Vater belogen!

„Bist du wach geworden, mein Kind", sagte Marko leise im Bett. „Ja, Papa ... Was hast du?"

„Wie war es bei Svetlana?"

„Fein, fein."

„Jetzt rufe ich die Erste Hilfe", sagte Branka und weckte Rikica. In beiden Zimmern brannte jetzt Licht.

Der Notarzt kam nach einer Stunde. Er untersuchte Marko, während die drei schweigend warteten. Inda beschloss, Medizin zu studieren.

„Sie müssen sofort ins Krankenhaus", sagte der Arzt, worauf Marko gleich aufstehen wollte.

„Nein, keine Bewegung, bitte. Wir haben eine Trage dabei."

„Worum geht es, Herr Doktor?"

„Ein kleiner Hirnschlag ..."

Branka wurde sichtlich blass und sagte nichts. Marko wurde auf der Trage zum Notfallwagen gebracht.

„Darf ich mit?", fragte Branka.

„Es ist nicht nötig, aber kommen Sie, wenn Sie wollen."

Zurück in der Wohnung, brach Inda in Tränen aus. „Ich bin ein Pechvogel ... An allem bin ich schuld." Riki trippelte nervös im Zimmer umher und sagte:

„Nein, *querida*, schuld ist das Leben. Nicht das Leben, vielmehr das *neue* Leben. Dein Vater hat ohne ein Wort der Klage sein Golgatha erlebt. Vergiss das nie. Höre auf ihn und achte ihn, denn er verdient es."

★

Während die Kälte in Belgrad die Haustürschlösser einfrieren ließ, erholte sich Marko allmählich. Žarko, vor dem Krieg sein Fußpfleger in Sarajevo, der jetzt in Belgrad lebte, massierte ihn und übte mit ihm zweimal wöchentlich, an den übrigen Tagen tat dies Branka. Im November kam Marko endlich auf die Beine, machte einen Schritt und hielt seiner eigenen Kraft nicht vertrauend inne. Branka atmete auf, Riki klatschte in die Hände und rief „Bravo, Schwager!", Žarko ging und Marko, blass und gebückt, blieb mitten im Zimmer stehen.

„Du musst in Rente gehen", sagte Branka, die ihn zum Sessel führte.

„Für die paar Jahre nach dem Krieg werde ich eine Rente bekommen, von der wir nicht leben können ... Nein, ich halte mindestens so lange durch, bis Inda mit dem Studium anfängt."

„Vielleicht verschreibt man dir eine Kur."

„Ich werde sie beantragen. Vrnjačka Banja würde mir guttun."

Er schrieb oft aus Vrnjačka Banja und berichtete von alltäglichen Dingen, aber zwischen den einfachen Sätzen spürte Branka eine versteckte Wehmut, ein Schwinden der Kräfte, die Angst vor der Gebrechlichkeit. In seinen Briefen notierte er das tägliche Tun in der Wirklichkeit und Gegenwart, leben konnte er aber nur in den

Bildern der Vergangenheit. Ohne Erfolg und dennoch beharrlich versuchte er, daraus seine frühere Vitalität zu schöpfen.

Er kam zurück, mager und gebückt, aber einigermaßen erholt und arbeitete von da ab vier Stunden am Tag. Die übrige Zeit verbrachte er in Ambulazen zur Kontrolle des Blutzuckers, wegen verschiedener Untersuchungen und der Rezepte für die Arzneien. Die überfüllten Wartezimmer mit ihrem Geruch von ungewaschenen Leibern brachten Markos Befinden langsam aber sicher auf den Stand von vor der Kur.

Branka reihte sich bei Tagesausbruch in die Schlange ein und gab sein Gesundheitsheft ab, er kam später hinzu. Wenn sie ihn in einem Wartezimmer in dem stickigen Elend echter und vorgetäuschter Krankheiten allein zurückließ, sah sie, wie er von Mal zu Mal weniger wurde wegen all dem, was er im Leben erlitten hatte und was ihm auch jetzt, in seinem schwachen Zustand, zusetzte.

Gelegentlich bot ihm ein jüngerer Patient den Platz an.

„Du bist der Zwölfte, drinnen ist der Zehnte, du wirst also nicht lange warten", sagte Branka.

„Danke, Kleines. Was würde ich ohne dich tun! Und jetzt geh nach Hause. Dort hast du Arbeit genug."

Es fiel ihr schwer, ihn allein zurückzulassen. Sie musste sich losreißen von ihm, obwohl sie den unwiderstehlichen Wunsch hatte, sich an ihren hilflosen Mann zu schmiegen und ihm Kraft zu spenden. Da sie ihre Gefühle nicht gut zu verbergen wusste, drehte sie sich beim Weggehen mehrere Male um, als würde sie ihn nie mehr sehen.

Es gelang ihr immerhin, ihre Heiterkeit für Marko zu bewahren, der meist, völlig erschöpft, schwieg.

„Würde ich noch einmal geboren, würde ich alles wieder genau so tun", sagte er eines Tages ruhig. „Ich bin so, wie ich bin, und gegen seine Natur kommt man nicht an ... Weißt du, manchmal meine ich, das Leben ist nicht das, was wirklich war, sondern das, woran wir uns erinnern."

„So wie manche sagen, die Geschichte sei nicht, was sich tatsächlich zugetragen hat, sondern, was wir über das Ereignete erzählen ..."

„Richtig, mein Kleines. Wenn ich Lust und Kraft finde, werde ich dir noch vieles erzählen, jetzt aber sage ich dir nur, obwohl du es schon weißt: Ihr seid mein Ein und Alles."

Branka streichelte seine mageren Knie.

Trotz seiner Schwäche blieb Marko für Inda der Begründer der Hausregeln, die Säule der Familie und die letzte Entscheidungsinstanz in der Familienhierarchie. Deshalb wandte sie sich an ihn, als die Geschichtslehrerin sie wieder aufforderte, nach der Unterrichtsstunde auf sie zu warten, und ihr dann vorschlug, im Sommer an einem Jugendarbeitscamp auf der Insel Ada Ciganlija teilzunehmen. Die Genossin Lehrerin meinte, das würde ihrem Ansehen in der Schule guttun. Inda scherte sich nicht um das Ansehen, wünschte aber, die Kritiken in der Klasse wegen „ihrer hochmütigen Haltung und des mangelnden Kameradschaftsgeistes" würden aufhören.

„Was meinst du dazu, Papa?", fragte Inda, als sie nach Hause kam.

„Und du selbst?"

„Ich weiß nicht. Ich weiß auch nicht, warum sie meinen, ich sei eingebildet, wenn das gar nicht stimmt ... Ich und eingebildet! Dabei sterbe ich vor Angst, wenn ... Aber was soll ich machen, wenn sie alle doof sind! In der Toilette hörte ich ein Mädchen zu einem anderen sagen ‚Diese aufgeblasene Vera Korać'!"

„Viele verwechseln Bescheidenheit mit Kühle und Stolz mit Hochmut. Aber Hand aufs Herz, da ist auch etwas Neid im Spiel, du bist ja immer gut gekleidet."

„Und was soll ich jetzt tun? Ich kann doch nicht in der Schule jedem erklären, wie ich bin! Wie soll ich sie alle vom Gegenteil überzeugen?"

„Gar nicht, denn die, die dir etwas bedeuten, sind sicher davon überzeugt. Aber vielleicht wäre es doch nicht schlecht, wenn du an diesem Jugendarbeitscamp teilnehmen würdest", fügte Marko nach kurzem Nachdenken hinzu.

„Aber ... aber dort kenne ich niemanden. Wie soll ich alleine ...?"

„Das ist einfacher, als du denkst. Liebe Inda, du wirst im Leben guten Kontakt auch mit Menschen pflegen müssen, die dir nicht passen, weil du, wie übrigens wir alle, von anderen abhängst."

„Eines Tages, wenn ich mit dem Medizinstudium fertig bin, werde ich unabhängig sein! Dann wirst du nicht in den Ambulanzen anstehen müssen, dann wirst du die beste Behandlung haben: deine Tochter! Und Mama werde ich eine Haushaltshilfe besorgen."

„Das ist schön, hat aber noch Zeit. Und was die Menschen anbetrifft, sei in deinem Urteil nicht zu milde, aber auch nicht zu streng, denn niemand ist perfekt. Oft findet man in einem Menschen, der einem auf den ersten Blick nicht gefällt, später etwas, was Beachtung und Respekt verdient ... Ja, und noch etwas: Jede Entscheidung ..."

„... sollte man überschlafen!"

"... denn am nächsten Morgen ist man klüger. So ist das, meine Kleine! Und was das Jugendarbeitscamp anbelangt, frische Luft und das sportliche Leben in Zelten würden dir nicht schaden."
"Gut, dann melde ich mich an ... Vielleicht kommt auch Vuk mit ..."

★

Vuk Đurašković, Indas Freund aus der Grundschule, der jüngste Spross einer alten montenegrinischen Familie und schön wie ein Mädchen, nahm ebenfalls an dem Arbeitscamp teil. Von den vier Wochen, die Inda im Juni in einem Zelt verbrachte, goss es zwei Wochen lang ohne Unterlass. An Erdarbeiten war nicht zu denken, durch den tiefen Schlamm im ganzen Lager konnte man nicht einmal richtig gehen. Das Wasser lief die Pfade zwischen den Zelten hinunter und verwandelte sie in Bäche. Die Feuchtigkeit kroch in die Knochen, in die Haut, ins Haar, ja geradezu in die Seelen der tatenlosen Mädchen und Jungen. Das Tageslicht, grau wie der von niedrigen Wolken schwer gewordene Himmel, schien eine Fortsetzung der endlosen Nacht zu sein. Am Ende der zweiwöchigen Regenzeit bekam Inda eine eitrige Angina, die Krankheit ihrer Kindheit. Da sie hohes Fieber hatte, holte Vuk den Lagerarzt, und der gab ihr sofort eine Penizillinspritze.

Kaum war sie gesund, kam die Sonne heraus und trocknete die nasse Erde, die man jetzt bearbeiten konnte. Inda wurde jedoch als Rekonvaleszentin von der Arbeit mit der Hacke und der Schaufel verschont, dafür bekam sie die Aufgabe, Wasser zu verteilen. Während der langen Regentage hatte sie ab und zu etwas mit einem feuchten Bleistift auf nassem Papier notiert, jetzt überredete Vuk sie, der Campzeitung einen Text von ihr über Lagerfeuer anzubieten, in dem sie eindrucksvoll schilderte, wie sie in dem nasskalten niedrigen Zelt saß und sich nach einem Lagerfeuer sehnte. Den Redakteuren gefiel der Text, sie forderten Inda auf, weiter zu schreiben, was sie mit Vergnügen tat. Später las sie stolz, aber heimlich ihre Artikel gedruckt auf grobes Papier in blassen Buchstaben.

Zusammen mit Vuk war sie einige Male zum Duschen und Wäschewechseln nach Hause „geflüchtet". Ihre Eltern beabsichtigten wieder, sie nach Dubrovnik zu schicken, machten sich jedoch erneut Sorgen, weil niemand sie begleiten konnte. Um ihnen einen unschlagbaren Beweis ihrer Selbständigkeit zu liefern, nahm sie einmal allein die Fähre, bestieg am anderen Save-Ufer die Straßenbahn und gelangte so nach Hause.

Endlich erreichte sie auf der Ada Ciganlija Markos Mitteilung, dass sie ihr für den 27. Juli ein Flugticket nach Dubrovnik gekauft hätten. Ihr letzter Brief an die Eltern bestand aus lauter Dankesbekundungen und Versprechen, folgsam zu sein.

Kurz vor dem Ende der Jugendaktion teilte man sie zu der für sie ungewohnt harten Erdarbeit ein. Den Blick auf den blauen Himmel, die kleinen weißen Wolken und die über sie fliegenden, glänzenden Flugzeuge gerichtet, schaufelte sie, ohne die Blasen an den Händen zu spüren. Die Freude ließ sie hochspringen, füllte ihre Brust mit Wonne.

„Ich könnte vor Glück platzen!", sagte sie zu Vuk.

„Echt?"

„Meine Sehnsucht nach dem Meer wird nie vergehen."

„Na so was! Ganz poetisch und pathetisch!"

Aber Inda achtete nicht auf Vuks Spott. Sie nahm nichts um sich herum wahr. In ihren Tagträumen roch sie das Meer und sah das felsige Ufer, Boote, die träge über das gekräuselte Wasser glitten, die mächtige runde Revelin-Festung und die kantige Lovrijenac-Burg. Über all dem, wie auf einen durchsichtigen Schleier gemalt, schwebte Hamlets Gesicht.

Nur noch fünf Tage verbrachte sie danach zu Hause und flog dann endlich nach Dubrovnik. Es war ihr erster Flug. Weder die Übelkeit noch die tauben Ohren noch die unangenehme Tatsache, dass während der Jugendarbeit ihre Arme und Beine zur Hälfte von der Sonne verbrannt waren, konnten ihre Freude trüben.

Schon am zweiten Abend sah sie ihn auf dem Stradun. Diesmal erkannte er sie sofort und kam auf sie zu.

„Und wie alt ist das junge Fräulein in diesem Sommer?"

„Siebzehn", antwortete Inda, die sich an dieselbe Frage vor zwei Jahren erinnerte ...

„In einem Monat ..."

„... werde ich so alt, aber ich sehe älter aus und fühle mich auch so."

„Du siehst wunderschön aus und erinnerst mich jeden Sommer daran, wie schnell die Zeit vergeht."

Er legte seinen Arm um Indas Schulter, während sie von der Seite seine sonnengebräunte Hand mit seltsam weißen, gepflegten Fingernägeln betrachtete. Sein Gesicht war ein wenig pockennarbig, was er mit seinem Bart verbarg. Wieso hatte sie solche Kleinigkeiten bisher nicht bemerkt? Das Wahrnehmen von Details musste ein Zeichen von Reife sein. Aber auch wenn er buckelig wäre wie Richard der Dritte, fände sie ihn märchenhaft! Was wäre, wenn sie den Schauspieler heiratete? ... Aber er wird sie nicht wollen! ... Eigentlich ist egal, was kommt, denn so vieles geschieht gerade jetzt! Dass er sie sofort erkannt hatte, war ein weiterer Beweis dafür, dass sie schon eine eigene Persönlichkeit war!

„Ist deine Mutter mitgekommen?"
„Nein."
„Du bist jetzt also frei und allein!"
„Ja-a!"
„Die Jungs werden dich bestürmen ..."
„Wenn ich es zulasse."
„Wie lange bleibst du?"
„Zwei Monate."
„Gut ... also, wir sehen uns noch!" Er winkte und war weg.

Wann und wie wird sie ihn sehen? Schon wieder hat er keine Verabredung mit ihr getroffen! Vielleicht hätte sie etwas sagen sollen? Ach, da ist noch so viel zu lernen.

In diesem Sinne rauchte sie an diesem Abend, ohne zu husten, ihre erste Zigarette und trank ihr erstes Gläschen Alkohol, einen Eierlikör mit einem Hauch von Schokoladenraspeln drauf. Das geschah auf der Terrasse des Hotels Argentina, wohin Nadica Lazić Lana, Adrijana und sie ausgeführt hatte.

Dort begleitete eine Band den bekannten Zagreber Schlagersänger Džimi Stanić. Nachdem dieser mit Nadica gesprochen hatte, forderte er erst Lana und dann Inda zum Tanz „Wange an Wange" auf. Inda hatte den Eindruck, dass er sie fester umfasste, und das war ihr recht.

Melanija hatte Adrijana verboten zu tanzen, und obwohl sie an diesem schönen Abend nicht dabei war, hörte Rina aus Gewohnheit auf sie. Sie blieb sitzen und beobachtete traurig ihre Freundinnen.

„Du Glückliche", sagte sie zu Inda. „Deine Tante lässt dich alles tun und lassen, und auch deine Mutter ist nicht streng ... Während ihr euch amüsiert, schleppt meine Mutter mich zu den Theatervorstellungen ... ‚Iphigenie auf Tauris', ‚Der Geizige' ..."

„Und wo ist sie heute Abend?", fragte Inda, an Melanijas Abwesenheit nicht gewohnt.

„Sie hat einen tschechischen Landsmann kennengelernt, der in Österreich lebt, und ist mit ihm zum Abendessen ausgegangen."

„Sie amüsiert sich, während du hier die heilige Jungfrau Maria spielst!"

„Sag das nicht!" Rina bekreuzigte sich schnell. „Aber wenn ich darüber nachdenke, hast du recht. Wenn mich jetzt jemand aufforderte, würde ich doch tanzen!"

Arme Rina, dachte Inda: Melanija, Kirche, Schule und Klavier ... Schön hat man sie abgerichtet ... Und wo bleibt ihre Neugier? Warum versucht sie nicht etwas? Sie kämpft gar nicht ... Vielleicht täte sie das, wenn Melanija so beschäftigt wäre wie ihre Mutter ... Da kam ihr eine aufregende Idee:

„Stell dir vor, Melanija würde sich in jemanden verlieben ... zum Beispiel in diesen Tschechen! Dann würde sie dich in Ruhe lassen."

„Schämen solltest du dich!", entrüstete sich Rina. „Wie kannst du überhaupt an so etwas denken?"

„Schon gut, entschuldige, ich wollte dich nicht kränken ... Aber was würde dir dann fehlen? Dein Vater würde es nicht einmal merken."

„Und was würde dir fehlen, wenn das Branka passierte?"

„Meiner Mutter kann das gar nicht passieren. Sie ist in Papa verliebt", erwiderte Inda und fragte, um das Thema zu wechseln: „Sag mal, Rinica, was ist ein Akrostichon?"

„Das ist, wenn die ersten Buchstaben jeder Zeile vertikal gelesen ein Wort ergeben."

„Ist das ... wie wenn man zum Beispiel schriebe ... I ... Inda heiße ich, N ... Nichts will ich verhehlen ... D... Dass ich hübsch bin, ist klar, A ... Aber ich kann auch befehlen?"

„Ja! Wann hast du das gereimt?"

„Gerade jetzt!"

Der nächtliche Wind kräuselte das Meer und bewegte die großen Blätter der dicht aneinander stehenden Pflanzen auf der breiten Terrasse, die von kleinen rosafarbenen Lampen beleuchtet war. In Inda wuchs die Hoffnung, dass Siniša nach der Vorstellung vorbeikommen könnte, wenn Nadica ihm gesagt hatte, wo sie sein würden.

Sie sah ihn bereits die steilen Stufen herunterkommen.

„Sag mal", flüsterte Rina, „hast du schon deine Unschuld verloren?"

Inda sah sie verwundert an und schüttelte den Kopf. Rina schloss die Augen und murmelte seufzend: „Schade! Ich hätte gern gewusst, wie das ist."

Siniša kam auf die beiden zu.

✱

„Mein liebes Kind", schrieb Branka in ihren eckigen Buchstaben, „ich weiß, es wird dir leidtun, dass ich nicht komme, aber der Familienrat hat das so beschlossen. Papa geht es schlecht (er ist wieder krankgeschrieben), und Rikica würde ohne mich schwer zurechtkommen. Wenn Deine Mutter sich zweiteilen könnte, würde sie zu ihrem lieben Töchterlein und zu Ninica eilen. Aber nimm dir das nicht zu Herzen, meine Kleine. *Goža mi fijiquia, la mancivez es una vez* genieße, mein Kind, jung ist man nur einmal. Dennoch solltest Du Dich vor Gefahren vorsehen, wie sie auf der Lovrijenac-Burg lauern. Genieße, aber überlege gut, bevor Du einen Schritt tust, von einem Sprung ganz zu schweigen. Gehorche Nina, wie Du es versprochen hast. Ich schicke ihr etwas Geld für Deinen Unterhalt, obwohl sie dagegen protestieren wird, und auch Dir ein wenig Taschengeld, damit meine Kleine sich im Stadtcafé einen Eiskaffee bestellen kann. Papa sagt, Du darfst auf keinen Fall spät und mit unbekannter Gesellschaft ausgehen, und auf Papa musst Du hören! Schließe Dich Lana und ihrer Mutter an, sie gehen doch oft aus. Vergnüge Dich und schreibe Mama, Papa und Tante, die Dich lieben, küssen und umarmen. P.S. Schwimme nicht zu weit vom Ufer weg und mach keine Kopfsprünge. Denke daran, wie Du Dir damals die Nase verletzt hast!"

Überglücklich las Inda den Brief Tante Nina vor, die dabei noch kleiner wurde.

„*Ah, povera di mi!* Ach, ich Arme!", jammerte sie. „Ich mache mir sehr viel Sorgen um Marko. So krank und muss arbeiten ... Und die Bösewichte piesacken ihn ... Es gibt keine Gerechtigkeit auf dieser Welt, meine kleine Große!" Dann wurde sie auf einmal ernst und nahm eine kämpferische Haltung ein. „Und wie Marko gesagt hat, du darfst nur bis elf Uhr draußen bleiben!"

„Morgens."

„Ja!"

„Tante, bist du dir da sicher?"

„*Siguru*, sicher! Morgens ... nein, nicht morgens, natürlich abends! Du Böse, willst deine alte Tante übers Ohr hauen!"

„Du bist nicht alt", Inda nahm sie in die Arme, „du bist die süßeste und kleinste Tante auf der Welt!"

„Und die hässlichste und dickste. Uff, *trista di mi*, ich Arme, was soll ich heute kochen?"

„Heute ist der Salat dran, der serbische Salat."

„*Aspera, mi ulvidi luque* ... Warte, ich habe vergessen ... was tut man da alles rein?"

„Egal was, nimm, was du im Haus hast, und wir nennen es Serbischen Salat à la Nina."

„*Sí, sí, querida*, ja, ja, meine Liebe ... *Qierida di la tia, tú sos una buena fijiquia*, Tantes Liebchen, du bist ein gutes Mädchen. Komm nicht zu spät zum Essen, hörst du!"

„Selbst, wenn ich wollte, mein Mangen würde es nicht zulassen", entgegnete Inda. Sie gab Nina einen Kuss, rückte ihr eine falsche Locke zurecht und lief zum Strand.

„Schön und großgewachsen ist sie wie die Koraćs", sagte Nina halblaut und schaute Inda hinterher. Den Sáloms ähnelte sie überhaupt nicht. Schade, dachte Nina, weil auch Brankica schön war und es immer noch ist mit ihrem welligen graumelierten Haar, ihrem alabasterfarbenen hellen Teint und ihren wunderschönen Gesichtszügen. „Meine Gesichtszüge sind den ihren ähnlich, *gvercu lus llevi!* der Teufel soll sie holen!", murmelte sie wütend. „Nur übertrieben sind sie ... deshalb ist sie schön, und ich sehe aus wie eine Karikatur von ihr. Ach, was für ein Unglück, klein zu sein", stellte Nina fest, „wie lästig ist es, die Welt nur von unten zu sehen. Hätte ich Kinder gehabt, wer weiß, ob sie nach Ignjo gekommen wären. Ein Pechvogel wie ich bin, wären meine Töchter nach ihrem Vater gekommen und die Söhne nach mir: kleinwüchsig und krummbeinig! In der ganzen Familie bin ich die Einzige mit krummen Beinen. Aber es ist nicht alles in den Beinen, sondern in Gottes Hand. Wie wurden Rikicas Beine gepriesen, und die haben ihr doch nur Schmerz und Unglück gebracht!"

Nina runzelte die Stirn und ihre kurze, breite Nase. „Achhhh!", seufzte sie tief. Auf Inda aufzupassen ist eine verantwortungsvolle Aufgabe. Ihr kann allerhand zustoßen! Na und? Früher oder später wird es passieren. „Besser früher, dann genießt sie es länger", sagte sie laut und lächelte. „Sie hat sich in diesen Schauspieler verguckt ... in den, wie hieß er noch, in den Bosnier. Ein richtiger Bosniake, dabei glaubt er, er kann einen Prinzen spielen! Unsinn! So dunkel und stämmig! Hoffentlich wird der ... wie hieß er noch ... ihr nicht den Kopf ganz verdrehen. Ach, nichts als Sorgen, und das noch bei dieser Hitze!"

Während sie in Schweiß gebadet Zwiebeln kleinschnitt, verfluchte Nina laut den Dubrovniker Sommer, alle Sommer der Welt und ihr eigenes Schicksal. Wie viel leichter hätte sie es gehabt, wenn Blanki gekommen wäre! „So krank ist Marko auch wieder nicht", murmelte sie, „dieser Despot hat ihr einfach verboten zu kommen. Marko Korać braucht nur etwas zu sagen, und meine Schwester steht schon in Habachtstellung! Alles muss nach seinem Willen geschehen. Und doch", Nina lächelte spitzbübisch, „ist es Blanki gelungen, sich durchzusetzen, und zwar bei wichtigen Entscheidungen. Unmerklich, langsam, denn ‚Stille Wasser gründen tief' ... War Marko denn nicht ein eingefleischter Junggeselle gewesen und hat dann doch sie geheiratet? War er nicht immer gegen Kinder und sie bekamen doch eine Tochter? Hatte er nicht immer behauptet, mit niemandem zusammen wohnen zu wollen, dabei lebt Rikica schon seit Jahren bei ihnen? Ja, ja, dieser Familientyrann, um den ihre Schwester das ganze Leben herumtanzte, wurde reingelegt. Alles, was wichtig war, wurde nach ihrem Willen entschieden, nur das Unwichtige nach seinem. Recht geschieht ihm, *angustiozu*, dem verdammten Kerl!", schrie sie auf und presste die Lippen zusammen. „Die Männer sind alle gleich! Als wären sie höhere Wesen, bloß weil sie dieses Ding zwischen den Beinen haben ... Hätte er jeden Tag darum gebetet, hätte er nicht eine so Dumme wie Blanki gefunden ... Ungewöhnlich schön, belesen und klug hätte sie es weit bringen können! Hm ... aber eigentlich hat sie es doch weit gebracht", fiel Nina ein. „Ja, wenn es diesen Krieg nicht gegeben hätte ... Ich mag gar nicht viel nachdenken, kaum denke ich an etwas Schönes, fällt mir ein, dass es anders ist ..."

Nina prustete und seufzte. Seit Ignjo gestorben war, sprach sie immer öfter mit sich selbst. Sie befürchtete, das würde ihr zur Gewohnheit werden und sie würde „wie eine senile Greisin brabbelnd die Straßen entlang laufen ... *Il Dio no mi dé!* Gebe Gott nur das nicht."

„Es ist schrecklich, alt zu werden", sagte sie zu Inda, während sie an schwülen Spätnachmittagen zur Stadt hinabstiegen und sie sich mit ihrer kleinen Hand an Indas Unterarm klammerte. „Du weißt Gott sei Dank noch nichts davon. Ich wusste es in früheren Jahren auch nicht und die habe ich ebenfalls vergessen ... *mi ulvidi todu ... mi pareci guii stuvi siempre vieja*, Alles habe ich vergessen, mir scheint, ich war schon immer alt. Deshalb, *fijiquia, goža la vida, goža lique mas qui puedis ... sí, sí!*, mein Kind, genieße das Leben, genieße, so viel du kannst." Dabei nickte sie abwesend.

Inda befolgte den Rat. Sie genoss das Meer, die heiße Sonne, die Leidenschaft für Siniša, die aufregenden Begegnungen und die

abendlichen Ausgänge. Sie genoss sogar die schüchternen Annäherungsversuche ihres Verehrers vom vergangenen Jahr, des Tolpatsch-Bora, wie Lana ihn genannt hatte.
Der Sommer ging zu Ende, Inda kehrte nach Belgrad zurück.

★

„Liebe Blanki", schrieb Elias, „Estera weinte plötzlich im Traum. Ich bin davon so erschrocken, dass ich jetzt nicht mehr schlafen kann, und beschloss, mich ein wenig mit dir zu unterhalten. Simha hat Dienst. Wir müssen viel arbeiten, denn wieder ist ein Kind unterwegs. Wir müssen den Gürtel enger schnallen und sparen für die Ausbildung unserer Kinder, weil wir sie studieren lassen wollen! Aber das macht nichts, für sie tue ich alles. Ihretwegen habe ich mich schließlich bereit erklärt, als Zeuge aufzutreten, um von den Deutschen Geld zu bekommen als Opfer ... als wessen Opfer? Des Zweiten Weltkriegs? Meiner Herkunft? Fremden Irrsinns? Des Bösen in den Menschen? Dadurch wurde ich in Zeiten zurückversetzt, an die ich mich ungern erinnere. Aber dieses Geld liegt jetzt auf der Bank für die Ausbildung meiner Kinder. Von mir sagt man, ich sei ein Prinzipienmensch, aber Simha, *il Dio que li dé todu buenu*, Gott möge ihr alles Gute schenken, ist eine praktische Frau, weswegen ich oft auch gegen meinen Willen auf sie höre. Sie pflegt neuerdings Kranke in ihren Wohnungen, das wird sehr gut bezahlt. Und wenn sie schon so vieles leistet, konnte ich mich nicht weigern, als Zeuge aufzutreten. Ich persönlich brauche wenig: etwas Essen, einen Ort, wo ich sitzen, schlafen, lesen und als Jude ruhig leben kann. Und das ist nur hier möglich. Ich betrachte mich als einen Arbeiterzionisten, einen treuen, aber nicht übertriebenen. Mit der Religion habe ich endgültig Schluss gemacht. In die Synagoge gehe ich selten. Nach dem KZ fällt es einem schwer zu glauben.
Sobald Simha niederkommt und das Baby etwas größer wird, musst Du uns besuchen kommen, die Luft unserer Urheimat atmen und der Sprache lauschen. Du fragst nach vielen Dingen. Ich will versuchen, Dir zu antworten, aber verstehen wirst du es erst, wenn du hier bist. Wir haben drei Arten von Kollektivsiedlungen: Moshav Ovdim, Moshav Shitufi und Kibbuz. Ich war als Landarbeiter in einem Moshav Ovdim beschäftigt, einer Art Genossenschaftssiedlung. Der Moshav Shitufi ist eine modifizierte kollektive Farm. In Vertretung des Volkes verfügt der Jüdische Nationalfond über allen Boden,

den er langfristig verpachtet. In einem Moshav Ovdim bearbeitet jede Familie ihr Stück Land und behält den Gewinn für sich. Der Einsatz fremder Arbeitskräfte ist streng verboten. Die Erzeugnisse werden gemeinsam auf den Markt gebracht und die nötigen Verbrauchsgüter ebenfalls kollektiv eingekauft. Die Kibbuzim sind Kommunen. Gegründet wurden sie von den Pionieren – eine Mischung aus Zionismus und Sozialismus! Der erste Kibbuz, die Degania, entstand 1909 am einsamen Ufer des Sees Genezareth. Die alten Kibbuzim wie Kfar Giladi und Merhavia bestanden nur aus Sand ohne eine Spur von Leben, ohne einen Grashalm, ohne einen Vogel, sogar fast ohne Wasser. Da wechselten sich brüllende Hitze und klirrende Kälte ab. Begonnen hatte man mit ein paar Zelten, aber die Menschen, die in ihnen wohnten, waren überzeugt, dass sie mit den eigenen Händen die Ödnis zum Leben erwecken würden. So war es auch. Jetzt sind die Kibbuzim in wirtschaftlicher Hinsicht die wichtigsten Genossenschaften. Der Grundgedanke ist die völlige Gleichheit, alles gehört allen. Die Planung und die Arbeit, die übrigens nicht vergütet wird, sind gemeinschaftlich, das kollektive Leben ist die Regel. Jede Arbeitsgruppe wählt ihren Führer. Die Gruppen werden nach Fähigkeiten zusammengestellt, die Güter nach Bedarf verteilt. Bei den Besprechungen alle zwei Wochen werden endgültige Beschlüsse über alle wichtigen Fragen des Lebens im Kibbuz gefasst."

„Mir ist nicht klar", unterbrach Inda sie, „woher wissen die anderen, was ich für einen Bedarf habe? Zum Beispiel, ich brauche drei Paar Schuhe ..."

„Inda, hier geht es um echten Bedarf", fiel Marko ihr ins Wort. „Wenn du zum Beispiel eine Schriftstellerin bist, brauchst du eine Schreibmaschine und Papier."

„Ach so, und keine Schuhe!"

„Es steht jedem frei, in einen Kibbuz einzutreten", las Branka weiter vor, „und dort ein, zwei, sechs Monate oder Jahre zu bleiben ... Oder wenn es ihm nicht gefällt, wieder zu gehen. Jugendliche kommen oft in den Sommerferien und kehren danach wieder nach Hause zurück. Sie arbeiten auf den Feldern oder mit den Tieren, haben dafür Unterkunft und Verpflegung frei. Jeder Verdienst, den jemand außerhalb des Kibbuz erarbeitet, fließt in die gemeinsame Kasse. Hält zum Beispiel ein Universitätsprofessor irgendwo Vorlesungen, arbeitet also in seinem Beruf, gibt er den Verdienst dem Kibbuz. Der Rat beschließt dann, wie viel Geld dieser Mann zum Leben braucht.

Solche Fälle sind aber selten, denn jemand muss sich besonders auszeichnen, dass der Rat ihn studieren und Professor, Forscher oder Künstler werden lässt.
Ich schreibe zu viel. Schon überwältigt mich der Schlaf. Meine liebe Blanki, man behauptet, dass das Glück nicht mit dem Wechsel des Aufenthaltsortes kommt, sondern dass es vielmehr in einem drin ist. Da bin ich mir aber nicht sicher, denn mir hat die Ankunft in diesem Land nur Glück gebracht. Ich habe zwar unsere lieblichen bosnischen Hügel und malerischen Tannenwälder durch Sand ersetzt, aber erst hier mich selbst gefunden."

„Wären wir hingegangen", sagte Inda, „wäre ich dort als blonde Jüdin jetzt sehr interessant!"

„Ich, mein Kind, könnte nirgendwo anders leben", entgegnete Marko.

★

Am Anfang des Schuljahres lernte Inda am fleißigsten, um bei den neuen Lehrern positiv aufzufallen und bei den alten ihren guten Ruf zu wahren. Es war ein warmer Herbstnachmittag, Altweibersommer, als Adrijana in heller Aufregung zu ihr hereinstürmte.

„Ich glaube nicht mehr an Gott", erklärte sie mit trockenen Augen, aber weinerlicher Stimme.

„Was sagst du da? Wieso? Wirst du auch nicht mehr in die Kirche gehen?"

„Nie im Leben werde ich wieder einen Fuß dort hineinsetzen!"

„Auch nicht bei deiner Hochzeit?"

„Ich werde nie heiraten! Die Heirat ist des Menschen dümmste ... dümmste ..."

„Erfindung", half ihr die Freundin nach. „Aber, Rina, warum das? Was ist passiert?"

„Lass uns ein paar Schritte machen, hier kann ich nicht ..."

„Gut. Ich muss nur Mama Bescheid sagen."

Sie gingen zu ihrer Lieblingsstelle an der Schulmauer in der Kralja-Milutina-Straße, wo dichte Baumkronen Schatten spendeten. Dort lauschten sie dem Trommeln reifer Kastanien auf den Bürgersteig, wobei die grünen, stacheligen Schalen platzten und die braunen, glatten Früchte bloßlegten.

„Rina, sag mir ... was ist los", fragte Inda nach einer Weile.

„Mama ... Melanija ist weg."
„Aber sie kommt doch zurück."
„Nein. Sie ist abgehauen. Sie hat Papa und mich verlassen und ist mit jenem Tschechen aus Dubrovnik nach Österreich gegangen ... Das ist es! Deine Voraussage hat sich bewahrheitet!"
Was sagt man einer in Tränen aufgelösten Freundin, die von ihrer Mutter verlassen wurde? Wenn es um den Freund, den Bruder, ja sogar den Vater ginge ... Aber die Mutter! Das klang ihr unwahrscheinlich und deshalb sagte sie immer wieder: „Sie kommt zurück."
„Ich will nicht, dass sie zurückkommt! Ich will sie nicht mehr sehen! Hätte sie mir wenigstens nie gesagt, dass sie meine Mutter ist! Sie ist nicht meine Mutter!"
„Rina, sag das nicht. Vielleicht hat sie sich verliebt. Du kennst das. Stell dir vor, wie es dir ginge, wenn du Naum nicht sehen könntest!"
„Es ist mir völlig egal ... Ich hasse sie alle, ihn, sie, jeden und am meisten hasse ich die Lüge. Sie hat mich schon immer belogen. Sie log, dass sie mich liebte, dass es Gott gibt, dass die Ungerechten bestraft und die Guten belohnt werden ... Alles, was für mich Wahrheit bedeutete, ist Lüge gewesen ... Und ich selbst bin auch eine Lüge ... Mir ist, als gebe es mich nicht."
Inda schaute sie traurig an. Dann kniff sie sie. Rina holte aus, um sie zu schlagen, aber Inda zuckte zurück und rief:
„Siehst du, dass es dich gibt! Und jetzt will ich dir etwas sagen, Adrijana Božović: Es ist besser, dass du nicht mehr so bist, wie du warst. Mir kamst du immer gekünstelt vor ... mit all den Beichten, dem Klavierspiel und dem Philosophieren. Das warst nicht du, das war die Rina, die Melanija wollte. Als hätte sie dich nach ihrer Vorstellung geformt ... genau so! Jetzt kannst du endlich du sein ..."
„Du meinst, verbittert, enttäuscht ..."
„Nein, sondern ein Mädchen mit einer eigenen Weltanschauung!"
„Nach wessen Vorbild? Sag es schon! Dem der verlogenen Mutter? Dem des schlappen Vaters? Dem der dümmlichen Ružica?"
„Was hat sie damit zu tun ..."
„Sie hat!" Rina wischte sich mit der Hand die Tränen weg. Ihre Nase lief, und sie putzte sie mit einem vom Baum abgerissenen Blatt. „Die liebe Mutter hat alles mitgenommen, was sie konnte: Schmuck, Pelze, Geld, Devisen ... Der geliebten Tochter hat sie nur einen kleinen Ring mit einem Aquamarin hinterlassen. Sogar meine Armbänder und Kettchen hat sie mitgenommen."

„Und der Doktor?"

„Papa schweigt, tut so, als hätte er davon gewusst und ihr das alles erlaubt. Er sagte, sie sei nach Österreich gefahren, um dort die Möglichkeit zu prüfen, eine Privatpraxis zu eröffnen, und wir kämen später nach ... Aber auch er lügt, alle lügen! Und ich muss inmitten solcher Leute leben!"

„Ich lüge nicht."

„Verstehe mich doch, ich kann jetzt niemandem mehr trauen!"

„Aber wieso sprichst du ständig von Lüge? Warum quält dich gerade das so sehr?"

„Weil die drei mich alle diese Jahre belogen haben, alles war Lüge, auch ich ..."

„Wieso du?"

„Das kann ich dir jetzt nicht erzählen ... Da gibt es noch mehr schmutzige Wäsche. Nicht einmal D.H. Lawrence und Mirjam zusammen könnten beschreiben, was mir jetzt geschieht."

Rina stand von dem Mäuerchen auf.

„Wohin?"

„Ich weiß es selbst nicht. In dieser Stadt gibt es eine halbe Million Menschen und alle wissen, wohin sie wollen. Ich nicht. Nach Hause? Das ist nicht mehr mein Zuhause!"

„Übertreibe jetzt nicht! Da ist noch dein Vater, Ružica, die bequeme Wohnung und auch ich ..."

„Aber *ich* nicht, ich bin nicht mehr da!" Sie rannte davon, Inda hinter ihr her bis zu der kleinen katholischen Kirche in der Proleterskih-Brigada-Straße. Rina blieb atemlos stehen, betrat dann den Hof und setzte sich auf eine Bank.

„Das ganze Leben lang laberte sie von Sünde!", schrie sie, als richtete sie sich an die Kirche. ‚Lüge nicht, fluche nicht, übertreibe nicht ... damit beleidigst du Gott, dadurch verärgerst du ihn.' Und ich gehorchte. Ich verärgerte ihn nicht. Warum also bestraft er mich jetzt?"

Inda hatte den Eindruck, ihre Freundin würde gleich platzen, weil etwas in ihrem Inneren drückte und sich Luft zu verschaffen versuchte. Der Tag ging langsam zur Neige, aber Rina gelang es nicht, sich von ihrer Last zu befreien. Als schämte sie sich dessen, was sie Inda anvertrauen sollte, saß sie reglos da, versteinert vor Erniedrigung, mit Schweißperlen im Gesicht, unendlich gekränkt und verletzt, untröstlich. Unverwandt sah sie auf die Kirche, die jetzt gespenstisch düster und tot wirkte.

„Damit ist jetzt Schluss", flüsterte sie wie zu sich selbst und atmete erleichtert auf. „Ab jetzt gehe ich zum Psychiater statt zur Beichte oder ... oder ... ich quatsche mit dir. Ich lasse mir nichts mehr vormachen! Mit der Beichte ist es wie mit einem Hühnerauge. Das wächst, schmerzt immer mehr. Wenn du es entfernst, verspürst du Linderung, aber nicht lange, denn das Hühnerauge bildet sich neu ... So häufen sich auch die alltäglichen Sünden an und du musst wieder zum Priester, und wieder und immer wieder ... Du gewöhnst dich daran wie an eine Droge ..." Rina stand auf, winkte der Kirche zum Abschied und trat langsam auf die Straße.

„Ich weiß nur nicht, woran ich jetzt glauben soll", sagte sie gedankenverloren.

„An dich selbst."

„Und wer bin ich?"

„Du bist *du*, Adrijana Božović, meine begabte und kluge Freundin. Nicht die aufgeblasene Gummipuppe, in die Melanija hineinstechen und aus ihr einen schlaffen Lappen machen kann. Weißt du, ich habe auch schon früher darüber nachgedacht ... Wir existieren nicht nur als Schatten unserer Eltern, nicht nur für sie oder ihnen zum Trotz, sondern auch für uns selbst! Wir freuen uns und weinen selbstständig. Wenn uns jemand einen Schlag versetzt, tut er zuerst mal uns weh, nicht ihnen ... Begreifst du?"

Rina ging schweigend weiter, Inda folgte ihr und versuchte auf irgendeine Weise, zu ihr durchzudringen.

„Rina, Rinica! Du bist eine große Nummer, du bist ... du bist meine Klebečinka Krikonis, du wirst der ganzen Welt die Zunge zeigen und dann sagen: ‚Ihr könnt mich mal.' Dann erst wirst du merken, was für eine starke Frau und wie reif und erwachsen du bist."

„Ich bin das Stück Scheiße, zu dem *sie* mich gemacht hat. Aber eines habe ich beschlossen: nimandem mehr zu erlauben, mich zu unterdrücken! Jetzt betrete ich die Bühne, jetzt werde ich die anderen drangsalieren! Ich werde darin wahrscheinlich nicht an Melanijas Künste heranreichen, aber du musst zugeben, dass ich eine sehr gute Lehrerin hatte ..."

„Vielleicht kommt sie zurück."

„Das glaube ich nicht. Und auch wenn, dann kommt sie nicht als *meine* Mutter zurück! Das garantiere ich dir. Stell dir deine Branka vor, die einen Zug nimmt und – weg! Siebzehn Jahre klebte sie an dir und dann – *keine Mutter mehr!*"

„Das kann ich mir nicht vorstellen."

„Klar, weil sie dich nie verlassen wird."

Sie gingen noch lange spazieren. Es war schon dunkel. Rina war müde geworden von der Wiederholung der immer selben Worte.

„Alles in mir ist durcheinandergeraten, und mein Kopf ist voller Obszönitäten", sagte sie.

„Bei wem hast du das gefunden? Und was bedeutet es?"

„Ich glaube, das ist von Camus. Und die ‚Obszönitäten' sind Gemeinheiten sexueller Art."

„Hm ... auch mein Kopf ist voll davon", sagte Inda ernst und schlug vor, zu ihr nach Hause zu gehen, aber Rina lehnte ab.

„Ich weiß, es ist nicht so angenehm", meinte Inda seufzend. „Ich habe halt kein eigenes Zimmer."

„Aber du hast deine eigenen Eltern."

„Und einen Vater, der mich erschießt, weil ich zu spät bin."

Sie verabschiedeten sich vor Rinas Haus.

„Wieviel Uhr ist es jetzt?", hörte sie Markos leise, aber strenge Stimme.

„Neun."

„Und wann solltest du zu Hause sein?"

„Um acht ... Verzeih, Papilein, aber ..."

„Wenn ich acht sage, dann ist es acht und keine Minute später!"

„Aber ..."

„Du respektierst nicht mein Wort und verdienst nicht das Vertrauen, das ich dir schenke."

Sie fühlte sich nicht schuldig. Aufgebracht wegen der Beschuldigung des Vaters sprach sie lauter als es ihr lieb war: „Aber, Papa, was kann ich jetzt tun! Ich vergaß die Zeit beim Gespräch mit Rina hier vor der Schule ..."

„Und dir ist es wichtiger, dich mit der Freundin zu unterhalten als auf deinen Vater zu hören und ihm die Aufregung zu ersparen! Meine liebe Inda ..."

Markos Hand, in der er die Zigarette hielt, zitterte. Inda heulte. Branka kam auf sie zu, um sie zu streicheln, aber sie wehrte sie ab.

„Komm, mein Herz, sag dem Papa, dass du dich in Zukunft nie mehr verspäten wirst. Es ist nicht schön, dass du nicht auf ihn hörst. Mein Herz schlägt wie wild, wenn ihr beide miteinander streitet. Papa kann danach lange nicht einschlafen. Ist es das wert?"

„Nein, aber ich bin schon erwachsen. Habe ich denn kein Recht? Ich habe das alles satt! Alles!" Sie lief hinaus in die Küche.

Branka sah Marko traurig an: „Wir leiden alle drei."

„Ich bestehe mit gutem Grund auf Prinzipien. Inda muss lernen, auf die Älteren zu hören und sie zu respektieren. Das kann ihr im Leben nur zugute kommen."

„Mein Schatz, ich habe immer auf dich gehört, auf jedes Wort von dir. Lass jetzt unser Kind, wenn aus keinem anderen Grund, dann um dich und mich zu schonen."

„Du hast auf mich gehört, weil du mich liebtest und auf mein Urteil vertraut hast. Dasselbe erwarte ich jetzt von Inda."

Als sie sich beruhigte, erzählte Inda der Mutter, was Rina zugestoßen war.

„Das ist sehr heikel", sagte Branka. „Verhalte dich ganz normal zu ihr. Wenn sie will, wird sie es auch mir erzählen, aber du brauchst ihr nicht zu sagen, dass ich es weiß."

„Wie konnte die nur die beiden verlassen?"

„Ach, mein Liebes, wer kann das wissen! Das sind Dinge, über die man nicht leichtfertig urteilen darf. Der Doktor ist ein guter Mensch, er gab und erlaubte ihr alles."

„Gibt und erlaubt dir Papa auch alles?"

„Nein. Er würde sein Leben für uns beide hergeben, erlaubt aber nicht alles."

„Tante Nina sagt, dass du immer auf ihn hörst."

„Ja, weil das für uns gut ist."

„Auch wenn er mich wegen zehn Minuten Verspätung ausschimpft?"

„Auch dann. Es geht nicht um diese zehn Minuten, *fijiquia*, sondern darum, dass er dir Ordnung, Pünktlichkeit, das Worthalten beibringen will. Ein Mann, ein Wort. All das wird aus dir einen besseren Menschen machen."

„Er ist zu streng zu mir."

„Aber auch zu sich selbst. Das war er schon immer. Außerdem ist er krank, du solltest ihm keinen Kummer bereiten."

„Ich weiß es, Mama! Ich verspreche, es nie mehr zu tun!" Inda ging auf sie zu, beugte sich über sie und küsste sie auf die Nasenspitze. „Bleibt ihr nur immer mit mir zusammen!"

„Wir bleiben, aber du bleibst nicht. Wenn Gott will, wirst du dich eines Tages verlieben und deinen eigenen Weg einschlagen. Und das ist auch richtig so!"

Branka erzählte Marko, weswegen sich Inda verspätet hatte, und sorgte damit für die Versöhnung zwischen Vater und Tochter. Dann sprach sie bis spät in die Nacht mit Rikica über Rinas Unglück.

„Miloš behauptete, die Macht, die die Priester dadurch erlangen, dass sie Gott den Sterblichen näherbringen, sei größer als die Macht der Zaren."

„Adrijana wird das überwinden", meinte Branka. „Sie ist jung und wissensdurstig und hat das Leben noch vor sich. Es ist gut, dass sie alle diese Fesseln losgeworden ist. Jetzt darf sie nur nicht ins Gegenteil umschlagen."

„Ach, diese strengen Religionen", setzte Riki fort, „verdecken alles, was schön ist. Die Seele der Menschen ist feiner gestrickt als sein Körper, daher kann man sie leichter beherrschen. Rina müsste jetzt mit der ganzen Kraft ihres verlorenen Glaubens an Christus an sich glauben."

„Und jetzt wird sie erst recht Klavier spielen können, ihr Talent entwickeln. Vielleicht liegt darin ihre Rettung? Ja, im Klavier!", sagte Branka.

★

Am nächsten Tag putzte Branka die Fensterscheiben an der großen Terrassentür und vergaß dabei ganz die Zeit. Daher war sie verblüfft, als sie Marko von der Arbeit heimkommen sah. Sie stand auf einer Leiter mit einem feuchten Lappen in der einen und mit zerknülltem Zeitungspapier in der anderen Hand.

„Mein Schatz, du bist schon da!", rief sie überrascht aus, stieg hastig von der Leiter herunter und trat in den Eimer mit dem schmutzigen Wasser. Einen Augenblick sahen sie einander an, Branka immer noch mit einem Fuß im Eimer, dann brachen sie in Lachen aus, so laut, dass Riki und Inda ins Zimmer stürzten.

„Schaut, meine Frau ist im Eimer!", rief Marko.

„Wie jede verliebte Ehefrau, die beim Anblick ihres Mannes völlig die Kontrolle verliert", stichelte Riki. „Obwohl das eher zu Jungvermählten passt! Ein Glück, dass sie sich nicht in der Seite vertan hat und über die Terrassenbrüstung gestiegen ist!"

Meine Eltern werden auf jeden Fall zusammenbleiben, dachte Inda.

Branka wusch ihren Fuß und stellte den Pantoffel zum Trocknen in die Sonne, deckte dann den Tisch für das Mittagessen und servierte die Suppe.

„Lasst hören, was es Neues gibt", sagte Marko wie immer, wenn alle vier zusammenkamen.

„Ein Brief von Klara ist gekommen", sagte Riki ernst.

„Ist etwas nicht in Ordnung?", fragte Marko.

„Ja und nein. Hör mal, wovon sie berichtet: ‚Ich habe lange nicht geschrieben, weil es mir nicht gut ging. Man hat bei mir zu hohen Blutdruck festgestellt. Ich sollte abnehmen, salzarm essen ... Jedenfalls bin ich jetzt zum ersten Mal in meinem Leben krank. Es war auch an der Zeit, ich bin halt nicht mehr jung. Das ist nicht schlimm, aber ich muss gestehen, dass ich Riki so bald wie möglich sehen möchte. Vielleicht könnte sie schon vor der Zeit zur Kontrolle ihrer Hüfte kommen? Es wäre schön, die kleine Schwester in der Nähe zu haben. Pol arbeitet viel, ich sehe ihn selten, entweder ist er bei der Arbeit oder bei seinem Weib. Mein armer Kleiner, ich mache mir Sorgen um ihn. Am Ende seines Studiums freute ich mich so sehr darauf, dass wir endlich ein ordentliches Leben führen würden. Er bekam eine gute und auch gutbezahlte Stelle, aber ein ordentliches Leben haben wir nicht. Nein, meine Lieben, ich war glücklicher in den Jahren der Armut als jetzt im Überfluss. Blanki, du sollst jetzt nicht die Stirn runzeln, ich will ihn nicht für mich haben. Im Gegenteil, ich wäre am glücklichsten, ihn mit einer guten Frau zusammen zu sehen. Ihr Glaube, ihr Alter, ihre gesellschaftliche und finanzielle Stellung wären mir egal, aber normal sollte sie sein, einem menschlichen Wesen ähnlich! Er könnte ruhig wegziehen wie Didi, wenn er nur eine Familie und Kinder hätte, würde ich vor Glück jubeln. Aber ich finde keine Ruhe, ich fand früher keine und jetzt auch nicht. Eli hat meinen Sohn verzaubert. Sie hat ihn an sich gebunden, klebt wie ein Blutegel an ihm und saugt alles Gute aus ihm, das ich ihm durch meine Erziehung mitgegeben habe. In meinem Pol muss ein Keim seines verkehrten Vaters Valić geschlummert haben, der in dieser Frau einen günstigen Nährboden fand, groß und stark wurde und meinen schönen, guten Jungen auffraß. Glaubt nicht, dass ich übertreibe, Riki kann euch das bezeugen, sie war da, als die ganze Tragödie ihren Anfang nahm.'"

„Das stimmt", sagte Riki und las weiter: „‚Nun, mein lieber Sohn ist selten zu Hause und wenn er da ist, stört er sich an allem, ist zänkisch und grob und kann kaum erwarten, dass das Telefon klingelt, damit er verschwindet. Er gibt mir keinen Kuss mehr, bevor er zur Arbeit geht, weil er Angst vor Viren hat. Auch meine Küche schmeckt ihm nicht mehr, dass Essen sei nicht frisch und die Zubereitung nicht hygienisch, sagte er vor einigen Tagen. Jetzt, auf die alten Tage, erlebe ich die ersten schlimmen Beleidigungen. Meine Lieben, die Kränkungen, die mir Ivo in meiner Jugend antat, kann man nicht mit denen vergleichen, die ich jetzt von meinem Pol erfahre.

Der Gute gibt mir zwar Geld, aber was nutzt mir das, wenn ich ihn, meinen einzigen Sohn, verloren habe und nicht mehr zurückgewinnen kann. Wenn wir Streit haben, zieht er bedrückt ab und lässt mich untröstlich zurück. Darüber kann ich mit niemandem reden. Ich brauche meine kleine Schwester. Wenn ich, die ich immer eine Einzelkämpferin war, das sage, dann ist es mir ernst. Deshalb, Rikica, komm so schnell wie möglich und mache Dir keine Gedanken um das Flugticket und das Garantieschreiben. Dieses Mal werden wir sie Dir besorgen. Ich weiß, dass Blanki und Marko jetzt böse sind, weil ich Dich ihnen abspenstig machen will, aber sie müssen mich verstehen. Sie haben einander und ihr süßes Mädchen, und ich bin trotz meiner Tochter, die so weit weg ist und selten schreibt, und meinem Sohn, der zwar hier, aber eigentlich noch weiter weg ist, ganz allein. Sie mögen mir verzeihen.'"

Sie schwiegen. Branka weinte. Inda dachte an ihre Begeisterung zurück, als sie noch als Kind zum ersten Mal Pol auf einem Farbfoto gesehen hatte.

„Du gehst weg", sagte Marko schließlich.

„Weg", entgegnete Riki.

„Aber diesmal offenbar für längere Zeit."

„Ich will versuchen für imm... für länger", sagte Riki. „Siehst du nicht, wie viel Steuer sie mir hier einbehalten? Fast mein ganzer Verdienst geht drauf. Wir haben kein Geld ... Dort kann ich besser verdienen und euch Geld schicken. Ich will es mit Hüten, vielleicht auch mit dem Ballett versuchen. In Amerika gibt es unglaublich viele Tätigkeiten auf allen möglichen Gebieten. Es ist zwar schwer, eine Arbeitserlaubnis und die berühmte Grüne Karte zu bekommen, aber ich will es versuchen, das wäre nicht nur für mich gut, sondern auch für euch ... und auch für unsere Kleine. Wer weiß, einmal ..."

„Das hat noch Zeit", unterbrach Marko sie. „Jetzt müssen wir uns in erster Linie Gedanken über Klara machen. Mir scheint, ihr Zustand ist ernster, als sie zugibt."

„Klari leidet an der Krankheit der enttäuschten Mutter, daran kann man sogar sterben", sagte Riki und drehte sich zu Branka, die schwieg. „Sie braucht mich sehr. *Es verdá, Blanki*, ist es nicht so, Blanki?"

„*Sí, hermaniquia*, ja, Schwesterherz ... Aber dort erwartet dich kein Zuckerschlecken. Wie willst du eine Arbeit finden, dich um Klara kümmern ... mit ihrem Problem leben ... Vielleicht wirst du auch kochen müssen. Und das kannst du ja gar nicht!"

„Blankica, was man muss, lernt man schnell", sagte Riki. „Aber wenn das alles gelingt, besucht ihr mich alle drei in New York!"

„Das ist kein Problem", sagte Marko. „Das Visum ist jetzt ..."

„Und wer weiß", fuhr Riki fort, „vielleicht verliebt sich dort ein Millionär in mich! Dann kann uns keiner mehr was anhaben! Ich habe euch schon von einem alten Mann erzählt."

„Meine liebe Rikica", sagte Marko lächelnd, „du bist nicht von dieser Sorte."

„Man weiß nie, wie man sich in der Not verhält! Glaubt mir, je mehr ich mich mit mir selbst befasse, umso weniger verstehe ich mich. Andere Menschen sind mir klarer."

„Das stimmt", pflichtete Marko ihr bei. „Oft ist man von sich selbst überrascht. Wohl deshalb, weil man sich aus der nächsten Nähe sieht. Da fehlt einem die Objektivität. Daher können Menschen, die uns gut kennen, unsere Taten besser voraussehen als wir selbst. Und gerade deshalb weiß ich, dass ein Millionär für dich nicht in Frage kommt."

„Aber jetzt", unterbrach Branka das Gespräch, „genug mit dem Philosophieren ... Würdest du Dušan schreiben und ihn bitten, dir beim Visum zu helfen?"

„Ich rufe ihn an. Wenn ich nach Amerika gehe, dann je früher umso besser. In meinem Alter ist jeder Tag, der ungenutzt verstreicht, verlorene Zeit. Smiljka schrieb mir unlängst von Eheproblemen. Schade! Sie haben alles: zwei wunderbare Kinder, Gesundheit, eine Villa, ein Auto, einen Fahrer, Geld ... Aber wer weiß, vielleicht ist das nur eine vorübergehende Ehekrise ..."

„Dich hat er geliebt ...", fiel Branka ein.

„Smiljka sagt, sie habe sich immer schon gefragt, warum Eheleute immer Fehler beim anderen suchen und das Wertvolle kleinreden, statt umgekehrt."

„*Picadu*, schade ... Ich mag sie beide gern", sagte Branka.

„Ihr Leben, ihr Schicksal", warf Marko ein.

„Liebe Tante", sagte Inda, die bis dahin nur zugehört hatte, „du gehst schon wieder."

„Ich muss. Würdest du eines Tages auch kommen?"

„Nein. Mir gefällt es hier, vor allem, wenn ich dein Zimmer bekomme. Ich meine, solange du weg bist."

„Natürlich! Es ist auch höchste Zeit, dass ein großes Mädchen wie du allein im eigenen Bett schläft!"

★

Dušan kam unverhofft nach Belgrad. Er meldete sich bei Rikica und sagte, er müsse mit ihr reden. Auf Rikis Frage worüber, erklärte er unumwunden, es gehe um seine Ehe. Er wolle keine Scheidung, verstehe aber, dass es zwischen Smiljka und ihm nicht klappt.

Sie trafen sich im Restaurant Mika Alas.

„Warum fragst du ausgerechnet mich?", wollte Riki wissen, nachdem sie sich seine Geschichte angehört hatte.

„Du bist eigentlich ..." Dušan hielt inne.

„Der Ursprung aller Ursprünge? Der ewige Anlass?", sagte Riki spöttisch.

„Nein, so einfach sehe ich die Dinge nicht", erwiderte Dušan ernst. „Du bist die einzige, die uns beide kennt ... und zwar besser als jeder andere."

„Gleich nach dem Krieg glaubte ich, dich zu kennen, aber etwas später begann ich daran zu zweifeln. Ich ahnte, dass es einen Teil von dir gab, den ich weder lieben noch hassen konnte, einen Teil, den ich einfach nicht verstand."

„Und deshalb wolltest du mich nicht?"

„Vergiss nicht, dass ich mich schon einmal verbrannt hatte. Auch in Miloš gab es etwas, womit ich all die Jahre nicht klarkam. Als das endlich zum Vorschein kam, zerbrach mein Miloš, dieser großer Intellektuelle, dieser wichtigste Protagonist meines Liebeslebens, und übrig blieb eine schwache und jämmerliche Hülle ohne Inhalt. Das war das Ende."

„Und du konntest dir nicht noch so eine Enttäuschung erlauben?"

„Offenbar ... Es wundert mich aber, dass es weder Miloš noch dich gestört hat, dass wir uns auf einer bestimmten Ebene nicht verstanden. Mich störte das, es ist also mein Problem. Aber, Dušan, wir haben uns nicht getroffen, um mich, sondern um dich und Smiljka zu analysieren."

„Das tun wir auch. Aber hast du dich jemals gefragt, wie viel wir zwei Männer wegen deines Problems verloren haben? Wie es uns erging, als du uns zurückgewiesen hast?"

„Ihr habt nichts verloren", sagte Riki entschieden. „Im Gegenteil, ich habe euch einen Gefallen getan, denn die einzig richtige

Beziehung, eine solche, die ein ganzes Leben hält, gibt es nur, wenn zwei sich restlos verstehen. Dann erreicht man Harmonie ..."

Ein Kellner räumte die Teller weg.

„Wie schön du bist, Rikica."

„Schön?"

„Ja. Sichtbar und unsichtbar."

„Bei dir, mein Lieber, ist nur die sichtbare Schönheit geblieben."

„Wie meinst du das?"

„Ich will es dir sagen, denn es ist Zeit für die Wahrheit. Du hattest behauptet, mich zu lieben, stimmt's?"

„Ja ... immer."

„Wenn das gestimmt hätte, dann wärst du bei mir geblieben, wärst immer noch Journalist, immer noch in deinem Beruf, in dem du dich vor dem Krieg hervorgetan hast, du wärst deiner Entscheidung treu geblieben, aus eigenem Entschluss und nicht aufgrund einer politischen Überzeugung in den Krieg, in den Kampf gegen die Deutschen zu ziehen. Du hättest niemandem gehört außer dir selbst, du hättest nicht den Sieg der Seite, an der du zufällig gekämpft hast, und deren Macht benutzt. Deshalb solltest du mir nicht von der großen Liebe erzählen. Du hast einen anderen Tanz gewählt, bereitwillig und ohne Bedenken hast du dich in den Reigen eingegliedert ..."

„Aus dem ich nicht mehr austreten kann."

„Du könntest, du willst es aber nicht. Man kann immer etwas aufgeben ..."

„Nicht in meinem Fall ... die Karriere aufgeben, für die ich so viel geopfert habe."

„Dein Glück hast du geopfert, Dušan! Und auch mich. Das steht fest. Du hast deinen Weg gewählt und geglaubt, auch Smiljka könne ihn leicht gehen. Vielleicht hast du Smiljka nur genommen, weil du dachtest, sie würde dich auf diesem Weg begleiten. Aber sie tut es, wie du siehst, nicht. Auch sie ist enttäuscht. Auch sie mag keine Doppelzüngigkeit. Du hast doch an keines ihrer Ideale geglaubt! Das hast du mir einmal selbst gesagt. Mein Gott, wie unglücklich erst wir beide wären, wären wir zusammengeblieben. Wie sehr du dich verändert hast."

„Du auch."

„Gewiss. Ich bin weiser und bitterer geworden. Nur liegt der Unterschied zwischen uns beiden in der Qualität der Veränderung. Meine ist logisch, sie kommt mit dem zunehmenden Alter. Deine aber ist aufgezwungen ..."

„Was redest du da? Wer soll sie mir aufgezwungen haben?"

„Du selbst. Du bist der Versuchung erlegen, aus der günstigen Gelegenheit Profit zu schlagen. Dušan, wie kannst du das nicht verstehen? An mir kannst du ermessen, ob du den richtigen Weg eingeschlagen hast, ob du ehrlich warst. Jetzt bin ich entfernter von dir denn je." Riki lächelte. „Das ist sehr traurig, denn du hättest mit deinen Fähigkeiten auch ohne die Obrigkeit Karriere machen und dir selbst treu bleiben können."

„Warum hast du mir das nie gesagt?"

„Das habe ich, sogar auf verschiedene Arten, aber du hast es nicht gehört. Außerdem bin ich wohl auch müde geworden. Wollte ich mein ‚Glück' definieren, könnte ich sagen, dass ich im Leben als Frau geliebt und als Mensch verraten wurde. Aber nun genug davon. Schau jetzt lieber, dass du deine Ehe rettest, deinetwegen, wegen Smiljka und wegen der Kinder."

„Aber wie?"

„Erstens, lass die Botschafterkarriere und die Politik. Zweitens, widme dich mehr der Familie, halte dich an Smiljka, sie liebt dich aufrichtig ..."

„Ich hätte nie heiraten sollen ..."

„Hast es aber getan, also bewahre, was du hast."

„Das bedeutet, ich bin wieder dort angelangt, wo ich war: Meine Arbeit schließt die Familie aus, meine Familie schließt die Arbeit aus."

„Nein, du schließt Smiljka aus. Mein letztes Wort: Opfere wenig, um viel zu gewinnen."

„Dein Maß der Opferbereitschaft entspricht nicht dem meinen."

„Dann gibt es nichts mehr, worüber wir zu reden haben."

Man hörte es dreimal klingeln. Branka öffnete die Wohnungstür und bemerkte dabei, dass die Grdić wie üblich ihre Tür einen Spalt offen gelassen hatte. Sie musste immer den Überblick über die Besucher haben. Der Besucher war heute Dragu.

„Schön! Du kommst zur richtigen Zeit für einen Kaffee!", freute sich Branka.

„Ist Riki da?"

„Ja ... Bist du etwa ein wenig aufgeregt?"

„Ich ein wenig aufgeregt? Ich bin völlig aus dem Häuschen!", erwiderte Dragu und wischte mit einer theatralischen Geste imaginäre Schweißperlen von der Stirn.

„Meine Lieben", sagte er und betrat Rikicas Zimmer, „ich habe überraschende, verblüffende, verrückte, herzzerreißende und seelenerschütternde Neuigkeit für euch!"

„Was ist es? Sag schon?"

„Bitte setzt euch hin, weil ihr davon in Ohnmacht fallen könntet, und ich möchte hier keine Knochenbrüche als Ergebnis meiner Nachricht sehen!"

„Aber Dragu, spann uns nicht länger auf die Folter, sag's schon", rebellierte Riki.

„Ich, Vladeta Dragutinović, Kosename Dragu, Herrscher über die Bühne und die Frauenherzen, schon ... ähm ... seit längerer Zeit, aber wir wollen jetzt nicht mit zu genauen Zeitangaben übertreiben ..., also", er räusperte sich, „da ihr euch so bequem eingerichtet habt, darf ich euch die größte Sensation dieses Jahrhunderts verkünden ..."

„Sag es schon und nimm uns nicht länger auf den Arm!"

„Ich heirate", flüsterte Dragu. „Mit einem Wort, es ist soweit! Schluss! Aus! Basta! Finito!"

„Du machst Witze?"

„Meine liebe kleine Tänzerin, das dachte ich anfangs auch, aber dieses Mal ist es ernst. Lange habe ich widerstanden und am Ende doch nachgegeben."

„Und wen?"

„Kannst du dich an unsere Gruppe in Dubrovnik in jenem Vorkriegssommer erinnern ... Du hattest uns auch einen Namen gegeben, wie war der noch?"

„Der Bremsen- und Wespenverein."

„Dazu gehörte auch Herta, eine Slowenin. Sie schloss sich uns aus Verzweiflung an, weil ihr Mann sie verlassen hatte. Sie suchte etwas Zerstreuung, und die gab es bei uns im Überfluss. Kannst du dich an sie erinnern?"

„Du meinst die Frau des Ingenieurs, eine blonde, dicke? Soll sie das sein?"

„Nein."

„Warum erzählst du dann von ihr?"

„Weil sie die Mutter der kleinen Irena war, die ich jetzt heiraten will. Damals ging Irena aufs Gymnasium, jetzt nicht mehr."

„Dragu, schäme dich, davon hast du mir nie etwas erzählt!"

„Weil ich nicht ahnte, was auf mich zukam. Das begann ganz harmlos hier in Belgrad genau wie damals in Dubrovnik, aber jetzt tröstete ich statt der Mutter ihre Tochter, die ebenfalls von ihrem Mann, auch einem Ingenieur, verlassen wurde. Ein Drama par excellence! Die beste Laienkomödie auf dem Balkan des 20. Jahrhunderts! Oder ein Lehrstück darüber, wie eine verlassene Frau sich einen Mann angelt und einen durchtriebenen, eingefleischten, unverbesserlichen Junggesellen zum Altar führt, einen weit und breit bekannten Liebhaber, dessen Lebensweg mit gebrochenen Frauenherzen gepflastert ist!"

„Genug jetzt, lass dir einen Kuss geben!", rief Riki und sprang auf. Dragu packte sie um die Taille, hob sie in die Luft und tanzte einige Takte zu einer von ihm gesummten Walzermelodie.

„Mir scheint, nach dieser amerikanischen Operation könntest du wieder auftreten!"

„Hauptsache, ich habe keine Schmerzen mehr, das Tanzen ist weniger wichtig."

„Viel Glück", sagte Branka und ging Schnaps, Slatko und Kaffee holen. Unterwegs teilte sie Marko die Neuigkeit mit, der gleich kam, um Dragu zu gratulieren.

„Warum solltest du es besser haben als unsereiner!", sagte er im Spaß und klopfte ihm auf die Schulter.

„Kein Mensch hat es in dieser Hinsicht besser als du", sagte Dragu ernst. „Du weißt, wie es ist, die Jahre vergehen und irgendwie langsam, unmerklich, heimtückisch wird man alt. Die Schale mag noch so glänzen, der innere Schwung nimmt Schritt für Schritt ab. Und allein zu sein ist nicht schön. Als ich dann den Preis für das Alleinsein gegen den für das Zusammensein für die Gemeinsamkeit mit jemandem abwog, schien mir der letztere günstiger zu sein."

„Ja, alles hat seinen Preis", sagte Riki, „und jeder entscheidet sich nach seinem Naturell."

„Wenn wir schon bei Preisen sind, was verlangst du dafür, meine Trauzeugin zu sein?"

„Also: ein Flugticket erster Klasse nach New York, tausend Dollar in bar, aber wenn ich überlege, könnte es auch nur ein heißer, unvergesslicher, dramatischer, verzweifelter Vorkriegskuss sein!"

Dragu packte sie und gab ihr einen lauten Kuss.

„Du musst dich allerdings mit der Hochzeit beeilen, denn bald fahre ich weg."

„Schon wieder?"

„Ja, und vielleicht für immer", erwiderte Riki.

„Du verlässt Belgrad, Jugoslawien, den Balkan", sagte Dragu.

„Und den kühlen Schatten der blühenden Linden, die zahnlückigen Mauern der Kalemegdan-Festung, die Stätte meiner Erfolge und Misserfolge, die Morgenröten auf dem Balkan ..."

„... und den Morast des Balkans."

„... ich verlasse alles und nehme doch alles mit mir."

„Mein Leben, liebe Riki, kommt mir vor wie eine Reihe von Unterbrechungen, die merkwürdigerweise ein Ganzes bilden", stellte Dragu fest.

Dragu heiratete, Riki flog davon, Marko kränkelte, Inda wuchs, Frau Grdić zeterte, Branka schwieg und der Schnee hatte große Mühe, den lauen Windböen zu widerstehen.

★

Marko spielte wie üblich donnerstags Préférence. Seine Partner waren seit Jahren dieselben: Pero Korać und Balša Popović, der Nachbar aus dem fünften Stock.

Balšas Frau Erna kam Branka oft besuchen, vor allem, nachdem Rikica weg war. Sie fanden viele Gemeinsamkeiten: beide waren mit Serben verheiratet, hatten Einzelkinder, Brüder in Israel, Erinnerungen aus den Vorkriegszeiten und die alltäglichen Sorgen. Während ihre Männer Karten spielten, unterhielten sie sich über das Kochen, die Tagesereignisse, Bücher, aber auch über das Leben, die Vergangenheit, den Krieg und die verlorenen Freunde und Verwandten. Branka fand Ernas scharfe und zynische Weltansicht erfrischend. Die direkte und pfiffige Erna hingegen, eine ehemalige Bankangestellte, die kein Blatt vor den Mund nahm, schätzte Brankas beruhigende Ausgeglichenheit und ihre Sanftmut. Obwohl sie Rikica nicht ersetzen konnte, fühlte sich Branka ihr zugetan. Sie bewunderte Erna, die wie mit einem Skalpell bis zum Kern derer durchdrang, die sie interessierten und die sie mit scharfem Blick beurteilte.

Branka las ihr oft Rikicas Briefe vor, denn sie konnte sicher sein, dass deren Inhalt nicht zum Gesprächsstoff in der Nachbarschaft werden würde. Sie diskutierten über die Kindererziehung, über Brankas Kummer mit der Grdić, über Markos Gesundheit und Balšas Arbeit. Erna hörte zu und nahm aufrichtig teil an Freud und Leid der Koraćs, was Branka gleichermaßen erwiderte.

Sie waren beide ungewöhnlich klein, weswegen Pero Korać gern Scherze mit ihnen trieb. Trotz der Empörung seiner Mitspieler verließ er den Spieltisch und ging ins Zimmer. Dort tat er, als sehe er sie nicht, und suchte hinter den Vorhängen und unter dem Tisch nach ihnen: „Aber wo sind die zwei Kleinen nur geblieben? Wenn jetzt die Dritte hier wäre, wäre das Häufchen vielleicht nicht zu übersehen, aber so ..."

Die Dritte, Rikica, obwohl auf der anderen Seite des Ozeans, lebte mit ihnen. So konnte Branka, als der Brief mit der guten Nachricht von der zufriedenstellenden Kontrolle der Hüfte und der baldigen Beschäftigung Rikis kam, es kaum erwarten, das Erna zu erzählen.

„Sobald sie die Papiere bekommt, fängt sie an in einer Schule für behinderte Kinder zu arbeiten ... ‚dance therapy', das ist wohl die Heilung Kranker durch Tanz. Stell dir das vor! Meine kleine Schwester!"

„Das wundert mich nicht", erwiderte Erna, „Riki fand sich immer zurecht und ließ nicht zu, dass das Leben sie zermalmte. Das ist eine Eigenschaft launischer, aber ziemlich egozentrischer Personen. Sie konzentrieren ihre ganze Kraft auf sich selbst ..."

„Erna, Riki ist nicht egoistisch!"

„Doch, und du bist dir dessen auch bewusst, obwohl du es nicht zugeben willst. Schon als kränkelndes Kind wusste sie die Aufmerksamkeit der ganzen Familie auf sich zu ziehen. Später stand sie wegen ihres Berufs wieder im Zentrum des Interesses. Und du, Branka, du hattest es zwischen ihr und Marko nicht immer leicht."

„Ich weiß nicht ..."

„Aber ich weiß es! Du warst die Vermittlerin zwischen zwei knurrenden Personen mit schwierigem Charakter, die sich sonst gegenseitig die Augen ausgekratzt hätten."

„Falls es so war, ich habe es nicht bemerkt."

„Weil du sie beide liebst und alles, was sie tun, für vernünftig und berechtigt hältst."

„Erna, hör auf zu analysieren! Denk daran, dein Balša ist Psychiater und nicht du! Ich freue mich so für Rikica. Sie beginnt ein neues Leben in der Fremde, weit weg von uns, von ihren Freunden, von ihrem Belgrad ..."

„... das sie so sehr liebte. Einmal kam ich zu ihr, weil man mich angezeigt hatte, dass ich eine Jüdin verstecke, und die Gestapoleute mir einen höchst angenehmen Besuch abgestattet hatten. Sie stand am Fenster. Als sie mich sah, wies sie mit dem Finger nach draußen und sagte: ‚Sieh dir bitte an, wie der Frühnebel an den Spitzen der Ruinen hängt ... Die Stadt wird auch diese Schurken überleben! Auch den Deutschen wird es nicht gelingen, sie zu vernichten. Sie hat viele Herren gesehen und ist dennoch unser geblieben!'"

„Sie war traurig, weil Belgrad nie mehr das geworden ist, was es vor dem Krieg war. Jetzt finde ich das sogar gut, denn dadurch fiel es ihr leichter, es zu verlassen . Meine Rikica hatte nicht viel Glück im Leben ..."

„Sie ist darin nicht allein, das gilt für unsere ganze Generation. Ich hoffe, unsere Kinder werden es besser haben."

„Ja, wenn Gott will! Sie sind gut, dein Ivan, meine Inda und auch Saša Poljanski der Jüngere. Der hat neulich sein Studium beendet. Du kennst doch die Poljanskis?"

„Aber natürlich! Er stammte aus Zemun aus einer kultivierten adeligen Familie, Greta Bauer, eine richtige Schönheit, kam aus Osijek. Sie hat ihre Karriere als Opernsängerin begonnen, dann passierte etwas mit ihren Stimmbändern ..."

„Ja, und dann ist sie Schauspielerin geworden."

„Wie du siehst, die Kombination von Jüdinnen und Serben ergibt gute und kluge Kinder, die inzwischen eigentlich keine Kinder mehr sind."

„Ja und nein."

„Bei meinem Ivan sehe ich Anzeichen von Frühreife. Und er ist damit nicht allein. Die Kinder wissen vielleicht wenig über das Leben, sind aber erwachsener, als wir es in ihrem Alter waren."

„Als junges Mädchen war ich so naiv, dass es schon an Dummheit grenzte, und auch Inda ..."

„Aber Branka, sie ist ein fertig geformter Mensch. Und so wie sie jetzt ist, wird sie immer bleiben."

„Und was meinst du, wie ist sie jetzt?"

„Fleißig, stolz, nach außen kühl, aber sinnlich. Sie wird eine von jenen Frauen sein, die in Allem bis zum Ende gehen: Wenn sie lieben, geben sie sich restlos hin, wenn sie unzufrieden sind, sind sie unglücklich, wenn sie nicht mehr lieben, brechen sie die Beziehung sofort ab, bei Tisch essen sie sich satt, bei der Arbeit schonen sie sich nicht. Verstehst du, was ich meine?"

„Aber ja, vor allem das mit dem Essen!"

„Was immer sie in Angriff nimmt, wird sie zu Ende führen. Sie wird sich nicht um die Meinung anderer kümmern, wird nicht nach Geld gieren, was sie verdient, wird sie mit Vernunft für sich und ihre Lieben ausgeben."

„Hör mal, du bist die reinste Wahrsagerin!"
„Nein, ich beobachte sie seit ihrer Kindheit, aber aus der Distanz."
„In der Tat, manchmal ist es schwer, das eigene Kind zu beurteilen."
„Fahrt ihr in diesem Sommer zu Nina?"
„Ja, Marko hat uns das erlaubt ..."
„Marko hat erlaubt, Marko hat angeordnet, Marko hat gesagt!" Erna lachte. „Wenn man dich hört, meint man, du lebst im Mittelalter und bist die am unglücklichsten verheiratete Frau auf der Welt."
„Ich genieße es, ihm zu gehorchen, und er genießt es, dass man auf ihn hört! Marko ist eine starke Persönlichkeit ..."
„Das war er, Branka, jetzt aber nicht mehr. Jetzt ist er schwach, krank, müde."
„Für mich ist er derselbe geblieben. Aber auch viele andere respektieren ihn, weil ..."
„... weil du mit deiner Haltung und mit deinem Verhalten ihm gegenüber ihn auch weiterhin stark erscheinen lässt und jedermann *dein* Bild von Marko vermittelst. Er lebt jetzt durch dich. Du erlaubst es nicht, dass man ihn anders sieht, als du ihn in deiner Jugend gesehen hast. Leider ist aber von jenem Marko nicht viel übriggeblieben."
„Das stimmt nicht."
„Hier ein einfaches Beispiel: Du wirst ihm jetzt Kaffee bringen. Leise, fast demütig wirst du das Zimmer betreten, das Döschen mit dem Süßstoff öffnen, dem eine Tablette entnehmen und sagen ‚Dein Kaffee, mein Schatz' ihn streicheln und dich zurückziehen. Er wird sagen: ‚Danke dir, Kleines' und weiter Karten spielen. Mein Balša und Pero werden Markos Kraft und seine Dominanz über dich *durch dein Verhalten zu ihm* feststellen, nicht aufgrund ihrer Meinung über ihn."
„Aber ich verstelle mich nicht, ich fühle wirklich so ..."
„Umso besser für euch beide!"
„Aber wenn Marko so schwach ist, wie du sagst, warum ist er nicht nachsichtiger zu Inda?"
„Weil er die heilige Vaterrolle übernommen hat und sie für das Wohl seines Kindes bis zum Schluss spielen will."
„Ich glaube, da irrst du dich."
„Dabei ist das Kind jetzt mit seiner Weiblichkeit beschäftigt, es möchte sich vergnügen und verlieben, als gelte es etwas Verpasstes nachzuholen. Ähnliches erwartet mich bald mit Ivan, nur ist es mit den Jungen doch leichter. Es ist gut, dass ihr nach Dubrovnik fahrt, so können Marko und Inda sich voneinander erholen."

„Aber wenn wir zurückkommen, wird es wieder sein wie vorher."
Branka ging in die Küche, kochte Kaffee und brachte ihn dann ins Zimmer, wo die drei Männer Karten spielten.
„Zwei", reizte Marko.
„Ich habe eine Drei", sagte Pero.
„Kreuz spielt", meldete sich Balša.
„Ich spiele", sagte Marko.
„Ich nichts, nein, null!", antwortete Pero.
„Du kommst mit mir", erwiderte Marko, sah Branka, lächelte sie an und sagte: „Gerade zur richtigen Zeit, Kleines! Vergiss den Süßstoff nicht."
„Hier ist er", erwiderte Branka und gab ihm eine Tablette.
„Ich liebe ihn sehr", murmelte sie, während sie in Rikicas ehemaliges Zimmer ging, wo Erna auf sie wartete, „genauso wie früher, nein, mehr als früher ... jetzt, wo er mich braucht."

★

Branka, Nina und Inda saßen im Stadtcafé in Dubrovnik. Mit einem übergroßen Fächer versuchte Nina, sich Kühlung zu verschaffen, Branka schaute versunken auf den Hafen und Inda wartete, dass Siniša auftauchte, in der Hoffnung, er würde sie zu einem Spaziergang einladen und sie unterwegs küssen. Neun Uhr abends, die Stoßzeit, eine Menge Leute bewegten sich zwischen den Tischen gleich einem nie versiegenden Fluss mit wechselnder Richtung. Jeder bemerkte, beobachtete und musterte jeden, denn niemand hatte etwas Besseres zu tun. Obwohl sie unter der Hitze litt, zeigte Nina auf viele Vorbeigehende und unterrichtete Branka über deren ganze Lebensgeschichte, so wie sie in Dubrovnik kolportiert wurde. Von steinernen Mauern wie von undurchlässigen Grenzbefestigungen umzingelt, behielt die Stadt die Informationen über ihre Einwohner für sich, die dann wie Tischtennisbälle von einem Ende zum anderen sprangen, gefangen im Raum, aber auch in der Zeit – jetzt genauso wie in der Epoche der Schriftsteller Držić und Gundulić. Für Nina, die ihren Modesalon als günstige Tratschbude verloren hatte, war diese Stadt deshalb ein Paradies. Hier gab es auch viele Zugereiste, die auf die eine oder andere Weise mit Ninas früherem Leben zu tun hatten. Daher hatte sie das Gefühl, in diesem Ort mit provinzieller Mentalität, der nur im Sommer im Glanz einer Großstadt erstrahlte, jeden Einwohner zu kennen.

„*Mira, mira a esta!* Schau dir diese dort an", flüsterte sie verschwörerisch. Sie begann dann mit der Geschichte der Passantin, um bei den Gründen zu enden, weswegen diese sie nicht gegrüßt oder Ninas Gruß nicht erwidert hatte.

„Also, Ninić", fragte Branka manchmal, „warum meinst du, dass die Frau einen bestimmten Grund hat, dich nicht zu grüßen? Vielleicht hat sie dich einfach nicht gesehen." Aber Nina stritt das verärgert ab.

Während Branka den vorbeiziehenden Fluss der Passanten betrachtete, sah sie hinter den Blumenkübeln am Rand der Terrasse ein ihr bekanntes Gesicht einer Frau, die lachen und ihr zuzuwinken schien. Branka drehte sich um, aber als sie nur die Rücken der Leute hinter sich sah, schaute sie genauer hin und sprang auf: „Didi! *Querida di la madri!* Didi, Liebes!", rief sie so laut, dass alle sich umdrehten. Die Gestalt hinter den Kübeln verschwand für einen Augenblick und tauchte dann am Eingang des Cafés wieder auf. Vom anderen Ende der Terrasse rannte Branka ihr entgegen „*Didi, fijiquia!*" rufend, worauf Didi „Mütterchen Banki" antwortete. Als sie sich endlich in den Armen lagen, drehte sich Branka zum Publikum und erklärte: „Meine Nichte ... Sie ist unerwartet gekommen!"

Währenddessen starb Inda vor Scham und wünschte, die Erde würde sie verschlucken. „Eine echte Sálom-Begegnung", murmelte sie und umarmte Didi, die sie kaum erkannte.

Nina reagierte mit Verspätung. Erst als Branka sich schon beruhigt hatte, erklangen die Jubelschreie auch der zweiten kleinen, grauhaarigen Frau. In der Hitze der Umarmung zerbrach Ninas riesengroßer Fächer.

„Keine Sorge, liebe Tante", sagte Didi, während Nina auf Ladino mit ihrem Ungeschickt haderte. „Als hätte ich es gewusst, ich habe dir einen neuen mitgebracht. Ich bin so glücklich, euch gefunden", wiederholte sie immer wieder.

Nach der großen Aufregung wurden auf einmal alle drei still. Branka kam als Erste zu sich.

„Wieso? Wie bist du gekommen?"

„Mit dem Flugzeug aus Belgrad. Ich habe deinen lieben Mann, deinen guten Marko gesehen! Er sagte, ihr hier und am Abend immer im Stadtcafé."

„Warum hast du dich nicht angekündigt?", fragte Nina. „Ich bekam Herzklopfen, fast traf mich der Schlag vor Aufregung. Wir hätten auch etwas zu essen vorbereitet. Ach, *tristi di mi*, ich Arme! Was wirst du essen?"

„Alles Überraschung! Ich kann es immer noch nicht glauben, dass ich hier bin! Aber jetzt von Anfang an: Cliff sollte *home leave*, Urlaub, bekommen, wir wollten alle nach Amerika. Aber nach der Vorschrift muss man nach der Rückkehr aus dem Ausland sechs Monate in Beirut bleiben und das kann er nicht, weil er bald versetzt wird. Wir wissen noch nicht wohin. Als ich hörte, nichts mit United States, bat ich ihn um Geld, um die Tante ... die Tanten zu besuchen, bevor wir weit weg ziehen, wahrscheinlich nach Südamerika. Ich habe eine Hilfe gefunden, die zwei Wochen für die Familie kocht. Und so habe ich jetzt alle überrascht! Du hättest Marko sehen sollen, als er die Tür aufmachte! Er fiel fast in Ohnmacht. Wir haben gemeinsam einen Kaffee getrunken und dann bin ich sofort hier gekommen ..."

Ein Glück, dass Siniša heute Abend nicht hier ist, dachte Inda. Was für ein Spektakel! Didi ist gekommen, na und? Wozu diese Aufregung?

„*Luque qui diga*, was soll ich sagen", murmelte Nina, „*no mi arriturni ainda di esti grandi surpresu ... Todu vamus avlandu y di ningunu ... Ah, no puedu descrivir estus lindus sentimientus ... Vamos a casa* ... ich bin vor lauter Überraschung noch nicht zu mir gekommen ... Wir sprechen alle, aber von niemandem. Ach, ich kann dieses herrliche Gefühl gar nicht beschreiben. Gehen wir nach Hause."

„Serbisch, Tante Nina, sprich Serbisch", mahnte Inda und dachte, sie hätten ohnehin schon genug Aufsehen erregt.

„Ich spreche doch Serbisch", erwiderte Nina erbost und selbstbewusst, was wieder ein so lautes Gelächter hervorrief, dass die Leute sich zum dritten Mal umdrehten.

„Hört mal, es ist wirklich besser, wir gehen nach Hause", stellte Branka fest.

Sie machten sich gleich auf den Weg.

„Morgen will ich Mama, Pol und Riki schreiben", sagte Didi unterwegs. „Sie werden sich sehr freuen! Vor allem meine *mámile!*"

„Das muss nicht unbedingt morgen sein", sagte Nina. „Du hast es immer eilig. Ich hoffe, du bleibst länger bei uns?"

„Nur ein bisschen mit euch reden, ein bisschen schwimmen, dann gehe ich nach Zagreb, zwei Maler besuchen, die ich in Beirut kennengelernt habe, einer wird mich malen. Dann fahre ich nach Bled, weiter mit dem Zug nach Verona, dann nach Napoli, um meine beste Freundin, eine Italienerin, zu treffen. Mit ihr zusammen nach Capri, nach Rom und dann Flugzeug zurück nach Beirut!"

„Es ist doch gut, einen Amerikaner zu heiraten", bemerkte Inda.
„Warum?"
„Wie viel du reist! Das kann keiner von uns."
„Du warst noch nicht weg von Jugoslavija?"
„Nein."
„Komm zu uns nach Beirut. Dort dir sehr gefallen. Jetzt ist ein bisschen Problem mit dem Suezkanal, aber man lebt wunderbar. Wir wohnen am *border* zwischen christlichem und muslimischem Teil der Stadt. Aber ich muss zugeben, vor ein paar Tage bekam ich Angst. Cliff und ich kamen von einer *party* zurück und Teenager stoppten unseren Wagen. Aber nichts passiert ... Sonst haben wir viele Einladungen. Du wirst viele Leute kennenlernen."
„Würdest du hinfahren?", fragte Branka sie im Ernst.
„Ich weiß nicht ... Wohl nicht ... Papa würde mir das nicht erlauben."
„Ich kann ihn fragen."
„Nein, bitte nicht!"
Trotz der großen Neugier siegte die Angst vor dem Fremden und Unbekannten. So viele Ausländer, alles auf Englisch ... Man wird sie für dumm halten. Später träumte sie oft von einem Aufenthalt bei reichen Amerikanern auf den Rasen von prunkvollen Villen in Beirut etwa wegen eines Empfangs ihr zu Ehren und malte sich sogar Gespräche mit ihnen aus, aber bei dem Gedanken, das könnte Wirklichkeit werden, bekam sie kalte Füße.
„Du schüchterne Gans", flüsterte Inda sich selbst zu.
„Tante", Didi räusperte sich, als sie zu Branka in Ninas heißes Zimmer kam, „ich will ... weißt du, diesen Ring für Indica geben ... Er gehörte Oma Estera, sie hat ihn meiner Mutter geschenkt, als sie von zu Hause wegging."
„Nein, Didica, auf keinen Fall. Das ist deine Erinnerung an Klari und Oma."
„Aber Inda hat nichts."
„Sie hat etwas, was du, mein Herz, leider nie hattest: die ungeteilte Zuneigung ihres Vaters. Das ist ein Geschenk, das man nicht kaufen kann."
Didi lächelte traurig und nickte. „Ja, liebe Tante. Vielleicht deshalb will ich männliche Zärtlichkeit und Cliff gibt mir nicht. Er vergisst meinen Geburtstag, bringt keinen Blumenstrauß, aber er gibt Sicherheit und ein gutes Leben. Deshalb will ich dankbar sein und mit ihm bleiben."

„Es freut mich, dass du dir jetzt sicher geworden bist. Ich sagte dir, als wir uns zum letzten Mal sahen, dass er dein Schutz und deine Stütze ist, außerdem ist er ein guter Vater, und die Kinder sind das Allerwichtigste ..."

„Wie viele hast du?", fragte Nina, die ins Zimmer kam und sich sofort ins Gespräch einschalten wollte.

„Wovon, Tante?"

„Kinder, natürlich!"

„Drei Söhne."

„*Ma no mi digas!* Sag bloß!", wunderte sich Nina. „Bravo! Ich dachte zwei. Wo kommt jetzt der Dritte her?"

„Er wurde geboren ... ein Baby, zehn Monate alt."

„*Comu si llaman andgeliquius?* Wie heißen denn deine Engelchen?"

„Der erste Alan, der zweite Ronald, der jüngste David."

„Das muss ich mir irgendwo notieren ... Ich schäme mich, weil ich die Namen *di mius primus cusinus* meiner Neffen nicht kenne. Ach, ihr habt euch überall in der Welt verstreut. Und was bin ich für sie?"

„Ich glaube Nona, Oma."

„Eine alte, zerstreute Nona!"

Nina ging wieder hinaus, um sich abzukühlen, Didi zeigte ihnen die Fotos.

„Oh ja, gesund und kräftig, schöne Kinder", sagte Branka. „Echte Amerikaner. *Buen oju lus miri,* unberufen!"

„Ronald ist ein Sálom. Er zeigt Gefühle, der Süße ist zärtlich und temperamentvoll! Alan ist gut und gehorsam, genau wie sein Vater. Ich liebe sie alle sehr, aber Ronald ist mein ..."

„*Bendichu qui sea,* lang soll er leben! Und ihr zieht bald noch weiter weg, Didi. Wo wird euer Heim sein?"

„Ein Heim hatte ich nie, deshalb fehlt es mir nicht. Überall, wo ich länger als einen Monat bin, fühle ich zu Hause, aber Cliff meint am Ende Washington D.C."

„Magst du das?"

„Oh ja! Dort bin ich glücklich. Alle freundlich, und Mama in der Nähe. Weißt du, nur mit dir und mit ihr bin ich richtig. Sonst flattere ich herum, denke wenig, arbeite viel und kümmere mich um viele Dinge. Ich mag reiche, wichtige Leute, das ist wahr. Aber wenn ich mit dir rede, sehe ich mich von innen. Dein Maß für Leben ist anders. Dort ist Geld wichtig und Ansehen, und ich bin auch so geworden ... ein bisschen Snob. Aber nicht im Kern, das weißt du doch?"

„*Ya sé fijiquia*, ich weiß es, Mädchen. Du solltest nur ein bisschen öfter Klara schreiben. Immer beklagt sie sich, dass sie von dir keine Nachrichten bekommt."

„Und ich immer an sie denken. Morgen schreiben wir ihr gemeinsam einen Brief und schicken ihn *by airmail*. Ja?"

Sí, querida, sí, ja, meine Liebe, ja!", antwortete Branka und verstummte wegen eines unerklärlichen Anflugs von Traurigkeit. Sie dachte, das käme von der Erinnerung an all die Abschiede, an solche, auf die langes Warten folgte, und an die endgültigen. Sie dachte an Mama Estera, Buka, Atleta und auch an Klara, die sie seit fast dreißig Jahren nicht gesehen hatte. Jetzt sah sie ihre Schwester vor sich, aber nicht als junge Frau, die sie bei ihrem letzten Treffen war, sondern wie auf den neulich geschickten Fotos: füllig, weißhäutig, grauhaarig und ziemlich heruntergekommen. Ihre Schwester Klara, mit der sie im Leben am wenigsten Zeit zusammen verbracht hatte. Sie hatte ihr in der schwersten Not geholfen. Die arme Modistin ohne ihren Salon, mit zwei Kindern hinausgeschleudert in die fremde Welt, ohne Heim und Schutz, hatte ihre rettende Hand dem einst kräftigen, reichen und bis zur Einsamkeit unabhängigen Marko gereicht. Sie hatte sie alle ernährt und half ihnen immer noch. Branka seufzte tief und voller Schmerz, wie wenn man jemandem nachtrauert.

„Warum bist du traurig, Tante?", fragte Didi.

„Ich weiß es nicht, *querida*. Ich denke an die weiten Wege, die das Leben uns vorgegeben hat. Wir sind in der Welt verstreut wie Wassertropfen im Wind und verdunsten langsam, ohne uns jemals wieder zu begegnen. Wir verschwinden, leben aber weiter in euch, egal wie ihr heißt und wie ihr eure Namen ändert. Was ist ein „r" anstelle des „l" im Vergleich zu dem, was wir seit Tausenden von Jahren in uns tragen? Ob ich Branka oder Blanka heiße, ich bleibe immer dieselbe."

„Inda, mein Liebes, bring uns bitte Papier und einen Füllfederhalter. Wir wollen einen Brief an unsere Schwestern schreiben ..."

An diesem Abend schrieben sie alle vier wie nach einem festgelegten Ritual: zuerst Branka, dann Nina, dann Didi und am Ende Inda. Sie waren gerade fertig, da erhob sich unerwartet ein heftiger Wind, zauste die Palmenkronen und peitschte das Meer. Branka nahm Didi wortlos an der Hand und ging mit ihr hinaus. Langsam spazierten sie den dunklen Weg entlang zum Heiligen Jakob und unterhielten sich bis nach Mitternacht.

Zur selben Stunde in New York verstarb Klara im Schlaf. Riki, die mit ihr das Zimmer in der kleinen Wohnung in der Bronx teilte, hörte kein Geräusch, dennoch trieb ein ahnungsvolles Bangen sie zum Bett der Schwester hin. Sie streichelte Klara übers Haar und spürte dabei eine eisige Ruhe, kälter und stiller als alles Lebende. Im Dunkeln fühlte sie ihren Puls, legte die Hand auf ihre noch warme, aber reglose Brust, kniete sich neben das Bett und flüsterte: „*Klari, pur luque mi dixitis?* Klara, warum hast du mich verlassen? Ich habe dir nicht einmal gedankt. Immer komme ich zu spät. Von Mutter habe ich mich nicht verabschiedet und jetzt bist auch du weg." Ihre Tränen benetzten die Hand der Schwester, die sie mit Küssen übersäte.

New York brummte wie immer in der Dämmerung.

Am nächsten Tag erhielten Cliff in Beirut und Marko in Belgrad den Bescheid. Wie verabredet beschlossen sie beide, mit der traurigen Nachricht zu warten und ihren Angehörigen noch ein paar schöne Tage in Dubrovnik zu gönnen. Klara konnte ohnehin niemand mehr helfen.

★

Ein Regenschauer, wie es ihn nur in den Küstenstädten gibt, ging über Dubrovnik nieder, das Wasser floss die alten Steinquader auf dem Stradun hinunter. Warme Regentropfen aus den hohen Wolken prasselten auf Brankas Kopf. Inda und Didi rannten hinter ihr her, um die Straßenbahn zu erwischen, die sie nach Pile bringen sollte, von wo sie barfuß über die warmen Steine durch die Stadt und über Ploče nach Hause gelangen würden. Sie waren im Kino gewesen, hatten aber nur die erste Hälfte des Films gesehen, weil die Aufführung wegen des Unwetters unterbrochen werden musste.

Die Straßenbahn war übervoll.

„Aber, gnädige Frau, Sie stehen auf meinem Mantel!"

Branka drehte sich mit Mühe um: „Nein ... ich stehe nicht auf Ihrem ..."

„O doch, der ist nämlich lang", sagte der Mann mit einem schelmischen Lächeln.

„Nein, so lang kann er gar nicht sein", erwiderte Branka ernst.

„Wie wollen Sie das wissen, meine Dame?"

„Wie?", wunderte sich Branka. „Normalerweise reicht keiner bis zum Boden, außerdem habe ich ihn gesehen!"

„Gesehen? Ich weiß nicht, vielleicht haben Sie ihn gesehen, man kann sich ja nicht an alles erinnern!"

„Ja, vorhin, als ich mich umdrehte ..." Branka verstummte, als sie merkte, dass alle um sie herum lachten. Sie begriff, dass etwas nicht stimmte und wurde krebsrot, während der Mann seine Späße weiter trieb.

Didi lachte Tränen, Inda hingegen drehte vor Scham der Mutter und Didi den Rücken zu und tat, als kenne sie sie nicht.

In dem Augenblick hörte man eine männliche Stimme: „Branka, sind Sie das? Branka Korać?"

Na wunderbar, dachte Inda, jetzt kennen alle auch noch unseren Namen!

Branka rief verwirrt zurück: „Wer ist das?"

„Die Spasićs!", antwortete die Stimme. „Wir sehen uns beim Aussteigen in Pile!"

Branka konnte kaum das Ende dieser schlimmen Fahrt erwarten und atmete auf, als sie endlich, wenn auch im Regen, aussteigen konnten. Sie küsste Beka und Kaća und hob einen dreijährigen Jungen hoch.

„Das ist wohl Stevan?"

„Ein ganzer Kerl, nicht wahr?", entgegnete Spasa stolz.

„Wieso seid ihr hier?", fragte Branka, nachdem sie sie Didi vorgestellt hatte, während Inda und Kaća schon mitten im Gespräch waren.

„Es war so, Beka wollte es unbedingt, und ich dachte, warum nicht! Alles ist bestens, der Boden ist fruchtbar, ich habe auch Schafe ..."

„Wie läuft das Geschäft?"

„Hervorragend! Schuhe braucht jeder und auch Reparaturen gibt es mehr als genug! Ihr Rat war richtig. Überhaupt, ich habe Ihnen vieles in meinem Leben zu verdanken! Und wie Beka Ihnen schon geschrieben hat, wir bleiben Ihnen verpflichtet und ich weiß nicht ... ähm ...", stammelte Spasić, als wolle er in dieser kurzen Zeit im strömenden Regen in Dubrovnik alles sagen, was er sich seit Jahren vorgenommen hatte.

„Aber warum siezt du mich jetzt, wenn du vom ersten Tag ‚du' zu mir gesagt hast?"

„Die Zeiten haben sich geändert und ich noch mehr! Ich habe viele Dinge begriffen und Beka", er sah sie zärtlich an, „hat mir manches beigebracht. Ich bin ein echter, feiner Belgrader geworden mit ständigem Sitz in Okolište. Aber jetzt möchten Stevan und ich als richtige Männer euch zu einem Glas ins Stadtcafé einladen!"

Sie liefen den Stradun entlang.

„Und wie geht es Ihnen?", erkundigte sich Branka bei Beka.

„Ich bin glücklich. Ich habe einen guten Mann. Er kümmert sich um mich." Beka knuffte gegen Spasas kräftigen Oberarm, wie es Liebende oft tun. „Ich koche, helfe im Geschäft aus, arbeite im Haushalt. Wir haben alles schön eingerichtet, weitere drei Räume angebaut. Das habe ich Ihnen schon geschrieben. Unser Garten ist ein wahres Paradies! Wann kommen Sie uns endlich besuchen? Spasa und ich verstehen uns gut. Was brauche ich mehr?"

„Einen Kühlschrank", sagte Spasa lakonisch. „Den muss ich kaufen, sonst geht meine Ehe in die Brüche."

Branka dachte daran, wie sie vor demselben, jetzt gutmütigen, Spasa zitterte, auf Zehenspitzen ging und seinen Schritten in der Wohnung lauschte. „Ja, die Zeiten sind anders geworden!", sagte sie nachdenklich.

Inda bemerkte Siniša, der seinen Blick über das Stadtcafé gleiten ließ, und hoffte, er suche sie. Als er sie erblickte, kam er auf die Gruppe zu, begrüßte Branka, die ihn den übrigen vorstellte, sagte, er habe es eilig und flüsterte Inda ins Ohr: „Ich habe Sehnsucht nach dir! In diesen Tagen warst du nirgendwo zu finden. Morgen um zehn werde ich vor dem ‚Argentina' sein, mit einem Wagen. Dann fahren wir zum Schwimmen nach Mlini."

Vor Aufregung gelähmt, brachte Inda nichts hervor, sie nickte nur. Siniša verabschiedete sich von allen und ging. Der Puls schlug in ihren Ohren, in denen noch seine Worte von der Sehnsucht hallten. Hoffentlich erlaubt Mama es?

„Oh mein Gott!", seufzte sie laut.

„Wer war das?", fragte Kaća.

„Der? Ein Schauspieler aus Belgrad, macht hier bei den Sommerfestspielen mit ..."

„Dein Freund?"

„Das kann man nicht sagen", erklärte Inda mit der Stimme einer erfahrenen Frau. Sie dachte, Kaća kenne sich wenig in Sachen der Liebe und des Miteinandergehens aus, weil sie auf dem Land lebte. „Aber ich glaube, ich gefalle ihm. Wir kennen uns schon seit Jahren."

„Und ihr trefft euch seit Jahren?"

„Nur im Sommer in Dubrovnik."

„Das ist aber ungewöhnlich! Er ist viel älter als du, nicht wahr?"

„Das Alter spielt für mich keine Rolle."

„Wenn mein Dejan so viel älter wäre, hätte ich Angst ..."

„Die Frage ist, aus welchem Blickwinkel man das Leben betrachtet", sagte Inda affektiert. „Und wer ist Dejan?"

„Ein Junge aus der Nachbarschaft. Jetzt ist er in Belgrad, dort studiert er Medizin. Im nächsten Jahr werde ich nach der Matura auch in Belgrad studieren, aber davor heiraten wir."

„Fein."

„Ehrlich gesagt, das Studium interessiert mich nicht sehr. Mir liegt nur daran, mit Dejan zusammen zu sein. Und du? Wirst du den Schauspieler heiraten?"

„An heiraten denke ich gar nicht, er auch nicht. Mit Siniša zusammen zu sein, ist die große Masche! Wenn du nur wüsstest, wie die Mädchen hinter ihm her sind ... Das ist phantastisch!"

„Mit einem solchen Mann könnte ich nie zusammen sein."

„Und wenn er Augen nur für dich hätte?"

„Hat er denn Augen nur für dich?"

„Nein", sagte Inda mit einem Seufzer.

„Und liebt er dich?"

„Ich hoffe es ... ein wenig."

„Liebst du ihn?"

„Ich bin verrückt nach ihm!", lachte sie und begann leise zu singen: *Crazy love, you're my crazy love!*

„Mir scheint, er imponiert dir nur."

„Mag sein. Kein Wunder. Aber das ist gar nicht wichtig."

„Was sagt deine Mutter dazu?"

„Nichts. Ratschläge gibt sie mir nur, wenn ich sie darum bitte. Sie ist nicht so lästig wie andere Mütter. Und deine? Gefällt es ihr, dass du so früh heiratest?"

„Wahrscheinlich nicht, aber was kann sie dagegen tun?"

„Sie könnte dir das Geld für Belgrad sperren!"

„Das wäre ein Verbrechen! Denn sie liebt mich ja!", rief Kaća aus.

„Das hat nichts zu bedeuten. Auch Lanas Vater liebt seine Tochter ganz bestimmt und hat ihr trotzdem verboten, sich mit Husein zu treffen ..."

„Husein?"

„Ja. Meine Freundin, das schönste Mädchen in der Schule, hat sich in einen Marokkaner, einen Diplomaten, verliebt ... Die beiden dürfen nirgendwohin zusammen ausgehen, weil ihr sehr strenger Vater gedroht hat, sie aus dem Haus zu werfen, falls sie weiter mit diesem Huso ... ähm, Husein zusammenbleibt. Was sagst du dazu?"

„Schlimm! Ich würde verrückt werden, wenn ich mich mit Dejan nicht treffen dürfte. Und was machen die beiden jetzt?"
„Sich verstecken."
„Und ihre Mutter?"
„Sie hilft ihr nach Möglichkeit ..."
„Das ist alles so exotisch!", sagte Kaća voller Bewunderung.
„Du kannst, wenn du Lust hast, zum Strand vom ‚Argentina' kommen, dort kannst du sie alle kennenlernen. Nur morgen nicht, morgen fahre ich nach Mlini. Komm übermorgen!"
„Gut", sagte Kaća, und beide mischten sich in das Gespräch der Erwachsenen am Tisch ein.
Als sie das Café verließen, regnete es nicht mehr und die Straßen glänzten. Inda ging neben Didi und ihrer Mutter. Während sie die massiven Steinblöcke der Uferbefestigung zählte, verspürte sie einen Rausch, aber zugleich auch ein Bangen wegen ihrer ersten Verabredung mit Siniša. Zum ersten Mal würde sie länger mit ihm allein sein. Sie befürchtete, ihm langweilig zu erscheinen. Worüber sollte sie mit ihm reden, ohne zu wiederholen, was er schon tausendmal von anderen Frauen gehört hat?
Zu Hause wartete Nina auf sie an der Tür. Sie hielt drei Taschentücher in den Händen: das eine für die Tränen, das zweite für den Schweiß, das dritte, um die Nase zu putzen. Ihr Gesicht glühte, die nach unten gezogenen Mundwinkel zitterten: „*Pur luque vinitis ansina tardi? Ah, quiki disgracia ... povereta ...* Wo bleibt ihr so lange? Ach, was für ein Unglück ... die Arme ... Was soll ich jetzt? Wie soll ich?"
„Branka nahm sie in die Arme, sah sie an und fragte: „Klari?"
„*Sí, comu savis?* Woher weißt du das?"
„Was ist mit Klari? Was?", flüsterte Didi.
„Sei tapfer, *mi querida.*" Branka umarmte sie und führte sie ins Haus.
„Noch ein Schwesterchen ist von uns gegangen!", jammerte Nina. „Sie wollten uns nicht den Sommerurlaub verderben ... und warteten, bis kurz vor Didis Abreise ... *Oh, trista di mi, trista di mi! Buen mundu tenga!* Ich Arme! Möge sie im Frieden ruhen! Ich war zuerst dran, nicht sie!", schrie sie wütend. „Es gibt keine Ordnung mehr, nicht einmal beim Sterben! Ich hätte gehen müssen ... Was nützt mir überhaupt dieses Leben, wenn ich allein bin und mich keiner mag ... Auch du, Blankica, willst mich nicht!"
„Nina, darüber reden wir später!"

Didi stand reglos mitten im Zimmer. Sie weinte nicht. Branka brachte ihr ein Glas Wasser und einen Löffel Zucker.

„Sie hat unseren Brief nicht bekommen", sagte Didi leise. „Gestorben in der Nacht, als wir ihn schrieben."

Am folgenden Tag reiste sie ab. Mit ihrer scheinbaren Zurückhaltung konnte Didi jeden hinters Licht führen, nur nicht Branka, die sie zum Flughafen begleitete.

„*Cada vez cuandu vini aquí algunu di nostra familia si murió*, jedes Mal, wenn ich komme, stirbt jemand aus der Familie", setzte Didi auf Ladino an. „*I am not supersticiuous ... ma mi pareci qui estu es ...* Ich bin nicht abergläubisch, aber mir scheint, ich bin das letzte Mal hier. Wenn Ronald groß ist, schicke ich ihn, meinen Liebling, *to see,* woher ... woher ..."

„Ja, Didi, ich verstehe ..."

„Ich kann keine Sprache mehr ... Auf Wiedersehen, Mütterchen Banki!", sagte sie und ging zum Ausgang, ohne sich noch einmal umzudrehen.

„*Caminus buenus, querida*. Gute Reise, meine Liebe", flüsterte Branka und brach in Tränen aus wegen des Tods der Schwester und auch wegen Didis sprachlichem Chaos und ihrer Unfähigkeit, sich zu artikulieren. Bei diesem Abschied verspürte sie die Endgültigkeit.

In Ninas Wohnung herrschte jetzt Schweigen. Branka erlaubte Inda zum Ausflug zu gehen, denn sie wollte ihr die traurige Stimmung ersparen. Sie bat Siniša, bis drei Uhr zurück zu sein und vorsichtig zu fahren.

Am letzten Tag verabschiedeten sich Rina und Inda vom Meer, indem sie immer wieder tauchten. Der Strand leerte sich. Die Sonne ging schon unter. Die Haut der Mädchen prickelte angenehm. Sie saßen in Badetücher gehüllt da. Nun würden auch sie weggehen und die Stadt ihrer Träume und ihrer Befürchtungen verlassen.

„Es ist mir egal", sagte Rina. „Und es tut mir nicht leid wegzugehen. Ich habe alles satt ... all diese Wünsche, die meist nicht in Erfüllung gehen. Alle faseln von der Jugend! Die Jugend ist aber Scheiße: Du wünschst dir vieles, aber es fehlt dir an Mut ... oder an den praktischen Möglichkeiten! Ich kann das nicht mehr hören: Wer ist der Schönste, wer der Bekannteste, wer was für welche Augen hat, wer besser gebaut ist, wer brauner geworden ... Als wären wir in einem ewigen Wettstreit. So ein Snobismus! Alles Blödsinn! Mich interessiert nur, endlich erwachsen zu werden, damit mich alle in Ruhe lassen. Ich brauche niemanden, ich brauche nichts ..."

„... weil du vieles hast", fiel Inda ihr ins Wort.

„... auch Dubrovnik nicht!"

„Das sagst du jetzt, nachdem du zwei Monate hier verbracht hast. Willst du denn im nächsten Jahr nicht mehr kommen?"

„Nein! ... Oder vielleicht doch, aber nur aus einem Grund."

„Aus welchem?"

„Eigentlich aus zwei Gründen: Um möglichst viel Geld auszugeben, das mein Vater sonst Melanija schickt, weil er offensichtlich verrückt geworden ist, und um meine Unschuld zu verlieren!"

„Was sagst du da? Das kannst du nicht einfach so planen!"

„Warum nicht?", entgegnete Rina trotzig. „Du hast sie doch verloren?"

„Das geht dich nichts an!"

„Also doch", stellte Rina fest, wie ein Arzt, der seine Diagnose verkündet.

Blitzartig tauchte vor Indas innerem Auge das Bild von Siniša bei dem Ausflug an den kleinen, menschenleeren Kieselstrand auf, wo sie seine Stimme hörte: „Komm mir heute nicht nahe ... Rühr mich nicht an!" und begriff, dass er damit genau das Gegenteil meinte.

„Weißt du", sagte sie, „Dubrovnik könnte ich auch Premiere nennen. Hier habe ich den ersten Kuss bekommen, mir zum ersten Mal Sorgen um meine Figur gemacht, zum ersten Mal Wange an Wange getanzt, zum ersten Mal ein alkoholisches Getränk und Rauchen probiert, mich zum ersten Mal verliebt ..."

„In Siniša?"

„Ja."

„Jetzt werdet ihr euch bestimmt auch in Belgrad wieder treffen?"

„Vielleicht."

„Vielleicht wirst du auch zum ersten Mal heiraten."

„Das glaube ich nicht ... Aber wenn, dann wird das für mich das erste und das letzte Mal sein."

„Ich werde es nie tun!"

„Wieso bist du dir so sicher?"

„Weil die Ehe und Kinder große Scheiße sind. Das ist nur eine Farce und ein Betrug!"

„Nein, du irrst dich, Rina! Wenn du schlechte Erfahrung gemacht hast, heißt es nicht, dass es nicht auch andere Fälle gibt."

„Die sind alle gleich!"

„Das stimmt nicht ganz ..." Inda zögerte, ihre Eltern als Beispiel zu nennen.

„Ich weiß, du willst jetzt von deinen Eltern erzählen ... ein Traumpaar! Aber niemand ist so wie deine Mutter. Ihr habe ich auch etwas anvertraut, was du nicht weißt!"

„Du bist gemein!", erboste sich Inda.

„Wenn du mir nicht erzählen willst, wie es ist, die Unschuld zu verlieren, erzähle ich dir auch nicht von meinen Dingen!"

„Komm, rede kein dummes Zeug. Ich habe nichts zu ..."

„Doch, doch ... auch dafür ist Dubrovnik für dich die Premiere!"

Während sie vom Strand über die Hotelterrasse zu ihrer Mutter ging, fragte sich Inda veranlasst durch Rinas Bitterkeit und Misstrauen, ob Siniša ein guter Mensch sei. Bei bisherigen Flirts dachte sie nicht an die Charaktereigenschaften der jungen Männer, wichtig war ihr nur, dass sie geistreich, unterhaltsam, originell und vor allem gutaussehend und gut gekleidet waren. Doch ihre Zweifel verschwanden schnell, weil sie sich daran erinnerte, wie ihre Mutter sie zärtlich und still liebkoste an dem Nachmittag, als sie aus Mlini zurück war, und sich, um das Zittern und die Müdigkeit zu verbergen, auf Ninas Sofa gelegt hatte. Wenn er schlecht wäre, würde ihre Mutter sie nicht schweigend liebkosen, sondern sie warnen. Oder begreift Mama vielleicht, dass sie ihre starken Gefühle nicht ändern kann und versucht deshalb ihr das zu erleichtern, was Siniša „Mädchenfieber" nennt.

Inda verweilte nicht lange bei diesen Gedanken, denn der Wirbelsturm der Gefühle dieses völlig neuen Abschnitts ihrer Jugend trug sie mit sich fort.

IV

EINE STUDIE ÜBER SCHATTEN

Greta Bauer Poljanski meldete sich aus dem Belgrader Hotel Moskva bei Branka. Mit ihrer angenehmen, rauen Stimme teilte sie ihr mit, sie würde in einer halben Stunde bei ihnen sein, denn es gebe aufregende Neuigkeiten. Greta kam von einer Tournee durch Israel zurück, bei der eine Gruppe von Schauspielern aus Belgrad und Zagreb mit Nuša Samirova an der Spitze Krležas Theaterstück „In Agonie" aufgeführt hatte.

Gretas Schönheit und ihre unaufdringliche Vornehmheit schmeichelten Brankas Auge. Bei den seltenen Begegnungen vor dem Krieg und den häufigeren während diesem, wenn die Ehefrau von Markos Freund und Geschäftspartner Aleksandar Poljanski zu ihr kam, um mit ihr die Probleme des Jüdischseins, der Mutterschaft und des Alltags zu teilen, verglich Branka sie unbewusst mit Rikica und fand bei ihr trotz des verschiedenen Aussehens den ihr lieben und anziehenden Zug einer Künstlerin. Jetzt bot sie ihr einen Kaffee an, während Greta es sich mit koketten Bewegungen in einem Sessel bequem machte.

„Also, meine Liebe, ich bin beeindruckt von den Belgrader Verkehrsampeln. Wie *herzig!* Jetzt weiß man genau, wann man die Straße bei der London-Kreuzung überqueren darf, wo immer ein unerträgliches Gedränge herrscht."

„Bei der Hauptpost gibt es noch eine."

„Nur, die Leute müssen sich noch daran gewöhnen. Ach, die Disziplin! Die war schon immer unser schwacher Punkt ... Aber was die Eindrücke anbetrifft, meine Reise nach Israel war einfach faszinierend! Wir flogen mit einer zweimotorigen Maschine langsam, wegen des Gegenwinds, der sozusagen symbolisch unsere ganze Tournee begleitete. Das nahm kein Ende! Auf dem Athener Flughafen empfingen uns dann die Attachés unserer Botschaft. Alles im großen Stil! Und in Tel Aviv brachte uns unser Impresario, Herr Holmoš aus Novi Sad, in einem reizenden Hotel unter. Und wir hatten immer nur das schönste Wetter! In Jerusalem, wo sich die größte jugoslawische Kolonie befindet, gaben wir unsere erste Vorstellung in einem Saal mit 1.700 Sitzplätzen, und die waren alle ausverkauft! Ich gab die verrückte Russin. Alles in allem spürte ich einen außerordentlichen Schwung und spielte meine Rolle so gut, dass Ljubiša mich hinter der Bühne umarmte und sagte, ich sei eine große Künstlerin! Aber zu unserem großen Unglück hatte Nuša auf offener Bühne einen Schwächeanfall. Es war zum Verrücktwerden, zum Heulen. Mit äußerster Kraft brachte sie diese Vorstellung zu Ende und spielte erst in Tel Aviv wieder. Dort sprach sie so leise, dass das Publikum ständig ‚lauter' rief. Die Aufführung kam natürlich nicht gut an. Danach gab Nuša es auf. Wir waren völlig verzweifelt und enttäuscht! Drei Ärzte haben bei ihr einen Nervenzusammenbruch festgestellt. Ja, liebe Branka, so ist das Schicksal ..."

„... über das wir oft während des Kriegs redeten, das aber, wie du siehst, auch jetzt weiter mit unserem Leben spielt."

„Und nun das Wichtigste, weswegen ich mich hauptsächlich beeilt habe, zu dir zu kommen: Ich habe deinen Elijas getroffen!"

„Tatsächlich!"

„Er war im Theater. Als er im Programmheft meinen Namen las, erinnerte er sich an mich und suchte mich auf. Er wusste, dass mein Saša und Marko gegenseitig Paten ihrer Kinder sind. Am nächsten Tag lud er mich zum Mittagessen ein. Er hat sich unheimlich gefreut, mich wiederzusehen. Als sei er durch mich dir und allen seinen kleinen Schwestern begegnet."

„Die Welt, die er verlassen hat, sehnt sich auch nach ihm ..."

„Obwohl er das nicht zugibt. Er sagt, er betrachte Nachkriegseuropa mit Skepsis und Misstrauen, das Einzige, woran er mit ganzem Herzen glaubt, seien seine Kinder und Israel. Darüber haben wir am meisten gesprochen. Ihm wurde eine dritte Tochter geboren. Sie heißt Pnina. Eure Nina hatte ihm nämlich geschrieben, dass sie kein Wort mit ihm mehr wechseln würde, falls er nicht eines seiner Kinder nach ihr nenne. Der Standesbeamte stellte ihrem Namen aber ein ‚p' vor, denn Pnina bedeutet auf Hebräisch die Perle."

„Sag mir, Greta, wie geht es ihm? Wie sieht er aus? Ist er fröhlich? Ist er gesund?"

„Ich würde eher sagen, er ist müde und melancholisch. Ab und zu, vor allem, wenn er von seinen Töchtern redet, erhellt sich sein Gesicht, und er sieht dann wie ein Jüngling aus ... Du musst wissen, dass ihnen drei Dinge heilig sind: Kinder, wegen des Erhalts der Nation, frisches Grün, weil sie überall Wüste haben, und die Armee, weil sie ohne den Kampf nicht überleben können." Greta seufzte. „In diesem Land gehen das Leben und der Tod Hand in Hand. Ich war in Yad Vashem, der Gedenkstätte für sechs Millionen Tote. Dort bin ich fast ohnmächtig geworden. Man sollte die Mitglieder der argentinischen Regierung dorthin einladen, damit sie aufhören, beim Sicherheitsrat wegen der Entführung von Adolf Eichmann zu protestieren ... Ach, so viel Ungerechtigkeit! Ja ... und dann das Leben ... alles keimt, sprießt, gedeiht. Das wird dort mehr geschätzt als bei uns." Greta nahm einen Schluck Kaffee und fuhr fort: „Stell dir vor, Elijas sagt, die jungen Leute seien nicht sehr fromm. Die orthodoxen ‚Chassidim' lähmten jeden Fortschritt und verhinderten jede Veränderung. Er hat mir noch vieles erzählt, kam mir aber etwas verloren, etwas verwirrt vor ..."

„Er weiß nicht, wohin er gehört, so wie Klaras Didi ... Und was sagte er noch?"

„Alles Mögliche. Viel Interessantes über Israel ... Wusstest du, dass man in der Wüste Negev unweit von Beerscheba Reste einer Zivilisation von vor tausendfünfhundert Jahren vor Abraham gefunden hat? Dort lebten Safaden in Höhlenstädten, bis sie auf geheimnisvolle Weise verschwunden sind."

„Haben die etwas mit den Sepharden zu tun?"

„Ich glaube nicht. Ihr seid, liebe Blanki, eine Geschichte für sich."

„Stimmt! Buka hat uns einmal beschrieben: lockiges Haar, die Form der Nase verschieden, aber keineswegs semitisch, am häufigsten Stupsnase, glänzende und lebhafte auseinanderstehende Augen, sinnlicher Mund mit dicken und ausdrucksvollen Lippen. Die Frauen, in jungen Jahren ‚La Beauté du Diable', werden später, wenn sie geheiratet und Kinder bekommen haben, dick und unförmig."

„All das trifft auch auf die sephardischen Einwanderer zu. Elijas behauptet jedoch, dass es nicht mehr lange so sein wird. Die dort Geborenen, die ‚Sabres', werden völlig anders aussehen. Von der Arbeit in Sonne und Wind werden sie kräftig, vollbusig, braungebrannt und grob. Damit werden sie ihren fernen Ahnen ähnlich, den Nomaden, Kriegern und Jägern ... die große Räume, Bewegung, Freiheit liebten ..."

„Wie die Lebensweise ein Volk verändern kann!", seufzte Branka. „Von einem solchen Urahn zu dem stereotypen mickrigen, buckeligen, ängstlichen Juden ..."

„Mit den in Israel geborenen Kindern werden die faschistischen Karikaturen von den ‚dreckigen Juden' wohl verschwinden. Davon habe ich mich selbst überzeugt. Die Sabres, sowohl die Mädchen als auch die Jungen, leisten Militärdienst, wählen frei ihren Beruf, studieren an der Hebräischen Universität, spielen in der Israelischen Philharmonie, und was am wichtigsten ist, besuchen Jericho und Masada. Sie haben direkten Kontakt zu ihrer Geschichte, nicht nur den durch die Religion. Nach dem Gespräch mit Elijas fiel mir ein, dass die kleine Vera und die kleine Estera sich eines Tages kennenlernen könnten. Ein Kind des alten und eins des neuen Landes. Eine blonde Korać und eine brünette Sálom. Estera würde Vera belehren, dass nicht Gott die Juden auserwählt hat, sondern die Juden Ihn, und ihr erklären, was die Kibbuzim sind, und Vera würde Estera von dem serbischen Familienfest Slava und von der Schlacht auf dem Amselfeld erzählen."

„In welcher Sprache?"

„In einer europäischen ... Wäre das nicht aufregend?"

„Ja, Greta ... Gott gebe es, dass sie sich einmal begegnen ..."

„Unsere hübschen Mischlinge! Der SJ-Cocktail wird nie untergehen!"

„SJ?", fragte Branka.

„Serbisch-jüdisch!"

„Und was macht Saško? Schreibt er? Wie steht es mit seinem Postdiplomstudium?"

„Sehr gut", erwiderte Greta voller Stolz. „Ein Glück, denn es war nicht leicht, dieses Stipendium zu bekommen."

„Und die Zeit verfliegt. Als wäre es gestern gewesen, als man ihn 1945 verprügelte, weil er die Ehre seines Vaters verteidigte ..."

„Er ist kämpferisch wie ich!"

„Dein Kampfgeist hat dich gerettet, Greta! Du hast viel durchgemacht: deine Karriere verloren und wiedergewonnen und nach dem Krieg und dem ganzen Leid bist du wieder aufgetreten."

„Ja, ich fand Arbeit ... Die Sommerfestspiele, die Gastspiele und schließlich der berühmte Film ‚Dreh dich nicht um, mein Sohn'! Wunderbar, wenn auch nicht das, was ich erwartet hatte."

„Man darf nicht zu viel verlangen. Du lebst noch, bist schön, hast einen guten Mann und einen klugen Sohn."

„Aber wo ist mein lässiges künstlerisches Flair von vor dem Krieg? Wenn ich mich morgens im Spiegel sehe, finde ich dort eine gewöhnliche Hausfrau, Mutter und Ehefrau und erst danach die Schauspielerin."

„Vergiss aber nicht, es war nicht selbstverständlich, mit dem Leben davonzukommen!" Branka lächelte. „Denk nur an das Osterfest 1944! Damals, kurz vor dem Kriegsende sind hier auf dem Slavija-Platz Saša, Saško und Marko um ein Haar umgekommen. Die feinen Herren wollten mit einem Fiaker vor den Bomben fliehen, weil Marko Schmerzen in den Beinen hatte und Saša nicht zu Fuß gehen wollte. Alles um sie herum wurde dem Erdboden gleichgemacht, nur die drei im Fiaker blieben am Leben!"

„Ich hätte ihn damals am liebsten umgebracht, aber er lachte nur und sagte: ‚Es ist das Schicksal, wir bleiben ewig dessen Gefangene!' So ein Dummkopf!" Greta seufzte. „Aber, was ich nie vergessen werde, ist Sašas Brief aus dem Bergwerk Bor. ‚Wir sind beide zum Küchendienst eingeteilt.' Ich jauchzte vor Glück und rief immer wieder aus: ‚Er ist nicht in der Grube! Er ist nicht in der Grube!'" Greta stand auf. „Hast du bemerkt, dass unsere Gespräche sich immer um die Vergangenheit drehen, und wir von der Zukunft nur im Zusammenhang mit den Kindern reden?"

„Das ist doch normal."

„Wir verschwinden langsam. Unsere Zeit läuft ab, wir werden zu Schatten ..."

„Aber für unsere Liebsten sind wir immer noch da."

Greta nickte.

„Sag mir ehrlich", fuhr Branka fort, „geht es Elijas gut?"

„Er ist gesund und munter, aber ich glaube, er ist sich selber nicht im Klaren, inwieweit es ihm gut geht", erwiderte Greta, gab Branka einen leichten Kuss, bedauerte, nicht auf Marko und Inda warten zu können, und ging.

Inda kam unerwartet früh aus der Schule.

„Hat man euch frei gegeben?", fragte Marko.

„Nein, wir sollten zu einer Demonstration für Lumumba vor der Belgischen Botschaft hier in der Proleterskih-Brigada-Straße gehen, aber da war ein fürchterliches Gedränge, und Vuk und ich sind einfach abgehauen."

„Das war klug", sagte Branka. „Gut, dass du jetzt da bist, da kannst du hören, was Rikica schreibt, ich habe soeben angefangen, Papa ihren Brief vorzulesen. Also, sie sagt: ‚Da ich gute Nachrichten habe, schreibe ich euch ausführlich und mit großem Vergnügen. Findet ihr auch, dass Menschen, die nicht an sich glauben, geringere Erfolgschancen haben?'"

Das trifft auf mich zu, sagte sich Inda in Gedanken. Deshalb hat Siniša mich verlassen. Ich meine, ich bin seiner nicht würdig, ich bin langweilig, unwichtig, und deshalb sieht er mich auch so.

„‚... Ich habe eine gute, eine wunderbare Arbeit bekommen! Jetzt bin ich eine der wichtigsten Hutmacherinnen für Musiksendungen beim CBS-Fernsehen und habe dreißig Angestellte unter mir. Ich entwerfe die Hüte oder mache die Modelle und wähle die Stoffe aus, alles Übrige ist ihre Aufgabe.'"

„Bravo, Schwägerin!", sagte Marko und pfiff durch die Zähne.

„‚All das geschah sofort nach Klaras Tod. Ein gewisser Herr Koen kam, um sein Beileid auszusprechen. Ein Wort ergab das andere und wir unterhielten uns bald wie beste Freunde. Als er von meiner bescheidenen Arbeit in der Schule hörte und erfuhr, dass ich einen Modesalon hatte, bot er mir diese Stelle an. Alles lief wie geschmiert. Bei dem Vorstellungsgespräch wollten sie von mir kein Diplom sehen, stattdessen ließen sie mich einen Hut nähen, und zwar – ihr werdet es nicht glauben – für ›Boris Godunow‹. Nichts war leichter als das! Ihr erinnert euch, dass ich in nur einer Woche die Hüte für sämtliche Sänger gemacht hatte. Man war von meinem Talent begeistert, ich wurde gleich angenommen! Hipp! Hipp! Hurra!'"

„Unsere liebe Klari", sagte Branka, „sogar mit ihrem Tod hat sie uns geholfen."

„‚Hier ist es leicht, der Fantasie freien Lauf zu lassen. Man findet alle möglichen Materialien und es gibt sogar Stoffe, von denen ich keine Ahnung hatte. Es gibt hier sämtliche Bücher über die Mode durch die Jahrhunderte, von den modernsten Maschinen ganz zu schweigen.

Und jetzt setzt euch, falls Ihr nicht schon sitzt: Mein Gehalt beträgt achthundert Dollar pro Woche! Und zwar netto auf die Hand! Könnt ihr euch das vorstellen? Ich bin überglücklich für mich und auch für euch. Wir alle mit der ruhmvollen Ausnahme meiner Schwester Blanka lieben bekanntlich in erster Linie uns selbst! Gleich nach mir liebe ich euch, deshalb sage ich: Ab nun werden wir alle vier gut leben, nur mit dem einen Stich ins Herz, dass wir nicht zusammen sind, und mit meinem Problem, dass ich hier mit Pol zusammen bin. Er macht mich wütend, so wie er unsere liebe Klari traurig gemacht hat. Er vergällte ihr die letzten Stunden des Lebens. Doch sie war seine Mutter, und ich bin das nicht. Deshalb kann ich kein Verständnis für seine Beziehung zu dieser eingebildet kranken Frau aufbringen. Übrigens, ihr wisst noch nicht das Schönste über diese wunderbare

Familie: Eli Rosenberg ist verheiratet! Und zwar mit meinem Wohltäter, dem mickrigen Fabrikanten Levi, der mit ihr und ihrer Mutter lebt. Angeblich ist das nur eine Ehe pro forma, denn der alte Levi war schon vor dem Krieg, also während sie noch mit Herrn Rosenberg verheiratet war, der Liebhaber ihrer Mutter. Die Tochter ist Levis gesetzmäßige Ehefrau und Pol ist deren Geliebter! Bei ihrer so großen Frömmigkeit lebten sie in einer ›menage à trois‹ und jetzt auch noch ›à quatre‹. Warum sie sich derart verbandelt haben, weiß ich nicht. Geht es um irgendwelche Geldgeschichten oder um einen mir unbekannten aschkenasischen Grund? Wer kann das wissen? Ich weiß nur, dass ich nicht weiß, wer mit wem schläft, aber auch das ist mir egal. Nicht egal ist mir hingegen, mit wem ich zusammenwohne. Wie ihr wisst, kann ich meinen Mund nicht halten, daher nehme ich an, dass Pol bald zu ihnen ziehen wird. Dann aber ist er verloren, denn von ihnen kommt er nie mehr los. Wie eine Fliege im Spinnennetz. Schade! Dazu kommt noch, dass ich Gewissensbisse habe, weil er mir geholfen hat, er hat mir den Garantiebrief ausgestellt und mich unterhalten. Sobald ich genug verdiene, zahle ich ihm alles zurück, was seine Wohltätigkeit und meine Dankbarkeit nicht schmälern wird. Klari hat mich mehrmals gebeten, auf ihn aufzupassen, falls ihr etwas zustößt. Aber ich kann das nicht und bezweifele, dass es überhaupt jemand könnte.

Einmal habe ich versucht, ihn zu retten: Ich machte ihn mit Sandas charmanter Tochter bekannt, als die beiden von der Côte d'Azur, wo sie jetzt leben, hierher zu Besuch kamen. Das ist in die Binsen gegangen. Sanda kommt nicht mehr nach New York zurück. Das schwerfällige und rekonvaleszente Europa, meint sie, sage ihr in ihrem reifen Alter mehr zu als das robuste und hektische Amerika. Wie lange werden die Leute hin- und herziehen im Glauben, es würde ihnen besser dort ergehen, wo sie nicht sind? Gewiss, um Sanda Gašić und ihre Villen in mehreren europäischen Hauptstädten und Urlaubsorten macht sich Riki Sálom keine Sorgen. Vielmehr macht sich Sanda Sorgen um Riki. Sie hat mir Hilfe angeboten, aber ich habe sie ausgeschlagen. Es genügt vollkommen, dass sie mir damals das Leben gerettet hat.

Das Wetter ist jetzt seltsamerweise angenehm. Als hätte einer der Sarajevoer Apriltage beschlossen, über den Ozean zu fliegen und den anderen Kontinent mit seiner balkanesischen Anwesenheit zu beehren. In New York kann man nur im Frühjahr und im Herbst atmen, wenn die Eichhörnchen im Central Park herumhüpfen. Im Sommer und im Winter geht man nur aus dem Haus, wenn man muss. Jetzt ist die Stadt angenehm, und wären nicht die leuchtenden Glasfassaden der Wolkenkratzer, würde ich meinen, ich müsse eine Kutsche nehmen und zu den Bosna-Quellen fahren, um dort einen Finger in das kalte Wasser zu tauchen, den die starke Strömung mir fast von der Hand reißt, als wolle sie ihn zur Erinnerung mitnehmen.'"

„Unser schönes Ausflugsziel", sagte Marko.

„‚Letzten Samstag vor Ostern war ich im Kino. Als ich gegen acht Uhr herauskam, war es noch hell. Ich ging langsam, einen Fuß vor den anderen setzend, und stützte mich auf den schönen Spazierstock, den mir mein einziger Schwager geschenkt hat. Im Vorbeigehen fiel mein Blick auf die dunkle Scheibe eines Schaufensters, und ich sah mich: schwarzer Mantel, zerzaustes, graumeliertes Haar, etwas schiefe Gestalt. Ich dachte, ich hätte jemanden anderes gesehen und nicht mich. Wahrscheinlich erwartete ich mein Bild aus der Jugend, als man mich Kreisel und kleine Porzellanfigur nannte ... An dem Abend begriff ich endlich ohne Schmerz oder Traurigkeit, dass ich alt und allein bin. Allein unter Millionen Menschen verschiedener Hautfarbe und Herkunft, die in New York leben, es immer eilig haben und vom Erfolg träumen (Gott allein weiß, was das wem bedeuten soll). Aber sofort danach dachte ich an euch. Seit ich hier bin, finde ich in euch einen wichtigen Grund für meinen Kampf. Ich will das unsichere Morgen für mich und für euch abschaffen und die Bedeutung rechtfertigen, die ihr drei mir durch eure Aufmerksamkeit und Sorge verschafft habt. Also, an diesem Abend nach dem Kino begriff ich, dass ich der wichtigste Pfeiler unserer gemeinsamen Brücke über den Ozean bin. Einsamkeit spüre ich also nicht, und wenn, ich habe sie mir doch immer herbeigesehnt. Hiermit beende ich meinen kleinen Gedankenausflug und versichere euch, alles wird gut, wenn wir nur gesund bleiben.

Meine liebe Schwester, versuche dich wegen dieser Giftzwerge so wenig wie möglich zu ärgern. Betrachte sie, wenn du kannst, als ein Gegengewicht zu unserem gegenseitigen Verstehen, das die meisten Menschen selten oder nie erfahren. Die Grdićs sind ein Teil der Lebenswaage, an die du immer geglaubt hast, ich jedoch nicht, weil ich meine, dass die Waagschale mit dem Bösen sich immer nach unten neigt.'"

„Vielleicht kommt jetzt die Zeit, dass Riki alles nachholt und das Gleichgewicht wieder herstellt", sagte Branka.

Bei mir läuft alles schief, dachte Inda. Nie kommt, was ich wirklich wünsche.

„Umarmt mir mein Belgrad'", las Branka weiter. „‚Bald wird die Stadt nach Lindenblüten duften. Blanki, brich bitte einen kleinen Zweig ab und rieche an meiner statt lange daran, während du mit Inda auf dem Balkon bist ... Solche Linden, die jemand als die Bäume der alten Slaven bezeichnete, gibt es hier nicht. Während ich euch schreibe, ist mir, als wäre ich auf dem Weg zum Avala, machte bei der Gaststätte ›Der siebte Kilometer‹ halt und tränke einen Kaffee, während ich die Gesichter um mich herum betrachte, die mir alle vertraut, die ein Teil meiner Welt sind ... Stattdessen warte ich hier auf mein erstes Gehalt und verspreche euch, ich werde nicht mehr oft so philosophieren! Eure Riki.'"

„Morgen schreibe ich ihr von den Neuigkeiten in der Stadt, die sie so liebt", sagte Inda und ging zu Rina.

Branka und Marko blieben schweigend zurück.

„Sie sorgen für uns", sagte Marko leise.

„Meinst du meine Schwestern?"

„Richtig, Brankica ... Ich habe nie geträumt, dass ich, so alt und krank, das erleben würde."

„Sechzig ist kein Alter."

„Wenn ich nur durchhalte, bis unser Kind das Studium beendet hat und auf eigenen Füßen steht."

„Komm, rede nicht so ..."

„Morgen ist ihr letzter Schultag. Das Gymnasium hat sie hinter sich!"

„Und ihr Maturaaufsatz! Ich weiß nicht, ob ich je etwas Besseres gelesen habe ..."

„Aber, Brankica!"

„Schon gut, ich meine von einem Kind in ihrem Alter!"

Marko lachte und nahm eine Kopie von Indas Arbeit, etwa vierzig Seiten zum Thema „Die Personen in den Werken Ivo Andrićs", worüber sie ein Gespräch mit dem großen Autor selbst, einem Bekannten Rikicas aus der Vorkriegszeit, geführt hatte. „Das schicken wir Rikica, koste es, was es wolle! Das wird unserer kleinen Schwägerin in der großen weiten Welt Freude bereiten."

„Mir kommt es seltsam vor, wenn ich sie mir in New York vorstelle. Hier kannte ich jeden Schritt von ihr, aber jetzt ist es, als wäre der Vorhang plötzlich zu. Ich sehe sie, wie sie durch diese Stadt geht, aber alles um sie herum bleibt mir ein Rätsel ..."

„Ich würde gern wieder ihr schallendes Lachen hören!"

„Warte, sobald sie etwas Geld beiseite getan hat, kommt sie uns besuchen. Merke dir das."

„Das tue ich. Hätte ich mir immer nur alles gemerkt und auf das Kluge gehört, das du mir im Leben gesagt hast ..."

„Zum Beispiel?"

„Zum Beispiel, das Kind früher zu bekommen ... damit es Freude an seinem gesunden und jungen Vater gehabt hätte."

„Ja, aber dann hätte sie auch den Krieg erlebt. Sie hätte das bequeme Leben vor dem Krieg gekannt und ihm nachgetrauert. Jetzt kennt sie es nur aus Filmen. Und glaube mir, Marko, sie ist glücklicher als viele ihrer Freundinnen, die im Überfluss leben."

„Hat Rina wieder angefangen zu spielen?"

„Gott sei Dank, ja. Ružica übernimmt allmählich die Rolle der Mutter. Leider hat Melanija ihre Tochter erzogen, zu dieser guten Frau hässlich zu sein ... Ach, diese unsympathische, egoistische Tschechin hat dem Kind viel Leid angetan!"

„Du meinst, *ihrem* Kind?"

„Ich weiß es nicht ... Als Rina zu mir kam, erzählte sie wenig. Sie heulte nur, als wollte sie alles aus sich herausweinen. Und doch, es schien mir, als hätte sie etwas zu sagen, was sie sich selbst nicht eingestehen und woran sie nicht glauben möchte. Das könnte vielleicht die Frage nach der Mutter sein ..."

„Sie hat es wirklich nicht leicht ... Und Pol, in was er erst geraten ist! Trotzdem meine ich, dass Riki nicht recht hat. Er ist erwachsen und selbstständig und ..."

„Aber du kennst Riki, sie kann den Mund nicht halten. Sie muss immer ihren Senf dazu geben, wenn jemand ihrer Meinung nach einen Fehler macht. Ich hätte geschwiegen und alles wäre irgendwie gut gelaufen."

„Ja, aber Riki ist halt völlig anders."

★

Inda, Lana und Vuk verließen das Klassenzimmer nach ihrer letzten Unterrichtsstunde im Gymnasium begleitet vom ohrenbetäubenden Lärm der Mädchen und Jungen, die ihren Abgang von der Schule lauthals verkündeten. Aufgeregt wegen der seltenen Gelegenheit, in ihrem Alter etwas Endgültiges zu erleben, gingen sie zum Kalenić-

„Mach dir keine Sorgen! Nicht umsonst kennt Nadica so viele Leute. Ich werde schon bei jemandem unterkommen und dann Adieu, Simica, für immer!"

„Wer hätte gedacht, dass bei all den Kerlen, die hinter dir waren, du dich ausgerechnet in Huso ... in Husein verlieben würdest!", sagte Inda.

„Und warum bitteschön nicht? Sieht er gut aus? Ja. Ist er gut gebaut? Ja. Ist er ein Diplomat? Ja. Ist er reich? Ja. Hat er ein Auto? Ja. Was willst du noch? Übrigens, sobald er die Genehmigung seiner Regierung bekommt, heiraten wir. Das ist nur noch eine Frage der Zeit. Wir haben uns schon über die Eheringe geeinigt. *Gold, baby, gold!"*

Inda verspürte wieder Mitleid, aber diesmal mit Lana, in deren Aufgeblasenheit sie eine Art Verteidigung sah, eine Art, die eigene Schwäche zu verdecken. Inda wünschte, ihre Freundin würde zu ihrem Verhalten in der Schule zurückkehren und wieder launisch, schnippisch und die unbestrittene Herrscherin über die Jungenherzen sein. Die Position der Schwäche, in die sie sich unwillkürlich durch ihre Liebe zu Husein begeben hatte, passte nicht zu ihr. Das Problem war, stellte Inda fest, dass Lana ihre neue Rolle nicht akzeptierte und stattdessen stur und schlecht die alte weiterspielte, die ihr nicht mehr entsprach.

„Warum siehst du mich so traurig an?", sagte Lana wütend und spuckte einen Kirschkern aus.

„Es tut mir leid, dass Rina nicht mitgekommen ist", log Inda.

„Ach, diese Heulsuse ... Wie Popeyes Olivia!"

„Das ist nicht schön von dir. Früher wart ihr unzertrennlich. Außerdem weißt du gut, was sie zurzeit durchmacht ..."

„Sie hat Pech gehabt, na und? Auch ich mache schon seit Jahren manches durch ... Wenn meine Alten sich endlich scheiden ließen ..."

„Aber Rina ist anders als du ..."

„Ach, wen interessiert sie schon!" Lana sah auf das Schulheft in ihrer Hand, riss einige Seiten heraus, zerriss sie in kleine Papierfetzchen und streute sie auf die Straße.

„Richtig! Das brauchen wir nicht mehr!", rief Vuk fröhlich aus und tat dasselbe. Inda machte es ihnen nach. Wie von Sinnen liefen alle drei, wie in Wildwestfilmen Indianerschreie ausrufend, die Straßen entlang und warfen Papierfetzen in die Luft.

Vuk fasste Lana um die Taille und drehte sich mit ihr im Takt eines imaginären, beschwingten Walzers, während Inda über die beiden die weißen Papierflocken streute und versuchte, eine Melodie von Strauß zu singen.

„Kennst du nicht etwas Moderneres?", schrie Lana. „Immer nur im Kreis, den Arsch im Eis! Das ist doch unser Abiturball, unser Hexensabbat!"

„Unser Maskenball", sagte Inda.

„Stimmt! Wir alle tragen Masken!", rief Vuk ihr schnaufend zu, bereit, jetzt mit ihr zu tanzen. „Wir wollen die Genossin Inda doch nicht links liegen lassen. Auch sie muss bei den Bacchanalien mitmachen! Lana, gib ihr eine Maske!"

Leute drehten sich im Vorbeigehen um.

„Sie braucht keine!"

„Wieso?"

„Sie ist mit ihrer eigenen geboren", sagte Lana zu Vuk.

„Wieso das?"

„So ist es eben!", schrie Lana mit grober Stimme und streute Papier über sie. „Niemandem will sie etwas gesteheeen! Niemandem will sie etwas zeigeeen!" Dann senkte sie die Stimme und flüsterte: „Außer vielleicht der seligen graumelierten Göttin des Verständnisses, von deren zuckersüßer Güte und Makellosigkeit mir schlecht wird!"

„Sehr witzig!", kommentierte Inda kühl. „Lass meine Mutter aus dem Spiel."

Als sie die Schulhefte bis zur letzten Seite zerrissen hatten, blieben sie außer Atem vom Tanz und von der Aufregung endlich stehen, schauten einander an, jeder machte eine andere Grimasse, und brachen dann in lautes Lachen aus.

„Fährst du in diesem Sommer nach Dubrovnik?", wollte Inda von Lana wissen.

„Ich glaube nicht. Husein möchte, dass wir mit dem Auto die Küste entlangbummeln, einfach so, ohne Ziel, die Orte abklappern ... Und du?"

„Auf jeden Fall."

„Siniša wird hoffentlich hinfahren, um dich zu sehen. Dieses Jahr hat man ihn nicht zu den Spielen eingeladen."

„Echt? Aber das ist mir egal", erwiderte Inda, äußerlich gefasst, während sich ihr die Kehle zuschnürte. „Dort gibt es immer massenweise tolle Kerle!" Aber warum log sie, wenn sie zu Hause nicht vom Telefon wich, weil sie auf Sinišas Anruf hoffte? Wenn sie dreimal täglich seine Nummer wählte und nachdem er sich meldete, unhöflich den Hörer auflegte?

„Und wofür immatrikulieren wir uns?", mischte Vuk sich ein.
„Ich würde gern Medizin studieren", sagte Inda glücklich über den Themenwechsel. „Aber noch bin ich nicht sicher ... Man muss eine Aufnahmeprüfung machen."
„Du brauchst das nicht, du hast ausgezeichnete Noten", sagte Vuk.
„Ich schon, ich habe eine Drei in Chemie und in Biologie."
„Willst du denn nicht nach Amerika?", fragte Lana.
„Doch, aber wegen meiner Mutter muss ich mich hier immatrikulieren, später kann ich mich dann um das Weggehen kümmern."
„Du gehst ja doch nirgendwo hin!", schloss Lana. „Ich schreibe mich in Englisch ein."
„Das ist gut, aber Psychologie auch", bemerkte Inda. „Meine Eltern sind von der Medizin nicht gerade begeistert. Sie meinen, es gebe ohnehin viel Leid und Trauer auf der Welt ..."
„Die Alten faseln gern über das Leid", unterbrach Lana sie.
„Oft aber haben sie recht", bemerkte Inda.
„Ach wo! Sie labern pausenlos. Auch Siniša hat vor einigen Tagen davon gequasselt", sagte sie und sah Inda an, der es da endlich klar wurde, warum sie ungern mit Lana über Siniša redete: Lana wusste viel mehr über ihn als sie. Obwohl sie manchmal vor Neugier verging, wollte sie sich nicht dazu herablassen, Lana nach ihm zu fragen. Die leidenschaftlichen Nachmittage in seiner kleinen Wohnung in der Sarajevska-Straße behielt sie für sich und beschloss, sich für den Rest seines Lebens nicht zu interessieren. Dass er sie nie ausführte, entschuldigte sie mit dem Altersunterschied, der in der Gesellschaft hinderlich war, wie er ihr das übrigens einmal erklärt hatte. Ihre Begegnungen, obwohl unregelmäßig, nahmen sie dermaßen in Beschlag, dass sie nichts anderes wahrnahm als ihre eigene Aufregung, die unbändige Begierde und die Verzweiflung, weil er sich nicht meldete.
„Der gibt mächtig an", fuhr Lana fort, „ohne einen Grund dafür zu haben. Ein mittelmäßiger Schauspieler und ein Schürzenjäger ist er ... Weder ein toller Hecht noch ein Kamerad! Im Theater kann ihn niemand leiden. Dort führt er immer das große Wort schon aufgrund seiner politischen Linie als Sekretär der Parteizelle oder als ein ähnliches Miststück!"
Inda schwieg und tat so, als hätte sie Lanas Worte nicht gehört, die sich jedoch direkt in ihr Herz bohrten. Wären Lanas Behauptungen wahr (vielleicht waren sie es gar nicht, denn Eifersüchteleien unter den Schauspielern sind bekannt), würde das etwas ändern, fragte sie

sich. Gar nichts! Sie würde ihn weiter lieben, so wie er war, und wie er war, wusste sie nicht und wollte es auch gar nicht wissen. Seine Männlichkeit und Reife, seine unwiderstehliche Anziehungskraft, sein Schauspiel ... Keine ihrer Freundinnen konnte mit etwas Ähnlichem aufwarten.

„... außerdem ist er ein ausgesprochener Geizkragen", fuhr Lana mit Sinišas Demontage fort.

Geld, sagte sich Inda, darf nicht wichtig sein, wenn es um Liebe, vor allem um wahre Liebe geht! Die gut angezogenen Jungs mit Vespa-Rollern haben zwar einen Vorzug, aber auch Siniša ist, wenn auch etwas provinziell, doch gut gekleidet, außerdem hat er ein Auto. „Klamotten sind nicht alles und Geld auch nicht", protestierte sie.

„Und was ist dann *alles*?", brüllte Lana zurück.

„Nichts ist alles und alles ist nichts!", mischte sich Vuk in das Gespräch ein.

„Das ist mir aber eine große Weisheit!"

Inda schwieg. Ist der geliebte Mann auch noch reich, schön, aber sie würde ihn nie nur deswegen lieben. Reichtum ist eine feine Sache, allerdings nur der eigene, nicht der fremde!

Langsam wurde es dunkel. Die Reste der zerrissenen Hefte hinterließen eine leuchtende weiße Spur hinter den drei Maturanten. Linden- und Kastanienbäume neigten ihre Kronen über die Straße, die sich still und bei der Neonbeleuchtung grünlich schimmernd scheinbar ins Endlose schlängelte. An der Ecke der Njegoševa-Straße verabschiedeten sich die drei. Jeder schlug seinen Weg auf frisch entdeckten Spuren ein, jeder ging nach Hause, zu seinen Anfängen und seiner Zukunft entgegen. Langsam lösten sie sich von ihren Familien und wurden eigenständige Personen, erwachsen und selbstständig, sich der Bedeutung ihrer Eltern für die Entwicklung ihrer Persönlichkeit nicht bewusst.

Diese Entwicklung hatten Marko, Branka und Riki beeinflusst. Inda kannte die Zettel beinahe auswendig, die Vater ihr jahrelang hinterlassen hatte, bevor er, wenn sie noch schlief, aus dem Haus ging. Es waren Belehrungen für den Tag: „Besser, Dich jetzt auf kleine Fehler aufmerksam machen, als dass Du später große begehst." „Du darfst Deiner lieben Tante nie mehr sagen: ‚Das hast du mir schon einmal erzählt' ..." „Ich werfe Dir Faulheit vor, aber nicht bei den Schulaufgaben, sondern im Haushalt ..." „Ich erwarte von Dir Verständnis für unsere Geldsorgen. Mache deshalb kein langes Gesicht, wenn du nicht

Deine Lieblingsspeisen vorgesetzt bekommst. Du musst uns helfen und in Deinen Ansprüchen bescheidener werden ..."

Mit diesen Zetteln wurde Markos Liebe, so verschieden von der Brankas, die ohne Einwände und Strenge war, zu einer Art persönlichem Verhaltenskodex und Weltanschauung, und erreichte somit ihr eigentliches Ziel.

Lana fand ihre Wohnung leer. Sie war froh, ihren Vater nicht anzutreffen, und fragte sich nicht, wo ihre Mutter war.

Vuk küsste zärtlich seine schöne, einsame Mutter und die Oma, die alte Mutter seines noch immer verspielten Vaters, der ihm aus der Wohnung seiner dritten Frau telefonisch zum Schulabschluss gratulierte. Wie üblich fragte der Vater, ob er inzwischen noch ein paar Frauenherzen gebrochen habe, worauf Vuk schwieg, blockiert durch andersartige Wünsche, die er niemandem anvertrauen durfte.

Inda bahnte sich den Weg durch das Labyrinth ihrer Wohnung, fiel der Mutter um den Hals und küsste den Vater ab. Sie musste aufpassen, wo sie ihn berührte und drückte, und das ärgerte sie. Seine Krankheit und Gebrechlichkeit weckten in ihr kein bewusstes Mitgefühl, sondern eher Ungeduld. Sie wünschte sich einen jungen und gesunden Vater, keinen anderen als Marko, aber den von den Vorkriegsfotos. Allerdings dachte sie selten darüber nach. Denn vor Vera Korać lag ein Leben voller Verlockungen und Verheißungen, das täglich Neues bot. Sowohl die sinnlichen Ausflüge mit Siniša als auch viele kleine und große Abrechnungen, Irrungen, Beurteilungen, Ablehnungen und Einverständnisse.

Sie hatte keine klaren Zukunftspläne, wie sie den Kindern meist von ihren ehrgeizigen Eltern aufgezwungen werden, auch hatte sie kein starkes Interesse für etwas Bestimmtes wie Rina für die Musik. Ihre Eltern hatten sie nicht erzogen, etwas Bestimmtes zu werden, ein bestimmtes Ziel zu haben, einen bestimmten Mann zu heiraten, mit bestimmten Personen Freundschaft zu pflegen. Sie hielten es für ausreichend, sie auf echte Werte im Leben aufmerksam zu machen.

„Jetzt kommt meine Einserschülerin mit mir auf den Balkon", sagte Branka. „Papa wird sich früh schlafen legen, denn morgen muss er zum Arzt."

Branka atmete die lauwarme Luft ein, schwer geworden vom süßen Duft der durch den Blitzeinschlag verstümmelten Linde.

„Papa haben viele Blitze getroffen", sagte Inda mit Blick auf die Linde, „aber er ist immer noch stark ..."

„Ja und es wird ihm auch wieder besser gehen, wenn Gott meine Gebete erhört."

„Mama, glaubst du noch immer an Gott?"

„Ja."

„Richtig an Gott mit dem Bart, an den im Himmel?"

„Früher glaubte ich auch an Ihn. Der Krieg hat mich gelehrt, dass es Ihn nicht gibt, aber dass dennoch etwas außerhalb von uns existiert ... etwas, was ich dir nicht erklären kann."

„Die Wissenschaft hat alles erklärt", erwiderte Inda mit der Sicherheit einer Maturantin.

„Wenn es so ist, wieso wissen wir nicht, wo das Ende ist?"

„Das Ende wovon?"

„Von allem."

„Das Ende ist zum Beispiel der Tod."

„Ja, aber jeder Tod wird durch eine Geburt wettgemacht und damit bleibt der Kreislauf erhalten. Wo ist das Ende des Weltalls? Wo ist das Ende der Sternenzahl? Wo gibt es die richtige Wahrheit über alles? Und", sie lächelte, „wo ist das Ende meiner Liebe zu dir und zu Papa, sag mir das, mein Kind?"

„Mama, du machst Scherze, dabei rede ich ernst!"

„Ich scherze nicht. An etwas außerhalb der Reichweite der Menschen zu glauben, hilft. Und, da wir schon bei ernsten Dingen sind, bitte ich dich, mein Herz, mit Siniša vernünftig zu sein. Ich vertraue auf sein Alter und seine Erfahrung, aber auch auf deinen klugen Kopf. Sei vorsichtig, *hija mia*, meine Tochter, wenn schon nicht deinetwegen, dann wegen Papa und mir. Ist dir das klar?"

„Ja."

„Liebst du ihn?"

„Ja ... sehr. Geradezu wahnsinnig."

„Macht nichts ... bleib du nur heil und gesund, alles wird schon gut werden. Und was will meine Kleine studieren?"

„Ich habe noch drei Monate Zeit zu entscheiden, aber wahrscheinlich habt ihr recht, es ist wohl besser, ich studiere Englisch."

„Fein, Papa wird sich freuen."

„Wenn ich fertig bin, kann ich Arbeit bei einer Reiseagentur oder vielleicht in einer Botschaft finden."

„Das hat noch Zeit! Weißt du, dass Tante Riki dir ein Geschenk geschickt hat und dass Tante Rada aus Banja Luka kommt und dir einen Dukaten bringt ..."

„Fein, daraus lasse ich mir einen Ring machen", jubelte Inda.
Branka war glücklich, dass sie kein Geschenk von ihren Eltern erwartete, denn Marko, der oft krank war, verdiente kaum genug für das Essen, sodass sie dafür Rikis Geld in Anspruch nehmen mussten.
„Und von Tante Nina kamen heute hunderttausend Dinar!"
„Toll! Ich kaufe mir italienische Schuhe. Darf ich?"
„Natürlich, Liebes ... Und in diesem Sommer wirst du allein nach Dubrovnik fahren."
„Gut, Mama", erwiderte Inda folgsam und fragte sich, wie Dubrovnik ohne Hamlet, Lana und Rina sein würde.

★

Als Inda in der Stadt ihrer Versuchungen, Erfüllungen und Enttäuschungen ankam, fand sie Tante Nina vor dem Haus. Sie jammerte.
„*Tristi di mi!* Ich Arme!"
Sie küsste die verschwitzte, aber immer wohlriechende Tante auf die Nase und stellte dabei fest, dass Nina noch kleiner geworden war. Sie fragte beschützend:
„Was ist passiert, Tante? Ich werde das schon ..."
„Meine kleine Große, unser Haus wird abgerissen und ein verdammtes Hotel gebaut ... eine Dependance. *Ah, pagan djustus pur picadoris!* Die Gerechten zahlen anstelle der Schuldigen! Wie soll ich den Umzug überleben? Wer weiß, wohin sie mich verfrachten. *Muarti lus venga*, verrecken sollen sie!"
„Vielleicht bekommst du eine bessere Wohnung. Diese hat dir nie gefallen."
„Stimmt, aber ich habe mich daran gewöhnt ... Würde ich doch nur vor dem Umzug sterben!"
„Das wirst du weder vor noch nach dem Umzug!"
„Nein, ich werde alt wie Methusalem... allen Menschen zum Vorbild ..."
„Um den Umzug mach dir keine Sorgen. Ich helfe dir dabei ... Und jetzt zeige ich dir meinen neuen Badeanzug, ein Geschenk von Tante Rikica!"
„Ja, zeige, zeige!", rief Nina fröhlich aus, als wäre sie nicht einen Augenblick zuvor noch verzweifelt gewesen.
Inda stieg hinauf in die Mansarde, um den Badeanzug anzuziehen, Nina öffnete den Schrank und machte sich in ihm zu schaffen. Sie

holte Wäsche heraus und murmelte wütend: „*Ma ondi sta? Ondi sta? Gvuercu lu llevi!* Aber wo ist es, wo ist es nur, der Teufel soll es holen!"
Inda war inzwischen wieder da und sah gerührt, wie sie strampelte, fast mit dem ganzen Körper in dem riesigen alten Schrank verschwunden war. Am Ende konnte sie sich nicht mehr beherrschen und brach in Lachen aus. Nina drehte sich um, auf ihrem Gesicht war ein halb verschämtes, halb vorwurfsvolles Lächeln.
„Lach nur deine alte Tante aus, du kleines Biest ... Mein Gott, wie schön und groß du bist ..."
„Aber nur im Vergleich zu Mama und dir ..."
„Schön?"
„Nein, groß!"
Nina betastete wie üblich das Gewebe: „*Qui finu qui sta, mi fijiquia, muy lindu.* Wie fein, mein Kind, sehr fein ... *Stas muy linda,* du bist sehr schön, wie die Venus ... Und wie geht es deinem Schauspieler, diesem Bosniaken ... Wie war doch sein Name ... Ach Gott, meine Krautwickel!" Sie lief zum Herd und kam zufrieden zurück: „Nicht angebrannt ... Ja, ja, wie die Venus. Auch sie hatte eine schmale Taille, kleine Brüstchen und einen großen Hintern. Jemand hat mir das gesagt ... Ach ja, jetzt weiß ich wieder, Siniša! Kommt er wieder?"
„Nein."
„Sehr gut!"
„Aber, Tante!"
„Von Anfang an hat er mir nicht gefallen. Er schwarz wie ein Zigeuner und alt, du so jung und blond. Ich weiß nicht, was in dich gefahren war. Solche wie ihn gibt es in Saraj in rauen Mengen, zumindest vor dem Krieg war es so ..."
Inda schwieg. Sie würde alles dafür gegeben, wenn Siniša nach Dubrovnik käme, wie er ihr, als sie ihn vor ihrer Abreise anrief, versprochen hatte.
„Ah, *Siñor dil Mundu,* du großer Gott, schon wieder habe ich es vergessen!", rief Nina. „Das Geschenk für dich ... Ich habe es so gut versteckt, dass ich es nicht mehr finden kann ... Vor wem habe ich es nur versteckt?"
Sie tauchte wieder in den Schrank, Inda ging nach den Krautwickeln sehen.
„Hieeer, ich hab es! *Mira,* schau!", tönte Nina triumphierend, kam auf Inda zu, zog sie am Arm, damit sie sich bückte und sich von ihr

küssen ließ, und drückte ihr ein Päckchen in die Hand. Inda sah ein Täschchen aus weißem Leinen mit gelbem Garn gesäumt. In eine Ecke war ihr Name gestickt.

„Drinnen raschelt etwas!", sagte sie, öffnete es langsam und fand schließlich ein dickes Bündel Geld. „Liebe Tante, aber du hast es mir schon geschickt! Du hast nicht zu viel Geld ... das wirst du für den Umzug brauchen."

„*A mi no mi premi mas. Cuandu la viejez vieni, no ti premi nada* ... Ich brauche es nicht mehr. Im Alter braucht man nichts ... und für dich ist alles zu wenig. Jetzt bist du groß und kannst ohne deine Tante einkaufen gehen. Ich bin nicht mehr gut auf den Beinen ... Hoffentlich bringen sie mich nicht irgendwo unter, wo es viele Stufen gibt! Und hast du auch von den Tanten der anderen Seite etwas bekommen?"

„Von Tante Rada einen Dukaten."

„Louis d'or?"

„Nein, eine türkische Lira."

„Hm, endlich hat sie dir auch etwas gegeben. Sie ist geizig wie alle Koraćs ..."

„Aber, Tante!"

„Das ist aber so! Und die andere?"

„Nichts."

„Ich habe es gewusst. Sie hat schon immer Blankica und alle Sáloms gehasst, nicht weil wir Juden, sondern weil wir arm waren ..." Nina hielt inne, als fiel ihr etwas ein: „Blankica hat mir tausendmal eingeschärft, ich soll nicht so vor dir reden."

„Warum nicht? Ich sehe auch selbst und habe meine eigene Meinung!"

„Und? Was meinst du?"

„Die sind meine Tanten und euch habe ich lieb."

„So ist es, *andgeliquiu*, Engelchen, genau so! Einmal, als du klein warst, kamt ihr auf ein, zwei Tage hierher. Daran kannst du dich nicht erinnern ... Wir spazierten durch die Stadt, da erblickte Blanki Sofija, *la žuna dil hermanu di Markó*, jenes Biest von Markos Schwägerin, die in Saraj kein Wort mit ihr reden wollte. Blanki blieb stehen und begrüßte sie ... Du kennst sie, alles Schlechte vergisst sie schnell ... Ich aber nicht! Hier", sie zeigte auf die Stirn, „in diesem zerstreuten Köpfchen steht alles geschrieben wie in einem Heft. Also, Blanki blieb stehen. Ich auch, was hätte ich sonst tun sollen? Sofija sah sie an, ging wortlos vorbei und wir blieben da wie zwei begossene Pudel."

„Pudelinnen", warf Inda ein.

„*Angustiosa, dabili angustiosa*, ein Miststück, ein richtiges Miststück!", fuhr Nina wutentbrannt fort. „Ich hätte sie am liebsten auf der Stelle erwürgt! Stell dir vor, der Krieg war vorbei, wir waren alle knapp mit dem Leben davongekommen, ihr Mann Simo war gestorben und sie konnte Blankica immer noch nicht verzeihen, dass sie dessen Bruder geheiratet hatte! Du sollst ruhig erfahren, wie die Koraćs sind!"

„Diese Tante kenne ich nicht und auch nicht ihre Kinder. Der Sohn soll irgendwo in Amerika sein, die Tochter hier in Dubrovnik, stimmt's?"

„Ja, er ist ein sehr feiner Professor geworden, sie Ärztin. Und stell dir vor, sie hat einen Juden geheiratet! Das freut mich richtig! Sofija war außer sich. Recht geschieht ihr! Und ihre Kinder hat sie so erzogen, dass du sie gar nicht kennenzulernen brauchst."

„Das will ich auch nicht. Ich hätte mit ihnen nichts zu reden."

„Aber mit deiner dummen Tante Nina wohl, nicht wahr?"

„Jederzeit", sagte Inda. Sie genoss aufrichtig die Gesellschaft ihrer lieben, verwirrten Tante, mit der sie sich bei dem mit Mühe und Not zubereiteten Mittagessen noch stundenlang im Badeanzug unterhielt.

Erst am späten Nachmittag ging sie zum Strand, sprang ins warme Meer und betrachtete von dort aus die Felsen und das üppige Grün, aus dem zwei ziegelgedeckte Dächer kaum herausragten. Sie werden nicht mehr da sein, wenn das neue Hotel gebaut ist. Auch wird dieser Sommer nicht wie die vorigen sein. Alles veränderte sich, sie selbst auch. Das war wohl der Lauf der Dinge.

Sie traf die jungen Männer wieder, die früher Lana, Rina und sie mit dem Ruderboot abschleppten. Sie hatten noch das alte Boot, aber jetzt mit einem Motor, und waren damit beschäftigt, Ausschau nach Ausländerinnen zu halten. Nur Lukša sah sie, stand auf und rief:

„Hallo, Linda! Wo sind deine Freundinnen?"

„Sie kommen nicht!"

„Warum?"

„Die eine reist mit ihrem Verlobten herum, die andere ist in Slowenien."

„Wie dumm sie sind! Solchen Spaß wie in Dubrovnik gibt es nirgendwo. Und was ist mit dir? Möchtest du zusammen mit uns etwas unternehmen?"

„Warum nicht?", entgegnete Inda, froh über die Einladung.

„Also dann heute Abend?"

„Und wo?"

„Wo, wenn nicht auf dem Stradun!"
„Wann?"
„Egal! Hast du bis jetzt nicht gelernt, dass man hier keine Zeit festmacht?"
„Nein", sagte Inda beschämt.
„Kein Wunder, wenn du deine Zeit mit irgendwelchen Schauspielern aus den Karpaten verbringst statt mit feinen Jungs aus Dubrovnik!"
„Dir würde es gut stehen, ein solcher Schauspieler zu sein!"
„Meine liebe Signorina, ich studiere Wirtschaftswissenschaft in Zagreb und habe nicht die Absicht, Schauspieler zu werden, sondern Hoteldirektor ... Adio", sagte Lukša, winkte und tuckerte mit dem schwachen Motor davon.
„Tante Nina hat recht, das sind lauter Windhunde", sagte Inda zu sich.
Sie fand sie meistens auf dem Stradun um die Zeit, wenn sie nach Hause gehen sollte. Deshalb verspätete sie sich ständig und Nina geriet jedes Mal aus der Fassung und begann zu nörgeln. Jeden Tag wiederholte sich dieses Szenario in derselben Reihenfolge: Nina nörgelte, Inda hörte sich ruhig ihre Vorwürfe an, küsste sie ab, erzählte dann, wo und mit wem sie gewesen war, die neugierige Tante hörte gespannt den Geschichten ihrer Lieblingsnichte zu und vergaß ihren Zorn.
Die Verspätungen hörten auf, als Siniša auftauchte. Nach dem ungeschriebenen Gesetz Dubrovniks trafen sie sich zufällig auf dem Stradun. Inda erfuhr, dass er schon seit drei Tagen da war. Er hatte sie nicht am Strand des Hotels Argentina gesucht, obwohl er wusste, dass sie dort war.
„Ich wollte dich nicht stören. Du hast bestimmt viele neue Bekanntschaften geschlossen", sagte er mit einem halbherzigen, gekünstelten Lächeln, als traue er seinen eigenen Worten nicht. „Jetzt sind harte Kerle in ledernen Pilotenjacken und in aus dem Ausland geschmuggelten Jeans gefragt, und ich habe nichts von all dem ... Ich gehe nicht zu den Tanzabenden im Lazarac und kann keinen Rock'n' Roll."
Er versprach, am nächsten Tag zum Strand zu kommen. Inda hätte alle Jungs aus Dubrovnik und ihre oberflächlichen Zärtlichkeiten für nur einige Stunden mit Siniša hergegeben.
Erst drei Tage nach der Begegnung auf dem Stradun betrat Siniša mit langsamen Bewegungen und dem Gang eines Panthers die Bühne des Strands vom „Argentina". Nachdem er sich ziemlich lange mit

Bekannten unterhalten hatte, kam er endlich zu ihr und fragte, ob sie ins Wasser mitkäme.

„Ja", entgegnete Inda und sprang in die sanften Wellen. Er nahm die Treppe.

„Sollen wir zu unserer Grotte schwimmen?", schlug er mit einem bedeutungsvollen Lächeln vor. „Ich habe große Sehnsucht nach dir."

Warum hat er dann bis jetzt gewartet, dachte Inda und sagte, ohne zu wissen warum: „Morgen kommt meine Mutter."

„Ich werde mich freuen, sie wiederzusehen", entgegnete Siniša ohne eine Spur von Aufrichtigkeit. „Aber hattest du nicht gesagt, dass sie in diesem Jahr nicht kommt."

„Sie muss Tante Nina beim Umzug helfen."

Die kleine Grotte befand sich zwischen dem Hotel Argentina und der Villa Orsula. Um hineinzugelangen, musste man, vor allem bei Flut, kurz untertauchen, was Inda ängstigte. Als Belohnung erwartete sie der mit Kieselsteinen bedeckte Boden der Höhle. Eine seltsame Brechung des Lichts ließ die Haut unter Wasser fluoreszierend grün scheinen wie die Haut eines außerirdischen Wesens. Aus einer grellen und lauten in eine stille, geheimnisvolle Welt einzutauchen verglich Inda auch diesmal mit dem Übergang vom hektischen Planeten Erde in unberührte kosmische Räume.

Sie lag auf den weißen Kieselsteinen bis zur Hälfte im funkelnden Wasser und betrachtete fasziniert, wie sich mit jeder schwappenden Welle ihre Haut verfärbte.

Nach leidenschaftlichen, wortlosen Liebkosungen trat völlige Stille ein. Nun wieder getrennt, saßen Siniša, kühl, entspannt und in Gedanken woanders, und die sich immer noch nach Wärme sehnende Inda einander fern und fremd da. Trotz seiner Nähe einsam, sagte Inda: „Eines Tages wird der Eingang zur Grotte zugeschüttet und für Jahrhunderte wird niemand mehr hineinkommen können."

„Und dieser Zauber wird enden wie alles im Leben ... so wie unsere Begegnungen."

„Wieso werden sie enden?"

„Halt so. Wir werden uns nicht mehr treffen."

„Und warum?", fragte Inda und bereute es sofort.

„Weil man alles einmal leid wird ..."

„Vorhin sagtest du noch, du hättest Sehnsucht nach mir."

„Stimmt, aber das war die Sprache des Körpers ... Der kann sich mit jeder befriedigen ... Aber das reicht nicht, oder?"

Inda stieß sich vom Ufer ab und schwamm zum Ausgang.
„Komm zurück", hörte sie Sinišas halbherzige Aufforderung, schaute sich aber nicht um.
Sie schwamm und weinte. Hatte er etwa erwartet, sie würde ihn bitten? Bewusst nahm sie Kurs auf den Strand des Hotels Excelsior. Auf halbem Weg hielt sie es nicht mehr aus, sie drehte sich um in der Hoffnung, er folge ihr. Ein Mann schwamm in die entgegengesetzte Richtung.
Ähnlich wie ihre Mutter vor fast einem halben Jahrhundert fragte sie sich, wie es möglich war, dass ein einziger Satz die Glückseligkeit in Verzweiflung umkippen lässt. Er wollte sie nicht mehr, er war sie leid geworden! Oder hatte er es nicht so gemeint?
Diese Frage hätte sie sich nicht gestellt, hätte sie seine Erleichterung bemerkt, als sie von ihm weggeschwommen war. Er wirkte wie jemand, der eine Last abgeschüttelt hatte. Auf schmerzlose Weise hatte er eine heikle Beziehung mit einem viel zu jungen Mädchen aufgelöst. Wer weiß zum wievielten Male hatte er sich vorgenommen, in Zukunft derartige Beziehungen nicht mehr einzugehen. Wäre ihre Mutter anders gewesen, hätte man ihn glatt zur Heirat zwingen können. Das hätte noch gefehlt. Er rieb sich zufrieden die Hände und eilte in die Stadt.
Als Branka am nächsten Tag eintraf, eröffnete ihr Inda sofort: „Er hat mich verlassen."
„Es kommt ein anderer, mein Kind."
„Ich will mich nie mehr verlieben", stieß sie voller Schmerz hervor.
„Doch, mein Herz, du hast das Leben noch vor dir ..."
„Das Gegenteil wäre mir lieber."
„Es gibt so viele nette junge Männer auf der Welt."
„Also, aus dem einen, den ich mir ausgesucht habe, werden jetzt viele?"
„Und die vielen werden wieder zu einem, zu dem Richtigen, wenn Gott will."
„Wieso hattest du immer nur den einen?"
„Ich hatte das Glück, sofort dem Richtigen zu begegnen. Doch du sollst nicht glauben, ich hätte keine Trennungen durchlitten ..."
„Aber du hast immer auf ihn gewartet und er kam immer wieder zurück. Ich will nicht warten!"
„In deinem Herzen wirst du warten, ob dir das recht ist oder nicht, aber Siniša wird nicht zurückkommen."

„Wieso?"
„Weil er nie dein war."
„Aber ich war sein! Und am meisten ärgert mich, dass nicht ich ihn verlassen habe, dass ich wie eine Dumme darauf gewartet habe, dass er es tut ..."
„Es ist traurig, wenn zwei auseinandergehen, da spielt es keine Rolle, wer wen verlässt."
„Das stimmt nicht! Hätte ich ihn doch ..."
„Hast es aber nicht, weil du es nicht konntest."
„Er ist ... er ist ... ein mieser Typ ... ein Nichts!"
„Da gebe ich dir recht."
„Du sollst mir aber nicht recht geben!"
„Na gut, ich gebe dir nicht recht", sagte Branka, umarmte sie, legte Indas Kopf an ihre Brust und begann ihre untröstlich weinende Tochter sachte zu wiegen. „Das ist nichts Schlimmes, mein kleines Mädchen ... Das geht bald vorbei ... Siniša ist deiner Tränen nicht wert."
„Ich heule nicht ... seinetwegen, sondern meinetwegen!"
In dieser Nacht notierte Inda: „Siniša bedeckt seine Gefühllosigkeit mit dem Mantel der schauspielerischen Pose und das durchschauen nur nicht dumme und unerfahrene Teenager (wie ich einer *war*) und liebestolle reife Frauen, wie ich nie eine werde! Ich liebte ihn, jetzt aber nicht mehr. Wenn das die berühmte erste Liebe war, bin ich froh, sie hinter mir zu haben. Jetzt bin ich erfahren. Ich weiß, wie ich auftreten soll, damit mich niemand mehr leid wird. Männer müssen an der Nase herumgeführt werden. Wenn ich nur wüsste wie! Ich möchte ihm noch einmal begegnen und ihm meine Meinung sagen! Nein, ich würde ihm nichts sagen, ihn nur verächtlich ansehen. Als wenn ihn das träfe. Und das ist das Schlimmste! Das tut mir am meisten weh. Ihm ist es egal. Soll es ruhig. Auch mir wird es bald egal sein. Es muss!"

In der Nacht schaute Branka mehrere Male in Indas stickige Mansarde. Jedes Mal fand sie sie wach und verweint. Mit ihrer leisen Stimme liebkoste sie wie mit Balsam die offenen Wunden von Indas verletztem Stolz. Ihren Zorn beruhigte sie mit Zärtlichkeit, ihre jugendliche Niedergeschlagenheit linderte sie mit klugen Worten. Zusammen mit ihrer Mutter begrüßte Inda die blassen Strahlen der aufgehenden Sonne, unausgeschlafen, aber ohne Groll in ihrem Herzen.

Sie ging früh zum Strand, wo sie zu ihrer großen Freude Adrijana traf. Diese hatte beschlossen, nach dem, wie sie sagte, langweiligen und in jeder Hinsicht frostigen Slowenien, wo sie in Bled drei Wochen zusammen mit ihrem Vater und Ružica verbracht hatte, auf einige Tage hierherzukommen.

„Du bist etwas bedrückt", bemerkte sie sofort.

„Keineswegs", sagte Inda resolut. „Das war ich vorgestern, als Siniša mich verließ."

„Was sagst du da? Er wird doch nicht hierhergekommen sein, um dich zu sehen und mit dir Schluss zu machen?"

„Er kam in der Hoffnung, mich nicht zu sehen, aber da er mir nicht ausweichen konnte, hat er nebenbei Schluss gemacht."

„Und was hat er dir gesagt? Seid ihr am Abend ausgegangen?"

„Nein, Rina, du weißt, dass wir beide nie ausgingen. Wir sind zu der Grotte geschwommen ... Erst sagte er, er habe große Sehnsucht nach mir, und als dann seine Begierde befriedigt war, sagte er, er sei mich leid geworden. So einfach war das."

„Und du?"

„Ich bin wortlos davongeschwommen."

„Wortlos?"

„Mir fiel nichts Vernünftiges ein."

„Das ist aber schade ... Die Sommerurlaube, Lovrijenac, die Theatervorstellungen in Belgrad, er ein berühmter Schauspieler ... ich würde nicht so schnell aufgeben."

„Wie ich mich ihm hingegeben habe, so gebe ich ihn auch auf. Wie der Heilige, so der Feiertag, würde mein Vater sagen. Man muss seiner ursprünglichen Haltung treu bleiben! Konsequentes Benehmen, *darling*, und über allem der Stolz!"

„Für das Erste hast du drei Jahre gebraucht, für das Zweite nur drei Minuten ... Es fällt dir bestimmt schwer", sagte Rina mit aufrichtigem Mitgefühl.

„Ja, aber ich bedaure nichts." Inda begann, Edith Piaf nachahmend leise zu singen: „*Rien, rien de rien, non, je ne regrette rien.*"

„Dennoch, er war dein Erster ... ähm, deine erste Liebe ... Wir Frauen sind da blöd dran. Deshalb hatte ich letztes Jahr einen Plan geschmiedet und ihn jetzt in die Tat umgesetzt: Ohne mich an jemanden zu binden, löste ich das Problem des ersten Mals."

„Echt?"

„Ich schwöre dir! Ich habe einen dummen Slowenen in die Falle gelockt, der sich keinen Reim darauf machen konnte, was ich eigentlich vorhatte. Nach diesem Abend habe ich ihn nicht einmal mehr gegrüßt. Er wird sich sein ganzes Leben fragen, was das war! Ich hatte auch den Zeitpunkt ausgerechnet, um nicht schwanger zu werden. Nicht umsonst bin ich die Tochter eines Arztes!"

„Rina, du bist unglaublich! Einerseits romantisch, andererseits total realistisch ... Ich kann es mir kaum vorstellen: Der kommt dir siegesbewusst entgegen, wartet auf einen Wink von dir, und du – nichts!" Inda lachte, Rina ebenfalls, und da sie im Wasser waren, gingen sie beinahe unter.

„Du hättest ihn sehen sollen", sagte Rina, Wasser spuckend, „blond, stumpfsinnig ..."

„Bauchig und tollpatschig?"

„Ja ... und immer ganz erstaunt! Das war für mich die einzig mögliche Lösung", erzählte Rina nachher am Strand. „So wie ich in Naum Cvetić verknallt bin, hätte ich in dem Fall ein ganzes Leben gebraucht, um mich danach von ihm zu lösen." Rina holte tief Luft.

„Dennoch würde ich an deiner Stelle Siniša bis ans Ende der Welt jagen ... Und was sagt Tante Branka dazu?"

„Du kennst meine Mutter ... Wenn sie könnte, würde sie ihn malen und mir schenken."

„Ja, so ist sie."

Zur gleichen Zeit musste Branka sich Ninas Bemerkungen zu dem unliebsamen Vorfall anhören.

„*Disgraciadu! Mus arruvo la fijiquia! Pocu turi!* Der verdammte Kerl hat uns das Kind geraubt! Wenn auch nur kurze Zeit! Ich könnte vor Wut platzen! Man sollte das Marko erzählen, damit er ihn anzeigt!"

„Nina, komm zu Besinnung!", sagte Branka besorgt. „Erstens war sie nicht minderjährig, also es gibt keinen Grund für eine Anzeige; zweitens, Marko würde das umbringen; drittens, Inda würde vor Scham sterben, wenn ihr Vater es erführe! Daher bitte, *zu niemandem ein Wort darüber!*"

„Schon gut, schon gut, ich bin nicht blöd. Aber wenn ich ihn sehe, werde ich es ihm doch sagen ... Übrigens, es geht um dein Kind und nicht um meines", fügte sie beleidigt hinzu. „Riki durfte sie immer erziehen, ich nie ..."

„Ninić, du vergisst, dass Riki bei uns gelebt hat."

„Vielleicht ist Inda deshalb auch all dies passiert! Rikis Einfluss war nicht gerade der beste ... Du kennst doch ihren Lebenswandel ..."

„Nina, *ya basta*, das reicht", schrie Branka. „Kein Wort mehr, bitte!"

„Du tust so, als wäre sie eine Heilige!"

„Habe ein wenig Nachsicht mit ihr!"

„Und wer hat Nachsicht mit mir? Wer hat sie je gehabt? Immer habe ich euch allen geholfen, aber ihr seid undankbar ... Inda ist auch nicht besser, wenn sie erlaubt hat, dass ihr so etwas passiert! Man hätte sie daran hindern sollen!"

„Ninić", sagte Branka und wischte Nina mit einem Taschentuch die Tränen fort, „hör mir bitte zu: Indas Liebe war nicht zu verhindern, selbst wenn Marko sie verboten hätte. Inda musste ihre eigenen Erfahrungen machen. Erinnere dich, als wir jung waren, da konnten uns Mamas Verbote auch nichts anhaben."

„Aber wir waren doch anders ..."

„Natürlich anders vom Charakter und in einer anderen Zeit, die unsere war vor einem halben Jahrhundert!"

„Meine Zeit, nicht deine!", protestierte Nina. „Du vergisst, wie viel älter ich bin ... Ich könnte euch allen die Nona sein. Aber ihr Jungen habt keinen Respekt ..."

„*Buenu, aspera un pocu*, na, warte mal. Weißt du noch, wie du Ignjo heiraten wolltest? Alle Tanten haben die Sáloms verflucht. Unser Vater wurde aus dem Tempel gejagt, und als du ihn dann doch geheiratet hast, haben sie dich beinahe gesteinigt."

„Ich erinnere mich an alles ... und bereue nichts."

„Na siehst du, *querida*, Inda hat ihre erste Liebeserfahrung gemacht. Wie sie auch gewesen ist, sie gehört ihr. Ich habe sie sorgenvoll beobachtet und nur darauf geschaut, da zu sein, falls sie mich brauchte. Damit hörte meine Rolle auf. Wir haben ihr dazu verholfen, das zu werden, was sie ist, jetzt muss sie ihr Leben selber meistern."

Denn ihre eigenen Leben waren am Ende, dachte Branka, sprach es aber nicht aus, weil Nina sofort losgeheult hätte. Ihre Siege, Kämpfe und Erfolge rauschten dahin in den Stromschnellen ihrer Zeit und kamen zum Stillstand in den ruhigen Gewässern der Altersweisheit, zu der man nur Schritt für Schritt auf den mühsamen Pfaden der Lebenserkenntnis gelangt. Weisheit kann man seinem geliebten Kind aber nicht schenken ...

„... und ich werde den Umzug nicht überleben ... Auf keinen Fall! *No puedu mas*, ich kann nicht mehr, es ist mein Ende", setzte Nina ihr schon längst begonnenes Lamento fort.

„*No ti spantis nada*, habe keine Angst, Ninić! Ich werde alles regeln, du brauchst nur in die neue Wohnung hineinzuspazieren." Nina strahlte. „Das findet hoffentlich wie versprochen noch in dieser

Woche statt ... Denn ich kann es kaum erwarten, zu Marko zurückzukehren."

Nina sah sie fragend an.

„Ich habe eine merkwürdige Angst um ihn", sagte Branka, „Stunde für Stunde, bei jedem seiner Atemzüge ... Anders als damals, als wir auf der Flucht vor der Ustascha waren, oder unter den Deutschen, viel schlimmer, viel tiefer ... Vielleicht kommt das daher, dass ich alt geworden bin. Gebe Gott, dass er bis zum Ende bei mir bleibt."

„Bis zu welchem Ende?"

„Dem unseren", sagte Branka und bereute es sofort, weil sie mit Ninas Losjammern rechnete, aber diesmal hatte sie sich geirrt.

„Blanki, so hast du noch nie gesprochen."

„Weil ich nie so gefühlt habe."

„Ich verstehe ... Auch mein Ignjo ist gegangen, dabei haben wir unser Leben schön gelebt. Jetzt ist alles hin ... Für unsere Inda hingegen beginnt es erst. Möge sie Glück haben."

Branka umarmte ihre Schwester. Arm in Arm spazierten sie zum Heiligen Jakob.

Nina zog mit Brankas Hilfe in die zweite Etage eines Hauses an der Ecke der Straßen Od Sigurate und Stradun. Sie hörte nicht auf zu jammern, obwohl sie jetzt mitten in der Stadt wohnte, was immer ihr Wunsch gewesen war.

In Dubrovnik wechselten sich blutrote Sonnenuntergänge mit blassem Morgengrauen ab. Im Urlaub sind die Kalendertage bis auf den Abreisetag unwichtig. Im Bus zum Flughafen warf Inda mit Wehmut einen Blick auf das alte, baufällige Haus, das sie nie mehr sehen würde. Jetzt fand sie es lieb und romantisch. In Gedanken verabschiedete sie sich von Dubrovnik und von ihrer winzigen, mit vielen Tüchern und Schals behängten Tante unter dem Sommerschirm, der größer war als sie.

Wäre sie noch einmal zu „ihrer" Grotte geschwommen, hätte sie festgestellt, dass die Kieselsteine sie für Besuche von Sommerliebespaaren unzugänglich gemacht hatten. Die Stadt leerte sich. Jeder reiste mit den eigenen Erlebnissen im Gepäck ab, um wieder in seine angestammte Rolle zu schlüpfen und sich während der kommenden langen Monate nur gelegentlich, in Augenblicken der Muße, an die unwirkliche Welt des Sommers zu erinnern, in der er nicht mehr als ein paar heiße Tage oder Wochen verbracht hatte.

★

Belgrad war von ausländischen Gästen belagert. Hier fand die erste Konferenz der blockfreien Staaten statt. Aber dieses weltbedeutende Ereignis wurde bei den Koraćs von der Aufregung um Indas Einschreibung an der Uni überschattet.

An dem Tag, als sie mit ihrem Studienbuch heimging, blies zuerst ein stürmischer Wind, dann begann es zu regnen. Als Marko gegen drei Uhr nach Hause kam, erhob Frau Grdić gerade ihre Stimme zu bitteren und wohlbekannten Vorwürfen: Diesmal war ein Stück Wandputz auf den Küchenbalkon gefallen, und Branka habe es nicht sofort weggeräumt.

Lepava stand kriegsbereit da, die Fäuste in die Hüften gestemmt, den Kopf gespickt mit Lockenwicklern, und schimpfte lauthals. Über ein Jahrzehnt hatte Branka es geschafft, Marko gegen ihre hysterischen Angriffe abzuschirmen.

Dieses Mal war das jedoch nicht möglich. Wie eine Zeitbombe explodierte die Grdić just in dem Augenblick, als Marko hereinkam. Er hörte ihre kreischende Stimme und begab sich mühsam zum Ort des Geschehens, zur Küche. Er kam leise herein, stützte sich auf den Tisch und hörte sich wortlos einige Sätze der seit zwölf Jahren bekannten Litanei an. Die Grdić, die mit dem Rücken zu ihm stand, hatte ihn nicht bemerkt. Branka sah ihn und sagte gleich: „Schon gut, ich räume es weg, jetzt sofort ..."

„Eine Schande ist das!", unterbrach sie die Grdić, zufrieden mit Brankas Unterwürfigkeit. „Wir leben hier in einem Schweinestall! Von eurem Dreck wird einem ganz übel!"

Branka hörte ihr nicht mehr zu, unentwegt sah sie Marko an, bei dem die Verzweiflung sichtlich in rasenden Zorn überging. Schließlich hob er eine Hand und schlug mit der Faust kräftig auf den Tisch, als wolle er ihn zertrümmern. Die Grdić zuckte erschrocken zusammen.

„Schluss jetzt, verdammt noch mal!", brüllte er und fuhr, obwohl an Flüche nicht gewöhnt, fort: „Verflucht sollen Sie sein, wenn Sie jetzt nicht sofort aufhören! Halten Sie den Mund! Haben Sie mich verstanden?"

Marko brüllte wie ein wild gewordenes Tier, nicht aus dem Hals, sondern aus seinem Inneren, aus den Eingeweiden, aus versteckten Tiefen seines Wesens. Man meinte, er spreche keine Worte aus, sende vielmehr mit seiner vor aufgestauter Wut lauten Stimme eine heilige Bitte um Erlösung aus. Branka schlug vor Schreck die Hände vors Gesicht. Dann kam sie auf ihn zu, umarmte ihn und zog ihn zum Korridor und weiter zum Zimmer.

Zur gleichen Zeit kamen Svetozar Grdić von der Arbeit und Inda von der Uni nach Hause. Als sie ihren Mann erblickte, schrie Leposava, dass die Wände bebten. Auch Inda zitterte am ganzen Leib. Dieses Zittern als Folge des erbitterten Streits mit den Nachbarn blieb ihr das ganze Leben erhalten.

Herr Grdić murmelte etwas Unverständliches hinter der Badezimmertür. Marko wollte die Tür aufmachen, aber Branka versuchte, ihn davon abzuhalten.

„Keine Sorge, ich bin jetzt ganz ruhig", versicherte er ihr flüsternd, während seine Augen weiterhin grüne Funken sprühten.

Er öffnete die Tür und sagte deutlich: „Die Wand wird gebaut, ob Sie es wollen oder nicht. Wenn nötig, gehen wir bis zum Obersten Gerichtshof! Und dort wird es Ihnen nicht gut ergehen, das versichere ich Ihnen! Auch die heruntergekommenen Bourgeois haben noch ihre Beziehungen von früher!"

Der Grdić glotzte Marko an, machte einen Schritt zurück und stammelte: „Schschon gut, wwarum geraten Sie in Rrrage ... Meine Frau ssagt, Ssie haben sie aangegriffen."

„Genau! Er hat ausgeholt, um mich zu schlagen!", kreischte Lepava.

„Halt die Klappe!", brummte Svetozar. Zzuerst will ich den Ppplan sehen ... dden Haupteingang bbekommen wir ... Nnur sso geht es!"

„Morgen gebe ich Ihnen den Plan, denselben, den Sie vor einigen Jahren abgelehnt haben. Der Haupteingang gehörte auch damals Ihnen."

„Wenn wir ihn damals abgelehnt haben", mischte sich Lepava ein, „tun wir es auch jetzt! Sie wollen den feinsten Teil der Wohnung für sich behalten. Das geht aber nicht!"

„Doch, und ob es geht", brachte Marko hervor, bevor sie das Bad verließen.

„Was ist das für eine Beziehung zum Gericht?", wollte Branka wissen.

„Gar keine."

„Marko war vor Aufregung schwindlig geworden, deren Folgen sich erst jetzt bemerkbar machten. Er legte sich hin. Branka brachte ihm ein Glas kaltes Wasser. Er lag mit geschlossenen Augen da und atmete schwer.

„Soll ich nicht den Notarzt rufen?", fragte Branka.

„Ruf ihn, Mama", flüsterte Inda.

„Nein, Brankica. Bis der Arzt kommt, geht es mir schon besser ... Indica, wie war es an der Uni?"

„Prima. Ich habe mich immatrikuliert."

„Bravo, mein Kind ... Das ist uns jetzt in die Quere gekommen, aber wenn sie die Wand akzeptieren, war nichts umsonst ... Eine ähnliche Wut verspürte ich nur, als man mir die Zeitung wegnahm ... Auch damals schlug ich mit der Faust auf den Tisch ... Es wird schon besser ... es wird ..."

Es wurde aber nicht besser. Inda weinte leise. „Branka, es geht mir nicht gut", brachte Marko mit Mühe hervor. Branka rief Doktor Božović an. Rinas Vater war sofort da.

„Hirnschlag", lautete seine Diagnose. „Er wird im Bett bleiben müssen."

„Muss er ins Krankenhaus?", fragte Branka.

„Vorerst würde ich ihn hier lassen. Aber rufen Sie doch den Notarzt."

„Vielen Dank, Doktor", sagte Branka, als sie ihn verabschiedete.

„Aber, ich bitte Sie!" winkte er ab und wollte schnell weiter. Branka fiel auf, dass er bedeutend älter und magerer geworden war.

„Und wie geht es Ihnen?", fragte sie ihn, während er die Treppe hinunterging.

„Schlecht, sehr schlecht ... Sie kennen meine Sorgen ... Rina hat Ihnen alles erzählt. Sie mag Sie sehr, deshalb möchte ich Sie bitten, auf sie einzuwirken, damit sie sich in Wien an der Musikakademie einschreibt ... Klavier, Sie wissen schon ... Sie ist begabt ... Auf Wiedersehen! Falls in der Nacht Probleme auftauchen, rufen Sie mich ruhig an ... ich schlafe ohnehin nicht."

„Ist Hirnschlag ein Schlaganfall?", fragte Inda später ihre Mutter.

„Ja ... aber dieser ist nicht gefährlich ... Mach dir keine Sorgen."

„Papa könnte gelähmt bleiben ... Die Grdićs würde ich am liebsten erschießen!"

„Gott wird sie schon bestrafen", sagte Branka.

„Wann?"

„*Querida*, gäbe es nicht solche Menschen, würden wir die guten nicht schätzen."

In dieser Nacht schlief Inda wenig. Sie bedauerte ihren Vater und ihre Mutter, aber auch sich selbst. Ihr schien, sie sei das unglücklichste Mädchen auf der Welt. Durch das offene Fenster betrachtete sie die Sterne am klaren Herbsthimmel und betete halblaut zu jemandem dort oben: „Lass ihn wenigstens laufen können."

In ihrem Inneren stieß sie auf Sinišas verlorene Spur. Es gibt kein Vergessen, schloss sie. Sie stellte sich vor, ihn auf der Straße zu treffen. Seine Telefonnummer im halbleeren Notizblock beunruhigte sie, sein Gesicht tauchte in jedem Halbschlaf, beim Wachsein oder morgens beim Aufwachen vor ihr auf. Warum, warum gerade er? Es gab doch viele andere ... Aber die anderen waren nicht Siniša.

In dieser Nacht lauschte Branka gleichzeitig dem Parkettquietschen in Indas Zimmer und Markos Atmen. Er schlief unruhig und rief immer wieder nach ihr. Wenn sie ihm flüsternd antwortete, dankte er ihr mit geschlossenen Augen dafür, dass sie neben ihm lag, und versank wieder in tiefen Schlaf.

„*Disgraciadus*, diese Verdammten", sagte Branka am nächsten Morgen. Sie setzte an, sie zu verfluchen, aber die Worte blieben ihr im Hals stecken, nicht wegen ihrer moralischen Bedenken gegen Flüche, sondern weil sie soeben begriff, dass nach all den Folterjahren die Grdićs für sie aufgehört hatten Menschen zu sein. Ganz zu Anfang hatten sie sie neugierig gemacht, und sie hatte sich gefragt, warum man unnötig in Hass leben soll. Gab es nach all dem Leid noch jemanden, der den Segen von Frieden und Eintracht nicht erkannte? War es denn möglich, dass das sozusagen geschenkte Leben, das man in den vier Kriegsjahren so leicht hätte verlieren können, nicht jedem Überlebenden die Kraft gab, sich über kleine häusliche Missverständnisse hinwegzusetzen? Trotz hartnäckiger Suche fand Branka keine Antwort auf diese Fragen.

Damals, vor zwölf Jahren, wollte sie es noch begreifen. Sie versuchte, Gründe dafür in der unterschiedlichen Herkunft zu finden, in der verschiedenen politischen und gesellschaftlichen Zugehörigkeit und im aufgezwungenen gemeinsamen Wohnen. Dieser letzte, konkreteste Grund entfiel jedoch, als sie erfuhr, dass den Grdićs mehrmals eine andere Wohnung angeboten worden war, und sie sie jedes Mal abgelehnt hatten. War es denn möglich, dass ihnen ein solches Leben gefiel, fragte sie sich, ein Leben, das sie noch schlimmer machten, als es ohnehin war.

Wegen all dem verloren die Grdićs für Branka allmählich die Merkmale menschlicher Wesen und verwandelten sich in das Böse, in das Böse um des Bösen willens.

Und doch sollte man eine Lösung finden. Aber wie? Schweigen? Das brächte nichts, denn Branka hatte ja immer geschwiegen. Mit gleichem Maß antworten? Nein, denn Riki hatte mit ihnen gestritten und damit doch nichts erreicht. Wegziehen? Kam nicht in Frage, denn die Koraćs konnten nicht und die Grdićs wollten nicht. Eine Trennwand ziehen? Ja! Während sie auf dem Balkon über die gelb gewordenen Blätter der halbnackten Linde strich, und die Morgenröte die letzten Spuren der Nacht vertrieb, fand Branka, dass Markos Leben, sowie das Glück ihres Kindes und auch ihr eigenes von dieser Wand abhingen. Sie schwor, alles in ihrer Macht Stehende zu unternehmen, damit sie errichtet würde.

Selbst wenn die Grdićs einlenkten, müssten sie aber dieses Unternehmen selbst finanzieren, da deren Beteiligung höchst unwahrscheinlich war.

Am nächsten Tag kam ein Brief von Riki. Es schien, als erlebte sie die Ereignisse in Belgrad mit.

„In der letzten Zeit bedrücken mich viele Sorgen um euch. Was gibt es Neues? Oder, was wird es Neues geben? Wäre das Telefonieren nicht so teuer, würde ich euch jetzt sofort anrufen, aber wenn ich daran denke, dass ihr dieses Geld gut gebrauchen könnt, vergeht mir die Lust dazu. Ich schicke euch stattdessen einen Scheck über zwei Hunderter von meinem ersten Gehalt. Gebt es aus für etwas, was euch Spaß macht und Kraft schenkt.

Hier ist alles bestens. Mit meiner Arbeit bin ich mehr als zufrieden. Alle sind nett und vertrauen meinen Ideen. Indica, ich habe Dean Martin kennengelernt, denn ich habe ihm einen Hut für eine Show gemacht. Er ist in Wirklichkeit genauso schön wie im Film.

In dieser warmen Herbstzeit (man nennt sie hier *indian summer*) ist Pol endlich ausgezogen. So ist es am besten. Wir beide konnten nicht mehr miteinander. Den Pol, den Klari und ich kannten, gibt es nicht mehr. Elis Lebensart ist zu seiner geworden, ihre Gedanken, ihre Ansichten auch. Ich wollte ihm schreiben, vielleicht tue ich es auch eines Tages, wenn meine aufgewühlten Gefühle sich beruhigt haben.

Aber genug davon! Die sollen sich (wie mein Schwager zu sagen pflegt) um ihre Angelegenheiten kümmern, ich um meine. Jetzt aber eine freudigere Nachricht: Wie ihr wisst, haben Didi und Cliff zwei Monate in Maryland verbracht und sind dann nach Lima zurückgekehrt. Gestern rief Didi mich an, sie wird bald wieder hier sein, um niederzukommen. Sie hofft, dass es ein Mädchen wird. Das Geschlecht des Kindes wollte sie nicht im Voraus erfahren. Hauptsache, es ist gesund und munter!"

Marko hörte im Bett an mehrere Kissen gelehnt zu. „Siehst du, Brankica, da kommt schon das Geld für die Trennwand! Bislang glaubte ich, nur du hättest einen sechsten Sinn, aber es scheint, ihr alle seid so. Gleich werde ich Riki antworten ..."

„Ich weiß nicht, ob du schon tippen darfst."

„Bring mir nur die Schreibmaschine, ich mache es langsam, Buchstabe für Buchstabe. So habe ich wenigstens eine Beschäftigung."

„Du weißt, was der Doktor gesagt hat."

„Übertreibe nicht, ich will doch keine Wanderung zum Kalemegdan machen! Bring mir bitte auch den Ordner ‚Wohnung', dort befindet sich der Plan für die Aufteilung, den du am Nachmittag den Grdićs geben sollst."

Branka übergab Svetozar Grdić den Plan für die Errichtung der Trennwand und ging anschließend in die kleine Himmelfahrtskirche, in der Inda getauft worden war, um für ihrer aller Heil zu beten. Eine gewöhnliche Wand in der Wohnung als die Rettung der Familie, dachte sie und lächelte traurig. Schon am nächsten Tag gab ihr Grdić den Plan zurück mit der kurzen Bemerkung: „Kommt nicht in Frage". Branka behielt ihn, ohne Marko etwas zu sagen. Sie wollte ihn schonen, bis er zu Kräften käme, und log, Grdić zögere wohl, weil er prüfe, ob man ihn übers Ohr hauen wolle.

„Stell dir vor, Brankica", sagte Marko eines Morgens, nachdem er die „Politika" beiseitegelegt hatte, „Chruschtschow verurteilt Stalin wegen Selbstherrlichkeit ..."

„Wie? Wo denn?"

„Im Kreml auf dem Zweiundzwanzigsten Kongress ... Man hat ihn aus dem Mausoleum auf dem Roten Platz entfernt!"

„Schön ... Marko, aber ..." Sie musste ihm endlich die Wahrheit sagen, denn inzwischen war eine weitere Vorladung gekommen. Die Gründe für die Anzeige lauteten diesmal ein heruntergefallenes Stück Mörtel auf dem Balkon und Markos Angriff auf Lepava.

Mit einem ärztlichen Attest in der Hand begab sich Branka zum Gericht. Ihre Stirn glühte, ihre Wangen hingegen waren blass, farblich ihrem weißen Haar angepasst. Bisher hatte Branka immer geschwiegen, wenn man der angeklagten Partei das Wort erteilte. Dieses Mal aber holte sie tief Luft und begann leise auszuführen:

„Das ist das vierzehnte ... nein, das fünfzehnte Mal, dass sie uns ohne einen Grund verklagen ... Aus den vorangegangenen Urteilen ist zu ersehen, dass wir nie für schuldig befunden wurden."

„So ganz stimmt das nicht ...", unterbrach Frau Grdić sie.

„Genossin, ich bitte Sie, nicht zu unterbrechen", mahnte der Richter.

„Lepa... die Genossin Grdić hat während der zwölf Jahre des gemeinschaftlichen Wohnens *nicht ein einziges Mal* einen gemeinsam genutzten Raum sauber gemacht, obwohl die beiden sie natürlich auch schmutzig machen. Ich fegte und schrubbte alles, ohne ein Wort zu sagen. Aber wegen etwas frischer Luft, wegen einiger Wäschestücke im Bad, wegen der verschlossenen Badezimmertür, weil auch wir uns waschen müssen, gab es gleich Geschrei und die Drohung mit dem Gericht, es regnete Vorwürfe, wir seien schlecht und täten all das nur, um sie zu ärgern. Immer und immer wieder. Fragen Sie sie bitte, ob ich, wenn sie mich anschrie, je ein Wort gesagt habe."

„Sie dürfen die Frage beantworten", sagte der Richter zu Frau Grdić.

„Eigentlich nein, aber ihre Schwester ...", erklärte Lepava, die wegen Brankas Ausführungen verlegen geworden war.

„Ich frage Sie nach Branka Korać, nicht nach deren Schwester."

„Hm, eigentlich nicht, aber ..."

„Fahren Sie fort", forderte der Richter Branka auf.

„Meine Schwester lebt nicht mehr bei uns ..."

„Ja, natürlich!", rief die Grdić triumphierend aus. „Das feine Vorkriegsfräulein hat sich nach Amerika abgesetzt ..."

„Keine Zwischenrufe, bitte", sagte der Richter, von Lepavas lauter Stimme überrascht.

„Sie ließ sich dort die Hüfte operieren, die ihr achtzehn Jahre lang Schmerzen bereitete", fuhr Branka fort. „Jetzt sind wir nur zu dritt, mein Mann, unsere Tochter und ich. Und mein Mann hat nach diesem ... nach dem letzten Vorfall einen Hirnschlag erlitten, wie Sie dem ärztlichen Attest entnehmen können ... Das Datum stimmt genau. Ich weiß nicht, was ich noch sagen sollte, außer ..." Branka stockte „außer, dass ich nicht mehr weiß, wie wir ... diese Hölle ..." Da versagte ihr die Stimme.

„An allem seid ihr und eure *Arrloganz* schuld", geiferte Leposava.

„Keine Zwischenrufe, bitte, dies ist nun schon die dritte Mahnung", sagte der Richter streng und wandte sich wieder an Branka: „Und jetzt erzählen Sie bitte, was dieses Mal vorgekommen ist."

„Es blies ein starker Wind und ein Stück Wandputz fiel auf unseren Balkon. Ich wollte es gerade wegschaffen, als sie losschimpfte ... Meinte sie etwa, ich beschmutzte meinen eigenen Balkon!"

„Das ist klar. Wird der Balkon gemeinsam genutzt?"

„Ja."

„Wer hatte ihn zuletzt sauber gemacht?"

„Ich", sagte Branka.

Der Richter zu Frau Grdić: „Stimmt das?"

„Es stimmt, aber sie nützen ihn am meisten, dann sollen sie ihn auch putzen!"

„Ohne Rücksicht auf die Häufigkeit der Nutzung müssen die gemeinsamen Räume von beiden Parteien abwechselnd sauber gemacht werden. Da die Genossin Korać ihn zuletzt geputzt hatte, hätte die Genossin Grdić den Mörtel wegräumen müssen. Der Vorwurf gegen die Angeklagte ist also nicht stichhaltig. Und was die Reaktion des Genossen Korać anbetrifft, der wegen Krankheit nicht erschienen ist, sie wird vom Gericht als berechtigt angesehen, da sie durch den unbegründeten Anspruch der Genossin Grdić, seine Ehefrau solle den erwähnten gemeinsam genutzten Raum sauber machen, ausgelöst wurde. Ich stelle fest: Die Klage gegen die Genossin Korać wie gegen ihren Ehemann, den Genossen Korać, wird zurückgewiesen. Der Genossin Grdić erteilt dieses Gericht einen strengen Verweis wegen der unbegründeten Anzeige und verurteilt sie wegen des ungerechtfertigten Vorwurfs gegen ihre Mitbewohner zu einer Geldstrafe in Höhe von 5.000 Dinar."

„Eine Schande!", brüllte die Grdić und lief hinaus auf den Korridor, wo sie schrie: „Das ist mir eine schöne Gerechtigkeit! Das ist mir ein schönes Gericht! Wir klagen weiter! Und ob!"

Der Richter sah Branka an, zuckte mit den Achseln und schloss die Akte.

Branka eilte nach Hause, um Marko von ihrem Sieg zu unterrichten. Sie konnte noch immer nicht glauben, dass sie trotz der Aufregung alles gesagt hatte und beim Richter auf Verständnis gestoßen war.

„Die Lepava und dieser Trottel von ihrem Mann sind noch dümmer als böse, meinst du nicht auch?", stellte Marko zufrieden fest. „Nicht einmal vor Gericht können sie ihre wahre Natur verbergen ... Es gibt doch noch eine Gerechtigkeit, meine Kleine! Aber wie hast du den Mut gefunden, etwas zu sagen?"

„Ich weiß nicht, es kam von selbst ... Vielleicht lag es auch an dem wohlwollenden Blick des Richters. Er hatte wohl Mitleid mit mir bekommen..."

„Jetzt sollte man Druck auf die Grdićs machen wegen der Trennwand. Jetzt ist die richtige Zeit dafür. Zunächst aber muss ich zu Kräften kommen ..."

„Nein, sofort!", unterbrach Branka ihn entschlossen. „Da ich jetzt Übung habe", lachte sie, „werde ich sie schon morgen fragen, was sie

daran auszusetzen haben und warum sie sie ablehnen. Falls es nicht einvernehmlich geht, schalten wir das Gericht ein ... Was meinst du?"
„Vielleicht sollten wir doch noch ein wenig abwarten?"
„Nein, diesmal nicht! Ich bitte dich, höre auf mich. Morgen, wenn er von der Arbeit kommt, solange die Sache frisch ist ... Ich werde meine Worte auswendig lernen ... Das müssen wir versuchen!"
„Wir müssen es, mein Schatz, du hast recht ... Damit uns noch das bisschen Gesundheit erhalten bleibt, damit deine Gallenkoliken aufhören, damit ich wieder arbeiten kann ..."
„Marko, ich bitte dich, schlag dir die Arbeit aus dem Kopf. Du musst die Rente beantragen."
„Was für eine Rente, was fällt dir ein! Wovon sollen wir leben? Du weißt, dass man mir aus der Vorkriegszeit nichts anrechnet, und nach dem Krieg habe ich nicht einmal fünfzehn Jahre vollgekriegt."
„Eine Behindertenrente."
„Die würde ich nicht bekommen, außerdem könnten wir davon nicht leben. Ich gehe in Rente, wenn Inda eine Anstellung bekommt."
„Gut, das hat noch Zeit, morgen ist die Wand dran!"
„Einverstanden", sagte Marko und begab sich mit Brankas Hilfe langsam ins Bad.
Am folgenden Tag um etwa fünf Uhr nachmittags klopfte Branka, den Plan in der Hand, an die Tür der Grdićs. Lepava steckte den Kopf raus, sah Branka verblüfft an, machte die Augen zu und wieder auf, als traue sie ihnen nicht.
„Was wollen Sie noch?"
„Ich möchte mit Ihrem Mann sprechen", entgegnete Branka so entschlossen, dass sie sich selbst wunderte. Sie zitterte nicht, spürte keine Angst mehr. Hatte sie sich damals getraut, den Anführer der Ustascha in Sarajevo zu bitten, Marko aus dem Gefängnis zu entlassen, wird sie es auch mit diesen Bösewichten aufnehmen können. Jene töteten sofort, diese taten es langsam. Auf einmal wurde sie ungewöhnlich kühn. Marko war krank und hing von ihrem Mut, ihrem Geschick und von ihrer Kraft ab. Jetzt hatte sie Gelegenheit, sich für seine Sorge und Aufmerksamkeit zu revanchieren, für seine Bereitschaft, jedes ihrer Probleme sofort zu lösen. Sie hatte nächtelang ruhig geschlafen, während Marko den Schritten deutscher Stiefel in den Korridoren oder auf der Straße lauschte, bereit, sie zu verstecken, wenn sie sie abholen kämen. Alles, von den kleinsten bis zu den größten Sorgen, hatte er ihr abgenommen. Jetzt war sie dran, als die körperlich

Stärkere das Spiel aufzunehmen und ihre Fähigkeiten unter Beweis zu stellen. Das war es, was sie dazu getrieben hatte, vor dem Gericht zu reden, was sie ermutigt hatte, die Grdićs anzusprechen.

„Mit meinem Mann?", fragte Lepava verwundert.

„Ja, mit Ihrem Mann, nicht mit Ihnen."

„Was gibt es ... wer ist da?", hörte Branka die Stimme von Herrn Grdić.

„Ich bin es, Branka Korać. Ich möchte mit Ihnen über die Trennwand reden. Ich möchte hören, warum Sie gegen sie sind."

„Wir sind dagegen und basta!", mischte sich Lepava ein, die inzwischen ihre Fassung wiedergewonnen hatte.

„Genosse Grdić", erhob Branka die Stimme, „ich bitte Sie, herauszukommen und mir zu zeigen, was Ihnen daran nicht passt. Ich habe den Plan mitgebracht."

Er erschien ungekämmt, unrasiert, mit gerunzelter Stirn, mit schlaffen Wangen und hängenden Lippen. Lepava stellte sich ihm in den Weg, als wollte sie ihn vor Branka schützen.

„Mein Mann ist lungenkrank! Er darf sich nicht aufregen!"

Svetozar stieß sie beiseite und kam heraus. „Scher dich ins Zimmer", sagte er deutlich. Lepava gehorchte, ließ aber die Tür einen Spalt offen, um mitzuhören. „Was ... was diese Wand angeht ... ich bin nicht dagegen ... Nur, Sie sollten uns aus der verglasten Terrasse eine ... eine Küche mit einer Badewanne machen und das separate WC sollte uns gehören ebenso wie die Hälfte des Wohnzimmers ..."

„In Ordnung!"

„Ja, gut ... Aber wer soll das alles bezahlen?"

„Wir und Sie."

„Wir haben kein Geld!" trompetete Lepava aus dem Hintergrund. „Wir haben keine Verwandte in Amerika!"

„Gut, wir übernehmen die ganzen Kosten, Sie müssen nur sofort eine Einverständniserklärung unterschreiben."

„Nichts unterschreiben wir!", kreischte Lepava im Hintergrund und stürmte heraus. „Daraus wird nichts! Siehst du nicht, du Idiot, dass diese bourgeoisen Typen dich über den Tisch ziehen wollen! Aus der Wand wird nichts! Nichts! Dem Richter haben Sie Sand in die Augen gestreut, bei mir geht das aber nicht!" Sie zerrte ihren Mann am Ärmel und befahl: „Komm rein, du unterschreibst nichts!"

Da hörten Marko im Bett und Inda hinter dem Vorhang Brankas Schrei: „Nicht zerreißen! Nein! Das lasse ich nicht zu!" Es folgte ein schreckliches Gepolter.

„Inda! Sieh sofort nach, was dort los ist!", rief Marko.

Inda lief hin und stieß dabei mit der Grdić zusammen, die ins Treppenhaus hinausrannte und schrie: „Sie will mich umbringen! Hilfe!" Branka rannte hinter ihr her. Sie hatte einen verstörten Blick, sie schien niemanden mehr zu kennen. Kräftig schob sie Inda beiseite, aber diese umarmte sie und versuchte, sie ins Zimmer zu ziehen.

„*Li queru demandar luque lis fažimus ... luque lis fažimus di negru qui mus fagan tanto di mal ... Luque?* Ich will sie fragen, was wir so Schlimmes verbrochen haben, dass sie uns das antun. Was?"

„*Nada, mama, nada ... aspera ... ven aquí cun mi!* Nichts, Mama, nichts ... sei ruhig ... komm mit mir", bat Inda.

„Branka! Komm sofort! Ich brauche dich!", hörte man Marko rufen.

Branka bekam keine Luft und hörte auf sich zu wehren. Inda legte sie ins Bett, half ihrem Vater aufzustehen und sich neben Branka in den Sessel zu setzen, dann lief sie in die Küche, um Wasser mit Zucker zu holen. Branka lag mit geschlossenen Augen da, rang nach Luft und murmelte von Zeit zu Zeit: „*Luque ... pur luque ... solu li queru demandar ...* Warum ... Warum ... Ich wollte sie nur fragen ..."

„Gib ihr kein Wasser, sie könnte ersticken", sagte Marko. „Sie ist nicht bei Bewusstsein. Ruf sofort Doktor Božović an."

Er kam zusammen mit Rina.

„Diese Menschen werden Sie beide töten", sagte der Doktor, nachdem er Branka eine Beruhigungsspritze gegeben hatte. „Was war jetzt schon wieder?"

„Arme Tante Branka ... Verrecken sollten die!", sagte Rina.

„Sag das nicht, Rina", rügte der Vater sie.

„Lass die klugen Sprüche! Schau, wie sie aussieht. Als wäre sie im Koma ... Was war los?"

Inda erzählte, soweit sie mitbekommen hatte, was geschehen war. „Als Herr Grdić endlich einlenkte, entriss diese Hexe offensichtlich Mama den Plan aus den Händen und zerriss ihn. Ich weiß nicht, was danach geschah, denn Mama stieß einen Schrei aus, und Lepava rannte ins Treppenhaus und schrie, meine Mutter schlüge auf sie ein und wolle sie töten!"

„Was, Tante Branka wollte sie töten!" Rina lachte. „Sie würde keiner Ameise was zuleide tun, geschweige denn diesen Satansbraten angreifen!"

„Was sollen wir jetzt tun?", fragte Marko.

„Rufen Sie den Notarzt. Er soll Ihnen eine schriftliche Erklärung zum Zustand von Frau Branka geben, und damit erstatten Sie gleich eine Anzeige", sagte der Arzt und stand auf.

„Wohin? Immer hast du es eilig, als wärst du der Premierminister!", fuhr Rina ihn an.

„Rufen Sie mich an, wenn Sie Hilfe brauchen, ich bin zu Hause ... Wenn sie ausgeschlafen hat, wird es ihr besser gehen. Das war ein Schock, ein Nervenzusammenbruch ... Auf Wiedersehen ..."

„Er hat es nur nicht eilig, wenn seine Xanthippe anruft, um Geld von ihm zu verlangen", bemerkte Rina verbittert. „Für sie hat er immer Zeit."

Branka öffnete die Augen. „Mein Kopf ... tut weh", murmelte sie. „Was ist geschehen? ... Wo ist Marko?"

„Hier sind wir alle, Inda, Rina und auch ich", antwortete er ruhig. „So, jetzt nimmst du etwas Wasser mit Zucker und schläfst weiter, meine Kleine."

„Mir ist heiß", sagte Branka. Ihre Wangen glühten. Inda maß Fieber: 39,8 Grad. Sie riefen den Notarzt, der ein Beruhigungsmittel verschrieb und ihnen den ärztlichen Befund ausstellte.

Es kostete Mühe, Marko zu überreden, ins Bett zu gehen. Die beiden Freundinnen kauerten sich in eine Ecke von Indas Zimmer und ließen die Tür halb offen, um, wenn nötig, zu Hilfe zu eilen. Inda ging häufig den kalten Umschlag auf Brankas heißer Stirn wechseln.

Jedes Mal kam sie mit Tränen in den Augen zurück. „Rina, ich habe Angst um meine Mutter! Ich weiß nicht, was ich ohne sie täte!" Schließlich heulte sie los.

„Es wird schon gut gehen. Mein Vater hätte sie trotz all seiner Macken nicht im Stich gelassen, wenn es etwas Ernstes wäre. Er ist ein ausgezeichneter Arzt, das garantiere ich dir."

„Ich weiß ... meine arme, kleine Mama ..."

„Ja, aber ich habe niemanden zu beweinen ... Vielleicht ist es besser so. Jede Liebe ist ein zweischneidiges Schwert, einerseits bietet sie viel, andererseits verpflichtet sie einen. Sie bereichert, fesselt aber auch. Wenn sie fehlt, fühlst du dich leer, aber frei wie ein Vogel. Bitter, aber total ungebunden. Schrecklich, doch auch wunderbar."

„Ich habe nie darüber ..."

„Ich habe viel darüber nachgedacht."

„Doch, Rina, du hast deine Mutter. Sie hat dich zwar enttäuscht, aber du empfindest bestimmt etwas für sie. Wenn aus keinem anderen Grund, dann deshalb, weil sie dich geboren hat."

„Geboren? Da irrst du dich aber gewaltig", sagte Rina. „Es kommt nicht darauf an, wer dich geboren, sondern wer dich wie erzogen hat."

„Aber du musst wenigstens eine Spur von Liebe zu Melanija fühlen, selbst wenn sie in deinem Inneren verborgen ist."

„Bei mir gibt es da nur Verachtung."

„Das verstehe ich nicht. Du bist doch sonst nicht so hart. Wahrscheinlich willst du nicht akzeptieren, ..."

„Genau, ich akzeptiere nicht die ganze Geschichte über meine herrliche Herkunft, und du willst nicht *hören*, was ich dir sage, deshalb verstehst du mich nicht ... Ich schäme mich ..."

„Weswegen schämst du dich? Du hast dich an der Musikakademie eingeschrieben, gehst nach Wien ... alles hat seine Ordnung gefunden!"

„Aber keine Ruhe!" Rina ließ nervös ihre Finger knacken. „Vielleicht finde ich sie eines Tages, wenn ich einen Mann und Kinder habe, wenn ich fühle, dass ich jemandem gehöre, wenn ich meine eigene Familie habe."

„Früher sprachst du davon, dass du nie heiraten würdest."

„Das war früher ..."

„Ich denke gar nicht an eine Familie."

„Weil du in einer Familie lebst."

„Aber du lebst auch nicht alleine."

„Schlimmer als alleine ..."

„Jetzt übertreibst du!"

„Ganz und gar nicht. Hör mir mal zu: Erst verlässt mich mein treues Mutterherz Melanija, dann erfahre ich, dass sie nicht meine Mutter ist ..." Rina hielt inne.

„Was sagst du da? Entschuldige, wer hat dich dann geboren?"

„Endlich kapierst du!", sagte Rina ruhig. „Ružica. Ja, Ružica trug mich neun Monate lang in ihrem Leib in einem Dorf, während Melanija in der Stadt mit Kissen gepolstert herumstolzierte. Ich kam auf die Welt, die Kissen landeten auf dem Bett – alles fand seinen Platz! Ružica schwor in der Kirche, dass sie dieses Geheimnis nie preisgeben würde. Und alles wäre in Ordnung, hätte sich Frau Melanija nicht in einen anderen verknallt. Um mir gegenüber nicht als verantwortungslose Mutter zu erscheinen, die ihr Kind im Stich lässt, hat sie nicht nur ihren, sondern auch Ružicas Eid mit Füßen getreten. Sie hat alles auf den Kopf gestellt und ihren Arsch in Sicherheit gebracht. Und wer spielt jetzt für mich die Mutterrolle? Die, die mich nicht geboren, mir aber die große Liebe vorgemacht und mich schließlich kaltblütig verlassen hat oder die, die mich geboren hat und die ich zu verachten gelernt habe?"

Inda schwieg.

„Ja", fuhr Rina fort, „darauf gibt es keine Antwort. Ich bin das einzigartige Beispiel eines Kindes, das niemand geboren hat ..."

„Und der Doktor?", flüsterte Inda.

„Der Doktor ist der Doktor... für mich ist er aber der Vater. Melanija hat ihn weichgeklopft, dieses schmutzige Spiel mitzumachen."

„Aber warum eigentlich?"

„Sie konnten keine Kinder haben. Weißt du, meine Liebe", Rina nahm eine philosophische Pose ein, „es gibt keine Erzählung, die nicht eine Vorlage im wahren Leben hat. Meine wäre gut geeignet für einen Groschenroman."

„Arme Ružica ... und du ... und ihr alle! Mein Gott!"

„Gott gibt es nicht, ich bin okay und Ružica ist nicht arm. Warum sollte sie arm sein? Jetzt müsste man nur den Doc Holiday dazu bringen, sie zu heiraten, und ich würde ihr legitimes Kind werden. Das ist das Ende der heutigen Folge der Seifenoper, die noch keinen Titel hat."

Inda hörte die Stimme ihrer Mutter und lief ins Zimmer. Branka phantasierte im Fieber. Inda machte die Terrassentür ein wenig auf, um frische Luft hereinzulassen, und kehrte zu Adrijana zurück.

„Was meinst du, wer ist die Mutter und wer der Vater", fragte Rina.

Inda sah lange in ihre glänzenden Augen, deren Ernst nicht dem spöttischen Ton entsprach.

„Aber wir wollen nicht darüber sprechen, wer das Kind ist", fügte Adrijana hinzu.

„Das Kind ist meine beste Freundin, die ich jetzt mehr schätze denn je", erwiderte Inda ernst.

Rina stand plötzlich auf, sagte, sie müsse nach Hause, und lief in die Nacht hinaus.

Inda saß bis zum Morgengrauen am Bett ihrer Mutter. Jetzt atmete Branka regelmäßig, ihre Stirn glühte nicht mehr. Inda trocknete sie mit einem Handtuch, besprühte sie mit Duftwasser, warf ein sauberes Laken und eine Decke über sie, legte sich neben ihren Füßen auf das Bett und schlief ein.

„*Querida, pur luque durmis ansina?* Meine Liebe, warum schläfst du da?", weckte sie die Stimme ihrer Mutter.

„Unsere Tochter war die ganze Nacht wach", meldete sich Marko aus dem Sessel.

„Papa, wie hast du es geschafft, dich ohne fremde Hilfe in den Sessel zu setzen? Warum hast du mich nicht gerufen?"

„Ich war auch allein im Bad, meine Lieben. Korać ist schließlich wer!"

„Was war gestern los?", fragte Branka, als erinnerte sie sich an etwas Schlimmes. „Das böse Weib hat den Plan zerrissen ..."

„Macht nichts, wir zeichnen einen neuen", unterbrach Marko sie. „Hauptsache, du hast kein Fieber mehr."

„Fieber? ... Ich wollte sie fragen, warum sie uns so hasst und quält, aber dann ..."

„Schon gut, darüber sprechen wir später", mischte sich Marko wieder ein. „Und jetzt, nachdem unsere kleine Räuberin etwas Erfahrung in der Krankenpflege hat, wollen wir sie bitten, uns einen schwarzen Kaffee zu machen."

Als Inda mit dem Kaffee zurückkam, saß Marko auf dem Bett neben Branka und streichelte ihr Gesicht, während sie leise weinte.

„Inda, Papa hat beschlossen", sagte Branka schniefend, „jetzt sollen wir sie anzeigen und verlangen, dass die Trennwand gebaut wird."

„Marko nahm ein Taschentuch. „Deine Nase ist so klein, dass ich sie gar nicht packen kann ... Los, schnäuze dich!" Branka tat es mit aller Kraft. Alle drei brachen in Lachen aus.

„Ich hätte gern eine solche Nase", seufzte Inda.

„Und was fehlt den unseren?", fragte Marko.

„Sie sind zu klassisch. Mamas Nase ist modern."

„Jetzt kann ich mich wieder an alles erinnern", erklärte Branka, den Kaffee schlürfend. „Ihr wisst, ich habe ..."

„Nicht jetzt, Brankica! Jetzt genießen wir, dass wir zusammen sind, dass der Tag schön ist und dass es uns beiden besser geht."

„Ich gehe jetzt zur Uni!"

Inda ging, Marko setzte sich an die alte Schreibmaschine. Er tippte, zerriss, tippte wieder, blätterte in den Unterlagen aller bisherigen Gerichtsurteile. Erst nach Tagen war die Anzeige fertig.

Die Tage wurden kürzer, das Wetter rauer. Bei den ersten Schneegestöbern wärmte der eindeutige Sieg über den langjährigen Gegner die Wohnung der Koraćs. Das Gericht hatte den Plan für die Teilung der Wohnung akzeptiert, und die Grdićs konnten nicht umhin, der Trennung nach dem ursprünglichen Entwurf zuzustimmen.

„Unsere Klagemauer", sagte Branka.

„Nein, unsere Rettungsmauer", entgegnete Marko.

Bald darauf wurde die Wand hochgezogen, die Wasserleitung zum verglasten Balkon, der den Grdićs als Küche und Bad diente, gelegt und der Strom auf zwei Haushalte aufgeteilt. Das Einzige, was die beiden Familien auch weiterhin gemeinsam nutzten, war der Korridor, über den die Grdićs zu ihrer Toilette und die Koraćs zur Küche und zum Eingang in die Wohnung gelangten.

Sie begegneten sich selten und gingen einander aus dem Weg. So wurde der Friede hergestellt.

Das Glück der Koraćs konnte sich mit keinem Gewinn und keinem Grund zur Freude in anderen Breitengraden und in anderen Zeiten messen. Begeistert trugen sie die verschiedensten Kleinigkeiten zusammen, um ihr „befreites Territorium" zu schmücken. Branka stellte neue Schirme für alte Lampen her, Marko besorgte neues Küchengeschirr, Inda kaufte mehrfarbige Seidenfäden, aus denen Branka unermüdlich Tischdecken häkelte.

Die Trennung hatte auch eine psychologische Wirkung: Für die Koraćs hörten die Grdićs einfach auf zu existieren. Sie wurden wie alles Hässliche verdrängt. Das Einzige, was noch an die schlimme Vergangenheit erinnerte und auf deren Anwesenheit hinwies, war der üble Geruch im Korridor.

Seit Brankas Gegenwehr, Markos Anzeige und der Errichtung der Wand hatte Lepava sich zurückgezogen und nichts mehr von sich vernehmen lassen. Die Koraćs hatten schon damit gerechnet, dass, weil man sich selten sah, die Angriffe weniger würden, erwarteten jedoch nicht deren so schnelles Ende.

„Unheimlich", sagte Marko eines Tages, als er von der Arbeit heimkam. „Sie schweigt wie ein Grab. Zum Glück ist es so und so soll es auch bleiben, aber merkwürdig ist es schon."

„Ja und nein", sagte Branka leise beim Austeilen der Suppe.

„Wie meinst du das?", fragte Inda.

„Sie hat Angst bekommen", entgegnete Branka.

„Vor wem denn?", wollte Marko wissen.

„Vor mir."

„Vor dir!"

„Ja, vor mir."

„Wieso ausgerechnet vor dir, Mama?"

„Weil ich sie geschlagen habe."

„Was sagst du da, Brankica?"
„Mama, du machst Spaß!"
„Ich habe sie geschlagen, und zwar mehrmals mit den Fäusten gegen die Brust. Damals, als sie den Plan zerriss."
Schweigen.
„Also deshalb ist sie rausgerannt und hat geschrien, du wolltest sie umbringen!", sagte Inda.
„Klar."
„Aber das hast du mir nicht gesagt! Auch vor dem Gericht hast du es nicht zugegeben ...", sagte Marko verlegen.
„Das habe ich nicht und ich fühle mich auch nicht schuldig. Es ist keine Sünde zu lügen, wenn es um Menschenleben geht ... Ich habe unsere Leben verteidigt. Und hätte ich es dir und Inda gesagt, hätte ich vor Gericht nie lügen können."
„Wieso hat der Grdić das nicht gesehen?"
„Er war schon zurück im Zimmer."
„So ist das also! Wir hüten hier eine kleine Gewalttäterin und Meineidige! Unsere Kleine hat der mächtigen Frau Grdić Angst eingejagt! Alle Ehre, Brankica! Inda, von jetzt an müssen wir uns vor Mama in Acht nehmen!"
„Und ich war überzeugt", sagte Inda lachend, „dass Prügel nicht zu deinen pädagogischen Maßnahmen gehörten! Schade, dass du nicht früher dazu gegriffen hast."
„Das war nur ein kleiner Beitrag zu unserem gemeinsamen Kampf gegen die Mitbewohnerplage", lächelte Branka stolz.
„Ein kleiner?", rief Marko. „Mehr als Riki und ich je erreicht haben. Wirklich raffiniert von dir: Zuerst lässt du uns zeigen, was wir können, und dann betrittst du die Bühne mit dem einzig möglichen Mittel ..."
„... der Prügel", beendete Inda.
Sie trieben noch lange ihren Spaß auf Brankas Kosten und berichteten Rikica noch am selben Abend von dem Heldenstück ihrer Schwester.
Die Antwort kam erst nach einem Monat. Die Koraćs machten sich schon Sorgen, weil Rikica sonst häufig schrieb.
„Gratuliere, Schwesterherz!'", las Branka an einem dunklen Winternachmittag, während ein heftiger Wind durch die Straßen pfiff. Ihre Stimme zitterte. Als Marko sie daraufhin ansprach, winkte sie nur ab: „Etwas stimmt mit Riki nicht."
„Woher weißt du?"

„Ich fühle es." Sätze überspringend fuhr sie mit der Lektüre von Rikicas üblichem Bericht fort. Über die Arbeit: „‚Ich studiere die Kunst und die Mode durch die Jahrhunderte'"; über den Alltag: „‚Die Zeit vergeht ohne euch, in Gesellschaft vieler anderer'"; über die Sprache: „‚Unsere Landsleute, die schon seit Jahrzehnten hier leben, sprechen Englisch schlechter als ich, meine amerikanische Nachbarn bedienen sich eines Slangs, den allein sie verstehen, und meine Arbeitskollegen reden, um Zeit zu sparen zu schnell, *ergo*, ich verstehe niemanden'"; über ihren Gemütszustand: „‚Am Ende erwartet uns die dritte Zwangsläufigkeit in unserem Leben, der Tod. Auch sie akzeptieren wir wie die erste, die Geburt, weil wir nicht anders können, und keiner uns fragt, ob wir sie wollen. Die zweite, das Leben, müssen wir ebenfalls erdulden. Nein, Brankica, das sind keine schwarzen Gedanken! Das ist die Wahrheit, die wir in unserer Jugend nicht erkennen, über die wir, im reifen Alter nicht nachdenken wollen, mit der wir aber im späteren Alter, falls wir sie akzeptieren, einen großen Schatz erwerben: Wir hören auf, uns vor dem Abgang zu fürchten.

Ich ermüde schnell. Nach einigen Schritten bekomme ich kaum noch Luft. Wenn das so weitergeht, werde ich einen Arzt aufsuchen müssen. Aber keine Sorge, Unkraut vergeht nicht! Ich müsste diese Wohnung gegen eine bessere tauschen, weil ich zu viel verdiene, um in einem für arme Leute gebauten Haus wohnen zu dürfen. Etwas hindert mich daran, aber ich weiß nicht was. Es ist wie damals, als ich den Vertrag mit *Sadler's Wells* unterzeichnen sollte. Bei der Arbeit ist alles prima: Ich arbeite viel und sie bezahlen gut. Hoffentlich wird sich nicht mein Pech von damals wiederholen, als ich zu Beginn der großen Karriere meine Hüfte brach? Einmal im Leben reicht, oder vielleicht nicht? Vielleicht bin ich Glück nicht gewöhnt, sodass es mich nicht nur überrascht, sondern auch besorgt macht.

Lange habe ich gezögert, euch diesen Brief zu schicken, daher kommt er so spät. Schließlich wurde der Wunsch, euch meine Gedanken mitzuteilen, stärker als die Befürchtung, euch traurig zu stimmen. Wie ihr seht, meine Gedanken drehen sich zurzeit um existenziellen Nonsens.'"

Branka öffnete leise die Balkontür, ging hinaus und betrachtete das gespenstische Geäst mit den einsamen restlichen Blättern, die sich noch wehrten, sich aber am Ende den eisigen Windböen würden ergeben müssen. Der violettfarbene Himmel kündigte für den Morgen

Schnee an. Branka, die sich sonst über ihn freute, sah ihm jetzt mit Unruhe und Sorge entgegen.

Noch einmal in diesem Winter wurden die Koraćs mit dem Problem der Geburt, des Lebens und des Todes konfrontiert. Branka las einen von Didis seltenen und kurzen Briefe vor: „Tante Banki, ich habe Töchterchen verloren, das so sehr gewünscht hatte. Sie starb bei Geburt. *Buen mundu tenga!* Möge sie in Frieden ruhen. Mein erstes Mädchen ... Schwer vertrage ich Leben und Tod zusammen: Kaum geboren, schon gestorben. Deine Didi!"

Einige Monate später, während die Knospen zaghaft durch die harte Rinde der alten Linde brachen, meldete sich nach längerer Zeit Elijas.

„Liebe Blanki, ich will nicht lange drum herumreden: Estera hat Kinderlähmung bekommen. Wir hatten keinen Impfstoff. Meine älteste Tochter mit ihrem lieblichen Lächeln und dem sanften Blick wird ihr ganzes Leben hinken, nicht zum Militär dürfen, schwer einen Mann finden und Kinder bekommen. Das ist hier eine größere Tragödie als bei euch, weil hier andere Werte gelten.

Sobald es ihr etwas besser ging, fuhr ich, nein, ich flüchtete zum Kibbuz Gat, einem der ältesten Kibbuzim, auf dem Weg zur Wüste Bersheba. Ich musste mich nach dem schweren Schlag sammeln. In Gat gibt es viele Landsleute von uns. Man spricht Serbisch, aber ich mochte mit niemandem reden. Im Morgengrauen stand ich auf und arbeitete zusammen mit anderen auf den Baumwollfeldern. Wir jäteten Unkraut, solange die Sonne nicht brannte. Ich blieb immer am längsten ... bis mein Hirn kochte. Abends kauerte ich mich neben das Lagerfeuer, allein unter Menschen. Ich mochte mich gern auch im ‚heder ochel', dem riesigen Speisesaal und dem Herzstück des ganzen Kibbuz, aufhalten, wo wir alle gemeinsam (Milchprodukte von den Kühen vom Kibbuz) essen und wo alle gleichzeitig reden und entscheiden. Ihnen ist alles sehr wichtig, ich aber sitze da, kaue und wundere mich über sie, während meine Gedanken in die Ferne schweifen. So fiel mir gestern Abend ein, dass ich als Jude, Bosnier, Jugoslawe und Israeli nicht viele Völker bedingungslos lieben kann. Als Bosnier kann ich keine Österreicher lieben, weil sie uns unterjocht haben, als Jude auch keine Russen wegen der Pogrome, keine Spanier wegen der Inquisition, keine Italiener wegen Mussolini, keine Polen wegen der Gettos, keine Franzosen wegen Dreyfus, Deutsche auch nicht wegen der Konzentrationslager, die Amerikaner genauso wenig wegen Goebbels' verfluchter Version vom Untergang der ‚Titanic'. Als Israeli kann ich auch die Engländer nicht lieben wegen des Weißbuchs, die Araber wegen der ständigen Angriffe und noch viele andere, die mit ihrer Gleichgültigkeit und ihrem sporadischen Antisemitismus zu so vielen Morden beigetragen haben, und als Jugoslawe könnte ich dem noch weitere Nationen hinzufügen. Und doch, ich darf keine hassen, weil ich dadurch in die Fußstapfen der Nazis treten würde. Es bleiben mir nur die Serben und die Dänen. Wenigstens die. Am besten sollte man alles vergessen und die Geschichte von Neuem beginnen. Aber da dies unmöglich ist, sollte man jeden einzelnen Menschen und an erster Stelle die eigene Familie lieben.

Ich habe viel über die hiesige Kindererziehung nachgedacht. Das ist eine gefährliche und verantwortungsvolle Aufgabe. Hier stelle ich eine Neigung zur Ausschließlichkeit fest. Die Eltern sagen zum Beispiel: Wir waren zu weich, also werdet ihr hart; wir waren versöhnlich, also werdet ihr kriegerisch; uns hat man streng moralisch erzogen, seid ihr also freizügig; wir waren körperlich schwach, seid ihr kräftig; wir haben unsere Werte im Intellekt begründet, den könnt ihr vergessen ... und so weiter. Ich befürchte, die Kinder verlieren die Orientierung. Zum Beispiel hier, im Kibbuz, schlafen zwei miteinander und am folgenden Tag benehmen sie sich wie Kameraden, als wäre nichts gewesen!

Mit dieser Haltung der Erwachsenen wird die junge Generation viel verlieren. Die Jugendlichen werden nicht lesen, was ihnen Freude macht, sondern, was ihnen nützlich ist. Sie werden verrohen, unseren bekannten Sinn für Humor verlieren ... Ich muss achtgeben, wie ich meine drei Mädchen erziehe, weil ich diese Fehler nicht machen möchte. Dann aber verzweifele ich, weil ich ihnen all das nicht zu erklären vermag.

Ich merke, dass ich wieder gesund bin und gelassener über Esteras Krankheit nachdenke. Ich habe mich damit abgefunden, dass meine Tochter, obwohl in einem freien Land geboren, jenen typisch jüdischen, schmerzerfüllten Opferblick haben wird, der in ihrem Fall durch das persönliche Unglück ausgelöst wurde."

„Deshalb ist es gut, mehrere Kinder zu haben", sagte Branka nach langem Schweigen.

„Tut es dir leid, dass wir sie nicht haben?"

„Wenn es nach mir gegangen wäre, hätten wir fünf, aber es tut mir nicht leid. Wer weiß, was mit ihnen im Krieg passiert wäre ... So musste es sein. Wir haben nur ein Kind, aber ein sehr gutes!"

„So ist es!", pflichtete ihr Marko zufrieden bei. „Und was ist mit diesem Schauspieler, in den sie sich in Dubrovnik verliebt hat?"
„Nichts. Sie sind auseinander."
„Das hattest du mir schon gesagt, Brankica, ich bin doch nicht dement! Gibt es da etwas Neues?"
„Mit ihm?"
„Sie wird doch nicht schon einen anderen haben!"
„Nein, nein!", beeilte sich Branka, ihn in Kenntnis zu setzen. „Sie wird es verschmerzen ... Sie wird suchen. Und sich schwer entscheiden ..."
„Für einen für das ganze Leben?"
„Ja, so ungefähr", sagte Branka und stickte weiter an dem Hirsch im Wald, auf Spanisch Gebete für Estera murmelnd.

★

Der „Belgrader Frühling" wurde eröffnet, das erste Festival der Unterhaltungsmusik. Und während die ganze Hauptstadt Schlager von so beliebten Stars wie Lola Novaković, Vice Vukov und Đorđe Marjanović trällerte, erhielt Branka einen Brief von Saša Poljanski. Zuerst las sie einen beigefügten Ausschnitt aus der Zagreber Tageszeitung „Vjesnik": „Am Mittwoch, dem 10. dieses Monats, starb die hervorragende Zagreber Künstlerin und langjährige Schauspielerin des Kroatischen Nationaltheaters, Greta Bauer Poljanski. Mit ihr verschwand eine der imposantesten Personen unserer Theaterszene, eine Schauspielerin, die über Jahrzehnte brillant eine ganze Reihe unvergesslicher Gestalten verkörperte. Mit ihrem Tod verlor das kroatische Theater ein unermüdliches und engagiertes Mitglied ..."
Saša schrieb, dass Greta in einer Zahnarztpraxis gestorben sei, als man ihr ein Betäubungsmittel spritzte, auf das sie offenbar allergisch reagierte. Sie verschwand unverhofft, zu früh, aber herrschaftlich, so wie sie gelebt hat, dachte Branka, und ihre „zwei Jungs", wie sie sie oft nannte, blieben allein. Noch ein Abschied, noch ein Trauerfall. Saša der Jüngere ist vom Studium in Amerika zurückgekommen, Saša der Ältere geht bald in Rente. Jetzt wird der jüngere Poljanski sich um den älteren kümmern. Noch ein Abgang, noch eine Reife. Bald wird der junge Aleksandar heiraten und Kinder kriegen. Wieder eine Geburt, wieder ein Erwachsenwerden ... Und immer weiter so. Wo man auch lebte, in Zagreb, Belgrad, Tel Aviv oder New York, es wiederholte sich immer dasselbe. „So muss es wohl sein", murmelte

Branka und las weiter: „Gleich nach Gretas Tod wollte ich hier alles verlassen und nach Belgrad ziehen, aber ich entschied mich dann anders. Zagreb ist ... Zagreb ist besonders und schön, von Zerstörung verschont, die Leute sind gut erzogen, kultivierter als bei euch. Und trotz der schlechten Erfahrungen während des Krieges fühle ich mich hier zu Hause. Das ist meine Stadt so wie sie es für jeden Kroaten ist."

Und was ist meine Stadt, fragte sich Branka und dachte gleich an die Häuser an der Miljacka. Sie sah sich jung und schlank, wie sie, den Boden kaum berührend, sowohl durch tiefen Schnee als auch über die dicken Schichten von Obstbaumblüten schritt. Um sie herum unzählige Minarette aufgespießt auf den Hängen der sie umgebenden Berge wie Stecknadeln auf einem kleinen Kissen, die steinernen Turbane der türkischen Friedhöfe unter den Strahlen der Wintersonne, die alte Moschee, Schmiedewerkstätten, kleine Gemüsestände mit Kränzen getrockneter Okra geschmückt, Schaufenster voll gestrickter Wollstrümpfe und glänzender, gestrickter Pantoffeln. Der Duft von gegrilltem Fleisch und von cremigem Vanilleeis stieg ihr in die Nase. Damals, dachte sie, war der Schnee tiefer, sein Weiß weißer, die Augen glühender, der Reichtum üppiger, die Religionen unterschiedlicher, aber die Liebe war dieselbe. Das war ihre Jugendzeit, die sie vielleicht schönte, aber wer sollte ihr diese Freude nehmen?

Branka durchzuckte das Gefühl, einer Generation anzugehören, die ein Teil der Stadt unter dem Berg Trebević war. Sarajevo erschien ihr als ein Lebewesen, das sie, die kleine Sephardin, und mit ihr die ganze Welt anlächelte, wobei die Welt dieses Mal das Lächeln erwiderte. Ihr Blick glitt von der bescheidenen orthodoxen zu der ehemaligen evangelischen Kirche und blieb an den schlanken Minaretten hängen. Er verbeugte sich vor der Größe und Beständigkeit der Gazi-Husrev-Beg-Moschee, flatterte sodann zu ihrem Rivalen, dem großartigen Bau der katholischen Kathedrale und drang schließlich zum Herzen Sarajevos. In ihren Ohren klangen die Glocken von all den massiven Kirchtürmen sonntags, die kräftigen Stimmen der Muezzins freitags, aber mehr als alles andere beeindruckte sie die Stille der Synagoge samstags, das sephardische Schweigen, der Glaube als Lebensart, verborgen in Bräuchen, der Glaube ohne Stimme, ohne Glockengeläut, ohne Mahnung.

Branka verspürte wieder den Duft der dünnen Teigblätter, des *Pastel* und der *Sungatu* genannten Lauchtorte und der Weinraute, die Frauen sich gegen den Bösen Blick hinter das Ohr steckten sowie der heißen Hühnerbrühe, die in Belgrad anders roch. Sie hörte das Sabbatgebet Kiddusch und streifte mit ihrem Blick Fese und Gebetsschals. Es kostete sie Mühe, in die Wirklichkeit zurückzufinden. „Ach, die Erinnerungen", murmelte sie. „Sie sind wie Bücher oder Freundschaften: Wenn man sie vergisst oder vernachlässigt, beginnen sie sofort zu schrumpfen. Aber das ist mehr als eine Erinnerung, das bin ich, Blanka Sálom", sagte Branka Korać leise.

★

Mit grauer Nähseide setzte Branka die letzten Stiche in den Gobelin mit dem Hirschen im Wald. Sie saß im Sessel gegenüber Markos Bett und hob oft den Blick zu ihm. Er atmete regelmäßig im Schlaf nach dem Mittagessen, das sie ihm neuerdings auf einem Tablett servierte – ein Geschenk Indas für ihren unbeweglichen Vater.

Alles hatte sich vor einem Monat in der Ambulanz abgespielt, wo Marko stundenlang auf eine Kontrolluntersuchung wartete. Besorgt, weil er schon lange weg war, ging Branka ihn suchen. Sie fand ihn auf einer Bank in sich zusammengesunken wie ein zerstörtes Haus, mit aschgrauem Gesicht und schlaffem, schwerem Leib. Mühsam brachte er hervor: „Ich kann nicht aufstehen." Branka dachte, sie verliere ihn für immer und bat einen vorbeigehenden Arzt um Hilfe.

„Er soll sich gefälligst gedulden, Genossin. Sie sehen doch, wir haben alle Hände voll zu tun, er ist ja nicht der Einzige, der Hilfe braucht!"

„Verflucht sollen Sie sein", sagte sie zu ihm leise, aber deutlich und rannte hinaus auf die Straße, hielt dort ein Taxi an und brachte Marko dank hilfsbereiter Menschen erst zum Auto und dann ins Bett.

„Ich lasse es nicht zu, dass man ihn in ein Krankenhaus steckt", sagte sie. Savetas Tochter Ana kam mit ein paar Kollegen, aber keiner konnte Marko helfen. Er erholte sich schwer von dem zweiten Hirnschlag, jeder Versuch, ihm auf die Beine zu helfen, scheiterte. Branka bemühte sich, ihm Mut zu machen, ahnte jedoch, dass er nicht mehr würde laufen können. Das wurde ihr eines Morgens endgültig klar, als sie zufällig sah, wie er mit der rechten seine linke Hand hob. Sie heulte los, trocknete aber sofort die Tränen und dankte Gott laut, dass Marko sprechen konnte, dass sein Gesicht unverändert geblieben war, dass sein Verstand funktionierte, dass ihm das eine unversehrte Auge ermöglichte zu lesen. Wenn er nur so bliebe, mit ihr zusammen, damit sie ihn pflegte, sah und hörte.

Marko und Branka führten das gleiche Leben. Sie trennten sich keinen Augenblick. Schwer fiel es den beiden, wenn Branka einkaufen ging. Wenn sie in der Küche zu tun hatte, kam sie immer wieder ins Zimmer, um zu sehen, was Marko tat und ob er etwas brauchte. Sie verlegte ihn vom Bett in einen Sessel, auf dem er halb liegend die „Politika" las und ihr dann von den Ereignissen in der Welt berichtete: Marilyn Monroe habe sich das Leben genommen, der Belgrader Flughafen sei eröffnet worden, die Kubakrise stelle eine große Gefahr dar. Er hörte Radio, tippte mit einer Hand auf der Schreibmaschine und betrachtete gelegentlich durch die gläserne Balkontür den Himmel. Nur den Himmel, nicht die Außenwelt, die er nie mehr betreten sollte.

Sie trauerte mit lachendem Gesicht, ihr sonst fester Schlaf stellte sich häufig nicht mehr ein. In den schlaflosen Stunden ging sie auf den Balkon und betrachtete die verschneiten Straßen, die von den Schneemassen weich geformten Dächer der niedrigen Häuser und die vom Schnee schwer gewordenen Äste. Ihre Linde und ihr Marko – nach dem Krieg ständige Weggefährten mit einem ähnlichen Schicksal – glichen sich jetzt mehr denn je: In ihren Grundfesten erschüttert, aber noch immer imstande, ihr lebenswerte Dinge zu vermitteln: Die Linde spendete ihr Schatten bei der Hitze und half ihr, die Jahreszeiten zu unterscheiden, Marko schenkte ihr seine Anwesenheit und die Umarmungen mit dem gesunden Arm, so stark wie in der Jugend.

Sie las ihm oft vor, meist die von ihnen beiden geschätzten Dichter Aleksa Šantić und Branko Radičević sowie Ivo Andrićs Prosa, gelegentlich auch Shakespeares Sonette, die erst durch Indas Studium Eingang in ihr Haus gefunden hatten. Fragte sie ihn, was er hören wolle, antwortete er: „Mit deiner Stimme klingt alles so schön, und schön ist es, weil ich dich liebe" und sie errötete vor Freude wie in ihren ersten gemeinsamen Tagen.

Morgens schob sie ihn auf einem Stuhl, an dem Räder angebracht waren, ins Bad, wusch, rasierte und parfümierte ihn und betrachtete ihn gern, zwar abgemagert und schlaff, aber mit seinen immer noch klaren grünen Augen. Er verfolgte mit dem Blick jede ihre Bewegungen und dankte ihr mit jedem Atemzug, dass sie so war, wie sie war.

„Jetzt sind wir beide allein", sagte Marko an einem knospenden, pastellfarbenen Frühlingstag.

„Nein, wir haben Inda."

„Inda ist wenig mit uns zusammen ..."

Das stimmte. Branka schützte sie vor der Familientragödie so gut es ging. Sie wollte ihr eine möglichst sorglose Jugend gönnen und das schöne, Respekt einflößende Bild ihres Vaters aufrechterhalten. Inda, die an Krankheiten ihres Vaters gewöhnt war, sah indes in dessen Gelähmtsein keinen Anlass, ihre Haltung zu ändern. Im Gegenteil, sie freute sich wie immer, wenn er etwas erlaubte, und reagierte mit gesundem Protest, wenn er ihr etwas verwehrte. Mitleid zeigte sie nicht, weil sie keines empfand. Und doch war ihre Aufmerksamkeit ihm gegenüber von einer neuen Dimension.

Als es an einem Tag infolge der Katastrophe von Skopje kleinere Nachbeben gab, war Inda allein mit ihrem Vater zu Hause. Der Boden begann zu zittern und der Lüster zu klirren. Sie lief entsetzt in das Zimmer ihres Vaters.

„Papa, was sollen wir tun?"

„Stell dich unter jene Tür dort. Dort ist eine tragende Wand. Und habe keine Angst."

Stattdessen ging sie zum Vater, der zusammengekrümmt auf dem Bett lag.

„Geh doch hin, meine Kleine!"

„Und du?", rief Inda heulend aus. „Wenn alles kaputt geht, will ich bei dir sein!" Sie streichelte Marko übers Haar.

„Mein lieber Papa", sagte sie wie früher, als sie klein war. „Du duftest so fein."

Alles Hässliche in Verbindung mit Markos Krankheit verbarg Branka vor Inda, die auf diese Weise ihren Vater immer sauber und gekämmt sah, nie, wenn es ihm schlecht ging, wenn Branka ihm mit Alkohol den Rücken einrieb, seine vom Zucker offenen Beine verband, ihm Insulinspritzen setzte. Dann machte Branka die Tür zu, was für Inda bedeutete, sie solle in ihrem Zimmer bleiben. Zum Glück hatte sie jetzt ein eigenes Zimmer. Oft empfing sie dort ihre Freundinnen oder die Schüler, denen sie Nachhilfeunterricht in Englisch gab. Sie beschloss, von dem dadurch verdienten Geld die Hälfte beiseite zu tun, um Marko ein Fernsehgerät zu kaufen. Da ihm lediglich die Arbeitsjahre nach dem Krieg anerkannt wurden, bekam er nur eine kleine Behindertenrente, von der sie nicht hätten leben können, wenn nicht die Hilfe von Riki gewesen wäre. Als sie eine beträchtliche Summe Geld zusammen hatte, unterrichtete Inda ihre Mutter von ihrem Vorhaben.

„Nein, mein Kind", entgegnete Branka, „das Geld behältst du für dich und deine Kleidung, ich werde schon für einen Fernseher sorgen."

„Aber nimm wenigstens das, was ich dafür gespart habe."

Branka nahm es, weil sie verstand, dass Inda das Bedürfnis hatte, etwas zu der großen Ausgabe beizusteuern. An einem Tag im Herbst kam der Fernseher in ihre Wohnung. Ein größeres Erstaunen hatte Branka auf Markos Gesicht nie gesehen, und Inda erlebte die ersten Freudentränen ihres Vaters. Alle drei setzten sich auf sein Bett und bewunderten engumschlungen das schwarzweiße Bild, auf dem stand: „Versuchsprogramm Fernsehen Belgrad".

„Was kann man sich noch wünschen? Zwei hübsche Frauchen zusammen mit einem Wunder der Technik im *eigenen Heim*, das durch eine Wand von den Mitbewohnern getrennt ist! Wer hat gesagt, dass wir arm sind? Ich bin der reichste Mensch auf der Welt! Nicht einmal Onassis kann sich mit mir messen, denn er kann sich nicht so freuen wie ich!"

An dem Abend sahen sie sich alle drei das ganze Programm an: die Nachrichten, eine Komödie von Lola Đukić, wieder die Nachrichten. Später verfolgte Inda nicht mehr so intensiv das Fernsehprogramm, das für Marko und Branka zu einem wichtigen Teil des Alltags wurde.

★

Das Bild mit dem Hirschen im Wald hing schon eingerahmt an der Wand für Inda, deren einzige Aussteuer aus der guten Kinderstube und den Erinnerungen an die Eltern bestand.

Branka hörte in Indas Zimmer das Parkett quietschen. Sie stand leise auf, um Marko nicht zu wecken, und eilte zu Inda, die offenbar von der Uni zurück war. Auf der Schwelle stießen sie zusammen.

„Ich habe auf der Straße Siniša gesehen", sagte Inda leise. „Er hielt seinen Wagen an und stieg aus, um mich zu begrüßen ... Stell dir das vor!"

„Schön von ihm."

„Und ich war so durcheinander ... Meine Knie wurden weich, ich wurde natürlich rot. Das hasse ich wie die Pest! Er hat gemerkt, dass ich immer noch an ihm hänge ..."

„Worüber habt ihr gesprochen?"

„Ich weiß es nicht mehr. Er fragte mich nach der Uni ... ob mir dort jemand den Hof mache, ich habe nur dummes Zeug geredet ...

Kein Wunder, dass er sich mit mir langweilte, ich bin einfach langweilig und das ausgerechnet bei denen, die mir wichtig sind!"

„Du bist nicht langweilig, sondern er liebt die Abwechslung. Wie sieht er aus?"

„Wunderschön! Besser als am Meer... Jetzt, da er nicht mehr sonnengebräunt ist, kommen seine Augen zum Ausdruck. Er fragte nach dir und sagte dann, wir würden uns sehen ..."

Branka schwieg. Inda sagte: „Ich weiß, ich sollte es nicht tun, aber ..."

„Aber du wirst es tun, wenn er sich meldet."

„Ich möchte es nicht, aber ich glaube, ich tue es. Ich weiß es nicht. Dann kam Lana vorbei und die beiden begannen miteinander zu quasseln ... Die Glückliche, sie war ganz gelassen ... Glaubst du, er meldet sich?"

„Ja, mein Herz."

„Und wenn nicht, soll ich ihn anrufen?"

„Nein, warte lieber ein paar Tage, dann sprechen wir darüber."

„Es gibt noch eine Neuigkeit: Ihr Vater hat Lana wegen Husein endgültig aus der Wohnung geworfen."

„Aber wie das?"

„Ganz einfach! Er sah sie im Lokal „Bei der letzten Chance", wo er normalerweise nicht verkehrt. Als Lana später nach Hause kam, sagte er ihr, sie solle ihre Siebensachen packen. Sie glaubte erst, er tue nur so, fand aber heute Morgen einen Brief, in dem er ihr das auch offiziell mitteilte. Sie war danach dermaßen aufgeregt, dass ich die ganze erste Vorlesungsstunde mit ihr auf dem Korridor verbrachte. Ich habe ihr angeboten, zu uns zu ziehen, allerdings würde sie das Bett mit mir teilen müssen."

„Und was meinte sie?"

„Dass sie schon alleine zurechtkäme. Jetzt ist sie nach Hause gegangen, um zu packen, bevor das Monster von ihrem Vater von der Arbeit heimkommt."

„Und Nadica?"

„Sie schnaubt, beneidet sie, weil sie weg ist, und er sie nicht mehr piesacken kann."

„Wo will Lana hin?

„Zu ihrer Tante."

„Du solltest ihr helfen, Indica ..."

„Klar, obwohl Lana auch allein gut zurechtkommt."

„Brankica, Kleine!", rief Marko aus dem anderen Zimmer. Branka lief hin.

★

Am selben Tag, am 22. November 1963, an dem der amerikanische Präsident J. F. Kennedy in Dallas ermordet wurde, kam Siniša Sokolović in Čortanovci ums Leben. Diese historische Tragödie löste zum Glück keinen Weltkrieg aus wie das weit zurückliegende Attentat in Sarajevo, das die kleine Blanki Sálom mitbekommen hatte, rief jedoch in der ganzen Welt Bestürzung hervor.

In Belgrad bildeten sich auf den grauen Bürgersteigen des Terazije-Platzes Grüppchen von Unbekannten, die sonst nie ein Wort miteinander gewechselt hätten, jetzt aber über ein gemeinsames heißes Gesprächsthema diskutierten.

Am nächsten, einem ganz gewöhnlichen Tag blieb daher die Nachricht über den Tod eines, wenn auch bekannten, Belgrader Schauspielers so gut wie unbeachtet.

Das Novembergrau passte zu den traurigen Sätzen der „Politika". Der anonyme Setzer reihte die Worte des ungenannten Journalisten aneinander, die von der Öffentlichkeit kaum wahrgenommen wurden, für Vera Korać jedoch unvergesslich waren und ihr wie mit einem Hammer stumpfe Schläge versetzten. Sie sehnte sich nach feurigen Pfeilen des Schmerzes, die das Herz zerreißen, spürte aber nur Übelkeit.

Er fuhr seinen neuen Ford taunus. Auf dem Weg von Novi Sad nach Belgrad, auf der geraden Strecke bei Čortanovci prallte er in voller Fahrt gegen einen Lastwagen und war auf der Stelle tot.

Der herbstliche Nebel in der Abenddämmerung wurde Sokolović zum Verhängnis. Ihn gab es nicht mehr. Er verließ die Bühne ohne Applaus. Inda suchte in ihrem Inneren nach echtem Schmerz, doch da sie ihn nicht spürte, verlangte es ihr nach der bedingungslosen Umarmung ihrer Mutter, in der sie schließlich Trost für ihre innere Leere fand.

„Bad timing", sagte Lana zu Sinišas Tod.

„Wie meinst du das?", fragte Inda.

„Kennedy hat ihm die Show gestohlen! Er lebte im Zentrum der Aufmerksamkeit und verreckte mit Verlaub ganz unbeachtet."

„Lana!"

„Schon gut, ich bin die alte Zynikerin! Jetzt aber zu einem anderen Thema ... Ich ziehe wieder um, diesmal zu Adrijana. Sie hat mich eingeladen, bis die Lage sich beruhigt."

„Und wann wird das sein?"

„Sobald er die Erlaubnis zur Heirat bekommt. Weißt du, bei denen ist es nicht einfach, eine Ausländerin zu heiraten! Er hat den Diplomatenstatus", fügte sie wichtigtuerisch hinzu, „das macht die Sache noch komplizierter ... Aber zur Hochzeit bekomme ich ein Auto eingepackt in rotes Geschenkpapier mit einer goldenen Schleife vors Haus gestellt! Sollen die Leute ruhig glotzen und Simica vor Wut platzen!"

Ein Snob bleibt immer ein Snob, dachte Inda, trotz der Liebe und der Not. Wäre er nicht Diplomat, hätte sie ihn gar nicht beachtet. Sofort fragte sie sich wie immer, ob sie ihr nicht Unrecht tat ... Ob sie Siniša geliebt hätte, wenn er nicht ein bekannter Schauspieler gewesen wäre? Sie wünschte Lana Glück und die Heirat, hatte aber das Gefühl, dass mit Husein etwas nicht „koscher" war.

„Er vergöttert mich geradezu", fuhr Lana fort. „Solange er hier in Belgrad akkreditiert ist, können wir nicht heiraten, weil ich eine einheimische Pflanze bin ... Komisch, nicht wahr? Wenn man seinem Antrag um Versetzung stattgibt, werde ich seine geschätzte Ehefrau. Morgen fliegt er nach Marokko, und wenn er zurück ist, wissen wir mehr ... Dann geben wir eine Riesenparty!"

Husein kam nach einem Monat zurück ohne eine Lösung, aber mit einem schweren Ring und zwei Handtaschen aus Schlangenleder. Diese Geschenke veranlassten Lana, ihre Verlobung zu verkünden. Denn wer würde schon einen goldenen Ring von zweiundzwanzig Karat mit einem Rubin schenken, ohne damit zu rechnen, dass ein solches Juwel in der Familie bleibt?

Sie waren bei Rina und hörten Musik von Chopin gespielt von Artur Rubinstein.

„Magst du denn wegziehen von hier?", fragte Rina. „In der Welt umherreisen und später unter Arabern leben, wäre nicht meine ..."

„Rede keinen Unsinn! Warum denn nicht?" Lana nippte am Wermut und leckte sich die Lippen. „Husein ist jung und ehrgeizig. Er wird es im diplomatischen Dienst weit bringen, dessen bin ich mir sicher. Vielleicht wird er eines Tages Botschafter ... *Your excellency* ... hm? Jetzt ist er schon Dritter Sekretär, obwohl mein Vater behauptet, er sei Kurier ... So ein Idiot! Zum Kurier hätten sie einen von unseren Proleten nehmen können! Jedenfalls werde ich die Welt sehen, auf Cocktails herumhängen ..."

„Das klingt attraktiv", fiel Inda ein, die sich in Rinas Bergère räkelte, „aber nicht wegen der Weltreisen und Cocktails, sondern weil du ihn liebst ... Würdest du ihn nicht lieben, hätte das alles keinen

Wert, selbst wenn er ein Kennedy wäre. Ich jedenfalls könnte nie mit jemandem zusammen sein, der mir nicht gefällt! Geld, gesellschaftliche Stellung, berufliche Perspektive – das hat nichts mit echten Gefühlen zu tun. Bei mir ist das streng getrennt."

„Da redest du dummes Zeug! Alles ist miteinander verbunden und wie! Komm, hättest du dich vielleicht in Siniša verliebt, wenn er ein kleiner Kellner in einer drittklassigen Bar gewesen wäre? Mein Husein ist in jedem Fall eine bessere Partie als dein Siniša!"

„Siniša ist jetzt ganz gewiss keine Partie mehr und war es auch früher nicht", antwortete Inda scheinbar gelassen auf diese Herausforderung. „Ich wusste das. Er war ein Liebhaber."

„Goldrichtig!", pflichtete Lana ihr bei. „Der hätte dich nie geheiratet."

„Daran war mir auch gar nicht gelegen."

„Hat er dich eigentlich damals wie versprochen angerufen?"

„Ja", log Inda. Jetzt konnte sie ruhig lügen. Sie hatte ihn angerufen, und sie hatten sich wieder getroffen.

„Und?"

„Und nichts ... Wir trafen uns, das war alles ..."

„Und danach hocktest du ständig neben dem Telefon ..."

„Was soll das, Lana, warum stocherst du ständig in dieser Sache herum?", mischte Rina sich ein. „Den Mann gibt es nicht mehr! Inda hatte eine rein sinnliche Beziehung mit ihm, in die sie mehr investierte als er, weil sie ihn liebte, während er sie nur begehrte. Schluss, Punkt! Eigentlich wünsche ich, alle meine Freunde würden sterben oder umkommen ..."

„Du bist ganz schön doof", schloss Lana verächtlich.

„Und du bist klug wie Einstein!", gab Rina ihr zurück. „Alle meine Beziehungen werden ausschließlich sinnlicher Art sein. Gefühle sind Scheiße, ich verachte sie! Jahrelang war ich verrückt nach diesem pomadigen Schlappschwanz, von dem ich nichts, nicht einmal einen Kuss bekommen habe. Demnächst aber heiratet er eine Tussi aus gutem Haus, wo man weiß, wo jeder hingehört. Daher, meine lieben Freundinnen, habe ich nur das Bedürfnis, meine Sinnlichkeit zu befriedigen, sonst nichts!"

„Aber wie verspürst du dieses Bedürfnis, wenn dir das Objekt deiner Wünsche fehlt?", fragte Inda. „Zuerst musst du ein Objekt haben, dann meldet sich der Wunsch. Das Objekt muss dir äußerlich gefallen, du musst seine Gesten, seine Stimme, den Inhalt seiner Gespräche mögen ... Er muss dich also als Person anziehen ..."

„Nein, nein und nochmals nein! Das ist grundfalsch!", rief Rina aus. „Erst spürt man das medizinisch bewiesene und beschriebene sexuelle Bedürfnis, dann findet man leicht das passende Objekt, das heißt den Mann."

„Weder das eine noch das andere ist richtig", protestierte Lana. „Zuerst musst du gut überlegen, wer von denen auf dem freien Markt dir das beste Leben bieten kann, danach kommt alles Übrige ..."

„Und wann wird dir deine beste Partie erlauben, sie zu ergattern?", fragte Rina spöttisch. „Wir sprechen da natürlich von der Ehe."

„Zum Neujahrsfest, wenn er wieder nach Marokko abdüst und ..."

„Was machen wir an Neujahr?", unterbrach Rina sie.

„Ich weiß nicht ...", antwortete Inda. „Rina, erinnerst du dich an Kaća? Sie hat mich zu sich aufs Land eingeladen, aber ich habe keinen Bock darauf. Auf dem Land – wie entsetzlich!"

„Ich weiß auch nicht wohin", sagte Rina bekümmert. „Wir sind doch komische Mädchen."

„Das seid ihr nicht, denn ich lade euch ins Jugoslawische Schauspielhaus ein. Dort gibt es ein Mega-Fest! Das wird echt heiß, ein Zusammentreffen aller Verrückten der Stadt."

Der Attraktivste ist nicht mehr da, dachte Inda. Sie wird Siniša nie mehr sehen. Hätte er ihr wenigstens ein Foto von sich gegeben ... Der Tod als das Ende ihrer Beziehung ... Er hatte sie nicht verlassen und konnte es jetzt auch nicht mehr tun, denn es gab ihn nicht mehr. Ihre Augen füllten sich mit Tränen.

★

Auf den Belgrader Straßen lag der Schnee kniehoch. Frische, lockere Schichten bedeckten alte, schon festgetretene und angeschmutzte. Die Stadt wirkte daher ungewöhnlich sauber und ordentlich. Ununterbrochener Schneefall füllte auch die große Senke am Slavija-Platz, das sogenannte „Loch", das die kleinen Häuser drumherum wie ein Haarkranz um ein pockennarbiges Gesicht schmückten. Die Zweige auf den Belgrader Alleen schaukelten bei sanftem Wind und streuten den neuen Pulverschnee auf die vorübereilenden Fußgänger. Am violettfarbenen Himmel war nichts zu sehen, dafür waren die Straßen, vor allem der Slavija-Platz, der durch den Schleier aus Schneeflocken zu einer Quelle bunter Lichter wurde, von vielen künstlichen Sternen geschmückt. Bei jedem Schritt spürte man die festliche Stimmung dieser Nacht, die einen weiteren willkürlich festgesetzten Wechsel vom Alten zum Neuen, vom Gleichen zum Gleichen bezeichnete.

Eingebettet in den flaumigen Schnee war die Freude nicht übermütig, sie kündigte lediglich die bevorstehenden Neujahrsfeiern an. Belgrad bereitete sich auf die feierliche Nacht am 31. Dezember vor, die offiziell das katholische Weihnachtsfest vom 25. Dezember, das orthodoxe vom 7. Januar und das orthodoxe Neujahr vom 13. Januar vereinigte. Denn wer achtete schon auf Kalendertage? Hauptsache war, man feierte etwas zu annähernd gleicher Zeit.

Voller Stolz beobachtete Branka, wie sich Inda für den Neujahrsempfang im Jugoslawischen Schauspielhaus herausputzte. Mit Staunen betrachtete sie die junge Frau mit hoher Stirn, weißer Haut, schlankem Hals, schmaler Taille und vornehmer Haltung. Schön wäre es, wenn sie sich mit den Augen ihrer Mutter sehen und sich ihrer Schönheit bewusst würde! Branka seufzte und lächelte. Das war ihr Kind mit Markos grünen Augen!

Inda schlüpfte in ein hautenges, im Rücken tief ausgeschnittenes Kleid, steckte ihr üppiges Haar zu einem Knoten im Nacken hoch und steckte lange, glänzende Ohrringe an.

Als sie mit dem Schminken fertig war, zeigte sie sich ihrem Vater. Branka stand hinter ihr und hatte Freude an Markos begeistertem Gesicht, das mehr besagte als seine Worte.

„Wunderschön, wie aus einem Modejournal!" Inda machte einige Mannequinschritte. „Und jetzt möchte ich dich von nahem sehen ... Die Schminke zu dick aufgetragen, meine Kleine, zu dick! Du verdeckst deine natürliche Schönheit ... Aber da es das Neujahrsfest ist, geht es! Schön, dass du das Haar zurückgekämmt hast. Brankica habe ich seinerzeit mit Mühe überredet, einen ‚Bubikopf' zu tragen. Man muss entdecken, was einem gut steht, und ihr habt beide Gesichter, die man nicht vergisst."

„Papilein, wie lange darf ich bleiben?"

„Bis ... sagen wir eins", aber als er Indas enttäuschtes Gesicht sah, fügte er hinzu: „Also, bis zwei Uhr!"

„Okay, punkt zwei bin ich da."

Sie küsste die beiden, wünschte ihnen alles Gute für das kommende Jahr und stürzte in Stiefeln aus dem Haus. Italienische Pumps mit hohen Absätzen nahm sie in einem Beutel mit.

„Und nun", sagte Branka, nachdem sie ihre Tochter verabschiedet hatte, „hole ich all das, was ich für dich zubereitet habe. Wir beide werden uns sehr gut unterhalten, mein lieber Marko!"

In einem Anflug von Zärtlichkeit und Glück lief sie zu ihrem Mann, küsste und umarmte ihn fest. Er liebkoste sie mit der gesunden Hand. So blieben sie auf dem Bett sitzen in der Stille.

„Mach bitte die Balkontür ein wenig auf", sagte Marko.

„Es wird dir zu kalt, aber gut, ich decke dich etwas zu."

Sie packte ihn in Decken ein, setzte ihm eine Baskenmütze auf den Kopf und öffnete weit die Tür. Wohlriechende Kälte strömte herein. Marko schloss die Augen und atmete tief die Luft ein, als wolle er die Schneeflocken einsaugen, die träge zu Boden fielen.

Völlig zugeschneit und außer Atem kam Inda zu Rina.

„Ein tolles Kleid hast du!", sagte sie begeistert, als sie Lana in einer goldfarbenen, trapezförmigen Tunika erblickte. „Wirklich Klasse!"

„Nadica hat es aus London mitgebracht ... Deins ist auch schön."

„Heimarbeit: Der Stoff ist aus New York, und genäht hat es meine Mutter."

„Wir werden sie alle verrückt machen", mischte Rina sich ein, angetan mit einem Sackkleid aus feuerrotem Samt. „Alle werden glauben, dass uns die ganze Welt gehört, dass wir sie um den kleinen Finger wickeln, während ..."

„... die Welt uns nach ihrem Gusto um den kleinen Finger wickelt", führte Inda den Satz zu Ende, „und uns nur bleibt, es geschehen zu lassen."

„Alles hat seine Wurzeln in der Kindheit ...", setzte Rina an, aber Lana unterbrach sie:

„Freuds gesammelte Werke! Oder seid ihr vielleicht schon bei Jung und Adler angelangt? Ihr seid ja total bescheuert: Psychoanalyse zum Neujahrsfest, während Nadica vor dem Theater wartet ... Ist das nicht krass, ich habe eine Verabredung mit meiner eigenen Mutter auf der Straße?"

Sie zogen gefütterte Dufflecoats an und machten sich auf den Weg. Am Theatereingang wartete Nadica mit rotgefärbtem Haar, zu stark geschminkt, in einem teuren Nerzmantel und mit Brillantringen an den Fingern, weswegen sie, wie Inda schloss, keine Handschuhe trug.

„Ojee, hmpf ... hmpf, wo bleibt ihr Süßen?", begrüßte sie sie in betont gedehnter Belgrader Aussprache. „Wie ein Hund warte ich auf euch ... Bei dieser Saukälte bin ich total durchfroren. Kommt doch rein, schnell ... ich bin ganz steif vor Kälte ... hmpf ... hmpf ... Das wird ein lustiger Abend werden! Ein richtiges Vergnügen ... Drinnen ist es warm, man hat ordentlich geheizt. Hallo, wie geht es dir, mein Herzchen? Natürlich ... allerhand ..."

Vor lauter Begrüßen anderer vergaß Nadica die drei. Sie gaben ihre Mäntel ab, wechselten die Schuhe und gingen zu einem großen geschmückten Tannenbaum mitten in der Theaterhalle. Lana kannte viele Leute, Inda nur einige, Rina fast gar niemanden. Allerdings, nach einer halben Stunde und einem Wermut, während sie alle noch an der Bar versammelt waren, schien Inda alle zu kennen, weil sie sie oft auf der Bühne gesehen hatte.

„Jetzt fehlt uns Vuk", sagte Lana. „Wisst ihr, dass er mir geschrieben hat?"

„Echt? Wie geht es ihm?", fragte Inda.

„Gut ... Er lebt in Pasadena, einem Teil von Los Angeles, studiert Psychologie, jobbt ein wenig ... wohnt mit einem Kerl zusammen ... Er scheint sich gut zurechtgefunden zu haben, aber wer weiß, ob es stimmt. Wenn es ihm schlecht ginge, würde er es bestimmt nicht zugeben ..."

„Trotzdem kapiere ich nicht, warum er weggegangen ist."

„Du bist wirklich schwer von Begriff! Weil er schwul ist!"

„Ach was!"

„Richtig", mischte Rina sich ein, „sein Weggehen ist ein Schulbeispiel für die Flucht vor ..."

„Aber woher wisst ihr das?", rief Inda aus.

„Er hat es mir zwar nicht gesagt, aber so doof bin ich auch nicht", entgegnete Lana. „Und was hätte er, so wie er gestrickt ist, hier getan, zumal mit einem Herzensbrecher von Vater, der dasselbe von seinem Spross erwartet. Er musste weg, sein Gesicht, sein montenegrinisches, zu wahren."

„Ich glaube nicht dran", sagte Inda bestimmt.

„Ich schon", sagte Rina. „Die gibt es überall, auch bei uns, nur dass sie sich verstecken."

Das Gespräch unterbrach Igor Gradinski. Lana begann laut zu lachen, was Inda überraschte, denn es gab keinen Anlass dazu.

„Nadicas drei Grazien unterhalten sich sehr gut, wie ich sehe", sagte Igor.

„Sehr gut und bald noch besser", erwiderte Lana. „Darf ich vorstellen: Adrijana, Inda und das ist ..."

„Wissen wir", entgegneten die beiden einstimmig.

„Inda, ein merkwürdiger Name", bemerkte Igor.

„Ein Kosename. Den habe ich mir selbst gegeben."
„Interessant."
„Meine Mutter nannte mich auf Spanisch ‚Llinda', das bedeutet ‚Schöne', und da ich den Laut ‚L' nicht aussprechen konnte, antwortete ich, wenn mich jemand nach meinem Namen fragte, ‚Inda' und das ist so geblieben."
„Charmant! Und Ihre Mutter ist Spanierin?"
„Nein, sie ist sephardische Jüdin und mein Vater ist Serbe aus Mostar", erklärte Inda bereitwillig.
Sie unterhielten sich weiter. Von Zeit zu Zeit kniff Lana sie und lächelte bedeutungsvoll und Inda fragte sich warum.
Inzwischen wurde es Zeit für das Dinner. An ihren Tisch setzten sich Igor, Kole Stošić, ein alter Verehrer Lanas, der, schon ein wenig angesäuselt, behauptete, immer noch in sie verliebt und bereit zu sein, für einen einzigen Kuss von ihr an Ort und Stelle zu sterben, und Sadik Azemi, ein ungewöhnlicher, exotischer und ernster junger Schauspieler, der bald in ein Gespräch mit Rina vertieft war.
Neben Nadica ließ man einen Stuhl frei, damit ihre zahlreichen Freunde sich abwechseln konnten. Sie begrüßte zerstreut und etwas näselnd jeden, alle ihre Freunde umarmten, küssten und lächelten sie an. Jedem hatte sie etwas zu sagen oder ihn nach etwas zu fragen. Inda betrachtete sie voller Bewunderung. In ihrem langen, ganz mit Pailletten besetzten Kleid glänzte Nadica in der Rolle der Kunstliebhaberin. Mit der gleichen Beharrlichkeit versprühte sie ihren ungewöhnlichen Charme und ihr Geld, während sich alle um sie drängten.
„Eine unwahrscheinliche Frau", sagte Inda.
„Wer?"
„Deine Mutter."
„Oh ja, die ist toll in Ordnung. Heute Abend ist sie voll in Form ... Wenn sie keinen hat, plappert sie ins Leere, ha!", lachte Lana kauend. „Ich bin froh, dass sie nicht so hausbacken ist wie viele unserer Mütter ... Und willst du wissen, was sie von den Männern sagt? Dass sie im Leben zwei Stadien durchlaufen, das erste ist die Pubertät, die eeeendlos lange dauert, und danach kommen sie direkt in das zweite, die Senilität! Alles über die Reife der Männer sei nur Demagogie für dumme Gänse!" Sie lachten. „Das Essen ist prima, nicht wahr? Iss doch! Wenn du trinkst, musst du auch essen. Du willst doch nicht so enden wie damals Jaca?"
„Um Gottes willen! Heute vergesse ich die Schlankheitsdiät", entgegnete Inda und setzte ihre Unterhaltung mit Igor fort.

„Er gefällt mir sehr gut", hörte sie etwas später Rina flüstern.
„Wer?", fragte Inda laut, um die Musik zu überstimmen.
„Pssst ... Sadik. Stell dir vor, er ist Kosovoalbaner!"
„Na und? Hauptsache, er spricht Serbisch ... Und wo ist er hin?"
„Er kommt gleich zurück. Wir unterhalten uns über Schauspiel, Musik, die Akademie ... Er ist ganz toll!"
„*Love at first sight?*"
„Auf keinen Fall, diese Phase habe ich übersprungen ... bin schneller gealtert. Leiden fördert ja die Reife ... Kapierst du?"
„Bei mir kommt alles mit Verspätung", sagte Inda nachdenklich. „Alles. Nicht einmal jetzt bin ich selbstständig und frei. Immer ist mir etwas unangenehm. Die normalsten Dinge. Etwa, wenn ich ein Geschäft betrete, um etwas zu kaufen. Ich weiß nicht, wie ich im Ausland einkaufen würde ... In meinem Leben müssten eigentlich zwei Jahre eins sein, mit zehn wäre ich fünf Jahre alt gewesen, mit sechzig würde ich demnach dreißig sein."
„Kein schlechtes System", sage Rina. „Da kommt er!"
„Pass gut auf", schaltete sich Lana ein, als sie Rinas aufgeregtes Flüstern hörte.
„Worauf soll ich aufpassen? Das mit der Unschuld habe ich abgehakt, mich zu verlieben kommt nicht in Betracht und um die Schwangerschaft soll er sich kümmern."
„Wenn es so ist, dann auf zu neuen Siegen!", rief Lana aus und flüsterte Inda ins Ohr: „Und du solltest dich lieber nach einem anderen umsehen. Igor ist zwar charmant, klug, ein phantastischer Gesprächspartner ..."
„... aber verheiratet?"
„Nein! Das geht nicht. Frauen sind nicht seine Wahl."
„Das ist nicht wahr!"
„Doch, wenn ich es dir sage! Wenn ganz Belgrad das weiß, dann muss es stimmen. Es gibt nichts, was man hier nicht weiß. Belgrad ist ein großes Dorf."
„Unglaublich!" Inda betrachtete Igor, der sich mit Nadica unterhielt. „Aber eigentlich ist es mir egal! Das ist ja verrückt!"
In diesem Augenblick ging das Licht aus und das Orchester spielte einen Tusch. Mitternacht. Nadica, Lana, Rina und Inda standen auf und küssten einander.
„Reine Liebe für das ganze Leben", wünschte Lana Inda und fügte hinzu: „mit etwas Sex!"

„Reinen Sex für das ganze Leben – mit etwas Liebe", wünschte Inda Rina.

„Husein!", wünschten beide Lana.

Die Lichter gingen an, der Tanz begann. Lana tanzte mit Kole, Inda mit Igor, Rina engumschlugen mit Sadik. Eine ganze Stunde trennten sie sich nicht von ihren Partnern. Nadica hingegen wechselte ihre ständig und rief gelegentlich aus: „Was für ein verrückter Abend! Chubby Checker, was? Wir haben es doch gut ... hmpf ... Meine drei Mädchen sind die schönsten, oder? Was sagt ihr dazu?"

Als sie vom Twist atemlos an den Tisch zurückkamen, hörte man am anderen Ende des Saals neben dem Eingang Schreie und Poltern. Alle wandten sich dorthin. Schließlich stürmte ein kleinwüchsiger Mann in einem teuren dunkelblauen Anzug mit zerzaustem Haar und rotem Gesicht unsicheren Schritts herein.

„Wer ist denn dieser Zwerg?", fragte Nadica, stützte plötzlich, stand auf und sah bedeutungsvoll Lana an. „Hmpf ... hmpf ... Lana, ist das nicht unser Liebling?"

„Ja, und zwar besoffen", antwortete Lana ernst.

„Hmpf ... jetzt wird er Zirkus machen ... Oh Gooott! Jede gute Fete muss er vermasseln! Was tun wir jetzt bloß ... hmpf ... hmpf ..."

„Wieso wusste er, dass wir hier sind?", fragte Lana. „Du hast es ihm doch nicht gesagt?"

„Ach wo! Seit er dich rausgeworfen hat, haben wir kein Wort mehr miteinander gewechselt ... Keine Ahnung, wie er das erfahren hat ..."

„Ganz einfach, denn ganz Belgrad weiß, was du tust", brachte Lana zwischen den zusammengepressten Lippen hervor. „Wo soll ich mich jetzt verstecken? Wie komme ich hier raus?"

„Gar nicht", sagte Inda, „es sei denn, du kriechst unter den Tisch."

„Das wäre demütigend! Übrigens egal ... Ein Skandal mehr oder weniger macht nichts aus! Ha! Ein solches Publikum habe ich noch nie gehabt."

„Da seid ihr ja!", brüllte Simica, als er Lana und Nadica erblickte. „Ihr arabischen Huren!" Er stürzte auf sie zu, einige Männer stellten sich ihm in den Weg. „Lasst mich los! Das sind meine Frau und meine Tochter ... Beides lose Weiber! Die Junge hat es von der Alten gelernt! Lasst mich sie kaltmachen! Geht mir aus dem Weg, ihr Betrüger und Speichellecker ... Ihr Schauspieler seid alle gleich. Alles Nieten! Nassauer! Säufer! Taugenichtse!"

„Lana, versteck dich doch irgendwo", flüsterte Inda zitternd.

Simica riss sich los, streckte mit einem Fausthieb einen Regisseur zu Boden, eilte sodann zu ihrem Tisch. Lana saß da und blickte ihrem Vater trotzig in die Augen. Er versetzte ihr über den Tisch eine Ohrfeige, woraufhin Nadica einen Teller auf seinem Kopf zerschlug. Simica taumelte, blieb aber auf den Beinen, zog rasend vor Wut am Tischtuch und riss alles auf den Boden.

„Dein Schwarzer ist verheiratet!", zischte er. „Jetzt möchte ich sehen, was du tust ... Wer wird dich nach dem Araber noch haben wollen? Und an allem bist du schuld, du versoffenes Biest", warf er Nadica vor und holte aus, verpasste sie jedoch, weil sich in dem Augenblick Sadik auf ihn warf. Beide fielen zu Boden. Andere sprangen hinzu, um sie auseinanderzubringen. Auf dem Boden entstand ein Knäuel aus festlich gekleideten menschlichen Körpern.

Auf unerklärliche Weise kroch Simica Lazić wie in einem komischen Film unter dem Haufen hervor, packte den Tisch, an dem Inda und Rina noch immer wie versteinert saßen, und kippte ihn um. Eine Tischecke traf Inda unterhalb des Auges am Backenknochen. Sich die Wange haltend, sprang sie auf und suchte Heil am anderen Ende des Saals. Rina folgte ihr.

Da ging die Prügelei erst richtig los, denn der besoffene und blindwütige Simica war nicht zu stoppen.

Auf der Toilette legte Rina Inda ein nasses Taschentuch auf die Wange.

„Das ist mir vielleicht ein schönes Neujahrsfest", seufzte sie. „Tut es weh?"

„Ja", stammelte Inda und heulte los.

„Lass mich sehen", sagte Rina im Ton eines Arztes. „Es ist nicht schlimm, keine Blutung, nur ein Hämatom ... Halt den Umschlag darauf, die Kühle hilft."

„Es ist schon gut", sagte Inda mit trauriger Stimme. „Schauen wir, was mit Lana ist."

„Geh hinter mir und halte das Taschentuch ständig drauf. Du wirst schön aussehen, wenn du nach Hause kommst. Was wird dein Vater sagen?"

„Nichts, ich werde ihm erklären, was vorgefallen ist. Er wird mich jedenfalls nicht schlagen." Ihre lieben, einsamen Eltern, dachte Inda und verspürte Gewissensbisse, weil sie Lana vorhin um ihre Mutter und deren Gesellschaft beneidet hatte.

Im Saal hatten die Kellner die umgekippten Tische wieder aufgerichtet. In Grüppchen diskutierten die Gäste aufgeregt über den

Vorfall. Lana stand da mit einem Blatt in der Hand, Nadica, deren Kleid zerrissen war, tröstete sie.

„Ach, du Arme", rief Nadica aus, als sie Inda mit dem Taschentuch sah. „Was ist ... hmpf ... mit dir passiert? Ojee! Hat der Typ dich getroffen?"

„Nicht er, sondern der Tisch", erwiderte Inda. „Lana, was gibt's?"

Svetlana reichte ihr wortlos das Blatt hin, das sie in der Hand hielt, überlegte es sich dann anders, zog es zurück und sagte: „Offenbar ist er wirklich verheiratet. Alle hier haben das gehört. Morgen werden sie was zu tratschen haben! Simica ist ein Schuft! Wie konnte er mir das antun! Er ist ein Saukerl, genau wie sein Vater. Komm, Adrijana, wir gehen *sofort* nach Hause!"

„Aber, Lanica, wo willst du hin?", mischte sich Nadica ein. „Bleibt noch ein bisschen, Kinder, und erholt euch!"

„Keine Sekunde mehr!", schrie Lana und ging los, Rina an der Hand ziehend. Inda ging hinter ihnen her.

Lana lief in dünnen Schuhen mit hohen Absätzen durch den Schnee. Sie stolperte, fiel hin, kam aber von allein hoch, da sie Hilfe ablehnte. Inda und Rina versuchten vergebens sie zu stoppen.

„Soll ich mit euch gehen?", wollte Inda wissen.

„Nein", sagte Rina, „geh lieber nach Hause. Dein Auge ist dick und blau geworden ..."

„Was machst du mit Lana?"

„Dasselbe, was ich mit mir in solchen Situationen tue", entgegnete Rina ruhig. „Wenigstens darin habe ich Erfahrung: etwas Slatko mit Wasser, etwas Baldrian, dann schläft sie ein ... Keine Sorge! Ciao."

„Hoffentlich wird nicht das ganze neue Jahr so dramatisch werden ... Ciao!"

Sie betrat die Wohnung in der Hoffnung, ihr Vater schlafe schon, hatte sich aber getäuscht: Beide sahen fern. Inda überlegte, ihre Mutter zu rufen, damit sie Marko auf den blauen Fleck und das geschwollene Auge vorbereitete. Sie lugte durch den Türspalt: Vater war im Sessel und massierte mit dem gesunden den gelähmten Arm, Mutter saß auf einem Stuhl, vor ihnen Mokkatässchen und ein Teller mit Bisquitkuchen.

Auf Zehenspitzen ging Inda zurück, kam wieder hinein und schlug die Tür fest zu.

„Mama, Papa! Ich bin früher zurück!", rief sie so fröhlich wie möglich, in der Hoffnung, Branka würde gleich zu ihr ins Zimmer kommen. So war es auch.

Siñor dil Mundu, querida, luque acapitó? Großer Gott, meine Liebe, was ist geschehen?", murmelte Branka, als sie sie sah.

„Keine Sorge, Mama, es sieht nur schlimm aus, ist aber nicht gefährlich."

Inda erzählte ihr, was vorgefallen war. Am Ende fragte sie sie: „Wie sollen wir das Papa erklären?"

„Genauso wie du es mir erklärt hast."

„Wo bleibt ihr beide?", hörten sie Markos Stimme.

Nach dem ersten Schreck hörte sich Marko alles ruhig an. Dann forderte er Inda auf, sich neben ihm aufs Bett zu setzen. Er streichelte ihr übers Haar und sprach zu ihr wie zu einem kleinen Kind, und sie, von so viel Zärtlichkeit überwältigt, begann zu weinen.

Branka half ihr, die Schminke von dem inzwischen völlig zugeschwollenen Auge wegzuwischen. Als sich Inda dann schlafen legte, deckte sie sie zu, gab ihr einen Kuss und blieb bei ihr, bis sie eingeschlafen war.

„Unser liebes Kind", sagte Marko, als Branka ins Zimmer zurückkam. „Dabei hatte sie sich so sehr auf dieses Fest gefreut."

„Sie ist noch jung, wenn Gott will, wird sie noch viele Feste erleben."

★

Am nächsten Morgen meldete ihr Rina, dass Lana verzweifelt sei, und zwar am meisten, weil sich Husein nicht in Belgrad befinde und sie deshalb nicht die Glaubwürdigkeit des Dokuments überprüfen könne. Das Papier liefere angeblich den Beweis dafür, dass er verheiratet sei, sie wolle es jedoch niemandem zeigen. Rina schlug vor, Inda solle nach dem Mittagessen vorbeikommen.

Blass, eingewickelt in den Morgenmantel, zusammengekauert in einem großen Sessel, begann Lana zu reden, sobald sie Inda erblickte:

„Ich persönlich meine, dass mein Vater jemanden gefunden hat, der ihm ein falsches Dokument ausstellte. Ich glaube an nichts, ehe Husein zurück ist. Und wenn er zurück ist, werden wir entweder *sofort* heiraten, oder *ich* verlasse ihn!"

Das weiße Frotteetuch des Morgenmantels hob und senkte sich im Rhythmus von Lanas beschleunigtem Atem. Inda bemerkte, dass sie Huseins Ring abgelegt hatte.

„Sonst bekommt er Kratzer", erklärte Lana, die Indas Blick sah, „er ist aus weichem Gold ... Ach, wenn Husein nur schon hier wäre!"

„Wann kommt er zurück?"

„In einer Woche."

Husein kam zurück. Lana verbrachte zwei Tage und zwei Nächte bei ihm, dann kam sie zu Rina zurück und teilte ihr gelassen mit, zwischen ihnen sei es aus."

„Das heißt, er ist verheiratet?"

„Ja, am Ende gab er es zu ... Er heulte und machte Theater ..."

„Wie konnte er dich die ganze Zeit belügen?"

„Das Betrügen steckt den Arabern im Blut", so erklärte Lana diese nationale Charaktereigenschaft. „Am Anfang hielt er den Mund, weil er meinte, das hier würde nichts Ernstes. Dann verknallte er sich und fürchtete, ich würde ihn sofort verlassen, wenn ich es erführe ... Darin hatte er recht."

„Und die Scheidung?"

„Unmöglich. Er hat sich bisher ohne Erfolg um sie bemüht, und ich will keine Minute mehr warten!", sagte sie entschlossen, während sich ihre großen blauen Augen mit Tränen füllten. „Dieser widerliche Schuft! Wie konnte er mir das antun! Ich hasse ihn ... ich hasse ihn mehr als irgendjemanden sonst!"

Rina kam auf sie zu und wollte sie umarmen, aber Lana schob sie grob weg. „Lass mich in Frieden", rief sie wütend, „ich hab euch alle satt!"

Rina verließ das Zimmer und knallte die Tür zu.

„Rina, du darfst nicht böse sein", erklärte Inda ihr später. „Auch du hast so reagiert, als du in Not warst ... Das ist doch logisch. Sie kann jetzt die Zeugen ihres Missgeschicks nicht ausstehen."

„Ich weiß, aber ich bin eine echte Freundin. Ich habe sie bei mir aufgenommen ... Auch Ružica betet für sie ..."

„Wieso verstehst du das nicht: Je näher du an ihrem Unglück bist, umso mehr gehst du ihr auf die Nerven ..."

„Ich hab die Unverschämtheiten anderer satt!", schrie Rina. „Warum muss ich immer jemanden verstehen? Als wäre sie die Einzige, die in einer Krise steckt!"

„Stimmt, aber jetzt hat sie ein brennendes Problem ..."

„Und du bist sehr klug! Als hättest du die Weisheit der ganzen Welt gefressen!" Rina stand auf.

„Sei nicht böse ... Ich versuche nur zu helfen."

Am Nachmittag erschien Lana mit ihrem Koffer bei Inda.

„Geht es bis übermorgen?", fragte sie gleich an der Tür. „Ich kann die weinerliche Rina nicht mehr ausstehen!"

„Und mich im Bett?", scherzte Inda.

Inda sagte ihren Eltern, dass Lana zu ihnen ziehe. In der Nacht schneite es, die beiden saßen eingemummt in den Sesseln. Da Inda ihr keine Fragen stellte, begann Lana von selbst zu reden.

„Simica hat mich ganz schön reingelegt. Nadica ist zwar etwas verrückt, aber eine ehrliche Haut, Simica jedoch spielt den Heiligen und ist im Grunde niederträchtig. So ist seine ganze Familie. Aber egal, übermorgen fliege ich nach London. Nadica hat schon alles geregelt. London ist eine phantastische Stadt. Wie geschaffen für mich!"

Inda lächelte: Lana blieb Lana.

„Hier kann ich nicht bleiben, und selbst wenn ich es könnte, möchte ich es nicht! Dieser Balkanmief, der Dreck und der Primitivismus. Der Westen, die Zivilisation – das ist das Richtige für Svetlana Lazić! Am Anfang werde ich bei einer Freundin von Nadica im vornehmsten Teil der Stadt wohnen. Ich glaube, sie fährt einen ‚Rolls' oder einen ‚Rover' ... oder beides. Eine steinreiche Frau. Sie hat Geld wie Heu. Ich will aber unabhängig sein. Irgendwas arbeiten. Das ist dort möglich, dort tragen selbst Millionärssöhne Milch und Zeitungen aus."

Das trifft auf Amerika zu, aber nicht auf England, wollte Inda sagen, verkniff es sich aber. „Du wirst dich bestimmt prima zurechtfinden!", sagte sie fröhlich. „Du mit deinem Charme, mit deinen Englischkenntnissen, mit deiner Schönheit und Selbstsicherheit ..."

„Selbstsicherheit?", unterbrach Lana sie, auf einmal ernst und nicht wie üblich affektiert. „Es war leicht, selbstsicher zu sein, als ich jemanden im Rücken hatte, Simica, Nadica und alle anderen. Jetzt kriege ich langsam kalte Füße."

„Ich würde eingehen."

„Du bist andersgeartet. Ich bin ein Rabauke. Du aber bist ruhig, und dennoch respektiert man dich mehr ..."

„Von wegen!"

„Doch, doch! Niemand konnte dich an der Nase herumführen, außer du erlaubtest es ihm wie diesem lüsternen Schauspieler ... Dabei hat er sich selbst mehr geschadet als dir. Du ziehst dich vornehm zurück, siehst zu und denkst dir deinen Teil ..." Sie hielt inne, als überlege sie, ob sie weiterreden soll. „Eigentlich habe ich Schiss." Sie lachte nervös. „Ich muss weg aus dieser lumpigen Welt, aber die andere wird vielleicht noch lumpiger. Gut, Nadica wird mir Kohle schicken, aber ihre Reserven sind auch nicht unerschöpflich, außerdem hat sie schon vieles verplempert. Und Simica gibt ihr keinen Groschen.

Offenbar lassen sie sich bald scheiden. Er hat eine Schnepfe gefunden. Eigentlich verständlich nach Nadicas vielen Ausschweifungen. Und ich ziehe allein in die weite Welt!" Sie stieß trotzig einen bitteren Fluch aus. „Du könntest eines Tages ein Stück über meine Familie schreiben! Kritzeleien liegen dir sowieso. Etwas nach dem Motto: ‚Jede Ähnlichkeit ist zufällig, jeder Zufall ist ähnlich.'"

Inda schwieg.

„Noch etwas muss ich dir sagen: Ich, die Schöne der Schule, das Supergirl, das Mädchen im Zentrum der Aufmerksamkeit – das ist alles kalter Kaffee! Gesellschaftliches Prestige in dieser Provinz? Das lässt mich kalt! Erinnerst du dich daran, als wir Kirschen aßen und die Kerne in die Gegend spuckten?" Lanas Stimme bekam einen bisher unbekannten wehmütigen Ton.

„Natürlich!"

„Bei allen Feten, Urlaubsreisen ans Meer und zum Skilaufen, bei allen sonstigen Vergnügen war das der schönste Tag in meinem Leben."

„Bislang ... Vielleicht erwartet dich etwas noch Schöneres."

„Mich erwartet die Suche nach einem anständigen und möglichst reichen Mann."

„Ist das denn so wichtig?"

„Ja. Ich denke an einen Tag, als ich bei einem Unwetter von der Uni nach Hause ging. Ich fror bis auf die Knochen. Neben mir fuhr ein bananenfarbener Mercedes, drinnen ganz ledergepolstert. In dem Augenblick beschloss ich, eine reiche Müßiggängerin zu werden. Die *große* Kohle, nicht das Kleingeld sollte mich von der Masse unterscheiden, die durch den Schnee stapft und in Büros schuftet. Ich sollte von Menschen umgeben sein, die mich wegen meiner Kohle lieben und streicheln! Die zu mir nach Hause kommen, um mich zu massieren, meine Fingernägel zu pflegen, mein Haar zu richten ... Sonnenschirme auf dem Rasen, tüchtige Bedienung, während die Ränder der bestickten, blütenweißen Tischdecken in einer leichten Brise flattern. Und mein Zutun zu all dem Reichtum – gleich *null!* Ich bin die Nutznießerin dieser Pracht. Ich habe sie nicht geerbt, nicht verdient, sie sollte mir auf einem Tablett serviert werden. Ob ich dann glücklich wäre? Ja, und hundertmal ja! Selbst wenn ich dafür jemanden ertragen müsste!"

„Aber, Lana ..."

„Es gibt kein ‚aber'. Schau dir nur die Mehrzahl unserer Frauen an: Sie ackern, waschen, kochen, gehen einkaufen, schleppen die Sachen nach Hause ... Ihr Leben bewegt sich zwischen dem Wochenmarkt, dem Wasserinstallateur, dem Arzt und dem Zwiebeldünsten. Kein Wunder, dass sie sich gehen lassen! Das ist fürchterlich, meine Liebe! Deshalb werde ich mein ganzes Wesen zuerst auf die Jagd ausrichten und es dann dem Gejagten schenken. Danach düsen wir flugs nach Belgrad, um zu heiraten, selbst wenn wir das vorher sogar schon in der Westminster Kathedrale erledigt haben ... Sollen alle Leute doch sehen!"

„Wenn ich dir so zuhöre, finde ich alles in Ordnung", sagte Inda mit einem Seufzer. „Es ist gut, wenn du das kannst. Ich nicht ... Wohlgemerkt, ich verurteile deine Haltung nicht, betrachte meine sogar als Schwäche. Es ist schön, wenn du mit einem Millionär leben könntest, ohne ihn zu lieben."

„Ich würde ihn lieben, weil er ein Millionär ist", entgegnete Lana resolut.

„Siehst du, darin liegt der Unterschied. Ich liebe, weil ich liebe, der Grund ist mir nicht klar. Darin liegt der Zauber!"

„Fragt sich für wen."

Lana ging zum Fenster.

„Ich kann nicht die Verliebte spielen", fuhr Inda fort. „Erinnerst du dich an jenen rundlichen Italiener in Dubrovnik mit der Yacht ‚Giacomino', einem Pudel namens Giacomino und der Crew, deren Mitglieder er alle mit Giacomino anredete?"

„Wie könnte ich diesen Typen vergessen! Wir redeten lange auf dich ein, aber du warst nicht zu bewegen ..."

„Ich hatte es sogar vor, aber ..."

„Du hättest wenigstens ein bisschen anbeißen können ... Wir hätten es auf der Yacht alle schön gehabt."

„Es ging nicht, er gefiel mir nicht."

„Unsinn! Aber mit seinem Steuermann hast du geknutscht."

„Der sah so gut aus. Aber weißt du was, am liebsten möchte ich *selbst* reich werden."

„*Good luck to you!* Deine Aussichten dafür sind in der Tat miserabel!"

„Man weiß es nie! Wenn das passiert, gebe ich dir Bescheid. Und du?"

„Auch ich gebe dir Bescheid, aber nur dir."

„Warum nur mir?"

„*Fishing for compliments?*"

„Nein, es interessiert mich echt."

„Was weiß ich warum. Du bist ein wenig so und ein wenig anders."

„Ein bisschen wie Mama, ein bisschen wie Papa."

„Ich habe zum Glück nichts vom Vater und sehr wenig von der Mutter", erklärte Lana mit einem nervösen Lächeln.

„Ich aber glaube, dass mir meine Eltern alles gegeben haben, was ich habe, und dass ich für das, was ich nicht habe, selbst verantwortlich bin."

„Was du nicht sagst! Notiere das, es klingt gut ... Komm, sieh dir an, wie schön es draußen ist."

Inda kam ans Fenster. „Wie im Märchen."

„Von Walt Disney. Wenn nur noch eine gute Fee käme und mit ihrem Zauberstab alles in Ordnung brächte ..."

Das weiße Licht der Straßenlaternen brach sich in den Kristallen der Schneeflocken. Über die Njegoševa-Straße legte sich Ruhe. Die beiden Freundinnen betrachteten durch das beschlagene Fenster aufmerksam die Umgebung, als blickten sie in die eigene Zukunft.

Lana flog nach London. Nur ihre Mutter durfte sie zum Flughafen begleiten. Davor sagte sie zu Inda:

„Grüße Rina. Danke ihr in meinem Namen für die Gastfreundschaft und finde eine Ausrede, warum ich mich nicht mehr gemeldet habe ..."

Inda beschloss, Rina die Wahrheit zu sagen. Rina ließ die Nachricht von Lanas Abreise allerdings kalt, denn sie war mit ihrer Liebe zu Sadik beschäftigt. Der junge, interessante Schauspieler hatte sie direkt in den „siebten Himmel" befördert, obwohl sie behauptete, ihre Beziehung sei rein körperlich und sie erwarte nichts davon.

„Ich benutze Sadik, und er benutzt mich", erklärte sie ihre Theorie, „und wir beide finden Genuss daran. Aber er genießt nicht mein Genießen, sondern sein eigenes. Begreifst du? Wir sind doch alle Egoisten. Er ist nicht glücklich, weil ich es bin, sondern weil *er* sich so fühlt. Jede Liebe ist egoistisch, nur dass die eine die Gelegenheit bekommt, sich als solche zu zeigen, die andere nicht."

„Was für ein Unsinn!", platzte Inda heraus. „Liebe ist ein Geben und Nehmen, in dem der Gebende genießt. Darin liegt auch ihre Schönheit! Denn wenn du deinen Mann glücklich machst, bist du selbst glücklich. Wenn du dich für ihn aufopferst, vorausgesetzt, dieses Opfer verletzt nicht deinen Stolz, genießt du und betrachtest es nicht als Opfer."

„Du bist altmodisch bis zum Gehtnichtmehr! Das hast du von Tante Branka, und sie spricht aus dem Blickwinkel längst vergangener Zeiten. Damals waren die Frauen untergeordnet und feige ..."

„Entschuldige mal!" Inda wurde rot vor Zorn. „Mitten in diesem ‚primitiven' Bosnien waren meine Mutter und alle ihre Schwestern vor fast einem halben Jahrhundert mutig ihrer Zeit voraus. Sie vertraten moderne Ansichten über die Liebe und waren kühner als du und ich! Ich denke mit meinem Kopf, und der sagt mir, dass du in erster Linie dich selbst und dann alle anderen belügst. Du hast eigentlich Angst, dir einzugestehen, dass du jemanden liebst, weil du dir an Melanija und an Naum die Finger verbrannt hast."

„Du dumme Gans!" rief Rina aus. „Sieh lieber dich an und die, die dich verletzt haben! Ich will jetzt nicht von den Toten reden!"

In diesem Frühling begann Rina von Sadik in der Vergangenheitsform und von ihrem Umzug ins Ausland im Futur zu reden. Plötzlich hatte sie beschlossen, das nächste Semester, falls sie die Aufnahmeprüfung bestehen würde, am Konservatorium in Wien zu verbringen.

„Alle meine Freundinnen sind weg", sagte Inda traurig zu ihrer Mutter.

„Ja, *mi querida*, meine Liebe: Vuk, Lana, jetzt auch Rina sind überall in der Welt verstreut. Fast wie einst die Juden."

„Dies jetzt ist anders ..."

„Aber das Ergebnis ist dasselbe: Die Menschen verlassen einander. Vielleicht gehst auch du, wenn Gott will, nach Amerika zu deiner lieben Tante. Es wäre gut, wenn du jetzt bei ihr wärst. Ihre Gesundheit macht mir Sorgen."

„In dieser Hinsicht bin ich wie Papa, ich mag nicht weg von hier. Außerdem bin ich ein Angsthase. Ich würde mich dort nicht zurechtfinden."

Lana schrieb, dass sie es sehr gut getroffen habe. Dank einer Anstellung in einer vornehmen Bar in Kensington lerne sie viele Leute und potenzielle Ehemänner kennen.

„In der letzten Zeit gehe ich mit einem Alten aus, einem echten Grufti. Er ist ganz verrückt nach mir und ich bin picobello herausgeputzt, denn er gibt für mich viel Geld aus. Mein Schrank ist voll von neuen Klamotten, alle aus Boutiquen in der Bond Street, du kannst dir vorstellen, wie teuer sie sind. Aber er ist nicht meine Kragenweite. Er ist nur eine vorübergehende Nummer, denn er hat zwar einen Rolls und einen Fahrer, aber auch seine legale Xanthippe. Er war mir nützlich, weil er mich in das London eingeführt hat, in das ich sonst nie Eingang gefunden hätte. (Mamas Freundin, bei der ich wohne, führt mich nirgendwohin aus und gibt mir auch keinen Penny, die

Geizige!) Drück mir die Daumen, oder, wie man hier sagt, *keep your fingers crossed*, dass ich dank dem Alten in der feinen Gesellschaft jemanden finde, der nicht verheiratet ist. Die Kerle hier sind im Grunde naiv, darum hoffe ich, bald einen zu ergattern.

Sonst fühle ich mich trotz vieler Vergnügungen nicht immer gut. Oft packt mich eine Scheißtrauer. Ich bin schrecklich ausfällig geworden. Oder war ich es schon immer? Wenn ich hier fluche, versteht mich eben keiner. Grüße Tante Branka, deinen Vater und Rina."

In einem Postskriptum fügte sie hinzu: „Wenn du nach Dubrovnik kommst, gehe drei Mal um den roten Leuchtturm in Porporela herum wie damals, als wir jung und verrückt waren."

Inda hatte ihr geschrieben, sie würde im Sommer nach Dubrovnik fahren und im Hotel Excelsior wohnen, weil Tante Riki zu Besuch komme.

Die Nachricht von Rikis Besuch war der freudigste Augenblick im Leben der Koraćs in diesem Jahr, abgesehen vielleicht von Prüfungen, die Inda mit Erfolg abgelegt hatte. Sie hatte nicht nur bei dem alten Professor Nedić eine Zehn für ihr Shakespeare-Referat bekommen, er hatte ihr sogar gratuliert und sie mit „Kollegin" angesprochen.

★

Riki bat, sie nicht vom Belgrader Flughafen abzuholen. Sie wusste, dass Marko unbeweglich war und dass Inda oder Branka bei ihm bleiben mussten. Also warteten an diesem warmen Tag im Juli alle drei ungeduldig auf ihr Eintreffen. Branka versuchte immer wieder die Flughafeninformation zu erreichen, aber die Linie war wie üblich besetzt oder keiner ging dran. Nach dem Flugplan sollte Riki um die Mittagszeit landen.

Um die Zeit zu überbrücken, überflog Branka in der Küche die Speisen, die sie für Rikica zubereitet hatte: die Lauchtorte, genannt *sungatu*, die *pastel prostu* genannte Pita, Leberpastete mit gekochten Eiern, gefüllte Zwiebeln und die Torte aus Pfannkuchen mit Schokolade, Marmelade und Nüssen.

In Gedanken ließ sie noch einmal alle Zusammenkünfte und Abschiede mit ihrer kleinen Schwester und besten Freundin Revue passieren: ihre Abreise nach Wien zur Ballettschule, dann nach Belgrad zum Nationaltheater, ihre Rückkehr nach Sarajevo nach dem Sturz, die Krankheit und die Trennung von Miloš, die zweite Abreise nach

Belgrad, wo sie einen Modesalon eröffnete. Sie erinnerte sich an die schrecklichen Tage im besetzten Belgrad, als sie nur einige Straßen voneinander entfernt wohnten, aber Marko ihnen verboten hatte, sich zu sehen, aus Angst, jemand könnte die nicht angemeldete Branka mit der ihr so ähnlichen, die gelbe jüdische Armbinde tragenden Rikica in Verbindung bringen und die Gestapo benachrichtigen. Dann der Abschied, als Riki nach Grbavče flüchtete, nach drei Jahren des Versteckens die Rückkehr ins befreite Belgrad, die erste Reise nach Amerika wegen der Operation und die zweite für immer. Ein ganzes Leben aus Abschieden und Treffen. Als sie während des Krieges schwanger war, hatte sie nicht geahnt, dass sie die Mutterrolle mit Rikica teilen würde, die unermüdlich an Indas Erziehung arbeitete. Inda, schloss Branka, war ihr nachhaltigstes Geschenk für ihre Schwester.

Branka wurde von der Klingel aus ihren Gedanken gerissen. Schnell lief sie über den Balkon, um die Tür zu öffnen, Inda gleich hinter ihr, als hätte sie Flügel bekommen. Riki, mitten in einem Berg von Koffern, stand vor dem schmalen Nebeneingang, rot im Gesicht, mit einem lausbübischen Lächeln auf den vollen Lippen, mit einer Hand auf ihren Gehstock gestützt, während sie in der anderen eine Zigarette hielt, und mit zu einer Ballettpose gekreuzten Beinen. Schön wegen der Gegensätze: der schmerzerfüllte Blick und das prustende Lachen, ihre große Persönlichkeit in dem kleinen Körper, ihre lebhaften Bewegungen trotz ihres mühevollen Gangs, elegant, unverwüstlich – Riki Sálom.

„Was sagt ihr zu eurer amerikanischen Schwester, Tante und Schwägerin?", sagte sie und warf sich mit einem Jubelschrei Branka in die Arme.

„Liebe Tante, du siehst wun-der-bar aus!", rief Inda.

Während Inda und Branka die Koffer über den Balkon und den Korridor in Rikicas ehemaliges Zimmer schleppten, ging sie zu Markos Zimmer, öffnete die Tür und blieb stehen.

„Marko?", sagte sie leise und fügte schnell und fröhlich hinzu: „Mein einziger, lieber Schwager!"

„Jetzt bin ich dran, nicht wiedererkannt zu werden", sagte Marko und umarmte sie kräftig mit dem einen Arm, „Weißt du noch damals nach dem Krieg, als ich dich an der Tür fragte, zu wem du wolltest?"

„Aber natürlich, wie könnte ich das vergessen!"

„Meine liebe Schwägerin, vieles ist anders geworden, seit du von hier weggegangen bist. Ich kann nicht mehr nach meiner Lust und Laune leben, sondern nach ihrer", er zeigte auf Branka. „Ja, so ist es, die neue Zeit ist angebrochen und diese Kleine hat die Herrschaft im Haus übernommen! Aber jetzt, da du gekommen bist, habe ich wenigstens jemanden, bei dem ich mich ausweinen kann! Darauf trinken wir einen, komme, was wolle!"

„Das tun wir!", erwiderte Riki und wischte die Tränen fort.

Branka war schon dabei, den Tisch zu decken, und lief zwischen Küche und Zimmer hin und her. Inda half ihr. Markos Sessel wurde an den Esstisch gerückt, und so begannen alle vier, wie einst versammelt und dadurch stark, zu Mittag zu essen.

„Nur immer langsam und gemütlich", sagte Marko zu Branka. „Nach jedem Gang legen wir eine Zigarettenpause ein für die Unterhaltung. Wir haben viel nachzuholen, denn ein geschriebenes Wort ist nicht dasselbe wie ein gesprochenes. Riki, du wirst uns noch einmal alles erzählen müssen trotz deiner ausführlichen Berichte, die du uns, das rechne ich dir hoch an, regelmäßig geschickt hast."

Beim Nachtisch und Kaffee angelangt, fragte Marko: „Wie geht es deinem Herzen?"

„Nicht gut, aber ich hoffe, es hält durch. Wir streiten oft miteinander. Am meisten rebelliert es im Sommer, wenn ich mich bei feuchter Wärme auf den Straßen beeilen oder mit der *subway* fahren muss. Sonst, in meiner neuen Wohnung und bei der Arbeit habe ich *air condition*."

„Wie sieht die Gegend aus, in der du jetzt wohnst?"

„Sehr schön, europäisch. Keine Wolkenkratzer, nur Grün. Brooklyn Hayats ist ein schönes Viertel. Beim Blick aus meinem Fenster stockt einem der Atem. Ganz Manhattan breitet sich vor den Augen aus, weißlich-grau am Tag, glitzernd in der Nacht. Indica, das musst du sehen, das kann man nicht beschreiben."

„Sobald ich mit dem Studium fertig bin."

„Aber wisst ihr, was ich gern wiedersehen möchte?", fragte Riki.

„Saraj", sagte Branka.

„Ja, unsere Geburtsstadt! Beim Flug über den Atlantik dachte ich ständig dran, dass wir nach Dubrovnik mit dem Zug über Sarajevo fahren könnten. Ich muss es noch einmal sehen."

„Auch ich habe manchmal einen Wunsch", sagte Marko, „gerne möchte ich in Bembaša baden, auf den Trebević-Berg steigen."

„Oder zu einer der alten Bratereien gehen, wo Gott und die Welt speist und alle beim Essen gleich sind. Bürger wie Bäuerinnen kauen im gleichen Rhythmus das würzige Hackfleisch. Ich liebe Ćevapčići! So gute findet man nur bei uns ... und erst das Fladenbrot!"

„Auch ich möchte Sarajevo kennenlernen", sagte Inda. „Als Papa mich damals wegen meines Auges dorhin mitnahm, haben wir nichts gesehen."

„Das läßt sich machen", fuhr Riki fort, „wir übernachten im Hotel Evropa und fahren dann weiter nach Dubrovnik."

Während der Woche in Belgrad blieb Riki die ersten drei Tage zu Hause und unterhielt sich mit ihren Angehörigen, die nächsten vier Tage widmete sie ihren Freunden. Obwohl die Sommerferien schon begonnen hatten, sah sie sie fast alle. Die Nachricht von Rikicas Besuch hatte sich schnell verbreitet und Leute kamen vom frühen Morgen bis spät in der Nacht vorbei, um ihre liebe Freundin zu begrüßen. Von Dragu hatte sie gehört, dass Smiljka und Dušan auch in Belgrad waren, und deren Telefonnummer bekommen. Als sie bei ihnen anrief, waren sie gerade in Begriff, nach Dubrovnik zu fahren. Sie machten aus, sich dort zu treffen.

Riki und Inda brachen schließlich nach Sarajevo auf.

Dort erwartete sie auf dem Bahnhof Markos alter Freund Anton Preger mit seiner Frau.

„Ihnen musst du ewig dankbar sein", sagte Riki.

„Gut, Tante, aber warum?"

„Sie haben deinem Vater das Leben gerettet, *querida di la tia*, Tantes Liebling, und auch das bisschen Möbel ... das Einzige, was von dem großen Reichtum übrig geblieben ist."

Riki wanderte wie im Halbschlaf durch die Stadt. Sie wollte jeden Ort sehen, an den sie sich erinnerte und der mit ihrer frühesten Kindheit zu tun hatte. Abwesend antwortete sie auf Fragen, übersprang die Mahlzeiten, vergaß oft beim Essen zu kauen. Sie war völlig in die Vergangenheit abgetaucht. Inda hatte sie noch nie so erlebt. Sie fragte sich, ob sie selbst eines Tages mit derselben Kraft und demselben Bedürfnis nach etwas Ähnlichem suchen würde. Ob jedes Leben einen Reichtum in sich birgt, zu dem man zurückgehen möchte?

„Ja, genau das ist der Hof", murmelte Riki, wenn sie an ein bestimmtes Haus kamen. „Und dort, siehst du dort den hohen Baum? Dort schaukelte ich auf dem höchsten Ast, um meine Mutter zu zwingen, mir ein neues Kleid zu nähen ... Das war am Sankt-Veits-Tag 1914 ... Ja, *querida*, seitdem ist ein halbes Jahrhundert vergangen, und jetzt kommt es mir vor, als wäre es letzte Woche gewesen."

Abends fiel sie müde ins Bett und schlief sofort ein, während Inda den Stimmen der Stadt lauschte. Das Brummen der Autos vermischte sich mit dem Hallen der Schritte auf dem Bürgersteig. Sie öffnete das Fenster, um die Auslage von Ninas ehemaligem Modesalon zu sehen. Dabei dachte sie immer wieder an Rikicas Worte, als sie am ersten Abend mit Branka telefonierte, deren Sinn ihr verborgen blieb: „Alles ist da, alles schmerzt und freut einen ... *Hermaniquia*, Schwesterherz, glaub mir, du bist doch Blanki Sálom und wirst es für immer bleiben."

Inda spürte, dass ihr eine Epoche fehlte, mit der ihre Eltern und ihre Tanten vertraut waren, und bedauerte, nicht früher geboren worden zu sein. Gerade Rikis Schweigen, das Fehlen der Worte, mit denen sie das Umherirren in ihrer Geburtsstadt deuten sollte, verstärkten Indas Wunsch, sich mit der Vergangenheit ihrer Familie in Bosnien vertraut zu machen.

An dem Tag, an dem sie nach Dubrovnik abfahren sollten, begann Riki zu reden, ohne sich an jemand bestimmtes zu wenden: „Ich kehrte in meine Kindheit zurück und erkannte plötzlich unser Leben nach dem Krieg. Graue Hoffnungslosigkeit. Die war uns gar nicht bewusst. Wir waren berauscht vom Glück, die Bombardierung, die Gestapo, die Lager überlebt zu haben, und bemerkten nicht die Armut und das ausweglose Elend." Sie nickte und hob ihre dichten Augenbrauen. „Merkwürdig, dass mich der amerikanische Überfluss nicht auf solche Gedanken gebracht hat, sondern erst dieser Besuch hier. Vielleicht, weil ich mich hier an den Glanz ... den Glanz der Jugend, an die Zeiten erinnere, als wir nicht viel besaßen, aber vieles hatten ... Keine Wahl zu haben, ist das schlimmste Elend, und wir, auch du, hatten sie nach dem Krieg nicht. Dein Weg war bestimmt, du konntest ihn nicht wählen. Ich frage mich, was gab uns die Heiterkeit, die Kraft und den Willen? Wo fanden wir den Halt? Wieso sind wir nicht müde geworden, wieso haben wir uns nicht gehen lassen? Und weißt du, zu welchem Schluss ich gekommen bin?"

„Nein", sagte Inda zögernd. Der größte Teil der von der Tante laut geäußerten Gedanken blieb ihr unklar.

„Die gegenseitige Liebe und du, Schnütchen." Riki faltete zwei Blusen und legte sie abwesend in den Koffer. „Ja, das war es."

Im Zug nach Dubrovnik fand Riki ihre übliche heitere Stimmung wieder. Sie erwähnte den Besuch in Sarajevo nicht mehr. Inda dachte, ihre Tante wolle es ihr überlassen, die Sáloms und die Koraćs ... deren Epoche, deren Rätsel selbst zu verstehen.

Am Bahnhof in Dubrovnik wartete die aufgeregte Nina auf sie. Sie sprang wie ein Gummiball auf dem Bahnsteig auf und ab. Als

Inda ihre winzige Tante erblickte, hörte sie die Stimme ihrer Mutter: „Unsere Ninica ist alt geworden. Sie ist einsam, schlimm geblieben, jetzt vielleicht noch schlimmer ... *Querida di la hermana*, meine liebe Schwester Riki, hab Geduld mit ihr, mir zuliebe. Wir leben voneinander getrennt und wissen nie, ob wir uns noch einmal sehen werden." Darauf antwortete Riki ungeduldig: „*Buenu, buenu!* Gut, gut! Wollte ich streiten, würde ich nicht nach Dubrovnik fahren."

„*Riki, querida! Inda, buen oju ti miri!* Liebe Riki! Inda, unberufen toi, toi, du bist so schön!", sagte Nina immer wieder und versuchte, sie beide zu umarmen und gleichzeitig eine Reisetasche zu tragen. „Müsst ihr denn unbedingt ins Hotel? Wir hätten es bei mir schön haben können ... *ah, qui calor*, ach, was für eine Hitze!"

„Wir hätten, haben es aber nicht", erwiderte Riki barsch.

„Liebe Tante", mischte sich Inda ein, „Tante Riki wollte, dass auch ich einmal in einem Hotel wohne ... das heißt nicht, dass wir nicht jeden Tag bei dir sein werden, meine kleine, süße Tante!"

„So ist es", bestätigte Riki erleichtert.

„Aber ihr müsst mir versprechen", sagte Nina mit der Stimme eines schmollenden Kindes, „dass ihr bei mir essen und kein Geld für Hotelmahlzeiten ausgeben werdet!"

„Das bezweifele ich ...", setzte Riki an.

„Manchmal essen wir bei dir, manchmal isst du bei uns, einverstanden?", warf Inda schnell ein. „Damit du nicht jeden Tag in der Küche schwitzt, sondern dich wie eine richtige Señora vom Kellner bedienen lässt!"

„Richtig!", pflichtete Riki ihr mit einem dankbaren Blick bei.

„Du bist eine kleine Hexe", seufzte Nina. „*Ma ‚Excelsior' es muy caru*, aber das ‚Excelsior' ist sehr teuer ..." Sie schwieg noch eine Weile, bis ein weiterer Kuss von Inda sie endgültig erweichte. „Na gut, obwohl ... ich hier lebe ..."

„Wie ist deine Wohnung, Ninić?", fragte Riki während der Taxifahrt.

„*Una disgracia*, eine Katastrophe!", klagte Nina weinerlich. „Heiß, klein, mitten auf dem Stradun, laut ... Ach, ein Pechvogel bleibt immer ein Pechvogel!"

Inda und Riki sahen einander heimlich an und mussten lachen, weil Nina jetzt ihre Wohnung schlechtmachte, in der sie sie vorhin noch unterbringen wollte.

„Warum lacht ihr?", fragte sie verwundert.

„Weil wir glücklich sind, hier zu sein!", sagte Inda wie aus der Pistole geschossen.

Sie bekamen im Hotel ein großes Zweibettzimmer mit Blick aufs Meer und auf die Insel Lokrum. Bevor Riki dazu kam, auszupacken und ihr die Geschenke zu zeigen, lief Nina davon, wobei sie murmelte: „Ich muss noch etwas holen."

Als sie weg war, brach Riki in schallendes Lachen aus: „Also, unsere Ninić ändert sich nie! Sie ist immer dieselbe Unerträgliche ... Danke, Indica, für deine Vermittlung. Ohne dich hätten wir uns schon hundertmal verkracht."

„Ich bin eine geborene Diplomatin!"

„Nein, du bist Blankas wahre Tochter."

Riki packte alles aus. Nach einer Stunde klopfte Nina an der Tür und kam schnaufend mit einem großen Korb herein.

„*Luque's estu*, was ist das?", fragte Riki entsetzt.

„Mittag... ähm Abendessen, jedenfalls Essen, *gvercu lu llevi*, der Teufel soll es holen!" Nina begann verärgert Töpfe und Schüsselchen aus dem Korb zu nehmen. „Wenn Mohammed nicht zum Berg kommt, muss der Berg zu Mohammed", schloss sie trocken, während Inda und Riki sie verblüfft anschauten.

„*Nina, luque stas faźiendú?* Nina, was tust du da? Du willst doch nicht hier im Hotelzimmer essen?", rief Riki aus.

„*Y pur luque no?* Warum denn nicht?", protestierte Nina. „Ich habe auch Bestecke mitgebracht ... hier ist alles ... Zwei Tage lang habe ich gekocht, alles *a la dalmata* ... *malanźaniá* nach dalmatinischer Art ... fleischlosen Đuveč. Davon werden wir uns jetzt satt essen! Besser als im Restaurant und auch billiger." Sie räumte den Tisch ab, deckte ihn energisch mit einem weißen Tischtuch und begann mit siegessicherem Lächeln das Brot zu schneiden. „Es ist frisch, ich habe es vorhin gekauft. Im Geschäft sagte ich, das sei für mein Schwesterchen aus Amerika ... Oh, ich habe einen Mordshunger ... *Savis, estu mi pareci comu cuandu mama si murió*, es ist wie nach dem Tod von Mama ... Damals brachten sie uns Essen in Körben ... *todas nostras cusinas*, alle unsere Cousinen ... Weißt du noch, Inda?"

„Aber Tante, ich war damals noch nicht geboren!"

„Dich meinte ich auch nicht, sondern Riki."

„Ich erinnere mich wohl, hoffe aber nicht, dass jetzt jemand stirbt. Das ist nicht gerade ein glücklicher Vergleich."

„Du hast immer Einwände und bist selten dankbar!"

„Schau mal, was dir die Tante aus Amerika mitgebracht hat!", mischte sich Inda wieder ein. Hin- und hergerissen zwischen Neugier und Verfressenheit, stand Nina dreimal vom Tisch auf, um zu sehen, was sie geschenkt bekommen hat, und kehrte dreimal zurück, um noch einen Bissen zu nehmen. Wie zwischen zwei Magneten wandernd, rief sie abwechselnd *„ah, qui lindu!*, oh wie schön", wenn sie Halstücher, Parfüms und das Hauskleid meinte, und *„ah, qui buenu*, oh wie gut", wenn sie das Essen lobte, womit sie bei allen dreien für herzliches Lachen sorgte.

Riki bestellte Sekt, und so verlief der Abend mit fröhlichem Geplauder bis spät in die Nacht.

„Unsere kleine Ninić", sagte Riki, bevor sie einschliefen. „Ich hätte sie nicht so ernst nehmen sollen, dann hätten wir uns besser verstanden ... *Picadu*, schade, unser ganzes Leben verging im Streit."

Am nächsten Tag konnten sie es nicht erwarten, zum Strand zu gehen.

„Das Meer! Mein Herz, das Meer!", rief Riki bewegt immer wieder aus. „Ach, die warme Adriasonne, die Liebkosung der sanften Wellen! Das gibt es nirgendwo sonst. Und zwar nur auf unserer Seite der Adria. Die italienische ist ärmlich! Der Duft des Meeres ... die Reinheit und die Frische, dringen einem in die Haut, als hätte man die ganze Adria aufgesogen. Weißt du, Schnütchen, neben dem Duft des Regens auf dem Balkan ist der Duft des Meeres meine schönste sinnliche Erinnerung an die Jugendzeit ... Spürst du das?"

„Und wie", entgegnete Inda, während sie einen Platz auf dem schon ziemlich vollen Strand suchten.

„Riki, Riki", vernahmen sie eine aufgeregte Frauenstimme. Eine brünette Frau lief ihnen entgegen, begleitet von einem großgewachsenen Mann mit dunklem Schnauzbart.

Riki erhob sich von ihrer Liegematte, betrachtete fragend die Frau, dann lief sie mit ausgebreiteten Armen, den Gehstock immer noch in der Hand, auf sie zu und rief: „Smiljka".

Sie umarmten sich, weinten, lachten und jubelten vor dem verblüfften internationalen Publikum, während Inda rot wurde vor Scham.

„Mein Gott, Rikica, da bist du ja! Wir wollten gerade an der Rezeption fragen, ob du eingetroffen bist."

„Ja, gestern. Und wie lange bleibt ihr noch?"

„Ich und die Kinder länger, Dušan fährt bald nach London. Ist das Inda?"

„Ja, das ist Vera Korać persönlich!"
„Wie groß sie geworden ist! Ich hätte sie nicht mehr erkannt, außer vielleicht an ihren grünen Augen. Studierst du?"
„Ja, Englisch im zweiten Jahr", sagte Inda zögernd.
„Erinnerst du dich an uns?"
„Aber klar! Sie haben doch meiner Tante geholfen, das Visum zu bekommen. Sie haben den Sohn Milan und die Tochter ...?"
„Milena!"
Am nachfolgenden Gespräch beteiligte sich Dušan kaum. Als Milan und Milena auftauchten, beide lebenden Puppen ähnlich, ging er mit ihnen ins Wasser. Inda schloss sich ihnen an.
„Was ist mit ihm? Warum ist er so mürrisch?", fragte Riki Smiljka, als sie allein blieben.
„Das sind unsere letzten gemeinsamen Tage. Die Scheidung haben wir bereits eingereicht."
„Nach so vielen Jahren und zwei Kindern? Smiljka?"
„Ich weiß, aber wir wollen es beide."
„Kein Dritter im Spiel?"
„Ja ... Er hatte einige Abenteuer, die für ihn ohne Bedeutung waren, aber mich erschütterten und mit dem schrecklichen Gefühl der Eifersucht belasteten. Aber es ist nicht nur das. Wir sind zusammen unglücklich geworden. Unser Leben hat sich verändert. Alles ist anders geworden, als es am Anfang war. Für Dušan steht an erster Stelle sein aufreibender Kampf um das berufliche Fortkommen. Als hätte er den Kampf während der Revolution einfach in die Friedenszeit verlegt. Die Familie nimmt er nur wahr, wenn es nicht anders geht. Dabei sind für mich das Heim, die Kinder und der Mann am wichtigsten. Ein Überbleibsel der bürgerlichen Erziehung ..." Smiljka lächelte und zuckte mit den Achsel. „Ich weiß nicht, wie ich dir das erklären könnte. Dušan würde dir wahrscheinlich etwas ganz anderes erzählen. Jeder hat seine Version .. Ehekrach und die Gründe dafür sind wie der Krieg: Jede Seite hat ihre Erklärung und ihre spätere Sicht der Dinge."
Riki dachte an ihr letztes Gespräch mit Dušan. Sie hatte ihm damals genau das gesagt, was Smiljka jetzt vertrat.
„Smiljka, meine Liebe, warum wartet ihr nicht noch ein wenig? Wenn ich die Leute um mich herum betrachte, meine ich immer, sie hätten ein besseres Leben als ich. So ist es auch mit der Ehe. Die fremden Ehen scheinen einem gut zu sein, aber wenn man ein wenig daran

kratzt, bekommt man ein ganz anderes Bild. Ich bin keine Expertin und habe keine Erfahrung darin, sehe aber, dass es selten glatt geht. Die Menschen schlucken ein wenig, dulden ein wenig, passen sich ein wenig an und machen weiter ... wegen ... wegen der Freundschaft, aus Angst vor der Einsamkeit, wegen der Kinder."

„Das weiß ich alles, und auch Dušan weiß es, aber uns genügt das nicht. Zumindest darin sind wir uns einig: entweder eine echte Beziehung oder gar keine. Allerdings haben wir lange gebraucht, um so weit zu kommen ... Ich kann mich nicht einmal erinnern, wann ich die ersten, scheinbar unwichtigen Veränderungen bemerkte, die auf den Zerfall hindeuteten. Es war die Spannung, wenn wir allein zu Abend aßen, oder er so tat, als schliefe er, dabei wussten wir beide, dass er wach lag, oder die Freude in seinen Augen, wenn ich es ablehnte, zu einem Cocktailempfang mitzukommen." Smiljka wischte sich die Tränen fort, ohne es zu verbergen. „Mir wäre es lieber, es wäre nicht so, aber so ist es halt. Dušan liebt mich nicht mehr, und ich ertrage das nicht ... Wer weiß, vielleicht hat er mich nie geliebt."

„Da irrst du dich."

„Nein, ich irre mich nicht und habe auch keinen Fehler begangen. Für mich, so wie ich bin, ist es wichtig, wenn nicht sogar am wichtigsten, dass ich mir nichts vorzuwerfen habe."

„Meinst du, dass er an eurer Trennung schuld ist?"

„Ja und nein. Er kann doch nichts dafür, dass er meine Anwesenheit nicht so sehr braucht wie ich seine. Ist es nicht so? Er hat sich nach Kräften bemüht, das muss ich ihm einräumen."

„Und wenn er jetzt allein nach London geht und ihr die Scheidung aufschiebt?"

„Nein, nein. Der Keim war von Anfang an da, Rikčić. Ich wusste, was kommen würde, ich wusste es, ohne es zu wissen ... Begreifst du es? *Du* musst das begreifen."

„Ja, gewiss ... Aber warum ausgerechnet ich?"

„Weil du dieser Keim warst. Du warst immer die Dritte. Dich hat er immer geliebt."

„Aber ..."

„Nein, sag bitte nichts! Ich weiß das am besten. Und hättest du ihn gewollt, wäre sein Leben vielleicht anders geworden ... Vielleicht wäre die Karriere für ihn nicht so wichtig ..."

„Das ist alles ferne Vergangenheit, meine Smiljka!"

„Die Vergangenheit ... die Gegenwart – das sind Teile eines Ganzen. Am Anfang fühlte ich mich irgendwie neu, als hätte Dušan mich erfunden. Ich habe über nichts nachgedacht. Da vermischten sich die Liebe und die Hoffnung, zwei schreckliche Täuschungen ... Und doch lief später alles so, wie der Verstand es mir vorausgesagt, aber das Herz nicht hatte wahrhaben wollen. Und was will ich nun?", rief Smiljka wütend. „Es kam, wie ich es schon längst vorausgesehen hatte: der Abschied, die Traurigkeit, die Einsamkeit ... Trotzdem, es hat sich gelohnt, ich lebte gut mit *meiner* aufrichtigen Liebe."
„Komm, gehen wir eine Limonade trinken", sagte Riki.
Sie setzten sich in das schattige Restaurant unter den Arkaden.
„Du hast ihn schon damals besser gekannt", sagte Smiljka. „Ich habe ein halbes Leben gebraucht, um ihn zu erkennen."
„Habe ich einen Fehler begangen?"
„Du hättest es mir sagen können ..."
„Und hätte das etwas geändert?"
„Nein."
„Du hast zwei wunderschöne Kinder."
„Aber sie sind kein Ersatz für Dušan. Kinder sind Kinder, Dušan und ich sind etwas anderes. Weißt du, was ich am meisten vermissen werde? Meine Liebe zu ihm."
„Die Liebe ist wie das Leben immer da, nur die Akteure wechseln sich ab."
„Ich komme nie mehr an die Reihe."
„Für die Liebe steht man nicht Schlange. Das Glück und die Liebe treffen dich wie ein Pfeil, wenn du am wenigsten darauf hoffst."
„Ich hoffe nicht mehr."
Milan unterbrach ihr Gespräch. Vom Schwimmen außer Atem setzte er sich auf ein Badetuch auf die steinernen Stufen vor ihrem Tisch.
„Mama, nicht wahr, Inda ist schön?"
„Ja, sie ist sehr schön." Smiljka zwinkerte Riki zu.
„Sie gefällt mir sehr. Weißt du, was ich dachte?"
„Was?"
„Wenn ich heirate, nehme ich jemanden wie sie."
„Bist du nicht vielleicht zu jung dafür?", fragte Riki.
„Jetzt ja, aber wenn ich einen Beruf habe ..."
„Was möchtest du tun?"
„Etwas mit Flugzeugen."
„Die Pilotenuniform würde dir sehr gut stehen", sagte Riki.

In den folgenden Tagen blieb Milan am Strand immer in Indas Nähe, und sie ließ es auch zu, weil es sie amüsierte. Dušan war düster, zurückgezogen, schwieg meistens, während Riki und Smiljka ständig plauderten und Milena mit einigen gleichaltrigen Mädchen spielte. Wie versprochen sahen sie Nina jeden Tag abends entweder im Stadtcafé oder im Hotel oder sie suchten sie auf und gingen dann gemeinsam spazieren. Einmal überredeten sie sie sogar, zusammen mit ihnen im Restaurant zu essen.

Riki schäumte oft wegen Ninas langen Geschichten und wegen ihrer bissigen Bemerkungen über die Schwestern und andere Menschen. Inda spielte konsequent den Friedensstifter. Trotz ihres jugendlichen Alters verstand sie ihre beiden Lieblingstanten gleich gut. Riki war seit ihrer Kindheit für sie eine Autoritätsperson, eine strenge und gerechte Kritikerin. Mit ihr war nicht zu scherzen, an ihrem Urteil nicht zu zweifeln. Tante Riki *musste* recht haben. Auf der anderen Seite: ihr krasses Gegenteil. Die konfuse und ihr gegenüber unendlich nachgiebige Nina nahm einen wichtigen Platz in Indas Herzen ein. Sie liebte sie beide gleich, musste nur manchmal Rikicas kategorisches Urteil oder Ninas Nörgelei erdulden.

An dem Tag, als die Antićs nach Belgrad zurückfuhren, bemerkte Inda am Strand einen jungen Mann. Es war ihr wie damals, als sie Siniša zum ersten Mal sah.

„Tante, schau, sieh dir den Mann dort an", sagte sie flüsternd, obwohl er weit weg war. „Sieht er nicht gut aus?"

„In der Tat, *a las mil maravillas*, wie tausend Träume", sagte Riki. „Ein Amerikaner... nehme ich an. Wie wäre es, wenn du mit ihm ein wenig Englisch übtest?"

„Um Gottes willen!", entsetzte sich Inda. „Hier gab es immer viele Amis, aber jetzt, nach dem, was du erzählst, kommen sie mir interessant vor. Und einen solchen habe ich bisher nie gesehen ..."

„Weil du sie nicht angeschaut hast."

„Und woher weißt du, dass er ein Amerikaner ist?"

„Man sieht es: schau dir seine Kopfform an, seinen runden Hinterkopf ... Das soll davon kommen, dass die Babys auf dem Bauch schlafen ... Dann die karierte Badehose ... seine athletische Figur ... Ich wette, er liest die ‚Times' oder ‚Newsweek'."

„Ich geh das überprüfen", sagte Inda und tat es gleich.

„‚Newsweek'", bestätigte sie.

„Hat er dich angeschaut?"

„Ja! Und dabei gelächelt."
„Und du?"
„Ich habe zurückgelächelt."
„Aber warum hast du ihm nicht etwas gesagt?"
„Was soll ich ihm sagen, wenn ich ihn nicht kenne. Und das auch noch auf Englisch!"
„Die Amerikaner kommen leicht ins Gespräch mit unbekannten Menschen. Bei ihnen redet jeder mit jedem."
„Das ist unanständig."
„Dort nicht."
„Aber wir sind nicht dort, sondern hier! Wenn es so ist, wird er als Erster ..."
„Wird er nicht, weil er unsere Umgangsformen nicht kennt."

Inda und der Amerikaner beobachteten einander den ganzen Tag und lächelten sich an. Nach dem Mittagessen, der Mittagsruhe und dem üblichen Kaffee gingen Riki und Inda zu dem angenehmsten Bad, dem am Spätnachmittag, wenn die Sonne schwächer, das Meer wärmer und der Strand halbleer ist.

Der Amerikaner stand direkt am Ufer und Riki begrüßte ihn ganz natürlich und ungezwungen. Inda, die hinter ihr her kam, erschrak. Der Amerikaner lächelte, wobei er seine vollkommen weißen Zähne zeigte, grüßte zurück und redete gleich weiter, wie wunderschön das Meer sei und wie angenehm es jetzt zu baden sei.

„*I am Riki Sálom*", sagte Riki, „*and this is my niece Inda.*"

„*Nice to meet you*", sagte der Amerikaner und drückte die ausgestreckte Hand.

Inda stotterte „*How do you do*", spürte den kräftigen Händedruck, dachte „Mein Gott, wie schön er ist, der wird mich bestimmt nicht wollen!", brachte aber kein Wort mehr raus, während Riki weiter fröhlich mit ihm plauderte. Timothy Taft: Inda meinte, sowohl sein Name als auch sein Aussehen passten zum Film. Er erklärte, dass er gerade aus der Sowjetunion komme, wo er einen Monat verbracht hatte, um diesen Teil der Welt kennenzulernen, dass er in Dubrovnik drei Tage bleibe und dann nach Zagreb und Wien weiterfahre, um über Paris nach Hause in Cincinnati, Ohio, zu kommen, wo er mit seinen Eltern lebe. Er habe gerade das Jurastudium in Yale absolviert, worauf Riki einen Pfiff ausstieß und erklärte, er sei entweder ein außerordentlich guter Student oder habe reiche Eltern. Tim lachte nur.

Inda konnte sich unter Yale nichts und unter den erwähnten Reisen wenig vorstellen, war aber sehr angetan von seinem Äußeren und von der Tatsache, dass er in Amerika geboren und kein Einwanderer war. Tim Taft sah in der Tat durch und durch wie die Amerikaner aus, die sie aus ausländischen Illustrierten und Filmen kannte.

Riki unterhielt sich noch ein wenig mit ihnen, dann ließ sie sie allein und ging ins Wasser. Sie wusste, nur so konnte sie Inda dazu bringen, Englisch zu reden. Aus der Ferne stellte sie zufrieden fest, dass das Gespräch ohne zu stocken floss.

Als sie aus dem Wasser kam, wartete Inda schon ungeduldig auf sie: „Liebe Tante, ich möchte heute Abend mit Tim ausgehen. Er hat mich zum Abendessen eingeladen, aber ich sagte ihm, ich müsse zuerst mit dir sprechen."

„Sag ihm natürlich zu!"

„Also", sagte Riki, als sie im Zimmer waren, „dieser junge Mann ist wirklich etwas Besonderes. Nicht nur, dass er gut aussieht, man merkt auch, dass er aus einem guten und wohlhabenden Haus kommt. Alles an ihm ist ... echt ... Solche wie ihn nennt man WASP."

„Was heißt das?"

„,White Anglo-Saxon Protestant'. Mit einem Wort, ein echter Amerikaner. Und worüber habt ihr euch unterhalten?"

„Er meinte, mein Englisch sei ausgezeichnet ... Es gefällt mir, dass er nicht aufdringlich ist und keine Komplimente macht. Aber vielleicht findet er mich auch gar nicht attraktiv ..."

„Ja, deshalb hat er dich auch den ganzen Tag angelächelt!"

„Er erzählte mir von den Schwierigkeiten, die er hatte, ein Visum für Russland zu bekommen ... dann davon, dass es in unseren Lebensmittelläden alles gebe, sogar die Erzeugnisse von ‚Heinz', davon, wie schön es sei, dass wir ohne Visum überallhin reisen können ... dann über mein Studium, über die Sprachen. Er kann etwas Französisch, und als ich etwas auf Französisch sagte, war er sehr beeindruckt. Tante, ich glaube, er ist der tollste Kerl, den ich bisher getroffen habe! Wenn er mir morgen einen Heiratsantrag machte, was er bestimmt nicht tun wird, würde ich ihn sofort heiraten."

„Bitte, nicht so stürmisch!"

„Er ist perfekt! Fehlerlos! Aber das ist nicht gut! Warum sollte er sich für mich entscheiden, wenn er die Wahl zwischen all den patenten Amerikanerinnen hat!"

„Merk dir: Die Amerikaner fliegen auf den slawischen Charme", sagte Riki kennerhaft. „So wie es dich reizt, dass er anders ist, bist auch du für ihn etwas Besonderes. Und merke dir ein für alle Mal: Es ist nicht gut, zu bescheiden zu sein! Etwas mehr Selbstbewusstsein, verstehst du?"

„Schon gut ... Aber ich müsste abnehmen."

„Hör auf mit diesem Unsinn und mit deinen Komplexen, mach dich lieber fertig!", befahl Riki. „Und schminke dich nicht zu stark. Das mögen sie nicht."

„Weißt du, was gut ist?", sagte Inda beim Anziehen. „Dass er mich in der schlechtesten Version kennengelernt hat, im Badeanzug! Jetzt, angezogen, kann ich nur einen besseren Eindruck hinterlassen."

„Ich bitte dich, kapiere mit deinem dummen Köpfchen, dass du schön und schlank und wunderbar gebaut bist!"

Da Tim keine vornehmen Restaurants mochte, brachte Inda ihn zur Terrasse einer großen Gaststätte in Pile. Sie aßen Gegrilltes. Tim war von der Atmosphäre beeindruckt, die sich von der in Russland unterschied. Der Wein, das Essen und der Gesang, der bald aus einer Ecke der Gartenwirtschaft erklang, entspannten ihn und ließen ihn, wie er sagte, genießen wie noch nie. Erst streichelte er Indas Hand, dann nahm er sie in die seine und behielt sie den ganzen Abend über.

Sie unterhielten sich über den orthodoxen Glauben und die Tradition. Er wollte mehr über Indas Familie wissen, und sie erzählte ihm alles, ohne ihre Herkunft, die Verluste des Vaters, ihre Armut, die kleine Rente, die gemeinschaftliche Wohnung zu verschweigen. Letzteres konnte er am wenigsten begreifen. Er kannte die Geschichte Osteuropas gut. Er hatte Tolstoi, Dostojewski, Gorki, Tschechow und Gogol gelesen, und zwar nicht in verkürzter Version. Aber über die Mentalität, die Sitten, das Benehmen der slawischen Völker, über die jungen Leute auf dem Balkan und insbesondere in Jugoslawien wusste er fast gar nichts. Inda weihte ihn oft unbewusst ein, denn nicht einmal ihr war klar, wie verschieden sie beide waren. Weder die Literatur – Miller, Faulkner, Hemingway, Lewis – noch die amerikanischen Filme (aus denen sie hauptsächlich ihre Kenntnisse über die Amerikaner bezog), noch die russische Literatur und der einmonatige Aufenthalt in Leningrad und Moskau (Tims einzige Informationsquelle über die Slawen) vermochten auch nur andeutungsweise die Gegensätze ihrer beider Nationen zu vermitteln in ihrer Auffassung vom Leben und der Welt, in ihrem Verständnis von Vermögen, von Liebe, Ehe, Bildung, vom Elternhaus ... von allem.

    Danach lud sie ihn zu einem Spaziergang über die Festungsmauern und nach Porporela ein, wo sie sich küssten und sie ihm in Momenten des Innehaltens gestattete, ihr zu versichern, er habe nie jemanden wie sie getroffen und werde diese Nacht für immer in Erinnerung behalten. Er sagte das ganz einfach, ohne falsche Entzückung und Pose, so als stelle er fest, die Erde sei rund und die Sonne gehe im Osten auf. Gerührt von seiner ungewöhnlichen und überzeugenden Aufrichtigkeit, schaute Inda ihm in die Augen und sagte *„I love you"*. Doch gleich danach erschien ihr das zu theatralisch und sie beeilte sich zu erklären, dass die Liebe auch nur eine Nacht dauern könne, dass es aber keinen Grund gebe zu verbergen, was man in einem bestimmten Augenblick empfinde. Tim gab ihr recht.

    Am nächsten Tag verspürte Inda am Strand Schüttelfrost und ansteigende Temperatur. Ihr Hals tat weh und sie wusste gleich, sie würde, wie schon oft, eine ihrer eitrigen Mandelentzündungen bekommen. Sie musste im Zimmer bleiben, ein herbeigerufener Arzt verschrieb ihr Penizillinspritzen. Einerseits war sie verzweifelt, das Bett hüten zu müssen, andererseits hoffte sie, ihre Krankheit würde noch mehr die Aufmerksamkeit des jungen Amerikaners wecken. Sie hatte recht. Er verbrachte einen großen Teil des Tages in ihrem Zimmer. Er holte ihr Getränke und belegte Brötchen, die sie nicht essen konnte. Als er sich gegen Abend verabschiedete, bedankte er sich bei ihr für die unvergessliche letzte Nacht in einem so ernsten Ton, als spreche er über eine erfolgreich beendete Geschäftssitzung.

    Am Morgen darauf stellte sie fest, dass es ihr besser ging, und überredete Riki, für den übernächsten Tag Karten für das Volkstanzensemble „Lindo" zu besorgen, das Tim gern erleben wollte, obwohl er nach dem ursprünglichen Plan an dem Tag abreisen sollte.

    Nina war neugierig darauf, diesen *hinosu Americanu*, diesen schönen Amerikaner, zu sehen und fügte sich ungern Rikicas Befehl, das Zimmer jedes Mal zu verlassen, wenn er kommen sollte.

    Am Tag darauf, als sie zusammen frühstückten, teilte Tim Inda mit, dass er seinen Aufenthalt um drei Tage verlängere. Riki beschloss, beim nächsten Telefongespräch Branka von ihm zu erzählen.

    Beim Konzert fühlte Inda sich noch schwindelig vom hohen Fieber, aber auch von dem vagen Gefühl, dass ihr etwas sehr Wichtiges passiere, etwas, was sie jetzt, solange es dauerte, beim Schopfe packen müsse, statt es wie bisher nur zu genießen. Sie müsse den Samen für die künftige Ernte ausbringen, etwas tun. Aber was? Und wie? Was konnte sie tun, damit er sie nicht vergaß? Sie glühte, ihre Haut verströmte Hitze wie die Mauern von Dubrovnik am späten Nachmittag. Was sollte sie mit Tim anstellen? Was für ein Unterschied zwischen ihm und Siniša! Wie hatte sie Siniša nur so sehr lieben können? Wie sollte der Abschied von Tim aussehen? Sie würde ihn für immer verlieren, wusste aber nicht, wie sie ihn behalten könnte ... Sie zitterte vor Fieber ... Aber, egal, komme, was wolle! Das Schicksal würde es entscheiden. Ihr dröhnte der Kopf ...

Er berührte leicht ihre Schultern.

Am nächsten Nachmittag saß Inda auf der Hotelterrasse über dem Strand im Schatten riesengroßer Palmen. Das Tagebuch vor sich, ließ sie gedankenversunken nach jedem holprigen Satz den Blick übers Meer schweifen. Auf Tim konnten alle nur neidisch sein, sogar Lana. Denn obwohl er nicht davon sprach, gehörte er offensichtlich zu der wohlhabenden Schicht Amerikas ... Sie hatten Bedienstete und keine Grdićs. Ihr wäre lieber, er wäre weniger gutaussehend oder wenigstens weniger reich. Denn sie hatte ihm nichts zu bieten außer dem balkanesischen Provinzialismus und dem angeblichen slawischen Charme. Oder der Schönheit der Linde, des Baumes der alten Slawen? Sie war sich nicht einmal sicher, ob das mit den alten Slawen stimmte!

„Ich bleibe noch weitere drei Tage", hatte er ihr gestern Abend gesagt. Meinetwegen will er auf Wien und Paris verzichten, dachte sie. Ihr schien, es wäre ihr leichter, wenn er abreisen würde.

In den nächsten drei Tagen verwirrten sie widersprüchliche Gefühle. Ihr schien es, als ob sie Tim schon lange kannte, aber er blieb ihr völlig fremd. Es kam ihr vor, die neun Tage seien zu einem einzigen aufregenden Tag zusammengeschrumpft, voller Unzufriedenheit wegen der ständigen Vorbereitungen auf den immer wieder verschobenen Abschied.

„Er sollte doch endlich abreisen!", sagte sie der verwunderten Rikica.

Am Tag der endgültigen Abreise gab er ihr ein Bild, auf dessen Rückseite ein schwer zu entziffernder Text stand. Danach gefragt, antwortete er, sie müsse ihn selbst enträtseln, jeder Buchstabe sei durch einen anderen ersetzt worden. Sie tauschten ihre Anschriften aus und versprachen, einander zu schreiben. Inda ertrug den Abschied leichter als erwartet. Unter dem Eindruck ihrer letzten Nacht notierte sie in ihr Tagebuch:

„Die Träume vom Prinzen auf einem Schimmel ... meine Träume, jedermanns Träume. Dabei ist jeder Prinz anders, jeder Schimmel auf seine Art weiß. Die Maler behaupten, es gebe neun Farben Weiß. Warum ist jemand für einen ein Prinz? Warum ist Tim das für mich? Ich weiß es nicht. Ich könnte Dutzende von Gründen dafür nennen, die richtig und wiederum nicht richtig sind. Ich liebe es, Erfolg zu haben, genieße ihn aber nicht lange. Mit Siniša hatte ich keinen Erfolg, mit Tim hatte ich keine Zeit dafür. Vielleicht sind die Herausforderungen das Reizvollste? Oder die gegenseitige Liebe? Ich weiß es nicht. Es gibt noch so vieles, was ich über mich und dadurch auch über die anderen lernen muss.

Mein Prinz auf dem Schimmel tauchte jedenfalls in der Gestalt eines helläugigen Amerikaners auf, der mir mit der mehrmaligen dreitägigen Verlängerung eine paradiesische Zufriedenheit bescherte. Fabelhaft schön! Danach stieg er in ein Flugzeug und flatterte in die weite Welt davon. Ich habe ihm ein Stück von dem, das er ‚die weite Welt' nennt, nahegebracht. Die weite Welt ist für ihn nicht dasselbe wie für mich. Daher die große Frage, ob er mich lieb gewonnen hat oder vielleicht das Neue, etwas, was er bisher nicht kannte. Ich bin für ihn die Verkörperung des neuen Temperaments, Benehmens und Denkens.

Vielleicht habe ich auch etwas geschummelt, die slawische Seele gepriesen, die Vergangenheit romantisch erhöht, die Gegenwart geschönt, dem Grau Farbe verliehen. Und dennoch, ich habe mir nichts ausgedacht. Nie werde ich seinen verblüfften Blick vergessen, als ich ihm unsere Wertauffassung erklärte. Ich wusste selbst nicht, dass ich all das wusste. Als kämen Worte eines anderen über meine Lippen. Oder als hätte ich sie vor langer Zeit von meinen Eltern gehört und vergessen, und auf einmal waren sie da. Es ging hauptsächlich um das Geld. Ich möchte es für ein Erlebnis ausgeben, für ein Gut, das mir niemand wegnehmen kann. Das deutete ich als Folge unruhiger historischer Ereignisse, die uns die Nichtigkeit jeglichen Besitzes vor Augen führten. Tim blieb ohne Worte. Ehrlich gesagt, ich glaube, diese Theorie von mir könnte leicht widerlegt werden.

Ich weiß nicht, ob wir uns jemals wiedersehen werden, aber eins ist sicher: So wie ich ihn nie vergessen werde, weil er all das hat, was ich nie besaß und wahrscheinlich nie besitzen werde, so wird auch er mich nicht vergessen wegen dem, was ich in mir trage und was ihn, der, wie er sagte, der Sicherheit und der Einseitigkeit seiner

Welt überdrüssig geworden, gefesselt hat. Sein größtes Problem, eine Auswahl treffen zu müssen, wäre für mich das wertvollste Geschenk. Soll er das Jurastudium fortsetzen oder anfangen, in der Fernsehanstalt seines Vaters zu arbeiten? Soll er sich mit Politik befassen wie seine Vorfahren, die offenbar eine wichtige Rolle im öffentlichen Leben Amerikas gespielt haben? Wo soll er leben? In Kalifornien? Zu lässig. Ostküste, New York? Zu viel raue Konkurrenz!

Vielleicht hat er es schwerer als ich. Ich weiß es nicht. Zugegeben, ich bin beeindruckt von der Vielfältigkeit seiner Welt, obwohl er wenig davon sprach. Seine Bescheidenheit (die Eigenschaft, die ich am meisten schätze) und seine Verschlossenheit haben mich am meisten angezogen, abgesehen vielleicht von seinem Äußeren. Aber man verrät sich in kleinen Bemerkungen über das alltägliche Leben: Er fährt einen ‚Volvo‘, seine Mutter mag ‚Mercedes‘, sein Vater flüchtet ab und zu in seinem Jet nach Europa und bleibt dort zwei Wochen lang. Ich glaube, ich habe ihn keinen Augenblick beneidet, obwohl ich einige Male ‚I envy you because‘ sagte. Dabei hätte ich das nicht tun sollen, denn alles um mich herum, gleich wie gut oder schlecht es ist, gehört mir und ist mir vertraut, alles seine ist mir hingegen fremd und macht mir Angst ..."

„Wie lange willst du noch schreiben", unterbrach Rikicas Stimme sie. „Ich hab es satt, noch länger zu schweigen ... So!" Inda hob die Augen und sah Riki an, die vor ihr stand, die Hände in die Hüften gestemmt, mit einem Pflaster auf den Lippen.

„Entschuldige, liebe Tante!" Inda sprang auf und lachte. „Ich schrieb ... du weißt doch ..."

„Mmmmm", murmelte Riki noch mit zugeklebtem Mund. „Lass uns jetzt dahinterkommen, was er dir auf das Bild geschrieben hat."

„Inda nahm das Foto. Die beiden hatten die größte Mühe, die Schrift zu entziffern, die hieß: „*I want to live with you forever*".

„Oho, das ist eine ernste Erklärung! Und wenn er so etwas sagt, dann meint er es auch und will es wahrscheinlich in die Tat umsetzen."

„Glaubst du das im Ernst?"

„Ich glaube es nicht, Indica, ich weiß es! Und jetzt, da du fieberfrei bist, ab ins Wasser!"

In diesem Augenblick kam der Empfangsangestellte Lukša, Indas alter Bekannte vom Boot, zu ihnen gelaufen: „Gerade hat ein Nachbar von Frau Ignjatić angerufen ... Ihr geht es nicht gut ..."

Inda streifte ein Kleid über den Badeanzug und rannte los, Riki, die wegen des Herzleidens nicht eilen durfte, wollte nachkommen.

Vor Ninas Wohnung traf Inda den Notarzt.

„Herr Doktor, um was geht es?", fragte sie, vor Eile und Aufregung schwer atmend.

„Nichts Besorgniserregendes, Fräulein ... Etwas hoher Blutdruck, es ist die Hitze und auch das Alter. Ich habe ihr Medikamente gegeben, Sie sollten die kühlenden Umschläge wechseln. Das wird ihr guttun."

„Meine liebe, kleine, klitzekleine Tante! Du warst uns doch immer gesund, kerngesund!"

Inda betrachtete den ungewöhnlich kleinen Körper im großen Bett. Die Tränen, die sie verbergen wollte, rollten ihre Wangen hinab, aber dank dem Halbdunkel im Zimmer bemerkte Nina sie nicht.

„Ich und gesund? Niemals! Immer habe ich gekränkelt, vor allem weil meine Schwestern mich nicht so liebten, wie ich sie. Sie haben mich alle verlassen und vergessen. Keine will mich bei sich haben."

„Ich will dich haben, liebe Tante! Jetzt wechsle ich dir den Umschlag."

„Ich danke dir. Diese verdammte Hitze ... wird mich das Leben kosten ... das verdammte Dubrovnik, der verdammte Krieg ... Ich weiß nicht, warum mich Gott nicht zu sich ruft ... und mich von diesen Qualen befreit ... Nicht einmal Er will mich haben!"

Inda streichelte ihre feuchten Wangen: „Wir alle lieben dich."

„Keiner liebt mich, keiner denkt an mich ... Inda!" Nina stieß einen Schrei aus. „Vertreibe bitte diese Ameisen!" Nina schüttelte etwas von den Händen ab.

Inda konnte jedoch nichts sehen. „Da sind keine Ameisen."

„Doch, doch! Ich bin nicht verrückt ... überall sind sie ... Sie kitzeln mich und krabbeln überall hin."

Inda vollführte einige Bewegungen, als wische sie sie von Ninas Händen: „Jetzt sind alle weg."

„*Gracias, fijiquia ... Luque fazia sin ti, querida di la tia!* Danke, mein Kind, was würde ich ohne dich tun, Tantes Liebling!"

Riki kam ins Zimmer. „Wie geht es, Ninić?"

„Fast wäre ich gestorben!", sagte Nina traurig, fuhr dann mit kräftigeren Stimme fort: „Endlich seid ihr alle beide bei mir! Letzte Woche habt ihr mich total vergessen. Ja, mich vergessen alle!"

„Ach, darum geht es", sagte Riki leise, damit Nina es nicht hörte, und fügte lauter hinzu: „Also, von nun an, solange wir hier sind, werden wir uns nicht mehr trennen. Nur wenn wir schlafen. Versprichst du das, Inda?"

„Mein Ehrenwort!"

„*Luque acapitó cun il Americanu, gvercu lu llevi?* Was ist mit dem Amerikaner passiert, der Teufel soll ihn holen?", fragte Nina ungeduldig.
„Er ist abgereist."
„Das freut mich aber! Soll er eine gute Reise haben, dich aber bei uns lassen. Er war so aufdringlich, ich konnte dich weder zu Gesicht bekommen noch küssen!"
Sie erhob sich ein wenig im Bett, aber Inda mahnte sie zur Ruhe. Das gefiel ihr, und sie sank wieder auf ihr Kissen zurück.
„Jetzt ist alles gut. Nur diese Ameisen ..."
„Was für Ameisen?", fragte Riki.
Inda gab ihr ein Zeichen zu schweigen. „Hast du es schon vergessen? Ich habe sie doch alle verjagt!"
„Ja, ja, aber hoffentlich kommen sie nicht wieder."
„Das werden sie nicht, liebe Tante, mach dir keine Sorgen."
Etwas später war Nina eingeschlafen und Inda erzählte Riki von Ninas Einbildung, Ameisen würden über ihre Hände kriechen.
„Unsere arme Ninić, sie ist alt geworden", flüsterte Riki. „Ach, *viejez, viejez*, das Alter, das Alter, die Verkalkung, die Senilität ... Warum gibt es nicht einen direkten Weg von der Jugend in den Tod?"
Obwohl sie ganz wiederhergestellt war, erklärte Nina am Abreisetag der beiden: „Ich kann nicht mehr allein sein. Ich habe einfach Angst! Ich werde Blanka bitten, mich bei sich aufzunehmen, und wenn sie es ablehnt, gehe ich in ein Altersheim."
Riki und Inda schwiegen.
„In Zagreb soll es ein gutes, jüdisches geben ... Was bleibt mir anderes übrig, wenn Blanki mich nicht haben will?"
„Bei Gott, Nina, Blanki will, kann aber nicht! Sie hat schon einen unbeweglichen Kranken und den ganzen Haushalt auf ihrem Buckel ... Auch sie ist nicht aus Stahl."
„Aber ich würde ihr helfen ..."
„Wie denn?", wollte Riki wissen.
„Ja ... Ich würde zum Beispiel kochen ..."
„Aber Nina, komm doch zur Vernunft! Marko würde nichts essen, was nicht von Blanka gekocht wurde ... Ich bitte dich, schreibe ihr nicht. Es würde ihr schwer fallen, dich abzulehnen, und wenn sie dich aufnimmt, geht sie zugrunde ..."
„Was du nicht sagst! Und als du jahrelang mit ihnen zusammenwohntest und dazu noch krank warst, konnte sie das alles verkraften!", entgegnete Nina verärgert.

„Damals war sie jünger und Marko nicht bettlägerig."
„Liebe Tante", sprach Inda Nina an, „wenn du von hier weggehst, wo soll ich dann meine Sommerurlaube verbringen?"
„Im Hotel, wie jetzt auch", gab Nina beleidigt zurück.
„Aber wer weiß, wann Tante Riki wieder zu Besuch kommt!"
„Doch, du hast recht, meine kleine Kluge. Wenn ich in dieser entsetzlichen Stadt bleibe, dann nur deinetwegen."
Inda bückte sich, umarmte sie fest und gab ihr einen Kuss.
Rikis Verärgerung schwand plötzlich und an ihre Stelle trat Traurigkeit. Sie hielt die laut schluchzende Nina lange in den Armen. Inda beobachtete, wie die beiden, klein und einander ähnlich und doch so verschieden und nie einig, miteinander verbunden als Schwestern und durch die gemeinsame Sehnsucht nach der verlorenen Jugend, schwer voneinander Abschied nahmen. Keine der beiden erwähnte mehr ein Wiedersehen, und Inda begriff mehr mit dem Herzen als mit dem Verstand, dass ihre Lieblingstanten für immer Abschied voneinander nahmen und sich dessen bewusst waren, obwohl sie es nicht zugaben.
Riki und Inda fuhren nach Belgrad zurück, schon in der Woche drauf flog Riki nach New York.

★

Der morgendliche Nebel ließ Belgrad geheimnisvoll erscheinen und machte seine daran nicht gewöhnten Einwohner unsicher. Branka, die in Sarajevo oft Nebel erlebt hatte, bewegte sich leicht in diesem hellen Schleier, der die blinkenden Lichter auf dem Slavija-Platz ferner und matter wirken ließ. Sie schritt flott die Njegoševa-Straße entlang geradewegs zum Kalenić-Markt und atmete aus voller Lunge die feuchte Luft ein, während der Dampf um ihre Nase gefror. Die Häuser im morgendlichen Halbdunkel waren kaum wahrnehmbar, sodass ein fantasiebegabter Passant ihnen verschiedene Gestalten zuschreiben und die Bäume als Riesen aus Märchen deuten konnte. In Brankas Spiel mit dem Nebel wechselten sich im immer schnelleren Rhythmus ihrer Schritte die Bilder ihrer Heimatstadt mit Rikicas Beschreibungen der New Yorker Wolkenkratzer und Elijas' Schilderungen Jerusalems ab. Jede Wand konnte jetzt die Klagemauer sein, jedes Gebäude das Empire State Building, jeder schlanke Baumstamm ein Minarett. Welch eine Freiheit schenkt einem die verschwommene Sicht, dachte Branka.

Sie kaufte Frischkäse bei der Bäuerin Milanka, die immer ein Kopftuch trug, Weißkohl bei dem geschwätzigen Radosav, rote, säuerliche Äpfel bei Oma Mara. Es gefiel ihr, dass sie alle Bauern kannte, dass jede Steinplatte auf dem Markt ihr so bekannt war wie in Bjelave. Aber auch so vertraut?, fragte sie sich.

Zu Hause gab ihr im Treppenhaus der Postbote einen Brief. Auf dem Umschlag erkannte sie Rikicas Schrift. Branka ließ die Einkaufstaschen schon auf der Terrasse stehen, lief in die Wohnung und öffnete den mit einem Monat Verspätung eingetroffenen Brief. Ohne überflüssige Erklärung las sie ihn Marko vor:

„Ich weiß, dass ihr in Sorge seid. Sorgt euch nicht zu viel, ich lebe, wenn ich auch nicht gesund bin. Nachdem ich aus Jugoslawien zurück war, ist mir bei der Arbeit schlecht geworden. Im Krankenhaus stellte man eine schwere Angina pectoris fest (ich weiß nicht, ob es auch eine leichte gibt). Ich wollte es nicht glauben. Sobald es mir besser ging, begann ich wieder zu arbeiten und landete trotz häufigem Nitroglycerin unter der Zunge wieder im Krankenhaus. Ich war völlig verzweifelt. Um es kurz zu machen, ich glaubte an Wunder und daran, dass ich euch davon in der Vergangenheitsform schreiben würde, aber Wunder gibt es nicht und in der Gegenwartsform teile ich euch nun mit, dass ich aufhören musste zu arbeiten, dass ich jetzt *welfare* (eine Art Sozialhilfe) bekomme, umgezogen bin und wieder in einem *project building* wohne, wie damals am Anfang, nur dass ich diesmal krank, schwer krank bin. Das mit dem Herzen scheint eine Folge der Infektion zu sein, die ich nach der Operation bekam. Aber, es ist so, wie es ist! Ihr müsst wissen: *Riki ist nicht kaputtzukriegen!* Blankica, denk bitte daran und beruhige dich jetzt, abgemacht?"

Branka hörte auf zu lesen und brach in bittere Tränen aus. „Schon wieder! Ist das denn möglich?", schluchzte sie. „Reicht es nicht, einmal alles zu verlieren? Gibt es eine unglücklichere Frau als meine gute, kleine Schwester?"

„Branka", sagte Marko streng, „sei so mutig wie sie und verhalte dich so, wie sie dir rät. Riki ergibt sich nicht, und das ist das Wichtigste. Gib mir den Brief, ich lese ihn weiter vor."

„,Also'", begann Marko, auch selbst tief bewegt, „,ich glaube, es wäre am besten, wenn Marko weiterlesen würde.'" Marko hielt inne, sagte dann: „Das ist unglaublich!" und legte den Brief auf den Tisch.

„Als wäre sie hier bei uns", sagte Inda.

„Sie kennt uns ... Marko fuhr fort: „Mein lieber Schwager, Du weißt, was es bedeutet, behindert zu sein, und jetzt gibt es davon zwei in unserer Familie. Ich kann zwar die Arme und die Beine und wenn nötig (woran ich jedoch zweifele) auch meinen Po bewegen, darf aber nicht viel laufen. Zum Glück habe ich gute Nachbarn, sie versorgen mich mit allem. Es gelang mir, wieder die Wohnung zu bekommen, in der ich früher mit Klari lebte, daher kenne ich sie alle. Die Leute mögen mich immer noch, obwohl ich jetzt nichts mehr tauge. Ich bilde mir das nicht ein und gebe nicht an, aber sie kommen mich so oft besuchen, dass es schon zu viel ist.

Doch es ist nicht alles so schwarz, denn ich habe immer noch meine kleinen Freuden. Ich trinke meinen Schwarzen, komme, was wolle, und rauche dazu. Der Arzt hat mir geraten, die Zahl der Zigaretten zu reduzieren, aber nicht ganz mit dem Rauchen aufzuhören, weil das für mein Herzlein Stress bedeuten würde. Oder redet der Onkel Doktor nur so, weil meine Tage sowieso gezählt sind ... Gut, ich höre auf mit dem schwarzen Humor mit Rücksicht auf meine verheulte Blankica ... Ich schlafe wie gewöhnlich schlecht. Ganze Nächte feiere ich allein im Bett und lebe im Allgemeinen wie ein Schmarotzer. Das bisschen Sozialhilfe reicht für meine billige Miete und die Lebensmittel und es bleibt noch etwas übrig. Ich werde zeitweise etwas arbeiten können, außerdem habe ich auch ein wenig Geld gespart. Ich werde euch wieder etwas schicken können, macht euch keine Sorgen. Ich bin wie die Katze, die ich vor den begeisterten Belgradern jahrelang im Tanz verkörpert habe: Man wirft sie vom neunten Stock, und sie bleibt unversehrt! Ich weiß nicht warum, aber ständig denke ich an das Ballett zurück, an die Tourneen, die Kritiken, die Lobgesänge und die vielen Anerkennungen. Und glaubt mir, ich bin nicht traurig, dass es vorbei ist, auch nicht, dass es nur kurz gedauert hat, ich bin vielmehr froh, dass unter Millionen von Menschen gerade ich das alles erleben durfte.'"

„Sie muss zurückkommen", sagte Branka.

„‚Meine liebe Blankica, bitte mich nicht zurückzukommen'", Marko hob verwundert den Blick, „vergeude nicht umsonst Worte und Papier. Obwohl es mein größter Wunsch ist, mit euch zusammen zu sein, komme ich aus zwei Gründen nicht: In Belgrad hätte ich wirklich nicht genug zum Leben, außerdem kümmerst Du Dich schon um einen Kranken. Also dränge bitte nicht, denn meine Antwort lautet *Nein*, und Du müsstest den sturen Kopf Deiner Schwester gut genug kennen.'"

„Ich werde sie doch bitten, zu kommen", sagte Branka.
„Wie wichtig das Geld ist", murmelte Inda.
„Stimmt, aber es kann Rikicas und Markos Gesundheit nicht wiederherstellen."
„Es würde uns aber ermöglichen, zusammen zu sein, Papa in einen ... Schweizer Kurort oder in die teuerste Rehaklinik zu schicken und Tante Riki ..."
„Genug jetzt!", unterbrach Marko sie wütend. „Es ist so, wie es ist, und du solltest lieber einen Stift in die Hand nehmen und deiner Tante schreiben!"
Inda zog sich bedrückt in ihr Zimmer zurück.
„Sie wollte nichts Böses sagen", meinte Branka leise.
„Ich weiß, aber sie muss die Gegenwart hinnehmen nicht als das Warten auf etwas Besseres, was vom Himmel fällt, sondern als die Wirklichkeit, in der sie, wenn sie fleißig und energisch ist, ein selbstgestecktes Ziel erreichen kann ... Sie soll Geld verdienen und nicht nach Geld schmachten! So haben wir es ihr beigebracht!"
„So benimmt sie sich auch", erwiderte Branka leise.
Ihr Marko, ihr vorsichtig unvorsichtiger Mann, vor dem Krieg ein reicher Mann, der keinen Dinar im Ausland deponiert, kein Goldstück in einer geheimen Truhe versteckt hatte, weigerte sich, über die Vergangenheit zu reden. Und doch erzählte Branka manchmal von der Vorkriegszeit, damit Inda einen Eindruck von der Tüchtigkeit ihres Vaters bekam. Branka redete nicht über die Sorglosigkeit jener Zeit, betonte nicht die durch den Reichtum gewährte Bequemlichkeit, sie erzählte vielmehr von Markos anstrengender Arbeit und von seiner Zufriedenheit wegen erzielter Erfolge. Mit der Schilderung der Sáloms, einer armen, aber glücklichen Familie, bot sie Inda das Gegenbild dazu.
In diesen Tagen traf Ninas Brief ein, in dem sie bat, sie aufzunehmen, anderenfalls würde sie in ein Altersheim ziehen.
Branka war ratlos. Das Mitleid mit der altgewordenen und einsamen Schwester quälte sie. Marko hatte ihr nicht verboten, sie aufzunehmen, aber sie wusste, dass er das nicht für klug hielt. Sie schätzte seine Zurückhaltung, allerdings meinte sie diesmal, sein offenes Verbot würde ihr helfen.
Wo könnten sie Nina unterbringen, fragte sie sich. Im Dienstmädchenzimmer? Auf keinen Fall, es war zu kalt ... Wie würde Marko das aushalten? Wie würde sie mit zwei Kranken zurande kommen?

Andererseits war sie bereit, Rikica ohne zu zögern aufzunehmen ... Inzwischen traf ein zweiter, tränenverschmierter Brief von Nina ein. Ausführlich schilderte sie darin ihre Verzweiflung, weil ihre Schwester nicht antwortete, weil sie sie in der schweren Stunde in Spannung und Ungewissheit hielt. Branka weinte die ganze Nacht. Am nächsten Tag, während Tränen immer noch aus ihren geröteten Augen über die dunklen Augenringe und die blassen Wangen liefen, sagte sie zu Marko:

„Ich kann ihr nicht antworten ... ich weiß nicht, was ich tun soll..."

„Dann, meine Liebe", sagte Marko, als hätte er nur darauf gewartet, „muss ich ihr antworten, meinst du nicht auch?"

„Ja ... ja, ich bitte dich!"

Als der Brief fertig war, fragte er Branka, ob sie hören wolle, was er geschrieben habe.

„*No, no puedu* ... Nein, bitte nicht ... Sag mir nur, hast du sie ...?"

„Abgewiesen? Natürlich, Brankica", sagte Marko ruhig. „Eine andere Möglichkeit gibt es nicht, das ist doch klar."

„*Siñor dil Mundu, pardona mi!* Großer Gott, verzeih mir!"

„Schuldgefühle sind hier fehl am Platz, verstehst du das nicht!", sagte Marko mit erhobener Stimme. „Dich in eine solche Lage zu bringen, passt zu Ninas Charakter. Sie erpresst dich, weil sie weiß, dass du ein gutes Herz hast und mit deinen Schwestern mitfühlst. Sie will dich ausnützen, was sie übrigens schon immer getan hat ... Denke daran: schon in der Kindheit Kohle geschleppt und den Ofen angeheizt, für sie gegen geringen Lohn gearbeitet, Obst und Gemüse für den Winter eingemacht, für sie gewaschen und gebügelt, als sie bei uns wohnten ... Ihr Kommen wäre dein Ruin, und du weißt, dass ich nicht dazu neige, die Dinge zu dramatisieren. Frag dich lieber, was sie an deiner Stelle tun würde, wenn Ignjo noch lebte. Damals durftest du sie in Dubrovnik nicht einmal besuchen ..."

Branka nickte schweigend.

Marko fuhr fort: „Also, geh jetzt zur Post und *keine Tränen mehr!* Wenn Nina in das Altersheim in Zagreb will, soll sie hingehen. Ich habe mich telefonisch bei Poljanski erkundigt. Es soll sehr gut sein, jeder hat sein eigenes Zimmer, Ärzte stehen zur Verfügung, man kann selbst kochen, aber es gibt auch eine gemeinsame Küche. Alles sei sauber und ordentlich, rundherum liegt ein Park. Also, wenn sie will, soll sie ruhig dorthin ziehen und Schluss. Aber vielleicht tut sie es auch nicht, wer kann das bei Nina schon voraussehen."

Branka setzte sich aufs Bett neben ihren Mann, umarmte ihn und lehnte sich an ihn. „Was würde ich ohne dich tun?", sagte sie, wischte die Tränen fort und eilte zur Post. Als sie zurückkam, war sie noch immer blass, aber ruhig. Mit einem Lächeln streifte sie Marko und Inda, nahm aus einer Tüte etwas Obst und richtete es wie Blumen in einem alten bosnischen Gefäß an.

„Ich dachte, es ist Zeit, dass wir uns was Gutes tun ..."
„Genau, außerdem ist es auch Zeit für einen Schwarzen."
„Ich möchte auch einen", sagte Inda.
„Ich auch", fügte Branka auf dem Weg in die Küche hinzu.

Inzwischen brachte der Postbote zwei Briefe für Inda: einen aus Amerika von Tim und einen aus England von Svetlana Lazić.

Inda öffnete zuerst Lanas Brief, weil sie den von Tim allein lesen wollte.

„Svetlana heiratet!", rief sie aus, nachdem sie die zwei Seiten überflogen hatte, „einen Amerikaner. Er heißt Rodrey Bishop ... kommt aus Texas, arbeitet als Ingenieur bei ‚Gulf Oil', ist jung. Sie hat ihn vor zwei Wochen kennengelernt und er hat ihr schon einen Heiratsantrag gemacht!"

„So etwas tut nur ein amerikanischer Trottel", sagte Marko.

„Nächste Woche heiraten sie ... Sie hat ein weißes Brautkleid mit einer Schleppe gekauft. Später schickt sie mir Fotos. Und am Ende schreibt sie: ‚Um vor der ganzen Balkangemeinde zu heiraten, komme ich nach Belgrad, aber erst im nächsten Jahr, bevor wir in die USA ziehen, denn Rodrey muss jetzt wegen Moos in London malochen. Ich schicke Dir eine Einladung, obwohl ich weiß, dass Du nicht kommen kannst, dafür werden wir uns aber in Belgrad toll amüsieren. P.S.: Könnte ich mit einem Zauberstab den eigentlich ganz hübschen Amerikaner Rodrey in meinen Husa verwandeln, würde ich es sofort tun. P.P.S.: Weißt Du, woran ich gestern gedacht habe? Daran, wie wir Ballerinaschuhe bei dem Schuhmacher in der Admirala-Geprata-Straße kauften. P.P.P.S.: Etwas für Deine literarische Seele: Ich verfolge meine Gemütsregungen von der Entzückung bis zur Gleichgültigkeit wie ein fremder Beobachter. Als wäre ich aus mir hinausgetreten, finde ich Spaß an meinen Veränderungen in der Erwartung einer unbestimmten Lösung, zu der mir all dies, dessen Herr ich nicht bin, führen wird. Ist das nicht schön? Nur damit du siehst, dass ich es auch kann ... Ha! Ha! Ha! Das habe ich aber abgeschrieben, eigentlich wollte ich *simply* sagen: Ich habe Schiss! *Love*, Lana."

In ihrem Zimmer öffnete Inda den Brief von Tim. Selbst seine ersten Briefe nach dem Abschied in Dubrovnik hatten kühl und leer geklungen, voll von unwichtigen Tatsachen, aber arm an Gefühlen. Sie las sie ihrer Mutter vor, die einen ähnlichen Stil von Marko kannte.

Inda verglich Tims Briefe mit denen, die ihr seit Kurzem Staša Nestorović schickte, obwohl sie in derselben Stadt lebten. Sie hatte ihn auf einer der vielen Partys von „Papa Mišel", Buldi, Miša „Blaki", Miša Ramsin, Vlada dem „Klavierspieler" und „Moma Si" kennengelernt, zu denen diese sie als ihr „Murmeltier" einluden, das heißt als Kameradin und nicht als Freundin oder Geliebte. In dieser Gesellschaft gab es drei Gruppen von Mädchen: Die, die mehr oder weniger ernst mit einem der Männer liiert waren, diejenigen, die vorübergehend, also nur ein Abenteuer waren, und die Kameradinnen, die sie hüteten und fast zu jeder Fete einluden.

Papa Mišel, so genannt, weil er der Älteste war, ein schmächtiger, graumelierter Jurist und der einzige Festangestellte unter ihnen, immer mit einem Seidenschal und einer dicken Zigarre, veranstaltete am häufigsten Partys. Räume dafür waren in Belgrad nicht leicht zu finden wegen der kleinen Wohnungen und der Eltern, die dort lebten.

Der männliche Kern blieb fast immer der gleiche, die Mädchen wechselten, durchschnittlich kamen zehn auf einen Mann. Manche blieben länger dabei, manche nicht, weil der Kern sie abstieß oder weil sie zu attraktiveren Feten der höheren Kreise gingen.

Die Zusammenkünfte fanden in der Regel bei schummrigem Licht, bei der Musik von den neuesten LPs und ziemlich bescheidenem Getränkeangebot statt. Etwas zu essen gab es nur an Geburtstagen, wenn die Eltern mithalfen, was sonst verpönt war. Einige Mädchen brachen wie Inda gegen 11 Uhr nach Hause auf, andere, die Inda beneidete, kamen erst später und blieben länger. Inda war neugierig auf das, was sich kurz vor dem Morgengrauen abspielte, dessen aufregende Sinnlichkeit sie nur vermuten konnte, da darüber vor den „Murmeltieren" nie gesprochen wurde.

Eines Abends, als sie gerade Papa Mišels Wohnung in Begleitung von Miša Blaki verließ (die Jungs begleiteten ihre Kameradinnen immer nach Hause), stieß sie an der Tür mit einem Mann zusammen, den Miša ihr vorstellte. Sie merkte sich seine zerbrechliche Gestalt, das schmale Gesicht, seine hohe Stirn und die klugen, müden Augen.

„Ihm gehört das schönste und größte Anwesen im vornehmen Dedinje", sagte Miša, während sie die Treppe hinuntergingen, aber Inda, besorgt, weil sie zu spät nach Hause kam, hörte ihm kaum zu.

Als Staša sie am nächsten, einem sonnigen Sonntagnachmittag anrief, konnte sie sich nicht sofort an seinen Namen erinnern. Dennoch dauerte ihr erstes Telefongespräch eine geschlagene Stunde. Begonnen hatte es so merkwürdig, dass Inda sicher war, sie würde es nie vergessen.

„Vera Korać, genannt Inda?", fragte Staša und fuhr, nachdem er erklärt hatte, wer er sei, fort: „Wie ich höre, sind Sie Jüdin."

„Ähm ... also, ja", antwortete Inda zögernd. Sie war überrascht, weil bisher nie jemand sie danach gefragt hatte. „Nach meiner Mutter. Mein Vater ist Serbe."

„Die Väter sind ungewiss, womit ich nicht die Frauen beleidigen möchte. Die Herkunft sollte sich bei allen Menschen nach der Mutter richten. Aber warum haben Sie ein Problem, Ihre Zugehörigkeit zu definieren?"

„Warum interessiert Sie das? Sind Sie vielleicht auch ...?"

„Nein, leider nicht. Ich wäre ein tadelloser Jude. Ich hatte ein paar Freunde, sephardische Juden aus England. Ich meine, jeder, der etwas von Bildung hält, sollte die jüdische Geschichte, Tradition und Kultur kennen, um die anderen zu verstehen. Der Begriff der Religiosität ist bei den Juden mehrschichtig ..."

„Wissen Sie, ich bin im serbischen Geist erzogen", meinte sie ihn warnen zu müssen, „daher weiß ich wenig über das Judentum."

„Schade! Sie wurden um einen großen Reichtum gebracht und werden sich, solange Sie ihn nicht entdecken, immer unvollständig fühlen ... Allerdings ändert Ihre Unkenntnis nichts daran, denn die Beschlagenheit in puncto Religion hat keinen Einfluss auf das Blut. Waren Sie schon mal in der Synagoge in der jüdischen Gemeinde?"

„Nein", entgegnete Inda verwirrt, „auch meine Mutter geht nicht hin ..."

„Ist Ihr Vater ein Mann von gestern?"

„Ja ... so könnte man sagen ..."

„Und Ihre Mutter liebt ihn?"

„Sehr ..."

„Dann ist alles klar: Sie weigert sich, alles institutionell Jüdische zu akzeptieren, weil es als regimetreu deklariert wurde ..."

„Wie das?", wunderte sich Vera Korać.

„Einfach, es ist prokommunistisch. Aus Loyalität gegenüber ihrem Mann bleibt sie außerhalb, getrennt von den jüdischen Einwohnern nach dem Krieg. Verstehen Sie? Die Überlebenden waren fast alle bei den Partisanen gewesen, oder?"

„Ich habe nie darüber nachgedacht, aber es könnte so gewesen sein. Jedenfalls bin ich weit entfernt, nicht nur von der Gemeinde, sondern auch von dem jugoslawischen, israelischen und überhaupt weltweiten Judentum."

„Und was, wenn ich sagte, die Juden seien geizig, hochnäsig und aggressiv, Betrüger, die grenzenlose Liebe nur für Geld empfinden?"

„Das ist nicht wahr!", rief Inda verärgert aus.

„Da haben wir es! Es genügt eine kleine Provokation, Ihr Blut zum Kochen zu bringen, Sie aus der Reserve zu locken. Denn die unendliche, namenlose Reihe der Generationen, von denen wir abstammen, diktiert uns unser Verhalten, unsere Denkweise, ja sogar unser Temperament. Die Möglichkeit, sich mit einer relativ überschaubaren Vergangenheit eines bestimmten Volkes zu identifizieren, hilft dem Einzelnen, sich selbst zu erkennen, Selbstvertrauen zu gewinnen ..."

„Aber ... aber ich fühle mich in erster Linie als Serbin", unterbrach ihn Inda.

„Das sind Sie natürlich auch, Vera! Und dieses Gefühl überwiegt, weil Sie so erzogen wurden. Ihre Mutter, erschüttert vom Leiden ihres Volkes, wollte bei Ihnen nicht das Zugehörigkeitsgefühl stärken, weil sie den tragischen Weg der Juden durch die Geschichte fürchtete. Das ist verständlich. Obwohl der serbische Weg nicht weniger dornig ist ... Aber, wissen Sie, der erste Schritt auf der Suche nach der eigenen Persönlichkeit ist die Frage: ‚Wer bin ich?'"

„*In search for identity?* Nein, das ist nicht mein Problem, obwohl es vom rein literarischen Standpunkt gesehen gut klingt. Ich weiß, wer ich bin, woher ich komme und wo ich mich befinde."

„Und wissen Sie auch, wann die hebräische Sprache gestorben ist, bevor man sie jetzt in Israel wieder ins Leben gerufen hat?"

„Nein."

„Vor etwa über tausend Jahren. Es ist wirklich unglaublich ... Und wissen Sie, wie es zu der Teilung in die beiden großen Stämme gekommen ist?"

„Nun, ich weiß, dass die Sepharden in Spanien und in Nordafrika gelebt haben, und die Aschkenasen in Osteuropa, in Russland, Polen, Deutschland."

„Zwischen dem zweiten und dem dritten Jahrhundert nach unserer Zeitrechnung haben die römischen Feldherren und späteren Imperatoren Vespasian und Hadrian Jerusalem dem Erdboden gleichgemacht. Damals ist Judäa zu Palästina geworden, ein Teil der Juden ist nach Alexandria gezogen ..."

„Aber Staša, was soll das? Ist das ein telefonischer Geschichtsunterricht?"

„Nein, das ist ein guter Anlass für Sie und eine Ausrede für mich, dieses Gespräch in meinem Garten fortzusetzen. Wann darf ich Sie erwarten? Sofort? In einer Stunde?"

„Nein, morgen um drei."

„Zeit genug für mich, noch ein wenig in der ‚Geschichte der Juden' zu stöbern, die auf meinem Schoß liegt", sagte er leise lachend. „Njegoševa-Straße 17?"

„Sie wissen wirklich alles", bemerkte Inda verwundert und geschmeichelt.

Von den hohen Bäumen auf Stašas großem Gut fielen die Oktoberblätter nur zögernd: sie schwebten langsam in der sonnendurchfluteten Luft und landeten widerwillig auf dem Boden, der schon mit einer orangefarbenen, raschelnden Schicht bedeckt war. Sie saß in einem bequemen alten Liegestuhl neben dem Schwimmbecken, dessen Brackwasser unter der gelben Laubdecke nicht zu sehen war. Sie betrachtete einen verlassenen, von einer roten Hecke umrandeten Tennisplatz und den langen, sich schlängelnden gepflasterten Weg durch das bewaldete Anwesen bis zu einem großen, alten, aber noch stabilen Haus, aus dem Staša mit Gläsern und einem Aschenbecher herauskam. Stašas Person war hier in einem angemessenen Rahmen – trauriger Verfall, in dem er der einzige Nachweis des einstigen Prunks war, er und sein Besitz zu einer Einheit verschmolzen. Der Kognak, Stašas Rede, die Sonne und die prachtvollen Herbstfarben gaben ihr Auftrieb. In der Gesellschaft Wortgewandter konnte auch sie sich besser ausdrücken. Die fast unwirkliche Stille und der Duft der Natur erregten sie. Staša schien nicht wahrzunehmen, was ihn umgab. Wie soll man sich selbst wahrnehmen? Er sprach über verschiedene Dinge, konnte aber auch gut zuhören. Sie erzählte ihm von ihren Eltern, denn das interessierte ihn.

„Ich habe nachgedacht, wie man genetisch bedingte, oft kontroverse Extreme in sich vereinigen kann ... Bei Ihnen etwa die Zurückhaltung und Ratio des Vaters und die Emotionalität und Gehemmtheit der Mutter sowie jene, wer weiß von wem geerbte Spur von Verrücktheit und einem Hang zu Übertreibungen ..."

„Woher wissen Sie, dass ich das habe?"

„Das spüre ich. Sie befinden sich also in einem ständigen inneren Kampf ... Sind stets hin- und hergerissen ... Der Fleiß ist anscheinend das Einzige, das Ihnen beide Elternteile vererbt haben."

„Vielleicht ... ja. Im Prinzip arbeite ich gern ..." Sie sprach von sich, wie sie es noch nie getan hatte, und wunderte sich, dass bei ihrer kurzen Bekanntschaft Staša über sie so genau Bescheid wusste. Oder redete er so überzeugend, dass sie meinte, alles, was er sagte, sei richtig?

„Nein, nein", widersprach er, „Sie sind eine starke Persönlichkeit und Ihre Angst vor jeder Obrigkeit, selbst wenn es nur eine Angestellte an einem Schalter in der Uni ist, kommt von der Haltung Ihrer Familie in der Zeit, als Sie heranwuchsen. Wieso verstehen Sie das nicht? Ihre Eltern standen damals sozusagen außerhalb des Gesetzes ... Das ist mir klar. Unverständlich ist mir dagegen die Tatsache, dass sie Ihre besten, sowohl die geerbten als auch die erworbenen Eigenschaften geringschätzen. Ihre Erfolge als gewöhnliche Schritte im Verlauf des Lebens betrachten."

„Das sind sie auch."

„Übertriebene Bescheidenheit ... Sehen Sie, damit weisen Sie sich als Nichtjüdin aus."

„Ich weiß nicht, was in mir jüdisch ist und was nicht ... Aber wenn wir schon dabei sind, ich weiß nichts über Sie ... Ich weiß nicht, warum Sie mich analysieren und was Sie dazu bewogen hat, mich heute einzuladen."

„Über mich werden Sie später mehr erfahren, ich analysiere Sie, weil ich mich in der letzten Zeit mit dem schnellen Erkennen mir wenig bekannter Personen befasse, und eingeladen habe ich Sie wegen Ihrer Stimme."

„Meiner Stimme?"

„Ja. Sie ist etwas ganz Besonderes."

Nach Sonnenuntergang fuhr er sie nach Hause. Unterwegs erzählte er: „Einmal fragte man einen Rabbiner, warum die Juden ruhig warten, bis ein Fremder die Herrschaft über Judäa übernimmt, und er antwortete darauf: ‚Es ist uns egal, denn unser Herrscher ist allein Gott. Alle anderen sind unwichtig.'"

Beim Abschied versprach er, sich wieder zu melden. Er meldete sich nicht, schickte ihr stattdessen eine ausgefallene Beschreibung ihrer Schönheit.

„Mama, er gefällt mir sehr", sagte sie zu Branka. „Er ist nicht schön, aber er ist ... ich weiß nicht, wie ich es dir erklären sollte ... Er ist *überdurchschnittlich* klug! Und dazu belesen. Er weiß viel von allem ... Er ist ... er ist ein Beobachter und Beurteiler anderer. So nannte ich ihn in meinem Tagebuch."

„*Muy buenu, querida,* sehr gut, meine Liebe. Von deiner Beschreibung her erinnert er mich an Miloš."

„An den von der Tante? An den?"

„Vor solchen soll man sich hüten. Sie sagen viel und tun wenig. Ist er verheiratet?"

„Geschieden. Er war mit einer Engländerin verheiratet. Er ist elf Jahre älter als ich. Hat ebenfalls Englisch studiert. Jetzt übersetzt er ... Und was für ein Englisch und Serbisch er spricht und welch wunderbare Ausdrücke er benutzt ... Ach, er weiß über die Juden besser Bescheid als du. Warum hast du mir nie von ihnen erzählt?"

„Habe ich doch, wenn es nötig war und sich die Gelegenheit dazu bot. Wenn dich die Tatsachen interessieren, nimm ein Geschichtsbuch, *estu es culay,* das ist doch einfach. Aber merke dir eins: Er weiß zwar viel über Juden, aber du bist eine Jüdin, und da gibt es nichts zu philosophieren!"

„Aber warum haben wir nie weder Purim, noch Pessach, noch Hanukka, noch Rosch Haschana ... kein jüdisches Fest gefeiert?"

„Es reichte, die Slava, Ostern und Weihnachten zu feiern, mein Kind. Für uns war das nicht leicht. Wir lebten nie im Überfluss."

„Stimmt. Aber weißt du, ich denke nie daran, eine Jüdin zu sein, bis jemand etwas gegen die Juden sagt. Dann bin ich gekränkt und weiß nicht, wie ich reagieren soll: Es ärgert mich, wenn ich schweige, und wenn ich darauf etwas sage, wird es mir unangenehm."

„Du würdest dich genau so fühlen, wenn du etwas Schlechtes über die Serben hörtest."

„Ja, vielleicht ... Aber nicht, wenn es von ihnen kommt, sondern von jemand anderem ..."

„Und da du kaum andere kennst, bist du dir dessen nicht bewusst. Kennst du noch das alte sephardische Sprichwort: *Di lus mius puedi diźir, ma no queru sintir,* Über die Meinen kann ich Dinge sagen, mag sie aber nicht von anderen hören!"

„Ja ... und ich übersetze es so: Rührt nicht meine zwei leidgeprüften Völker an."

„Es gibt kein Volk, das nicht gelitten hat, ich würde dir doch raten, zu schweigen. Jedes Volk spricht schlecht über das andere, ihm nahestehende, weil es dieses am besten kennt, dabei ist keines weder ganz gut noch ganz schlecht. So ist es überall in der Welt: Die Türken und die Griechen, die Flamen und die Walonen, die Serben und die Kroaten, die Spanier und die Portugiesen, die Engländer und die Franzosen, die Bulgaren und die Mazedonier. Sogar in der Schweiz sind die einzelnen Kantone einander nicht grün. Das Unglück bei den Juden ist, dass sie in der ganzen Welt verstreut sind und dadurch den Hass vieler Völker auf sich gezogen haben."

„Aber ich verstehe nicht warum?"

„Schau, mein Schatz, es war so: Seit sie ihre Heimat verloren, waren sie überall Fremde, hatten andere Kleider, andere Sitten, einen anderen Glauben und eine andere Denkweise, und was am schlimmsten oder am besten war, sie blieben immer unnachgiebig, dabei ist ..."

„Jeder Fremde ein wenig ein Feind?"

„*Siguru*, natürlich! Und deshalb, sobald irgendwo etwas Böses geschah, war es einfach zu sagen: ‚Sie sind schuld' und mit dem Finger auf die Ankömmlinge zu zeigen. Und da sie beschuldigt wurden, musste man sie auch bestrafen. Das zahlte sich für die Herrscher oft aus, weil viele Juden wohlhabend waren ... Und sie werden immer schuld sein, nur weil sie unbedingt anders ... das heißt, unbedingt unangepasst sind. Das geht allen gegen den Strich!"

„Die Sünder vom Dienst?"

„Ja, und Sünder erschaffen andere Sünder, denn diejenigen, die Unschuldige verurteilt haben, werden sich früher oder später schuldig fühlen."

„So wie die Deutschen?"

„Ja ... Sie haben es nicht leicht."

Inda sah sie fragend an.

„Natürlich, stell dir vor, sich ständig rechtfertigen, erklären zu müssen."

„Und sind die Juden zu bewundern?"

„Bewundern? Das weiß ich nicht, mein Kind. Man muss, wie Papa oft sagt, mäßig sein. Ich persönlich bewundere jeden guten Menschen, egal ob er Deutscher, Türke, Kroate ist ..."

„Mama, du bist die Weisheit selbst! Ich möchte gern, dass du Staša kennenlernst. Ich glaube, ich werde mich noch oft mit ihm treffen."

„Und was ist mit Tim?"

„Mit ihm werde ich noch oft Briefe austauschen. Er ist dort, aber Staša ist hier." Sie machte eine Pause, dann fragte sie: „Und was meinst du dazu?"

„Vergiß nicht, dass Tim in einem Wohlstandsland und Staša auf einem gespenstischen Gut lebt. Wen würdest du wählen, wenn sie beide hier lebten?"

„Staša", antwortete sie, ohne zu zögern.

Sie war überzeugt, richtig zu liegen. Für Staša Nestorović war ihr Judentum eine attraktive Offenbarung, das Leiden ihrer Familie eine begreifbare Wirklichkeit und die gemeinsame Muttersprache eine bequeme Voraussetzung dafür, vielerlei Themen zu diskutieren. Für Tim hingegen stammte sie aus einem „Land hinter dem Eisernen Vorhang". Obwohl sie für ihn etwas Unbekanntes war, gehörte sie der armen Welt, einer merkwürdigen und in seinen Kreisen bestimmt inakzeptablen Mischung aus einer anderen Religion, anderen Sitten, Kommunismus und einer unverständlichen Sprache an, kurzum aus allem, was die konservative amerikanische Schicht als unpassend betrachten würde. Sosehr Tim gerade von diesen Unterschieden angezogen war, gehörte er doch zu einer anderen, zu seiner Welt.

Seine eintönigen und uninteressanten Briefe, die in regelmäßigen Abständen von zwei Monaten eintrafen, bestätigten nur Indas Theorie. Ruhig und für ihre Begriffe gefühlsarm und trocken berichteten sie von den Ereignissen und Leuten, die ihrer Wirklichkeit fern waren. Selbst das beigefügte Foto, das ihn in seinem neuen sportlichen „Volvo" zeigte, der nicht mit Stašas uraltem und nie gewaschenem BMW zu vergleichen war, entfernte sie nur von dem jungen Amerikaner.

Gewissensbisse plagten sie. Sie seufzte vor Freude bei der Erinnerung an Tim und erzitterte vor Aufregung beim Gedanken an Stašas strahlende Persönlichkeit.

„Mich zwischen den beiden entscheiden?", fragte sie einmal die Dunkelheit beim geöffneten Fenster. „Das kann ich nicht. Das soll das Leben tun."

An einem ungewöhnlich milden Novemberanfang, als die Belgrader schon ihre Wintermäntel herausgeholt hatten, aber noch immer unschlüssig Jacken und leichte Mäntel trugen, traf ein Brief von

Nina aus Dubrovnik ein. Sie antwortete Branka auf Markos Brief und teilte mit, dass sie nach Zagreb in das jüdische Altersheim in der Bukovička-Straße 55 ziehe. Sie betonte, ihr sei zumute, als führe man sie aufs Schafott. Die ganzen Möbel außer dem Allernötigsten habe sie verkauft und ihnen einige Pakete mit alten Sachen geschickt.

„Ich bekomme ein Appartement mit einer kleinen Küche, in der ich auch selbst kochen kann, wenn ich will (aber ich will nicht). Wenigstens diese Sorge bin ich los. Am liebsten würde ich mich selbst loswerden, aber das geht nicht, solange Gott mir keinen Wink gibt. Da ihr mich nicht haben wollt, gehe ich, um unter Fremden zu sterben. Obwohl Marko den Brief geschrieben hat, muss das auch Deine Entscheidung gewesen sein. *No supi qui pudis ser ansina cruela, mi Blanki*, ich wusste nicht, meine Blanki, dass du so hart sein kannst. Gewiss, Ignjo hätte auch niemanden aufgenommen, aber Marko ist nicht Ignjo. Mir kannst Du nichts vormachen. Er hat Dir nur bei Deiner Entscheidung geholfen, und Du hast Dich hinter ihm versteckt. Möge Gott Dir verzeihen, dass Du auf diese Weise Deine alte Schwester abweist."

„Wieder einmal hat Nina ihre Kunst, Vorwürfe zu machen, bewiesen", sagte Marko.

Nach ihrem Umzug schrieb Nina immer wieder, wie traurig sie sei wegen ihres „Lebens in Einsamkeit". Sie bat, jemand von den Koraćs möge sie besuchen.

Die Wahl fiel selbstverständlich auf Inda, denn Branka konnte wegen der intimen Details bei Markos täglichen Bedürfnissen ihr nicht die Pflege ihres Vaters anvertrauen. Wegen der soeben entflammten Liebe zu Staša mochte Inda auch nicht für einen Augenblick Belgrad verlassen. Die beiden sahen sich täglich vom Nachmittag bis elf Uhr abends und flüsterten danach noch lange miteinander am Telefon.

„Die Jugend ist egoistisch, weil sie das Leid der Menschen nicht kennt", bemerke Marko, nachdem er Inda wütend befohlen hatte, nächste Woche Nina zu besuchen und damit auf ihre völlige Ablehnung gestoßen war. „Sogar unser Kind, das sonst so gefühlvoll und gut ist."

„Wir waren nicht anders", erwiderte Branka lächelnd. „Ich nehme sie nicht in Schutz, wie du immer behauptest, kann mich aber gut erinnern, dass ich in ihrem Alter außer dir keine Tante, keine Krankheit und nicht einmal die Mutter im Kopf hatte …"

„Wenn ich es richtig verstehe, will unsere Kleine wegen dieses Nestorović nicht nach Zagreb. Lernt sie überhaupt? Bald steht sie vor dem Abschlussexamen."

„Sie besucht alle Vorlesungen. Er wartet auf sie vor der Uni, dann gehen sie zu ihm. Sie lernt ein wenig, er schreibt ein wenig ..."

„Was schreibt er denn?"

„Einen Roman. Auf Englisch. Inda behauptet natürlich, er sei ausgezeichnet."

„Und wovon handelt er?"

„Von einem Ehepaar, das in Scheidung lebt."

„Da hat er sich aber ein heiteres Thema ausgesucht. Und das noch auf Englisch!"

„Sie meint, er sei sehr klug."

„Aber ist er auch anständig, ist er gütig?"

„Er liebt sie. Sie sind unzertrennlich."

„Woher ein so großer Besitz?"

„Ich weiß es nicht, ich habe sie nicht gefragt."

„Frag sie mal ... Und was ist mit dem Taft?"

„Sie schreiben sich, aber es vergeht manchmal sogar ein Monat, ehe sie ihm antwortet."

„Schön wäre es, wenn sie ihn heiratete und nach Amerika ginge ..."

„Nein, Marko, schön wäre es, wenn sie einen Mann heiratete, den sie liebt, egal wo er sich befindet. Vergiss nicht, die Amerikaner sind auch nicht alle gut. Auch bei ihnen gibt es schlechte Menschen, Dummköpfe und Betrüger."

„Nach allem zu urteilen ist Taft ein ordentlicher Junge ... Aber lädt er sie ein?"

„In jedem Brief, nur dass er bisher nicht auf den Gedanken gekommen ist, dass sie kein Geld für das Flugticket hat. Früher wollte sie ihm das aus Stolz nicht sagen, jetzt tut sie es nicht wegen Staša."

„Das muss sie selbst entscheiden, aber über den Besuch bei Nina entscheide ich. Sie muss hinfahren und basta! Ist das klar?"

„Verstanden!", erwiderte Branka und salutierte wie ein Soldat. „Alles wird erledigt, Herr General!"

Inda redete später auf sie ein: „Aber, Mama, die Tante würde lieber dich sehen als mich! Ich kann mich um Papa kümmern, während du bei ihr bist."

„Das geht nicht, mein Herz."

„Warum nicht? Du kochst uns das Essen vor, ich wärme es auf ..."

„Willst du ihn rasieren, waschen, zur Toilette bringen, ihn danach abputzen ... Denke darüber nach."

Plötzlich wurde es Inda klar, dass sie sich bisher nicht an der Pflege ihres Vaters beteiligt hatte, dass ihr die Sorge um seine Krankheit völlig erspart geblieben war, dass sie sogar oft vergaß, dass ihr Vater unbeweglich war.

„Na gut ... Ich fahre nach Zagreb."

★

Am Zagreber Bahnhof nahm sie ein Taxi zur Bukovička-Straße. Das solide, saubere, einer Schule ähnliche Gebäude war von blätterlosen Bäumen und weiten Rasenflächen umgeben, die jetzt mit Herbstlaub bedeckt waren. Die Sonnenstrahlen verliehen dem großen Park Wärme und Heiterkeit. Inda atmete auf, denn sie fürchtete, ein Altersheim sei düster und traurig und dem Tod nahe.

Obwohl sie ungern Belgrad verlassen hatte, freute sie sich, Nina zu sehen und ihr von Staša zu erzählen. Tante Nina hatte ihr immer aufmerksam zugehört, womit sie ihre Überzeugung untermauerte, Inda sei überhaupt die klügste Person, die sie kenne. Inda war sich dieser Übertreibung bewusst, die ihr aber erlaubte, alles zu sagen, was ihr einfiel.

Sie ging langsam durch den menschenleeren Garten, in der Hand eine schwere Tasche, in der sie neben den Sachen des eigenen Bedarfs für einen Tag Spezialitäten brachte, die Branka für ihre Schwester zubereitet hatte: ein Glas selbstgemachten Ajvar, *Pastel*, die *Gvuevus inhaminadus* genannten, in Zwiebelwasser gekochten Eier und Baklava. „Leider kann ich ihr nicht mehr als das schicken", seufzte Branka, als sie das einpackte.

Inda schritt die sauberen Korridore entlang, in denen Gummibäume in großen Töpfen standen, bis zu einer Tür, vor der, ganz aufgeregt, Nina wartete. Sie tänzelte, seufzte und sprach nur Ladino.

Die beiden traten in ihr Zimmer mit einer winzigen Küche und einem kleinen Bad, zugestellt mit Möbeln wie alle Wohnungen, in denen Nina bisher gelebt hatte. Voller kleiner, unnötiger Vorhänge, Überwürfe, Dosen und Regale war das Zimmer dunkel und stickig. Nina verlor sich in diesem Meer von Sachen: Sie verschwand hinter einer Kommode, um plötzlich am anderen Ende des Zimmers aufzutauchen, wie eine verschreckte Maus, die zur Unzeit und am falschen Ort auf Menschen stieß.

Inda ging sofort zum Fenster, um es zu öffnen: „Ein bisschen Luft, liebe Tante. Draußen ist es nicht kalt, die Sonne scheint."

„Umsonst", seufzte Nina, „der Geruch bleibt ... Das ist der Atem des Alters, der Krankheit und des Todes, und der verschwindet nicht, solange es hier das Alter, die Krankheit und den Tod gibt ... solange ich hier bin. Das wirst du nicht verstehen, aber wissen sollst du, dass das Alter *traurig und nie schön* ist. Alle verlassen einen, und als einzige Gesellschaft bleibt der Schmerz. Ja, und auch die Erinnerungen. Deshalb soll man leben und möglichst viel erleben, dann kann man sich auch an vieles erinnern ..."

„Ich bemühe mich nach Kräften", sagte Inda lachend.

Nina beklagte sich, dass im Heim außer noch einer Alten niemand „ihre Sprache" kenne und dass dies eine Schande sei, denn „was ist das für ein Altersheim *di Djidios*, für Juden". Gleich begann sie in der Küche herumzuwerkeln und Töpfe und Teller aus dem Schrank zu holen.

„Ich habe Abendessen für meine kleine Große zubereitet ... Alles, was du magst!"

„Und ich habe dir von Mama alles Mögliche gebracht, was magst. Das ist nur für dich. Mama hat mir verboten, davon zu essen!"

„Heute essen wir das meine, morgen das von deiner Mutter, übermorgen wieder das von deiner Mutter und so weiter ..."

„Aber, liebe Tante, ich fahre morgen Abend zurück."

„Oh weh! *No puedi ser*, das kann nicht wahr sein!"

„Ich muss aber ... Weißt du, die Uni ... Ich habe Vorlesungen", sagte Inda mit schlechtem Gewissen, weil sie, was das anging, sogar eine ganze Woche bleiben konnte.

„*Si, fijiquia*, ja, Kindchen, daran habe ich nicht gedacht ... Alles vergesse ich. Manchmal scheint mir, ich weiß nicht einmal mehr, wie ich heiße. Ach, ich bin so froh, dass du gekommen bist!"

Nina packte alles aus, was Inda mitgebracht hatte, und probierte von allem ein bisschen, danach setzte sie sich an den gedeckten Tisch und aß mit ihrer Nichte noch einmal zu Abend.

„Ich muss dir gestehen, dass ich noch immer gern esse, und zwar am liebsten Brankicas Speisen. Sie hat immer am besten gekocht ..."

Inda erzählte ihr von Staša, bemerkte aber, das trotz ihrer Aufmerksamkeit Ninas Blick oft irgendwohin schweifte, wohin sie ihm nicht mehr folgen konnte.

„Liebe Tante, hörst du mir zu?", fragte sie dann. Nina kam langsam zurück und behauptete abwesend, sie habe jedes Wort gehört.

„*Ma comu no sientu?* Wieso höre ich nicht zu? Aber ... aber ... sag mir, woher er diesen Reichtum hat?"

„Das ist kein Reichtum, sondern ein großes heruntergekommenes Gut. Hättest du Dickens gelesen, wäre dir alles klar ... Er hat nicht viel Geld ..."

„Aber wieso hat man ihm es nicht weggenommen?"

„Nicht ihm, sondern seinem verstorbenen Vater."

„Gut, dann seinem Vater, aber wieso?", drängte die neugierige Nina weiter. „*No seas loca*, sei nicht dumm, da gibt es einen Haken ... *Puedi ser qui stuvi con lus partisanus* ... Vielleicht war er bei den Partisanen."

„Nein", sagte Inda lächelnd.

„Dann war er ein Geheimdienstler!", ließ Nina nicht locker.

„Nein."

„Dann war er einer von denen, die keiner kennt."

„Nein, Tante, er war auch kein Spion! Und glaub mir, seit ich mit Staša zusammen bin, erzählen mir viele Menschen von all diesen Möglichkeiten, die du erwähnt hast, obwohl ich sie nie danach gefragt habe. Man erzählt, dass er direkte Beziehungen zu London, Washington und Moskau hatte! Und dass er unseren Spitzenfunktionären große Gefälligkeiten erwiesen hat und andere Dummheiten."

„Und?", sagte Nina ungeduldig. „Hast du ihn danach gefragt?"

„Nein."

„Also, du weißt es nicht?"

„Doch, denn er selbst hat es mir erzählt."

„*Ah, buenu*", atmete Nina auf, „*alora luque's?* Gut, worum geht es dann?"

„Rade, sein Vater, war in einem serbischen Dorf in Kroatien geboren. Als die Österreicher ihn einziehen wollten, ist er geflüchtet ..."

„*Comu il miu Ignjo!* Wie mein Ignjo!"

„Er schloss sich dem serbischen Heer an, war in Albanien, kämpfte an der Front bei Thessaloniki. Nach dem Krieg blieb er dort und eröffnete eine kleine Wechselstube. Einige Kaufleute aus Belgrad machten bei ihm Schulden und boten ihm statt Geld ein Gut in Dedinje an, wo eine Art Sommerhaus stand. Da seine Geschäfte nicht sehr gut liefen, ging er zurück nach Belgrad, um zu sehen, was er bekommen hatte. Dort fand er damals nur Wiesen, Dedinje war zu der Zeit nicht die feinste Gegend von Belgrad. Er eröffnete eine kleine Bank, scheiterte aber bald damit. Deshalb verkaufte er einen Teil des Gutes, eröffnete erneut eine Bank, hatte einigermaßen Erfolg und heiratete. Er liebte Autos ..."

„*Comu Marko*, wie Marko ..."

„Ja, er war Mitbegründer des Auto-Moto-Clubs und wurde im Jahre achtunddreißig Ehrenvorsitzender der orthodoxen Kirchengemeinde. Während des Kriegs arbeitete er nur für die Kirche. Aus seiner Banktätigkeit vor dem Krieg hatte er viele jüdische Freunde, er half ihnen, versorgte sie mit gefälschten Taufscheinen ..."

„Bravo!"

„In einem Kloster gründete er ein Heim für serbische Kinder, die aus Pavelićs unabhängigem Staat Kroatien geflüchtet waren. Er sammelte Geld für Pakete, die er unseren Kriegsgefangenen in deutschen Lagern schickte. Während des ganzen Kriegs versteckte er eine kleine Jüdin in einem Schuppen. Staša kann sich gut an sie erinnern ..."

„Ein wahrhaftig edler Mensch. Und danach, was war danach?"

„Nach dem Krieg war er immer noch Vorsitzender der Kirchengemeinde. Seine Bank wurde natürlich verstaatlicht, aber sein Gut hat man ihm gelassen, hauptsächlich wegen seiner makellosen Haltung während des Kriegs. In ganz Belgrad war er als Wohltäter bekannt. Staša meint auch wegen der delikaten Beziehung zwischen Kirche und Staat. Dazu kam, dass sein enger Freund, der Patriarch Gavrilo, den die Deutschen in Dachau interniert hatten, als Held nach Belgrad zurückkam. So blieb Rade Nestorović im Besitz des größten Guts in Dedinje und wahrscheinlich auch einer Rente, und Staša wurde sein Erbe. Tatarata! *Big deal!*"

„*Qui mandi*, bitte?"

„Nichts."

„Diese Geschichte gefällt mir. Mit Staša scheint alles in Ordnung zu sein. Aber, *sienti querida*, hör mal, Liebchen, die Tante will dir jetzt etwas sagen: Es gibt Frauen, bei denen der Verstand ... *sehel*", sie klopfte an die Stirn, „stärker ist, und solche, bei denen die Gefühle überwiegen. Alle Sálom-Frauen hörten auf ihr Herz, aber wenn sich das Herz einmischt, wird es gefährlich, denn dann sind zwei und zwei nicht mehr gleich vier. Ich habe Angst, dass du das geerbt hast. Am besten ist es, einen Mann zu finden, der das Herz und den Kopf zufriedenstellt, aber das ist nicht einfach ... Überlege gut, ob Staša so einer ist." Sie sprach leise, aber ungewöhnlich ruhig und konzentriert. „Vielleicht brauche ich dir keine Ratschläge zu erteilen. Du hast Schulen besucht im Unterschied zu Blanki ... Daran bin übrigens ich schuld. Wir mussten Geld verdienen, um uns zu ernähren. Obwohl sie mehr wusste, als Leute mit fünf Fakultäten, fehlte ihr ein Diplom, ohne das

Stück Papier musste sie immer andere von ihrem Wissen überzeugen. Mir war das egal, ich wusste immer, dass ich wenig weiß ..."

Nach dem Abendessen erlaubte sie Inda nicht, das Geschirr wegzuräumen, sie lief lange in der Küche hin und her, bis alles fertig war. Übermüdet kauerte sie sich in einen Sessel und schlief ein. Nach einigen Minuten wachte sie auf, schimpfte mit sich selbst und sagte: „Jetzt verpasse ich noch die letzten Stunden Unterhaltung mit meiner Kleinen! Alles wäre leicht, wenn mich nur diese Ameisen in Ruhe ließen! Das ist, weil es mit der Sauberkeit hier nicht weit her ist. Sie fressen mein Nähgarn und die Stoffreste auf. Ich schlafe bei Licht, sonst würden sie auch mich auffressen!"

„Keine Sorge, liebe Tante, ich werde sie endgültig verjagen. Und jetzt gehen wir schlafen. Ich bin müde."

„Ja, *querida*, du hast eine Reise hinter dir und ich rede immerzu und lasse dich nicht ausruhen."

Inda blieb die ganze Nacht wach. Einerseits wollte sie möglichst bald zurückfahren, andererseits länger bei ihrer hilflosen Tante bleiben. Nina wachte in der Nacht auf und stöberte lange im Schrank. Als sie fand, was sie gesucht hatte, atmete sie erleichtert auf, kam zum Sofa, auf dem Inda schlief, legte ein kleines Bündel neben ihre Füße und murmelte dabei: „*Puedu sulvidar ... il Dio no mi dé!* Ich könnte es, Gott bewahre, noch vergessen!"

Als Nina wieder im Bett war, fühlte Inda im Halbdunkel eine alte Tasche aus kleinen weißen Perlen, die Nina vor mehr als einem halben Jahrhundert gehäkelt hatte. Darunter lag gefaltet eine große, reich bestickte Tischdecke, die vom Liegen in den Schränken gelb geworden war und vom seltenen, aber heftigen Gebrauch bei Familienfesten Flecken bekommen hatte.

„Das ist mein Hochzeitsgeschenk", sagte Nina, sobald sie am Morgen aufgestanden waren.

„Aber, liebe Tante, ich heirate noch nicht!"

„Das weiß ich, aber wenn es so weit ist, werde ich es dir nicht überreichen können."

Am Nachmittag reiste Inda ab. Zum Abschied begleitete Nina sie bis zum Eingang des Parks. Sie winkte lange mit einem kleinen Taschentuch, dessen Rand Mama Estera bestickt hatte. Als Inda in das Taxi steigen wollte, merkte sie, dass Nina ihr Zeichen machte. Sie ließ ihre Reisetasche im Wagen und lief zurück. Nina legte ihr beide Arme um die Taille und heulte los.

„Ich komme wieder, liebe Tante."

„*Adio, mi querida, adio!*", sagte Nina immer wieder. Schließlich lockerte sie ihre Umarmung, trocknete mit dem Taschentuch ihre Tränen und drückte es Inda in die Hand.

„Nimm das", sagte sie, das Gesicht glühend vor Gefühlsregung, die Augen vom Weinen gerötet. „*Adio, fijiquia mia, ti queru muchu bien!* Lebe wohl, mein Kind, ich liebe dich sehr!", stieß sie hervor und winkte noch einmal wie ein Kind mit ihrer dürren, greisenhaften Hand.

„Die Tante ist krank", sagte Inda, als sie nach Hause kam.

„Woran leidet sie", fragte Branka.

„Am Alter", erwiderte Inda und brach in Tränen aus.

Am nächsten Tag, während sie Tantes Taschentuch in der Hand hielt, fragte sie sich, warum Dinge die Menschen überleben. Warum verwandelt sich nicht alles, was dem Verstorbenen gehörte, in Staub, Damit die Lebenden sich an sie erinnern? Nein. Die es verdienen, behält man auch ohne ihre Sachen in Erinnerung. Die, die man vergisst, können auch keine Gegenstände in Erinnerung rufen.

Schon am übernächsten Tag in Stašas aufregender Gegenwart war sie nicht mehr traurig. Von Zeit zu Zeit sandte sie Tante Nina fürsorgliche und liebevolle Briefe und spürte dabei das ganze Mitleid und die Wärme wie beim Besuch in Zagreb.

★

Müßig wegen der Winterferien legte Inda an einem kühlen Februarmorgen Kohle im Kachelofen nach, den Branka immer in der Früh sauber machte und anheizte. Eingekuschelt in ihr Federbett pflegte sie jeden Tag dem Aufflammen der Zeitung und dem Knistern der Holzspäne zu lauschen. Schon allein dieses Geräusch wärmte den Wintermorgen. Marko tippte mit einer Hand einen Brief an Riki und wartete, dass Branka vom Einkaufen zurückkam, um mit ihr zusammen einen Kaffee zu trinken.

Das Telefon klingelte, Inda sprang auf, da sie einen Anruf von Staša vermutete. Sie hörte ein Summen in der Ferne und bekam Angst, ohne zu wissen warum. Immer wieder rief sie „Hallo" und eine Telefonistin wiederholte: „Einen Augenblick, bitte, Sie haben einen Anruf aus New York." Endlich vernahm sie Didis Stimme:

„Inda, bist du es?"

„Ja, Didi! Wo steckst du?"

„Indica, ist deine Mama im Haus?"

„Nein."

„Sehr gut ... und Marko, wo ist er?"

„Wie immer in seinem Zimmer", antwortete Inda und fügte hinzu: „Wie geht es dir?"

„Inda, du musst aufpassen mit Eltern ... du weißt, sie krank ... sehr vorsichtig ..."

„Was? Ich verstehe nichts!"

„Tante Riki ... sie gestorben gestern Abend im Traum. Ihr Herz ... Ich bin gekommen nach New York, Rikis Nachbarin Francy mich angerufen. Sie hat den Schlüssel. Sie fand Riki am Morgen im Bett ... wie wenn sie schläft. Sie sagt, gestern war alles gut, sie redeten und lachten, du weißt, Riki erzählt Witze ... *In such a good mood.* Ich hier alles regeln. Du sagst es meiner Tante und deinem Papa langsam ... Schade, ich bin nicht dort ... Aber du bist mutig und klug ... Der Tod wartet uns alle, *right?* Gut, dass ich dich gefunden am Telefon ... Ich hatte Angst, Tante Banki zu sagen. Melde mich wieder, wenn vorbei ist. *Adio querida!* Lebe wohl, meine Liebe!"

„Tschüss!" Inda legte auf.

„Wer hat angerufen?", rief Marko aus seinem Zimmer.

„Papa! Papa!", schrie Inda, als begreife sie erst jetzt, was Didi ihr gesagt hatte. Sie lief zu Markos Bett und umarmte ihn.

„Was ist, mein Herz? Wer hat angerufen?"

„Didi."

„Ja, und?"

„Sie grüßt alle, sie ist in New York ..."

„Fein", freute sich Marko. „Ist sie mit Rikica zusammen?"

„Ja."

„Was sagt sie, wie geht es Riki?"

„Schlecht, sehr schlecht ... Papa, sie ist ..."

„Wann?"

„Heute Nacht, im Schlaf ... Aber reg dich bitte nicht auf! Warte wenigstens, bis Mama zurück ist! Wenn dir jetzt deswegen etwas geschieht, wüsste ich nicht, was ich tun sollte."

„Möge sie in Frieden ruhen! Nach ihrem schweren Leben hatte sie wenigstens einen leichten Tod. Wir müssen es Mama schonend beibringen."

„Ja, aber, wie tut man das? Wie kann man jemanden auf eine Todesnachricht vorbereiten? Was wir ihr auch erzählen, am Ende müssen wir ihr sagen, dass die Tante gestorben ist!"

„Überlass das mir. Nur weine bitte nicht, wenn Mama kommt. Und jetzt könntest du mir ein Glas Wasser und einen Schnaps bringen."

Branka kam gut gelaunt zurück, schaute nach dem Feuer im Ofen, legte alles Gekaufte auf den Tisch vor Marko, damit er sich freute, und setzte Wasser für den Kaffee auf. Dann sah sie sie an, wurde ernst und fragte:

„Was ist geschehen?"
„Nichts. Irgendwie sind wir beide traurig geworden."
„Marko, geht es Nina schlecht?"
„Nein, nein ..."
„Riki?"
„Didi hat angerufen."
„Ist Riki gestorben?", fragte sie, ohne eine Antwort zu erwarten. Marko und Inda schwiegen. Branka setzte sich und schlug ihre zitternden Hände vors Gesicht. Marko bedeutete Inda, zu Branka zu gehen. In Indas Umarmung begann Branka zu weinen.

„*Buen mundu tenga, mia querida hermaniquia, mia única amiga*. Möge sie in Frieden ruhen, meine liebe Schwester, meine einzige Freundin."

Auch Marko weinte. „Inda, bring uns Schnaps bitte."
„Ich kann nicht", sagte Branka.
„Du musst, Kleine!", befahl Marko. „Für das Seelenheil des Verstorbenen. Das ist so Sitte, und das Volk hat sich diese Sitte ausgedacht, weil es das beste Beruhigungsmittel ist."

Beide gehorchten ihm.

Marko zog das Blatt Papier aus der Schreibmaschine und las vor, als hielte er eine Grabrede: „Wir sind in Gedanken bei Dir und machen uns um Dich Sorgen, deshalb bitte ich Dich, uns öfter zu schreiben. Ein kurzer Brief genügt, nur damit wir wissen, wie es Dir geht. Denn, meine liebe Riki, wir sind jetzt in einem Alter, in dem alles zu erwarten ist ... Aber während ich das schreibe, fällt mir ein, wie dumm das ist, denn wie könnten wir Dir auf der anderen Seite des Ozeans helfen? Dennoch solltest Du wissen, dass Du nicht allein bist ..."

„Jetzt ist sie allein", flüsterte Branka, „begraben in fremder Erde ..."
„Die Erde ist wie der Tod überall gleich ...", unterbrach Marko sie.
An dem Tag wich Inda nicht von der Seite ihrer Mutter. Sie begleitete sie überallhin, sogar in die eiskalte Küche, wo es allein Branka aushielt. Nicht einmal Staša traf sie, obwohl Branka versuchte, sie dazu zu bewegen.

„*Si, querida*, das Leben geht weiter. Und dennoch fühlen wir mit jedem Verschwinden eines unserer Lieben, als sterbe ein Stück von uns ... Man sollte die Todesnachricht in die Zeitung setzen, Riki hatte in Belgrad viele Freunde."

Am nächsten Tag ging sie zur „Politika". In den folgenden Tagen hörte das Telefon nicht auf zu klingeln. Alle drei wunderten sich, dass so viele Bekannte von Rikica noch in Belgrad lebten. Viele kamen, um ihr Beileid auszusprechen: Dragu mit seiner Frau, Smiljka Antić mit ihrem Sohn, Nenad, ein alter Freund von Miloš, Prijezda Lazarević, Moše Vajs, Duško Zlatić, der Maler Mika Adamov, die Tänzerin Lepa Perić mit ihrem Mann, Markos Schwester Saveta mit Ana und Jelena, Balša und Erna Popović, Pero Korać und Marta, Doktor Božović, Nadica Lazić und noch viele Theaterleute. Sogar Lepava rief an, da die Grdićs gerade ein Telefon bekommen hatten.

„Sie will sich nur vergewissern, dass es funktioniert", sagte Inda.

Die Besucher erzählten von Rikicas Glanznummern, lachten über ihre unvergesslichen Scherze und gedachten ihrer verschiedenen Ballettrollen. Nur Smiljka gelang es nicht, sich an der Unterhaltung zu beteiligen – sie weinte ununterbrochen.

„Mama, beruhige dich bitte! Jetzt übertreibst du wirklich", warf Milan ihr vor.

Branka brachte sie ins Bad, gab ihr Baldriantropfen auf einem Würfel Zucker und ein Glas Wasser.

„Riki ist für immer weg", sagte Smiljka schließlich. „Mein ganzes Leben lief plötzlich vor meinen Augen ab ... Sie war meine einzige Freundin. Als hätte alles mit ihr angefangen und alles mit ihr geendet ... mein Glück, alle meine Fehlleistungen. Glaub mir, Branka, noch nie im Leben habe ich so viel geweint. Nie."

„Schau dir deinen Sohn an, dann hörst du sofort auf. Und wo ist Milena?"

„Sie ist für einen Monat zu ihrem Vater gefahren ... Bald werden die Kinder ihrer Wege gehen und ich bleibe allein ..."

„Nein!", sagte Branka so heftig und überzeugt, dass Smiljka zusammenzuckte. „Wenn du dich absonderst, bleibst du allein, aber nicht wenn du auf die Menschen zugehst ... Wenn du nur wüsstest, wie viele Menschen ein paar schöne Worte, ein bisschen Verständnis brauchen ... Hat nicht gerade Riki das für dich getan?"

Es kamen auch Telegramme: Aus Sarajevo von den Pregers und von Midhat Karabeg, Markos ehemaligem Redakteur, von Beka und

Spasa aus Okolište, aus Zagreb von den Poljanskis und vom Sohn des alten Doktor Baruh, der als Erster Rikica die traurige Mitteilung gemacht hatte, sie würde nicht mehr tanzen können, aus Wien von Adrijana und aus London von Lana.

Nach einer Woche meldete sich Didi wieder: Riki sei auf dem jüdischen Friedhof neben Klara beigesetzt worden.

„Liebe Tante, wir müssen damit abfinden ... Das ist Natur!"

„Ich weiß es, meine Didi. Nach jeder Generation kommt die nächste, aber das zu erleben tut sehr, sehr weh ... Auch unserer Nina geht es nicht gut."

„Habt ihr sie gesagt von Riki?"

„Nein, und wir werden es auch nicht tun. Sie würde nur noch trauriger werden. Ich habe Elijas in Tel Aviv benachrichtigt."

Didi sagte, sie habe Rikis Möbeln dem Roten Kreuz gespendet, einiges ihnen geschickt und ein paar Kleinigkeiten behalten, darunter den Gobelin „Zwei kleine Negerinnen", den Branka vor langer Zeit Riki geschenkt hatte.

„Und die Briefe?", fragte Branka.

„Es gibt viele ... auch Kritiken und Fotos. Was machen wir damit?"

„Die hätte ich gern für Inda, damit sie weiß, wer ihre liebe Tante war."

„Kein Problem, ich alles bringen, wenn ich euch besuchen ... Ich habe dort ein wenig geschaut. Es gibt viele Liebenbriefe und Gedichte ... Ich glaube von einem Miloš."

„Ja, so hieß er."

*

Einige Tage später öffnete Branka einem unbekannten Mann die Tür.

„Entschuldigung, wen suchen Sie?"

„Sie, Frau Korać", antwortete der graumelierte, gutaussehende Mann mit einer tiefen Stimme. „Ich bin Predrag Ranković, der Sohn von Miloš. In der Zeitung las ich, dass Riki Sálom gestorben ist."

„Kommen Sie bitte herein."

„Mein Beileid."

„Danke." Branka spürte seinen festen Händedruck. Sie führte ihn in Indas Zimmer, bot im Slatko, Getränke und Kaffee an und betrachtete ihn aufmerksam. „Sie haben eine unglaubliche Ähnlichkeit mit Ihrem Vater. Als sähe ich Miloš vor mir: dieselbe hohe Stirn, dasselbe Profil, dieselbe Stimme ..."

„Ich habe vieles gehört über die Liebe meines Vaters zu Ihrer Schwester", unterbrach Predrag sie, „und noch mehr über den Schmerz, den diese Liebe meiner Mutter zugefügt hat. Aber jetzt, da alle verstorben sind, kann man niemandem etwas vorwerfen. Jetzt gehört alles der Vergangenheit an. Die Menschen, die sie gestaltet haben, können nicht mehr lebendig werden, es sei denn in unseren Erinnerungen ... Deshalb bin ich gekommen."

„Sie reden so schön wie Ihr Vater ..."

„... den ich nicht gut kannte und, ich gestehe, auch nicht mochte. Indes, die Zeit vergeht. Je älter ich bin, desto näher ist mir mein Vater, denn die Reife bringt Verständnis mit sich. Jetzt akzeptiere ich, was er getan hat und ich in der Jugend so streng verurteilte."

„Ja, das Alter lässt uns milder werden ... Sind Sie verheiratet?"

„Zwei Mal und zwei Mal geschieden."

„Schade ... Kinder?"

„Zwei: einen Sohn aus der ersten und eine Tochter aus der zweiten Ehe. Mir gelang es zum Glück, ihnen nicht so viel Böses anzutun wie meine Eltern mir angetan haben. Ich widme den Kindern viel Zeit und Aufmerksamkeit und sage nie ein schlechtes Wort über ihre Mütter. Von Ersterem schenkte mir Miloš nichts, von dem Zweiten gab mir meine Mutter viel zu viel. Wenn ich nur an ihre ewigen, meinen Vater verunglimpfenden Geschichten denke! Als kleiner Junge sah ich in ihm einen bösen Hexer, als junger Mann die Verkörperung eines üblen Charakters. Ich hielt ihn für einen Lüstling, Lügner, Schwächling, Speichellecker ... Ich hasste ihn so sehr, dass ich jahrelang seine Manuskripte nicht anrühren wollte, als würden sie mich beschmutzen. Dieses Bild von meinem Vater, für den ich mich schämte, hatte mir seit der frühesten Kindheit meine Mutter eingehämmert. Ich wurde mit ihrem Hass auf ihn geboren. Durch ihre Erziehung bin ich zu ihrer Rache geworden. Ein eigenes Bild von meinem Vater konnte ich mir nicht machen, da sie ihn wegen seiner Liebe zu Ihrer Schwester verfolgte und er sich deshalb möglichst wenig zu Hause aufhielt. Ich erinnere mich an seine Abschiede: Dem Streit folgte eine bedrückende Stille, meine Mutter saß dann auf einem Stuhl am Fenster wie ein gerahmtes Bild, in Tränen aufgelöst, gebrochen, aber unnachgiebig. Sie gab ihm nicht das Einzige, was sie ihm vorenthalten konnte: die Freiheit, genauer die Scheidung."

„Das war ein großer Fehler."

„Glauben Sie, sein Leben wäre anders geworden ...?"

„Das weiß ich nicht, aber Ihr Leben hätte sich wesentlich verbessert."

„Ja, denn Miloš hat mich geliebt ... Wenn ich krank war, wich er nicht von meiner Seite. Er saß an meinem Bett, wischte meine schweißbedeckte Stirn, streichelte meine Wangen. Im Fieber sah ich oft seine großen Augen voll Mitgefühl, Trauer und Selbstvorwürfen. Er ging in den Krieg, geriet in Gefangenschaft, Mutter kam ums Leben ..." Predrag verstummte.

„Sie reden sehr liebevoll von ihm."

„Alles änderte sich an dem Tag, als ich mit meinem Sohn, damals noch ein kleiner Junge, am Kalemegdan spazieren ging und er mich fragte, warum ich seine Mutter, meine ehemalige Frau, geschlagen hätte. Ich war verblüfft. Sie hatte gelogen, er vertraute ihr blind und verurteilte mich ... Wie sollte ich das Kind vom Gegenteil überzeugen? Sollte ich ihm sagen, dass seine Mutter lügt? Sollte ich mich reinwaschen und sie in schlechtem Licht erscheinen lassen? Ich sagte nichts. Aber als ich nach Hause kam, ging ich sofort zur Kommode, in der die Manuskripte meines Vaters lagen. Tagelang las ich darin, völlig damit beschäftigt, Miloš Ranković kennenzulernen. Ich verstand ihn, bedauerte ihn und fand schließlich das richtige Maß, sowohl über ihn als auch über meine Mutter und Ihre Schwester zu urteilen. Deshalb bin ich heute hierhergekommen. Ich habe einen von vielen Briefen mitgebracht, die Miloš Rikica, als sie ihn nach ihrem Sturz nicht mehr sehen wollte, geschrieben und nicht abgeschickt hatte. Darf ich ihn Ihnen vorlesen?"

Branka nickte zustimmend.

Predrag nahm aus seiner Manteltasche ein vergilbtes Stück Papier, auf dem sie die ihr vertraute Schrift erkannte.

„‚Meine Kleine, meine Einzige, ich suche die Steinchen unserer Beziehung zusammen, die ich für echt und daher unzerstörbar hielt, aber sie wollen sich nicht zu dem einmaligen Mosaik aus flammenden Farben und leidenschaftlichen Mustern von einst zusammenfügen. Ich frage mich, wo und wie ich die Formel finde, die es einst im Gleichgewicht hielt, und ihm seine ursprüngliche Bedeutung und den früheren Sinn verleihen könnte. Wie kann man jenes deutliche, kristallklare Geflecht von Zärtlichkeiten neu entdecken, das irgendwo verlorenging? Für immer dahin und daher noch begehrter, bleibt es ein einmaliger Tagtraum, ein schmerzliches Streben nach weiteren Unterfangen, nach nächsten Liebesbeziehungen, für die ich keine Kraft habe und nach denen ich kein Verlangen verspüre.'"

Predrag hielt inne, schluckte und wendete das Blatt: „‚Ich habe mich des schlimmsten Verrats schuldig gemacht. Ich habe Dich, mich und meine Nächsten verraten und bin jetzt ein von Verratenen umgebener Verräter. Wenn das Leben mich deswegen nicht bereits genug mit Leid gestraft hat, so hoffe ich, das werde noch kommen. Das wünsche ich mir von ganzem Herzen, obwohl ich weiß, dass es mir nicht Dein Vertrauen wiedergeben wird. Nicht einmal der Tod kann Dich mir zurückbringen, meine kleine Tänzerin, dabei ist Deine Abwesenheit in meinem und meine Vertreibung aus Deinem Leben eine noch härtere Strafe als der Tod. Ich warte deshalb auf ihn wie auf die Rettung, lächle ihn liebenswürdig an, will ihn gnädig stimmen, ihn als willkommen begrüßen. Ich liebe Dich. Ich liebe Dich jenseits des Verstands, jenseits der Worte, ich liebe Dich in einem ursprünglichen, instinktiven, zusammenhangslosen, vorsprachlichen Sinne.'"

Predrag verstummte für eine Weile und sagte schließlich: „So starb mein Vater."

„Ihre Lebenswege waren derart miteinander verflochten, dass sie offenbar auch nach der Trennung in gleichem Maße glücklich und unglücklich waren."

„Jetzt ist alles vorbei und wir geben den alten Bildern einen neuen Anstrich ... Sagen Sie mir bitte, was für ein Mensch er war."

„Ein wunderbarer ... und schwacher."

„Hat Riki danach geheiratet?"

„Nein."

„Das dachte ich mir. Ein seltsames Paar, die beiden. Zwei ungewöhnliche Persönlichkeiten, durch die Liebe vereint, in der Liebe getrennt."

„Und auch in der Enttäuschung ... Sie hat ihm nie verziehen, dass er sie in ihrer schwersten Stunde verlassen hatte. Als er nach Sarajevo kam, um sich zu verabschieden, bevor er in den Krieg ging, schaute sie durch ihn hindurch und sagte kein Wort ... denn er war für sie schon tot."

„Für ihn selbst auch ... Das Leben endet oft schon vor dem Tod ... Nun, es ist Zeit für mich zu gehen."

Branka begleitete ihn zur Tür.

„Miloš wie er leibt und lebt. Ein Umherirrender ... ein Alleswisser", sagte sie später seufzend zu Marko. „Und Indas Staša ist, fürchte ich, von derselben Art", fügte sie leise zu sich selbst hinzu.

★

Auf dem Balkon spürte Branka die ersten Boten der Frühlingsluft. Sie lauschte dem Tauen des Schnees, der wegen des plötzlichen Wärmeeinbruchs im März zu Bächen schmolz, die sich wiederum mit dem lauwarmen Regen vereinigten. Unter ihren Fingern spürte sie die zarten Verdickungen an den Zweigen der alten Linde. Froh darüber, liebkoste sie sie. Obwohl sie den Winter liebte und obwohl sie wusste, dass der Frühling die Sommerhitze ankündigte, ließ das Keimen der Natur ihre Brust schwellen. So teilte sie mit der Linde seit über zwanzig Jahren in stillschweigendem Einverständnis die Freude über das Entstehen.

Gestützt auf die Balkonbrüstung, öffnete sie den Brief von Elijas: „Querida hermana, liebe Schwester, während wir älter und schwächer werden, wachsen unsere Töchter heran. Meine sind gute Schülerinnen und wohlgeratene Mädchen: prall, dunkelhaarig, sonnengebräunt. Estera ist zwar etwas blass und mager, aber es geht ihr jetzt ganz gut. Sie ist klug und kann sich gewählt ausdrücken wie Du. Meiner Frau geht es gut, sie arbeitet immer noch viel, ich hingegen – jetzt wirst Du staunen – bin in vorzeitigen Ruhestand gegangen. Meine Kraft ist verbraucht, ich weiß selber nicht wie. Das Gedächtnis lässt mich im Stich. Das ist zwar nicht unentbehrlich für die Tätigkeit eines Baustellenwächters, macht mich aber unsicher. Meine Beine versagen, sodass ich einige Male plötzlich hinfiel und mir wehtat.

Bei den alten hebräischen Stämmen gab es verschiedene Regeln. Zum Beispiel: ‚Zwei junge, unverheiratete Männer dürfen nicht im selben Raum schlafen', ‚Knaben dürfen keine Schafe hüten', ‚Wenn ein Mann stirbt und seine Frau noch kein Kind erwartet, muss sein Bruder sie schwängern, damit die Familie nicht erlischt'. Und so weiter. Ich frage mich, ob es auch eine Regel für die vorzeitig Gealterten gab. Aber erst jetzt fällt mir ein, warum ich Dir schreibe: Ich wollte Dir sagen, dass ich sehr traurig bin wegen unserer Rikica. Sie ist allein gestorben, *buen mundu tenga, nostra chica balerina*, Friede der Seele unserer kleinen Tänzerin. Ich erinnere mich an die Pirouetten, die sie im Hof an der Miljacka drehte. Ich erinnere mich daran, wie sie auf dem großen Tisch hüpfte, auf die Schränke stieg, sich an die Lüster hängte ... Immer mehr lebe ich in der Zeit unserer Kindheit. Das soll der Anfang der Senilität sein ... In Gedanken bin ich in Sarajevo, kehre im erstbesten Café ein, es könnte das von Semis sein, steige die steile Treppe hoch und setze mich an einen kleinen Tisch auf dem inneren Balkon. Ich bestelle einen Kaffee ... völlig unnötig, denn er wird ohnehin sofort serviert. Ich trinke ihn und beiße ein Stück Lokum auf einem Zahnstocher an, es klebt an meinem Gaumen und an den Zähnen ... Manchmal scheint mir, dass alles, woran ich mich erinnere, jemand schon lange vor mir erlebt hat. So ist es, Blanki: Die Menschen glauben irrtümlicherweise, dass ihre Erlebnisse einmalig sind. Unsere kluge Mutter und alle unsere Vorfahren haben ähnliche Niedergänge, Kriege, Umstürze, Vorahnungen, Erfolge, Verluste, Geburten und Tode durchgemacht, und wir, ihre Nachkommen, bilden uns ein, wir würden alles als Erste erleben. Gut, dass es so ist, sonst würden die Menschen keine Lust haben, diesen ganzen Zirkus mitzumachen ...

Dann gehe ich zu unserer Synagoge. Sie ist kalt, ungeheizt. Der Tempel – unsere Geschichte. Aber sosehr er mich beruhigt, weil er von der Beständigkeit unseres Seins zeugt, sosehr bedrückt er mich. Ich atme die eiskalte Luft ein. Vor meinen Augen tauchen Buka, Atleta, Rikica, unsere Eltern, alle unsere Sepharden, alle Sáloms, Altaras, Pardes, Ovadias, Levis und Koens auf ... und ich bekomme Lust, in die Vergangenheit einzutauchen.

Blankica, schreib mir bitte über uns. Du hattest immer ein sehr gutes Gedächtnis und eine gute Beobachtungsgabe. Schreib mir, wenn Du Zeit hast. Küsse Vera und grüße Marko. Dein Bruder."

Der Brief wurde in Brankas Händen weich vom Nieselregen, ihre Wangen feucht von Tränen. Sie ging zurück ins Zimmer.

„Was hast du gemacht?", fragte Marko.

„Den Brief von Elijas gelesen."

„Lies ihn mir bitte vor."

„Er schreibt auf Ladino."

„Und was zum Beispiel?"

„‚Ich spaziere über die Ibn Gvirol, die schönste Avenue in Tel Aviv, und mir ist, als spürte ich mit jedem Schritt unter den Füßen das Kopfsteinpflaster von Sarajevo...' Das schreibt er. Er trauert Rikica nach. Jetzt ist er in Rente. Seiner Familie geht es gut. Alles ist in Ordnung."

„Aber er nicht?"

„Er ist alt geworden."

„Das sind wir alle. Aber wären wir im Krieg umgekommen, wären wir nicht alt geworden. Ist es nicht so, meine Kleine?"

„Ja, genau so ist es."

★

Die Linde hatte schon grüne Blätter, als Didi unangekündigt auftauchte. Sie habe, wie sie sagte, ein paar Tage „für Belgrad abgezwackt" von ihrer verwirrenden Weltreise, die sie zunächst zusammen mit Cliff, dann weiter alleine unternahm, um ihre überall verstreuten Freunde aufzusuchen.

Weil sie ihr blasser, magerer und älter vorkam als früher, fragte Branka sie sofort: „*Luque's querida?* Was ist passiert, meine Liebe?"

Didi, die ihre flinke Art eingebüßt hatte, hielt unentschlossen inne und ließ sich in einen Sessel fallen. „Meine liebe Tante, wir haben eine große Tragödie ... Aber man muss weitermachen ..."

„*Luque? Cuandu?*, Was? Wann?"

„Gleich nach dem Tod von Rikica ... Zwei Mal Tod ist genug, vor allem für dich, du so voll Gefühl und Marko krank ... Deshalb ich nicht gemeldet ... Wir haben unseren Ronald verloren."

„*Comu?* Wie?" Brankas Frage klang wie ein Schrei.

„Ertrunken im Potomac River. Es war Sonne, dann plötzlich Unwetter. Im Segelboot mit noch drei Freunde ... zwei sind verschwunden im Strudel ... Erst mein Ronald, *who was such an athlete*, er ist in Wasser gefallen. Die anderen ihm den Ring zum Retten geworfen, aber er kriegte ihn nicht, der Strom trug ihn weg ... Dann sprang der zweite, um ihn zu retten ... Ach, stell dir seine Mutter vor! Die zwei sind verschwunden im Wasser für immer ... mein Ronald, mein kleiner Sálom."

Didi starrte mit trockenen Augen vor sich hin. Ihre Ruhe und die unterdrückte Trauer trafen Branka mehr, als hätte sie sie weinen gesehen.

„Wie hast du das überlebt, *fijiquia mia*, meine Liebe", stammelte sie.

„Schwer", antwortete Didi mit derart eintöniger Stimme, dass sie nicht wie eine menschliche wirkte. „Er fragte, ob er segeln darf, und ich sagte ‚ja', das Wetter war sehr schön ... Ich schaute nicht auf *weather forecast*, das war Fehler. Das kann ich mir nie verzeihen ... Ich habe ihn in den Tod geschickt ..."

Schweigen.

„Trotzdem ich lache manchmal wieder, schaue, dass Farbe der Bluse zu Farbe von Rock passt, dusche, kämme mich, gehe einkaufen, koche für Cliff, Alan und David ... und auch ich habe Hunger. Nur mein Ronald braucht nichts mehr ... Man hat ihn nach drei Wochen gefunden ... Cliff musste identifizieren. Ich nicht ... Er erkennt ihn nach seinem Zeh, dort hat Ronald *scar* gehabt, Narbe von *baseball* ... Roni am meisten mein Kind, unser Blut mit allen Zeichen der Sáloms. Das Schicksal wollte ihn wegnehmen von mir."

Wieder Schweigen.

„Was soll ich dir sagen?", meldete sich Branka und schämte sich ihrer Tränen. „Dass du noch zwei Söhne hast? Dass du noch Kinder haben kannst? Ich weiß nicht, mein Herz, denn für deinen Schmerz gibt es keinen Trost. Man sagt, die Zeit heile alle Wunden ... Ich weiß nicht, ob das stimmt."

„Nein, aber hilft, weil *intensity of pain* wird kleiner. Heilung gibt's nicht."

Branka riet Inda, Ronalds Tod nicht zu erwähnen und zu versuchen, Didi auf andere Gedanken zu bringen. Sie gingen zusammen ins Theater und zu einem Konzert der Belgrader Philharmonie, sie besuchten Staša und genossen die Frühlingssonne in seinem Garten, verbrachten zwei Tage mit Smiljka und deren Sohn Milan im Dorf Jarmenovci bei Topola, wo die Antićs ein Wochenendhaus hatten.

Immer etwas abwesend, machte Didi alles mit. Sie ließ alles geschehen, so wie man eine Arznei nimmt: ungern, aber ruhig, weil es sein muss.

Sie verließ Belgrad kühl, ohne die frühere Herzlichkeit, an die sich Inda erinnerte.

„Indica, pass auf dich auf", sagte sie beim Abschied.

*

Seit Didis Besuch kam der blonde und für sein Alter große Junge Milan Antić öfter bei den Koraćs vorbei. Wie damals, als er noch ein Kind war, hing er offen an Inda. Branka und Inda mochten ihn wegen seiner ungewöhnlichen Schönheit und seiner Aufgeschlossenheit. Sie machten sich oft lustig über seine altklugen Bemerkungen und seine Zukunftspläne, aber er wurde deshalb nicht böse oder verlegen.

„Zugegeben, jetzt bin ich noch jung, aber in zehn Jahren werdet ihr schon sehen!"

„Ja, aber dann bin ich auch zehn Jahre älter", wandte Inda ein.

„Stimmt, aber der Altersunterschied wird dann weniger auffallend sein. Jemand schrieb: ‚In hundert Jahren werden wir gleich alt sein'. Siehst du, dann kommen wir beide zusammen."

„In hundert Jahren?", lachte Inda.

„Nein, in zehn."

In den Tagen bekam Inda einen der seltenen Briefe von Adrijana mit einem Ausschnitt aus einer Wiener Zeitung. Während sie den

Brief las, bat sie Milan, ihr den Artikel zu übersetzen, da er während seiner Schulzeit in Bonn Deutsch gelernt hatte.

Rina schrieb, sie komme nicht zum Schreiben, sie übe so viel, dass ihre Finger schon taub würden. Mittlerweile wohne sie sozusagen in der Lothringer Straße 18, wo sich die „Hochschule für Musik und Darstellende Kunst", d.h. das Konservatorium befinde.

„Ich bin überglücklich, dass ich mich endlich gefunden habe sowohl in der Musik als auch in dieser Stadt mit ihren anständigen Menschen. Ich bewundere sie nicht nur aus unserer Balkan-Sicht, glaube es mir, sondern weil sie gut erzogen und kultiviert sind. Eines Tages, wenn ich mit dem Studium fertig und bekannt bin, kannst du hierherkommen und dich selbst davon überzeugen.

Für nächstes Jahr habe ich ein Stipendium bekommen, so wird mein armer Vater, der wegen jener Hexe ohne Geld geblieben ist, wenigstens nicht mehr meine teure Schule bezahlen müssen. Das ist unserem letzten Konzert zu verdanken, das so gut war, dass wir, einige künftige Absolventen, jetzt eine Tournee durch Österreich machen werden. Ich schicke Dir eine Kritik und das Programm. Ich schicke Dir auch das Programm meines Solo-Konzerts am kommenden Donnerstag. Drück mir die Daumen! Was sagst Du zu meinem Künstlernamen *Adrianne Vic*? Von dem Familiennamen Božović ist nur der Schwanz übriggeblieben! Schade, dass Du nicht hier bist und zusammen mit mir all das erleben kannst.

Du fragst, ob ich zurückkomme. Nein. Auf keinen Fall. Es sei denn, dass ich eines Tages mit der Belgrader oder der Zagreber Philharmonie spiele. Jetzt kann ich schon mit Sicherheit damit rechnen.

Und Du, dummes Huhn, meine liebe Freundin aus der Urkindheit, die einzige, die immer an mich und meinen Talent geglaubt und mir in den düsteren Jahren meiner frühen Jugend Halt gegeben hat, Du solltest Dich von diesem neunmalklugen Staša und seinem verfallenen Anwesen trennen. Er ist ein Befürworter des Gewesenen. Das ist nichts für Dich. Du bist ein Mensch der Gegenwart, weder gezeugt noch geboren als ein Kind der Vergangenheit. Halte Dich an deinen Ami. Könntest Du nur einmal die westliche Luft schnuppern, würdest Du liebend gern den Balkan verlassen! Bis jetzt warst Du noch nie außerhalb Jugoslawiens, deshalb weißt Du das nicht und kannst Dich nicht entschließen. Nimm seine Einladung an. Irgendwie kriegst Du schon das Geld zusammen für den Hinflug!"

„Ich brauche es für hin und zurück", murmelte Inda.

„Denn, liebe Inda, das zwanzigste Jahrhundert ist eine atemlose Zeit, in der alle eilen, und wenn Du noch lange wartest, wirst Du alle Züge verpassen."

„Ich weiß noch nicht einmal, welchen ich nehmen soll", dachte Inda. „Ach Rina, Rina, warum quälst du mich!", sagte sie laut und schaute sich die Konzertprogramme an.

„Was murmelst du ständig?", fragte Milan.

„Debussy", las Inda laut, „eine Sonate von Mozart, Chopins ‚Nocturno', dann die ‚Appassionata' von Beethoven, Schumans ‚Phantasie' ... Bravo, Rina, bravo! Und zusammen mit dem Orchester das ‚Primo concerto' von Mendelssohn ..."

„Wenn du erst wüsstest, wie lobend man über deine Rina schreibt", unterbrach Milan sie und übersetzte: „‚Die junge jugoslawische Pianistin hat mit ihrem schon reifen Talent sogar die wählerischsten Liebhaber der Klavierkunst für sich eingenommen ...' Dann wird ein wenig philosophiert und am Ende heißt es, der Beifall sei für ein Konzert junger Musiker einmalig gewesen, was in erster Linie Adrianne Vic zu verdanken sei, die zu hören das Wiener Publikum hoffentlich noch öfter Gelegenheit haben werde."

„Und hör jetzt, was Rina weiter schreibt", sagte Inda. „Mein Haar habe ich mit Henna behandelt. Es ist jetzt rötlich. Ich trage eine Pagenfrisur (die am Klavier wunderschön wirkt) und wasche das Haar jeden Tag, damit es flattert (Du weißt, wie es sonst hängt). Meistens trage ich Hosen, bei den Konzerten aber lange Röcke und ausschließlich weiße Spitzenblusen mit vielen Volants. Ich schminke mich, aber ohne Eyliner zu gebrauchen, sondern nur Lidschatten und Wimperntusche. Sobald ich ein gutes Farbfoto habe, schicke ich es Dir. Ich umarme Dich, komme zur Vernunft!"

„Es ist ganz richtig, was sie dir sagt", meinte Milan lausbübisch. „Sie wird es bestimmt weit bringen."

„Das verdient sie auch", entgegnete Inda gedankenversunken. „Wenn ich nur an früher denke ... aber egal ... Und jetzt muss ich pauken!" Sie drehte ihm den Rücken zu.

Inda lernte jeden Tag, traf Staša ebenfalls täglich und schrieb weiterhin an Tim, wobei sie ein schlechtes Gewissen hatte, aber doch nicht ein so schlechtes, als dass sie den Briefwechsel abgebrochen hätte. „Ich sitze auf zwei Stühlen", dachte sie, „und da sie weit voneinander entfernt sind, lande ich noch dazwischen."

Sie bestand alle Prüfungen und machte ihr Diplom mit der Durchschnittsnote zehn. Marko und Branka freuten sich, waren stolz und redeten viel darüber. Branka hatte ein festliches Mittagessen zubereitet, zu dem sie Pero Korać und seine Tochter Marta einlud, die gerade an derselben Fakultät ihr Diplom gemacht hatte.

In den ersten Tagen teilte Inda die Freude ihrer Eltern, aber bald trat an deren Stelle ein Gefühl der Erleichterung, weil sie etwas Wichtiges in ihrem Leben zu Ende gebracht hatte.

Sie machte keinen Urlaub, weil dafür das Geld fehlte, verbrachte dafür ganze Tage mit Staša in seinem Garten unter den Pappeln, neben dem Schwimmbecken mit Brackwasser. Staša konnte nicht genug von ihrer Anwesenheit bekommen.

„In der Vereinigung zweier Körper gibt es nichts Erhabenes", behauptete er. „Erst wenn Mann und Frau sich selbst und einander kennengelernt haben, beginnt die Liebe, und die Leidenschaft wird erhaben. Vera, du musst nicht nur mich, sondern auch die Welt um uns herum entdecken. Es ist ein großer Fehler, den Mann, den du liebst, getrennt von seiner Umgebung zu sehen ... ohne den Rahmen der Liebe. Unser Rahmen ist das Rauschen dieser Bäume und die Geschichte unserer Urahnen."

„In letzter Zeit bin ich durcheinander", sagte sie zu ihm. „Es kommt mir vor, nichts mehr zu wissen noch zu verstehen."

„Das ist der Reifeprozess ... Das angehäufte Wissen ist dir vorerst nur wenig klar, aber eines Tages werden sich diese oberflächlichen Kenntnisse zu festen Lebenswahrheiten entwickeln."

„Staša, du bist sehr eloquent, aber das Wichtigste sagst du mir nicht." Sie hätte von ihm gern einen Heiratsantrag gehört.

Ende August, kurz vor Indas Geburtstag, traf Tims Brief ein mit Glückwünschen und einem Geschenk: einem undatierten Flugticket Belgrad-New York-Belgrad. Zur gleichen Zeit kam auch die Einladung zu Kaćas Hochzeit in Okolište. Auf der schön gedruckten Einladung stand: „Beka Arsenijević-Spasić und Predoje Spasić laden Sie ein zur Hochzeit ihrer Tochter Katarina am Samstag, dem ..." Kaća hatte mit der Hand dazugeschrieben: „Wir beeilen uns mit der Heirat, obwohl Dejan noch nicht sein Diplom hat, weil ein Baby unterwegs ist. Ich bin überglücklich. Komm!"

Zu dem Dorf komme ich leicht, dachte Inda, aber nach Amerika? Wäre es möglich gewesen, Tims Geschenk ungeschehen zu machen, sie hätte es bestimmt getan. Tim lud sie nur zu einem Besuch ein, sie sollten testen, was sie füreinander fühlten und dann entscheiden, entweder zu heiraten oder auseinanderzugehen, weil es, wie er meinte, keinen Sinn habe, den Briefwechsel ewig weiter zu führen.

„Es hat Sinn, und ob es ihn hat", seufzte Inda.

Sie hatte Angst, nach Amerika zu gehen, fand zugleich den Gedanken an eine erste Auslandsreise reizvoll, zumal diese sie in das Land des Überflusses und der unbegrenzten Möglichkeiten führen würde, dessen Bild ihr die Eltern und Tante Riki vermittelt hatten.

Seit Tagen schlief sie nicht: Sie würde Staša verlassen müssen, der ihr, getrieben von einer instinktiven Befürchtung, sie zu verlieren (was sie als große Nähe deutete), ankündigte, bald würde er ihr etwas von außerordentlicher Bedeutung für sie beide mitteilen. Wollte er ihr die Ehe anbieten? Obwohl Inda sein männliches Selbstbewusstsein genoss, seine Überzeugung, dass er der uneingeschränkte Herr über ihre Beziehung sei und dass alles, was sich zwischen ihnen abspielte, ausschließlich von ihm, von seinen zu Extremen neigenden Stimmungen und von seiner Entscheidung abhänge, war sie doch jedes Mal von seiner Sicherheit überrascht. Staša spielte konsequent die Rolle des despotischen Herrschers, der sich nur von Zeit zu Zeit erlaubte, kindlich und einschmeichelnd zu sein. Dann ließ er die Maske des vielseitigen Intellektuellen fallen und legte viele Schwächen offen, was Inda als ein charmantes Affektieren betrachtete. Staša zeigte sich als Potentat, der seine Stärke durch sie bewies, und sie, angetan von seiner Klugheit und angezogen von seiner Sinnlichkeit, erlaubte ihm mit ihrer Nachgiebigkeit unbewusst, seine Verwundbarkeit, Verwöhntheit und seine weiche Natur zu kaschieren.

Allerdings passte Staša in den Rahmen der ihr vertrauten Umgebung, und die sollte sie jetzt verlassen und sich in eine unbekannte Gegend begeben, wo völlig andere Menschen lebten, von denen sie einen einzigen, und den auch nur oberflächlich, kannte.

Sie stellte sich vor, wie sie sich, jahrelang von ihren Eltern behütet, in der fremden Welt verlöre, sie nicht verstehe, ohne eigenes Geld sein würde, völlig von einem Mann abhängig, an den sie sich nur erinnerte, und dessen Bild in der Flut von Erlebnissen mit Staša allmählich verblasste. In den schlaflosen Nächten warf sie sich vor, aus Angst, Staša würde sie deswegen verlassen, ihm nie von dem jungen Amerikaner erzählt zu haben.

Oft griff sie zum Flugticket und zu dem Brief, um beide zu zerreißen und damit dem Albtraum ein Ende zu setzen, tat es dann doch nicht.

„Fahre hin, mein Herz, probiere es", riet ihr Branka. „Wenn es dir nicht gefällt, kommst du zurück."
„Und Staša? Und ihr?"
„Staša hätte dir schon längst einen Heiratsantrag machen können."
„Stimmt, er hat es nicht, aber ich glaube, er wird es tun! Übrigens, heute gehen die Liebespaare lange miteinander und leben sogar zusammen, bevor sie heiraten."
„*Querida*, ich hätte nicht von der Ehe gesprochen, wenn die Lage es nicht erforderte ... Würdest du ihn jetzt heiraten?"
„Sofort!", sagte Inda, ohne zu zögern. „Und dennoch möchte ich auch wegfahren, vielleicht sogar Tim heiraten ... Eigentlich möchte ich, dass dieses Dilemma aufhört ... Mama, was soll ich tun? Was soll ich Staša sagen?"
„Sag ihm, du fliegst für einen oder zwei Monate zu Didi nach Washington ... Aber ich kann nicht für dich entscheiden, mein Kind. Nur weil du meinen Rat hören willst, sage ich, du solltest gehen. In diesem Land kannst du nicht viel erreichen. Amerika ist das Richtige für fleißige, kluge und außerordentliche Menschen, und das bist du bei Gott."
„Auch wenn das stimmte, wer würde das dort merken? Ich bin nicht wie Lana oder Rina ... Beim Gedanken an das Ausland bekomme ich weiche Knie."
„Du bist zu selbstkritisch, das ist die Eigenschaft kluger Menschen."
„Dann sollte ich besser dumm, aber wendig und zielstrebig sein. Und was sagt Papa dazu?"
„Er hat es dir bereits gesagt: Fahre so schnell wie möglich!"
„Und was ist mit euch?"
„Es wird uns schwer sein ohne dich, aber wir werden uns freuen, dass du dort bist."
„Aber Mama, du kannst nicht ohne mich sein!"
„Das kann ich, *fijiquia*, wenn ich weiß, dass es für dein Wohl ist. Wir haben unser Leben gelebt, deines aber hat erst begonnen. Und das Leben ist schön und voller Überraschungen ..."
„Schön mag sein, aber nicht leicht."
„Stimmt ... Aber denke daran, dass jeder Fehler, jede Mühe zu etwas führt, was geschehen *muss* und was sich am Ende oft als etwas Gutes herausstellt. Das Leben ist eine fröhliche, bösartige, traurige, aufregende Geschichte ..."

„Mit einem Happy End?"

„Nur wenn du es nach eigener Lust lebst und nicht zu viel davon erwartest ... Ich befürchte jedoch, dass du zu wenig verlangst."

„Würde das Weggehen nach Amerika nicht bedeuten, dass ich, obwohl ich hier alles habe, nach noch mehr verlange? Ich fühle mich hier wohl."

„Ja ... weil du bescheiden bist, weil wir dich so erzogen haben, weil du nichts Besseres kennst ... Nein, du verdienst Amerika."

„Aber wozu braucht Amerika mich?"

Inda blieb davon überzeugt, dass ihre Mutter Unrecht hatte. Ihre Unterredung drehte sich im Kreis.

„Mama, erzähl mir was", bat Inda, als sie beide eines Nachts wachlagen.

„Wie damals, als du klein warst?"

„Es muss nicht gerade das Rotkäppchen sein, aber etwas ... etwas über jemand Berühmten."

„*Buenu, querida ... Issus stuvu unu di* ... Gut, meine Liebe ... Jesus war so einer ..."

„Jesus?"

„Du wolltest etwas über jemand Berühmten hören, und es gibt nicht viele, die berühmter sind ... Damals hingegen, als er lebte, war er nur einer von vielen, die über die Gebote Mose redeten. Und er war nicht der Einzige, der gekreuzigt wurde. Zu jener Zeit haben die Römer das häufig praktiziert. Aber das Christentum ist erst unter Konstantin zu dem geworden, was es jetzt ist. Der Imperator bereitete sich auf eine große und bedeutende Schlacht vor, als in der Nacht davor am Himmel über seinem Zelt ein flammendes Kreuz erschien und eine Stimme rief, er würde nur unter diesem Zeichen siegen. Nach seinem Sieg erklärte Konstantin das Christentum zur Religion des ganzen Imperiums. Später schickte er seine Mutter nach Judäa, um Kirchen an allen Orten zu errichten, an denen Jesus weilte: In Betlehem, wo er zur Welt kam, in Jerusalem, wo er ins Grab gelegt wurde, in Nazareth, wo er aufwuchs. So wurde das Christentum zu dem, was es heute ist."

Inda öffnete die Augen und sagte: „Du kannst so schön erzählen, Mama ... Und was bedeuten die beiden jüdischen Bücher dort?"

„Das sind, meine kleine Ignorantin, die Thora und der Talmud. Die Thora enthält die Gebote, die Gott Moses auf Tafeln gab, und der Talmud ... das ist die Lehre ... das ist, was Gott flüsternd Moses als die Erläuterung seiner Gesetze mitgeteilt hat: wie man leben soll, was erlaubt ist und was nicht, was das Gute und das Böse ist, was der Mensch essen darf, wie er beten soll und wie er für seine Sünden bestraft wird. Aber damit man nicht alles weit und breit erklären musste, hieß es einfach, Gott habe es so befohlen. Jedes dieser Gebote hatte seine Begründung in den Lebensbedingungen von Judäa. Später wurden die Mischna und die Gemara über Jahrhunderte von Rabbinern bearbeitet, aber ich meine, sie haben dabei übertrieben. Deshalb ist der Talmud so umfangreich, dass die Menschen ihn ihr ganzes Leben lang studieren müssen. Die großen Rabbiner Akiba ..."

„Die Rabbiner sind die Priester?"

„Ja und nein. In den biblischen Zeiten hatte jeder von ihnen einen Beruf. Das Volk wählte die Rabbiner aufgrund ihrer Weisheit und ihres Wissens ..."

„Ich bräuchte jetzt einen von ihnen, der mir sagt, ob ich weggehen soll oder nicht", flüsterte Inda schlaftrunken.

„Langsam, du selbst wirst es am besten entscheiden ... Und jetzt versuche zu schlafen, *querida di la madri*, Mutters Liebling."

Auf diese Weise, mittels sanftem Zureden überließen ihre Eltern Inda selbst die Entscheidung über ihre Reise nach Amerika, obwohl sie gehofft hatte, eine höhere Gewalt würde ihr diese abnehmen.

★

In einer Septembernacht, in der das Laub der Linde das Haus in der Njegoševa-Straße liebkoste, das stellenweise Narben aus den Kriegszeiten aufwies, wurde Branka von Markos Rufen aus tiefem Schlaf geweckt.

„Mir ist schlecht, Brankica, sehr schlecht", röchelte er. „Gib mir bitte eine Schüssel, ich muss mich übergeben."

Noch nicht ganz wach, sprang Branka aus dem Bett, stieß einen Stuhl um und schaffte es im letzten Augenblick, die Schüssel zu bringen. Marko spuckte lange etwas Dunkles, was Branka beim Schein der kleinen Nachttischlampe nicht als Blut erkannte.

Vom Krach und den Seufzern geweckt, kam Inda herein und machte das große Licht an. Branka zuckte zusammen, trieb Inda aus dem Zimmer und bat sie, den Notarzt zu rufen.

Markos Zustand verschlechterte sich. Er konnte nicht mehr sitzen; blass und erschöpft fiel er ins Bett. Branka drückte seine ausgestreckte

Hand, spürte aber keinen Gegendruck. Markos Hand lag schlaff in ihrer, er wollte ihr etwas sagen, aber seine Lippen blieben starr. Nur seine grünen Augen verfolgten noch jede Bewegung Brankas, sahen sie hilflos und zugleich ermutigend an, als wollten sie ihr sagen, sie solle sich keine Sorgen machen. Branka zitterte am ganzen Leib, schaffte es jedoch, die Tränen zu unterdrücken. Sie streichelte immerzu seine Hand und sagte:

„Ich weiß, dass alles gut wird, mein Schatz. Gleich kommt der Arzt ... und werde nicht böse, wenn er dich ins Krankenhaus einweisen will ... Ich besuche dich dann jeden Tag wie früher ... Ich besorge mir einen Passierschein und bringe dir deine Lieblingsspeisen."

Markos Lippen fanden endlich die Kraft zu: „Meine Brankica ... meine Einzige", mehr brachten sie nicht hervor, nur die Augen suchten weiter den Kontakt zu ihr.

Der Arzt kam und befand nach kurzer Untersuchung, Marko solle sofort ins Krankenhaus. Inda stand in der Tür und überlegt, wie sie ihren Eltern helfen, wie sie den Krankenpflegern beim Transport mit der Bahre zur Hand gehen, wie sie ihrer Mutter Halt geben könnte. Nichts von alledem tat sie. Sie stand nur da wie versteinert, äußerlich gefasst, innerlich ganz verzweifelt. Überfordert und außer Stande, mit der Situation fertig zu werden, überließ sie der Mutter die Last ihrer eigenen Hilflosigkeit.

„Du bleibst hier", sagte Branka schwer atmend, „ich begleite ihn ... *Todu va a star buenu*, alles wird gut."

Im Ambulanzwagen hielt sie immer noch Markos Hand, küsste seine eingefallenen Wangen, trocknete seine Stirn und murmelte auf Ladino Gebete, er möge sie nicht verlassen, denn sie könne nicht ohne ihn leben. Sie flehte Marko an, um sein Leben zu kämpfen, weil er damit zugleich auch um ihres kämpfe.

Sie schritt neben der Bahre die Korridore im Krankenhaus entlang und blieb neben dem Bett stehen, in das man ihn legte. Ihr schient, er sah sie nicht mehr, und rief deshalb: „Marko! Marko!" Dann verstummte sie plötzlich, entsetzt über den eigenen Schrei.

Daraufhin meldete sich kaum hörbar Marko, ihre einzige Liebe: „Brankica ...". Ganz leise, aber verständlich fasste er mit ihrem Namen alle gemeinsamen Jahre zusammen, alle erlebten Schrecknisse und Glücksmomente, alle traurigen und fröhlichen Tage, Siege und Niederlagen, die Jugend und das Alter, sogar den Tod, der sie in diesem Augenblick voneinander trennte.

Branka wehklagte, hielt ihn fest umarmt, aber der Arzt und ein Krankenpfleger führten sie von ihrem Mann weg in den Warteraum und setzten sie auf eine Bank. Der Arzt nahm neben ihr Platz. Branka schluchzte und wunderte sich über die unmenschlichen Schreie aus ihrem Inneren, die sie nicht zu unterdrücken vermochte.

„Beruhigen Sie sich, bitte, seien Sie ruhig! Sie wünschen doch nicht, dass er einen so starken Hirnschlag überlebt hätte?"

„Doch, ich wünsche es!", dachte Branka.

„Er wäre total gelähmt, könnte auch nicht sprechen... er wäre wie eine Pflanze ... So ist es besser für ihn und für Sie."

„Nein."

„Sie haben ein Kind, nicht wahr?"

Er gab ihr irgendwelche Tabletten, reichte dem Krankenpfleger den Schlüssel seines Privatwagens, damit dieser sie nach Hause brachte.

Dort heulte sie zusammengerollt in einem Sessel bis zum nächsten Morgen und wiederholte von Zeit zu Zeit, als wäre es das erste Mal:

„Inda, er kommt nicht mehr zurück ... er kommt nicht mehr zu uns zurück!"

Bei Tagesanbruch gewann Inda ihre Fassung wieder. Sie wurde sich Brankas Ohnmacht und deren erstmaligen Bedürfnisses nach ihrer Hilfe bewusst. Bewusst der Einsamkeit der beiden Frauen. Dann erinnerte sie sich an den alten Doktor und rief ihn an.

„Friede seiner Seele", sagte Doktor Božović. „Ich komme gleich."

Er gab Branka eine Spritze, die sie einschlafen ließ. Inda blieb neben ihr sitzen und weinte, während draußen ein neuer sonniger, vielen verflossenen und künftigen ähnlicher Tag anbrach.

EPILOG

Vor einem alten, mit einem schweren vergoldeten Rahmen eingefassten Spiegel war Aleksandar Saša Poljanski der Ältere dabei, eine weiße Nelke an das Revers seines Smokings aus der Vorkriegszeit zu stecken, der sich glücklicherweise hatte erweitern lassen und den er somit zur Hochzeit seines Sohnes tragen konnte. Trotz der Einwände von Saša dem Jüngeren weigerte sich Saša der Ältere energisch, zu dieser feierlichen Gelegenheit einen gewöhnlichen dunklen Anzug zu tragen. Entweder der Smoking oder er bleibe in Pantoffeln zu Hause!

Aleksandar Saša Poljanski der Jüngere hatte endlich eine passende Lebensgefährtin gefunden und sollte sie in einer knappen Stunde in der Kirche heiraten. Wenigstens, dachte Saša der Ältere, befand sich die serbisch-orthodoxe Kirche in Zagreb an einem guten Platz: am Blumenmarkt. Man musste nicht weit gehen, um Blumen für die Hochzeit zu besorgen.

Wäre noch seine Greta bei ihm, wäre die Freude vollkommen. Wie schade, dass sie so früh und so dumm gestorben war! Saša stieß einen Seufzer aus. Mit ihrer selbst im reifen Alter zu bewundernden Schönheit und ihrem einmaligen Charme wäre sie die Zierde des Fests. Seit einigen Tagen hatte er den Eindruck, sie stehe neben ihm, betrachte ihn mit ihren glänzenden Augen, streichle leicht über seine glattrasierten Wangen und beanstande mit einschmeichelnder Stimme, dass er nicht die Krümel von dem Satinrevers seines samtenen Hausmantels entfernt habe, den sie ihm aus Wien mitgebracht hatte.

„Ach, diese Erinnerungen – Albträume und Freuden des Alters!", sagte Saša laut.

Aber auch so würde diese Hochzeit ordentlich und elegant sein, und das war das Wichtigste, stellte Saša fest. Er strich die wenigen noch verbliebenen Haare glatt, fuhr mit den Fingern über den sauber gestutzten Schnäuzer, versprühte noch ein wenig „Kölnisch Wasser 4711", legte einen weißen Seidenschal und eine schwarze Pelerine um die Schultern, nahm seinen Hut und verließ die Wohnung.

Im Treppenhaus kam ihm der Briefträger entgegen mit einem Bündel Telegramme. Saša wollte nicht in die Wohnung zurück, weil das Unglück bringe, er nahm sie mit und ging in Richtung Svačić-Platz zu der Kirche, wo er sich mit den Brautleuten treffen sollte.

Langsam über das raschelnde gelbe Laub schreitend, begann er die Telegramme zu öffnen mit Glückwünschen von seiner und Gretas Familie, von Freunden der Brautleute, von Cousinen, Tanten, Onkel und wer weiß von wem sonst noch ... Alle diese Bauers, Poljanskis, von der Vaterseite der Braut die Novaks und von ihrer Mutterseite die Goldsteins wünschten viel Glück, viele Kinder, ein langes gemeinsames Leben... Wie viele es von ihnen gibt, dachte Saša, als hätte nicht der Krieg in diesem Land gewütet! Er fragte sich, wie viele geantwortet hätten, hätte man sie in der Not um Hilfe gebeten.

„Ich bin doch ein alter Zweifler", murmelte Saša. Als er merkte, dass die Passanten ihn in seinem feierlichen Aufzug musterten, fügte er hinzu: „Idioten!" Diese Nachkriegsmenschen hatten jegliches Gefühl für Stil, Vornehmheit und passende Kleidung verloren. Sollte er vielleicht ein Transparent mit dem Hinweis tragen, dass er wegen der Hochzeit seines Sohnes einen Smoking anhabe?"

Ein Telegramm, das er am Blumenmarkt angelangt öffnete, ließ ihn aufmerken. „Marko Korać ... gestern Abend verstorben ... die Beisetzung findet statt in ..." Saša blieb stehen.

„Jesus, Maria!" rief er aus und stolperte über einen Eimer mit Rosen. „Mein Freund Marko, der Patenonkel meines Saša, der heute heiratet ... Er hielt ihn in den Händen, als er ein Baby von drei Kilo war und badete ihn bei seiner Taufe in eben dieser serbisch-orthodoxen Kirche auf dem Blumenmarkt ... Friede seiner Seele!" Er bekreuzigte sich unter den verwunderten Blicken der Blumenverkäuferinnen.

Ausgerechnet heute, dachte Saša, während ihm seine Beine vom langen Stehen in der Kirche schmerzten, ausgerechnet heute starb sein ältester Freund und er darf die traurige Nachricht niemandem mitteilen, es wäre nicht in Ordnung ... Vom Belgrader Blumenmarkt nahe dem Haus der Koraćs traf die Todesnachricht am Hochzeitstag beim Zagreber Blumenmarkt ein ...

„Möge seine Seele in Frieden ruhen", murmelte er wieder, dann nahm er die weiße Nelke aus dem Knopfloch und legte sie auf den Marmorboden vor sich als Zeichen der Erinnerung an seinen Freund. Es war ihm egal, ob seine Geste bemerkt und wie sie gedeutet wurde.

„Der Tod der Eltern ist die erste Begegnung mit wahrer, erschreckender Einsamkeit", sagte er zu seinem Sohn nach dem Festessen im Hotel Palas.
„Ich verstehe nicht, warum du mir das jetzt sagst. Den ganzen Tag bist du düster und mürrisch!"
„Das erkläre ich dir morgen." Saša räusperte sich und fügte hinzu: „Aber ich bin doch gut dabei, oder?"
„Sehr gut Papa, Gott sei es gedankt!"

*

Nach der Beerdigung, als alle Gäste weggegangen waren, spülte Branka das Geschirr, legte sich hin und schlief ein. Gelegentlich wimmerte sie und rief Inda herbei, die ihr dann übers Haar strich.
Alle diese Menschen auf dem Friedhof, dachte Inda, jeder von ihnen leidet auf seine Art. Das Leiden ist nie gleich, nur dass es immer denselben Namen trägt. Nach der Beerdigung ist jeder seinen Weg der Einsamkeit und der Trauer gegangen. Die Trauer kann man nicht mit anderen teilen, wie die Redewendung besagt, sie ist unantastbares Eigentum ... du hast deine, ich die meine. Vielleicht haben nur Mama und ich eine gemeinsame Trauer, und wenn es so ist, mit wem werde ich trauern, wenn Mama stirbt?
Am nächsten Tag schaffte Inda mit Hilfe des Hausmeisters Markos Eisenbett und seinen Stuhl auf Rädern weg. Die Schreibmaschine mit den abgenutzten Buchstaben brachte sie ins Dienstmädchenzimmer.
Als Branka vom Markt kam und die leeren Stellen im Zimmer sah, umarmte sie ihre Tochter, sagte „mein kluges Kind" und heulte los.
„Mama, hast du gesehen, dass ein neuer Lift eingebaut wird?"
„Ja, der schöne ‚Schindler' aus der Vorkriegszeit mit der einem Abteil des Orient Express ähnlichen Kabine wird jetzt durch einen ‚David Pajić' ersetzt." Etwas später sagte sie noch: „Ich habe ein schlechtes Gewissen ... Weil ich zu Marko nicht netter war ..."
„Nein, weil du am Leben geblieben bist. Du ... du bist die einzige Person, der ich blindlings vertraue ... Deshalb musst du immer bei mir bleiben!"
In der Nacht rief Branka wieder nach Marko. Als sie im Halbschlaf ihre Tochter sah, erschien ein Lächeln auf ihrem hellen, glatten, von weißem Haar umrahmten Gesicht. Sie reichte ihr die Hand, Inda nahm sie in ihre beiden Hände und hockte sich neben dem Bett hin.

„Schlaf nur ruhig, Mama ... Ich bleibe bei dir und gehe nirgendwo hin."

„Das musst du, mein Kind, dein Leben steht vor dir."

„Ja, aber mein Leben ist gebunden an dich, an Staša, an Belgrad, ich bleibe hier."

„Und Amerika?"

„Vielleicht, eines Tags ... dann fahren wir zusammen hin."

„*No seas loca! Vati querida!* Sei nicht dumm, meine Liebe, fahre hin ... Ich möchte, dass du so glücklich wirst, wie ich es war, *savis*, weißt du?"

„*Ya sé, mámili*, ich weiß, liebe Mama. Aber ich bin doch glücklich und werde noch glücklicher, wenn es dir besser geht."

„Alle meine Lieben sind weg ..."

„Aber du bleibst!"

„Nein, mein Kind, du bleibst und mit dir bleibe auch ich, selbst nach meinem Tod."

Am nächsten Tag weckte Inda ihre Mutter: „Schau, Mama, ein Telegramm von Kaća!"

„Ich danke ihr", erwiderte Branka niedergeschlagen.

„Das ist aber kein Beileidstelegramm. Sie hat eine Tochter bekommen und will sie nach dir Branka nennen!"

„Ich wünsche ihr viel Glück! Das freut mich sehr." Sie verstummte und bemerkte dann: „Siehe, Inda, ich kann mich freuen ..."

Als sie einmal vom Friedhof nach Hause kamen, blieben Branka und Inda wie versteinert stehen: Arbeiter in blauen Overalls waren dabei, mit einer Kettensäge die alte Linde zu fällen. Autofahrer hupten wütend, weil die abgesägten Äste die Straße versperrten. Auf dem grauen Asphalt ineinander verflochten, trotzten sie den verbissenen Versuchen der Männer, sie auseinanderzuzerren und in eine für sie unnatürliche Reihe zu ordnen.

„Warum tun Sie das?", fragte Branka mit Tränen in den Augen.

Der Arbeiter sah sie verblüfft an. „Wir fällen die alten Bäume ... sie sind hinüber, vertrocknet."

„Aber ... aber diese Linde hat noch gegrünt, geblüht und geduftet ..."

„Keine Sorge, Genossin, wir pflanzen eine neue, junge", entgegnete der Arbeiter mitleidig, „sie wird groß werden und schöner als diese."

„Ja, aber *wann*?"

Branka schüttelte den Kopf, hakte sich bei Inda ein und beide verschwanden hinter der massiven Haustür in der Njegoševa-Straße Nummer 17.

ANMERKUNGEN

1 Der serbische Name des Begleiters von Robinson Crusoe, Freitag.

2 Als deine Mutter dich gebar / und auf die Welt brachte / gab sie dir nicht das Herz / einen anderen zu lieben / Lebwohl, lebwohl, meine Liebe / ich mag nicht das Leben / das du mir vergällt hast. / Geh, eine andere Liebe suchen / an eine andere Tür klopfen ...

3 Vuk bedeutet auf Serbisch Wolf.

Gordana Kuić
Die Legende der Luna Levi
Roman

Aus dem Serbischen von
Mirjana und Klaus Wittmann
ISBN 978-3-99012-297-6
424 Seiten | 14,6 × 22,2 cm
Hardcover mit Schutzumschlag
€ 24,90
Auch als E-Book erhältlich

Gordana Kuić erzählt nicht nur eine zu Herzen gehende Liebesgeschichte, für die das Leben viele Abenteuer bereithält, sie lässt uns auch teilhaben an der reichen Kultur der sephardischen Juden. Es ist eine literarische Spurensuche – nach einer fast vergessenen Lebenswelt wie nach der eigenen Herkunft.

★ ★ ★

Gordana Kuić
Der Duft des Regens auf dem Balkan
Roman

Aus dem Serbischen von
Blažena Radas
ISBN 978-3-99012-169-6
440 Seiten | 14,6 × 22,2 cm
Hardcover mit Schutzumschlag
€ 24,90
Auch als E-Book erhältlich

In ihrem Jahrhundertroman schildert Gordana Kuić eine für immer verlorengegangene Welt: die Kultur des friedlichen Zusammenlebens von bosnisch-jüdischen, muslimischen, serbisch-orthodoxen und katholischen Gesellschaftsschichten in der vibrierenden Hauptstadt Sarajevo von damals.

HOLLITZER

www.hollitzer.at